마블 인사이드

MCU : The Reign of Marvel Studios
by Joanna Robinson, Dave Gonzales, and Gavin Edwards

마블 인사이드

MCU

마블은
어떻게
세계 최고의
영화 제국을
만들었을까

?

조애너 로빈슨, 데이브 곤잘레스, 개빈 에드워즈 지음
서나연 옮김

다니비앤비

추천사

"마블 스튜디오가 어떻게 할리우드를 정복했는지에 대해 훌륭하게
정리한 책이다… 할리우드의 거대 제작사로 성장한 마블 스튜디오의
결정적인 장면들을 흥미진진하게 탐구했다."
〈퍼블리셔스 위클리〉

"빠져들 수밖에 없는 책이다. 마블 팬과 영화 마니아에게 할리우드
엔터테인먼트의 가장 큰 성공 사례가 담긴 이 책을 강력 추천한다."
〈라이브러리 저널〉

"마블의 역사를 깊이 있게 연구하고 흥미진진하게 서술하였기에 마땅히
인정받아야 한다. 마블 스튜디오가 세계를 지배하기까지의 과정을
관련자와의 직접 인터뷰로 풀어낸 이 책은 마블의 열렬한 팬들에게
새로운 사실과 관점을 발견할 기회를 제공할 것이다."
헬렌 오하라, 〈엠파이어〉

"이 책은 세계를 정복한 마블 스튜디오와 그것을 일군 사람들의
역사를 다뤘다. 권력과 패러디 사이의 간극, 영웅주의와 굴욕 사이에서
가장 인상적이었던 특수 효과보다 훨씬 더 매혹적인 인간다움과 애정,
예상치 못한 용기의 불꽃이 돋보이는 작품이다."
베카 로스펠드, 〈워싱턴 포스트〉

"작가들은 수백 건의 인터뷰를 통해 20세기의 상징적인 코믹북
회사가 금세기 가장 강력한 흥행 파워를 갖춘 강자가 되기 위해 어떻게
노력했는지 탐구한다. 개별 영화를 비판적으로 다루는 것이 아니라
〈아이언맨〉 이전부터 오늘날까지 마블 스튜디오를 형성한 사람들과
그들의 결정에 초점을 맞추고 있다."
요제프 아달리안, 〈벌처〉

"할리우드 최고의 성공 스토리 중 하나인 마블 스튜디오에 대한 매우 재미있고 잘 연구된, 광범위하고 상세하고 객관적인 검토다. 이들을 통해 21세기의 대규모 스튜디오 영화 제작이 어떻게 이루어지는지 밝혀졌다. 이 경이로운 이야기를 이해하려는 사람들은 반드시 이 책을 읽어야 한다."

마이클 컬리, 〈팝 매터스〉

"MCU 팬을 자처하는 사람이라면 누구나 읽어야 할 책이다. 이 책은 솔직하고 무자비한 어조로 MCU에 대한 풍부한 이야기를 전한다. 불가능해 보였던 마블의 성공과 할리우드 패러다임의 혼란과 변화를 보여주기에 이보다 더 나은 책은 없다."

카를로스 프레이즈, 〈에이전트 오브 팬덤〉

"마블 시네마틱 유니버스의 진짜 이야기를 공개한다. 마블의 영화 제작 역사에서의 성공과 실패, 반전에 대한 새로운 관점이 담긴 책이다. MCU에 대해 많은 것을 알고 있다고 생각할지 모르지만 이 책은 상상도 못한 폭로로 가득 차 있다."

〈코스믹 서커스〉

"모든 MCU 팬이 읽어야 할 책이다."

앨런 세핀월, 〈The Sopranos Sessions〉의 저자

"마블 스튜디오라는 영화 제국 뒤에 숨겨졌던 협업으로 빚어진 마법의 순간과 무대 뒤의 전쟁에 대해 흥미진진하고 깊이 있게 탐구한 역사서이다."

더글라스 월크, 〈All of the Marvels〉의 저자

차례

MCU Timeline
1993~2023

* 1993년부터 2023년까지의 마블 시네마틱 유니버스 작품과 마블 스튜디오의 역사를 정리했다.
* 마블 스튜디오의 프로젝트는 아니지만 마블 캐릭터가 등장하는 일부 작품은 [ ]로 표시했다.

1990s

1993년 4월 22일
'아비 아라드', 영화와 TV 프로젝트
책임 총괄로 임명

1996년 8월
'마블 스튜디오' 창립

1998년 6월
'토이 비즈(아이크 펄머터)', 마블
인수합병 후 '마블 엔터프라이즈'
설립

[1998년 8월 21일]
〈블레이드〉

2000

[7월 14일]
〈엑스맨〉

8월 1일
'케빈 파이기' 입사

2002

[5월 3일]
〈스파이더맨〉

2003

[2월 14일]
〈데어데블〉

[6월 20일]
〈헐크〉

2004

2004년 1월
'데이비드 메이젤', 마블 스튜디오
사장 및 COO(최고운영책임자)로
임명

[6월 30일]
〈스파이더맨 2〉

2005

[7월 8일]
〈판타스틱 4〉

9월 6일
메릴린치로부터 재원 확보

2006

5월 31일
'아비 아라드' 사임

2007

[2월 16일]
〈고스트 라이더〉

3월 12일
'데이비드 메이젤', 마블 스튜디오
회장으로 임명

[5월 4일]
〈스파이더맨 3〉

2008

5월 2일
〈아이언맨〉

5월 7일
'케빈 파이기', 마블 스튜디오
사장으로 임명

6월 13일
〈인크레더블 헐크〉

2009

12월 7일
'데이비드 메이젤' 퇴사 발표

12월 31일
디즈니, 마블 인수

2010

5월 7일
〈아이언맨 2〉

2014

4월 4일
〈캡틴 아메리카: 윈터 솔져〉

[5월 2일]
〈어메이징 스파이더맨 2〉

8월 1일
〈가디언즈 오브 갤럭시〉

10월 28일
케빈콘 개최(엘 캐피턴 시어터)

2015

[4월 10일]
〈데어데블〉(넷플릭스)

5월 1일
〈어벤져스: 에이지 오브 울트론〉

7월 17일
〈앤트맨〉

8월 31일
케빈 파이기, 독자적 행보 시작

2011

5월 6일
〈토르: 천둥의 신〉

7월 22일
〈퍼스트 어벤져〉

2012

5월 4일
〈어벤져스〉

[7월 3일]
〈어메이징 스파이더맨〉

2013

5월 3일
〈아이언맨 3〉

[9월 24일]
〈에이전트 오브 쉴드〉 ABC 방송사

11월 8일
〈토르: 다크 월드〉

7월 6일
〈앤트맨과 와스프〉

[12월 14일]
〈스파이더맨: 뉴 유니버스〉
(애니메이션)

2016

5월 6일
〈캡틴 아메리카: 시빌 워〉

11월 4일
〈닥터 스트레인지〉

2017

5월 5일
〈가디언즈 오브 갤럭시 VOL. 2〉

7월 7일
〈스파이더맨: 홈커밍〉

11월 3일
〈토르: 라그나로크〉

2018

2월 16일
〈블랙 팬서〉

4월 27일
〈어벤져스: 인피니티 워〉

2019

3월 8일
〈캡틴 마블〉

4월 26일
〈어벤져스: 엔드게임〉

7월 2일
〈스파이더맨: 파 프롬 홈〉

8월 15일
케빈 파이기, 마블 엔터테인먼트의
CCO(최고 크리에이티브 책임자)로
임명

11월 12일
디즈니플러스 출범

2020

2월 25일
'밥 아이거' 사임, '밥 체이펙'
디즈니 CEO 임명

2021

1월 15일
〈완다비전〉 (디즈니플러스)

3월 19일
〈팔콘과 윈터 솔져〉 (디즈니플러스)

6월 9일
〈로키 시즌 1〉 (디즈니플러스)

7월 9일
〈블랙 위도우〉

8월 11일
〈왓 이프…? 시즌 1〉
(디즈니플러스: 애니메이션)

9월 3일
〈샹치와 텐 링즈의 전설〉

11월 5일
〈이터널스〉

11월 24일
〈호크아이〉 (디즈니플러스)

12월 17일
〈스파이더맨: 노 웨이 홈〉

2022

3월 30일
〈문나이트〉 (디즈니플러스)

5월 6일
〈닥터 스트레인지: 대혼돈의
멀티버스〉

6월 8일
〈미즈 마블〉 (디즈니플러스)

7월 8일
〈토르: 러브 앤 썬더〉

8월 18일
〈변호사 쉬헐크〉 (디즈니플러스)

10월 7일
⟨웨어울프 바이 나이트⟩
(디즈니플러스)

11월 11일
⟨블랙 팬서: 와칸다 포에버⟩

11월 20일
'밥 아이거', 디즈니 CEO 복귀

11월 25일
⟨가디언즈 오브 갤럭시 홀리데이
스페셜⟩ (디즈니플러스)

2023

2월 17일
⟨앤트맨과 와스프: 퀀텀매니아⟩

3월 17일
'빅토리아 알론소', 본 촬영과
후반작업 및 시각효과와
애니메이션 부문 사장에서 해임

3월 29일
'아이크 펄머터', 마블 엔터테인먼트
회장 및 CEO 해임

5월 5일
⟨가디언즈 오브 갤럭시:
VOL. 3⟩

6월 2일
⟨스파이더맨: 어크로스 더
유니버스⟩
(애니메이션)

6월 21일
⟨시크릿 인베이젼⟩ (디즈니플러스)

MCU PEOPLE

스탠 리
마블의 수많은 캐릭터를 공동 창작하고, 수백 편의 코믹북 원고를 집필한
마블 제국의 일인자.

아이크 펄머터
마블 코믹스 캐릭터를 이용한 완구 판매에 관심을 갖고 마블을 인수한 후
마블 엔터테인먼트를 설립한 토이 비즈의 대표.

아비 아라드
성공한 완구 디자이너 출신으로 토이 비즈에서 펄머터와 일하며 마블 캐릭터
비즈니스의 가능성을 깨닫고 영화와 TV 프로젝트 제작 책임을 맡아 마블
관련 사업의 영역을 확장시키는 데 주도적인 역할을 한다.

데이비드 메이젤
크리에이티브 아티스트 에이전시 출신의 기획자로 마블 스튜디오가 영화
제작에 전념하도록 펄머터를 설득한다.

케빈 파이기
엑스맨 시리즈의 주니어 프로듀서로 일하다 마블에 발탁되어 현재의
MCU를 구상하고 현실화시킨 MCU의 실질적인 설계자이자 실행자.

루이스 데스포지토
감독, 배우, 제작진의 계약을 담당하는 총괄 프로듀서.

빅토리아 알론소
시각효과팀 및 후반작업을 전반적으로 총괄하는 책임자.

새라 할리 핀
MCU에 출연하는 배우들을 발탁하는 캐스팅 디렉터.

프로듀서	스티븐 브루사드, 조너선 슈워츠, 네이트 무어, 브래드 윈더바움, 크레이그 카일, 피터 빌링슬리, 제레미 랫챔, 조디 힐더브랜드, 트린 트란, 에릭 캐럴, 조이 네이글하우트, 케빈 라이트, 메리 리바노스
감독	존 파브로, 조스 웨던, 루소 형제, 페이튼 리드, 제임스 건, 존 와츠, 타이카 와이티티, 라이언 쿠글러, 루이 르테리에, 케네스 브래너, 셰인 블랙, 앨런 테일러, 스콧 데릭슨, 애너 보든, 케이트 쇼틀랜드, 데스틴 대니얼 크레턴, 클로이 자오, 샘 레이미, 니아 다코스타, 숀 레비
작가	매트 할러웨이, 아트 마컴, 마크 퍼거스, 호크 오츠비, 잭 펜, 저스틴 서룩스, 애슐리 에드워드 밀러, 잭 스텐츠, 크리스토퍼 마커스, 스티븐 맥필리, 드류 피어스, 크리스토퍼 요스트, 니콜 펄먼, 조 코니시, 에드거 라이트, 아담 매케이, 폴 러드, C. 로버트 카길, 에릭 서머스, 크리스 매케나, 에릭 피어슨, 조 로버트 콜, 라이언 플렉, 제네바 로버트슨-드워렛, 마이클 월드론, 제프 러브니스, 스테파니 폴섬
제작진	릭 하인릭스, J. 마이클 리바, 데이브 클라센, 수전 웩슬러, 해나 비츨러, 스티븐 플랫, 라이언 마이너딩, 필 손더스, E. J. 크리소르, 앤디 니컬슨, 다이앤 채드윅, 찰리 웬, 로리 개핀, 로라 진 섀넌, 아디 그라노프, 알렉산드라 번, 루스 E. 카터, 마크 추, 커트 윌리엄스, 애런 심스, 테리 노터리, 시머스 맥가비, 레이첼 모리슨, 빈센트 타바이용, 댄 레벤탈, 리사 라섹, 제프리 포드, 마이클 쇼버, 데비 더먼, 액슬 알론소, 댄 들루, 앤디 박, 로드니 푸엔테벨라, 잭슨 스즈, 제임스 로스웰, 매트 에이큰, 몬티 그라니토

일러두기

Prologue: Origin Story
MCU의 시작

"

If you want to do something right, you make a list.

"

<Ant-Man and the Wasp>

"마블 유니버스를 건설할 겁니다"

마블 스튜디오의 새 주인이 된 월트 디즈니 컴퍼니는 2012년 4월 여섯 번째 영화 〈어벤져스The Avengers〉를 홍보하기 위해 엄청난 경비를 들여 배우와 프로듀서들을 유럽에 보냈다. 마블이 4년 동안 제작한 영화에 등장한 슈퍼히어로들을 한자리에 모은 〈어벤져스〉는 이미 전 세계적인 흥행이 예상되는 기대작이었다. 이 영화는 마블 스튜디오의 대표인 케빈 파이기Kevin Feige를 비롯한 마블의 프로듀서와 경영진이 10년간 쏟은 노력의 결실이자, 마블이 몇몇 캐릭터에 대한 권리를 담보로 메릴린치에서 대출받았던 것이 성공적인 노림수였음을 증명하는 작품이기도 했다. 마블은 그 대출금에 회사의 미래 전부를 걸었고, 그 자금 덕에 마블 스튜디오의 초창기 영화들을 제작할 수 있었다.

유럽 시사회가 성공적으로 끝난 4월 21일 밤, 케빈 파이기는 로버트 다우니 주니어Robert Downey Jr.(토니 스타크: 아이언맨 역)와 스칼렛 요한슨Scarlett Johansson(나타샤 로마노프: 블랙 위도우 역), 크리스 헴스워스Chris Hemsworth(토르 역), 마크 러팔로Mark Ruffalo(브루스 배너: 헐크 역) 등 배우, 제작진과 함께 이탈리아 로마의 한 레스토랑에서 저녁 식사를 함께했다.

이 식사에 참석한 다른 배우들처럼 크리스 헴스워스도 토르 역을 맡으면서 여섯 작품의 출연을 동시에 확정지었다. 그는 당시를 회상하며 "첫 영화를 열심히 찍으면 어벤져스 영화에도 출연할 수 있겠다는 희망은 가졌지만 실제로 이뤄질 줄은 상상도 못 했어요"라고 이야기했다. 그는 마블 스튜디오의 성공은 케빈 파이기의 재능과 선견지명에서 비롯된 것이었다며 칭찬을 아끼지 않았다.

느지막이 시작된 식사는 꽤 오랫동안 이어졌다. 수많은 와인 병과 음식 접시가 테이블 위에 쌓였을 무렵, 파이기는 자신이 품고 있던 마블의 미래에 관한 이야기를 꺼냈다. 그때까지만 해도 그의 계획이 그토록 원대할 거라고는 아무도 예상하지 못했다. 당시 서른여덟 살이었던 파이기는 할리우드를 대표하는 스튜디오의 대표라기보다 '어벤져스 출연 배우들과 함께하는 저녁 식사' 초대권에 당첨된 마블 영화 팬의 모습에 가까워 보였다. "저는 마블에서 출간된 모든 코믹북을 원작으로 한 마블 유니버스를 건설할 겁니다." 그런 그가 마블의 미래 비전에 대한 포부를 이렇게 밝히자 모두가 잠잠해졌다.

러팔로는 당시를 이렇게 회상했다. "파이기가 '마블 유니버스'라고 말하는 걸 그때 처음 들었어요. 저는 '야심이 대단한데, 잘하면 영화 제작 역사에 남을 만한 사건이 되겠어' 하고 생각했죠."

케빈 파이기의 마블에 대한 비전은 영화의 제작 순서를 정해놓았다거나, 특별한 제한을 두었다거나 확정된 계획이 있는 것은 아니었다. 마블 코믹스 역사의 구석구석을 탐험하고 싶어 했던 그는 마법사(닥터 스트레인지)와 아프리카의 왕(블랙 팬서), 초능력자 집단(인휴먼스)이 등장하는 영화를 예로 들며, "앞으로 2년 동안 열다섯 편을 더 제작할 겁니다"라고 기대에 찬 목소리로 말했다.

"그 말을 듣고 어안이 벙벙했죠. '이 사람, 그냥 하는 말이 아니구나'라는 생각이 들었어요." 러팔로의 말이다.

"저는 말주변이 부족해요. 그저 우리가 앞으로 무엇을 할 수 있을지에 대해 제 생각을 털어놓을 뿐이죠." 파이기는 5년 뒤인 2017년 인터뷰에서도 이렇게 말했다. "사람들은 제가 다른 할리우드 영화인들처럼 실현되지 않을 헛소리를 늘어놓는다고 생각할 수 있어요. 하지만 저는 제가 말한 것은 반드시 이뤄낼 거라고 말하고 싶습니다."

실제로 파이기와 동료들은 그날 밤 약속한 것을 거의 모두 이뤄냈다. 인휴먼스는 TV 시리즈 〈인휴먼스Marvel's Inhumans〉로 제작되었고, 〈어벤져스〉 후속 영화라고 설명한 〈시빌 워Civil War〉는 마블의 슈퍼히어로 대부분이 등장하지만, 엄밀히 말하면 '캡틴 아메리카' 시리즈로 발표됐다. 이처럼 몇몇 세부 사항은 변경됐지만, 그런 것들은 파이기의 원대한 계획 중 사소한 부분에 불과했다. 2023년 4월까지 마블은 31편의 장편

극영화를 제작했고, 전 세계에서 280억 달러가 넘는 수익을 올렸다. 이러한 결과만 놓고 본다면 마블 스튜디오의 영화는 역사상 가장 성공적인 영화 시리즈라고 할 수 있다. 서로 중첩되는 줄거리와 수십 편의 TV 시리즈로 연결되며 복잡하게 얽혀 있는 마블의 영화들은 수많은 캐릭터가 펼치는 다양한 사건의 고조된 감정을 이용해 하나의 거대한 태피스트리를 직조했다. 슈퍼히어로 장르의 관습에 충실한 작품이 있는가 하면, 장르의 가능성을 확장시킨 작품도 있었다. 몇몇 작품은 오래된 장르영화 제작양식에 판타지적인 설정을 결합해 우주를 배경으로 한 모험과 액션이 넘치는 메타픽션 성격을 띤 홈드라마를 탄생시키기도 했다. 마블이 '캡틴 아메리카' 시리즈로 이를 실현하기 전까지는 전쟁 영화나 슈퍼히어로 간의 혈투, 편집증적인 정치 스릴러 같은 다양한 성격을 가진 작품을 하나의 영화 프랜차이즈에 담을 수 있다고 생각한 사람은 아무도 없었다.

마블 시네마틱 유니버스(MCU)는 슈퍼히어로 영화가 대세가 되었음을 증명하는 말처럼 불렸고, 찬사와 비난을 동시에 받았다. 마블 스튜디오는 고유한 스타일로 장르를 재정의하고 매 작품의 질적인 수준을 높이기 위해 적극적으로 노력하면서도, 관객을 깜짝 놀라게 하는 일도 허투루 하지 않았다. 파이기와 마블 제작진은 미래를 내다보았고, 그 미래를 향해 나아갔다. 하지만 그 과정에서 관객 반응에 따라 효과가 없는 아이디어를 수정하거나 과감하게 버리면서 전혀 예상하지 않았던 방향으로 틀 줄도 알았다. 막대한 돈이 걸린 사업에서는 좀처럼 찾아보기 힘든 이러한 유연성은 마블 스튜디오를 성공으로 이끈 중요한 요인 중 하나였다.

〈어벤져스〉 시사회가 열렸던 '페이즈 1' 시절은 이미 오래 전이다. 이제 마블 스튜디오는 수익성이 어마어마하게 높아진 여느 엔터테인먼트 기업들처럼 엄격한 보안 프로토콜은 물론 비밀 규약도 적용하고 있다. 몇몇 세계적인 스타 배우에게 마블의 차기작에 관해 물으면 긴장한 표정부터 지을 것이다. 마블 스튜디오는 그동안 촬영 뒷이야기를 담은 특집 프로그램을 무수히 제작했고, 심지어 스튜디오의 역사에 관한 책도 출간했다. 하지만 그 현장에 있었던(혹은 지금 있는) 사람이라면 누구나 핵심적인 이야기 일부가 빠져 있다는 것을 안다. 혹자는 언젠가 그 모든 이야기를 공개해야 할 거라고 말하기도 한다.

MCU의 과거와 현재 그리고 미래

우리는 이 책을 쓰기 위해 케빈 파이기부터 스타크 인더스트리의 로고를 디자인한 일러스트레이터, 프로듀서, 감독, 배우, 특수효과 전문가, 스턴트 배우, 작가, 애니메이터, 미용사, 세트 디자이너, TV 프로그램 총괄, 보조, 아카데미상 수상자, 개인 트레이너, 심지어 닥터 스트레인지의 망토 역할을 했던 배우에 이르기까지 마블 시네마틱 유니버스를 만들어낸 사람들을 100명 넘게 인터뷰했다. 우리의 취재원들은 그동안 자신이 참여한 마블 영화에 관한 다양한 이야기를 우리에게 솔직하게 들려주었다. 그 외에도 마블을 다룬 여러 책과 잡지 기사, 팟캐스트에서도 많은 도움을 받았다. 우리는 MCU를 다룬 최초의 저자들과는 거리가 멀다. 하지만 우리는 이 책을 통해 지금껏 나온 책 가운데 가장 완전한 마블 스튜디오의 역사를 전하고, 그동안 알려지지 않았던 핵심적인 이야기까지 밝히고자 한다.

케빈 파이기는 유명해지는 걸 원하거나 내부 갈등을 일으키는 사람은 아니었지만, 결과적으로 두 가지 모두를 경험했다. 마블 스튜디오는 현실화되었고, 흥행작을 연달아 만들어냈다. 이는 다른 할리우드 제작사가 모방하려고 아무리 노력해도 이루지 못한 성과였다. 그러나 마블의 성공은 당연하게 이루어진 것은 결코 아니었다. 초창기 마블 스튜디오는 짧은 시간 내에 현금을 마련하기 위해 이전에 판매했던 캐릭터의 판권을 되찾아야 했다. 모기업인 마블 엔터테인먼트가 강력한 권한의 창작위원회를 만들었을 때는 자기 작품에 대한 통제권을 갖기 위해 싸워야 했다. 어떤 캐릭터가 장난감으로 가장 많이 팔릴지 강박적으로 집착했던 창작위원회는 마블의 히어로를 연기할 배우로 '크리스'라는 이름을 가진 젊은 백인 남성들을 선호했다. 그 때문에 파이기와 동료 프로듀서들은 유색 인종 캐릭터나 여성 슈퍼히어로를 중심으로 하는 영화를 만들기 위해 수년간 싸워야 했다. 흠잡을 데 없는 블록버스터를 연이어 성공시킨 배후인물로 명성을 얻은 파이기는 규모가 다른 여러 갈등에도 적응해야 했다.

예전의 할리우드 스튜디오 시스템은 파라마운트와 워너브라더스, RKO, 로우스/MGM, 20세기폭스 등 다섯 개의 대형 영화사 중심으로 구축됐다. 이들 영화사는 1930년대와 1940년대에 촬영 스튜디오를 공장처럼 돌리며 수백 편의 영화를 제작했을 뿐만 아니라, 그 영화를 상영하는 자체 극장 체인도 관리했다. 1948년, 대법원 판결로 이런 수직적 독점 기업들은 해체됐지만, 이후에도 중앙집중식 스튜디오 시스템은 1970년대까지 근근이 유지됐다. 하지만 스튜디오 제작 영화들이 구시대적인 취급을 받기 시작하자 비로소 젊은 세대 영화 제작자들에게도 창작 권한이 부여되기 시작했다.

이 책에서는 마블 스튜디오가 실리콘밸리 스타트업의 부트스트랩[1] 문화와 현대판 스튜디오 시스템을 결합하고, 배우들과 장기 계약을 맺는 동시에 전속 작가 집단을 육성하고, 감독을 고용하기 전에 영화의 외형부터 결정하는 소규모 시각 예술가 집단을 영입하면서 성장해온 방법을 기록했다. 마블 스튜디오는 기존의 스튜디오 시스템과 달리 자체 배급수단을 갖추지 못했지만 디즈니에 인수되면서 이를 해결할 수 있었다. 또한 2019년부터는 디즈니플러스를 통해 콘텐츠를 수많은 가정에 직접 송출할 수 있게 됐다.

마블은 어쩌면 기존 스튜디오 시스템을 적절히 결합한 덕분에 흥미로운 대중 영화와 이론의 여지가 없는 걸작이 공존하는 혼합체를 만들어낼 수 있었다. 마블 스튜디오는 처음부터 "최고의 아이디어가 승리한다"는 정신으로, 누구나 의견을 낼 수 있도록 모든 프로덕션을 개방했다. 그 때문에 괴짜 기질이 다분한 천재들이 〈가디언즈 오브 갤럭시 Guardians of the Galaxy〉나 〈토르: 라그나로크Thor: Ragnarok〉, 〈블랙 팬서Black Panther〉처럼 대규모 예산이 드는 슈퍼히어로의 모험담에 개인적인 비전을 융합한 영화를 만드는 일이 가능했다.

2019년 개봉한 〈어벤져스: 엔드게임Avengers: Endgame〉은 전 세계적으로 역대 최고의 흥행 수익을 올리는 성공을 거두었다. 하지만 마블 스튜디오의 성공은 단지 금전적인 측면에만 그치지 않는다. 마블은 슈퍼히어로란 무엇이고, 어떤 존재가 될 수 있는지에 대한 통념을 깨뜨렸다. 1960년대에 마블 코믹스는 히어로에게 숙제나 월세 같은 현실성 있는 문제를 떠안기고, 독자들에게 유행을 선도하는 집단의 일원이 된 듯한 느낌을 주면서 슈퍼히어로 코믹스 출간에 활기를 불어넣었다. 마블 스튜디오는 관객이 자신들의 농담을 잘 이해할 거라는 믿음을 바탕으로 현대 대중문화에 밝으면서도 익살맞은 성격을 작품과 캐릭터에 부여함으로써 코믹스에서 거둔 성취를 새로운 시대에 재현해냈다. 영화와 영화 제작방식 양쪽에서 모두 고유한 스타일을 만들어낸 것이다.

물론 모든 사람이 마블 영화의 팬이었던 것은 아니다. 마틴 스콜세지Martin Scorsese 감독은 2019년에 슈퍼히어로 영화는 "영화Cinema가 아니"라고 말한 것으로 유명하다. 프랜시스 포드 코폴라Francis Ford Coppola 감독 역시 슈퍼히어로 영화를 "비열한 영화"라고 비난하며, 마블 영화는 예전 스튜디오 영화처럼 똑같은 영화를 조금 다르게 보이도록 계속 찍어내는 영화에 불과하다고 표현했다.

마블 팬들은 이런 발언에 격렬한 반응을 보였지만, 그렇다고 해서 마블 영화가 예술로 입증되는 것은 아니었다. 다만 마블 영화 중 적어도 최고로 평가받는 몇몇 작품은 재치 넘치는 굉장한 볼거리를 제공하고 제작에 쏟은 열정이 분명하게 드러난다는 점에서 스스로 예술임을 증명했다. 어쨌거나 지적재산권IP, Intellectual Property이 가장 중요한 영화 업계에서 마블만큼 가치 있는 IP는 없다고 단언할 수 있다. 마블의 IP는 수십 년에 걸쳐 발간된 수천 권의 코믹스에 기반한 만큼 가까운 시일 내에 고갈될 위험도 없다.

마블이 대세로 자리 잡았음을 가장 극명하게 보여주는 것은 아마도 〈더 보이즈The Boys〉, 〈인빈시블Invincible〉, 〈왓치맨Watchmen〉과 같은 슈퍼히어로 콘텐츠를 비판적인 시각으로 비튼 영화나 TV 시리즈의 등장일 것이다. 그러나 현재 마블이 극복해야 할 도전은 그런 것들이 아니라 마블 자신에게서 비롯됐다. 작품들의 질적 수준을 계속 관리해야 하고, 수십 편의 영화와 TV 프로그램 모두를 시청자가 계속 보고 싶게 만들어야 하며, 그렇다고 이런 콘텐츠가 다음 작품을 이해하는 데 필요한 숙제가 되어서도 안 된다. 하지만 마블 스튜디오는 앞만 바라보고 전속력으로 달려온 끝에 마블 코믹스 작가와 일러스트레이터들에게 친숙한 딜레마의 바다에 봉착했다. 즉 뻔한 결말 없이 어떻게 이야기를 확장해야 할지, 익숙한 캐릭터들을 다양한 상황에서 어떻게 적절히 유지할지, 스튜디오 전체를 리부트하지 않고 어떻게 성공공식을 끊임없이 재창조할지와 같은 어려운 문제와 마주친 것이다.

마블 스튜디오는 디즈니의 요청에 따라 제작 속도에 박차를 가하면서 한계에 도전했다. MCU의 페이즈 1은 개봉까지 약 5년이 걸렸는데, 이는 페이즈 4와 5, 6의 일정을 모두 합친 것에 가까운 기간이다. 영화 세 편과 대여섯 편의 TV 시리즈를 1년 이내에 제공하는 것은 관객과 제작자 모두를 지치게 만드는 속도였다. MCU의 초창기 성공신화는 케빈 파이기의 직접적인 실무 참여에 의존했으나, 이러한 방식은 대량 생산 시스템으로 확장하는 데 한계가 있음이 드러났다. 그 대표적인 사례인 〈앤트맨과 와스프: 퀀텀매니아Ant-man and the Wasp: Quantumania〉는 내용이 밋밋한 데다 평범한 컴퓨터 그래픽으로 뒤덮인 영화라는 평을 받았다.

그럼에도 이 영화는 수억 달러의 흥행 수익을 올리며 2023년 초반 몇 주 동안 미국 내 흥행 1위를 차지했다. 그 외에도 마블은 질적으로 들쭉날쭉한 속편과 확장판 영화, TV 시리즈를 무척 많이 내놓았지만, 이는 마치 제작자들에게 권력이 쥐어졌을 때 어떤 선까지 허용되는지 확인하려는 일종의 실험 같았고, 실제로 그러했음이 드러났다.

타노스가 자신에 대해 말한 것처럼, MCU는 필연적이기에 피할 수 없는 존재다. 어쩌면 지난 10여 년 동안 세계적인 성공을 거둔 탓에 쓸 만한 선택지는 마블 스튜디오가 유일한 것처럼 느껴지기도 한다. 마블 시네마틱 유니버스라는 세계는 우리의 경험 세계를 너무나 철저히 장악했기에 MCU가 없는 세상을 상상하기가 어려워졌다. 그렇기에 파산 위기의 혼란에서 시작된 마블의 성공 스토리가 더욱 놀라울 뿐이다.

Phase

0

1961~2007

Chapter 1: Phoenix Saga
파산 위기에서 부활한 마블

"

Before we get started, does anyone want to get out?

"

<Captain America: The Winter Soldier>

코믹북 거품과 몰락

마블 스튜디오는 실패와 손해, 파산과 함께 시작되었다. 그보다 수십 년 앞서 출발했던 마블 코믹스 역시 마찬가지였다. 1950년대 미국 상원 의회에서 열린 선정성 만화에 관한 청문회 이후 미국 코믹북 시장은 격랑에 부닥쳤다. 1939년에 '타임리 코믹스'로 시작된 마블 코믹스 역시 로맨스나 서부극 등 다른 출판사에서 팔리는 장르라면 무엇이든 따라 만들면서 간신히 사업을 유지하고 있었다. 그러던 1957년, 한 달에 8편만 내도록 제한받는 불리한 조건의 가판대 배포 계약에 묶이면서 마블 코믹스는 직원 대부분을 해고할 수밖에 없었다. 결국 코믹스 시장은 슈퍼맨과 배트맨, 원더우먼 같은 인기 슈퍼히어로 캐릭터를 보유한 DC 코믹스가 주도하게 되었다.

1961년, 마블 코믹스를 대표하는 천재 작가이자 장사꾼인 스탠 리Stan Lee와 천부적인 재능과 성실성을 겸비한 잭 커비Jack Kirby는 '판타스틱 4'라는 새로운 슈퍼히어로 팀을 만들어 반격에 나섰다. 이전에는 볼 수 없었던 SF 모험담과 가족 드라마를 결합한 이 만화는 DC 코믹스에는 없던 활기찬 분위기와 태도로 주목받으며 출간되자마자 큰 성공을 거두었다. 판타스틱 4의 성공에 고무된 마블 코믹스는 이후에도 스파이더맨과 앤트맨, 아이언맨을 비롯한 수백 명의 슈퍼히어로가 등장하는 다양한 장르의 작품들을 출간했다. 마블은 이 모든 슈퍼히어로 작품이 서로 유기적으로 연결되어 시간과 공간을 초월한 현대적인 장편 서사극이 되도록 설계했고, 이는 마블을 수천 가지가 넘는 이야기를 출간한 문화적 제국으로 성장시키는 근간이 되었다.

1991년, 마블은 '세상이 두려워하는 초능력자 뮤턴트 집단'이 등장하는 '엑스맨' 시리즈를 새롭게 출간했다. 당시 인기는 폭발적이었다. 출간된 해에만 818만 6,500부가 판매된 『엑스맨X-Men』 1호는 세계에서 가장 많이 팔린 코믹북으로 지금까지도 기록이 깨지지 않고 있다. 크리스 클레어몬트Chris Claremont가 글을 쓰고, 짐 리Jim Lee가 그린 이 만화책은 한 부 가격이 3.95달러이고, 다섯 가지 버전의 표지로 출간되었다. 판매된 800여만 부 중에는 팬들이 소장할 목적으로 표지 종류별로 구입한 경우도 많았다.

물론 『엑스맨』 1호는 코믹북 열풍의 가장 극단적인 사례이긴 하지만, 다른 예도 얼마든지 많다. 여러 유명 잡지에서는 앨런 무어Alan Moore의 『왓치맨Watchmen』이나 프랭크 밀러Frank Miller의 『배트맨: 이어 원Batman: Year One』, 아트 슈피겔만Art Spiegelman의 『쥐Maus』 같은 진지하고 복합적인 주제를 다룬 작품을 극찬하기도 했다. 이들 작품은 만화가 어린이만을 위한 매체가 아님을 분명히 증명했다.

한편 팀 버튼Tim Burton 감독의 영화 〈배트맨Batman〉(1989)은 그해 최고의 흥행작이었고, 다양한 배트맨 관련 상품들도 시장에서 선풍적인 인기를 끌었다. 그 덕에 1991년 경매에서는 배트맨이 처음 등장한 『디텍티브 코믹스Detective Comics』 27호 한 부가 5만 5,000달러에 판매되었다. 《뉴욕타임스》에서도 관련 기사를 내며 배트맨 코믹스의 인기에 주목했다. 당시 경매에서 낙찰받은 헤럴드 M. 앤더슨Harold M. Anderson은 "코믹북 시장이 폭발적으로 성장하는 시작 단계에 있다"고 주장하기도 했다.

하지만 『샌드맨Sandman』의 작가로 잘 알려진 닐 게이먼Neil Gaiman은 이 의견에 동의하지 않았다. 그는 1993년에 열린 코믹콘에서 코믹북을 투자 상품으로 취급하는 행태에 대해, 17세기 네덜란드의 튤립 시장에 일었던 투기 열풍과 마찬가지로 필연적으로 꺼질 수밖에 없는 거품이라고 경고했다. 유통업자들은 그의 말을 못 들은 척했지만, 닐 게이먼의 주장은 머지않아 현실이 되었다. 몇 년에 걸쳐 전체 코믹북 전문점의 3분의 2가 폐업했고 유통망도 혼란에 빠졌다. 마블 코믹스 역시 이 여파로 1996년 파산을 신청하기에 이르렀다.

스탠 리의 '마블 프로덕션'

그럼에도 스탠 리는 여전히 마블을 대표하는 얼굴이었다. 그는 '토르'와 '닥터 스트레인지', '인크레더블 헐크'를 비롯한 수많은 캐릭터를 공동 창작했고, 수백 편의 코믹북 원고를 집필했다. 또한 그는 '편집자의 글'이나 '독자 편지'에 직접 답하는 식으로 마블 코믹스 팬들과도 적극적으로 소통했다. 무엇보다 그는 독자를 코믹북이라는 수준 높은 문화상품의 소비자로 생각하며 추켜세웠다. 스탠 리가 글을 쓰고, 스티브 딧코Steve Ditko가 그린 『어메이징 판타지Amazing Fantasy』 15호에 처음 등장한 스파이더맨은 그의 유쾌한 면모가 드러나는 다음과 같은 홍보 문구로 소개되었다. "유치한 쫄쫄이 히어로 같다고요? 업계 사람들은 '내복 입은 캐릭터'라고 불러요! 흔해 빠진 캐릭터로 보이겠지만 스파이더맨은 좀 다를 걸요!"

마블이 파산을 신청할 무렵, 자신이 만들어낸 헐크 캐릭터가 등장하는 TV 드라마 〈두 얼굴의 사나이The Incredible Hulk〉의 성공을 지켜본 스탠 리는 LA로 거처를 옮겨 '마블 프로덕션'이란 규모가 작은 스튜디오를 맡게 되었다. 『마블 코믹스: 알려지지 않은 이야기Marvel Comics: The Untold Story』의 저자 션 하우Sean Howe에 따르면, 스탠 리는 60년대 후반부터 돈도 못 벌고 성과도 인정받지 못하는 코믹스 업계에 안주하느니 할리우드에 진출하는 편이 더 낫겠다고 늘 이야기했다고 한다. 그러나 마블 프로덕션의 행보는 순탄치 않았다. 리는 여전히 아이디어의 원천이자 스토리텔링 전문가였지만, 말만으로는 일을 진행할 수 없었다. 할리우드에서는 아무도 그의 말에 귀를 기울이려고 하지 않았기 때문이다.

1981년, CBS에서 방영된 〈스파이더맨과 놀라운 친구들Spider-Man and His Amazing Friends〉의 경우 스파이더맨이 단독 주인공이 되기에는 인기가 부족하다고 판단한 방송사 간부가 스탠 리와 상의도 없이 스파이더맨과 무관한 엑스맨 시리즈의 캐릭터 '아이스맨'과 '파이어스타'를 한 팀으로 묶어 애니메이션으로 제작했다. 리는 이에 대해 1984년 개최된 히어로콘[2]에서 팬들에게 사과하며 방송사와의 불화에 대해 털어놓기도 했다.

리는 당시 히어로콘에서 〈백 투 더 퓨쳐Back to the Future〉의 로버트 저메키스Robert Zemeckis 감독과 각본가 밥 게일Bob Gale 팀이 각색한 '닥터 스트레인지Doctor Strange' 영화와 만화가 로이 토머스Roy Thomas와 게리 콘웨이Gerry Conway가 각본을 쓴 '엑스맨' 영화 제작 계획도 홍보했다. 두 영화 모두 실제로 제작되지는 못했지만, 대신 다른 회사의 IP를 라이선스 계약한 애니메이션 〈지 아이 조G.I. Joe〉와 〈머펫 프렌즈Muppet Babies〉를 성공적으로 제작했다.

리는 마블 캐릭터를 영화와 방송 프로그램으로 각색해 할리우드에 팔기 위해 노력했지만, 대부분 실패했다. 그는 마블 코믹북 뒤에 실린 칼럼에서 곧 제작될 영화나 방송 프로그램에 대해 흥분해서 이야기하곤 했지만, 대부분 실현되지 못했다. 마블 캐릭터를 원작으로 제작된 몇몇 영화들은 형편없는 작품이 많았다. 돌프 룬드그렌Dolph Lundgren이 주연을 맡은 〈응징자The Punisher〉(1989)나 비디오 시장으로 직행한 〈캡틴 아메리카Captain America〉(1990), 그리고 조지 루카스George Lucas가 제작했지만 할리우드에서 가장 악명 높은 실패작으로 꼽히는 〈하워드 덕Howard the Duck〉(1986) 등이 그런 영화다.

해나 바베라[3]의 전임 부사장이었던 마거릿 레시Margaret Loesch는 마블 프로덕션에서 일하던 1984년 무렵, 영화사 사람들과 회의가 끝나면 리가 자신에게 "도대체 저 사람들은 상상력이란 게 없는 건가? 왜 내 말을 알아듣지 못하는 거지?"라고 말하곤 했다고 털어놓았다. 레시는 마블 프로덕션에서 나름대로 열심히 노력했지만 늘 실패한 기분이 들었었다고 고백하기도 했다.

마블을 차지하기 위한 암투

마블 프로덕션의 실패가 마블의 운명을 결정짓지는 않았다. 마블의 미래는 회사가 겪은 일련의 복잡한 변화가 이어지며 결정되었고, 이는 마침내 마블 스튜디오의 탄생으로 이어졌다.

1968년, '퍼펙트 필름 앤 케미컬 코퍼레이션'에 매각된 마블 코믹스는 1986년에 파산하여 로저 코먼Roger Corman의 '뉴월드 픽처스'에 인수되었다. 1989년에는 화장품 회사 레브론을 적대적 인수한 것으로 유명해진 로널드 페럴먼Ronald Perelman에게 매각되기에 이른다. 페럴먼은 문제 기업을 인수하는 데 재능을 발휘했던 인물로, 이를 통해 큰 부를 축적했다.

마블을 인수한 페럴먼은 스탠 리의 연봉을 약 100만 달러로 인상했다. 이는 '마블의 일인자'로 불리던 리가 지금까지 마블의 브랜드 홍보대사로 일한 가치에 대한 보상이었다. 한편 페럴먼은 마블을 이용해 스포츠 트레이딩 카드 회사인 플리어와 스카이박스, 아동 대상 수집용 스티커 제조업체인 이탈리아의 파니니도 인수했다. 그러나 1994~95년 프로야구 파업으로 월드시리즈가 취소되면서 트레이딩 카드 사업에 위기가 닥치자 마블의 수익도 급감했다.

마블은 이 모든 인수로 7억 달러가 넘는 부채를 떠안았는데, 이는 상환 능력을 훨씬 웃도는 액수였다. 페럴먼은 마블 주가를 단기간에 3배나 끌어올렸지만, 1995년 마블은 처음으로 연간 손실을 공시했고, 이후에도 적자가 계속됐다. 결국 페럴먼은 1996년 12월 마블의 파산 보호를 신청했다. 그는 채무를 '재조정'하는 과정이라고 표현했지만, 실제로는 부채 일부를 탕감받고 일부는 상환 연기되길 원했다(은행도 아무것도 받지 못하느니 조정을 통해 조금이라도 받는 편을 선호했다).

그는 다른 억만장자들이 마블에 관심을 가질 거라고는 예상하지 못했다. 그런데 때마침 '기업 사냥꾼'으로 유명한 칼 아이칸Carl Ichan이 등장했다. 아이칸은 항공사 TWA와 가전제품 회사 태팬을 인수했고, U.S. 스틸과 팬암에 대한 적대적 인수를 시도한 인물이다. 그는 인수 과정에서 발생한 부채를 갚기 위해 회사 자산을 매각하는 것으로 유명했다. 아이칸은 페럴먼이 발행한 마블의 고위험 채권 3분의 1을 조용히 사들이며 마블을 장악하기 위해 움직였다.

아이칸과 페럴먼, 그리고 마블에 자금을 대출해준 은행들은 몇 달에 걸쳐 지루한 법적 다툼을 벌이며 마블을 차지하기 위해 싸웠다. 델라웨어 파산법원과 항소법원에서 진행된 소송은 마블의 재정적인 현실뿐만 아니라 두 억만장자의 자존심 대결로 인해 격화되었다. 결국 1997년 6월, 아이칸이 마블을 장악하며 승리를 거두었다.

아이칸의 승리가 법적 분쟁의 끝은 아니었다. 파산 절차는 여전히 진행 중이었고, 명령 신청과 소송, 변호사 비용이 청구되는 상담 시간 모두 늘어났다. 그런데 뜻밖의 경쟁자가 나타났다. 규모 면에서 마블의 4분의 1에도 못 미치는 '토이 비즈'라는 장난감 제조업체가 진지하게 마블을 노리고 있었다. 토이 비즈의 회장 아이크 펄머터Ike Perlmutter는 페럴먼이나 아이칸처럼 선정적인 언론의 헤드라인을 장식하는 인물은 아니었다. 그는 35년 동안 카메라에 찍힌 적이 없을 정도로 극도로 은둔적인 성향이었다.

토이 비즈의 아이크 펄머터

아이크 펄머터는 이스라엘이 건국되기 6년 전인 1942년 12월 영국령 팔레스타인 지역에서 태어났다. 그는 이스라엘이 주변국들과 벌인 6일 전쟁에 참전한 뒤, 1967년에 돈을 벌기 위해 미국으로 이주했다.

펄머터가 뉴욕에 도착했을 때 그의 나이는 고작 스물넷이었고, 주머니에는 단돈 250달러가 전부였다. 그는 브루클린의 유대인 공동묘지를 자주 드나들며 집세를 벌었다. 머리에 유대인 모자를 쓴 채 기도서를 들고 나가면 고인을 위한 기도를 암송해 돈을 벌 수 있었다. 실제 그는 정통파 유대교도는 아니었지만, 유창한 히브리어 덕분에 슬픔에 잠긴 유가족들은 이를 알아차리지 못했다.

펄머터는 브루클린 거리에서 도매로 물건을 팔았고, 뉴욕 시 북쪽 캐츠킬 산맥에 있는 리조트에서 휴가를 보낼 만큼 돈을 벌었다. 그곳에서 로라 스페어 Laura Sparer 라는 여성을 만나 사랑에 빠진 그는 1971년에 결혼했다. 펄머터에게 좋은 인상을 받은 처가에서 큰돈을 빌려주었고, 그는 이 자금을 자신이 운영하던 '오드 로트 트레이딩'에 투자했다. 그는 인형부터 비누에 이르는 창고 정리 재고 상품을 헐값에 사들인 다음, 시중 가격보다는 훨씬 저렴하지만 매입가보다는 훨씬 높은 가격에 재판매하며 푼돈을 몇 배로 불리는 수완을 발휘했다. 펄머터는 1970년대 말까지 뉴욕 시 전역에 오드 로트 매장 수십 곳을 보유할 정도로 성공했지만, 사치를 부리며 살지는 않았다. 펄머터는 매일 아침 일찍 일어나 테니스를 치고, 회사를 운영하거나 거래를 하며 하루를 보낸 뒤 저녁 8시 이후에는 전화를 받지 않았다. 그는 비즈니스 교육을 정식으로 받은 적은 없었지만, 대차대조표를 직관적으로 파악하는 명석한 두뇌가 있었다.

1984년 펄머터는 레브코 드럭스토어 체인과의 주식 매입 분쟁 끝에 재고품 판매를 토대로 세운 기업 왕국을 1억 1,700만 달러짜리로 불리는 데 성공했다. 펄머터는 이제 재고품이 아니라 회사를 통째로 인수할 여력을 가지게 되었다. 오드 로트를 운영하면서 장난감과 게임을 보는 안목을 키운 그는 쇠락해 가는 완구회사 콜레코를 인수한 뒤 해즈브로에 되팔아 약 4,000만 달러의 수익을 올렸다. 그리고 1990년에는 토이 비즈를 인수했다. 토이 비즈는 펄머터가 인수하기 1년 전, 뜻밖의 횡재를 경험했다. DC 슈퍼히어로 관련 상품을 만들던 장난감 제조업체 케너의 라이선스가 만료되면서 영화 〈배트맨〉 개봉에 맞추어 DC

코믹스의 완구 라이선스를 얻을 수 있었기 때문이다. 펄머터는 이를 토이 비즈의 수익성을 더욱 높일 수 있는 기회라고 믿었고, 그 예상은 적중했다. 뉴욕에 초라한 사무실을 임대하고, 애리조나에 창고를 마련했으며, 제품 생산은 중국에 외주를 주는 알뜰한 경영으로 직원 1인당 매출액이 200만 달러에 이르는 놀라운 성과를 만들어낸 것이다.

완구 디자이너, 아비 아라드

펄머터는 토이 비즈에 더 많이 관여하기 시작하면서, 아비 아라드Avi Arad의 능력을 재발견했다. 세계에서 가장 성공적인 완구 디자이너 중 한 명인 아비 아라드는 펄머터와 마찬가지로 이스라엘 출신 이민자이자 6일 전쟁 참전 용사였다. 하지만 두 사람의 개인적인 성향은 달랐다. 제2차 세계대전 이후 폴란드에서 건너온 난민이었던 아라드의 부모는 이스라엘에서 새로운 삶을 꾸리기 위해 고군분투했다. 펄머터보다 여섯 살 아래인 아라드는 히브리어로 번역된 미국 코믹북을 읽으며 자랐다. 6일 전쟁에서 부상을 입은 아라드는 건강을 회복하느라 병원에서 15개월을 보냈고, 1970년에 미국으로 이주했다. 당시 그는 시를 읽으며 익힌 몇 구절을 제외하면 영어를 전혀 하지 못했다. 그는 롱아일랜드의 호프스트라 대학교에서 산업 경영학을 공부했으며, 트럭을 운전하고 히브리어를 가르치면서 학비를 벌었다. 졸업 후 첫 직장은 완구회사였다. 완구 사업에 대해서 전혀 생각해본 적 없었던 그는 이 회사에서 개당 15달러짜리 미니어처 당구대를 100만 개나 판매하는 것을 보고 생각이 바뀌었다.

그는 프리랜서 완구 디자이너가 되어 뛰어난 실력을 발휘했다. 아라드는 업계에 있는 거의 모든 회사에 인기 장난감을 판매했다. 그는 "야구에서 3할 타율이면 슈퍼스타죠? 제 타율은 8할 후반이에요"라고 자랑하기도 했다. 아라드는 마케팅 전문가의 자세로 일에 접근한다는 점에서 다른 완구 디자이너들과 달랐다. 그는 시장에서 부족한 부분을 파악한 다음 그 틈새를 채울 장난감을 만들어냈다. 완구회사에 시제품을 선보일 때는 광고와 마케팅 계획까지 함께 제시했다. 그는 하나의 제품이 아니라 전체적인 비전을 팔았다.

아라드는 부츠부터 가죽조끼까지 온통 검은색으로 차려입고 할리 데이비슨 모터사이클을 탔다. 그는 경직된 조직생활과 맞지 않는 타입이었지만, 펄머터는 토이 비즈 지분의 10퍼센트를 건네는 조건으로 아라드와 22명의 개발팀을 설득했다. 마침내 아라드는 토이 비즈의 CEO로 임명되었고, 펄머터는 회장을 맡았다.

아라드가 토이 비즈에 재직하던 시절, 그는 엑스맨 완구를 성공시키기도 했다. 이 완구는 코믹북 『엑스맨』 1호와 같은 해인 1991년에 출시되어 3,000만 달러의 매출을 기록했다. 마블 완구가 얼마나 잘 팔릴 수 있는지 확인한 펄머터는 당시 마블의 CEO였던 페럴먼과 이례적인 계약을 맺었다. 모든 마블 캐릭터에 대해 '로열티 없이, 독점적이고 영구적인 라이선스'를 받는 대가로 토이 비즈 지분의 46퍼센트를 마블에 넘기기로 한 것이다.

페럴먼은 마블을 "IP 측면에서 작은 디즈니와 같다"고 비유했지만 마블 영화 제작에 직접 투자하는 건 꺼렸다. 영화가 캐릭터의 가치를 높인다는 것은 알았지만, 장기간 거액을 투자했다가 회사를 팔아치울 시점에 어려움을 겪고 싶지 않았기 때문이었다. 또한 페럴먼은 영화화 루머는 환영했지만, 흥행에 실패하면 브랜드에 타격을 입힐 수 있다는 점에서 실제 영화로 제작되는 것은 원하지 않았다.

실제로 거액이 투자되는 영화보다는 저예산 만화 시리즈가 완구 판매에 더 큰 도움이 됐다. 1992년, 폭스 키즈 TV 프로그램 편성 책임자가 된 마거릿 레시는 곧 〈엑스맨〉 애니메이션 시리즈를 시작했다. 이 시리즈의 총괄 프로듀서는 스탠 리와 아비 아라드 두 사람이었지만, 리는 명목상 참여에 그쳤다. 각본을 맡은 릭 호버그Rick Hoberg는 "리가 우리 캐릭터들을 전혀 이해하고 있지 못하다는 사실을 깨달았다"고 말했다. 〈엑스맨〉의 관리 프로듀서였던 윌 뮤그니오Will Meugniot에 따르면, 리는 "프로페서 엑스가 사이클롭스와 비스트와 함께 밴을 타고 전국을 돌아다니며 매주 새로운 뮤턴트를 세레브로[4]를 이용해 찾는 이야기"를 만들고 싶어 했다. 그러나 아라드는 이 프로그램 회의에서 리의 이야기를 들은 기억이 거의 없었다. "저는 1993년부터 1997년까지 이 프로그램을 제작하기 위해 온 힘을 다했어요. 그만큼 뮤턴트가 된다는 것에 공감이 갔거든요." 아라드는 액션피겨 수집 열풍에 편승하기 위해 리보다 이 프로그램에 훨씬 더 많이 관여했고, 완구 판매량 증가로 이어질 만한 아이디어도 꾸준히 제안했다.

스파이더맨의 가치

페럴먼과 아이칸이 마블을 두고 다투기 시작했을 때, 펄머터와 아라드는 페럴먼을 지지했다. 아이칸이 이기면 로열티 없이 마블 캐릭터를 완구에 이용할 수 있는 소중한 라이선스를 다른 곳에 팔 수 있다는 우려가 들었기 때문이다. 페럴먼에 승리한 아이칸은 곧바로 토이 비즈의 새 이사진을 임명했다. 펄머터는 다양한 방법을 동원해 아이칸에게 반격을 시도했다.

1997년 10월 1일, 전환점이 찾아왔다. 마블 채권을 보유한 은행단이 채무를 청산하기 위한 아이칸의 최근 제안을 받아들일지 결정하는 중요한 회의가 열리기로 했는데, 토이 비즈가 초대받지 못한 것이다. 펄머터는 회의 사무실에 계속 전화를 걸었지만, 번번이 통화를 거절당했다. 그때 토이 비즈의 변호사 래리 미트먼Larry Mittman이 회의장으로 직접 쳐들어가자고 주장했다. 펄머터와 아라드, 미트먼, 조지프 에헌Joseph

Ahearn은 토이 비즈 사무실에서 뛰쳐나와 파크 애비뉴와 이스트 53번가를 달려 회의장으로 향했다. 헝클어진 차림새의 네 명이 나타나자, 회의장에 있던 은행가 40명은 놀라움을 금치 못했다. 어쨌든 그들은 발언 기회를 얻었다. 아라드는 아이칸이 마블의 가치를 3억 8,500만 달러로 책정한 것은 매우 저평가된 것이라고 강변했다. 그러면서 은행가들에게 "스파이더맨의 가치가 어느 정도라고 생각하십니까?"라고 질문을 던졌다. 그는 스파이더맨 캐릭터의 영구 소유권이 10억 달러는 될 거라고 말하며, 그 근거로 전 세계 아이들이 스파이더맨 잠옷을 입고 잠자리에 들 만큼 이 캐릭터를 사랑한다고 말했다. 또한 앞으로 스파이더맨을 원작으로 하는 수많은 영화와 텔레비전 프로그램, 라이선스 상품이 끊임없이 만들어질 거라고 주장했다. 그는 "마블은 지금 파산 위기에 놓여 있지만 스파이더맨은 여전히 전 세계적으로 손꼽히는 가장 잘 알려진 캐릭터 중 하나"라고 말했다. 그는 은행가들에게 다른 마블 캐릭터의 성장 가능성도 소개하면서 이렇게 호소했다. "여러분, 저희가 회사를 바로잡겠습니다. 부디 그렇게 할 수 있도록 기회를 주십시오."

이 순간 아라드는 자신이 모르고 있던 설득력이란 재능을 발견했다. 훗날 아라드는 "사람들에게 마블이 품은 가치에 대해 설득하는 일이 정말 재미있었어요"라고 회상했다.

토이 비즈는 아이칸만큼의 거액을 선지급할 수 없었지만, 현금 1억 3,000만 달러와 함께 마블과 토이 비즈가 합병한 회사의 지분 40퍼센트라는, 상승할 잠재력이 더 큰 제안을 내놓았다. 펄머터와 아라드가 마블의 상황을 호전시킬 수 있다면 이 제안이 더 나은 거래였고, 은행은 이를 선택했다. 이후에도 몇 달에 걸친 협상이 더 이어졌지만, 1998년 7월 미국 델라웨어 지방법원은 제4차 수정안으로 일컬어지는 이 거래를 최종 승인했다. 토이 비즈는 이제 마블을 소유하게 됐고, 마블에 따라오는 모든 꿈도 함께 갖게 되었다.

Chapter 2: Gifted Youngsters
젊은 능력자

"

You hope for the best and make do with what you get.

"

<Avengers: Age of Ultron>

로저 코먼의 〈판타스틱 4〉

마블의 파산 위기가 시작되기 3년 전인 1993년, 마블 프로덕션은 마블 필름으로 이름을 바꾸고, 토이 비즈의 아비 아라드를 CEO에 임명했다. 아라드는 〈엑스맨〉 애니메이션 시리즈를 자문하며 할리우드에서 일한 경험이 있는, 뛰어난 재능을 타고난 세일즈맨이었다. 하지만 마블 필름의 책임자를 완구 디자이너 출신인 아라드에게 맡긴 것은 마블이 원한 것이 '장난감으로 만들어 팔 만한' 작품을 만들고 싶었던 것임을 명확히 드러낸 셈이었다.

어린 시절부터 마블 코믹스의 팬이었던 아라드는 슈퍼히어로라는 IP의 가치를 극대화하는 방법과 슈퍼히어로 이야기를 대중적으로 풀어내는 방법을 알아낸 사람이었다. 그는 마블 캐릭터 모두에게 열정을 보였지만, 가장 인지도 높은 엑스맨과 스파이더맨에 특히 관심이 많았다.

아라드는 마블의 슈퍼히어로와 완구에 대한 대중의 흥미를 불러일으키기 위해 많은 프로젝트를 승인했다. 또한 〈하워드 덕〉 같은 망신스러운 작품이 더는 나오지 않도록 영화의 질을 높이기 위한 임무까지 도맡아야 했다. 아라드가 넘어야 할 첫 번째 관문은 존재조차 알지 못했던 영화 〈판타스틱 4The Fantastic Four〉(1994)였다. 푸에르토리코에서 휴가를 보내던 아라드는 어느 마블 팬과 얘기를 나누다가, 당시 제작 중인 판타스틱 4 영화가 있다는 사실을 전해 듣고 깜짝 놀랐다. 마블의 각색 작품을 관리하는 것이 그가 맡은 일이었기 때문이다. 그는 수소문 끝에 제작자가 1993년 8월에 열린 샌디에이고 코믹콘에서 이듬해 개봉을 홍보하는 예고편을 상영했다는 사실을 알게 되었다. 놀랍게도 그 영화는 합법적으로 제작된 것이었다. 1980년대 초, 독일인 제작자 베른트 아이힝거Bernd Eichinger는 25만 달러에 판타스틱 4 영화화 판권을 계약했다. 계약상 1992년 말까지 영화 제작에 착수해야 했던 아이힝거는 몇 년 동안 이 영화를 제작할 영화사를 찾다가 결국 'B급 영화의 제왕'로저 코먼Roger Corman과 불과 100만 달러의 예산에 제작하기로 합의했다. 올리 새손Oley Sassone이 감독을 맡은 이 영화는 아이힝거의 판권 유지 기한인 1992년 12월 28일이 되어서야 제작에 들어갔다.

아무리 1990년대 초반이라 해도 100만 달러는 상업용 액션영화를 만들기에는 턱없이 부족한 예산이었다. 하물며 고무처럼 몸을 늘리는 미스터 판타스틱과 불타오르며 날아다니는 휴먼 토치, 주황색 바위로 뒤덮인 괴물인간 씽이 등장하는 영화는 말할 것도 없었다. 휴먼 토치가 타오르는 부분은 같은 촬영 장면을 여러 번 반복 편집했고, 길게 늘어난 미스터 판타스틱의 팔은 긴 막대기에 소매와 장갑을 씌워 표현했을 정도로 조잡했다.

이 영화를 본 스탠 리는 "그 누구에게도 절대 보여주면 안 되는 영화"였다고 주장했다. 그는 아이힝거가 영화 판권을 유지할 목적으로 100만 달러를 쓴 것이라고 믿었다. 아라드 또한 이 영화에 부정적이었다. 마블 슈퍼히어로를 B급도 안 되는 Z급의 조잡한 영화로 만드는 것은 브랜드 이미지를 생각한다면 가장 피하고 싶은 것이었다. 아라드는 아이힝거 측에 돈을 지불하고 영화에 대한 모든 권리와 상영본을 사들인 다음 네거티브 필름을 소각했다고 발표했다. 다큐멘터리 〈둠드!: 더 언톨드 스토리 오브 로저 코먼 더 판타스틱 4Doomed! The Untold Story of Roger Corman's The Fantastic Four〉(2015)의 감독인 마티 랭포드Marty Langford는 "〈판타스틱 4〉의 네거티브 필름은 아라드의 발표와 달리 어딘가에 남아 있을 거"라고 주장했다.

아라드는 지난 20년 동안 마블이 할리우드와 일해온 방식이 합리적이지 않다고 생각했다. 영화사에 마블 캐릭터가 등장하는 영화를 만들자고 설득하는 것도 어려웠고, 진행 과정이나 최종 결과를 통제하는 것도 불가능했기 때문이다. 그는 마블의 캐릭터를 바라보는 관점이 서로 다르고 일하는 방식도 맞지 않아서 대형 영화사와의 협업은 어렵다고 판단했다.

마블 엔터프라이즈의 출범

1996년 로널드 페럴먼이 보유하고 있던 토이 비즈 지분 상당량을 처분했을 때, 페럴먼은 그 주식을 현금화한 뒤 마블 필름을 대체해 만든 마블 스튜디오에 자금을 지원했다. 아라드가 CEO를 맡은 마블 스튜디오는 슈퍼히어로 각본에 호의적인 감독과 인기 배우를 연결해 재능 있는 사람들을 모은 다음, 결정된 제작 계획 전체를 영화사에 넘겨줄 작정이었다. 이는 마블 캐릭터의 상업적 가능성을 의심하는 영화사 경영진을 피해 가기 위한 우회 전략이었고, 아라드 자신이 컨설턴트가 아닌 영화 제작자로 변신하기 위한 길이기도 했다.

당시 아이언맨과 실버 서퍼, 블레이드 같은 상대적으로 인기가 적은 캐릭터는 마블의 지원을 받을 거라 기대하지 않은 영화사들에 판권이 이미 판매된 상태였다. 아라드가 10억 달러의 가치가 있다고 주장했던 스파이더맨은 거미줄처럼 얽힌 계약과 소송에 발이 묶여 꼼짝하지 못하고 있었다. 한편 〈엑스맨〉 애니메이션 시리즈의 높은 시청률에 흥미를 느낀 폭스는 엑스맨 실사 영화 개발을 검토하기 시작했다.

아라드가 할리우드에 영화 제작자로 알려지기도 전에 마블은 파산 절차에 들어갔다. 칼 아이칸은 마블을 소유했던 짧은 기간 동안 아라드를 마블 스튜디오 CEO직에서 해고했지만, 마블 캐릭터가 등장하는 영화 개발은 아라드 없이도 계속 진행되었다.

1998년 토이 비즈가 마블 코믹스를 차지한 뒤 펄머터는 마블 엔터프라이즈라는 새로운 모회사를 만들었고, 마블 스튜디오와 토이 비즈, 라이선싱 부문과 출판 부문 등으로 조직 재편을 단행했다. 또한 펄머터는 아이칸이 임명했던 조 칼라마리Joe Calamari 사장을 비롯한 마블 직원 여러 명을 해고했다. 펄머터는 스파이더맨 이미지가 새겨진 고가의 회의실 유리문을 경매 처분하거나, 클립을 모두 재사용하라고 지시하는 등 크고 작은 방식의 긴축 정책을 시행했다. 사기가 꺾인 직원들은 펄머터가 마블 코믹북 제작을 모조리 외주에 맡기는 것은 아닌지 의심했다. 빚더미에 오른 회사가 인원을 감축하다 보면 결국 캐릭터 라이선스를 파는 전화 상담원 한 명만 남지 않겠느냐는 우울한 농담이 번지기도 했다.

마블 이사회는 마블 엔터프라이즈에는 엔터테인먼트 사업 경력이 있는 CEO가 필요하다고 주장했고, 그 조언에 따라 펄머터는 브로드웨이 비디오와 그 모회사 골든북스 출신의 에릭 엘렌보겐Eric Ellebogen을 선택했다. 하지만 엘렌보겐의 자유분방한 지출 스타일은 펄머터의 사업 철학과 충돌했다. 펄머터는 불과 여섯 달 만에 엘렌보겐을 해고하고 그의 사업 동료 피터 쿠네오Peter Cuneo를 새로운 CEO로 임명했다. 한편 펄머터는 아라드를 마블 엔터프라이즈의 최고 크리에이티브 책임자로 임명하고, 마블 스튜디오 CEO직에도 복귀시켰다.

〈블레이드〉의 작은 성공

아라드는 1998년 영화업계에 복귀했다. 때마침 웨슬리 스나입스Wesley Snipes가 주연한 〈블레이드Blade〉가 개봉했다. 블레이드는 1970년대에 마브 울프먼Marv Wolfman과 진 콜란Jean Colan이 만든 뱀파이어 헌터로, 마블 코믹스의 『드라큘라의 무덤Tomb of Dracula』에 조연으로 처음 등장한다. 이 캐릭터를 바탕으로 데이비드 S. 고이어David S. Goyer가 각본을 쓰고, 스티븐 노링턴Stephen Norrington이 감독을 맡은 이 영화에는 4,500만 달러의 예산이 투입되었다. 독립영화 제작사인 뉴 라인 시네마로서는 큰 도박이었다.

〈블레이드〉의 프로듀서 피터 프랑크푸르트Peter Frankfurt는 아비 아라드가 〈블레이드〉의 성공과는 아무런 관련이 없다고 말했다. "마블은 〈블레이드〉의 성공으로 2만 5,000달러 정도를 벌었을 거예요. 제가 참여하기 전에 뉴 라인이 마블과 맺은 계약에 따른 수익이었어요. 마블은 처음부터 〈블레이드〉가 별로 가치 있다고 생각하지 않은 거죠."

스나입스는 오랫동안 '블랙 팬서' 영화의 주연을 맡고 싶어 했지만, 결과적으로 블레이드 역할을 맡았다. 블레이드 역할은 웨슬리 스나입스에게 결정적인 기회로 작용했다. 그는 블레이드 역할을 즐겁게 연기했고, 심지어 블레이드 의상을 갖춰 입고 언론 인터뷰도 몇 차례 했다. 영화 제작진은 영화 결말 부분에 스티븐 도프Stephen Dorff가 연기한 악랄한 뱀파이어 디컨 프로스트가 '라마그라(피의 신)'로 변하는 장면에 많은 공을 들였다. 새빨간 피가 토네이도처럼 휘몰아치는 CGI로 단순하게 처리되었던 클라이맥스는 검투 장면을 재촬영해 추가했다. 추가 장면이 영화를 살린 덕분인지 〈블레이드〉는 미국 내에서만 7,000만 달러의 수익을 올리며 확실한 흥행작에 등극했다.

〈블레이드〉의 프로듀서 프랑크푸르트는 이 영화가 기묘한 별종이었다고 말했다. "〈블레이드〉는 개봉과 동시에, 당시 박스오피스 1위였던 〈라이언 일병 구하기Saving Private Ryan〉를 밀어내고 1위를 차지했어요. '저건 무슨 영화지? 공포 영화인가? 슈퍼히어로 영화인가? 뱀파이어 영화인가? 쿵후 영화인가?' 하며 관객들의 궁금증을 자극한 게 주효했던 것 같아요. 우리는 장르의 경계를 허무는 작품을 만들고 싶었거든요."

그러나 마블은 완구조차 출시하지 않았을 정도로 〈블레이드〉에 대한 정보에 어두웠다. 사실 〈블레이드〉는 장난감으로 만들어 팔기 좋은 작품이 아니었다. 마블은 이 영화로 실질적인 수익을 거두지는 못했다. 하지만 마블 스튜디오를 다시 맡게 된 아라드에게는 마블 원작 각색 작품이 성공했다는 사실 자체가 호재였다.

'스파이더맨' 영화 판권을 둘러싼 논란

아라드는 가장 상업적인 가능성이 있다고 판단한 스파이더맨 영화 제작에 관심을 돌렸다. 그러나 당시 스파이더맨의 영화 판권은 마블 소유가 아니었다. 마블은 1985년 메나헴 골란Menahem Golan의 캐논 필름에 스파이더맨의 영화 판권을 넘겼는데, 1990년 캐논이 파산하면서 제작사 캐롤코가 이 판권을 사들인 상황이었다.

한편 엑스맨이 폭발적인 인기를 끌자 마블은 〈에이리언 2Aliens〉와 〈터미네이터The Terminator〉로 유명한 제임스 카메론James Cameron에게 엑스맨 실사 영화 제작을 제안하기 위해 그가 소유한 라이트스톰 필름과 회의를 잡았다. 마블은 오랫동안 『엑스맨』을 집필한 작가 크리스 클레어몬트와 스탠 리를 이 자리에 보냈다. 그런데 인사를 나누고 한창 이야기하던 도중에 리가 카메론에게 "스파이더맨을 좋아한다고 들었어요"라고 말하면서 논의가 다른 방향으로 흐르기 시작했다. 스파이더맨에 대한 두 사람만의 대화가 20분 정도 이어졌을 때, 클레어몬트와 라이트스톰 직원들은 〈엑스맨〉 실사 영화 프로젝트가 물 건너갔다는 걸 깨달았다.

카메론의 〈터미네이터 2: 심판의 날Terminator 2: Judgment Day〉을 제작했던 캐롤코는 제임스 카메론이 스파이더맨 영화에 관심을 보인다는 사실에 흥분했다. 캐롤코는 〈터미네이터 2〉와 비슷한 조건으로 카메론과 감독 계약을 맺었고, 그에게 제작에 대한 최종 결정권까지 주었다. 카메론은 스크립트먼트scriptment*를 작성하고 본격적인 영화 제작 준비에 나섰다. 레오나르도 디카프리오Leonardo Dicaprio가 스파이더맨 역을, 아놀드 슈왈제네거Arnold Schwarzenegger는 빌런 닥터 옥토퍼스 역을 맡을 것이라 기대되었다.

---

* 대본screenplay과 트리트먼트treatment(배경과 등장인물 등 제작에 필요한 정보를 담은 상세한 줄거리)의 중간 형태로 대사와 줄거리 요약이 결합된 것.

그런데 제작자로 크레디트에 오르는 조건을 명시하고 캐롤코에 판권을 팔았던 메나헴 골란의 이름이 홍보물 어디에도 언급되지 않았다. 이를 알게 된 골란은 소송을 제기했고, 캐롤코도 스파이더맨의 방송 판권과 홈비디오 판권을 분리해서 판매한 바이어컴과 컬럼비아 픽처스에 각각 판권에 대한 소송을 제기했다. 캐논 필름의 권리를 물려받았다고 생각했던 MGM도 이런 상황을 놓칠세라 관련된 모든 사람을 사기죄로 고소했다. 소송이 진행 중이던 1995년 캐롤코가 파산하면서, 스파이더맨의 여러 판권 중에서 어떤 것이 누구의 소유인지 불분명하게 되었다.

20세기 폭스와 배급 계약을 맺었던 라이트스톰 필름은 폭스가 개입하기를 바랐다. 카메론은 이에 대해 "폭스가 영화 판권을 얻기 위해 애써봤지만, 판권들이 약간 애매해진 것 같았어요. 소니도 스파이더맨 판권에 매우 집착했는데, [폭스의 전임 사장] 피터 처닌Peter Chernin은 법적 분쟁에 휘말리기 싫었는지 지원에 나서지 않았어요. 그래서 저는 그에게 스파이더맨 영화는 10억 달러 정도의 흥행 수익을 올릴 수 있을 거라고 닦달했었죠!"라고 말했다.

소송이 해결되기를 기다리다 지친 카메론과 디카프리오는 1997년 개봉한 〈타이타닉Titanic〉을 함께 만들었다. 카메론 감독은 훗날 스파이더맨 영화야말로 자신이 만들지 못한 작품 가운데 가장 위대한 영화였을 거라는 말로 아쉬움을 표현했다.

1998년에 소송이 마무리되면서 스파이더맨 관련 판권 대부분이 마블로 귀속되었다. 다만 컬럼비아와 그 모회사인 소니는 홈비디오 판권을 계속 주장했고, 이로 인해 마블은 다른 영화사와 계약을 체결하는 데 어려움을 겪었다. 소니는 마블에게 스파이더맨 영화 판권을 가져가려면 1,000만 달러와 총수익의 5퍼센트 및 완구 수익의 절반을 줘야 한다고 제안했다. 마블은 아직 판매하지 않은 모든 캐릭터의 영화 판권까지 포함하자는 제안으로 응수했다. 여기에는 판타스틱 4나 엑스맨은 빠졌지만, 스파이더맨 외에도 캡틴 아메리카, 블랙 팬서, 닥터 스트레인지가 포함되었다. 당시 소니는 대략 2,500만 달러에 미래의 MCU 슈퍼히어로 대부분에 대한 권리를 거머쥘 수도 있었다. 그런데 이 제안은 아라드가 앞으로 마블은 자신들이 보유한 캐릭터에 대한 통제권을 유지하기를 원한다고 공공연하게 밝힌 것과는 모순되는 것이었다. 아라드의 원칙이 상황에 따라 달라지는 것이었을까? 아니면 이익을 얻기 위해 기업 자산을 매각하는 데 익숙한 펄머터가 얼마나 이익을 낼지 불투명한 영화 제작보다 보장된 거액의 현금에 더 관심을 가졌던 것일까? 혹은 마블 파산 이후 펄머터가 개인적으로 지출한 경비를 회수하려고 시도했던 걸까? 세 질문에 대한 답은 모두 '그렇다'였다.

결국 소니 픽처스의 경영진 야이르 랜도Yair Landau가 다른 마블 캐릭터에는 아무도 관심이 없다고 선언하면서, 소니는 마블의 제안을 거절했다. 마블로서는 천만다행이었다.

걸어 다니는 마블 백과사전

스파이더맨에 대한 논란이 계속되는 사이, 20세기 폭스는 〈엑스맨〉 실사 영화의 개발을 로렌 슐러 도너Lauren Shuler Donner에게 맡겼다. 그녀는 슈퍼히어로 영화 최초의 흥행작인 〈슈퍼맨Superman: The Movie〉(1978)의 감독이자 남편이기도 한 리처드 도너Richard Donner와 함께 도너/슐러-도너 프로덕션을 운영하던 제작자였다. 슐러 도너는 아라드나 마블을 기다리지 않고 실사판 〈엑스맨〉 제작을 추진했다. 1996년, 폭스는 그해 오스카상 2관왕이었던 〈유주얼 서스펙트The Usual Suspects〉의 감독 브라이언 싱어Bryan Singer에게 〈엑스맨〉의 진두지휘를 요청했다. 싱어는 엑스맨에 대해 들어본 적이 없었지만, 마침 엑스맨 팬이었던 제작 파트너 톰 드샌토Tom DeSanto의 권유 덕분에 감독 자리를 맡았다.

누구나 재미있게 볼 수 있는 〈엑스맨〉 대본을 만들어내는 것은 고통스러운 과정이었다. 싱어는 엑스맨에 등장하는 뮤턴트를 동성애 경험에 대한 은유로 사용하려 했고, 슐러 도너는 여기에 위험천만한 모험담을 조화시키려고 했기 때문이다. 슐러 도너는 크리스토퍼 맥쿼리 Christopher MacQuarrie와 조스 웨던Joss Whedon 등의 작가들을 계속 투입해 대본 초안을 뜯어고쳤다. 드샌토와 싱어의 조수인 데이비드 헤이터David Hayter 도 코믹북 팬들이 납득할 만한 수준으로 대본을 유지하기 위해 노력했다. 추정 예산이 7,500만 달러를 웃돌기 시작하자 슐러 도너는 점점 우려가 커지는 폭스 경영진을 진정시켜야 했다. 슐러 도너의 책상에 쌓여가는 대본 검토 의견 중에는 4년 전 인턴으로 입사한 조수 케빈 파이기가 적어둔 메모도 있었다. 파이기는 슐러 도너의 제안으로 〈엑스맨〉의 크리에이티브팀에 참여했고, 그 업적을 인정받아 훗날 마블 스튜디오의 사장 자리에 오르는 인물이다.

1973년에 태어난 케빈 파이기는 뉴저지 주 웨스트필드에서 지내던 어린 시절, 영화에 푹 빠져 지냈다. 열여섯 살에는 〈백 투 더 퓨처 2 Back to the Future Part II〉 같은 블록버스터 영화의 포스터를 침실 벽에 도배했고, 졸업 파티에 빠지고 영화를 보러 간 적도 있었다. 그는 마블 코믹스를 좋아했지만, 열성적인 팬은 아니었다. 대신 그는 영화 속 허구의 세계에 집착했다. 심지어 일기장에 자신이 본 모든 영화와 관련한 정보, 즉 어떤 극장에서 그 영화를 보았는지, 그곳의 음향 시스템은 어땠는지까지 세세하게 기록했다. 당시에도 그는 줄거리뿐만이 아닌 그 이상의 것에 관심을 기울였다. 그는 특히 속편에 매료되었다. "내가 좋아하는 캐릭터가 속편에서 어떻게 성장하고 변화할지 항상 기대했어요. 속편을 보고 난 뒤 실망할 때도 있었지만, 그럴 때는 나라면 어떻게 다르게 만들었을지 생각하곤 했어요. 각본을 쓰지는 않았지만, 혼자서 궁리해보곤 했었죠."

파이기의 할아버지 로버트 E. 쇼트Robert E. Short는 주간 드라마 프로듀서로, 영화 마니아인 손자를 〈가이딩 라이트Guiding Light〉5) 제작 현장에 인턴으로 참여할 기회를 주기도 했다. 고등학교 3학년 때 파이기는 조지 루카스의 모교인 USC(서던캘리포니아 대학교) 단 한 곳만 지원해서 합격했다. 파이기는 학기마다 영상예술대학에 지원했지만 여섯 번이나 지원하고 나서야 USC 영화 과정에 들어갈 수 있었다.

1994년 가을, 정식 영화 전공 학생이 된 파이기는 "똑똑한 친구들은 제작 현장에서 무급으로 일하면서 학점도 따고 경험도 쌓는 인턴십이란 걸 한다"는 사실을 알게 되었다. "그래서 전 '이왕 돈을 받지 않고 일할 바에는 존경하는 사람을 위해 일하면 재미있지 않을까?'라는 생각을 했어요."

그는 영화 마니아답게 자신의 인생에서 가장 의미 있었던 순간을 영화의 한 장면처럼 표현했다. "행정실 앞에서 인턴십 구인 게시판을 보고 있었는데, 갑자기 온 세상이 어두워지더니 도너/슐러-도너 프로덕션의 구인 서류에만 한줄기 황금색 빛이 비치는 거예요. 그 순간 제가 영화 속 주인공이 된 것 같았죠." 파이기는 '가장 완벽한 슈퍼히어로 영화'인 〈슈퍼맨〉과 〈리썰 웨폰Lethal Weapon〉, 〈구니스The Goonies〉를 비롯한 리처드 도너 영화의 열광적인 팬이었다. 난생처음 이력서를 작성해 지원한 파이기는 몇 주 뒤, 도너/슐러-도너 프로덕션의 인턴으로 채용되었다.

파이기는 도너 부부 밑에서 "전화가 울릴 때마다 아드레날린이 치솟는 것을 즐길 정도로" 맡겨진 일이라면 무엇이든 열심히 했다. 파이기는 리처드 도너의 사무실 문 위에 걸린 "VERISIMILITUDE(핍진성)6)"라고 적힌 표지판을 볼 때마다 "발음하기 쉬운 단어는 아니었지만, 늘 공감했다"고 회상했다. 핍진성은 도너의 영화 철학을 한마디로 표현한 말인 동시에, "당신은 인간이 날 수 있다고 믿게 될 것이다"라는 〈슈퍼맨〉의 유명한 홍보 문구로도 이어진다.

파이기는 사무실의 다른 직원이었던 제프 존스Geoff Johns와도 친해졌다. 수십 년 뒤, 존스가 DC 엔터테인먼트의 사장 겸 최고 크리에이티브 책임자를 몇 년 동안 맡으면서 두 사람은 슈퍼히어로 영화를 대표하는 양대 프랜차이즈의 제작자로 경쟁하는 사이가 된다. 하지만 도너/슐러-도너 프로덕션에서 일할 당시 두 사람은 잔심부름꾼에 불과했다.

마지막 학기가 되었을 때, 파이기에게 두 가지 선택지가 주어졌다. 그는 리처드 도너 밑에서 조감독 업무를 맡거나, 로렌 슐러 도너 밑에서 여러 영화의 진행을 돕는 업무 둘 중에 선택해야 했다. 결국 파이기는 현장 업무에서 배울 것이 더 많다고 판단해 슐러 도너를 선택했다.

본격적으로 영화 현장에 뛰어든 파이기는 그 전보다 더 철저하게 상사를 관찰했다. 슐러 도너가 스튜디오에 데려온 경험 부족한 프로듀서와 민감한 문제로 부딪힐 때는 어떻게 헤쳐 나가고, 누구나 꺼리는 까다로운 상황이 생길 때는 어떻게 적극적으로 나서서 대화로 처리하는지 배웠다. 예를 들어 로맨틱 코미디의 고전 〈유브 갓 메일You've Got Mail〉 (1998)을 제작할 때 그녀는 톰 행크스Tom Hanks에게 너무 살이 쪘다는 제작진의 생각을 전해야 했다. "슐러 도너는 당시에 원하는 목표를 달성하면서도 사람들의 미움을 사지 않았어요! 저는 그때 '아, 저런 일을 할 때도 예술적인 솜씨가 필요하구나' 하고 생각했어요."

슐러 도너가 〈엑스맨〉 개발을 시작했을 때, 파이기는 자신이 어린 시절 동경했던 블록버스터 영화 제작에 뛰어들 기회를 발견했다. 마블에서 오랫동안 프로듀서로 일한 크레이그 카일Craig Kyle은 "파이기는 도너 부부의 조수로 〈엑스맨〉에 참여했던 초기부터 마블 영화를 블록버스터 제작 현장에 동참할 기회로 여겼던 것 같다"고 말했다.

파이기가 〈엑스맨〉에 처음 참여할 때만 해도 그는 뮤턴트에 대한 대략적인 지식밖에 없었다. 하지만 얼마 지나지 않아 주변 사람 모두가 그를 엑스맨을 평생 좋아해온 팬으로 여길 정도의 전문가로 변해 있었다. 파이기가 코믹북의 세세한 부분에 몰두하면서 부지런히 메모를 남긴 덕분에 슐러 도너는 1999년 〈엑스맨〉이 토론토에서 촬영을 시작할 때 그를 현장 관리자로 파견했다. 슐러 도너는 "당시 그는 걸어 다니는 마블 백과사전 같은, 없어서는 안 될 존재"였다고 말했다.

파이기는 코믹스를 더 깊이 연구할수록 코믹스가 가진 영화적 잠재력을 더욱 확신하게 되었다. "실무자들이 캐릭터의 특징을 어떻게 사건과 연결시켜 만들어낼지 고민하는 모습을 자주 목격했어요. 저는 코믹스를 펼치며 '그냥 책에 나온 그대로만 하세요. 원작대로 하는 게 진짜 끝내주는 거예요'라고 했죠." 슈퍼히어로 코믹북을 영화로 각색하는 것은 정말 어려운 과정이었다. 종이에 그려진 모든 것이 화면에서도 똑같은 효과를 발휘하지는 않기 때문이다. 하지만 파이기는 의심이 들 때는 원작에 집중하면 된다는 사실을 일찌감치 깨달았다.

그렇다고 그가 매번 끼어든 것은 아니었다. 그는 현장에서 지켜보다가 결정적인 순간에만 개입했다. 예를 들어 울버린은 원래 키가 작은 캐릭터였는데, 파이기는 장신의 호주 출신 뮤지컬 배우 휴 잭맨Hugh Jackman을 캐스팅해야 한다고 주장했다.

브라이언 싱어 감독은 〈엑스맨〉 촬영장에서 자신의 영화적 비전에 집중할 수 있도록, 출연진과 스태프 모두에게 코믹북을 보지 못하게 했다. 그럼에도 파이기는 캐릭터에 대한 이해가 필요한 배우들에게 책을 건네곤 했다. 그가 맡은 역할이 〈엑스맨〉 영화를 망치지 않도록 현장과 제작사를 조율하는 일이었기 때문이다. 파이기는 현장 상황을 주기적으로 아라드에게 보고하며 영화가 잘 만들어질 수 있도록 노력했다.

파이기는 울버린의 덥수룩한 머리도 최대한 원작에 가깝게 표현해야 한다고 믿었다. "혹시 바보처럼 보일까 봐 시도조차 하지 않는 것보다는 멋지게 만들기 위해 다양한 시도를 해보는 게 낫다는 생각이었어요."

2000년 여름 개봉한 〈엑스맨〉은 전 세계적으로 3억 달러에 가까운 수익을 올리며 〈블레이드〉의 성공을 크게 넘어섰다. 슐러 도너는 가능한 한 빨리 속편을 제작하기 위해 움직이던 중에 아비 아라드의 전화를 받았다. 놀랍게도 아라드는 파이기를 마블의 정규직으로 채용하고 싶다며 허락을 구했다. 아라드는 자신의 영화적 야망을 실현하기 위해 더 큰 규모의 제작팀이 필요했다. 그런 와중에 어수선한 〈엑스맨〉 세트장을 방문했을 때 파이기의 집중력과 침착함에 깊은 인상을 받은 것이다. 슐러 도너는 아라드의 제안을 기꺼이 받아들였고, 파이기는 2000년 8월 1일, 〈엑스맨〉 개봉이 3주도 안 지난 시점에 LA에 있는 토이 비즈의 자회사, 스펙트라 스타에 사무실을 배정받고 마블 스튜디오에서 일하게 된다.

샘 레이미와 스파이더맨

컬럼비아 픽처스를 운영하던 에이미 파스칼Amy Pascal은 스파이더맨 영화의 감독을 맡을 사람을 찾고 있었다. 카메론이 작업해 둔 각본이 너무 신랄하다고 판단한 파스칼은 원작 코믹스 분위기에 더 가까운 10대 로맨스물로 각본을 다시 쓰도록 데이비드 켑David Koepp을 기용했다. 파스칼과 아라드는 시나리오 작가를 정해두고, 크리스 콜럼버스Chris Columbus와 데이비드 핀처David Fincher를 비롯한 여러 검증된 감독들과 접촉했다. 팀 버튼은 자신을 "DC 사람"이라고 말하며 미팅조차 거부했다. 몇몇 감독이 이 프로젝트에 매우 흥미를 보였지만, 대부분 돈만 주고 마음대로 하게 내버려두면 대단한 영화를 만들어 주겠다는 식이었다. 반면 스파이더맨 팬으로 평생을 살았던 샘 레이미Sam Raimi 감독은 달랐다. 그는 〈이블 데드 3: 암흑의 군단Army Of Darkness〉과 같은 코믹공포물 영화 전문이었지만, 가장 큰 흥행작은 색다른 서부극 〈퀵 앤 데드The Quick And The Dead〉였다. 다른 후보들만큼 유명한 감독은 아니었지만, 영화에 열정적인 모습을 보여준 덕분에 〈스파이더맨〉의 감독으로 결정되었다. "레이미는 특별했어요. 그는 스파이더맨을 만들어야만 하는 사람이었죠." 아라드의 말이다.

파스칼은 〈스파이더맨〉의 현장 제작 업무를 친구인 로라 지스킨 Laura Ziskin에게 부탁했다. 〈귀여운 여인Pretty Woman〉과 〈이보다 더 좋을 순 없다As Good As It Gets〉의 제작 총괄을 맡았고, 폭스 2000 사장으로 재직하다가 1999년 사임한 지스킨은 2000년 초부터 레이미와 〈스파이더맨〉 각본 개발에 참여했고, 2011년 61세에 암으로 작고할 때까지 〈스파이더맨〉 프랜차이즈와 함께했다.

슐러 도너는 나중에 파이기가 자신과 지스킨을 얼마나 꼼꼼히 연구했는지 깨달았다. "파이기는 남성 제작자였지만 공감 능력과 직관적인 접근 면에서 여성 제작자의 자질을 조금씩 자기 것으로 만든 것 같아요." 프로덕션 디자이너 릭 하인릭스Rick Heinrichs는 파이기가 자신의 의견을 앞세우며 사람들을 몰아가지 않기 위해 노력했다고 말했다. "파이기는 매우 따뜻한 사람이었어요. 그는 훨씬 큰 그림을 그리고 있었지만, 사람들이 각자 맡은 영화나 캐릭터에서 하고 있는 것 이상을 요구하지 않았어요."

〈스파이더맨〉의 프리프로덕션은 2000년까지 계속되었다. 레이미와 지스킨은 가장 재미있는 영화를 만들기 위해 머리를 맞댔고, 아라드는 주인공 캐릭터가 원작 코믹북의 캐릭터(완구들)와 비슷하게 느껴질 만한 요소들을 넣으라고 계속 부추겼다. 파이기는 샘 레이미와 함께 일하면서 두 가지 중요한 사실을 배웠다고 말했다. 하나는 자신이 가진 모든 것을 쏟아부으며, '바람 빠진 풍선'이 된 듯한 느낌이 들 때까지 영화에 전력을 다하는 것이었고, 다른 하나는 자신의 예술적 비전으로 관객을 압도하려 들기보다는 관객이 어떻게 느끼기 바라는지를 근거로 결정을 내려야 한다는 것이었다.

아라드는 마침내 마블의 대표 캐릭터가 대규모 예산이 투입된 영화로 만들어진다는 사실에 매우 흥분했다. 그는 사전 시각화 장면이 담긴 테이프를 스탠 리에게 보여주었다. 디지털 아티스트들은 스파이더맨이 맨해튼 상공을 휙휙 가로지르는 긴장감 넘치는 여정을, 조잡한 빨강과 파랑이 섞인 아바타로 대신 표현했다. 영상이 끝나갈 때쯤 스탠 리는 화면에 눈을 고정시킨 채 무표정한 얼굴로 중얼거렸다. "이게 다야?"

아라드는 리가 사전 시각화 장면이 영화로 만든 콘티라는 사실을 모르고, 완성본으로 착각해 그렇게 말했었다고 회상했다. "리가 너무 실망하는 바람에 하마터면 울 뻔했다니까요!"

2002년 5월 토비 맥과이어Tobey Maguire, 커스틴 던스트Kirsten Dunst, 윌렘 대포Willem Dafoe 주연의 〈스파이더맨〉이 개봉했을 때, 이 영화는 단지 아라드와 펄머터가 절실히 원했던 성공작이 되는 것에 그치지 않았다. 〈스파이더맨〉은 사상 최초로 개봉 첫 주말에 1억 달러 이상을 벌어들이며, 관계자 누구도 예상하지 못한 규모의 흥행 기록을 세웠다. 아라드는 이 성공을 실감하기 위해 마블 스튜디오 직원들을 버스에 태워 LA의 영화관을 순회하며 관객들의 반응을 살폈다. 〈스파이더맨〉에 대한 전 세계적인 호응은 아라드가 은행가들을 설득하며 자랑했던 스파이더맨의 어마어마한 잠재적 가치가 사실이었음을 증명하는 것이었다. 펄머터는 이 영화의 수익금으로 마블의 모든 대출금을 상환할 수 있었다. 그리고 그들의 바람대로 장난감도 불티나게 팔렸다.

Chapter 3: Once upon a Time in Mar-a-Lago
마블이 직접 영화를 만든다면?

"

I came to realize that I had more to offer this world than just making things that blow up.

"

<Iron Man>

마블의 잠재력을 간파한 데이비드 메이젤

플로리다 주 팜비치에 자리한 호화 리조트인 '마러라고Mar-a-Lago'는 당시 기업인이었던 도널드 트럼프Donald Trump의 소유였다. 팜비치의 다른 고급 리조트와 달리 마러라고는 회비 10만 달러만 내면 흑인이나 유대인, 동성애자도 기꺼이 회원으로 받아들이는 곳이었다. 마러라고의 레스토랑을 돌아다니며 손님들에게 반갑게 인사하던 트럼프는 기묘한 조합의 두 사람을 발견했다. 바로 아이크 펄머터와 데이비드 메이젤David Maisel이었다. 트럼프는 펄머터와 뉴욕의 비공식 부유층 모임의 동료라는 인연으로 잘 아는 사이였다. 반면 펄머터와 함께 식사하고 있는 데이비드 메이젤은 그가 모르는 인물이었다. 누가 보기에도 이 장소와 어울리지 않아 보이는 메이젤의 머릿속에는 펄머터에게 이야기할 사업계획과 재정 설계안이 빠르게 돌아가고 있었다. 지금 그는 꿈에 그리던 일자리를 얻기 위해 열심히 펄머터를 설득하는 중이었다. 메이젤은 현재 블록버스터 슈퍼히어로로 영화 수익 대부분을 원작자인 마블이 아닌 〈엑스맨〉의 폭스나 〈스파이더맨〉의 소니 같은 영화사가 가져가고 있다는 점을 발견하고, 그 수익을 마블이 더 가져올 수 있는 사업 계획을 펄머터에게 제안했다. 그것은 마블 스튜디오가 직접 마블의 슈퍼히어로로 영화를 제작하자는 아이디어였다. 그는 자신이 그 일을 실현시킬 수 있다고 주장했다.

데이비드 메이젤은 어려서부터 코믹북의 열성 팬이었다. 아이언맨 같은 멋진 삶을 동경하던 그는 듀크 대학교와 하버드 경영대학원을 졸업한 인재였다. 그는 1987년 MBA를 취득한 뒤 보스턴의 컨설팅 회사에서 몇 년을 일했고, 1993년 우연한 기회에 당시 할리우드에서 가장 영향력 있는 에이전트였던 마이클 오비츠Michael Ovitz의 기획사인 크리에이티브 아티스트 에이전시(CAA, Creative Artists Agency)에서 일하게 되었다. 그로부터 2년 후 오비츠가 디즈니 사장직을 맡았을 때 메이젤도 함께 이직했고, 1997년에 오비츠가 해고되었을 때 메이젤도 함께 디즈니를 떠났다. 메이젤은 이러한 할리우드에서의 여러 경험을 통해 자신에게 사업적 수완과 치밀한 계약에서 허점과 모순을 찾아내는 재능이 있음을 깨달았다.

메이젤은 벤 애플렉Ben Affleck이 등장하는 〈데어데블Daredevil〉(2003)을 보고 난 뒤 인생의 전환기를 맞이하게 된다. 메이젤에게 영감을 준 〈데어데블〉은 마블과 폭스에서 차기 대형 슈퍼히어로로 프랜차이즈가 되기를 바랐던 영화였다. 하지만 썩 괜찮은 흥행 수익을 거뒀음에도 많은 비평가와 코믹북 팬들에게 실망을 안겨준 작품이기도 했다.

마블 스튜디오의 CEO 아비 아라드는 영화가 저조한 성적을 거두더라도 마블은 라이선스 및 상품 판매로 수익을 올리는 시스템을 만들어 두었다. 예를 들어 2003년에 개봉한 이안Ang Lee 감독의 〈헐크Hulk〉는 기대만큼 흥행하지 못했지만, 마블은 헐크 속옷을 판매해서 수익을 올릴 수 있었고 손실은 유니버설 픽처스가 감당해야 했다. 아라드는 이러한 방식을 '레이어링layering(적층)'이라고 불렀다. 인기 있는 마블 캐릭터가 각자 수입원을 만들어준다면 되도록 많은 레이어를 겹쳐 쌓는 것이 장기적인 수익성을 확보하는 데 결정적이라고 판단했기 때문이다.

아라드와 달리 메이젤은 평생 코믹스를 즐겨온 팬으로서 〈데어데블〉에서 더 많은 잠재력을 보았고, 마블이 많은 수익을 창출할 기회를 놓치고 있다는 사실에 안타까운 마음이 들었다. 그는 할리우드 인맥을 동원해 아라드와 만났고, 아라드는 그를 펄머터에게 소개했다. 메이젤은 이날 마러라고에서 펄머터와 만나 자신이 갖고 있는 사업계획을 소상히 이야기했다. 그는 아라드의 라이선스 및 상품 판매 수익구조 덕분에 마블에 꾸준한 현금 흐름이 만들어졌고 약 2억 5,000만 달러의 부채도 갚을 수 있었지만, 자신이 보기에 마블이 더 많은 수익을 올릴 수 있음에도 그 기회를 놓치고 있는 것 같아 안타깝다고 말했다. 메이젤은 2002년 최고의 흥행작인 〈스파이더맨〉의 경우에서도 소니가 1~2억 달러를 벌어들인 데 반해 마블은 고작 2,000~3,000만 달러를 벌었을 뿐이라고 지적했다. 메이젤은 자신이 마블을 운영한다면 데어데블이나 헐크 같은 캐릭터의 잠재력을 낭비하지 않을 것이라고 단언했다. 그는 아이언맨의 경우 다른 기업에 라이선스를 넘기고도 8년 동안 사용되지 않은 채 방치되고 있는데, 이는 마블이 수익을 얻을 수 있는 기회를 날리는 셈이라고 강하게 지적했다.

펄머터는 마블 캐릭터가 등장하는 영화의 퀄리티보다 얼마만큼 수익을 거둘 수 있는지가 더 중요한 사람이었다. 그래서 메이젤은 펄머터에게 "만약 마블이 자체 제작 스튜디오를 갖게 된다면 어떤 캐릭터를 영화에 등장시킬지, 언제 영화를 개봉할지 통제할 수 있어요"라고 말했다. 당시 마블은 완구 판매 수익에 매출 대부분을 의존하고 있었기 때문에 누군가 마블 캐릭터가 등장하는 영화를 만들어줘야 수익이 늘어나는 문제를 안고 있었다. 그 예로 폭스가 예상보다 일찍 〈엑스맨〉을 개봉하는 바람에 마블은 적절한 시기에 장난감을 공급하지 못했다. 메이젤이 제대로 짚은 것처럼 펄머터는 그 기회를 놓친 것을 아직도 불만스럽게 여기고 있었다.

또한 메이젤은 장난감의 주 고객층인 어린이는 TV 애니메이션 〈엑스맨〉을 보고 완구를 구매하는데, 브라이언 싱어의 〈엑스맨〉은 너무 어른 취향의 작품이라고 말했다. 메이젤은 마블이 직접 영화를 제작하면 장난감이 잘 팔리도록 만들 수 있고, 액션피겨가 많이 팔리는 캐릭터들을 영화에 출연시킬 수도 있다고 주장했다.

무엇보다 메이젤은 자신이 마블을 2억 5,000만 달러 규모에서 수십억 달러 규모의 회사로 바꾸어놓을 수 있으며, 펄머터는 아무런 비용도 들이지 않아도 된다고 주장했다. 그러면서 자신은 스톡옵션을 받는 조건으로 일하겠다고 제안했다. 이는 펄머터가 돈을 벌지 못하면 자신도 돈을 받지 않겠다는 의미였다. 펄머터는 맞은편에 앉아 있는 긴장한 표정의 남자가 노력하는 모습에 동질감을 느껴 그를 채용했다.

메이젤과 아라드의 갈등

2003년 말, 데이비드 메이젤은 마블 스튜디오가 스펙트라 스타와 함께 쓰는 사무실에 처음 출근했다. 마블 스튜디오의 COO로 채용된 메이젤은 곧바로 CEO 아라드와 뜻이 맞지 않는다는 것을 깨달았다. 메이젤은 펄머터를 설득할 기회를 얻기 위해 아라드에게 처음 접근했을 때 자신이 얼마나 큰 포부를 품고 있는지 밝히지 않았다. 그는 디즈니에서의 경력을 내세워 자신이 브랜드 관리와 IP 관리, 테마파크 사업권 업무에 적격인 사람이라고 아라드를 설득했었다. 아라드는 메이젤이 채용된 뒤에야 그가 영화 제작 스튜디오를 새로 설립하려 한다는 사실을 알게 됐다. 이렇게 진행되다가는 아라드가 소외될 가능성이 높았다. 또한 아라드는 메이젤의 주장에 자신이 성사시킨 영화 계약이 형편없는 조건이었다는 암시가 깔려 있다는 사실에 불쾌감을 느꼈다.

아라드와 메이젤의 관계는 경색되기 시작했고, 급격히 악화되어 주차장에서 결투를 벌이기 직전까지 갔다. 마블과 토이 비즈에서 10년이란 세월을 보낸 아라드는 메이젤이 추진 중인 영화 제작 스튜디오 설립 계획이 실패할 거라 생각했다. 자금이 없으면 스튜디오를 만들 수 없었기 때문이다. 허나 메이젤은 이에 개의치 않았다. 아라드가 중개한 영화 계약의 세부 사항을 샅샅이 검토하던 그는 일부 캐릭터의 경우 극장 개봉 없이 비디오로 출시할 수 있는 애니메이션 판권을 아직 마블이 보유하고 있다는 사실을 알게 되었다. 메이젤은 곧바로 라이언스게이트와 마블 캐릭터를 기반으로 한 4편의 DVD 출시용 애니메이션 계약 협상을 진행했다. 아라드였다면 캐릭터 라이선스를 판매하고, 그 대가로 약간의 현금과 제작 회의에서 한 자리를 받는 조건으로 사인했을 것이다. 그러나 메이젤은 영화당 30만 달러의 예산을 마블에 지급하는 조건으로 협상했고, 마블 스튜디오가 창작에 대한 전권을 가진 상태에서 영화를 만들어 넘겨주면 라이언스게이트가 마케팅과 배급을 담당하는 계약으로 진행했다. 그래서 라이언스게이트는 각 영화에 대한 투자금을 회수한 뒤에는 수익을 마블과 균등하게 나눠야 했다.

메이젤은 이 계약에 대해 다음과 같이 언급했다. "이때를 기점으로 마블이 제작을 온전히 책임질 수 있었죠. 이는 수익이 보장되는 계약 아래에서 예산에 맞춰 영화를 제작하는 환경이었어요." 이를 통해 메이젤은 이 업계에 진출한 뒤 처음으로 영화 제작에 직접 나설 수 있었다. 2006년에 출시된 DVD 애니메이션 〈얼티밋 어벤져스: 더 무비Ultimate Avengers: The Movie〉와 〈얼티밋 어벤져스 2: 라이즈 오브 더 팬더Ultimate Avengers 2: Rise of the Panther〉는 총 150만 장이 판매되었고, 두 편 모두 그해 아동용 DVD 판매 10위 안에 드는 성공을 거두었다.

메이젤은 인맥을 활용해 TV 프로그램 계약도 체결했다. 이전 회사의 상관이었던 아리 이매뉴얼Ari Emanuel의 도움으로, 초능력 형사 제시카 존스가 등장하는 파일럿 드라마를 제작하는 계약으로 ABC로부터 판권 비용 100만 달러를 받은 것이다. 아라드가 애착을 가졌던 영화 〈고스트 라이더Ghost Rider〉는 수년 동안 개발 단계에 멈춰 수익을 내지 못했지만, 메이젤은 판권 계약만으로 100만 달러를 벌어들였다. 이로써 펄머터가 메이젤을 채용하면서 가졌던 의구심은 사라졌다. 펄머터는 자신의 직감을 확신하지 못할 때도 있었지만, 최종 결과는 결코 의심하지 않았다.

입사 초기부터 성공을 거둔 메이젤은 마블 이사회에서 실사 촬영 스튜디오를 만들자는 제안을 했다. 펄머터와 이사회는 메이젤의 제안에 동의하면서 그의 새로운 계획을 승인했다. 이제 아라드에게는 새로운 계약을 맺거나 다른 영화사에 캐릭터 라이선스를 내줄 권한이 없었다. 메이젤이 원대한 구상을 실현하기 위해 노력하는 동안, 마블의 슈퍼히어로들도 온전히 마블에 남아 있게 됐다.

그 결정으로 아라드는 기분이 몹시 상했다. 아라드와 펄머터 사이의 불화는 치유될 수 없는 것이었다. 물론 펄머터가 마블 스튜디오 설립 계획을 승인했다고 해서 메이젤에게 금전적인 지원을 해준 것은 아니었다. 메이젤의 기억에 따르면 당시 이사회 회의에서는 그에게 "자금 손실 위험이 없을 때가 아니면 영화 제작에 관해 이야기하러 오지 말라"고 말하는 것으로 끝났다.

캐릭터 영화 판권을 담보로 대출을 받다

마블이 자금을 지원하지 않자 메이젤은 마블 스튜디오를 설립하는 데 필요한 수억 달러를 투자받기 위해 대형 금융기관을 설득해야 했다. 그는 새로운 스튜디오가 만들어지면 대출금으로 영화를 제작해 원금과 이자를 갚을 만큼의 충분한 수익을 올릴 수 있을 거라 제안했다. 고액을 대출받기 위해서는 담보가 필요했는데, 그는 마블의 캐릭터 10개에 대한 미국 내 영화 판권을 담보로 설정했다. 은행은 해당 캐릭터를 사용하지 않더라도 영구적으로 권리를 보유할 수 있었고, 마블 측과 어떤 이익을 나누지 않고도 관심 있는 제작사에 판매할 수 있었다. 상당한 위험을 무릅써야 했지만, 메이젤은 돈이 필요했다.

복잡한 은행 거래에 정통한 마블의 존 투릿진John Turitzen 변호사가 메이젤의 마블 스튜디오 설립 프로젝트를 전반적으로 감독하는 일을 맡았다. 그는 마블에서 메이젤보다 서열이 높았지만, 자신을 메이젤의 '조수'처럼 생각하고 일했다. "메이젤은 작업 대부분을 머릿속에서 혼자 진행하고 발전시켰어요. 저는 그의 의견에 전적으로 따랐죠."

아라드가 마블의 IP 라이선스 계약을 성공적으로 진행해온 덕분에 유명한 캐릭터들은 이미 여러 할리우드 영화사와 계약을 맺은 상태였다. 자연히 메이젤에게 남은 캐릭터 선택의 폭은 좁았다. 캡틴 아메리카, 어벤져스, 닉 퓨리, 블랙 팬서, 앤트맨, 클록 앤 대거, 닥터 스트레인지, 호크아이, 파워 팩, 샹치 등 10개의 슈퍼히어로 캐릭터는 대부분 마블의 미래를 대표할 주역들이었지만 당시에는 B급과 C급으로 분류되었다. 메이젤은 은행에 가서는 이 캐릭터들이 어마어마한 가치가 있는 자산이라고 설득해야 했고, 마블 이사회에 가서는 일이 잘못되더라도 이 캐릭터들에 대한 미국 내 영화 판권을 잃는 것이 엄청난 손실은 아니라는 점을 수긍시켜야 했다.

이사회를 설득하는 일은 예상보다 쉬웠다. 그때까지 이 캐릭터들에 관심을 보이는 영화사가 없었기 때문이다. 캡틴 아메리카는 "성조기를 잘라 만든 듯한 의상에, 머리에는 작고 하얀 날개가 달린 데다 방패까지 들고 있어서 아주 이상해 보였어요." 투릿진은 "그 캐릭터들이 영화나 TV 프로그램으로 제작되지 않은 데에는 다 이유가 있었죠"라고 말했다. 메이젤이 제안한 담보물은 캐릭터에 대한 모든 권리가 아니라, 미국 내 영화 판권에 한정된다는 점도 설득하는 데 도움이 됐다. 소니가 영화 판권을 소유한 스파이더맨과 폭스가 보유한 엑스맨을 포함한 다른 마블 캐릭터와 마찬가지로, 마블은 상품, 출판, 비디오 게임 및 국제 영화 판권에 대한 권리를 보유할 수 있었다. 만약 마블이 스파이더맨 영화를 중국에서만 독점 상영하고 싶었다면 소니의 개입 없이도 적법하게 할 수 있었을 것이다. 그러나 대작 영화의 제작 현실상 소니와 마블은 미국과 전 세계에서 모두 개봉할 수 있는 영화를 만들기 위해 함께 협력할 수밖에 없었다. 메이젤은 들뜬 목소리로 당시를 떠올렸다. "저는 이사회에 한 푼도 요구하지 않았는데, 이사회는 수익을 보장받는 상황이었죠. 모두에게 정말 신나는 일이었어요."

하지만 영화 제작의 잠재적인 단점이 어마어마했기에 이사회에서는 이를 실행하는 것에 대한 거부감이 상당히 컸다.

메이젤은 1년 넘게 마블 스튜디오 설립 계획안을 들고 다니며 여러 은행에 투자를 제안했지만, 거듭 실패했다. 마침내 2005년 봄, 펄머터는 메이젤을 위해 투자은행 메릴린치와의 회의를 주선했다. 이번이 마지막 기회일 거라는 생각이 든 메이젤은 코믹북 팬으로 살아온 경험부터 할리우드 기획사에서 일한 경험, 세계적인 수준의 계약 전문가로 활동한 경험에 이르기까지 다양한 이력을 내세우며 프레젠테이션에 모든 것을 쏟아부었다. 당시 회의실에 함께 있었던 투릿진은 "메이젤은 이 캐릭터들이 얼마나 인기 있는지, 그들의 이면에 얼마나 깊이 있는 이야기가 숨어 있는지, 그들이 어떤 도움이 될 수 있는지에 관해 설명했어요. 원작에 대한 분명한 열정이 보였죠"라고 당시를 회상했다.

의심 많은 사람들로 가득 찬 회의실에서 메이젤은 '캡틴 아메리카'라는 이름의 너무 많이 자라버린 엉뚱한 보이스카우트가 언젠가 영화적 아이콘이 될 수 있다고 설득하며 사람들의 불신을 누그러뜨렸다. 하지만 어벤져스 중에서도 인지도가 낮은 비전 같은 캐릭터로 마블 스튜디오에 대한 그의 '비전'을 팔 수는 없었다. 이때 아라드가 메이젤에게 뜻밖의 도움을 주었다. 마블 캐릭터 중 가장 잘 알려진 스파이더맨과 엑스맨처럼 아라드가 체결한 라이선스 계약으로 제작된 몇몇 성공작들 덕분에 메이젤은 마블 캐릭터 원작 영화는 좋은 흥행 성적을 기록했다고 주장할 수 있었다. 당시 배후에서 대부분의 일을 처리했던 파이기는 "거의 모든 마블 원작 영화가 성공한 덕분에 결과적으로 자금 조달에 성공할 수 있었어요"라고 말했다.

6개월간의 힘든 협상이 이어진 끝에 메이젤과 메릴린치는 이들 캐릭터를 담보로 은행이 5억 2,500만 달러를 제공한다는 합의에 이르렀다. 메이젤은 이 정도 금액이면 장편영화 4편에 필요한 예산과 간접비로 떼어둘 약간의 현금을 충당할 수 있을 거라 생각했다. 새롭게 태어날 마블 스튜디오는 적어도 한 편의 성공작을 낼 기회를 네 번 얻었고, 메이젤의 표현대로 하자면 네 번의 타석 기회가 보장된 셈이었다. 또한 메이젤은 총수익의 적당 비율을 가져가는 조건으로 파라마운트 스튜디오와도 배급과 마케팅 계약을 추진했다.

2005년 9월 어느 날 오후, 메릴린치에서 영화 제작 예산의 3분의 1 정도는 마블 스스로 마련해야 한다고 계약 조건 변경을 요구했다. 그러나 메이젤과 투릿진은 펄머터와 이사회가 그런 지출을 절대 승인하지 않을 거라는 걸 알고 있었다. 투릿진은 의자에 등을 기댄 채 잠시 메이젤이 꾸었던 꿈의 결말을 떠올렸다. '재미있는 프로젝트였는데…, 이제는 끝장나버렸군.'

메이젤은 펄머터에게 조용히 말했다. "이 문제를 해결할 때까지 절대 회의실을 떠나지 않을 거예요." 숨을 참으며 대안을 찾던 메이젤은 아이디어 하나를 떠올렸다. 제삼자를 투자자로 끌어들이는 방법이었다. 하지만 그렇게 하면 그가 목표로 삼았던 창작에 관한 전권을 포기해야 했기 때문에, 그 방법은 언급조차 하고 싶지 않았다.

메이젤은 위기의 순간에 마침내 해결책을 생각해냈다. 영화 4편의 해외 5개 지역 배급권을 선판매해서 제작비용 일부를 부담하는 안이었다. 메이젤은 메릴린치를 설득해서 '마블이 예산의 3분의 1을 부담하기 위해 노력한다'는 계약서 문구에 동의하도록 했다. 해외 선판매를 통해 영화 예산의 33퍼센트를 조달하지 못하더라도 마블이 돈을 마련하기 위해 선의를 가지고 노력했다는 것을 입증할 수 있다면, 은행은 나머지를 책임져야 했다.

2005년 11월, 마블과 메릴린치는 계약을 마무리 지었다. 마러라고에서 펄머터와 만난 지 2년 반 만에 데이비드 메이젤은 영화 제작 스튜디오를 갖게 되었다. 메릴린치와 최종 계약하는 데 필요한 마지막 관문은 파라마운트가 마블의 배급사가 되기로 공식 서명하는 것이었다. 파라마운트가 마블 스튜디오에서 제작하는 영화 6편을 배급하기로 결정했다는 팩스가 도착했을 때, 마블 직원들은 그 문서를 성스러운 유물이라도 되는 것처럼 바라보았다. 그리고 자신들이 곧 영화를 제작하게 되었다는 사실을 깨닫는 동시에, 놀라운 기회를 얻은 것에 대해 어마어마한 책임감을 느꼈다.

Phase 1

2008~2012

"

Tony Stark was able to build this in a cave with a box of scraps.

"

<Iron Man>

아이언맨, 헐크, 앤트맨

마블 스튜디오의 운영진들은 메릴린치로부터 제공받은 네 번의 타석에 오를 캐릭터를 정하는 문제로 고심하고 있었다. 그들은 계속 영화를 제작하려면 적어도 한 번은 홈런을 쳐야 한다는 사실을 잘 알고 있었다. 가장 강력한 후보 셋이 물망에 올랐다. '아이언맨'은 마침 영화 판권이 돌아왔고, '인크레더블 헐크'는 캐릭터에 대한 주요 권리를 소유한 유니버설이 기꺼이 거래할 의향을 보였으며, '앤트맨'은 에드가 라이트Edgar Wright가 이미 뛰어난 트리트먼트를 써 놓았다는 이유가 크게 작용했다.

당시 일반인들은 아이언맨에 대해 잘 알지 못했다. 하지만 마블 운영진이 아이언맨을 유력한 영화 제작 후보로 믿었던 근거가 있었다. 아이언맨이 장난감으로 만들기에 안성맞춤이었기 때문이다. 2005년, 마블에서 운영한 어린이 소비자 평가단에게 가장 가지고 싶은 캐릭터가 누구인지 물었는데, 아이언맨이 1위를 차지했다. "아이들은 손바닥에서 광선을 쏘고, 날 수 있는 로봇을 가진다는 것을 근사하게 여겼기 때문이죠." 투릿진의 말이다.

헐크 관련 상품은 이미 꾸준히 판매되고 있었기 때문에 마블 스튜디오는 장난감의 판매 잠재력을 바탕으로 아이언맨과 헐크부터 영화로 제작할 계획을 세웠다.

마블의 뉴욕 본사에 있던 아이크 펄머터는 LA의 케빈 파이기에게 전화해 단도직입적으로 "이 두 영화를 2년 안에 만들 수 있겠어요?"라고 물었고, 파이기는 침을 꿀꺽 삼키며 할 수 있다고 대답했다.

마블 스튜디오가 장편영화 두 편을 연이어 제작하려면 현재보다 훨씬 더 넓은 공간이 필요했다. 2005년 10월, 마블 스튜디오는 《플레이보이》의 LA 본사로 쓰였던 베벌리힐스의 메르세데스-벤츠 대리점 위층 중앙에 자리한 사무실로 이사했다. 그곳에서 일했던 다른 직원으로는 메이젤의 조수 제레미 랫챔Jeremy Latcham, 파이기의 조수 스티븐 브루사드Stephen Broussard, 마블의 애니메이션 프로젝트로 바쁜 크레이그 카일 등이 있었다.

마블 스튜디오가 이사할 무렵, 아비 아라드도 마블을 떠날 계획을 세우고 있었다. 아라드가 마블에서 벌어들이는 돈은 그가 성사시킨 라이선스 계약에서 나오는 수익이 전부였기에 새로운 수익 모델을 들고 온 메이젤에게 밀리는 상황이었다. 2006년 5월, 아라드는 자신이 보유한 마블 주식 315만 주 중 일부를 6,000만 달러에 매각하고 마블을 떠났다. 할리우드에서 성공을 거둔 아라드는 다시 완구업계로 돌아가는 대신 자신의 제작사인 아비 아라드 엔터테인먼트를 설립할 계획이었다. 아라드는 경쟁 금지 계약 탓에 다른 영화사가 제작하는 영화에 등장하는 마블 캐릭터에 대해 자문을 할 수는 있었지만, 마블 원작이 아닌 슈퍼히어로 영화나 판타지 영화는 만들 수 없었다. 그는 〈아이언맨Iron Man〉과 〈인크레더블 헐크Incredible Hulk〉의 계약이 성사되었을 때도 여전히 각 영화의 제작자 직함을 받았다. 그는 이후에 제작될 〈베놈Venom〉과 〈모비우스Morbius〉를 비롯한 스파이더맨 영화를 소니에서 계속 제작하게 된다. 아라드는 자신이 마블을 떠난 이유가 회사가 성장하면서 자신이 관리해야 할 사람이 너무 많아져서 불편했기 때문이라고 주장했다.

아라드가 떠날 무렵 펄머터는 해즈브로와 마블 완구 라이선스 계약을 맺었다. 덕분에 특정한 장난감이 마블 수익에 직접적인 영향을 미치는 일은 줄었지만, 펄머터는 여전히 완구 판매에 미칠 영향을 토대로 의사결정을 내렸다. 한편 2005년 11월, 마블 스튜디오는 마이클 헬펀트Michael Helfant를 새로운 COO(최고운영책임자)로 영입했지만, 〈아이언맨〉의 본 촬영이 시작되던 날, 파이기가 프로덕션 사장에 임명되면서 쫓겨나고 말았다.

아라드가 떠나면서 그가 쓰던 사무실은 회의실로 바뀌었다. 비어 있던 사무실 공간은 단기 계약을 맺은 콘셉트 아티스트들로 가득 채워졌다. 그들의 자리는 날아다니는 아이언맨과 탱크와 싸우는 헐크 일러스트로 장식되었고, 공간이 부족해지자 다용도실에도 칸막이를 넣어 작업 공간을 마련했다. 한편 파이기와 메이젤은 두 영화를 만들 감독을 찾고 있었다. 아직 감독을 고용하지는 않았지만, 첫 영화 두 편의 방향성에 대해서는 어느 정도 구상이 되어 있었다. 특히 영화의 기초가 될 몇 가지 문화적 기준점은 명확했다. 파이기는 최근의 세계정세를 고려할 때 사람들이 그 어느 때보다 슈퍼히어로를 갈망할 거라 확신했다.

애국주의와 슈퍼히어로

2002년 개봉한 〈스파이더맨〉의 첫 번째 티저 예고편은 2001년 여름 공개되었다. 뉴욕의 한 은행에 6인조 강도가 침입해 현금을 훔친 다음 헬리콥터로 탈출하기 위해 옥상으로 올라가 맨해튼 도심 상공으로 도주하지만, 헬리콥터가 세계무역센터의 쌍둥이 빌딩 사이에 걸쳐진 거대한 거미줄에 끌려 들어가는 장면이었다. 9.11 테러가 벌어진 이후, 소니는 즉시 〈스파이더맨〉 예고편을 극장에서 내렸고, 스파이더맨의 눈에 비친 쌍둥이 빌딩을 포함한 뉴욕의 스카이라인을 담은 포스터를 철거했다.

2001년 11월, 조지 W. 부시 대통령의 선임 고문인 칼 로브Karl Rove[7] 와 미국 영화협회 회장 잭 발렌티Jack Valenti는 베벌리힐스의 페닌슐라 호텔에서 컨퍼런스를 열었다. 주요 영화사와 텔레비전 방송사 임원 40여 명이 모인 이 자리에서 그들은 9.11 테러에 대한 엔터테인먼트 업계의 통일된 대응이 필요하다고 강조했다. 로브는 특히 엔터테인먼트 업계에서도 다음 여섯 가지 사항을 염두에 두고 각자 국가에 기여하고 싶은 구상을 구체화해 달라고 부탁했다.

1. 미국의 아프가니스탄 전쟁은 이슬람이 아닌 테러와의 전쟁이었다.

2. 사람들은 전쟁에 필요한 노력에 일조하거나 지역사회에서 봉사할 수 있다.

3. 미군과 그 가족들은 지원이 필요하다.

4. 9.11은 전 세계적인 대응이 필요하다.

5. 이것은 악에 맞서는 싸움이다.

6. 어린이들은 안전할 것이라 믿고 안심하게 만들어야 한다.

이날 이후 샘 레이미는 〈스파이더맨〉의 일부 장면을 재촬영했고, 클라이맥스에 뉴욕 시민들이 힘을 합쳐, 그린 고블린과 싸우는 스파이더맨을 돕는 장면을 추가했다. 보조출연자 한 명이 강렬한 뉴욕 억양으로 "우리 중 한 명을 건드리면 우리 모두를 건드리는 거야"라고 말하는 장면이었다. 새로운 CGI 장면도 추가되었다. 맨해튼을 휙휙 가로지르던 스파이더맨이 성조기가 휘날리는 깃대 위에 내려앉는 장면이었다. 이 장면은 애국심이 치솟던 당시 상황과 맞물려 큰 반향을 불러일으켰고, 영화의 최종 예고편에도 삽입되었다.

정부의 거대한 음모가 존재한다는 전제하에 제작된 〈엑스파일The X-Files〉과 같은 TV 프로그램은 별안간 인기가 식었다. 미국 요원들이 국가의 적에 맞서 싸우는 〈24〉와 〈앨리어스Alias〉 같은 새로운 시리즈는 9.11 테러 이전부터 준비 중이었지만, 제작자들은 뜻하지 않게 시류를 타게 되었다는 사실을 깨달았다.

'해리포터Harry Potter'와 '반지의 제왕The Lord of the Rings'의 성공이 입증했듯이 선과 악이 명확하게 나뉜 대중적인 이야기는 훨씬 더 호소력이 컸다. 그 순간은 마치 슈퍼히어로 영화를 위해 준비된 것처럼 보였다.

2002년 〈스파이더맨〉이 지금까지의 흥행 기록들을 갈아치우자 할리우드의 모든 슈퍼히어로 콘텐츠 제작이 급물살을 탔다. 아비 아라드와 마블 원작의 영화 판권을 계약한 영화사들은 서둘러 제작에 나섰다. 워너브라더스는 1997년 〈배트맨 4: 배트맨과 로빈Batman & Robin〉과

샤킬 오닐Shaquille O'Neal을 내세운 〈스틸Steel〉 두 편이 흥행에 참패하면서 한동안 슈퍼히어로 영화 제작에서 손을 뗀 상태였다. 심지어 니콜라스 케이지Nicolas Cage가 출연 예정이었던 팀 버튼의 슈퍼맨 영화 제작도 취소되었다. 대런 애러노프스키Darren Aronofsky가 쓴 '배트맨: 이어 원Batman: Year One'과 실패한 '맨 오브 스틸'의 리부트인 '슈퍼맨: 플라이바이Superman: Flyby'는 결국 세상에 나오지 못하고 폐기되었다. 2002년, 워너브라더스의 최고운영책임자 앨런 혼Alan Horn은 '배트맨 대 슈퍼맨Batman vs. Superman'으로 두 시리즈를 동시에 리부트하려 했지만, 완성된 각본이 너무 어둡다고 판단해 보류했다. 워너브라더스는 2004년 개봉 일정이 잡혀 있던 '배트맨 대 슈퍼맨'을 캣우먼 영화로 대체하고, 원래 미셸 파이퍼Michelle Pfeiffer를 주연으로 생각했던 〈배트맨 리턴즈Batman Returns〉(1992)의 스핀오프 대본을 다시 살리기로 했다. 할리 베리를 주연으로 정하고 서둘러 제작에 돌입한 〈캣우먼Catwoman〉은 개봉일에 맞춰 공개되었지만, 완전히 실패하고 말았다.

그 시점에서 다시 기본으로 돌아가기로 결정한 워너브라더스는 배트맨 시리즈를 크리스토퍼 놀란Christopher Nolan에게 맡겨서 엄청난 성공을 거두었다. 또한 엑스맨 시리즈에서 빼내온 브라이언 싱어에게 슈퍼맨을 맡겼고, 중간 정도의 성적을 얻었다. 싱어가 나간 자리는 브렛 래트너Brett Ratner 감독으로 급히 대체되어 뮤턴트가 등장하는 세 번째 영화 〈엑스맨: 최후의 전쟁X-Men: The Last Stand〉이 만들어졌다. 블레이드 시리즈는 2004년 공개된 〈블레이드 3Blade: Trinity〉로 마무리되었고, 같은 해에 또 다른 마블 원작 각색물인 〈퍼니셔The Punisher〉도 개봉했다.* 한편 폭스에서 제작한 팀 스토리Tim Story의 판타스틱 4 시리즈 두 편은 완전한 실패작은 아니었지만, 브래드 버드Brad Bird가 감독한 픽사의 〈인크레더블The

---

* 이 영화는 〈고스트 라이더〉를 제외하면 아라드가 마블에서 일할 때 라이선스 계약을 맺고 만들어진 마지막 작품 중 하나였다.

Incredibles〉(2004)에 가려 빛을 보지 못했다. 사실 당시의 슈퍼히어로 영화 대부분이 초능력을 가진 가족이 등장하는 이 애니메이션의 그늘에 가렸다.

그럴듯한 영화를 만들 감독

이런 상황에서 마블 스튜디오는 첫 번째 영화 〈아이언맨〉 제작에 착수했다. 스튜디오 경영진은 아이언맨을 모르는 사람들이 많지만, 잘 만든다면 통할 수 있다고 자신했다. 당시 쉽게 구할 수 있는 아이언맨 코믹스는 알코올 중독에 빠진 토니 스타크가 등장하는 1979년의 에피소드 모음집 『병 속의 악마Demon in a Bottle』가 유일했다. 아이언맨 캐릭터에 대한 정보를 얻으려던 할리우드의 몇몇 시나리오 작가들은 혼란에 빠졌다. 알코올 중독 문제는 논외로 하더라도 토니 스타크는 매우 복잡한 캐릭터였다. 그는 억만장자 무기 제조업자이며 군산복합체의 얼굴이기도 했다.

1963년 스탠 리가 동생 래리 리버Larry Lieber, 만화가 잭 커비와 돈 헥Don Heck과 공동으로 아이언맨을 처음 만들 때 설정한 도전 과제가 바로 그것이었다. 리는 당시 즉흥적으로 내린 결정을 되짚으며 말했다. "냉전이 최고조에 달했던 시대라서 젊은 독자들은 전쟁과 군대를 가장 싫어했어요. 그래서 그런 면을 극단적으로 대표하는 부자 무기 제조업자 캐릭터를 만들었죠. 아무도 좋아하지 않는 캐릭터를 억지로 들이밀어 좋아하게 만들면 재밌을 것 같았거든요."

마블은 이 영화를 시대물로 제작하는 것을 잠시 고려했지만, 당시 각본으로 참여한 매트 할러웨이Matt Holloway와 아트 마컴Art Marcum은 토니 스타크가 외국군에게 붙잡히는 장소를 베트남에서 21세기 아프가니스탄으로 옮기면서 아이언맨의 탄생과 관련된 이야기를 시대 상황에 맞게 바꿨다. 간단한 변경만으로도 영화는 당시의 정치 상황을 담을 수 있었다. 마블 스튜디오는 로브의 선전 계획에 동의하지는 않더라도 온 나라에 팽배한 애국심을 강조하는 군사주의적인 분위기를 거스르는 영화를 만들고 싶지는 않았다. 이러한 선택에는 여러 이유가 있었지만 그중 하나는 5억 달러가 걸려 있다는 점이었다.

아이언맨 집필팀에 늦게 합류한 마크 퍼거스Mark Fergus는 이렇게 표현했다. "9.11 테러와 테러리즘은 근본적으로 러시아와 냉전의 자리를 대체하는 상황이었어요. 지금 우리는 하나의 국가에 매여 있지도 않고, 누군지 알 수도 없는 테러리즘 세력을 상대하고 있으니 모든 것이 진부해 보였죠. 하지만 미국의 대응에 관해 이야기하는 데는 도움이 되기도 했어요. 우리가 무기 판매를 통해 이러한 시대를 만드는 데 어떤 식으로 일조했는지, 아니면 그들 국가의 평화를 파괴해 우리 자신의 다음번 적을 어떻게 만들어냈는지에 대해서도 말이죠."

할러웨이와 마컴이 〈아이언맨〉의 각본 초안을 집필하는 동안, 파이기는 자신이 원하던 감독인 존 파브로Jon Favreau를 찾아갔다. 훗날 파브로는 디즈니 작품으로 더 유명해지지만, 당시에는 불과 3,300만 달러의 예산으로 2억 2,000만 달러의 수익을 올린 윌 페럴Will Ferrell 주연의 코미디 〈엘프Elf〉(2003)가 대표작이었다. 이 성공으로 파브로는 적당한 투자로 최대 효과를 거두려는 모든 영화사의 차기 감독 후보군에 올라 있었다. 파브로는 배우와 감독 양쪽에서 이력을 쌓았고, 2003년 〈데어데블〉에 포기 넬슨 역으로 출연하면서 아비 아라드와도 인연을 맺었다. 파브로와 아라드는 이미 여러 해 동안 캡틴 아메리카 영화에 대해서 가볍게 의논해왔다. 하지만 마블 스튜디오의 첫 영화로 더 어두운 이야기인 아이언맨이 결정되었을 때도 파이기와 메이젤은 이 작품에 적합한 감독이 파브로라고 판단했다. 파브로를 감독으로 선택한 것은 마블이 대규모 액션 장면보다는 캐릭터가 부각되는 드라마를 중요하게 여기는 감독을 지지한다는 의미였다. 어쨌든 대규모 액션 장면은 이제 막 문을 연 스튜디오가 감당하기에는 비용이 부담스러웠을 수 있다. 데이비드 메이젤은 "바로 그런 이유에서 우리가 최우선으로 선택한 것이 존 파브로였다"고 말했다. 그러면서 마블은 "평범한 식사 장면도 영화의 마지막 전투 장면처럼 흥미롭게 찍는" 파브로의 능력을 중요하게 생각했다고 설명했다.

제작을 준비하면서 처음 출근하던 날, 보잘것없는 새 마블 스튜디오 사무실에 들어선 파브로는 화이트보드에 'PLAUSIBILITY(그럴듯함)'이라는 단어를 썼다. 그는 하늘을 날 수 있는 남자에 관한 영화를 만들기로 했지만, 최대한 현실에 발붙인 이야기가 되기를 바랐다. 화이트보드 위에서 영화에 관한 수백 가지 아이디어가 오고 갔지만, '그럴듯함'이라는 한 단어는 항상 남아 있었다.*

파브로에게 마블 같은 신생 독립 스튜디오와 함께 일하는 것은 예정된 예산과 기간에 맞춰 영화를 완성하기만 하면 되는 일로, 제작과 동시에 빗발치는 스튜디오의 지적 사항을 모두 감당해야 하는 일반적인 텐트폴 영화[8]의 감독보다 더 많은 자유를 누릴 수 있다는 점에서 매력적이었다. 마블 경영진은 감독을 신뢰하기도 했지만, 자금을 관리하는 것만으로도 바빴기 때문에 그를 내버려둘 수밖에 없었다. 해외 판매로 돈을 벌면 그만큼 메릴린치에서 빌려야 할 돈도 줄었다. 파이기는 훗날 당시 상황을 이렇게 회상했다. "사람들은 〈아이언맨〉이 독립영화였다는 사실을 자주 잊어버려요. 저는 해외 구매자들에게 이 영화를 팔기 위해서 수십 번이나 프레젠테이션을 했어요. 정확히 몇 퍼센트인지는 기억이 안 나지만, 자금의 상당 부분을 해외 선판매로 조달해야 했기 때문이에요. 〈아이언맨〉은 심지어 완성보증보험[9]에 가입했을 정도로 진짜 '독립영화'였죠."

---

* 리처드 도너의 사무실 문 위에 걸린 'VERISIMILITUDE(핍진성)'을 되풀이한 것이지만, 파브로는 적어도 파이기가 발음하기 쉬운 동의어를 선택했다.

완벽한 토니 스타크를 찾아서

마블 시네마틱 유니버스에 합류한 첫 번째 배우는 토니 스타크의 절친한 친구 제임스 로즈(혹은 로디) 중령 역을 맡은 테렌스 하워드Terrence Howard였다. 당시에는 드라마 〈엠파이어Empire〉의 주인공으로 명성을 얻기 전이었지만, 영화 〈허슬 앤 플로우Hustle & Flow〉에 출연해 오스카상 후보에 오르기도 했다. 마블 코믹스의 팬이었던 하워드는 자신의 캐릭터가 나중에 슈퍼히어로 워 머신이 될 수 있다는 것을 알고 영화 세 편에 출연하기로 계약했다.

더 중요한 과제는 주연 배우를 찾는 것이었다. 당시 할리우드에서는 젊은 20대 신인 배우를 선호했지만, 토니 스타크는 어린 캐릭터가 아니었다. 10년 전, 〈아이언맨〉 판권이 20세기 폭스에 있을 때 당시 34세였던 톰 크루즈Tom Cruise가 스타크 역에 관심을 표한 적이 있었고, 조니 뎁Johnny Depp이 토니 스타크 역을 맡을 것이라는 소문이 돌기도 했다. 하지만 마블은 조니 뎁이나 톰 크루즈 같은 A급 배우를 섭외할 여력이 없었다. 따라서 비교적 유명세가 적은 배우 몇 명이 후보로 부상했다. 그중 한 명은 〈패션 오브 크라이스트The Passion of the Christ〉의 주인공을 맡은 38세의 짐 카비젤Jim Caviezel이었고, 또 다른 한 명은 HBO의 〈데드우드Deadwood〉에서 보안관 세스 블록 역으로 열연을 펼친 38세의 티모시 올리펀트Timothy Olyphant였다. 파브로 감독은 38세였던 샘 록웰Sam Rockwell을 점찍기도 했다. 하지만 이는 파브로가 로버트 다우니 주니어를 만나기 전의 일이었다.

할리우드에서 수십 년간 일했고 1992년 〈채플린Chaplin〉으로 오스카상 후보에 오른 적도 있는, 당시 41세의 다우니는 약물 남용으로 인해 커리어가 망가진 상황이었다. 그러나 과오를 반성하고 프로듀서 수전 레빈Susan Levin과의 결혼을 기점으로 할리우드의 호감을 서서히 되찾아가고 있었다. 말썽을 일으키긴 했지만, 영화계에는 그를 좋아하고 함께 일하고 싶어 하는 사람들이 적지 않았다.

마블에서는 다우니의 과거 문제 탓에 그를 캐스팅하는 게 위험하다고 생각하는 사람들이 많았다. 하지만 파브로는 대중적으로 알려진 다우니의 문제적인 면모 덕분에 이 역할에 완벽하게 맞는 배우라고 믿었다. 토니 스타크는 뛰어난 재능을 타고났지만, 마음속 악마와 알코올 중독으로 악전고투하느라 명예가 손상된 인물이었다. 다우니는 이런 복잡한 캐릭터를 담기에 적합한 얼굴을 갖고 있었다.

파브로는 마블 스튜디오의 리더들에게 다우니가 토니 스타크 역에 딱 맞는 배우라는 확신을 줄 수 있었다. 하지만 뉴욕의 마블 경영진은 다우니가 대중에게 위험한 이미지일 뿐만 아니라 재정적인 문제까지 안고 있다는 점을 우려해 우호적인 반응을 보이지 않았다. 각본가 매트 할러웨이는 "제 기억에 파브로는 다우니가 이 역을 반드시 맡아야 한다고 직감적으로 느꼈던 거 같아요. 그래서 '다우니가 캐스팅되지 않으면 나도 안 할 거야'라고 말할 정도로 싸웠어요"라고 당시 상황을 설명했다. 파브로와 뉴욕의 경영진 모두 물러서지 않은 탓에 제작은 교착 상태에 빠졌다. 일을 진척시킬 방법을 찾던 캐스팅 디렉터 새라 할리 핀_{Sarah Halley Finn}은 다우니의 오디션 테이프를 만들어보자고 파브로에게 제안했다.

다우니 역시 파브로만큼이나 자신이 토니 스타크 역의 적임자라고 확신했다. 그는 3주간 오디션을 준비하며 세 가지 장면을 연기하기 위해 쉬지 않고 연습에 매진했다. 다우니는 당시 첫 테이크를 찍기 직전에 신경이 곤두섰었는데, 갑자기 자전거를 타고 내리막길을 신나게 달리는 기분이 들어 절대 실수할 것 같지는 않았다고 했다.

오디션에서 다우니는 기자와 만나 말다툼을 벌이면서 수작을 거는 장면, 로즈와 대립하는 장면, 아프가니스탄에서 공격당하기 전 험비 뒷좌석에서 미군에게 농담을 건네는 장면을 연기했다. 다우니는 이 장면들에서 능청스러운 유머와 조용한 강렬함 사이를 자유자재로 오가는 연기력을 보여줬다. 다우니는 토니 스타크를 어떻게 연기하고 싶은지 이미 파악하고 있었다. 그는 '심하게 낙담한 남자'지만 '겉보기에는 자신감 넘치는' 토니 스타크를 연기하고자 했다.

메이젤과 파이기는 스크린 테스트 영상을 놓고 아이크 펄머터와 존 투릿진을 비롯한 마블 이사회의 몇몇 구성원과 회의를 했다. 메이젤은 당시 회의에 대해 이렇게 기억했다. "파이기와 저는 긴장한 상태로 다우니를 추천한 이유를 설명했습니다. 마블은 아이언맨에 모든 미래를 걸고 있었으니까요. 다우니는 연기상을 많이 받았지만 큰 흥행작은 없는 배우였고, 개인적인 문제가 있었지만 극복한 상태였어요." 뉴욕에서 돌아온 대답은 출연료와 무관하게 어떤 경우라도 그를 캐스팅할 마음이 없다는 것이었다. 파브로는 이에 굴하지 않고 다우니가 토니 스타크 역으로 출연 논의 중이라는 소식을 익명으로 흘렸고, 이 소문이 인터넷에 퍼지자 영화 팬들의 열렬한 반응이 폭발적으로 이어졌다. 뉴욕의 경영진은 마지못해 다우니의 출연을 승인할 수밖에 없었다.

파브로는 다우니가 토니 스타크 역을 맡고 난 뒤, 그가 엄청난 재능을 가진 배우들을 끌어들여 이 영화를 만화처럼 보이지 않게 하는 '훌륭한 길잡이' 역할을 했다는 사실을 깨달았다.

1994년 〈미세스 파커Mrs Parker And The Vicious Circle〉 촬영장에서 만나 파브로와 오랜 친구 사이로 지내던 기네스 팰트로Gwyneth Paltrow는 〈셰익스피어 인 러브Shakespeare in Love〉(1998)로 오스카상을 수상했지만, 30대에 접어들면서 침체기에 빠졌다. 파브로는 토니 스타크의 상대역인 페퍼 포츠가 고난에 처한 여성의 전형적인 모습을 뛰어넘는 캐릭터라고 팰트로를 설득해 이 영화에 출연시켰다.

데이비드 메이젤은 〈아이언맨〉에 담긴 장르적 특성을 다음과 같이 정의했다. "이 영화는 마치 1950년대 스타일의 로맨스 영화 같아요. 다만 거기에 10분에서 15분 정도의 액션 장면을 가미한 영화죠. 수많은 여자와 사귈 수 있는 재력을 가진 40대 남자가 자신에게 단 하나의 사랑은 페퍼 포츠뿐이라고 말하며 인생을 바꾸는 이야기요."

만다린과 텐 링즈

스타크의 멘토이자 영화의 악역인 오베디아 스탠을 제프 브리지스Jeff Bridges가 맡으면서 핵심 출연진 선정이 마무리되었다. 원래 계획은 시선을 끌기 위한 가짜 악역으로 스탠을 이용하다가, 만다린이라는 진짜 빌런을 충격적으로 등장시키는 것이었다. 중국에서 클라이맥스 장면을 촬영할 계획도 세웠었다. 심지어 파브로는 2006년 샌디에이고 코믹콘에서 만다린이 영화의 빌런이 될 거라고 언급하기도 했다. 각본가 매트 할러웨이는 "만다린이 크림슨 다이너모가 되어 스타크 엔터프라이즈의 마당에서 깜짝 등장할 예정이었죠"라고 말했다.

함께 각본을 쓴 아트 마컴은 당시에는 아이언맨 영화를 한 편만 만든다는 구상이었기 때문에 이 모든 걸 한 편 안에 담으려고 했었다고 털어놓았다. 하지만 대본을 보완하는 동안 다른 각본가 2인조인 마크 퍼거스와 호크 오츠비Hawk Otsby가 제발 만다린을 빼자고 '애원'했다. 그들은 인종적인 고정관념에 바탕을 둔 악당이 파브로의 '그럴듯함'이라는 원칙을 무력화시킨다고 생각했다. 당시 시리즈 제작을 고민하던 파이기는 이 의견에 귀를 기울였고, 퍼거스에게 만다린은 후속편을 위해 남겨두자고 말했다.

중국 촬영을 취소하고 만다린을 남겨둔 선택은 여러모로 적절했다. 엑스맨이나 스파이더맨 시리즈는 후속편을 제작할 때마다 새롭게 등장한 빌런들에 대해 설명하느라 시간을 허비하는 경우가 많았다. 중국에서 촬영하지 않아서 비용이 엄청나게 절약되자, 메이젤도 재정적으로도 타당한 결정이었다고 생각했다. 중국 촬영이 취소되면서 절약한 비용 중 일부는 더 많은 비용이 드는 캘리포니아에서 촬영하는 데 사용되었다. 파브로는 영화 산업의 중심인 LA의 일자리를 보전하는 차원에서 이 영화를 캘리포니아에서 촬영해야 한다고 고집했다. 또한 그는 대부분의 슈퍼히어로 영화가 뉴욕을 배경으로 하는 만큼, ⟨아이언맨〉은 서부 해안 분위기로 차별화하기를 원했다. 이를 위해 파브로는 산타모니카 부두의 대관람차 같은 지리적 배경이 드러나는 장소를 촬영하려고 노력했다.

한편 제작진은 빌런으로 등장하는 테러리스트 텐 링즈 조직의 출신지를 의도적으로 모호하게 흐렸다. 디자이너 다이앤 채드윅Dianne Chadwick이 토니 스타크가 인질로 잡힐 때 배경에 등장하는 텐 링즈의 깃발 속 로고를 만들 때, 〈아이언맨〉의 프로덕션 디자이너 J. 마이클 리바J. Michael Riva는 다음에 만들 영화에서 "만다린을 의미하는 이 캐릭터가 다시 등장할 수 있다"고 말하며 특별히 주의해 달라고 요청했다. 이 깃발은 마블이 가장 초기에 숨겨놓은 메시지 중 하나로 텐 링즈의 활동 범위가 아프가니스탄을 넘어선다는 것을 암시한다. 채드윅은 당시 미술부에서도 텐 링즈가 칭기즈칸의 후예라고 주장하는 만다린과 관련 있다는 사실을 알고 있었고, 리바와 함께 이런 혈통을 암시하는 이미지를 고안하고자 했다. 채드윅은 겹쳐진 반지나 칼, 화려한 테두리를 디자인하면서 반지 안의 문자를 몽골 문자로 표현할 수 있는 번역가와 캘리그래퍼를 찾아야 했다. 그들은 실제로 몽골에 사는 사람을 섭외했고, 최종 로고의 문자는 실제 몽골과 투르크의 부족과 씨족 이름들이 사용되었다.

한편 다우니는 제작이 어떻게 진행되고 있는지 확인하기 위해 마블 사무실을 즐겨 찾곤 했다. 그때는 아직 대본이 나오지 않아서 사무실 벽에는 아이디어가 적힌 메모로 가득했다. 미술부가 작업한 결과를 가져오면, 다우니는 벽에 붙인 스케치 앞에서 열심히 자세를 잡고 완성되지 않은 대본을 연기했다. 빨리 연기를 시작하고 싶어 안달이 난 다우니의 모습은 마치 크리스마스 날 아침에 선물을 풀어보는 어린아이 같은 순수함이 엿보였다고 한다.

Chapter 5: Proof of Concept

아이 엠 아이언맨

"

Let's face it, this is not the worst thing you've caught me doing.

"

<Iron Man>

쪽대본 촬영

제프 브리지스는 "그 사람들은 대본도 없던데요"라고 불평했다. "촬영장에 가서도 무슨 말을 해야 할지 몰라서 작가들에게 전화로 '어떤 아이디어가 나왔나요?' 하고 물어봐야 했죠. 저는 미리 준비하고 싶었어요. 제가 할 대사도 알고 싶었고요. 그러다 생각을 좀 바꿨죠. '긴장하지 말자. 2억 달러짜리 학생 영화에 출연한다고 생각하고 그냥 재밌게 찍지 뭐' 이렇게요."

〈아이언맨〉 촬영 시작 전 베벌리힐스에 있는 마블 스튜디오 사무실에는 스튜디오 운영진만 남았다. 존 파브로와 다른 제작진은 영화 촬영을 위해 캘리포니아 주 플레이야 비스타에 있는 낡은 하워드 휴즈 스튜디오로 이동했다. 헤어디자이너 니나 파스코비츠Nina Paskowitz는 당시 촬영장 상황을 이렇게 기억했다. "주위에 온통 흙먼지뿐이었어요. 촬영 부지에는 작은 창고 몇 개와 주거용 시설 두어 채가 전부였죠."

메이크업, 편집, 디자인 등의 부서가 플레이야 비스타로 옮길 무렵에는 개략적인 줄거리와 콘셉트 아트 작업이 진행되고 있었지만, 여전히 확정된 대본은 없었다. 크리에이티브 부문 제작진은 할 일이 많았지만, 고립되어 지낸 덕분에 서로 어울리는 분위기가 조성되기도 했다. 이전에 〈자투라: 스페이스 어드벤쳐Zathura: A Space Adventure〉를 함께 작업하며 존 파브로와 일한 적이 있는 아트 디렉터 데이브 클라센Dave Klassen은 스태프들의 사기를 북돋기 위해 칵테일파티를 열었고, 이는 이후 업계의 전설이 되었다.

각본가 마크 퍼거스와 호크 오츠비는 수년간의 브레인스토밍과 실패 경험을 거울삼아 카메라가 돌아가기 직전이 되어서야 쓸 만한 시나리오를 꿰맞췄다. "우리는 각본 집필에 참여한 첫날부터 15~20년 전에 작업한 코믹스 초안까지 모두 살펴봤어요. 그간 만들어진 모든 아이언맨 이야기를 참고하고 싶었죠"라고 퍼거스는 말했다. 그들은 단 12일

만에 촬영 대본 초안을 완성했지만, 파브로 감독은 다우니가 즉흥 연기를 할 때 빛을 발하는 배우라는 사실을 발견하고 가능한 한 자연스럽게 촬영하려고 했다.

브리지스의 오랜 스탠드 인(대역)*으로 일한 로이드 캐틀렛_{Loyd Catlett}이 당시 촬영이 어떻게 이루어졌는지 자세히 설명해주었다. "아침에 촬영장에 가면 브리지스와 파브로, 다우니, 프로듀서 몇 명, 작가가 분장실에 들어가서 네다섯 시간 동안 나오지 않았어요. 우리는 기다리는 동안 어울려서 쉬거나 점심을 먹으면서, '오늘은 뭘 찍게 될까?' 생각했어요. 그러면 그 사람들이 그날 찍을 장면에 대한 꽤 좋은 아이디어를 가지고 나오곤 했죠."

제작진이 파브로의 즉흥적인 촬영 방식에 적응하는 동안 간혹 사소한 문제도 벌어졌다. 헤어디자이너 파스코비츠는 파티 장면에서 약 '5초' 만에 여배우 레슬리 빕_{Leslie Bibb}의 머리 모양을 바꿔야 했다. 관련 장면을 없애는 바람에 완성해놓은 세트를 사용해보지도 못하고 철거한 적도 있었다. 아트 디렉터 수전 웩슬러_{Susan Wexler}는 "대본이 너무 많이 바뀌었어요. 토니 스타크가 납치되었을 때 아이언맨을 구상하게 되는 동굴을 만들기로 했어요. 그 동굴은 반드시 촬영할 거라고 생각하고 있었죠. 그런데 4분의 3 정도 완성되었을 때 제작진이 '동굴 장면은 촬영하지 않을 것 같다'고 하더군요"라고 말했다. 토니 스타크가 고집스럽게 슈트를 만들어 마블 최초의 슈퍼히어로로 변신하는 장소인 동굴 장면이 없는 〈아이언맨〉을 상상하기란 어렵다. 이 배경은 마블 영화에서 대단히 상징적인 장면이었고, 10여 년 후 〈어벤져스: 엔드게임_{Avengers: Endgame}〉의 엔딩 크레디트도 동굴 벽에 울려 퍼지는 토니 스타크의 망치 소리로 마무리된다.

---

* stand-in, 스타와 체격 및 피부색이 비슷해 조명 테스트와 다른 기술 리허설에서 스타를 대신하는 배우.

파브로 감독은 다우니와 팰트로가 각자의 역할에 진심으로 몰입하며 연기해서 호흡이 잘 맞는다는 사실을 알고 있었다. 그래서인지 감독은 페퍼 포츠가 아크 원자로를 갈아 끼우기 위해 스타크의 가슴 구멍에 손을 집어넣는 장면에 집착했다. 메이크업 아티스트 제이미 켈먼 Jamie Kelman은 다우니의 가슴에 부착할 삽입 장치를 제작했고, 토니 스타크의 생체 기계학적 심장을 둘러싼 끈적거리는 물질을 만들기 위해 그 안을 윤활제로 채웠다. 파브로는 이 장면에 배우들의 감정이 실려야 한다는 것을 알고 직접 대본을 다시 썼다.

각본가 퍼거스는 "파브로 감독은 이 장면이 두 사람이 유대감을 형성하는 결정적인 순간이 되기를 바랐어요. 친밀하면서도 징그럽고 섹시하기도 한 장면이잖아요. 감독은 이 장면을 제대로 만들고 싶어서 꽤 긴 시간을 할애했어요"라고 말했다. 파브로는 여자친구가 100명이나 되는 토니 스타크가 심장을 맡길 만큼 진심으로 신뢰하는 사람은 오직 페퍼 포츠뿐이라는 점을 강조하려 한 것이다.

파브로는 둘의 로맨스를 성공시키기 위해 주연배우들이 가진 매력을 한층 끌어내어 연기하도록 유도했다. 코믹북의 토니 스타크는 유머 감각이 별로 없지만, 다우니는 특유의 재치를 가미해 풍자적인 느낌이 드는 캐릭터로 연기했다. 팰트로는 다우니만큼 즉흥 연기에 익숙하지 않았다. 하지만 감독이 리허설 때 팰트로가 한 말을 메모해서 페퍼 포츠의 대사로 변형해 사용하는 식으로 배우의 개성을 불어넣었다. 팰트로는 포츠가 스타크에게 미술 수집품에 대해 조언하는 장면을 연습할 때도 감독에게 몇 가지 세세한 부분을 바로잡아 감독에게 알려주었다. 파브로는 팰트로가 자신에게 의견을 낸 것처럼 포츠가 스타크를 바로잡아주는 장면을 최종 대본에 넣었다. 월트 디즈니 콘서트홀에서 촬영한 대규모 파티 장면에서 포츠가 스타크에게 데오도란트를 바르지 않았다고 말하는 예상치 못한 호흡의 코미디 장면도 팰트로가 자신의 실제 생활에서 영감을 얻은 것이었다.

짙은 파란색 이브닝드레스를 입은 포츠를 보고 스타크가 감탄하는 이 장면은 시리즈의 나머지 작품에도 영향을 주었다. 의상 디자이너 로라 진 섀넌Laura Jean Shannon은 당시를 이렇게 떠올렸다. "스토리보드를 만들 때 정말 재미있었어요. 페퍼 포츠가 돌아선 그 순간 스타크는 곧바로 자신이 포츠를 사랑한다는 사실을 깨달아요. 토니 스타크는 멍청이예요. 우리는 오래전부터 그가 포츠를 사랑한다는 걸 알고 있었는데…, 남자들은 원래 좀 늦죠."

파브로의 다소 혼란스러운 진행 방식은 촬영 중반에 나온 키스 장면에서 절정에 달했다. 세트 데코레이터 로리 개핀Lauri Caffin은 감독이 그 장면에 정말 진지하게 몰두했다고 말했다. 다른 제작진과 마찬가지로 개핀도 이 장면이 어떻게 흘러갈지 몰랐다. 다우니와 팰트로는 키스 장면을 몇 번이나 촬영해야 했다. "갑자기 두 사람이 디즈니 홀 옥상으로 올라가더니 키스를 하더라고요. 우리는 '도대체 뭐지?' 하고 생각했죠."

파브로는 "이 장면 때문에 스튜디오의 모든 사람이 저를 미친 사람 취급했어요. 새벽 4시에 같은 장면을 열 번이나 다시 찍으면서 방금과는 완전히 다른 뭔가를 하라고 지시하고 있었으니까요"라고 당시 상황을 떠올렸다. 파브로는 최종적으로 편집실에서 몇 가지 다른 테이크를 이어 붙여 페퍼 포츠와 토니 스타크가 거의 키스할 뻔한 것처럼 보이게 만들었다. 낭만적인 중요한 순간을 만드는 데에는 시간이 조금 더 필요했다.

뜨거운 불 위를 걷는 게 낫지

토니 스타크는 바람둥이인 데다 건방진 무기 제조업자였다. 그런 특성을 화면에 제대로 드러내기 위해서는 미군의 협조가 필요했다. 그럴듯함을 중시한 파브로는 실제 군 장비를 사용하길 원했다. 미군의 공식 장비나 칭호를 영화에서 사용하려면 국방부와 홍보 부서의 협조가 필수였다. 이는 군이 영화와 대본의 아주 세세한 부분까지 승인해야 한다는 뜻이다.

영화사에서 국방부 승인 없이 군 관련 영화를 제작할 때는 로고나 글꼴, 내용에 대한 정부의 저작권이나 상표를 침해하지 않도록 소품과 의상의 모양을 변경한다. 그래서 국방부의 협조 없이 군사 장비를 화면에 넣으려면 수백만 달러에 달하는 군 장비를 소장한 개인 수집가를 찾거나 미국 무기를 구매한 다른 국가와 계약을 맺어야 했다.

평론가 싯단트 아드라카Siddhant Adlakha에 따르면, 미군은 자신들의 도움이나 개입 없이는 미군이 등장하는 영화를 대부분 제작하지 못하게 했다. "그 때문에 미군이 등장하는 영화를 만들려는 회사는 어떻게 해서든 국방부와 협력하고자 합니다. 그 대가로 국방부는 각본에 대한 최종 결정권을 갖게 되는 거죠. 군대의 긍정적인 면만 노출시키기 위해 국방부 직원이 촬영장에 상주하면서 '이건 되고, 이건 안 된다'라며 사소한 결정을 내리는 겁니다."

국방부는 〈아이언맨〉 각본을 승인한 뒤 캘리포니아의 에드워즈 공군 기지를 3일간 촬영할 수 있도록 허가해주었고, 실제 군인들을 단역으로 제공하며 적극적으로 협조했다. 〈아이언맨〉의 배경에 각기 다른 비행사 세 명으로 등장하는 제31시험평가비행대대 소속 조 갬블스 Joe Gambles 하사는 마이클 베이Michael Bay 감독의 〈트랜스포머Transformers〉에서 비슷한 출연 기회를 놓친 후 꼭 다른 영화에 출연하고 싶었다고 말했다. "이 기회를 놓친다면 군 생활을 허투루 보낸 셈이 될 거라고 생각했어요."

〈아이언맨〉을 담당한 국방부 프로젝트 매니저 크리스찬 호지 Chrstian Hodge 대위는 "이 영화는 환상적일 게 틀림없어요. 공군이 록 스타처럼 보일 겁니다"라고 말했다.

제작진이 군에서 주로 접촉한 사람은 펜타곤 엔터테인먼트 미디어 사무소의 담당자 필 스트럽Phil Strub이었다. 펜타곤은 영화가 군의 위상을 드높이면서도, 극적 편의를 위해 지휘체계를 막무가내로 깨뜨리는 일 없이 제대로 그려지기를 원했다. 훗날, 이 문제는 마블과 국방부 사이에 불화를 불러일으켰다. 군이 허구의 막강한 첩보 기관 쉴드 S.H.I.E.L.D.[10]를 용인할 수 없었기 때문이다. 하지만 스트럽은 〈아이언맨〉 제작 과정에서 감독과 딱 한 번의 큰 갈등이 있었다는 것만 기억했다. 그것은 단 한 줄의 대사와 관련된 것이었다. 스트럽이 문제 삼은 것은 "토니 스타크가 가진 기회를 얻기 위해서라면 내 목숨이라도 바칠 것"이라고 말하는 한 군인의 대사였다. 파브로는 그 대사가 도대체 뭐가 문제인지 이해하지 못했다. 그 말은 흔한 관용구에 불과했기 때문이다. 그러나 스트럽은 사병이 자살을 가볍게 여기는 농담을 하는 걸 상당히 거북해했다.

화가 난 파브로는 "그럼 뜨거운 불 위라도 걷겠다고 말하는 건 어때요?"라고 되받아쳤고, 스트럽은 그 즉시 새로운 대사를 승인했다. "그렇게 쉽게 넘어가니까 감독이 무척 놀라더군요."

영화에는 계약상 군을 비난하는 내용을 담을 수 없었다. 그렇다고 마치 중동에 사는 모든 사람이 텐 링즈를 위해 일하는 테러리스트인 것처럼 보이게 하는 것도 내키지 않았다. 이런 여러 이유에서 아프가니스탄의 동굴에 갇힌 토니 스타크를 치료해준 캐릭터 호 인센 역은 이란계 미국인 배우 션 터브Shaun Toub에게 돌아갔다. 텐 링즈 로고는 몽골 문자로 만들어서 다문화적 복합성을 더했다. 무엇보다 아프가니스탄에 사는 실제 주민들을 악마화하지 않기 위해 테러리스트 조직의 언어는 헝가리어로 선택했다.

파브로는 원래 시나리오에는 텐 링즈 조직원이 토니 스타크에게 상자들을 보여주면서 최근 미국 대통령들이 어떻게 무기를 세계에 유출했는지 보여주는 장면이 있었다고 말했다. 그 조직원이 "레이건, 클린

턴, 부시"라고 말하며 각 상자가 어느 시대 것인지 알려주는 장면이었지만 너무 노골적인 정치색 때문에 삭제되었다.

매튜 앨퍼드Matthew Alford는 『필름 권력: 할리우드 영화와 미국 우월주의Reel Power: Hollywood Cinema and American Supremacy』에서 "〈아이언맨〉은 자칭 '죽음의 상인'인 스타크가 무기 제조에 대한 무책임한 태도를 변화시켰다는 생각을 바탕으로 감성적 매력을 호소한다. … 이 영화에 대한 이러한 독해는 스타크가 실제로 무기를 계속 제작하고 있다는 엄연한 사실을 무시한다. 다만 그 무기가 더 첨단화되면서 자신의 신체를 이용한 공격용 갑옷의 일부로 더욱 은밀히 생산되고 있을 뿐이다"라고 기술했다.

이렇게 이념적으로 무장된 갑옷은 영화의 가장 빛나는 오브제이자, 마블 완구 제품군 전체의 중심축이 됐다. 슈트 없는 아이언맨은 상상할 수 없었기 때문이다. 아디 그라노프Adi Granov는 자신의 코믹북 아트를 바탕으로 화려한 슈트를 디자인했다. 다우니의 몸에 꼭 맞게 슈트를 성형하는 어려운 작업은 제임스 카메론의 〈터미네이터〉에서 로봇 터미네이터의 골격을 제작하고, 스티븐 스필버그Steven Spielberg의 〈쥬라기 공원Jurassic Park〉에서 애니매트로닉스[11] 기술로 티라노사우루스 렉스를 구현한 스탠 윈스턴 스튜디오가 담당했다.

다우니는 붉은색과 금색으로 이뤄진 아이언맨 슈트를 입고도 자신이 우스꽝스럽게 느껴지지 않았다고 주장했다. 하지만 10년 뒤 테렌스 하워드가 "무당벌레 같아" 보인다고 농담했던 것까지 생생히 기억하고 있었다. 다우니는 슈퍼히어로가 되기 위해 운동을 게을리하지 않은 덕분에 최고의 몸 상태를 유지했다. 하지만 무거운 슈트를 시험 삼아 착용하는 것만으로도 녹초가 되었다. 촬영장에서 완성된 슈트를 입고 연기하는 것은 너무나 불편했고 움직임에도 제약이 많았다. 그래서 다우니가 장비를 완전히 착용하고 촬영한 장면은 영화에 거의 나오지 않았다. 아이언맨 슈트 전신이 나오는 장면은 대부분 스턴트맨 마이크 저스터스Mike Justus가 촬영한 것이다.

이후로 다우니는 슈트 안에 갇혀서 연기하지는 않을 거라고 완강하게 고집했다. 사실 〈아이언맨〉 촬영 당시에도 CGI 기술이 충분히 발달해서 다우니의 고통스러운 시간을 어느 정도 덜어줄 수 있었다. 헐크의 고무 살갗 같은 녹색 피부는 여전히 사실적으로 묘사하기 어려웠지만, 아이언맨의 금속 슈트는 최첨단 그래픽을 동원해 사실적으로 보이게 만들 수 있었기 때문이다. 〈아이언맨〉에서는 디지털 효과가 안전장치 역할을 했다. 디지털 효과로 촬영장 조명 정보를 활용해 슈트를 자연스럽게 보이도록 수정했고, 긴급한 상황이 벌어지더라도 플롯의 구멍을 메우는 새로운 장면을 연출할 수 있었다. 예를 들어, 가상의 마을 굴미라에서 벌어지는 전투 장면에서 아이언맨 슈트가 대낮에는 파워레인저처럼 보인다고 생각한 파브로는 슈트 전체를 CGI로 대체했다.

파브로는 컴퓨터 그래픽 덕분에 액션 시퀀스를 융통성 있게 다룰 수 있었다. 하지만 그는 관객이 디지털로 묘사된 아이언맨을 오래 보다 보면 토니 스타크와 단절된 것처럼 느낄 거라는 사실을 곧 깨달았다. 파브로와 파이기는 코믹북 원작 영화에서 그런 실수를 저지른 경우를 많이 봐왔다. 그래서 그런 식으로 주인공의 캐릭터를 잃고 싶지 않았다. 제작진은 주인공 얼굴이 표정 없는 마스크로 가려지는 문제를 해결하기 위해 헤드업 디스플레이(HUD, 전방 시현 장비)를 만들었다. 파브로는 마치 슈트 헬멧 안에 카메라가 있는 것처럼 다우니의 얼굴을 클로즈업 촬영했다. ILM*의 애니메이션 감독 마크 추Mark Chu는 이 과정을 이렇게 설명했다. "다우니가 주변을 둘러보거나 사건 후에 반응하는 B-롤을 여러 개 촬영한 다음 그래픽을 추가해, 그가 슈트를 입고 있다는 것을 알 수 있게 만들었어요. 이렇게 해서 아이언맨에 인간적인 면모를 부여할 수 있었죠."

----

* 인더스트리얼 라이트 앤 매직Industrial Light and Magic, 조지 루카스가 설립한 명망 높은 시각효과 업체.

즉흥적인 작업 덕분에 촬영은 여유롭고 활기차게 진행되었지만, 파브로 감독의 섣부른 판단은 때로 심각한 문제를 불러오기도 했다.

팰트로는 페퍼 포츠가 아이언 몽거(강화 슈트를 입은 오베디아 스탠)에게서 도망치는 장면을 촬영하다가 무릎을 다쳤다. 파브로는 그 정도 다친 것은 괜찮을 거라 판단했고, 팰트로는 통증을 참으며 남은 장면을 연기해야 했다. 촬영이 끝난 뒤 저녁 식사 자리에서 팰트로의 부어오른 무릎을 본 파브로의 아내가 병원에 가보는 게 좋겠다고 하자, 파브로는 그제야 팰트로에게 미안해하며 사과하는 일이 있었다.

제작진은 마지막 전투 장면에 등장하는 토니 스타크의 거대 아크 원자로가 폭발하는 모습을 표현하기 위해 현장을 통제하고 건물 꼭대기에서 촬영을 진행했다. 촬영 현장은 관계 당국에 미리 통보한 뒤 안전을 위해 비워두었다. 폭발은 예정대로 오후 10시에 곧바로 일어났지만, 예상보다 규모가 컸던 탓에 원자로 빛을 표현하기 위해 설치한 18만 달러어치 조명을 모두 태워버렸다. 이 광경은 부근을 지나던 헬리콥터와 LA 경찰국의 눈에 띄었고, 끔찍한 재난 상황으로 오인되는 바람에 현장에 경찰관이 급파되는 해프닝도 있었다.

말이 되지 않는 결말

쪽대본 작업이 많았지만 파브로는 넉 달도 채 되지 않아 모든 촬영을 끝마쳤다. 촬영 마무리 후, 원본 영상은 디지털 보정을 위해 후반 작업을 맡은 여러 회사들로 보내졌다. 보정된 영상이 돌아오기를 기다리는 동안 편집 감독 댄 레벤탈Dan Lebental은 3시간 분량의 초벌 편집을 진행했다. 그런데 초벌 편집본을 본 파브로와 마블 스튜디오 운영진은 결말 부분이 기대와 전혀 다르게 촬영됐다는 사실을 발견했다.

그들은 제프 브리지스와 로버트 다우니 주니어라는 두 연기파 배우를 기용해놓고, 이 두 사람이 거대한 금속 슈트를 입고 서로 후려치는 장면으로 끝나는 영화를 만들었던 것이다. 메이크업 아티스트 제이미 켈먼은 "영화 마지막 부분은 사실상 두 로봇이 서로 주먹을 날리는 장면이었는데, 그 장면을 어떻게 처리해야 할지 몰랐던 거죠. 그래서 그냥 그 시퀀스를 짧게 줄였어요"라고 말했다. 그렇다고 문제가 해결되지는 않았다. 짧아진 격투 장면은 감정적으로 만족스럽지 않았고, 갑자기 흥미를 잃게 만들었다.

그때가 2007년 가을이었고, 개봉일은 2008년 5월로 정해져 있었다. 영화 세트는 이미 철거된 상태였고, 배우와 제작진을 다시 불러 모으려면 복잡할 뿐만 아니라 비용도 많이 들기 때문에 마지막 시퀀스를 새로 촬영하는 것은 어려웠다. 반면에 무언가를 다시 만들어내기에는 딱 적당한 시간이었고, 현재 결말을 좋아하는 사람은 아무도 없었다.

다섯 달 동안 정신없이 대본 수정 작업을 했던 각본가 네 명은 이미 현장을 떠났고, 처음 집필을 맡았던 아트 마컴과 매트 할러웨이 역시 이전에 계약한 TV 파일럿 집필을 위해 촬영 도중에 떠난 상태였다. 마블 스튜디오는 결말 문제를 해결하기 위해 마컴과 할러웨이를 다시 고용해 상황을 설명한 뒤 영화의 최신 편집본을 보여주었다. 두 작가는 편집본을 보자마자 앞에 나왔던 장면을 다시 소환하는 결말을 해결책으로 내놓았다. "아이언맨은 혼쭐이 났지만, 오베디아 스탠이 이 슈트를 만든 게 아니라 훔친 것이고, 슈트의 결함을 모른다는 사실을 기억해낸다면 어떨까요? 특정 고도에서 슈트가 얼어붙는 거요." 파이기는 이 아이디어가 마음에 들었다. 하지만 이제 막 일을 시작한 당시에는 자신을 최종 결정권자라고 생각하지 않았다. 그래서 그들에게 감독의 의견도 들어보자고 했다.

어떻게든 〈아이언맨〉을 예산에 맞게 완성하려던 파브로는 600만 달러의 추가 제작비가 들지도 모르는 마지막 시퀀스 촬영을 해야 할지 망설이고 있었다. 하지만 작가조합의 파업이 일어나는 바람에 결단을 내릴 수밖에 없었다. 당시 미국 작가조합은 영화 및 텔레비전 제작자 연합과 스트리밍 서비스의 보수 체계를 비롯한 여러 난제를 두고 새로운 계약을 협상 중이었다. 작가 파업이 눈앞에 닥쳐오자 파브로는 더 나은 선택지가 주어지지 않을 거란 사실을 깨달았다.

"'여러분, 우리에게 설명했던 그 장면을 써줘야겠어요' 갑자기 연락이 와서 이런 식으로 말하더군요. 결국 우리는 파업 시작 전까지 대본을 끝마쳐야 했어요." 마컴과 할러웨이는 2007년 11월 4일 자정이 되기 직전에 새로운 피날레의 초안을 제출했다. 그리고 11월 5일, 작가조합 파업이 시작되었고 3개월 이상 계속되었다.

ILM은 이 시퀀스가 영화에 맞아 들어가도록 만들어내는 동시에, 가능한 한 적은 비용으로 완성해야 했다. ILM의 마크 추는 "그 일은 우리가 시간 내에 할 수 있는 일과 사용 가능한 플레이트*를 제시하는 과정이었다"고 말했다. 작가조합 파업 때문에 결말은 더 수정할 수 없었고, 배우들도 새로운 장면을 촬영할 수 없었기 때문에 시각효과팀은 이전에 촬영한 영상을 최대한 많이 활용해서 용도에 맞게 바꿔 써야 했다.

추는 고달팠던 몇 달을 이렇게 기억했다. "당시에는 모두 이 영화가 제때에 완성될 수 있을지 궁금해했어요." 다우니 개인적으로도 이 영화에 많은 것을 걸었지만, 그는 마블이 더 많은 것을 걸고 있다는 것도 알고 있었다. 그는 "케빈 파이기야말로 세워놓은 계획이 모두 잘 풀리기를 바라면서 밤잠을 설쳤을 거예요"라고 말했다.

〈아이언맨〉은 2008년 5월 개봉 즉시 미국 내에서만 9,860만 달러의 수익을 올리며 흥행에 성공했고, 최종적으로 전 세계에서 5억 8,500만 달러의 수익을 기록했다. 마블은 위험한 도박을 연이어 감행했다. 자체 스튜디오 영화를 제작하기 위해 캐릭터를 담보로 잡혔고, 로

---

* Plates, 시각효과에 관련된 전문 용어로, 디지털 효과를 합성해 VFX 장면을 만들어내는 데 쓰이는 실사 촬영분을 말한다.

버트 다우니 주니어를 주연으로 기용했으며, 파브로가 영화 촬영 현장에서 모든 것을 만드는 것처럼 보이는 상황에서도 만족스러운 영화를 완성해낼 수 있다고 믿었다. 이 도박은 마침내 엄청난 성공을 거뒀다.

개봉 전 〈아이언맨〉에 대한 입소문은 긍정적이었지만 그렇다고 크게 들썩이지는 않았다. 2진급 슈퍼히어로로 주연의 영화를 만드는 신생 영화사의 블록버스터를 누가 기대했겠는가? 덕분에 마블은 그 기대를 뛰어넘는 이점을 누렸다. 〈아이언맨〉은 재치와 진심이 담긴 재미있는 영화였고, 슈퍼히어로 팬들도 만족시킬 수 있었다. 하지만 〈아이언맨〉이 그해 여름 최고의 슈퍼히어로 영화는 아니었다. 그 영예는 크리스토퍼 놀란의 두 번째 배트맨 영화 〈다크 나이트The Dark Knight〉에게 돌아갔다. 비록 주제를 탐구하는 방식은 달랐지만, 이 영화 역시 9.11 테러와 그 여파를 다룬 작품이었다. 히스 레저Heath Ledger가 연기한 조커는 혼란을 퍼뜨리는 것 말고는 다른 동기를 찾아보기 어려운, 테러의 시대가 낳은 빌런이었다.

마블의 제작자들은 난잡하고 제멋대로인 무기 제조업자 토니 스타크를 공감 가는 영웅으로 만들려고 노력했다. 그 과정에서 영화는 몇몇 날카로운 구석을 부드럽게 다듬어야 했다. 존 파브로는 자신이 만든 하늘을 나는 슈퍼히어로를 현실적으로 그리고 싶었다. 하지만 블록버스터 영화라는 조건과 국방부의 간섭으로 인해 세계를 지키기 위해 개인화된 무기 체계를 구축한 억만장자의 도덕성에 관한 언급은 포기할 수밖에 없었다.

영화는 회견장의 기자들을 향한 토니 스타크의 선언으로 끝이 난다. "I am Iron Man." 슈퍼히어로의 정체는 어떤 대가를 치르더라도 비밀로 지켜져야 한다는 암묵적인 통념을 깨뜨린 것이다. 이는 마블 스튜디오가 대규모 예산이 투입되는 영화를 만들 때도 기존 관습에 의문을 제기하려고 노력한다는 한 가지 신호였다. 곧 다른 신호들도 드러날 것이었다.

Chapter 6: Post-Credits Scene
쿠키 영상의 비밀

"I'm here to talk to you about the Avengers Initiative."

<Iron Man>

카메오 출연자에 대한 소문

케빈 파이기는 〈아이언맨〉의 마지막 장면에 대한 아이디어를 예상치 못한 데서 얻었다. 매튜 브로데릭Matthew Broderick이 주연한 존 휴즈John Hughes 감독의 코미디 영화 〈페리스의 해방Ferris Bueller's Day Off〉(1986)이 바로 그것이다. 영화에 푹 빠져 있던 10대 시절 파이기는 언제나 엔딩 크레디트가 끝날 때까지 자리를 지키는 편이었다. 그런데 〈페리스의 해방〉의 엔딩 크레디트가 다 올라가고 거의 마지막 부분에 이르렀을 때 그는 깜짝 놀랐다. 브로데릭이 다시 화면에 나타나 관객들을 향해 영화 끝났으니까 빨리 집에 가라고 말하는 장면이 나왔기 때문이다. "정말 유쾌하고 멋진 장면이었어요. 엔딩 크레디트가 끝날 때까지 앉아 있던 사람들에게 주는 작은 보상 같았죠."

'쿠키 영상'('포스트 크레디트 장면'이라고도 부른다)은 스탠 리의 카메오 출연과 더불어 마블 시네마틱 유니버스의 전매특허가 되었다. 영화가 모두 끝나고 등장하는 쿠키 영상은 새로운 캐릭터에 대한 팬들의 흥미를 불러일으키는 동시에, 영화들 사이를 잇는 연결고리 역할을 했다. 파이기는 영화가 끝날 때 무엇을 추가하면 더 재미있을지에 대해 늘 생각했다고 한다. "이야기에서 약간 벗어나 있지만, 더 큰 이야기와 연결되는 재미있는 장치가 무엇일까? 끝까지 자리를 지킨 사람들에게 보답이 될 수 있는 흥미로운 장면은 무얼까?"

안대를 쓴 사무엘 L. 잭슨Samuel L. Jackson이 쉴드의 닉 퓨리 국장으로 등장해 토니 스타크에게 자신을 소개하는 MCU 최초의 쿠키 영상은 분명 마블 팬들에게 예상치 못한 재미를 주었다. 또한 퓨리가 '어벤져스 계획'을 언급한 것은 마블이 판권을 보유하고 있는 캐릭터들을 하나의 슈퍼 팀으로 연결하려는 파이기의 포부를 분명히 밝히려는 목적도 있었다. 마블은 쿠키 영상을 통해 새롭게 제작할 마블 영화들을 서로 연결시키고자 했고, 사무엘 L. 잭슨은 화면에 등장하는 30초 동안 타고난 카리스마와 설득력을 최대한 발휘해 이 사실을 알렸다.

〈아이언맨〉을 촬영하는 동안 존 파브로는 영화 뉴스 웹사이트 네트워크인 "긱 프레스"와 협력했고, 파파라치들이 촬영 사진을 유출할 때도 내버려두었다. 제작진이 아이언 몽거와 벌이는 마지막 대결을 샘플 촬영하던 날, 어느 파파라치가 아이언맨 슈트를 몰래 찍은 일도 있었다. 하지만 파브로는 영화 마지막 장면에서 토니 스타크가 읽는 신문 지면에 파파라치가 찍은 사진을 넣을 정도로 유연한 태도를 보였다. 하지만 2007년 6월 21일, 마침내 파브로 감독을 크게 화나게 만든 유출 사건이 일어났다. "에인트 잇 쿨 뉴스"에 '모리아티'라는 필명으로 기고하던 드류 맥위니Drew McWeeny가 "로버트 다우니 주니어는 오늘 마블 영화의 연속성을 염두에 둔 배우가 등장하는 장면을 촬영하고 있다. 마블 스튜디오가 각각의 영화 틀 바깥에 존재하는 더 큰 세계를 만들기를 바라는 팬의 입장에서 이 촬영은 매우 흥미진진한 사건이다. 이는 우리가 기대하던 어벤져스 영화 제작으로 향하는 중요한 단계가 될 수 있기 때문이다. 그렇다면 그 배우와 캐릭터는 누구일까? 바로 사무엘 L. 잭슨이 맡은 닉 퓨리다"라는 기사를 쓴 것이다.

이 기사로 인해 〈아이언맨〉 팀이 잭슨의 존재를 비밀에 부치려고 했던 모든 노력은 물거품이 되었다. 게다가 영화 개봉까지는 아직 1년 가까이 남아 있었다. 마블 스튜디오의 모든 직원은 이 기사에 더 많은 관심이 쏠리지 않도록 유출 사실에 대해 언급하지 않으려고 최선을 다했다.

2007년 6월, 파브로는 시저스팰리스 호텔에서 진행한 마지막 촬영을 마치면서, "저희를 너그럽게 환대해주신 시저스 호텔에 감사합니다. 화려한Swank 편의 시설도 잘 이용했습니다"라고 블로그에 글을 올렸다. 이 글에서 스웽크의 S를 대문자로 쓴 것이 라스베이거스 장면에 출연한 단역배우 중 한 명인 스테이시 스타스Stacy Stas가 힐러리 스웽크Hilary Swank와 닮은 것에 대한 농담이라고 생각한 사람들로 인해 힐러리 스웽크가 〈아이언맨〉의 카메오로 출연했다는 소문이 퍼졌다.

또한 아비 아라드는 MTV 무비스 블로그와의 인터뷰에서 스웽크가 이 영화에 등장하는지 질문하자 한참 뜸을 들인 후에 "카메오 출연이에요"라고 털어놓았다. 잭슨의 출연 여부에 대한 질문에도 언급하기 곤란하다고 둘러대다가 결국 "잭슨이 출연하는 건 진짜 비밀이었는데, 어떻게 새어 나갔는지 정말 놀랍네요"라고 대답해 논란을 키웠다.

닉 퓨리와 에이전트 오브 쉴드

사무엘 L. 잭슨이 닉 퓨리 역을 맡은 것은 배우와 캐릭터 모두가 오랫동안 기다려온 일이었다. 스탠 리가 마블의 할리우드 사무실을 맡았을 때부터 퓨리는 영화로 개발하기 유력한 캐릭터로 꼽히곤 했다. 닉 퓨리의 영화화 가능성에 관해 맨 처음 언급한 것은 1986년 9월 17일 《버라이어티》에서 파라마운트가 퓨리 영화화에 관심을 갖고 있다는 기사였다. 마블이 개발을 추진 중인 다양한 캐릭터 중에서도 닉 퓨리는 영화화하기 쉬운 캐릭터였다. 퓨리는 매우 유능한 스파이로, 기본적으로는 제임스 본드를 코믹북에 불러온 캐릭터였다.

1963년 스탠 리와 잭 커비는 전쟁 만화 『퓨리 하사와 하울링 코만도Sgt. Fury and His Howling Commandos』에서 제2차 세계대전의 영웅인 주인공 닉 퓨리를 창조했다. 퓨리의 인기가 높아지자 리와 커비는 그해 말, 전후 시대에 첩보 기관 쉴드를 이끄는 지도자이자 최고 요원이 된 퓨리를 등장시켰다. 곧이어 매달 퓨리의 1940년대 모험담과 1960년대 모험담이 모두 코믹북으로 만들어졌다. 2년 뒤, 마블은 『닉 퓨리, 에이전트 오브 쉴드Nick Furi, Agent of S.H.I.E.L.D』라는 프로젝트를 젊고 뛰어난 작가이자 아티스트인 짐 스테란코Jim Steranko에게 맡겼고, 그는 이 작품에 획기적인 옵아트의 시각적 요소와 악의 조직 히드라에 맞서는 웅장한 전투, 흠잡을 데 없는

1960년대의 세련미를 부여했다.

1995년 20세기 폭스는 뉴 라인에서 〈블레이드〉를 집필한 데이비드 S. 고이어에게 닉 퓨리 프로젝트의 각본을 의뢰했다. 고이어는 "처음에는 닉 퓨리 장편영화의 초고를 썼어요. 사실상 짐 스테란코의 작품을 각색한 것이었지만, 스트러커 남작(바론 폰 볼프강 스트러커)과 기계의수를 가진 사탄 클로 등 여러 가지를 추가해 업데이트했죠. 결국 그 각본으로는 아무것도 만들어지지 못했어요. 초고 원고 개발 과정에서 영화사가 판권을 잃었거든요. 몇 년 후 〈블레이드〉가 만들어지자, 몇몇 사람들이 다시 연락해왔어요. 폭스에서 방영할 백도어 파일럿[12] 여러 편을 제작할 예정인데, 제가 쓴 닉 퓨리 각본의 판권 옵션을 확보했다고 말하더라고요." 문제는 고이어가 장편영화에 맞게 쓴 각본을 구현하려면 최소 2,000만 달러가 들 것이 예상된 반면, TV 영화로 만들면 대략 500~600만 달러 예산으로 충분했다는 사실이다. 고이어는 극장에서 개봉할 영화가 아니면 참여하지 않겠다고 했고, TV판은 다른 사람이 각본을 썼다.

1998년에 공개된 TV 영화 〈닉 퓨리: 에이전트 오브 쉴드Nick Fury: Agent of S.H.I.E.L.D.〉의 주연은 〈전격 Z작전Knight Rider〉과 〈SOS 해상 구조대 Baywatch〉의 데이비드 핫셀호프David Hasselhoff가 맡았다. 미래에 닉 퓨리를 연기할 수 있기를 바랐던 핫셀호프는 당시 스탠 리와 아비 아라드의 비공식적인 찬사까지 받았다. 그는 "내가 연기한 닉 퓨리는 스탠 리와 함께 의논하는 과정에서 빈정거리며 농담하는 터프가이 캐릭터로 창조됐어요. 리는 '당신이 최고의 닉 퓨리'라고 말했었죠. 아비 아라드도 '당신이 영원한 닉 퓨리일 테니 걱정하지 마세요'라고 했고요. 그런데 결국 둘 다 거짓말을 했죠."*라고 솔직하게 속내를 밝혔다.

닉 퓨리 TV 영화의 시청률은 저조했고, 폭스는 이 작품을 실사판

---

* 핫셀호프는 2017년 〈가디언즈 오브 갤럭시 VOL. 2 Guardians of the Galaxy Vol. 2〉에서 '데이비드 핫셀호프' 역할을 맡아 카메오로 출연했다.

쉴드 시리즈로 제작하려던 계획을 취소했다. 약 5년 뒤, 아라드는 고이어에게 드림웍스의 새로운 닉 퓨리 영화 작업을 요청했다. 워너브라더스가 크리스토퍼 놀란과 함께 〈배트맨 비긴즈Batman Begins〉의 각본을 쓸 기회를 주지 않았다면 고이어는 아마 그 제안을 받아들였을 것이다. "아라드에게 전화를 걸어서 '배트맨 쪽에서 제안이 들어왔어요. 어렸을 때부터 할리우드에서 배트맨 영화를 만드는 게 꿈이었거든요. 이건 꼭 하고 싶어요'라고 했더니 아라드가 '그래, 자네가 해야지'라고 말하더군요."

아라드와 마블은 드림웍스가 제작할 때를 대비해 앤드류 W. 말로Andrew W. Marlowe에게 닉 퓨리 각본을 의뢰했다. 각본에 참여한 모든 관계자는 1965년을 배경으로 한 고전적인 닉 퓨리 코믹스에서 많은 부분을 그대로 가져왔고, 최근 코믹북의 환경과 닉 퓨리 캐릭터가 어떻게 변했는지는 고려하지 않았다.

얼티미츠의 탄생

펄머터는 1999년 7월, 에릭 엘렌보젠을 마블 엔터프라이즈의 CEO 직에서 해고한 뒤, 예산 관리를 중시하는 피터 쿠네오를 임명했다. 또한 소비재, 출판, 뉴미디어 부문 사장으로 하버드 로스쿨 출신의 빌 제마스Bill Jemas를 임명했다. 제마스는 마블의 인쇄본 코믹북의 수익성을 회복하는 일을 맡았다. 제마스는 처음에는 10대 캐릭터였던 엑스맨이나 스파이더맨이, 수십 년이 지나 다 자란 성인이 되어 자녀까지 두게 된 코믹북 속의 현재 모습이 못마땅하다고 편집회의에서 지적했다. 그가 보기에 바로 이런 점이 캐릭터의 근본적인 매력을 무디게 하는 것이었고, 영화와의 동기화를 어렵게 하는 걸림돌이었다. 그는 영화 속 뮤턴트나 웹슬링어*에 반한 아

* web-slingers, 거미줄을 이용해 공중을 날아다니는 것.

이라면, 대형 스크린에서 본 주인공과 어느 정도 닮은 캐릭터들이 등장하는 만화를 볼 수 있어야 한다고 생각했다. 그래서 그는 기존 마블 코믹스의 세계관을 모두 날려버리고 처음부터 다시 시작하는 급진적인 방안을 생각했었다. 그러나 그는 주변의 만류로 인해 캐릭터의 초창기 이야기를 그리는 '얼티밋' 라인을 별도로 만들기로 했다. 제마스는 얼티밋 라인에서는 캐릭터를 현대 독자에 맞게 변형하고, 마블에서 가장 인기를 얻은 캐릭터의 이야기에 집중하기로 했다.

2001년에 엑스맨 영화가 공개되고, 2002년에는 스파이더맨 영화가 예정되어 있다는 사실을 알고 있던 제마스는 얼티밋 코믹스를 이 두 작품으로 시작하기로 결정하고, 당시 편집장 조 케사다Joe Quesada에게 업무를 맡겼다. 그런데 첫 코믹북 대본이 퇴짜를 맞고, 폭스가 엑스맨 개봉일을 여섯 달이나 앞당기는 바람에 마블은 『얼티밋 엑스맨Ultimate X-Men』과 영화를 연계할 기회를 놓쳤다. 하지만 케사다는 범죄 만화 작가인 브라이언 마이클 벤디스Brian Michael Bendis와 작화가 마크 배글리Mark Bagley를 영입해 『얼티밋 스파이더맨Ultimate Spider-Man』 1호를 집필하게 했고, 코믹북 전문점과 완구점에 무료로 이 책을 배포하며 리부트 이슈를 적극적으로 지원한 끝에 성공을 거두었다.

제마스는 엑스맨 영화의 성공을 이용하지 못한 것에 불만을 털어놓았다. "영화가 20대 눈높이로 만들어져서 장난감이 잘 팔리지 않았어요. 영화는 성공했는데 저희는 월급도 못 줄 정도로 끔찍하게 실패했죠."

제마스와 케사다는 마블에서 오랫동안 일한 작가와 편집자 여러 명을 해고했다. 그리고 퍼니셔 같은 캐릭터가 욕을 하고 머리를 날려버리는, 더욱 자극적인 '맥스' 코믹스 부문을 새롭게 시작했다. 아울러 장기 연재되는 캐릭터 수십 종을 얼티밋 판본으로 동시 출간할 수 있도록 승인했고, 영국 출신의 아티스트 브라이언 히치Bryan Hitch와 스코틀랜드 출신의 작가 마크 밀러Mark Miller 같은 새로운 인재들도 영입했다. 히치와 밀러에게는 어벤져스를 재창조하는 임무가 주어졌다. 열의를 보이며 작업한 두 사람은, 새로운 팀 이름을 '얼티미츠'로 바꾸기에 이르렀다. 캡틴 아메리카는 여전히 제2차 세계대전에서 해빙된 슈퍼 솔져였지만, 토르는 자신을 천둥의 신이라고 믿는 정신적으로 불안정한 환경 운동가로 변했고, 헐크는 무슨 까닭인지 프레디 프린즈 주니어Freddie Prinze Jr.에게 원한을 품고 있었다. 히치에 따르면 얼티미츠 팀을 영화에서 어떻게 그릴지 논의하긴 했지만, 2002년 당시에는 예정된 MCU 영화가 없었다고 말했다. 9.11 테러는 얼티밋 라인의 전체적인 성격을 더 어두운 방향으로 바꾸어놓았다. 더불어 마블의 대표적인 대테러 기관 쉴드의 지휘관 닉 퓨리가 더욱 중요해졌다.

팬들에게 보내는 러브레터

밀러는 『얼티밋 판타스틱 4Ultimate Fantastic Four』에 등장하는 닉 퓨리를 흑인 캐릭터로 확정했다. "저는 아프리카계 미국인 닉 퓨리가 쉴드의 국장이 되길 원했어요. 당시 현실 세계에서도 콜린 파월Colin Powell이 비슷한 직책을 맡고 있었거든요. 게다가 닉 퓨리라는 이름도 1970년대에 흑인을 부르던 전형적인 이름처럼 들렸고요. 이 모든 것을 구체적인 하나의 캐릭터로 합쳐서 업데이트한 거죠. 거리의 불량배를 토대로 만든 캐릭터는 너무 1960년대적이었고, 업그레이드가 필요했으니까요."

히치는 퓨리 2.0을 처음 그릴 때 "안대와 샤프트 수염13)을 한" 사무엘 L. 잭슨을 꼭 닮은 모습으로 표현했다. 제마스와 케사다는 소송에 휘말리게 될까 걱정했지만, 위험을 감수할 만큼 멋진 캐릭터라고 판단했다.

사무엘 L. 잭슨은 만화 마니아로 평생을 살아왔다. 1950년대 테네시 주 채터누가에서 성장한 그는 만화책을 너무 많이 읽어댄 나머지, 그를 돌봐준 할머니가 만화책 다섯 권을 읽을 때마다 좀 더 교양 있는 책을 한 권씩 읽어야 한다는 규칙을 세웠을 정도였다. 그는 〈언브레이커블

Unbreakable⟩(2000)에서 슈퍼 빌런 미스터 글래스 역이자 코믹아트 갤러리 주인으로 출연해 최고의 연기를 선보이기도 했다. 그는 LA에 있는 코믹북 전문점 골든 애플에서 정기적으로 쇼핑했다. 그러니 잭슨이 『얼티미츠The Ultimates』에서 자신의 얼굴과 닮은 캐릭터를 발견한 것은 놀라운 일이 아니었다. 우쭐하면서도 혼란스러웠던 그는 자신의 에이전트에게 이를 허락해주었는지 물었다. 에이전트는 즉시 마블로 연락해서 이렇게 된 경위를 물었고, 마블은 만약 닉 퓨리가 영화에 등장하는 일이 생긴다면 잭슨이 그 역할을 맡을 수 있을 거라고 했다. 잭슨이 그 제안을 수락하면서 마블은 소송을 피할 수 있었다. 마블로서는 비용 대비 효과가 높은 해결책이었다. 바로 이 거래 때문에 5년 뒤 마블은 아라드가 핫셀호프에게 무심코 한 약속을 지키는 대신 잭슨과 함께하게 되었다. 물론 잭슨은 핫셀호프보다 더 인기 있는 스타이자 더 뛰어난 배우이기도 했다.

파이기는 "우리는 닉 퓨리가 등장인물들을 서로 얽히게 하는 캐릭터가 되길 바랐지만, 영화를 방해하는 것은 원하지 않았어요. 안대를 쓴 잭슨이 중간에 불쑥 나타나면 어울리지 않을 수도 있잖아요. 엔딩 크레디트가 끝날 때까지 남아 있는 사람들이라면 안대를 쓴 남자가 누군지 알 거라고 짐작하기도 했고요"라고 말했다. 파브로의 표현을 빌리자면 "그것은 마블 팬들에게 보내는 순수한 러브레터였고, 영화가 끝나도록 앉아 있는 사람들에게는 재미있는 보물찾기 같은 게 될 거였다."

하루가 걸린 이 촬영은 영화의 나머지 부분이 마무리되고 며칠이 지난 뒤 스타크의 맨션 세트에서 진행되었다. 브라이언 마이클 벤디스는 집으로 돌아온 토니 스타크가 닉 퓨리를 발견하고, 퓨리가 그에게 어벤져스에 관해 이야기하는 장면을 다양한 버전의 대본으로 작성했다. 영화에 사용되지는 않았지만, 마블 원작의 다른 두 가지 성공적인 시리즈와 이제 막 촬영에 들어가려던 헐크 영화가 언급된 장면도 있었다. 퓨리로 분한 잭슨은 "감마선 사고에 방사능 벌레에 물린 거며, 온갖 뮤턴트로도 모자라 남들과 어울리지도 못하면서 장난감을 독차지하고 싶어 하는 버릇없는 녀석까지 상대해야 하는군" 하고 불평하기도 했다. 이런 대사는 마블 팬들을 즐겁게 해주었을지 모르지만, 당시로서는 불가능한 내용이었다. 파이기는 마블 영화에 실제로 등장하기 어려운 캐릭터를 암시하고 싶지는 않았다. "우리에게는 엑스맨, 판타스틱 4, 스파이더맨이 없었지만 다른 슈퍼히어로들이 있었어요. 사실 평범한 영화 팬에게는 인지도가 낮았지만, 우리에게는 그 캐릭터들을 다른 히어로 영화에 집어넣을 기회가 있었죠."

파브로는 파이기가 마지막 장면을 감독했다고 인정했다. "파이기가 이 모든 일에 깊이 관여했어요. 닉 퓨리가 어벤져스 계획에 대해 말한 내용이 앞으로 만들 영화에 영향을 미칠 거였으니까요. 그는 더 큰 계획을 세우고 있었죠."

영화가 끝나도 극장을 떠나지 말 것

마블이 비평가와 시사회 관객을 대상으로 〈아이언맨〉을 상영했을 때, 초기 상영본에는 닉 퓨리가 등장하는 쿠키 영상이 포함되지 않았다. 뜻밖의 놀라움을 지키기 위한 마지막 시도였다. 힐러리 스웽크와 사무엘 L. 잭슨이 카메오로 등장하는 걸 기대했던 기자들은 두 배우 모두 발견하지 못했다고 보도했다. 보너스 장면은 정식 영화 개봉 때 추가되었고, 엔딩 크레디트가 올라가기 시작하면 극장을 떠나지 말라는 소문이 빠르게 퍼졌다.

파이기는 당시를 이렇게 회상했다. "저는 그 장면을 열성 마블 팬들이 '잠깐만, 그건 어떤 의미지?'라고 대화하게 되는 정도라고 생각했어요. 그런데 개봉 주말이 지나고 월요일이 되자 《엔터테인먼트 위클리》에서 닉 퓨리가 누구인지, 그 장면은 어떤 의미를 담고 있는지 다루는 관련 기사를 냈더군요. 제 예상보다 훨씬 더 빠르게 분위기가 고조됐어요."

Chapter 7: Extraordinary Levels of Toxicity
전혀 다른 헐크 영화

"You wouldn't like me when I'm hungry."

\<The Incredible Hulk\>

가장 사랑받지 못한 작품

　　헐크는 가장 강력한 캐릭터였다. 당시 마블 스튜디오에 사용 권한이 없었던 스파이더맨 다음으로 대중들에게 인기가 높았다. 1962년 스탠 리와 잭 커비가 로버트 루이스 스티븐슨Robert Louis Stevenson의 『지킬 박사와 하이드 씨Strange Case of Dr. Jekyll and Mr. Hyde』를 변형해 창조한 헐크는 만화 독자가 아닌 사람들에게도 친숙했다. TV 드라마 〈인크레더블 헐크〉가 1977년부터 1982년까지 CBS에서 방영되었고, 1980년대 후반에도 TV용 영화 세 편이 제작된 덕분이다. 빌 빅스비Bill Bixby가 연기한 우울한 과학자 브루스 배너*는 화가 나면 녹색 괴물 헐크로 변신했는데, 헐크를 맡은 루 페리그노Lou Ferrigno는 녹색으로 보디페인팅을 하고 연기했다.

　　〈토르: 라그나로크〉로 각색된 『플래닛 헐크Planet Hulk』를 비롯해 수년간 헐크 캐릭터가 등장하는 코믹북을 집필한 그렉 박Greg Pak은 사람들이 모두 헐크를 좋아하는 건 분노를 자유롭게 표출하는 모습에서 해방감을 느끼기 때문이라고 말했다.

　　헐크는 특히 어린 소년들 사이에서 인기가 높았고 완구도 잘 팔렸다. 데이비드 메이젤은 헐크가 마블 캐릭터 중 두 번째로 비중이 큰 상품이었기에 마블 경영진이 최초 발표작 중 하나로 헐크 영화를 선택하는 게 당연했다고 말했다.

　　그러나 극장가를 강타할 것이 확실해 보였던 이 영화가 망가지면서 여름 영화 한 편의 흥행뿐만 아니라 막 입지를 다지려던 스튜디오의 운명까지 위협받았다. 2008년 여름에 개봉한 에드워드 노튼Edward Norton 주연의 〈인크레더블 헐크〉는 결국 마블 프로젝트 중에서 가장 사랑받지 못한 작품으로 남았다. MCU를 처음 접하는 사람들에게 이 영화는 건너뛰고 보지 말라고 권하는 사람도 있을 정도다. 하지만 마블 스튜디

---

* TV에서는 데이비드로 이름이 바뀌었다.

오는 이 영화로 협업의 한계에 대한 값진 교훈을 일찌감치 배울 수 있었다. 달리 말하면 마블은 분명한 상하관계에서 얻어지는 권위와 창의성이 반드시 어긋나는 것이 아니라는 점을 터득했다. 결국 이 교훈은 이후 마블을 이끌어가는 핵심이 되었다.

헐크 단독 주연 영화가 나오지 않는 이유

극장용 헐크 영화는 2003년 에릭 바나Eric Bana가 주연하고, 이안Lee Ang이 감독을 맡은 〈헐크〉로 만들어진 적이 있었다. 몇몇 비평가들은 이안 감독의 예술적 패기를 존중했지만, 팬들에게는 그다지 사랑받지 못했다. 엇갈린 반응을 얻은 이 영화는 마블 스튜디오가 메이젤의 계획에 따라 첫 네 편에 등장할 캐릭터를 선정할 때 유용한 기준이 되었다. "앞서 제작되어 어느 정도의 매출 성과(전 세계에서 2억 4,500만 달러)를 거둔 헐크 영화가 있어서 새로 만들더라도 이와 비슷한 매출을 올릴 거라 짐작할 수 있었죠. 매출이 극적으로 증가하거나 하락하기는 무척 어렵거든요. 우리는 〈아이언맨〉으로 홈런을 노렸지만, 〈헐크〉는 이미 결과를 어느 정도 알고 시작했어요." 메이젤은 이렇게 설명했다.

〈헐크〉는 CAA의 공동 창립자이자 유니버설 스튜디오의 수장 로널드 마이어Ronald Meyer가 아비 아라드와 헐크 캐릭터에 대한 계약을 맺은 뒤, 유니버설 스튜디오에서 제작하고 배급했다. 2005년 어느 토요일 오후, 메이젤은 마이어에게 전화를 걸어 유니버설에서 헐크 영화를 또 만들 계획이 있는지 물었고, 마이어는 "솔직히 헐크는 우리 계획에 없어요"라고 대답했다. 그러자 메이젤은 〈아이언맨〉에서 파라마운트가 그랬던 것처럼, 마블이 제작한 헐크 영화의 배급과 마케팅을 유니버설이 맡는 안을 내놓았다. 마블은 제작 예산으로 약 1억 달러를 배정해놓았기에, 이번 영화가 2003년 작품과 얼추 비슷한 결과를 거둔다면 유니버설은 2,000만 달러에서 3,000만 달러의 수익을 가져갈 수 있었다. 파라마운트와 맺은 계약과 다른 점은 유니버설이 2003년 영화 제작 이후에도 헐크의 영화 판권을 계속 유지하고 있다는 사실이었다. 마블은 어쩔 수 없이 통제할 수 없는 캐릭터를 사용해야 했지만, 이는 몹시 꺼려지는 일이었다. 메이젤은 유니버설에게 기존 라이선스 계약을 파기하고 단발 배포 계약을 맺자는 제안을 했다. 헐크 캐릭터 사용권을 되찾겠다는 속셈이었다. 메이젤의 제안에 구미가 당긴 마이어는 세부사항을 논의하기 위해 그다음 주에 회의를 잡았다. 그들은 마블이 헐크의 영화 판권을 되찾는 대신, 헐크 시리즈의 모든 영화는 유니버설 스튜디오가 배급한다는 데 동의했다. 이는 곧 헐크의 이름이 제목에 들어가지 않는 영화라면, 유니버설의 관여 없이도 헐크가 카메오로 출연하거나 팀 구성원으로 등장할 수 있다는 의미였다. 이는 결과적으로 메이젤에게 핵심적인 협상 요소가 되었다. 유니버설은 마블이 제목에 헐크라는 이름을 사용하지 않고, 영화에서 헐크 캐릭터를 얼마나 많이 활용할 수 있을지 전혀 알지 못했다. 이러한 계약의 세부 사항들이 MCU를 구체화하는 데 큰 영향을 끼쳤다. 인기가 높은 헐크의 단독 주연 영화가 더는 나오지 않는 근본적인 이유도 바로 이 계약에 있다.

이 합의는 마블 스튜디오와 마블의 다른 사업부에도 유익한 결정이었다. 이제 헐크와 관련된 새 영화의 개봉 시기를 마블이 통제할 수 있게 되었기 때문이다.

헐크의 캐릭터 디자인

마블 스튜디오는 〈아이언맨〉 촬영이 끝나고 곧바로 헐크 영화를 촬영하기로 했다. 두 영화의 제작 준비는 2006년에 동시에 진행되었다. 헐크 영화를 만들기 위해 여러 편의 헐크 각본 중 잭 펜Zak Penn이 집필한 것을 선택했다. 케빈 파이기는 〈엑스맨 2〉와 〈엑스맨: 최후의 전쟁〉을 통해 잭 펜에 대해 잘 알고 있었다. 마블은 그를 다시 기용해 각본을 수정하게 했고, 그사이 시각디자인팀은 화면에 나올 녹색 거인의 모습을 표현하는 작업에 돌입했다.

이안의 〈헐크〉는 몸집이 기분에 따라 계속 달라지는 점이나 화면을 여러 개로 나누는 '패널'을 활용해 만화책 페이지처럼 보이게 하려는 감독의 시도 등 다양한 이유로 비판받았다. 하지만 팬들이 가장 큰 불만을 터트린 이유는 영화에 액션이 부족하기 때문이었다. 따라서 마블 스튜디오는 액션 연출로 유명한 〈트랜스포터The Transporter〉의 루이 르테리에Louis Leterrier에게 감독을 맡겼다. 르테리에의 영화는 CG로 만들어내는 것이 아닌 실사 구현에 무게가 실려 있었다. 파리 태생으로 프랑스 감독 뤽 베송Luc Besson의 제자인 르테리에는 아라드와 처음 만났을 때 〈아이언맨〉 연출에 관심을 표했다. 파이기가 〈아이언맨〉의 감독은 이미 정해졌다는 사실을 알려주자, 르테리에는 헐크 연출을 고려했다. 르테리에는 특히 제프 로브Jeph Loeb가 글을 쓰고 팀 세일Tim Sale이 그림을 그린 『헐크: 그레이Hulk: Grey』의 시각적 표현과 감정에 매료됐다. 르테리에는 〈인크레더블 헐크〉를 연출하기로 계약한 뒤, 헐크의 외양이야말로 가장 중요한 사항이라고 생각하고 가능한 한 빨리 주연 캐릭터의 디자인에 착수하고자 했다. 마블 스튜디오는 10년 전 〈배트맨 포에버Batman Forever〉로 슈퍼히어로 영화 작업에 첫발을 뗐던 시각효과 분야의 베테랑 커트 윌리엄스Kurt Williams에게 작업을 의뢰했다. 세부적인 요소를 중시하는 르테리에는 이미 참고 자료로 쓰기 위해 헐크 코믹스에서 좋아하는 장면을 스크랩해두었다. 윌리엄스는 콘셉트 아티스트이자 크리처 디자이너인 애런 심스Aaron Sims를 데려왔다.*

제작자들은 비율이 이상했던 2003년 헐크의 모습과 거리를 두

---

* 심스는 훗날 〈기묘한 이야기Stranger Things〉에 등장하는 얼굴 없는 데모고르곤으로 이름을 알린 인재다.

어야 한다고 생각했다. 르테리에는 보다 근육질이면서도 여린 감정을 표현할 수 있는 캐릭터를 원했기에, 광분한 모습이 아닌 안정적인 상태의 헐크를 디자인하는 작업부터 시작했다. 심스는 "초반 디자인 과정에서 헐크를 차분하게 만드는 것이 가장 큰 도전이었어요"라고 말했다. 르테리에는 심스와 함께 헐크의 외형에서 어떤 면모를 찾아냈다고 느낄 때마다 윌리엄스와 마블 제작자들에게 이를 공유했다. 배우를 섭외하기 전부터 시작된 이 꼼꼼한 과정은 1년간 지속되어 후반작업이 진행될 때까지도 끝나지 않았다.

윌리엄스는 시각효과 제작사인 리듬 앤 휴즈Rhythm & Hues도 기용했다. 이 회사는 〈엑스맨: 최후의 전쟁〉, 〈나니아 연대기: 사자, 마녀, 그리고 옷장The Chronicles of Narnia: The Lion, the Witch and the Wardrobe〉과 같은 블록버스터 작품도 작업했지만, 윌리엄스의 마음을 사로잡은 것은 아카데미 시각효과상을 수상한 〈꼬마 돼지 베이브Babe〉였다. 이 영화에서 리듬 앤 휴즈의 전문가들은 CGI로 만든 동물에 근육을 성공적으로 배치해 마치 실제로 말하는 것처럼 보이게 했고, 마블은 무뚝뚝한 헐크에게도 같은 작업을 할 수 있기를 바랐다.

새로운 브루스 배너

〈헐크〉(2003)에서 에릭 바나는 믿음직한 연기를 선보였지만, 이번 영화가 속편이 아니라는 점을 분명히 하고 싶었던 마블 스튜디오는 새로운 브루스 배너가 필요했다. 주연배우 선정과 관련해 르테리에는 마크 러팔로를 원했다고 주장했다. 러팔로는 데이비드 핀처David Fincher의 〈조디악Zodiac〉에서 로버트 다우니 주니어의 상대역을 맡아 막 촬영을 끝낸 참이었다. 하지만 마블은 더 나은 선택지가 있다고 믿었다. 바로 에드워드 노튼이었다.

노튼이 〈파이트 클럽Fight Club〉과 〈프라이멀 피어Primal Fear〉에서 보여준 이중성이 드러난 연기를 고려하면 헐크 역에 딱 맞는 것처럼 보였다. 노튼은 이미 〈프라이멀 피어〉와 〈아메리칸 히스토리 X American History X〉로 두 차례나 오스카상 후보에 오른 경력도 있었다. 마블이 〈아메리칸 히스토리 X〉에서 일어난 일을 좀 더 세심히 살폈다면 〈인크레더블 헐크〉 촬영장이 통제 불능 상태가 되는 상황을 미리 예견할 수 있었을 것이다. 미국에서 부상하는 신나치 문화를 다룬 폭력적이고 불편한 이 영화를 두고 노튼이 토니 케이 Tony Kaye 감독과 충돌했을 때, 뉴 라인 시네마는 주연배우 편을 들었다. 영화의 재편집권을 얻은 노튼은 95분이었던 깔끔한 편집본에 20분 정도의 분량을 덧붙였다. 자신의 영화에 대한 통제권을 잃은 것에 화가 난 케이는 영화에서 자신의 이름을 지우고 영화제 출품을 막으려고 했지만, 자신의 감독 경력이 손상된 것 외에는 이렇다 할 성과를 얻지 못했다. 〈아메리칸 히스토리 X〉는 대성공작으로 칭송받았고, 노튼은 오스카 남우주연상 후보에 올랐다.

노튼은 감독과 각본가로서 모두 경험이 있었다. 그는 당시 여자 친구였던 셀마 헤이에 Salma Hayek이 〈프리다 Frida〉에 출연했을 때 크레디트에 이름을 올리지는 않았지만, 자신이 각본을 처음부터 끝까지 다시 썼다고 주장했다. 그래서 그는 〈인크레더블 헐크〉에 출연을 결정하기 전에 자신이 잭 펜의 각본을 수정할 수 있다는 약속을 받아냈다. 노튼은 헐크에 진지한 극적 무게를 실을 수 있다고 믿었고, 헐크가 오락영화에 등장하는 유명 캐릭터 이상의 존재가 되기를 바랐다. 마블은 로버트 다우니 주니어와 기네스 팰트로가 〈아이언맨〉에서 보여준 눈부신 연기를 노튼이 〈인크레더블 헐크〉에서도 재현해내기를 기대하며, 창작에 적극적으로 참여하려는 그의 열망을 부담이 아닌 고마운 혜택으로 여겼다.

헐크가 디지털 피조물이라는 점 또한 노튼이 염려했던 문제였다. 그는 자신의 연기 절반을 자신에게 통제권이 없는 다른 창작팀에게 넘겨주어야 하는 상황을 걱정했다. 그러자 윌리엄스는 최첨단 모션캡처 기술인 모바 MOVA라는 새로운 시스템을 이용해 노튼이 배너와 헐크 모두를 연기할 수 있다고 장담했다.

계약서에 서명한 노튼은 각본을 수정하기 시작했고, 나머지 출연진이 캐스팅되는 동안 제작진과 주기적으로 접촉했다. 로스 장군 역에 캐스팅된 윌리엄 허트William Hurt는 헐크가 가장 좋아하는 캐릭터였다고 밝혔다. 헐크의 열성적인 팬이었던 그의 아들도 아버지가 이 역할을 준비하도록 도왔다. 리브 타일러Liv Tyler 역시 가족이 헐크를 좋아한다는 인연으로 이 영화에 출연하기로 했다.

르테리에 감독은 이 영화의 빌런이자, 마지막에 어보미네이션으로 변신하는 군인 에밀 블론스키 역을 팀 로스Tim Roth에게 맡기고 싶었다. 로스는 쿠엔틴 타란티노Quentin Tarantino 감독의 작품들로 잘 알려진 배우였다. 르테리에는 〈아이언맨〉처럼 성격파 배우를 기용하면 코믹북 영화가 우스꽝스러운 자기 패러디에 빠지는 것을 막을 수 있다고 생각했다. 처음에 파이기는 더 유명한 배우를 원하며 로스에게 배역을 맡기는 것을 거부했지만, 르테리어와 로스가 그를 설득했다. 파이기는 로렌 슐러 도너 밑에서 일하며 다른 관점에 귀 기울이는 것이 얼마나 중요한지 배운 바 있다. 파이기는 로스가 스스로 이 역할에 적임자라는 확신을 심어준 것에 고마워했다.

팀 로스는 어보미네이션을 물리적으로 구현하는 방법을 르테리에와 논의하면서, 〈혹성탈출Planet of the Apes〉에서 함께 일한 무브먼트 코치 테리 노터리Terry Notary를 추천했다. 노터리와 커트 윌리엄스는 리듬 앤 휴즈와 함께 사전 시각화 과정에 착수했고, 르테리에가 떠올린 아이디어를 구체화시켰다. 르테리에가 헐크와 어보미네이션이 서로 자동차를 던지고, 그 과정에서 소화전이 터지는 장면을 제안하면 시각화 아티스트들은 재빨리 그 장면이 화면에 어떻게 보일지 스케치했다. 감동한 노터리는 "우리가 어떤 발상을 하든 그 자리에서 바로 만들어낼 수 있는 사람들이 모인 팀이었어요"라고 말했다.

사전 시각화와 모션캡처 자료가 리듬 앤 휴즈에 전달되면 시각효과 작업이 시작되었다. 크리처 디자이너 애런 심스가 헐크의 최종적인 모습을 다듬고 있는 미술부에도 이 자료가 전달되었다. 시각효과 전문가들은 노튼의 모습을 CGI 헐크에 결합하려고 했지만 쉽지 않았다. "에드워드 노튼은 이목구비가 무척 좁게 자리한 얼굴이라, 늘리거나 넓히면 노튼처럼 보이지 않았어요. 눈에는 노튼의 인상이 조금 들어갈 수 있었지만 그게 전부였죠. 코 형태를 비롯해 골격 자체가 너무 달라서 아무리 노력해도 노튼처럼 보이지 않았으니까요."

각본의 주인은 누구일까?

본 촬영이 다가오자 노튼이 촬영 대본으로 쓰일 자신의 각본을 제출했다. 르테리에는 촬영장에서 노튼에게 이례적인 권한을 주는 것에 동의했다. 노튼은 주인공이자 제작자이자 현장 작가 역할을 겸하게 됐다. 르테리에는 본래 협조적인 성격이기도 했지만, 자신보다 노튼의 영향력이 더 크다는 사실을 잘 알고 있었다. 원작 각본가였던 잭 펜은 촬영 기간에 자신이 촬영장에 있지 못할 거라는 사실을 깨달았다. "그런 상황이 좀 고통스러웠어요. 친하게 지냈던 사람들 모두가 여전히 작업 중이었지만 이해할 수밖에 없었죠. 제가 뭘 어쩌겠어요? 주연배우가 작가인 마당에 제가 거기 있어봤자 아무 소용없잖아요."

2007년 7월, 〈인크레더블 헐크〉 제작진은 촬영을 위해 LA를 떠나 토론토로 향했다. 2주 뒤에는 크리에이티브 책임자들이 샌디에이고 코믹콘에서 열리는 마블 스튜디오 패널에 참여하기 위해 캘리포니아로 돌아왔다. 패널에는 파이기와 매우 차분해진 아라드, 유니버설의 게일 앤 허드Gale Anne Hurd, 노튼, 아직 한 장면도 촬영하지 않은 타일러, 부러진 왼발에 깁스를 한 채 절뚝거리며 무대에 오른 르테리에가 참석했다. 마블은 열성 코믹스 팬들의 구미에 맞춰 이 영화가 이안 감독이 헐크를 다뤘던 방식을 이어가는 속편이 아니라는 사실을 강조했다. 한 기자가 노튼에게 어떻게 슈퍼히어로 영화에 출연하게 되었는지 묻자 그는 "제가 이 영화의 각본을 썼거든요"라고 대답해 놀라움을 자아냈다.

펜이 보기에 그가 쓴 각본에서 노튼이 바꾼 것은 많은 부분 표면적인 수준에 그쳤다. 대부분의 분량이 이미 스토리보드와 사전 시각화 작업을 거쳤기 때문일 수도 있고, 노튼이 혹시 있을지 모르는 미국 작가조합과의 크레디트 관련 중재에서 자신의 자리를 만들려고 했기 때문일 수도 있었다. "저는 파란 모자를 쓰고 동쪽으로 걸어간다고 썼어요. 그런데 노튼이 빨간 모자를 쓰고 서쪽으로 걸어가는 걸로 바꿨더군요. 아래층에 사는 이웃 이름을 로라나로 지었는데, 노튼은 말리나인가 뭔가로 바꿨어요." 펜이 인정한 것도 있었다. "영화 초반에 로스가 병원에서 배너를 데려갈 때 헬리콥터 밖으로 그를 떨어뜨리는 상당히 충격적인 장면을 배너가 할렘으로 뛰어내리려는 순간으로 옮겼어요. 그게 크게 달라진 점이에요. 저는 원안이 정말 멋진 장면일 것 같았거든요. 순리대로 생각해보면 많은 사람을 죽게 할 수도 있는데, 왜 배너가 할렘으로 뛰어드는 건지 이해가 가지 않았어요."

예상했던 대로 이 각본의 주인에 대한 미국 작가조합의 중재가 이어졌고, 조합의 판결은 펜이 단독 각본가로 인정받는 것으로 결정되었다. 펜에게 소유권에 대한 자부심과 앞으로 남은 수익금이 주어진 셈이었다. 하지만 노튼은 여전히 각본을 자기 것으로 생각했고, 자신이 헐크 각본에 프로메테우스의 신화적 토대를 채워 넣었다고 믿었다.

모바 시스템

르테리에는 촬영을 시작하기 전 3주 동안 '리허설'을 했다. 노튼과 허트는 단 두 장면에 함께 출연했지만, 두 사람은 촬영 내내 가깝게 지냈다. 르테리에는 '리허설' 과정 대부분이 "허트와 노튼이 대화하는 것을 다른 사람들이 지켜보는 것"이었다고 했을 정도였다.

파브로의 〈아이언맨〉 제작 과정에 칵테일파티와 '그럴듯함'이라는 신조가 있었다면, 르테리에의 촬영장에는 그가 홍콩의 영화인들에게서 배운 방식에 영향받은 열정적인 활기가 넘쳐났다. 윌리엄스는 "르테리에와 함께 작업하는 동안 우리는 그의 놀라운 에너지에 감동했어요"라고 말했다. 르테리에의 열정은 스턴트팀과 헬리콥터의 B롤 촬영, 대사를 하는 배우에 이르기까지 널리 퍼졌다.

촬영 첫 달에 부상을 입은 르테리에는 발에 깁스를 하고 일했지만, 그에게는 걸림돌이 되지 않았다. 그는 한 손에 지팡이를 들고 다른 손에는 빨간 확성기를 든 채 자신이 주목해야 할 장소라면 어디든 나타났다. 그는 자신이 다른 곳에 있을 때는 주연배우들이 맡은 일을 잘할 거라 믿었고, 노튼과 로스도 그에 부응해 중요한 장면들을 직접 지휘했다. 윌리엄스는 당시 촬영장 분위기를 이렇게 기억했다. "르테리에는 자면서도 일할 사람이에요. 좀 더 미묘한 장면이 그에게 도전이 됐을지 모르지만, 촬영은 차분한 분위기에서 순조롭게 진행됐어요."

로스와 노튼은 촬영이 비는 시간마다 참고 영상을 더 많이 찍으려는 시각효과팀에 불려갔다. 배우들은 당시 최첨단 기술이었던 모바 시스템 덕분에 그린스크린 앞에서 촬영할 때 얼굴에 수십 개의 마커를 표시할 필요가 없었다. 대신 배우들에게 분사한 무지갯빛 가루에서 반사된 빛이 만들어낸 수천 개의 정확한 데이터 지점을 캡처하면 배우들의 연기가 디지털 지도로 그려졌다. 윌리엄스는 이 시스템의 장점에 대해 "눈에서 일어나는 미세한 움직임과 표정을 지을 때 움직이는 근육, 손가락과 작은 근육들의 정교한 움직임이 성공적인 CG 캐릭터와 그렇지 않은 CG 캐릭터를 가르는 차이점이죠"라고 설명했다.

노튼은 출연을 결정하기 전에 배너와 헐크를 모두 연기하고 싶다는 요구를 협상의 핵심요소 중 하나로 내세웠다. 하지만 정작 디지털팀이 헐크를 움직이는 데 필요한 데이터를 모으기 시작하자, 보디슈트를 착용하고 모션캡처팀과 씨름하는 데는 관심을 보이지 않았다. 모바 시스템을 사용하는 것은 노튼이 헐크 연기 장면에 참여할 수 있도록 하기 위한 절충안이었지만, 모바로 얻은 노튼의 안면 데이터는 그와 별로 닮지 않은 헐크 CGI 모델로 잘 변환되지 않았다. 어쨌든 노튼이 CGI 연기에 필요한 시간을 내지 않으리라는 사실이 분명해지자 헐크의 모든 표정은 키프레임 애니메이션 방식으로 제작되었다. 이는 배우에게서 캡처한 데이터 없이 구현되었다는 뜻이다. 당시 리듬 앤 휴즈의 애니메이션 감독이었던 키스 로버츠Keith Roberts는 "헐크에게는 에드워드 노튼의 표정이 없었지만, 그 둘이 표정을 짓는 타이밍은 무서울 정도로 비슷했다"라고 완곡하게 말했다. 무브먼트 코치 테리 노터리에 따르면 에드워드 노튼은 자신의 모습에서 헐크로 변신하는 경우가 아니면, 헐크 연기에 별로 적극적이지 않았다고 주장했다. 반면 팀 로스는 노터리와 다시 일하게 된 것을 대단히 기뻐하며, 주기적으로 모션캡처용 보디슈트를 착용했다. 노터리는 로스가 "적극적으로 참여하려 했고, 자신과 캐릭터가 멋지게 보이도록 노력하는 전형적인 배우"였다고 이야기했다.

윌리엄스에 따르면 로스의 모바 데이터는 "그가 무엇을 하려는지 분명히 드러난" 덕분에 리듬 앤 휴즈의 후반작업에 더욱 유용하게 쓰였다.

대중이 만족할 만한 헐크의 모습을 제작하는 데 어마어마한 노력이 집중된 반면, 어보미네이션은 로스와 제작진이 좀 더 자유롭게 표현할 수 있었다. 크리처 디자이너 애런 심스는 "모두가 인정할 수 있는 헐크의 모습을 이끌어내는 것이 매우 중요했어요. 반면 어보미네이션은 헐크만큼 코믹북 디자인에 충실할 필요가 없었죠. 주인공이 아니니까요"라고 말했다. 게다가 어보미네이션을 로스와 닮은 모습으로 만드는 것도 걱정할 필요가 없었다. 배우와 괴물로 변한 그의 분신 사이에는 닮은 점이 거의 없었다. 하지만 어보미네이션의 몸에 새겨진 로스의 문신들이 희미하지만 분명히 눈에 띄었다.

통제 불가능한 한 남자의 초상

스탠 리가 탄산음료 병에 든 브루스 배너의 피를 마시는 운 나쁜 시민 역을 맡아 카메오 출연한 장면을 촬영한 뒤, 곧바로 공식적인 제작이 종료되었다. 르테리에는 편집감독 빈센트 타바이용^{Vincent Tabaillon}과 함께 영화를 다듬기 시작했고, 노튼도 영화 마무리 작업에 함께했다. 시각효과팀은 2008년 여름까지 영화를 완성하기 위해 박차를 가했다. 촬영 시작 전에는 약 660개의 CGI 장면을 계획했지만, 이제는 필요한 장면만 750개에 가까워졌다. 이로 인해 마블 스튜디오는 훗날 CGI 아티스트들에게 가혹한 요구를 한다는 본의 아닌 악명을 얻었다.

르테리에와 노튼이 〈인크레더블 헐크〉의 편집을 마쳤을 때 135분 분량의 지루한 영화가 완성되었다. 영화를 돋보이게 하는 여러 효과적인 장치들이 있었지만, 침울한 배너 박사의 도피 장면들은 액션 장면을 무색하게 만들었다. 르테리에는 이 영화가 헐크의 새로운 시작이라는 점을 강조하기 위해 헐크의 기원에 대한 묘사를 영화 초반 한 시간에 걸쳐 회상 장면으로 넣었다. 하지만 제작진의 의도와 정반대로, 테스트 시사회에 참가한 관객들은 그 장면들이 〈헐크〉(2003)에서 나온 것인지 혼란스러워했다. 마블은 관객이 즐겁게 볼 수 있는 헐크 영화를 만들고 싶었지만, 이 작품은 헐크의 내면을 다룬 음울한 영화가 되고 말았다.

마블 스튜디오가 설립된 지 2년도 채 되지 않았지만, 그들은 이미 클라이맥스의 전투 장면이 얼마나 중요한지 잘 이해하고 있었다. 완성된 영화에 변화를 주고 싶었던 마블 경영진은 에드워드 노튼과 최종적으로 대립하게 되었다. 이 상황을 수습하기 위해 메이젤과 파이기, 르테리에와 노튼이 만났다. 그 자리에서 노튼은 상당한 정도의 통제권을 약속받았기 때문에 이 영화에 출연했다고 주장했다. 그리고 마블이 자신의 감동적인 서사시를 하찮은 여름 블록버스터로 바꾸려고 하는 것에 크게 분노했다. 노튼은 이 영화에 통제 불가능한 한 남자의 초상을 담고자 했고, 속편에서 이 캐릭터를 더욱 발전시키고 싶어 했다. 마블 스튜디오 입장에서는 "최고의 아이디어가 승리한다"는 신조 아래 노튼의 제안을 많이 수용하려 했던 것이 결과적으로 개발과 제작 과정 내내 노튼을 방관한 셈이 되었다. 어쨌든 마블은 노튼이 편집실에서 자신의 지위를 이용해 브루스 배너가 등장하는 장면을 과도하게 넣었다고 판단했다. 시각효과는 마지막 순간까지 조정할 수 있었지만, 처음부터 다시 만들 시간은 없었다. 영화의 액션 흐름은 이미 확정되어 있었기 때문에, 그 액션 장면들 사이에 어떤 일이 벌어질 것인지가 논란거리였다. 예를 들어 노튼의 편집본에서는 브루스 배너가 북극에서 자살을 시도하지만, 죽기 전에 헐크로 변신하는 바람에 실패하는 장면으로 시작한다. 마블은 시작 부분부터 자살 시도 장면이 나오는 것을 암울하다고 생각했다. 여러 차례의 지적에도 근본적인 문제가 해결되지 않자 스튜디오는 통제권을 되찾으려고 시도했다. 〈아이언맨〉에서 감독과 배우가 창의력을 마음껏 발휘하도록 한 것이 성공했다면, 〈인크레더블 헐크〉는 이러한 접근 방식이 위험하다는 것을 증명한 셈이었다.

노튼은 자신이 처음부터 창작에 많이 개입하겠다는 요구를 솔직하게 밝혔다는 점을 언급했고, 마블 경영진이 약속을 어기고 있다며 목소리를 높였다. 파이기는 이에 동요하지 않고 분량이 더 짧은 상업적인 편집본을 만드는 데 전념했다. 이 과정에 르테리에는 참여했지만 노튼은 배제되었다. 르테리에 감독은 이런 상황이 벌어진 것이 우리 모두의 잘못이라면서 마블과 노튼이 합의에 이르지 못한 것이 안타깝다고 말했다. 노튼은 계약서에 의무라고 명시된 영화 홍보에만 제한적으로 참여했다. 이렇게 하는 것이 관련자 모두에게 득이 될 듯했다.

112분으로 편집된 〈인크레더블 헐크〉는 2008년 개봉 뒤 몇 주 앞서 개봉한 〈아이언맨〉의 인기에 힘입어 나름의 성공을 거두었다. 속편은 전편과 비슷한 수준의 결과를 낸다고 했던 메이젤의 주장은 틀리지 않았다. 〈인크레더블 헐크〉는 전 세계적으로 2억 6,400만 달러의 수익을 올려, 2억 4,500만 달러를 벌어들인 이안의 〈헐크〉와 비슷한 결과를 얻었다. 〈아이언맨〉이 거둬들인 5억 8,500만 달러에 비하면 초라했지만, 메릴린치와 맺은 계약을 유효하게 할 만큼 탄탄한 결과였다.

노튼과 마블 모두 다시 작업하기를 원치 않았기에 유니버설이 추가로 배급할 헐크 영화 제작은 보류되었다. 마블 스튜디오가 더 많은 영화를 제작하면서 어벤져스 영화가 현실로 다가오자 팬들은 노튼이 다시 헐크 역을 맡아 팀을 이룰 것이라 생각했다.

파이기는 보통 이런 갈등에 대해 침묵을 지키는 것을 철칙으로 삼았지만, 노튼에 대해서는 예외였다. 그는 2010년 노튼을 헐크 역에서 해고한다는 내용의 보도자료를 발표했다. 이는 마블 스튜디오 설립 이후 그가 했던 가장 솔직했던 공개 발언 중 하나였다.

> 우리는 어벤져스의 브루스 배너 역에 에드워드 노튼을 기용하지 않기로 결정했다. 이는 금전적 요인에 따른 것이 아니라 다른 재능 있는 출연진의 창의성과 협동 정신을 담을 수 있는 새로운 배우가 필요했기 때문이다. 어벤져스는 다우니, 헴스워스, 에반스, 잭슨, 요한슨을 비롯한 모든 재능 있는 출연진이 입증했듯이 서로 한 팀으로 조화를 이뤄 일하기 원하는 배우들을 필요로 한다. 우리는 이러한 요건에 맞는, 열정을 가진 배우를 몇 주 안에 발표하려 한다.

노튼은 이에 대해 치사한 결정이었다고 언급하며, 그들은 진지한 영화를 만들고 싶어 하지 않았다고 주장했다. 그러면서도 케빈 파이기가 마블 시네마틱 유니버스로 이룬 업적은 인정할 만하다고 언급했다.

Chapter 8: Some Assembly Required
마블의 히든 피겨스

"
What if I told you we were putting a team together?

<The Incredible Hulk>

"

마블에 없어서는 안 될 존재

존 파브로는 마블 스튜디오의 첫 번째 흥행작 감독일 뿐만 아니라 새로운 스튜디오의 실질적인 인사 관리자였다. 그는 〈아이언맨〉을 제작하면서 인력이 필요할 때마다 자신과 함께 일했던 경험 많은 사람들을 대거 영입했다. 파브로가 데려온 사람들 상당수는 그가 떠난 뒤에도 오랫동안 마블에 남았고, 몇몇은 중요한 직책을 맡아 일했다.

파브로가 〈아이언맨〉 작업을 시작하자마자 처음 연락한 사람은 〈자투라〉에서 현장 유닛 제작관리자로 함께 일했던 냉철한 총괄제작자 루이스 데스포지토Louis D'Esposito였다.

2006년 봄, 데스포지토는 파브로와 케빈 파이기, 아비 아라드, 아리 아라드와 함께한 회의에 참석했다. "파이기와 아라드 부자는 한마디도 하지 않았어요. 이야기는 파브로와 저만 했죠. 그다음 제가 아는 건 그 사람들이 제게 일자리를 제안했다는 거예요." 그는 웃으며 회상했다.

1958년 브롱크스에서 태어난 루이스 데스포지토는 수십 년간 영화 제작 현장에서 일하며 〈끝없는 사랑Endless Love〉, 로드니 댄저필드Rodney Dangerfield 주연의 코미디 〈크레아 머니Easy Money〉 등의 제작보조에서 〈코러스 라인A Chorus Line〉, 〈이슈타르Ishtar〉 같은 대작의 세컨드 조감독으로 올라섰다. 1987년에는 아벨 페레라Abel Ferrara 감독의 대담한 로맨스 영화 〈차이나 걸China Girl〉에서 퍼스트 조감독으로 일하며 감독이 영화 제작에 집중할 수 있도록 촬영장과 스태프를 관리하는 일을 맡았다. 이후 15년 동안 〈메이저 리그Major League〉부터 〈나는 네가 지난 여름에 한 일을 알고 있다I Know What You Did Last Summer〉에 이르기까지 20여 편의 영화에서 꾸준히 조감독으로 활동했다. 그 무렵 데스포지토는 자신이 감독으로는 발탁되지 않을 거라 판단했다. 하지만 그는 영화 촬영장에서 발생하는 문제를 해결하는 데 탁월한 재능이 있었던 덕분에 2003년부터는 경찰 영화 〈S.W.A.T. 특수기동대S.W.A.T.〉와 윌 스미스Will Smith의 〈행복을 찾아서The Pursuit of Happyness〉에서 실무총괄 프로듀서로 일했다.

데스포지토는 마블 스튜디오에서도 곧 중심으로 자리 잡았다. 또한 그는 비틀스나 데이비드 린치David Lynch와 같은 창의적인 사람들이 실천하는 초월 명상을 지지했고, 다른 마블 스튜디오 임원들에게도 이 명상의 이로운 점을 전파했다. 수행자들은 명상이 창의력을 발휘하게 하고 놀라울 정도로 집중력을 유지하는 데 도움이 된다고 말한다. 데스포지토는 수행자에게는 자신만의 만트라mantra가 주어지는데, 자신은 마블 구성원 모두가 같은 만트라를 가지고 있다고 생각한다고 말했다. 프로듀서 크레이그 카일은 마블 직원들이 공유한 두 가지 만트라는 "고통은 일시적이고 영화는 영원하다"와 "토요일에 출근하지 않을 거면, 일요일에도 출근할 필요 없다[14]"와 같은 좀 더 세속적인 것이었다고 말했다.

데스포지토는 티셔츠와 청바지 차림으로 촬영장에 나타나곤 했는데, 마블 영화의 성공이 계속될수록 그가 시사회에 넥타이를 매고 참석하는 일이 드물어졌다. 그는 제작이 효율적으로 진행되도록 돕거나 적절한 배우를 섭외하도록 보이지 않는 곳에서 일하는 것에 만족했다. 마블 영화에서 좋아하는 캐릭터를 보고 싶다면 파이기와 이야기해야 했고, 마블 영화에 출연하고 싶다면 데스포지토를 만나야 했다.

데스포지토는 〈아이언맨〉을 위해 〈자투라〉에서 함께 일한 제작 디자이너 J. 마이클 리바, 세트 데코레이터 로리 개핀, 총괄제작자 피터 빌링슬리Peter Billingsley 등을 기용했다. 특히 빌링슬리는 〈크리스마스 스토리A Christmas Story〉의 랄피 역으로 유명한 아역배우 출신으로 〈아이언맨〉에서 단역을 맡기도 했으며, 〈스파이더맨: 파 프롬 홈Spider-Man: Far From Home〉에 같은 역할로 다시 출연한 적이 있다. 또한 데스포지토는 슈퍼히어로 영화를 다룬 경험이 있는 자신만만하고 침착한 시각효과 감독 빅토리아 알론소Victoria Alonso를 데려왔다.

빅토리아 알론소는 1965년 부에노스아이레스에서 태어났다. 그녀는 군사독재정권 치하에서 10대 시절을 보냈고, 가두시위에도 적극적으로 참여해 총탄에 맞을 뻔한 적도 있었다. 심리학자였던 알론소의 아버지는 그녀가 여섯 살 때 세상을 떠났다. 하지만 알론소의 어머니는 교육부 고위 공무원이라는 지위 덕분에 가족을 지킬 수 있었다. "어머니는 우리를 안전하게 지켜주셨어요. 또 우리가 열린 마음을 갖고 강인하게 자라도록 도와주셨죠." 열아홉 살 때 미국으로 간 알론소는 워싱턴 대학교에서 심리학을 공부하며 세상에 없는 아버지와 더 가까워졌고, 연극도 배웠다. 배우가 되고 싶었던 그녀는 졸업 후 6개월 동안 시애틀에서 오디션에 도전했지만 성공하지 못했다. 그 후 그녀는 두 가지 깨달음을 얻었다. 첫 번째는 자신이 연기보다는 스토리텔링을 더 좋아한다는 것이었고, 두 번째는 제작자에게 좌지우지되는 연기자가 아니라 스스로 결정을 내릴 수 있는 제작자가 되고 싶어 한다는 것이었다. 그녀는 LA로 이주해 오전에는 알래스카 항공의 청소부, 오후에는 파라마운트 픽처스의 사무 보조, 주말에는 블랙 앵거스 스테이크하우스에서 웨이트리스로 일하며 제작자가 되는 길을 모색했다. 그녀가 세 가지 일을 하며 간신히 버틸 수 있었던 것은 알래스카 항공에서 남은 일등석 기내식이 식비를 절약하는 데 큰 도움이 되었기 때문이었다. 그녀는 어떻게든 시간을 내서 이중언어 예술재단의 프리다 칼로에 관한 연극 제작을 도왔고, 그 일을 계기로 영화 제작보조로 일하다가 프로덕션 하우스인 디지털 도메인의 시각효과 프로듀서로 고용되면서 안정적인 일자리를 얻을 수 있었다. 그녀는 8년 동안 전 세계를 돌아다니며 〈슈렉 Shrek〉부터 〈빅 피쉬Big Fish〉에 이르기까지 여러 영화 작업에 참여한 끝에 마침내 유목민 같은 생활에 싫증을 느끼게 되었다.

데스포지토와 알론소는 〈아이언맨〉에서 만나기 전에, 나중에 〈핸콕Hancock〉으로 제목이 바뀐 윌 스미스의 슈퍼히어로 영화 '투나잇 히 컴즈Tonight He Comes'에 참여했었다. 그런데 이 영화의 제작이 지연되면서 두 사람 모두 다른 프로젝트로 옮기게 됐다. 그런 와중에 데스포지토가 알론소에게 연락해 LA 기반으로 진행되는 새로운 작품 합류를 제안하자, 그녀는 어떤 영화인지 묻지도 않고 즉시 수락했다. 알론소는 베벌리힐스에 자리한 마블 스튜디오 사무실로 향했다. 공식 면접을 기다리는 동안 그녀는 누군지 생각나지 않지만 낯익은 곱슬머리 남성과 이야기를 나눴다. 데스포지토는 방에 들어서면서 "감독님과 만났군요"라고 말하며 그녀를 파브로에게 공식적으로 소개했다. 알론소는 당황하지 않고 파브로에게 "생각보다 키가 크신데요. 근데 무슨 영화를 만드는 건가요?"라고 물었다.

파브로는 "〈아이언맨〉이라는 슈퍼히어로 영화예요"라고 답했다.

"좋아요, 해보죠. LA에서 촬영하기만 한다면요."

키는 작지만, 거침없는 성격으로 손짓을 써가며 열정적으로 말하는 알론소는 순식간에 디지털 효과 제작사와 감독들 사이에 없어서는 안 될 사람이 되었다. 불도 켜지 않은 방에서 고급 워크스테이션으로 힘들게 일하는 수백 명의 CGI 장인이 있었지만, 마블의 첫 두 영화를 맡은 감독들은 컴퓨터 그래픽에 대한 경험이 전혀 없거나 있더라도 아주 미미했다. 존 파브로 감독에게 CGI 작업 과정을 이끌어가는 요령과 비용 대비 최대효과를 얻는 방법을 가르쳐준 사람이 바로 알론소였다. 크레이그 카일은 알론소가 마블의 비밀병기였다며 칭찬을 아끼지 않았다. "맡은 일 때문에 어둠 속에 가려져 있었지만, 그녀는 제가 만난 사람 중에 가장 생기 있고 활력 넘치는 특별한 여성이에요. 그녀는 사람을 늘 소중히 대하고 불가능한 것을 가능하게 만들어요."

〈아이언맨〉이 전 세계의 영화관을 강타했을 때, 파이기는 데스포지토와 알론소가 마블 스튜디오에 없어서는 안 될 존재라는 사실을 깨달았다. 그래서 그는 데스포지토에게 '실물 제작부문 사장'이라는 직책을 제안했다. 다양한 프로젝트를 옮겨 다니며 자유를 누리던 데스포지토는 다소 망설인 끝에 그 제안을 수락했다. 그는 훗날 그때 긍정적인 답을 한 것이 자신의 이력에서 최고의 결정이었다고 생각했다.

알론소도 파이기의 제안에 주저하면서 자신은 제작자이지 영화사 직원은 아니라고 말했다. 파이기는 알론소에게 계속 영화 제작을 맡길 것이고, 단지 더 많은 책임과 통제권을 갖고 일하게 만들고 싶다고 했다. 그러자 알론소는 여러 부서에서 서로 목표에 어긋나는 일을 하는 일이 없도록, 자신에게 후반작업을 책임지는 임무를 맡기는 것이 어떻겠냐는 제안으로 응수했다. 파이기가 이에 동의하면서, 알론소는 시각효과뿐만 아니라 각 영화의 편집과 사운드 믹싱, 영상 음악, 후반작업 3D 변환까지 책임지게 되었다.

이후 16년 동안 케빈 파이기와 루이스 데스포지토, 빅토리아 알론소는 마블 스튜디오를 주관하는 트로이카로 활약했다. 이 세 사람은 스포트라이트를 받는 것보다 스튜디오를 설립하고 영화를 만드는 데 훨씬 더 관심이 많았고, 투지가 넘쳤다. 맡은 책임이나 임무가 겹치기도 했지만, 그들 각자가 영향력을 발휘하는 고유한 영역이 있었다. 알론소는 "이 두 사람과는 어떤 숙명 같은 게 얽혀 있는 것 같아요. 우리는 서로 다른 부서에서 나오는 결론을 인정하기로 했어요. 스토리에 문제가 생기면 파이기에게 의지하고, 제작에 문제가 있으면 데스포지토에게 당연히 의지하는 것처럼요"라고 말했다.

데스포지토는 자신들의 역할을 이렇게 표현했다. "저는 배우나 작가, 감독 등의 계약과 관련한 에이전트들의 전화를 더 많이 처리할 겁니다. 알론소는 납품과 후반작업에 전념할 거고요. 창의적인 작업에 관련된 모든 일은 분명 파이기가 맡겠죠."

마블의 미래를 설계한 팜스프링스 팀

〈엑스맨〉과 〈스파이더맨〉은 파이기에게 대본 개발부터 후반작업에 이르기까지 프로젝트 내내 함께하며 시각적 연속성을 보장하는 제작자의 소중함을 가르쳐주었다. 파이기는 각 영화마다 크리에이티브 프로듀서가 전담해서 책임지는 걸 원했다. 그는 이 업무를 맡을 열성적인 젊은 후보자를 주변에서 찾을 수 있었다.

LA 출신인 스티븐 브루사드는 플로리다 주립대 영화과에서 공부하며 〈더 플런지The Plunge〉라는 단편영화로 학생 아카데미상을 수상했고, 대학을 졸업하자마자 마블에 입사해 파이기의 조수로 일하고 있었다. 데이비드 메이젤의 조수로 일하던 제레미 랫챔은 메이젤이 메릴린치와의 자금 조달 계약을 확정한 뒤, 이제 마블에서 잡일만 하는 것이 아니라 영화를 만들 수도 있다는 사실을 깨달았다. 메이젤이 파이기에게 자신의 조수가 품은 포부를 말하자, 파이기는 랫챔을 주니어 프로듀서로 고용하는 데 동의했다. 마찬가지로 브루사드도 파이기의 조수로 1년간 일한 뒤 차고에 있는 상사의 차로 상자를 나르던 중 용기를 내서 승진을 요구했다. 자신의 조수가 품은 야망과 능력을 익히 알고 있던 파이기는 그를 승진시켰다.

파이기는 "갑작스럽게 〈아이언맨〉과 〈인크레더블 헐크〉를 작업하게 되었어요. 그래서 두 사람 다 대본에 대한 메모와 아이디어를 작성하기 시작했죠. 어느 시점이 되자 저는 '당신들이 두 작품씩 다 할 수는 없어요'라고 이야기했어요"라고 당시 상황을 설명했다. 파이기는 랫챔을 〈아이언맨〉의 크리에이티브 책임자로 임명했고, 브루사드에게는 〈인크레더블 헐크〉를 맡겼다. 파이기는 마블 스튜디오가 나중에 제작할 작품을 미리 살펴야 했던 탓에 두 영화의 촬영장에 원하는 만큼 많은 시간을 할애할 수 없었다. 그래서 그는 한때 자신이 로런 슐러 도너를 도왔던 것처럼 두 젊은 프로듀서에게 각 촬영장에서 자신을 대리하는 역할을 맡겼다.

2008년 5월 마지막 주말, 〈아이언맨〉과 〈인크레더블 헐크〉이 개봉하던 시기 사이에, 파이기는 마블의 최고 크리에이티브 프로듀서들과 함께 LA에서 동쪽으로 두어 시간 거리에 있는 사막 휴양지 팜스프링스로 휴가를 떠났다.

스펙트라 스타 시절, 마블 스튜디오 직원들은 아비 아라드가 계약을 따내기 위해 외근할 때면 몇 시간이고 그냥 흘려보내며 지낼 때가 많았다. 그 시절, 파이기는 크레이그 카일과 친해졌다. 〈엑스맨: 에볼루션〉과 〈스파이더맨: 더 뉴 애니메이티드 시리즈Spider-Man: The New Animated Series〉를 작업했던 차분한 성격의 카일은 마블의 애니메이션 프로젝트를 담당하고 있었다. 그는 뼛속까지 만화에 열광하는 마니아였다.

아비 아라드가 마블 스튜디오를 떠날 무렵, 파이기와 카일은 부부 동반 주말 휴가를 보내기 위해 팜스프링스를 몇 차례 방문한 적이 있었다. 파이기는 당시에도 마블 코믹스의 세세한 부분에 몰두하며 마블의 진정한 전문가로 거듭나는 중이었다. 카일은 당시를 이렇게 기억했다. "파이기는 만화책을 산더미처럼 쌓아놓고 그늘에 앉아서 모조리 읽어치우곤 했어요. 파이기가 무한에 가까운 깊은 세계로 뛰어들면서 저만큼이나 지식이 풍부해졌고, 심지어 어떤 부분에서는 저를 뛰어넘을 때까지 모조리 해치워버리는 모습을 보게 됐어요."

파이기는 최근 애니메이션에서 실사로 옮겨간 카일과 브루사드, 랫챔과 함께 팜스프링스로 향하고 있었다. 네 명의 프로듀서는 좋아하는 DVD와 만화책을 잔뜩 들고 숙소에 틀어박혀 다음에는 어떤 영화를 제작할지 생각해볼 계획이었다. 브루사드는 〈인크레더블 헐크〉의 후반작업이 난관에 빠져 있었고, 영화 개봉을 2주 앞둔 시점에 시각효과도 아직 마무리가 덜 된 상황이라 정신이 다른 데 가 있는 상태였다. 네 사람은 〈아이언맨〉을 관람하러 그 지역 극장을 방문했다. 일반 관객과 함께 관람하는 것은 모두 처음이었다. 그들은 영화를 즐기면서도 관객 반응에 세심하게 주의를 기울였다. 숙소로 돌아온 그들은 〈아이언맨〉이 이전의 슈퍼히어로 영화와 분위기가 어떻게 다른지 논의했다. 파브로와 로버트 다우니 주니어, 그리고 편집감독 댄 레벤탈은 중요한 극적

순간들을 배치한 다음 캐릭터를 약화시키지 않으면서 농담으로 전환함으로써 진지함과 우스꽝스러움 사이에서 균형을 맞추는 방법을 찾아냈다. 프로듀서들에게 이 영화는 마치 나중에 만들게 될 마블 영화들을 위한 모델처럼 느껴졌다. 그들은 포장지를 벽에 붙여놓고 색색의 매직펜을 끄적이며 마블 스튜디오의 미래에 대한 아이디어를 브레인스토밍했다.

브루사드는 당시를 이렇게 떠올렸다. "영화와 관련한 우리들의 관심은 '이 영화에서 무엇을 보고 싶은가?'와 '이 영화에서 정말 어리석은 점은 무엇인가?'로 나뉘었어요." 파이기는 입문자와 전문가 모두에게 통하는 영화를 만드는 방향으로 스튜디오를 이끌 수 있었다. 이는 자신이 비교적 코믹스 세계의 초심자였기에 외부인의 시각으로 접근할 수 있었기 때문이다.

카일도 그때를 이렇게 이야기했다. "마블 코믹스에 대해 속속들이 알고 있는 파이기가 스튜디오를 맡고 나자 캐릭터의 특징이나 코스튬, 이스터 에그에 대해 자신 있게 말할 수 있게 됐어요. 파이기는 단순히 마블 팬들을 만족시키는 데 그치지 않고, 보통 관객들까지 마블 영화로 끌어들일 수 있는 방법을 찾아서 보여줬어요. 솔직히 파이기가 코믹북의 오랜 팬이었다면 그런 역할을 할 수 없었을 것 같아요."

팜스프링스 팀은 곧 다음 세 편의 마블 영화로 〈아이언맨 2Iron Man 2〉, 〈토르: 천둥의 신Thor〉, 〈퍼스트 어벤져Captain America: The First Avenger〉를 준비한다는 데 합의했고, 각각 어떤 영화가 될지 대략적인 구상을 떠올렸다. 파이기는 각 크리에이티브 책임자들에게 한 편씩 영화를 배정했다. 〈아이언맨〉으로 경험을 쌓은 랫챔은 자연스럽게 〈아이언맨 2〉를 맡았다. 토르 애니메이션 영화를 제작한 경험이 있었던 카일은 〈토르〉를 맡았다. 브루사드에게는 〈퍼스트 어벤져〉가 돌아갔다. 그는 〈인크레더블 헐크〉를 마무리하던 중이었기 때문에 잠시 휴식을 취한 뒤 시간을 넘어선 남자 이야기에 뛰어들었다.

마블은 아직 '페이즈 1'이라는 용어를 공개적으로 사용하지 않고 있었다. 이 용어는 '페이즈 2'를 시사하는 말이었고, 이는 곧 마블 사가가 팬들이 상상하는 것보다 훨씬 더 오래 이어질 것이라는 의미였다. 하지만 팜스프링스에 모인 프로듀서들은 스튜디오가 처음 내놓는 다섯 편의 영화를 페이즈 1의 히어로가 모두 모이는 〈어벤져스〉로 마무리하려고 마음먹었고, 페이즈 2도 은밀하게 계획했다.

토르는 각색하기 가장 까다로운 캐릭터 같았다. 북유럽 신화의 우주 버전이 깊이 스며든 원작을 스크린에서 관객들의 시선에 맞는 규모로 유지하는 게 어려워 보였기 때문이다. 1983년부터 1987년까지 월트 사이먼슨Walt Simonson이 글과 그림을 맡아 연재한 토르 최고의 시리즈에서는 토르의 인간 분신이었던 도널드 블레이크 박사를 완전히 버렸다. 마블 스튜디오는 이미 중세 바이킹을 배경으로 한 토르 각본을 의뢰해두었지만, 프로듀서들은 천둥의 신이 아이언맨과 팀을 이루길 원했기에 토르가 21세기 미드가르드(즉, 지구)에서 통할 방법을 찾아야 했다.

〈아이언맨 2〉에 관해 초기에 떠올렸던 구상 중 하나는 아이언맨이 디즈니랜드로 날아가는 장면이었다. 이 아이디어는 1964년 퀸스에서 세계 박람회가 열렸던 현장이자, 한때 파브로가 살았던 아파트 건너편을 배경으로 한 '스타크 엑스포'로 발전했다. 프로듀서들은 또한 후속작에서 쉴드를 제대로 구현하는 것이 꼭 필요하다고 결정했다. 쉴드는 어떻게든 토니 스타크와 맞붙을 빌런과 연결되어야 했는데, 빌런은 아직 결정되지 않은 상태였다.

프로듀서들은 그 기원부터 제2차 세계대전과 불가분의 관계에 있는 캡틴 아메리카를 가장 잘 다룰 방법도 논의했다. 처음에는 영화를 둘로 나눠 전반부는 1940년대를 배경으로 하고, 후반부는 현재를 배경으로 하는 안을 추진했다. 뉴욕의 마블 경영진은 가능하다면 영화 대부분을 현재 배경으로 제작해야 한다고 의견을 밝힌 상태였다. 시대물은 슈퍼히어로 영화에 독이 될 거라 여겼기 때문이다. 하지만 스토리를 세분화하던 프로듀서들은 캡틴 아메리카의 정체성이 형성되었던 과거로 이끌리는 것을 깨달았다. 그들은 〈퍼스트 어벤져〉를 완전한 시대물로 추진하기로 했다. 파이기는 〈레이더스Raiders of the Lost Ark〉도 시대물이고, 1990년대 영화 중 자신이 가장 좋아하는 작품 중 하나인 〈인간 로켓티어The Rocketeer〉도 시대물이었다는 점을 상기시켰다. 그는 스티브 로저스의 기원에 초점을 맞추면 영화를 보는 관객이나 영화를 만드는 사람들 모두 그의 데뷔를 감정적으로 더 비중 있게 받아들일 수 있다고 생각했다.

마블 영화의 공식 타임라인

2008년 10월, 세 영화 모두 순조롭게 개발이 시작되자 마블은 스튜디오에서 핵심적인 역할을 할 인력을 추가로 고용했다. 파이기의 신임 조수인 조너선 슈워츠Jonathan Schwartz는 윌리엄 모리스 에이전시에서 일했지만, 실제 영화 제작 경험이 거의 없었다. 데스포지토는 〈아이언맨〉을 촬영할 때 조수로 일했던 브래드 윈더바움Brad Winderbaum을 다시 고용했다. 그가 맡은 새로운 임무는 개봉한 두 영화의 사건들과 〈아이언맨 2〉와 〈토르〉의 초안을 융합한 마블 영화의 공식 타임라인을 만드는 것이었다. 공교롭게도 윈더바움은 〈인크레더블 헐크〉, 〈아이언맨 2〉, 〈토르〉의 액션이 모두 닉 퓨리와 쉴드가 정신없이 보내는 일주일 동안 공통적으로 일어난다는 사실을 발견했다. 그는 이를 '퓨리의 대단한 일주일'이라고 명명했다. 그는 또한 마블 타임라인의 '영점'을 설정하기도 했다. 토니 스타크가 자신이 아이언맨이라고 공개적으로 선언한 바로 그날이었다. 마블 스튜디오는 토니의 고백 전후의 시간 경과를 기준으로 연표를 작성한다.

이전에도 오랜 기간에 걸쳐 제작된 영화 시리즈는 많았다. 최근에만 해도 해리 포터와 스타 트렉, 제임스 본드 시리즈 등을 들 수 있다. 그러나 마블 스튜디오는 기존의 시리즈와는 다른 것을 추구했다. 그들은 전통적인 속편이 아닌 서로 연결된 일련의 영화들을 발표하고자 했다. 마블 스튜디오는 영화 속 사건이 코믹북에서 일어난 것과 똑같지 않다는 점을 분명히 밝히고, 이 모든 영화들이 더 장대한 하나의 이야기를 이루는 일부라는 점을 강조하면서 허구의 세계를 영화 자체와 마찬가지로 다소 거창하지만 확실히 기억에 남는 이름으로 지칭하기 시작했다. 이 용어가 사람들 앞에서 사용되기 시작한 것은 2010년, 〈아이언맨 2〉를 홍보하던 파이기가 자신도 모르게 '마블 시네마틱 유니버스'라고 말해버렸던 때부터였다.

Chapter 9: Demon in a Bottle
병 속의 악마

"

What's the point of owning a race car if you can't drive it?

"

<Iron Man 2>

흥행작의 속편

〈아이언맨 2〉 촬영은 아직 시작하지도 않았지만, 존 파브로는 이미 지쳐 있었다. 〈아이언맨〉의 첫 상영이 있던 주말, 데이비드 메이젤과 케빈 파이기는 파브로와 로버트 다우니 주니어를 데리고 베벌리힐스의 고급 중식당인 미스터 차우에 갔다. 메이젤은 영화의 흥행 성공을 축하하기 위해 감독과 스타에게 전할 선물이 있었다. 아이크 펄머터로부터 두 사람이 꿈에 그리던 자동차를 선물하겠다는 허락을 받았기 때문이다. 강박적으로 돈을 아끼던 펄머터도 파브로와 다우니를 만족시키는 것이 얼마나 중요한지 잘 알고 있었다. 다우니는 벤틀리를 택했고, 파브로는 최고급 메르세데스를 골랐다.

만찬은 단순히 일이 잘된 것을 축하하는 자리에 그치지 않았다. 마블 스튜디오는 세 번째 개봉작으로 〈아이언맨 2〉를 조속히 제작하고 싶어 했다. 〈아이언맨〉과 〈인크레더블 헐크〉의 성공 이후, 메이젤은 메릴린치의 신용 한도가 곧 필요하지 않을 수도 있다는 것을 파악했다. 그는 수익성 있는 속편을 만드는 것이 더 밝은 재정적 미래를 보장할 수 있는 가장 확실한 방법이라고 생각했다. 메이젤은 2년 뒤 〈아이언맨 2〉를 개봉하는 계획에 대해 이야기하며 동의를 구했다. 하지만 파브로는 확신이 서지 않았다. 열심히 노력해서 완성한 〈아이언맨〉이 흥행에 성공해서 기뻤지만, 과거에도 인기 있는 영화를 만든 경험이 있었기 때문에 지나치게 흥분해서는 안 된다는 것도 알고 있었다. 그는 또한 2년이라는 시간표가 얼마나 잔인한지도 잘 알았다. 〈아이언맨〉을 제작할 때 진행했던 칵테일파티나 자유로운 토론 시간은 허락되지 않을 것이다. 이는 단순히 동료애를 다지는 역할만이 아니라 제작자들이 영화를 잘 만들 방법을 논의하는 협업의 시간이었다. 파브로가 메이젤의 제안을 검토하는 동안 스튜디오는 2010년 4월에 〈아이언맨〉의 속편이 개봉될 거라고 발표했다. 마블은 흥행한 개별 영화를 시리즈로 만드는 동시에,

궁극적으로 어벤져스 영화를 만들고자 하는 열망이 컸기 때문에 파브로와 다우니와 공식 계약을 맺기도 전에 개봉일을 떠들어댔다.

메이젤은 그 후폭풍을 감당해야 했다. "그 후 며칠 동안 대리인들로부터 '2년 뒤에 속편을 개봉하겠다고 고객들에게 말하기 전에 미리 알려줬어야 하는 것 아니냐'는 항의 전화를 정말 많이 받았던 기억이 나는군요."

파브로는 〈아이언맨〉이 개봉하고 몇 주 지나 공개된 〈인크레더블 헐크〉를 본 다음 걱정이 더 늘었다. 이 영화에는 토니 스타크가 썬더볼트 로스 장군을 만나 팀을 구성하겠다고 말하는 쿠키 영상이 나오는데, 파브로에게 이 장면은 자신이 스타크 캐릭터에 대한 통제권이 없다는 사실을 또렷하게 인식시키는 역할을 했다. 파이기는 필요에 따라 그 장면을 수정할 수 있으며, 〈아이언맨 2〉에서 그 장면에 연연할 필요는 없다고 말하며 그를 달랬다. 파이기는 코믹북의 서사는 먼 미래로 넘어가는 경우도 많기 때문에 그 장면은 언제든 등장할 수 있었다고 설명했다(결국 마블 스튜디오는 쿠키 영상 장면이 〈아이언맨 2〉의 액션 장면과 같은 주에 일어나는 것으로 결정했다).

조건에 합의하는 데만 두 달이 걸렸지만 2008년 7월, 파브로는 속편 연출에 동의했다. 다우니 역시 재협상을 거쳐 계약에 서명했다. 1편에서 50만 달러 정도의 출연료를 받고 토니 스타크 역할을 맡았던 다우니는 〈아이언맨 2〉에서 1,000만 달러에 가까운 대폭 인상된 출연료를 받았고, 〈아이언맨 3〉에서는 그보다 더 많은 출연료를 받는 것으로 협상했다. 무엇보다 그는 출연료 외에도 수익의 상당 부분을 받는 조건으로 어벤져스 영화에 출연하기로 약속했다. 마블 엔터테인먼트가 다우니에게 기꺼이 거액을 준 이유는 흥행작의 속편이 전편과 대략 비슷한 성적을 거둔다는 메이젤의 생각에 따르면 〈아이언맨 2〉가 〈토르〉나 〈퍼스트 어벤져〉보다 더 성공할 가능성이 높았기 때문이었다.

새로운 출연자들

파브로와 다우니가 속편의 스토리를 여유롭게 구상할 시간은 부족했다. 적어도 1편에서 이미 영화의 매력적인 색조를 삐딱하면서도 기민하고 심드렁한 분위기로 설정해둔 상태였다. 다우니는 "〈아이언맨〉에서는 주제를 중요시하면서, 우리 자신을 중요하게 생각하지 않았다는 느낌이 들었어요"라고 말했다.

다우니는 당시 데이비드 린치 감독의 〈멀홀랜드 드라이브Mulholland Drive〉에 출연한 배우로 잘 알려진 저스틴 서룩스Justin Theroux에게 속편의 각본을 제안했다. 그는 베트남전 영화 제작 과정에서 일어나는 소동을 다룬 벤 스틸러Ben Stiller 감독의 액션 코미디 〈트로픽 썬더Tropic Thunder〉 촬영장에서 서룩스를 만난 적이 있었다. 서룩스는 작가 중 한 명이었고, 다우니는 자신이 연기하는 흑인 캐릭터를 실제 자신과 동일시하며 망상에 시달리는 배우 역할을 맡았었다.

다우니는 서룩스를 데려와 파브로와 파이기를 만나게 했다. 서룩스는 당시 미팅에서 나눴던 대화를 기억했다. "첫 영화는 아주 자연스러웠지만, 분명 세심하게 기획된 건 아니었어요. 저는 첫 번째 영화에서 마음에 들었던 점과 영화가 어떤 방향으로 나아갈 수 있을지에 대한 아이디어, 그리고 흥미롭다고 생각한 주제에 대해 설명했어요." 이 만남 이후 서룩스는 〈아이언맨 2〉의 각본을 맡았다.

제작자들은 가장 먼저 토니 스타크의 무절제한 생활을 탐색하고자 했다. 스타크가 알코올 중독에 빠진 1979년의 『병 속의 악마』 이야기를 각색하려는 것이었다. 파이기는 영화 제작자들에게 스타크를 너무 방탕하게 만들지 않도록 주의를 주었지만, 파브로와 다우니는 이 아이디어를 완전히 포기하고 싶지 않았다. 그래도 줄거리의 초점을 바꾸는 데는 동의했다. 스타크는 아이언맨 슈트 안팎에서 가문의 유산, 그리고 자신의 오만함과 싸워야 했다.

기네스 팰트로도 페퍼 포츠 역으로 돌아왔다. 하지만 테렌스 하워드는 토니의 절친한 친구인 제임스 로디 로즈 대령 역을 맡지 못했다. 이는 그의 선택이 아니었다. 〈아이언맨〉에 첫 번째로 출연 계약을 했던 하워드는 당시 오스카상 후보에 오른 경력 덕분에 조연임에도 다우니의 7배에 달하는 약 350만 달러의 출연료를 받는 등 혜택을 톡톡히 누리고 있었다. 하지만 마블은 그의 값비싼 명성이 필요하지 않게 되었다. 그러자 하워드는 다우니를 비난하며 "아이언맨이 되도록 내가 도와주었던 사람"인데 "두 번째 작품을 재계약할 때가 되자 내게 주기로 되어 있던 돈을 빼앗아 갔다"라고 주장했다.

하워드가 로즈 역을 맡았던 것은 이 캐릭터가 나중에 슈퍼히어로 워 머신이 될 거라는 기대 때문이었다. 첫 번째 영화에서는 로즈가 은색 슈트를 보며 "다음에"라고 중얼거릴 때 그 가능성이 암시되었을 뿐이다. 하지만 마블 엔터테인먼트는 확장된 MCU의 미래가 가시화되면서 워 머신을 여러 영화에 출연시키기를 원했고, 이 배역을 출연료가 비싼 배우에게 맡기고 싶지는 않았다. 이후 파브로가 첫 번째 아이언맨 영화에서 하워드의 연기에 불만을 품었었다는 이야기가 《엔터테인먼트 위클리》에 보도되었다. 그 기사에서 하워드는 재능 있지만 변덕스러운 배우로 묘사되었다. 마블로서는 촬영장에서의 마찰이 금전적인 문제보다 그를 해고해야 할 더 그럴듯한 이유처럼 보였을 것이다.

〈오션스 일레븐Ocean's Eleven〉과 〈부기 나이트Boogie Nights〉에서 두각을 나타냈고, 〈호텔 르완다Hotel Rwanda〉로 오스카상 후보에 오른 돈 치들Don Cheadle은 2년 전부터 로즈 역으로 물망에 올라 있었다. 하워드의 하차가 결정된 뒤, 치들은 로즈 배역을 제의받았다. 아직 구상에 들어가지도 않은 프로젝트까지 포함해 최소 10년은 걸릴 것으로 예상되는 6편의 영화 출연 계약을 한 시간 내에 결정해야 했다. 그에게 연락한 마블의 책임자는 그가 거절한다면 명단에 있는 다음 사람에게 연락할 거라고 했다. 치들은 아내와 함께 이 거대 프랜차이즈에 합류하는 것의 장단점에 대해 의논한 끝에 출연 제안을 수락했다. 그는 〈아이언맨 2〉의 출연료로 약 100만 달러를 받은 것으로 알려졌다. 하워드였다면 500만 달러에서 800만 달러 사이를 받았을 것이다.

아이크 펄머터는 로즈 역의 캐스팅에 대해 흑인은 모두 "똑같이 생겼기 때문에" 아무도 눈치채지 못할 것이라고 말한 것으로 알려졌다. 이는 마블 역사상 가장 추악한 순간 중 하나로 꼽힌다. 마블 CEO의 노골적인 인종차별에 직면했을 때 직원들은 대부분 꿈에 그리던 직장의 단점으로 받아들이거나 심지어 외면했다. 아이크 펄머터와 함께 일했던 한 직원은 "펄머터는 다양성을 차별하는 것도 아니고, 신경 쓰는 것도 아니에요. 단지 돈을 벌 수 있는 것에만 관심을 둘 뿐이죠"라고 말했다.

또 다른 중요한 캐스팅에는 러시아의 스파이에서 슈퍼히어로로 변신한 블랙 위도우가 있었다. 블랙 위도우는 다른 작품과 크로스오버했을 때 더 잠재력이 클 것으로 보이는 캐릭터였다. 나타샤 로마노프라고도 불리는 이 캐릭터는 원래 1964년 『아이언맨』 코믹북에서는 악당으로 등장했지만, 영화에서는 나중에 어벤져스의 창립 구성원이 되는 쉴드 요원으로 구상되었다.

파브로는 블랙 위도우 역으로 오디션을 본 배우 중에 〈악마는 프라다를 입는다The Devil Wears Prada〉와 〈영 빅토리아The Young Victoria〉로 잘 알려진 영국 배우 에밀리 블런트Emily Blunt에게 가장 큰 관심을 보였다. 하지만 그녀는 이 배역에 관심이 있었지만, 잭 블랙Jack Black이 주연을 맡은 〈걸리버 여행기Gulliver's Travels〉에 출연해야 하는 상황이라 제작 일정을 맞추기가 어려웠다. "저는 〈아이언맨〉을 좋아했고 로버트 다우니 주니어와 함께 작업하고 싶었어요. 그런데 〈걸리버 여행기〉가 이미 촬영 계약되어 있는 상황이라서 조금 마음이 아팠죠."

마블은 블런트 대신 스칼렛 요한슨을 캐스팅했다. 당시 24세였던 요한슨은 〈사랑도 통역이 되나요?Lost in Translation〉에서 빌 머레이Bill Murray의 상대역으로 가장 잘 알려져 있었다. 그녀는 몇 달 동안 하루에 5시간 이상 운동했고, 화면 속 전투 기술을 배웠으며, 와이어 액션 스턴트를 연습하는 등 블랙 위도우 연기에 필요한 체력 훈련에 매진했다. 영양사의 관리를 받는 동안 참치 회를 너무 많이 먹어서 수은에 중독되면 마블을 고소해야겠다는 농담을 하기도 했다. "신체적인 면에서 제 능력을 완전히 벗어나는 수준이었어요." 하지만 그녀는 자신의 미숙함을 노력으로 보완했고, 파브로 감독도 출연진 중 스턴트 훈련에 가장 헌신적이었다고 칭찬했다. 요한슨은 관객들이 스턴트 대역인 하이디 머니메이커 Heidi Moneymaker가 아닌 자신이 격투 장면에서 목숨을 걸고 싸우는 모습을 보기를 원했다. 그녀는 몸집이 큰 경호원을 거칠게 다루는 육체적인 스릴도 즐겼다. 요한슨은 블랙 위도우가 격투하면서 머리카락이 휘날리는 순간을 즐길 정도로 액션 장면에 익숙해졌다.

요한슨과 머니메이커는 둘 다 위도우의 전매특허인 뛰어올라서 다리를 상대의 목에 걸고 제압하는 기술을 능숙하게 구사하게 되었다. 그들은 덩치 큰 적을 던지는 이 동작을 '위도우 던지기'라고 불렀다.

파브로는 수백 명에 달하는 영화 기술자들의 작업을 감독하며 촬영을 진행하는 동안 마블이 이번 영화의 막대한 예산을 넘어서는 커다란 계획을 가지고 있다는 것을 잘 알고 있었다. 그는 케빈 파이기가 어벤져스 영화 제작을 위해 모든 것을 조정하고 있다는 것도 알고 있었다. "파이기는 더 큰 계획을 세우고 있었어요. 〈아이언맨 2〉에서 토니 스타크가 아버지의 과거를 조사하며 사물함을 여는 장면은 제가 모르고 있던 〈퍼스트 어벤져〉에서 벌어지는 일들과 연결되어 있었죠."

한 영화에서 다음 영화로 연속성을 유지하는 가장 간단한 방법 중 하나는 사무엘 L. 잭슨에게 닉 퓨리 역을 맡겨 출연시키는 것이었다. 잭슨의 대리인들은 마블이 잭슨과 9편의 영화 출연을 약속하기를 원했기 때문에 협상에 어려움을 겪었다. 〈아이언맨 2〉 촬영 당시 잭슨의 나이는 60세였다. 하지만 그는 1년에 4편 이상의 영화에 꾸준히 출연했고, 하고 싶은 만큼 계속 일하고 싶어 했다.

원래 퓨리가 동부 해안의 쉴드 시설에서 열리는 고위급 회의에 토니 스타크를 소환하는 것으로 구상했던 장면은 퓨리가 LA의 도넛 가게에서 스타크와 마주 앉아 그의 새 개인 비서가 사실은 위장 요원으로 일하는 블랙 위도우라는 사실을 밝히는 장면으로 재구성됐다. 영화 마지막에 퓨리가 스타크에게 그는 어벤져스에 들어갈 수 없다고 말할 때, 배경의 뉴스 속보 영상에서는 〈인크레더블 헐크〉의 클립이 재생되며 〈아이언맨 2〉가 MCU 타임라인에서 그 이전의 영화인 것으로 설정된다. 이는 파이기의 예상보다 더 빠르게 복잡해지고 있는 MCU의 상황을 드러내는 장면이었다.

존 파브로는 두 편의 아이언맨 영화 촬영 사이에 짬을 내어 특수 작전을 펼치는 기니피그에 관한 애니메이션 영화 〈G-포스G-Force〉(2009)의 목소리 연기에 참여했다. 토니 스타크 역으로 거론되기도 했던 샘 록웰도 출연진 중 한 명이었다. 〈G-포스〉 녹음을 하던 파브로는 록웰에게 스타크의 상대역인 저스틴 해머 역을 맡을 의향이 있는지 물었다. 해머는 스타크의 아이언맨 기술을 복제하는 데 집착하는 무기 제조업자 캐릭터였다. 서룩스가 빠른 속도로 시나리오를 쓰고 있었지만, 대본이 계속 바뀌는 바람에 파브로는 록웰에게 보여줄 대본이 없었다. 록웰은 "캐릭터가 어디로 향하는지 확신이 서지 않았다"라고 말했다. 하지만 그는 수년 전부터 알고 지낸 서룩스를 존경했고, 그래서 출연을 결정했다. 록웰은 악인 해머를 연기하기 위해 〈슈퍼맨〉에서 악역 렉스 루터를 연기한 진 해크먼Gene Hackman이나 〈허슬러The Hustler〉의 조지 C. 스콧 George C. Scott, 〈킹핀Kingpin〉의 빌 머레이를 참고했다고 말했다. 또한 그는 해머의 캐릭터를 표현하기 위해 막대 사탕이나 케이크 같은 단 음식을 먹는 연기를 펼치기도 했다. 또한 감독이 다우니의 재치 있는 말재간에 보조를 맞출 수 있는 사람을 원했기에 그에 부응하기 위해 노력했다.

2009년 4월 6일, 〈아이언맨 2〉의 첫 촬영으로 토니 스타크가 미국 상원에서 증언하는 장면을 찍었다. 이는 빠듯한 제작 일정의 거의 절반에 해당하는 시점이었다. 상원 회의실 세트장에는 다우니, 록웰, 팰트로, 치들, 코미디언 개리 샨들링 Gary Shandling(호전적인 상원의원 역), 수십 명의 보조 출연자가 있었고, 가발과 정장을 씌운 풍선 인형들이 방청석을 채웠다.

영화 제작자들은 토니 스타크를 불미스러운 가족사와 마주치게 만드는 동시에 그의 모든 것을 날려버릴 수 있는 빌런이 필요했다. 그 결과 하워드 스타크(토니의 아버지)와 협력하던 과학자의 아들이었지만 과거의 악연 때문에 복수를 꿈꾸는 이반 반코(위플래시)가 탄생했다. 반코 역은 한때 할리우드의 인기배우였던 미키 루크 Mickey Rourke가 맡았다. 다우니와 루크는 2009년 초 각각 〈트로픽 썬더〉와 〈레슬러 The Wrestler〉로 오스카상 후보에 올랐다. 다우니는 시상식 파티에서 루크를 설득해 〈아이언맨 2〉에 합류시켰다. 1편의 성공에도 마블은 출연료에 촉각을 곤두세우고 있었다. 마블이 루크에게 25만 달러를 출연료로 제시하자 협상은 거의 결렬될 위기에 처했다. 그러자 마블은 마지못해 출연료를 인상했다.

루크는 파괴적인 에너지로 가득 찬 채찍을 휘두르는 코믹북의 슈퍼 빌런이라면 끝장을 볼 때까지 연기해보겠다고 결심했다. 그는 코믹북의 액션 장면을 충분히 구현할 수 있는 배우였기 때문에 제작진은 루크가 원하는 대로 연기할 수 있도록 대부분 허용했다. 그는 날카로운 톱니처럼 짙은 러시아 억양을 구사했고, 흰 앵무새와 함께 연기했다.

반코가 키우는 앵무새는 원래 대본에 없었지만, 파브로는 반려동물을 스크린에 등장시키고 싶다는 루크의 의견에 동의했다. 이는 스타 배우를 만족시키는 동시에 반코를 해적처럼 보이게 하는 효과가 있었다. 영화는 (새가 아니라 인간이 하는) 새로운 대사를 통해 앵무새의 존재감을 부각시켰다. 제작진은 클라이맥스에 새가 죽는 장면(반코가 목을 꺾는 장면)을 촬영하기도 했지만, 너무 당혹스럽다고 판단해 편집했다.

루크는 반코가 러시아 교도소에 수감되어 있는 동안 새긴 수많은 문신을 디자인하는 데에도 도움을 주었다. 영화가 완성된 후 파이기가 반코의 목에 '로키LOKI'라고 적힌 문신을 발견하면서 약간의 소동이 벌어졌다. 파브로는 이 문신이 곧 개봉할 토르 영화의 빌런을 암시하는 것이 아니라 촬영 시작 직전에 죽은 루크의 반려견을 기리기 위한 것이라고 설명했다. 파이기는 관객에게 혼란을 줄 수 있는 문신을 영화에 넣을 수 없다고 생각했고, 시각효과팀은 반코의 출연 장면마다 디지털 방식으로 문신을 지워야 했다.

　　또한 루크는 채찍 코치를 고용하고, 입에 금니를 장착한 채 전 세계를 돌아다니며 반코의 과거를 파헤치기 위해 노력했다. 파브로는 촬영 시작 일주일 전, 루크가 러시아에서 자주 전화했고 문자도 보내왔었다고 말했다. "그는 스스로 러시아로 날아가 감옥 체험까지 했어요. 정말 자신이 맡은 역할에 헌신하는 것처럼 보였죠. 그는 자신의 앵무새에게 하고 싶은 말도 러시아어로 하고 싶다고 팩스를 계속 보냈어요. 저는 '그건 당신의 특권'이라고 답했죠."

　　〈아이언맨 2〉 출연진과 제작진은 루크의 연기를 방해하지 않았다. 촬영장을 찾은 방문객들에게도 그의 연기를 방해하거나 가까이 접근하지 말라고 경고했다. 심지어 루크는 캐릭터가 만나는 장면을 촬영할 때까지 록웰과 대화하지 않겠다고 고집을 부리기도 했다. 루크는 자신의 연기가 편집되는 것에도 많은 신경을 썼다. 그래서 재촬영하는 데 비용이 많이 드는 정교한 장면에서는 독특한 몸짓을 하거나 음식을 먹는 연기를 했다.

　　"이 러시아인이 살인을 저지르고 복수에만 집착하는 빌런이 아니라는 걸 색다른 모습을 통해 부여하고 싶었어요"라고 훗날 루크는 말했다. 그는 촬영장에서 만족스럽게 연기했지만, 연기의 뉘앙스가 영화에서 대부분 잘려나갔다고 말하며 불만을 토로했다. "마블은 일차원적인 빌런만 원했어요. 제대로 운영되지 않는 스튜디오나 배짱 없는 감독은 그저 사악한 빌런만 원하는 법이죠."

특이한 요구를 한 배우는 루크뿐만이 아니었다. 〈아이언맨〉을 촬영할 때 다우니는 소품 제작을 맡은 비주얼 디자이너 라이언 마이너딩Ryan Neinerding에게 스타크 연구소의 모든 컴퓨터에 고대 마야어 키보드를 만들어 달라고 요구했다. 마블 애니메이션 편집자 짐 로스웰Jim Rothwell은 그가 만들어낸 키보드는 진짜처럼 보였다면서 만약 고대 마야어가 다시 쓰인다면 애플에서 마이너딩의 디자인을 채택할 거라고 농담하기도 했다.

다우니는 한발 더 나아가 자신의 개인적인 신념을 영화에 포함시키고 싶어 했다. 그는 자신을 '유대계 불교도(Jew-Bu)'라고 주장하면서, 모나코의 경주로에서 〈아이언맨 2〉의 한 시퀀스를 촬영할 때 경주용 자동차에 신비로운 상징물을 그려 넣기도 했다.

깨달음을 얻은 순간

다우니는 이번에도 최종 대본이 나오지 않은 상태에서 〈아이언맨 2〉 촬영을 시작했다. 다우니의 즉흥적인 연기가 첫 영화에서 성공을 거둔 덕분에 그는 더 자유롭게 애드리브를 할 수 있게 되었다. 그의 재치 있는 말투는 관객들이 좋아하는 지성과 매력을 토니 스타크 캐릭터에 불어넣어 주었다. 이 방식의 단점은 배우들의 즉흥 연기로 인해 줄거리가 새로운 방향으로 흘러가면 서룩스가 밤새 시나리오를 수정하면서 모두 말이 되도록 만들어야 한다는 점이었다. 스트레스가 너무 심했던 서룩스는 허리에 무리가 와서 한동안 침대에 누워 지내기도 했다.

『병 속의 악마』에서 영감을 받아 시작한 영화는 점차 이 작품에서 멀어져 갔다. 제작진은 영화 초반에 전날 밤의 과음으로 흐리멍덩해진 스타크가 비행기 화장실에 구토하는 장면을 촬영했지만, 이 장면은 곧 사라졌다. 하지만 페퍼 포츠가 아이언맨 헬멧을 비행기 밖으로 던지고 스타크가 그 뒤를 쫓아 날아가는 장면은 예고편에 잠깐 등장했다.

한편 파브로는 영화의 정교한 액션 시퀀스를 촬영하느라 분주했다. 카메라 동선은 대부분 몇 주 전에 이미 정해놓은 상태에서 촬영되었다. 시네마토그래퍼 매튜 리바티크Matthew Libatique가 마블 스튜디오의 작은 사무실에서 디지털 조작으로 모션캡처 스턴트 영상의 가상 카메라를 움직여 만든 것이었다. 파브로는 리바티크에게 자신의 의견을 수시로 전달하며 미학적 방향을 제시했다. 이러한 세션을 통해 빅토리아 알론소의 시각효과팀은 디지털 및 실제 특수효과를 시도할 때 필요한 부분을 미리 파악할 수 있었다.

영화의 마지막 액션 장면은 아이언맨과 워 머신이 플러싱 메도우 파크에 디지털로 삽입된 일본 정원 배경에서 해머 드론(저스틴 해머가 이반 반코에게 탈취당한 무기의 프로토타입) 부대를 상대하는 정교한 전투였다. 파브로는 영화가 CGI의 늪에 빠지지 않도록 2D TV 애니메이션 〈사무라이 잭Samurai Jack〉과 〈덱스터의 실험실Dexter's Laboratory〉 그리고 미니시리즈 〈스타워즈: 클론 전쟁Star Wars: Clone Wars〉의 제작자인 애니메이터 겐디 타르타코브스키Genndy Tartakovsky에게 도움을 요청했다.

타르타코브스키는 파브로가 자신이 이전 작품에 담아낸 감성을 좋아한다는 걸 알고 있었다. 그래서 파브로가 이 상황에서 무엇을 원하는지 이해했고, 감독이 원하는 모든 것을 제공하려 노력했다고 말했다. 〈아이언맨〉과 마찬가지로 클라이맥스의 전투 장면은 가장 먼저 구상되었고, 가장 마지막에 완성된 액션 시퀀스 중 하나였다. 파브로는 타르타코브스키가 조립식 부품처럼 이리저리 끼워 넣을 수 있는 몇 가지 액션 장면을 만들어준 덕분에 편집하기가 더 쉬웠다고 했다. 예를 들어, 타르타코브스키는 빙 돌아가는 드론 여러 대를 한꺼번에 두 동강 내는 아이언맨의 레이저를 생각해냈고, 파브로는 이 효과를 전투 마지막 부분으로 옮겨 넣었다. 그리고 치들이 "다음에는 이 무기로 앞장서도록 해"라고 말하는 대사도 추가했다. 타르타코브스키는 자신이 만든 전투 장면을 상당 부분 재구성한 1차 편집본을 보았다. 그는 어느 정도 효과가 있었지만 놀라운 느낌이 다소 줄어들었다고 판단했다. "좀 평범해졌더군요. 그런데 다음에 다시 보니 거의 원래대로 돌아가 있더라고요."

2010년 1월, 개봉일이 몇 달 남지 않은 시점에 애니메이션 감독 마크 추는 파브로와 대화를 하다가 '깨달음'을 얻었다. 마지막 시퀀스에서 제대로 효과를 주려면 흥분한 위플래시에게 초대형 채찍을 장착한 호화로운 드론 슈트를 입혀서 재촬영해야 한다는 아이디어였다. "일본식 정원 전투 장면 전체가 마지막 두어 달 동안 다시 만들어낸 클라이맥스 중 일부였어요."

런던의 애비 로드 스튜디오에서 댄 레벤탈이 영화를 편집하고 존 데브니John Debney가 음악을 녹음하는 모습을 지켜보던 파브로는 초췌해진 모습으로 할 말을 찾느라 더듬거렸다. "이 영화가 잘되려면 많은 것들이 함께 어우러져야 해요. 우리는 일정 문제로 많은 어려움을 겪고 있어요. 이번 영화는 지난번보다 더 시간이 부족하지만, 훨씬 야심 찬 프로젝트예요. 더 늦게 시작했고, 주어진 시간이 2년도 채 되지 않아요. 그래서 이 이야기를 구상할 때 잘해낼 수 있을까 두려웠어요. 장면을 구상하고, 준비하고, 촬영하고, 편집하는 모든 작업을 단기간에 마무리해야 했죠. 훌륭한 영화를 만들어야 한다는 부담 때문에 모든 사람이 엄청난 스트레스를 받은 것은 사실이에요. 처음부터 야심 찬 프로젝트였는데, 이제는 한층 더 열을 올려야 하니까요. 수백 명의 사람들이 제대로 잠도 못 자면서 일해야 했죠."

영화는 계획대로 2010년 4월에 개봉했다. 이 영화는 전 세계적으로 약 6억 2,300만 달러의 수익으로, 1편보다 조금 더 나은 성적을 올렸다. 하지만 평가는 엇갈렸고, 관객들에게 전편만큼 사랑받지 못했다. 재기발랄하고 멋진 장치도 있었지만, 급박하게 진행된 제작 과정의 부담이 짜깁기된 듯한 줄거리를 통해 화면에 고스란히 드러난 탓이었다.

파브로는 완전히 질리고 말았다. 점점 잦아지는 마블의 간섭을 막아내며 〈어벤져스〉를 구상하거나, 펄머터의 수익을 채워주느라 자신을 희생해야 하는 일에 더는 흥미가 생기지 않았다. 그는 해피 호건 역으로 여러 차례 출연해서 마리사 토메이Marisa Tomei가 맡은 메이 이모와 로맨스를 펼치며 배우로서 마블의 일원으로 남았다. 하지만 〈아이언맨 2〉 이후로 다른 MCU 영화는 연출하지 않았다.

Chapter 10: No Strings on Me
디즈니의 제안

"The world has changed and none of us can go back."

<Captain America: The Winter Soldier>

테마파크와 마블 매각 협상

2005년 마블 스튜디오는 스파이더맨 놀이기구에 대한 제안을 시작으로 테마파크 업계에 진출했다. 알 알리 홀딩 그룹의 CEO 모하메드 카마스Mohammed Khammas는 두바이에서 대규모 부동산 개발 사업을 진행하면서 실내 테마파크 안에 스파이더맨 관련 놀이기구를 만들고 싶어 했다. 데이비드 메이젤은 두바이에서 카마스와 만나 놀이기구 얘기를 시작한 지 일주일 만에 10억 달러 규모의 마블 테마파크로 발전하게 되었다고 설명했다. 카마스는 마블에 테마파크 사업권을 얻기 위한 거액의 선금을 지급했다. 메이젤과 케빈 파이기는 디즈니랜드에 필적할 만한 마블 테마파크를 열심히 구상하기 시작했다. 이 테마파크는 미국 대부분 지역에서라면 법적으로 불가능했을 테지만 아랍에미리트에서는 해볼 만한 사업이었다. 로널드 페럴먼이 마블을 경영할 당시, 그는 다른 회사를 계속 인수할 수 있는 현금 흐름을 늘리기 위해 올랜도에 있는 유니버설의 아일랜드 오브 어드벤처 테마파크에 마블을 주제로 한 공간을 만들도록 허락하는 계약을 맺었다. 이 계약은 이례적으로 유니버설에 유리한 조건이었다. 마블 캐릭터를 영구적으로 사용하며 사용료를 내는 대신, 미시시피 강 동쪽에 있는 북미의 어떤 경쟁 테마파크에도 마블 캐릭터를 사용하는 것이 금지되었다. 아이크 펄머터가 마블 엔터테인먼트를 인수했을 때도 이 계약이 가장 큰 부담이었다. 권리를 되찾을 법적 근거가 없었기 때문이다. 그러나 2008년 세계적인 경기 침체가 시작되면서 카마스는 두바이에서 진행하던 야심 찬 계획을 모두 취소해야 했다. 메이젤은 애석한 일이었지만 돈을 챙길 수 있었으니 이익이었다고 말했다.

2005년, 마이클 아이스너Michael Eisner를 대신해 월트 디즈니 CEO 자리에 오른 밥 아이거Bob Iger는 곧바로 이 거대 엔터테인먼트 기업의 약점에 주의를 집중했다. 아이거의 최우선 과제는 디즈니 애니메이션 브랜드를 부활시키는 것이었다. 최근 디즈니에서 가장 사랑받는 영화는 자체 애니메이션 사업부에서 나온 것이 아니라 픽사 애니메이션 스튜디오에서 배급한 작품들이었다. 아이거는 픽사를 당장 인수하고 싶었지만, 픽사를 소유한 애플의 스티브 잡스Steve Jobs는 도무지 팔려고 들지 않았다. 전년도에 디즈니와 픽사는 새로운 배급 계약조차 합의하지 못했다. 아이거가 인수 관련 이야기를 꺼내자 잡스는 그를 캘리포니아 쿠퍼티노로 초대해 픽사의 최고 인재들과 함께 회의를 열어 이 거래의 장단점에 대해 논의했다. 곧 "디즈니의 문화가 픽사를 파괴할 것이다!", "혼란은 픽사의 창의성을 죽일 것이다"와 같은, 거대 엔터테인먼트 기업에 매각될 경우에 생길 단점들로 화이트보드가 가득 채워졌다. 아이거는 실망하지 않았다. 픽사의 인재들과 건축물에서 깊은 인상을 받았기 때문이었다. 그는 자서전에 "그날 본 것은 나를 숨도 못 쉴 정도로 만들었다"라고 썼다. 아이거는 픽사 직원들을 LA로 이주시키는 것을 원하지 않는다면서, 픽사 스튜디오가 자율적으로 유지되도록 하겠다고 잡스를 설득했다. 그러면서 디즈니는 픽사 주식을 74억 달러에 매입했다. 그 주식 대부분은 잡스에게 돌아갔고, 그는 디즈니의 최대 단일 주주가 되었다. 2006년 1월에 체결된 이 거래는 계획대로 진행되었다. 픽사의 애니메이션 책임자인 존 래시터John Lasseter는 픽사와 월트 디즈니 장편 애니메이션 부문의 최고 크리에이티브 책임자로 임명되어 디즈니 애니메이션 부서를 재정비했다. 래시터는 2018년에 불명예스럽게 퇴진했지만, 디즈니의 두 애니메이션 부서는 수년 동안 선의의 경쟁을 펼치며 번창했다. 픽사는 〈업Up〉과 〈인사이드 아웃Inside Out〉으로 창작의 수준을 한 차원 끌어올렸고, 디즈니는 〈겨울왕국Frozen〉과 〈겨울왕국 2Frozen II〉로 애니메이션 영화 역사상 최고 수익을 올렸다. 픽사와 계약이 성사되자, 아이거는 곧 디즈니의 IP 포트폴리오를 확장하기 위해 다른 독립 기업을 찾기 시작했다.

2008년 가을, 데이비드 메이젤은 아이거에게 면담을 요청했다.

두 사람은 메이젤이 마이클 오비츠를 따라 디즈니에 입사해 잠시 근무했던 시절부터 알고 지낸 사이였다. 두 사람은 〈아이언맨〉이 디즈니의 〈나니아 연대기: 캐스피언 왕자The Chronicles of Narnia: Prince Caspian〉와 경쟁하지 않도록 개봉 날짜를 옮기는 협상을 하기도 했다. 당시 해즈브로는 '더 허브'라는 방송사를 출범시키기 위해 마블에 제안을 건넸는데, 이는 마블의 완구 판매를 늘리는 기회가 될 수 있었다. 메이젤은 아이거와 만나 디즈니가 TV 제휴와 관련해 더 나은 제안을 할 수 있는지 알아보려 했다. 만약 제안을 받지 못하더라도 최소한 더 허브의 경쟁사에 대해 더 많이 알게 될 거라 생각했다. 하지만 양쪽 모두 이 만남을 우선순위에 두지 않았다. 그래서 아이거는 약속을 2009년 2월로 미뤘다. 메이젤도 급하게 이야기할 필요는 없었다. 2월에 회의가 열리자 TV 전략과 DVD 시장 소멸에 대처할 해법을 찾기 위한 평범한 대화가 오갔다. 그해 픽사는 〈월-EWALL·E〉로 최우수 장편 애니메이션상을 수상했지만, 디즈니의 실사 영화는 작품상 후보에 오르지도 못했다. 메이젤은 "그들은 실사 영화에서는 성적이 매우 저조했어요. 애니메이션은 강했지만 실사는 확실히 약했죠"라고 말했다. 아이거는 이 모든 사실을 너무나 잘 파악하고 있었다. 디즈니는 어린이를 위한 애니메이션과 초등 고학년을 위한 테마파크, 디즈니 채널의 시트콤, 10대 청소년과 청년층을 위한 ABC 텔레비전과 ESPN 등 모든 연령층을 겨냥한 오락 프로그램을 만들고 싶어 했다. 이들 중 다수가 가정을 꾸린 뒤에도 디즈니 콘텐츠 제국의 소비자로 영원히 순환하게 만들겠다는 구상이었다. 이 중에서 디즈니가 가장 취약한 집단은 다름 아닌 젊은 남성층이었다. 픽사 인수로 애니메이션 부문이 강화되면서, 젊은 남성 영화 팬을 만족시킬 방법을 고민하던 아이거는 메이젤과의 만남을 계기로 젊은 팬층이 많은 마블 스튜디오에 관심을 두게 되었다.

코믹북 팬이 아니었던 아이거는 마블의 캐릭터들을 익힐 필요가 있었다. 그는 『마블 백과사전The Marvel Encyclopedia』을 구해 공부를 시작했다.

2009년 5월에 메이젤과의 회의가 한 번 더 잡혀 있었지만, 그 사이 둘은 두 회사가 훌륭한 짝이 될 수 있다는 것을 깨달았다. 디즈니는 마블에 푹 빠진 젊은이들에게 다가가기를 열망했고, 마블은 디즈니의 마케팅 역량이 필요했다. 아이거가 협력 제안을 건네자, 메이젤은 놀라지 않고 디즈니가 마블 인수에 관심이 있는지 물었다. 아이거는 솔직히 흥미 있다고 인정했다. 메이젤은 "그럼 다음은 펄머터와 이야기할 차례군요"라고 말했다. 아이거는 메이젤이 펄머터와 논의하는 것에 동의했다. 메이젤은 "펄머터가 관심이 없다면 아이거도 이 일을 추진하지 않았을 거예요"라고 말했다.

디즈니가 마블 인수를 계획한 것은 이번이 처음이 아니었다. 1995년 로널드 페럴먼이 마블을 소유했을 때(마블이 파산하기 전)도 마블 인수를 고려했었다. 하지만 당시 디즈니 CEO였던 마이클 아이스너는 그 기회를 거부했다. 디즈니 이사회는 너무 어른스러운 마블 캐릭터들 때문에 가족 친화적인 디즈니 브랜드가 훼손될 것을 염려했다. 메이젤은 아이스너가 마블을 인수하자는 제안을 듣고 분노했던 것을 기억했다. 마블이 올랜도 테마파크 사업권을 넘겨주는 바람에 디즈니가 월트 디즈니 월드에 마블 캐릭터를 등장시킬 수 없게 된 것을 탐탁지 않게 여겼기 때문이었다. 하지만 아이거는 아이스너가 그저 디즈니의 브랜드 정체성을 매우 중요하게 생각하는 것이라고 믿었다. "그때는 디즈니가 하나의 단일한 브랜드라는 인식이 있었죠."

아이거는 디즈니 이사회와 보다 협력적인 관계를 맺고 있었다. 또한 마블의 정체성과 디즈니의 정체성이 어떻게 조화를 이룰 수 있는지에 대한 남다른 관점도 가지고 있었다. "저는 마블이 디즈니에 어떤 영향을 미칠지가 아니라 마블의 충성도 높은 팬들이 마블과 디즈니의 결합에 어떻게 반응할지 걱정했어요. 우리가 마블을 인수한다면 마블의 가치를 훼손하는 걸까요?" 아이거는 자신이 가장 원했던 픽사를 인수하는 과정을 펄머터에게 이해시킬 수 있다면, 디즈니 이사회를 설득해서 마블을 인수할 수 있다고 믿었다.

메이젤의 브리핑을 들은 펄머터는 아이거를 뉴욕으로 초대했고, 미드타운에 있는 마블 엔터테인먼트 사무실에서 회의를 열었다. 아이거는 혼자 뉴욕으로 향했다. 두 사람 모두 아이거의 방문 목적을 알고 있었다. 하지만 아이거는 펄머터에게 자신의 사업 배경에 대해 이야기하며 조심스럽게 대화를 시도했다. 펄머터가 픽사 인수에 관해 묻자 아이거는 디즈니에 인수된 후에도 픽사가 고유의 문화를 유지할 수 있었던 비결을 설명했다. 그리고 마블과도 비슷한 일을 하고 싶다고 말했다. 펄머터는 곧바로 승낙하지 않았다. 하지만 그날 저녁 이스트 63번가에 있는 스테이크 레스토랑인 포스트 하우스에서 다시 대화를 이어가자고 제안했다. 펄머터는 늦게까지 이어진 저녁 자리에서 자신이 브루클린 거리에서 상품을 팔며 사업을 시작하던 시절의 이야기를 들려주었다. 아이거는 디즈니가 마블을 인수했을 때의 시너지 효과와 이번 매각이 두 회사에 어떤 의미가 있는지 설명했다. "펄머터는 디즈니에 회사를 매각하면 많은 돈을 벌게 되겠지만, 어려움에 처했을 때 마블을 맡아서 상황을 반전시킨 경험이 있었어요. 아무리 돈을 많이 번다고 해도, 다른 회사가 마블을 인수할 거라는 생각을 쉽게 받아들이지 못했던 것 같아요."

다음 날, 펄머터는 아이거에게 이 문제를 검토해 보겠지만 매각이 좋은 선택인지 아직 확신이 서지 않는다고 말했다. 이 거래가 사업적으로만 논의될 수 있는 사안이 아니라는 것을 깨달은 아이거는 며칠 뒤 펄머터와 그의 아내 로리를 다시 포스트 하우스로 초대해 부부 동반으로 함께 식사를 했다. 두 사람은 전과 같은 테이블에 앉았지만 사업 이야기는 하지 않고 순전히 사교적인 분위기에서 진행되었다. 펄머터는 여전히 매각에 동의하지 않았지만, 아이거는 호의적인 쪽으로 기울고 있다는 것을 짐작할 수 있었다.

데이비드 메이젤은 케빈 메이어Kevin A. Mayer(디즈니 부사장), 토마스 스태그스Thomas O. Staggs(디즈니 최고운영책임자 겸 최고재무책임자)와 매각 거래에 대한 세부 사항을 잠정적으로 논의하기 시작했다. 메이젤은 공식 협상 시작 전에 아이거에게 마블의 속사정을 솔직하게 밝혔다. "우리는 스파이더맨에 대한 권리를 갖고 있지 않아요. 엑스맨과 판타스틱 4에 대한 권리도 없고요. 미시시피 강 동쪽의 테마파크 사용 권리가 없어서 올랜도에 있는 디즈니의 가장 큰 테마파크에 마블 캐릭터를 사용할 수도 없답니다. 파라마운트 배급 계약이 4편이나 남았기 때문에 디즈니에서 사들이지 않는 한 그 영화들에 개입할 수도 없고요." 그러나 메이젤은 이 모든 반대 의견에 반박할 준비가 되어 있었다. "아마 스파이더맨 판권이 우리에게 있었다면 매각가가 10억 달러는 더 높았을 겁니다. 엑스맨이 있었다면 더 높았을 거고요. 우리는 현재 그 캐릭터가 필요하지 않은 세계관을 가지고 있고, 다른 캐릭터도 많이 보유하고 있어요. 미시시피 강 동쪽의 테마파크는 어쩔 수 없지만, 디즈니 테마파크는 다른 곳에도 많잖아요." 메이젤은 마블 엔터테인먼트를 당시 주가에 30퍼센트의 프리미엄을 더한 주당 50달러 이상으로 매각하기를 원했다.

펄머터는 여전히 망설이고 있었고, 아이거는 "평생 만화책을 한 번도 읽어본 적이 없다"고 했던 스티브 잡스에게 전화를 걸어 도움을 요청했다. 이 무렵 잡스는 아이거를 전적으로 신뢰하고 있었기 때문에 "당신이 정말 마블을 원하는 건가요? 또 다른 픽사인 셈인가요?"라고 물었다. 아이거가 그렇다고 대답하자 잡스는 펄머터에게 직접 전화를 걸어 디즈니가 어떻게 픽사의 문화나 창의성을 훼손하지 않고 인수했는지 자세히 설명했다. 펄머터는 아이거에게 "잡스는 당신이 약속을 지켰다고 말하더군요"라고 전하며, 매각을 진행하기로 결정했다. 디즈니는 마블의 가치를 주당 50달러, 총 40억 달러로 평가하는 데 동의했다. 펄머터의 지분은 약 15억 달러로 평가되었다. 현금과 주식이 혼합된 이 제안을 통해 아이크 펄머터는 스티브 잡스에 이어 디즈니에서 두 번째로 많은 주식을 가진 개인 주주가 되었다.

공식 발표가 있기 전, 두 회사는 합병을 준비하기 위해 막후에서 분주하게 움직였다. 사업계획을 실행하고 업계에 자신의 업적을 남겼으며, 매각을 통해 적지 않은 돈을 번 메이젤은 마블을 떠나기로 결정했다. 메이젤은 아이거에게 파이기가 스튜디오를 잘 운영할 거라고 확신한다고 말했다.

이 계약이 발표되었을 때 일부 마블 팬들은 아이거가 걱정했던 것처럼 자신이 좋아하는 슈퍼히어로가 디즈니 캐릭터로 변할 수도 있다는 생각에 불만을 토로했다. 마블 웹사이트의 게시판에는 우려의 글이 넘쳐났다.

파이기는 아이거를 만나서 아이언맨, 헐크, 토르, 캡틴 아메리카가 등장하는 〈어벤져스〉를 어떻게 제작할지, 그리고 이 작품 이후 더 많은 크로스오버와 속편이 어떻게 이어지는지, 닥터 스트레인지와 블랙팬서 같은 준비 중인 작품과 마블 시네마틱 유니버스의 전체 계획에 대해 설명했다. 파이기는 이러한 크로스오버 계획이 불필요한 팬 서비스가 아니라 "마블의 DNA에 완전히 내재된 것"이라고 믿었다. "열광적인 코믹북 독자들은 수십 년 동안 스파이더맨이 판타스틱 4 본부에 등장하거나, 어벤져스에 새로운 구성원이 합류하거나, 헐크가 갑자기 아이언맨 만화에서 날뛰는 걸 봤어요. 그 자체로도 멋진 일이지만, 우리는 영화 관객들이 훨씬 더 큰 화면에서 더욱 세계적인 무대를 배경으로 그와 같은 스릴을 느낄 수 있다면 훨씬 더 재미있을 거라고 생각했어요." 파이기의 계획을 들은 아이거는 훌륭해 보인다고 말했다.

창작위원회 설립과 디즈니의 인수

2009년 여름, 〈아이언맨 2〉는 현장 촬영을 마쳤고, 〈토르〉는 주요 출연진 대부분과 계약했으며, 〈퍼스트 어벤져〉는 파이기가 가장 좋아하는 시대극 영화로 꼽은 〈인간 로켓티어〉의 조 존스턴Joe Johnston 감독이 1940년대를 배경으로 준비하고 있었다. 마블의 크리에이티브 프로듀서들은 〈어벤져스〉를 구상하기 위해 팜스프링스로 주말 휴가를 떠날 예정이었다. 하지만 파이기는 일요일 밤 LA에 있는 스코틀랜드 스테이크 레스토랑 태머샌터로 그들을 초대해 모두를 깜짝 놀라게 했다. 그곳에서 그는 디즈니 인수가 임박했다는 소식을 전하며, 디즈니의 자원이 마블에 어떤 의미가 있는지 아이거가 설명했다는 사실을 알렸다.

계약이 발표된 뒤, 마침내 팜스프링스에 도착한 프로듀서들은 '테서랙트*'가 〈어벤져스〉의 중요 요소가 될 수 있도록 차기 영화에 어떻게 녹여낼지 고민했다. 그들은 테서랙트가 빌런 레드 스컬의 손에 들어가기 전까지 유럽의 한 마을에 숨겨져 있다는 설정으로 〈캡틴 아메리카〉에 그 기원을 만들 수 있었다. 결정적으로 테서랙트는 제2차 세계대전 당시의 전투 시퀀스를 피바다로 만들지 않고도 영화를 쉽게 설정할 수 있게 해주었다. 히드라의 병사들은 총 대신 에너지 무기와 화염방사기로 싸웠기 때문이다. 그 결과 엄밀히 말하면 나치 액션피겨가 아닌데다, 더 흥미로운 장난감을 만들 수 있었기 때문에 뉴욕의 마블 사무실에서도 만족스러워했다.

마블 스튜디오의 첫 두 영화는 뉴욕 사무실이 최소한만 간섭하는 상황에서 제작되었다. 존 파브로 감독은 마블 코믹스의 인기 작가 마크 밀러로부터 〈아이언맨〉 각본에 대한 조언을 받았지만, J. J. 에이브럼스나 셰인 블랙Shane Black과 같이 마블과 관련이 없는 영화 프로듀서를 포함한 다양한 사람들에게도 피드백을 구했다. 그러나 〈아이언맨〉과 〈인크레더블 헐크〉의 성공 이후, 뉴욕에서는 영화 제작 과정에 더 많은 통제권을 행사하기를 원했다. 마블 스튜디오가 다른 마블 엔터테인먼트 부서의 노력과 시너지 효과를 내지 못하는 상황을 막기 위해서였다.

----

* Tesseract, 마블 코믹스에 등장하는 코스믹 큐브를 모티브로 한 마법 아이템.

하지만 마블 스튜디오 구성원 대부분은 영화가 갑자기 마블 전체 사업 중 가장 흥미롭고 매력적인 부분이 되었다는 데에 근본적인 동기가 있다고 생각했다.

펄머터의 요청에 따라 마블 엔터테인먼트는 창작위원회를 설립했다. 위원회는 마블 엔터테인먼트의 사장 댄 버클리Dan Buckley, 최고 크리에이티브 책임자 조 케사다, 마블 코믹스의 스타 작가 브라이언 마이클 벤디스, 마블 스튜디오의 루이스 데스포지토, 케빈 파이기, 새로 승진한 수석 부사장 앨런 파인Alan Fine*으로 구성되었다. 펄머터는 마블 스튜디오가 어떤 영화를 제작할지부터 캐스팅과 시나리오 초안에 이르는 모든 주요 결정을 내릴 때 위원회의 승인을 받도록 했다. 위원회 의견 중 일부는 건설적이었지만, 대체로 위원회가 마블 스튜디오를 방해하려는 것처럼 보이는 경우가 많았다. 위원회 운영 초기부터 〈퍼스트 어벤져〉를 두고 마블 스튜디오와 대립이 벌어졌다. 앨런 파인은 마블 관객들이 1940년대 배경의 영화는 보고 싶어 하지 않을 것이라고 생각했다. 파이기와 데스포지토는 〈어벤져스〉를 만들기 전에 캡틴 아메리카의 캐릭터를 확실히 설정해야 한다고 주장했다. 따라서 영화에서 스티브 로저스가 시대와 괴리된 인물이 아니라는 사실을 관객에게 보여주어야 했다. 회의는 '고성이 오가는 난장판'이 되었지만 결국 파이기가 승리했다. 그러나 이것이 위원회와의 갈등의 끝은 아니었다.

마블의 프로듀서 크레이그 카일에 따르면, 파이기는 "픽사가 가진 장점"을 접목시키고 싶어 했다. 그는 "회사에서 가장 지식이 풍부한 사람들이 모여 매 단계마다 최선의 선택을 내리기 위한 의견을 공유하고, 그들이 실제 영화 제작에 참여해 좋은 의견을 꾸준히 낼 수 있는 집단을 어떻게 만들어야 할까요?"라고 물었다. 파이기의 말은 함께 모여서 생산적인 의견을 솔직하게 털어놓으며 최선을 다해 협력하다 보면

---

* 앨런 파인은 펄머터의 대변인 역할로 인식되었다.

최고의 영화를 만들 수 있을 거라 생각한다는 의미였다. 훌륭한 꿈이었지만 마블은 그렇게 되지 못했다.

2009년 8월 31일, 디즈니는 공식적으로 마블을 인수했다. 마블 스튜디오의 영화는 단 두 편에 불과했지만, 마블이 디즈니의 자본과 자금에 접근할 수 있게 되면서 메릴린치와의 계약으로 얻은 네 번의 타석이라는 개념 자체가 무의미해졌다. 마블은 〈아이언맨〉과 〈인크레더블 헐크〉로 충분한 현금을 벌어들여 메릴린치에 진 빚을 빨리 갚을 수 있었고, 담보로 제공된 10개의 캐릭터도 마블 소유로 안전하게 남았다.

하지만 파라마운트와의 배급 계약은 〈어벤져스〉와 〈아이언맨 3〉가 끝나기 전까지 만료되지 않을 예정이었다. 〈어벤져스〉는 마블 시네마틱 유니버스라는 개념을 증명하는 중요한 순간이 될 것이었다. 마블에 수십억 달러를 투자한 디즈니는 영화 개봉을 직접 주관하면서 최대한 강력하게 홍보해 큰 수익을 올리고 싶었다. 역사상 가장 큰 규모의 팀업 영화인만큼 디즈니는 다른 배급사와 협력하는 데는 관심이 없었다.

반면 파라마운트는 마블의 자산을 놓치고 싶지 않았다. 파라마운트는 당시 드림웍스 SKG 영화 배급권(바이어컴이 드림웍스를 인수했을 때)을 잃은 상황에서 마블 영화에 의존해 수익을 올리고 있었기 때문이다. 2010년 10월, 두 스튜디오는 꼬박 1년이 걸린 협상 끝에 디즈니가 파라마운트의 〈어벤져스〉 및 〈아이언맨 3〉 배급권을 1억 1,500만 달러에 인수하는 계약에 합의했다. 두 영화 모두 기대 이상의 성과를 거두면 파라마운트에 보너스(〈아이언맨 3〉의 경우 최대 9퍼센트)를 주는 계약이었다.

또한 마블은 아일랜드 오브 어드벤처에 마블의 주요 슈퍼히어로를 등장시키는 유니버설 스튜디오 테마파크 계약을 피할 방법을 찾았다. 헐크, 스파이더맨, 판타스틱 4 등 특정 히어로를 포함하지 않거나 어트랙션 이름에 '마블'을 사용하지 않는다면 디즈니 파크에 마블 콘텐츠를 선보일 수 있었다. 디즈니 파크에 마블 캐릭터를 포함시키는 작업은 마블 슈퍼히어로 복장을 한 디즈니 직원 몇 명을 배치하는 것으로 천천히 시작되었지만, 곧 전 세계 디즈니 시설에 마블 테마의 놀이기구를 배치하는 것으로 그 범위가 확장되었다. 애너하임의 캘리포니아 어드벤처 파크는 〈가디언즈 오브 갤럭시〉를 테마로 새롭게 단장한 '타워 오브 테러' 놀이기구를 선보였고, 이후 어벤져스 캠퍼스로 확장되어 〈닥터 스트레인지〉 무대 쇼와 '핌스 테스트 키친'이라는 레스토랑까지 등장했다.

디즈니는 마블과 계약을 체결한 뒤 〈스타워즈〉와 〈인디아나 존스〉 프랜차이즈의 본거지인 루카스필름으로 눈을 돌렸다. 2012년 디즈니는 루카스필름에 40억 달러를 추가로 투자했다.

파이기는 디즈니의 마블 인수에 대해 낙관적이었다. "디즈니가 우리가 하는 일을 더 발전시킬 수 있을 거라고 믿었어요. 디즈니 이전에도 훌륭한 스튜디오 파트너가 있었지만, 가족 같은 관계는 아니었거든요. 디즈니는 매년 업계 최고의 마케팅팀임을 증명하고 있어요."

Chapter 11: Our Brand Is Chrises
세 명의 크리스

"
It's like his muscles are made of Cotati metal fiber.
"

<Avengers: Infinity War>

셰익스피어적인 토르

토르 코믹북은 바이킹 신화와 북유럽 신화에서 영감을 얻었지만, 천둥의 신이 현대의 슈퍼 빌런인 '업소빙맨Absorbing Man'과 대적하는 모습도 주기적으로 보여주었다. 사람들은 만화책에 등장하는 토르의 언어를 '셰익스피어적'이라고 표현하곤 했다. 이는 스탠 리가 토르의 대사에 고풍스러운 수사를 사용했다는 뜻이었다.

〈토르〉의 감독을 맡은 케네스 브래너Kenneth Branagh는 실제로 윌리엄 셰익스피어의 연극을 무대와 스크린에서 여러 번 연출한 경력이 있었다. 그는 토르 코믹북에서 스탠 리의 고풍스러운 언어보다 더 깊은 셰익스피어적인 연관성을 발견했다. "우리는 백악관이든 버킹엄 궁전이든 권력의 상층부에서 벌어지는 암투에 관심이 많아요. 셰익스피어는 중세 왕실에 많은 관심을 가졌지만 그리스 로마 신화도 활용했죠. 제 생각에 스탠 리는 셰익스피어가 건드리지 않은 신화를 잘 찾아간 것 같아요." 브래너는 토르의 이야기는 우주적인 규모에서 펼쳐지지만 배우들은 인간이라는 점을 명확히 했다. "배우들이 그런 우주적인 규모의 위기를 진지하게 받아들인다면 열정적이고 강렬한 이야기가 되는 거죠. 권력을 가진 사람들에게서 관찰되는 평범한 인간적 약점은 위대한 이야기꾼이 집착하는 테마예요. 그런 면에서는 셰익스피어도, 마블 유니버스도 마찬가지고요."

파이기는 조금 더 현대적인 신화인 〈대부The Godfather〉를 염두에 두고 있었다. "이 영화는 아버지와 아들에 관한 이야기예요. 아버지가 한 행동에 대한 책임을 아들이 지게 되는 이야기죠."

마블 스튜디오는 브래너에 앞서, 액션영화 〈레이어 케이크Layer Cake〉(2005)로 데뷔하고, 닐 게이먼 원작의 판타지 〈스타더스트Stardust〉(2007)를 감독한 매튜 본Matthew Vaughn에게 감독직을 제안했었다. 아직 확실한 목표를 정하지 못한 스튜디오 경영진은 〈더 셀The Cell〉, 〈나는 전설이다I Am Legend〉를 쓴 마크 프로토세비치Mark Protosevich에게 구체적인 지침 없이 〈토르〉의 각본을 맡겼다. 그렇게 집필된 시나리오에서 오딘은 토르를 중세 시대의 지구로 추방하고, 토르는 레이디 시프와 '워리어즈 쓰리'에게 발견될 때까지 북유럽인들의 노예로 지낸다.

마블은 곧 토르의 배경을 현대로 바꿔야 한다는 사실을 깨달았지만, 2007~2008년 작가조합 파업이 진행 중이었기 때문에 프로토세비치 각본의 수정을 의뢰할 수 없었다. 파업이 끝날 무렵에는 매튜 본과 맺었던 옵션 계약이 만료되었다. 그래서 본은 토르 프로젝트에서 손을 떼고 폭력적인 자경단 슈퍼히어로가 등장하는 〈킥 애스Kick-Ass〉(2010)를 만들었다. 마블은 TV 프로그램 〈바빌론 5Babylon 5〉를 만든 J. 마이클 스트라친스키J. Michael Straczynski에게 새로운 각본을 의뢰하고, 〈판의 미로 Pan's Labyrinth〉와 〈블레이드 2Blade II〉를 감독한 기예르모 델 토로Guillermo del Toro와 접촉했지만 그는 피터 잭슨이 제작한 〈호빗The Hobbit〉 영화를 맡기로 했다.* 마블 스튜디오는 여러 감독에게 제안한 끝에 셰익스피어 각색 영화를 여섯 편이나 감독했고, 전투 장면 연출 경험도 있는 케네스 브래너가 〈토르〉를 맡을 적임자라고 판단했다. 당시만 해도 마블 영화를 맡은 감독 중 가장 저명하고 존경받는 인물이었던 브래너는 쉰 살에 가까운 나이에도 여전히 영화 신동으로서의 명성을 유지하고 있었다. 그는 20대에 영화화한 〈헨리 5세Henry V〉로 오스카 남우주연상과 감독상 후보에 동시에 오른 바 있었다.

마블 스튜디오는 1년에 한 편의 영화를 제작하는 것을 목표로 했지만, 2009년 초에 〈토르〉 개봉일을 2011년으로 미뤘다. 연기된 일정 속에서도 제작은 급박하게 진행되었다. TV 시리즈로 제작된 SF 드라마 〈안드로메다Andromeda〉와 〈터미네이터: 사라 코너 연대기Terminator: The

---

* 이는 잘못된 결정이었다. 당시 극심한 재정난을 겪던 MGM 스튜디오는 실제로 〈호빗〉 제작을 진행할 수 없었다. 2년 동안 뉴질랜드에서 기다리던 델 토로는 결국 포기하고 〈헬보이 2 Hellboy II: The Golden Army〉를 감독했다.

Sarah Connor Chronicles〉의 각본을 맡았던 애슐리 에드워드 밀러Ashley Edward Miller 와 잭 스텐츠Zack Stentz에게 에이전트의 전화가 걸려왔다. 밀러는 "마블에서 TV 작가들을 찾고 있다는 거였어요. 속도를 낼 수 있도록 팀으로 일하는 작가들이면 좋겠고, SF 소설과 코믹북에 훤하고 토르에 관해서도 잘 안다면 더 좋겠다고 하더군요"라고 언급하면서, 스텐츠에게 "우리가 그 모든 조건에 들어맞는 것 같은데?"라고 말했다고 한다. 두 작가는 곧 마블 스튜디오 본사를 방문해 회의실을 꽉 채운 사람들 앞에서 천둥의 신 토르에 대한 의견을 나누었다. 그곳에는 듬성듬성 자란 수염에 티셔츠와 청바지, 척 테일러 운동화 차림을 한 낯선 남자 한 명도 앉아 있었다. 그가 입을 열어 영국식 억양으로 말하는 순간, 작가들은 그가 케네스 브래너임을 알아차렸다. 각본을 맡게 된 그들은 브래너와 함께 현대 사회를 살아가는 토르의 역할과 토르의 망치 이름 같은 본질적인 문제에 관해 토론하며 작업을 시작했다. 스텐츠는 "당시 회의에서 가장 생생하게 기억나는 것 중 하나는 브래너가 '묠니르'라는 이름이 발음하기 어렵다며 탐탁지 않아 했다는 거예요"라고 말했다. "그 망치를 꼭 묠니르라고 불러야 해요? 망치가 '우루'라는 금속으로 만들어졌던데, 그냥 우루라고 부르면 안 되나요? 그러면 토르 팬들이 저를 죽이려 들까요?" 파이기가 반쯤 미소를 지으며 "토르 팬들이 당신 목을 매달러 올 거예요"라고 말하자, 브래너는 "그럼 그건 하지 말아야죠"라고 대답했다고 한다.

밀러와 스텐츠가 대본에 대해 고심하는 동안 브래너는 마블의 캐스팅 디렉터 새라 할리 핀과 함께 배우 캐스팅을 진행했다. 스텐츠는 지구에 사는 과학자이자 토르의 연인인 제인 포스터 역의 대본 리딩을 위해 배우들이 제작사에 찾아온 덕분에 25세에서 30세 사이의 알만한 할리우드 여배우들은 거의 다 봤다고 회상했다. 그는 브래너가 나탈리 포트만Natalie Portman과 만난 직후 그녀에게 푹 빠졌었다고 말했다. "로맨틱한 의미로 빠졌다는 게 아니라 그녀의 지성미에 반했죠. 제인 포스터는 물리학자라서 그런 면을 전달할 수 있는 배우가 필요했거든요. 브래너는 포트만의 그런 점에 깊은 인상을 받았어요."

브래너는 최고의 연기파 배우들에게 인기가 많았다. 포트만은 브래너가 〈토르〉를 맡는다면 분명 "엄청나게 특별한 영화가 나올 것" 같아서 출연을 결정했다고 말했다. 앤서니 홉킨스Anthony Hopkins도 브래너 연극의 팬이었기 때문에 최고의 신 오딘 역을 맡아 합류했다. 하지만 주인공에 적합한 배우를 찾는 것은 정말 어려웠다. 새라 할리 핀은 "우리는 캡틴 아메리카와 토르를 맡길 배우를 비슷한 시기에 각각 캐스팅하고 있었는데, 둘 다 매우 위태로워 보였어요"라고 말했다.

토르 배우 찾기

새라 할리 핀은 〈아이언맨〉의 캐스팅 디렉터 자리에 도전했고, 일을 맡은 뒤로는 한 번도 자리를 떠난 적이 없었다. 한때 할리우드 스튜디오 시스템은 제작 현장의 일관성을 중요하게 여겼다. 일례로 의상 디자이너 에디스 헤드Edith Head는 1924년부터 1967년까지 44년 동안 파라마운트 픽처스에서 일하며 아카데미상을 8번 수상했다. 그러나 프로듀서들이 영화마다 새로운 제작진을 구성하게 되면서 과거의 방식은 대부분 사라졌다. 그러나 일관성과 신뢰성을 중시하는 마블 스튜디오는 유능한 전문가를 기용해 그들과 꾸준히 함께하는 방식을 선호했다. 핀은 루이스 데스포지토, 빅토리아 알론소와 마찬가지로 새로운 마블 스튜디오 시스템에서 중요한 기둥으로 자리매김했다. 여러 영화가 공유하는 하나의 세계를 창조하려는 야망을 실현하기 위해서는 최종적인 결과물인 영화뿐만 아니라 제작 현장의 조직 구조를 형성하는 데도 큰 영향을 미치는 일관성에 중점을 두어야 했다.

핀은 존 파브로와 함께 로버트 다우니 주니어를 지지했다. 〈아이언맨 2〉에서는 내세울 만한 연기 경력이 부족한 스칼렛 요한슨에게 블랙 위도우 역을 맡기는 결정에도 한몫했다. 핀은 마블이 가장 유명한 배우를 섭외하기보다 캐릭터에 가장 적합한 배우를 찾는 데 집중하는 쪽을 장려했다고 말했다. 마블의 장기근속 직원으로서 핀은 아이러니하게도 캐릭터의 장기적인 행보에 관해서는 개의치 않으려 했고, 자신이 캐스팅한 젊은 배우들도 그렇게 생각하도록 독려했다. "코믹스를 보기 시작하면 혼란스러워질 수 있어요. 저는 각 프로젝트에 대한 감독의 비전에 집중하고 그들의 접근 방식과 그들이 하고자 하는 이야기를 이해하려고 노력하는 법을 배웠어요."

마블은 다우니를 캐스팅하는 과정에서 마블 오디션 절차의 기준을 세웠다. 마블 스튜디오는 대부분 배우의 평판보다는 스크린 테스트를 중요하게 여겼다. 핀은 배역을 캐스팅할 때 보통 소수의 카메라 스태프와 마블 스튜디오의 핵심 프로듀서, 그리고 가급적 해당 영화의 감독과 함께 유력한 후보들의 오디션을 진행했다. 첫 번째 단계는 대본의 한 장면을 연기하는 것이었다. 배우가 직접 오기도 하지만, LA에 오기 힘든 경우에는 연기 영상을 제출해야 했다. 추가 테스트에서는 캐릭터의 다양한 측면을 표현할 수 있는지 보기 위해 새로운 장면을 제시하거나, 배우 간의 조화를 보기 위해 다른 배우를 투입하기도 했다. 슈퍼히어로의 세계에 자연스럽게 동화되는지 보기 위해 의상이나 세트를 활용하는 경우도 있었다.

마블 스튜디오는 일관성이라는 명목으로 기존 할리우드 시스템의 또 다른 관행인 장기 출연 계약을 부활시켰다. 표면적인 명분은 크로스오버와 팀 구성 작품을 위해 준비된 슈퍼히어로가 필요하다는 것이었지만, 근본적인 동기는 금전적인 것이었다. 다우니가 〈아이언맨〉의 성공을 발판 삼아 막대한 출연료 협상에 성공한 뒤, 마블 스튜디오는 젊은 인재를 저비용 다년 계약에 묶어놓고 출연료를 확실하게 줄일 수 있는 방식을 원했다. 이런 계약 방식은 핀이 배역에 적합한 배우 중 가장 유명한 배우를 캐스팅하는 데 주력하지 않은 또 하나의 이유였다.

　토르의 캐스팅에 임하는 핀의 도전과제는 "셰익스피어적인 뉘앙스의 아스가르드어를 연기할 수 있으면서도 철저히 현실적이고 공감가는 인물을 연기할 배우"를 찾는 것이었다. 2004년 아비 아라드가 소니에서 토르 영화 제작을 거의 확정지었을 때, 토르 역의 가장 유력한 후보로 거론되었던 배우는 다니엘 크레이그Daniel Craig였다. 그는 여전히 강력한 후보였지만 제임스 본드 시리즈에 전념하기로 한 탓에 곧바로 캐스팅을 거절했다. 마블이 진지하게 고려한 다른 배우로는 〈썬즈 오브 아나키Sons of Anarchy〉의 찰리 허냄Charlie Hunnam과 당시 미국에 거의 알려지지 않은 스웨덴 배우 조엘 킨나먼Joel Kinnaman, 역시 미국에서는 인지도가 낮았던 영국 배우 톰 히들스턴Tom Hiddleston, 〈트루 블러드True Blood〉의 알렉산더 스카스가드Alexander Skarsgård, 호주 출신의 또 다른 무명 배우 리암 헴스워스Liam Hemsworth 등이 있었다.

　할리우드에 진출하려는 외국 배우의 경우, 능력 있는 대리인이 캐스팅을 좌지우지했다. 로어ROAR 매니지먼트의 공동 설립자인 윌리엄 워드William Ward는 호주에서 인재를 찾던 중에 리암 헴스워스와 크리스 헴스워스 형제를 만났다. TV에서 활동하던 두 배우는 더 큰 포부를 품고 있었다. 워드는 크리스 헴스워스를 할리우드의 에이전트 일레인 펠드먼Ilene Feldman에게 보냈고, 펠드먼은 그가 J. J. 에이브럼스 감독의 리부트작 〈스타 트렉: 더 비기닝Star Trek〉(2009)에 캐스팅되도록 도왔다. 헴스워스는 커크 함장의 비운의 아버지 조지 커크를 연기했다.

　짧은 갈색 머리의 크리스 헴스워스는 깔끔하게 면도한 얼굴이었고, 말끔한 미국식 억양을 구사했다. 그는 토르의 대본 리딩에 참가했지만 합격하지는 못했다. 얼마 지나지 않아 그는 공포 영화 〈캐빈 인 더 우즈Cabin in the Woods〉 촬영을 위해 밴쿠버로 떠났다. 그에게 토르 역을 권유했던 드류 고다드Drew Goddard 감독과 프로듀서 조스 웨던은 토르 역의 유력한 후보군에 대한 잡지 기사를 보고 크리스 헴스워스가 빠졌다는 사실을 알아차렸다. 왜 명단에서 빠졌는지 크리스에게 물었지만 그는 자신도 모르겠다고 대답했다.

고다드와 웨던의 격려와 "동생이 나보다 더 앞서 나간다는 좌절감"에 자극을 받은 그는 두 번째 기회를 얻기 위해 애썼다(리암은 토르 오디션에서 페퍼 포츠의 가발을 빌려 쓰고 테스트를 받는 단계까지 진출한 상황이었다). 크리스는 밴쿠버의 한 호텔 방에서 새롭게 오디션 영상을 촬영했다. 그 연기 영상을 본 마블의 스태프들은 그를 다시 테스트하기를 원했다. 브래너는 당시 상황을 다음과 같이 설명했다. "크리스에게 토르 연기를 부탁했을 때, 그는 정말 맛깔나고 재미있으면서도 긴장감 있게 연기했어요. 우리에게 딱 맞는 방식으로 토르 캐릭터를 소화해낼 수 있겠다고 생각했죠."

핀, 파이기, 브래너는 원래 토르 오디션에 참여했던 톰 히들스턴도 놓치고 싶지 않았다. 결국 그는 토르의 음흉한 동생인 로키 역 오디션에 다시 참여하기로 했다. 브래너는 이전에 히들스턴과 함께 TV 시리즈 〈월랜더 형사Wallander〉를 작업한 적이 있었다. 런던 윈덤 극장에서 상연된 체호프의 〈이바노프Ivanov〉에 출연한 히들스턴을 본 파이기는 그가 마블 영화에서 앞으로 비중이 더 커질 역할을 맡아 연기할 역량이 있다는 브래너의 의견에 동의했다. 각본가 스텐츠는 파이기와 브래너가 로키를 〈어벤져스〉의 빌런으로 만들고 싶어 했다고 말했다. "다른 건 다 실패하더라도 로키만큼은 매그니토처럼 훌륭한 빌런으로 만들어 달라고 했었죠."

2009년 5월 토요일 오전, 마블 스튜디오 본사에서 만난 〈토르〉 팀은 최종적으로 토르 역에 크리스 헴스워스, 로키 역에 톰 히들스턴을 캐스팅하기로 했다. 불안한 표정으로 테이블 주위를 서성이던 파이기는 브래너에게 "이번 선택이 가장 중요한 결정이 될 것"이라고 말했다. 두 배우가 어느 정도 조화를 이룰지 아직 알 수 없었지만, 감독은 자신의 선택에 확신을 가지고 있었다.

히들스턴은 토르를 친형으로 믿고 자란, 버려진 서리 거인족 소년 로키를 깊은 감정을 담아 연기했다. 〈토르〉의 프로듀서 크레이그 카일은 브래너 감독이 출연 배우들과 캐릭터에 관해 이야기를 주고받던 식사 자리를 떠올렸다. 브래너는 로키와 토르의 어머니 프레야 역을 맡은 르네 루소Rene Russo에게 로키에게 진실을 말할 것인지 물었는데, 그녀는 말하지 않겠다고 대답했다. 카일은 "그때 모두가 '당연히 안 되죠. 로키는 사악하잖아요'라고 말했어요. 루소는 '로키는 너무 예민하니까요'라고 답했고요. 감성적인 아이의 엄마 입장에서 대답한 거죠. 권력을 가진 잘생긴 남편과 아버지를 쏙 빼닮아 지도자로 적격인 아들이 있는데, 그 대단한 두 사람의 그늘에 가려져 괴로워하는 아이가 있는 셈이었죠"라고 말했다.

각본팀의 스텐츠는 헴스워스를 토르 역으로 발표했을 때 사람들이 '커크 함장의 아버지로 출연한 배우? 그 깡마른 호주 서퍼?'라는 식의 불만스러운 반응을 보였던 것을 기억했다. "브래너의 캐스팅 안목은 타의 추종을 불허해요. 그래서 우리는 '브래너가 그 사람이라고 하면, 그 사람이 적임자가 맞을 거야'라고 말하곤 했어요. 실제로 브래너는 그전까지 많은 사람이 보지 못했던 것들을 헴스워스에게서 발견했거든요. 슈퍼히어로 영화는 캐스팅이 75%는 차지하는 것 같아요. 배역에 어울리는 것 같은 배우가 아니라 정말 딱 들어맞는 배우를 찾아야 해요. 그래야 마법이 일어나는 거죠."

헴스워스는 즉시 배역을 수락하고 여러 편의 출연 계약에 서명했다. 웨던과 고다드는 그가 토르에 대해 이해할 수 있도록 『얼티미츠』 전집을 선물로 주었다. 헴스워스는 코믹스를 읽어본 뒤 마른 몸을 불리기 위해 혹독한 운동 요법에 몰두했다. 그는 이미 운동선수 같은 몸을 갖고 있었지만, 최종 목표는 건장한 신처럼 보이도록 만드는 것이었다. 헴스워스는 유명 트레이너 더피 게이버Duffy Gaver와 함께 8개월 만에 9킬로그램이 넘는 근육을 늘렸다. 그 기간에 그는 리메이크 작품인 〈레드 던

Red Dawn〉에 출연했으며, 촬영이 없을 때는 하루에도 몇 번씩 근력 운동을 했다. 〈레드 던〉 촬영이 끝난 뒤 헴스워스는 토르 의상을 최종적으로 시착하러 갔다. "옷을 입고 몇 분도 안 지났는데 손에 감각이 없어지기 시작하더군요." 그의 몸이 의상을 제작하기 위해 치수를 측정했던 3주 전과 너무 많이 달라진 탓에, 근육을 부각시키는 슈트가 오히려 피가 통하지 않을 정도로 압박한 것이었다. 브래너가 헴스워스에게 근육이 충분히 커진 것 같다고 말하자, 그는 근육을 늘리기 위해 했던 고열량 섭취와 고중량 운동을 멈추고, 근육량을 유지하는 케틀벨 운동을 시작했다.

캡틴 아메리카 배우 찾기

토르는 신이기 때문에 캐스팅이 어려웠다면, 캡틴 아메리카는 구시대적인 미국인의 품위를 진부하지 않게 구현해야 한다는 점에서 어려웠다. 핀은 "캡틴 아메리카를 캐스팅할 때만 해도 이 영화가 어떻게 흘러갈지 전혀 예상하지 못했어요. 파이기가 처음 〈어벤져스〉에 대해 이야기했을 때는 정말 깜짝 놀랐죠."

토르와 로키 역 배우를 캐스팅하는 데 성공한 핀은 캡틴 아메리카(스티브 로저스) 역에는 조금 더 알려진 배우를 찾아보기로 했다. "우리는 어떤 자질을 가진 배우를 캐스팅해야 할지 핵심적인 면을 파악하고 있었어요. 하지만 잘 알려지지 않은 캐릭터라는 점이 문제였어요. 사람들은 잘 이해하지 못했죠. 전체적인 분위기가 약간 B급 같기도 하고 시대에 뒤떨어진 것처럼 보인다는 의견도 많았어요." 가렛 헤드룬드Garrett Hedlund와 젠슨 애클스Jensen Ackles, 체이스 크로포드Chace Crawford와 더불어 〈오피스The Office〉 촬영을 쉬고 있던 존 크래신스키John Krasinski와 라이언 필립Ryan Phillippe 등이 캡틴 아메리카 오디션에 참여했다. 크래신스키를 포함한 최종 후보자 중 일부는 당시 시대를 재현한 세트에서 의상을 입고 스크린 테스트까지 받았다. 나중에 〈닥터 스트레인지: 대혼돈의 멀티버스Doctor Strange in the Multiverse of Madness〉에서 리드 리처드(미스터 판타스틱) 역으로 출연한 크래신스키는 당시 근육이 잔뜩 붙은 크리스 헴스워스가 토르 의상을 입고 지나가는 것을 봤었다며, 아무래도 자신은 캡틴 아메리카 역에 맞지 않을 것 같았다고 고백했다.

캡틴 아메리카 오디션을 본 배우들 중에 다른 배역으로 MCU에 합류한 경우가 있었다. 와이엇 러셀Wyatt Russell은 새라 할리 핀과 오디션을 보았고, 10년 뒤 디즈니 플러스 시리즈 〈팔콘과 윈터 솔져The Falcon and the Winter Soldier〉에서 캡틴 아메리카의 방패를 든 존 워커(일명 U.S. 에이전트) 역을 맡게 된다.

세바스찬 스탠Sebastian Stan도 스티브 로저스 역할로 오디션을 봤다. 핀은 "우리는 스탠에게서 조금 더 어둡고 날카로운 면모를 발견했어요. 오디션을 계속 진행하다 보니 버키에 더 적합할 것 같았죠"라고 말했다. 캡틴 아메리카의 측근인 버키 반즈는 마블 캐릭터로서는 드물게 죽은 뒤에도 계속 죽은 채로 남아 있는 인물이었다. 코믹북에서는 제2차 세계대전이 끝날 무렵 영웅적인 활약을 펼치고 사망한 채로 50년 동안 지내다가, 작가 에드 브루베이커Ed Brubaker가 구상한 이야기에서 세뇌된 러시아 암살자 윈터 솔져로 부활했다. 마블 스튜디오에서 버키가 윈터 솔져로 재탄생하는 데는 50년이 걸리지 않았다. 스탠은 영화 9편에 출연하는 계약을 체결했다. 〈퍼스트 어벤져〉에서 버키의 죽음으로 팬들이 받았던 충격을 조금 누그러뜨려준 셈이었다.

캡틴 아메리카 역으로 오디션을 본 또 한 사람은 〈팍스 앤 레크리에이션Parks and Recreation〉에 출연한 크리스 프랫Chris Pratt이었다. 핀은 이 배우에게 흥미를 느꼈지만 "배역에 잘 맞지 않았다"고 판단했다.

파이기는 당시 캐스팅에 대해 다음과 같이 말했다. "캡틴 아메리카 캐스팅은 정말 어려웠고 시간도 오래 걸렸어요. '캡틴 아메리카를 찾을 수 없는 건 아닐까, 캡틴 아메리카를 구하지 못하면 〈어벤져스〉는 어떻게 해야 하지? 모든 계획이 무산되는 걸까?'라는 생각이 들기 시작했죠."

마블 스튜디오에서 캡틴 아메리카 역할로 정말 원했던 배우가 한 명 있었다. 크리스 에반스였다. 그는 이미 팀 스토리가 감독한 두 편의 〈판타스틱 4〉 영화에서 휴먼 토치로 알려진, 건방진 조니 스톰을 연기한 경험이 있었다. 핀도 그 작품에 매우 익숙했다. "저는 두 아들과 함께 〈판타스틱 4〉를 오륙십 번 넘게 봤어요. 결국 우리는 몇 번이나 돌고 돈 끝에 에반스에게 다시 돌아왔죠." 핀은 에반스가 이 역할로 완벽해 보이는 데는 몇 가지 이유가 있다고 말했다. "그는 미국인이었어요. 캡틴 아메리카 역에는 미국인을 캐스팅하고 싶었거든요. 그는 훌륭한 배우인데다 재미있고 매력적이고 서글서글했죠. 눈에 보이는 자질 외에도 겸손함이나 도덕적 기준을 갖췄다는 느낌, 사람들이 그에게 쉽게 공감할 수 있다는 점 등 잘 알아보기 어려운 다른 자질도 있었던 것 같아요. 그는 강인했지만 연약함도 갖고 있어서 우리는 그를 깡마른 스티브에서 캡틴 아메리카로 만들 수 있었죠."

파이기는 에반스를 데려와 콘셉트 아트를 보여주면서, 이 영화에서 어떤 일이 벌어지게 될지 알려줬다고 말했다. 마블 스튜디오는 에반스에게 오디션 없이 9편의 영화에 출연하는 계약을 제안했다. 파이기는 "주말 사이에 출연 결정을 내리겠다고 했는데, 정말 견디기 힘든 시간이었죠"라고 회상했다. 고민 끝에 에반스는 캐스팅을 거절하는 결정을 내렸다. "저에게는 그 제안이 마치 유혹의 전형처럼 느껴졌어요. 대단한 제안이었지만, 이 일은 거절해야 한다고 생각했죠. 그게 옳은 일 같았으니까요. 콘셉트 아트도 보고 의상도 봤는데 제법 근사했어요. 하지만 거절하고 다음 날 일어났더니 기분이 두 배로 좋아졌어요." 에반스는 이렇게 덧붙였다. "저는 사생활이 보장되는 걸 좋아해요. 영화 작업의 좋은 점은 한 편을 찍고 나면 쉴 시간이 있다는 거죠. 그중 한 편이 흥행해서 인생이 바뀌더라도 원한다면 도망갈 수도 있어요. 시간을 두고 재평가하면서 재정비할 시간이 있는 거죠." 에반스는 만약 〈퍼스트 어벤져〉가 흥행하면 다시는 그런 기회가 없을 거라는 것을 알았다. 곧바로 다음 영화를 찍어야 할 것이기 때문이다.

로버트 다우니 주니어는 에반스에게 연락해서 이 역할에 따라오는 명성이 배우로서의 기회를 제한하는 것이 아니라 더 확장할 것이라고 말하며 출연을 권유했다. 마블 스튜디오는 에반스의 마음을 잡기 위해 캡틴 아메리카 3부작과 어벤져스 시리즈 3편 등 여섯 편의 영화에만 출연하는 것으로 계약을 수정했다. 에반스는 어림잡더라도 10년 동안 캡틴 아메리카 역할에 갇혀 있어야 한다는 사실에 두려움을 느꼈다. 하지만 그는 결국 "두렵더라도 꼭 해야만 하는 일일지 모른다"고 판단하고 그 배역을 맡기로 했다.

마블은 2010년 4월에 출연진을 발표했지만, 에반스가 걱정을 떨쳐버리는 데는 몇 년이 더 걸렸다. 나중에 그는 첫 번째 캡틴 아메리카 영화에 참여하는 동안 두려움과 자기혐오로 마음이 어지러웠다는 사실을 고백하기도 했다. 그의 머릿속에는 '이제 내 인생은 끝났어. 방금 내 사형 집행 문서에 동의한 거야. 이런 짓을 하다니 믿어지지 않아. 나는 절대 이런 경력을 원하지 않았어'라는 생각이 떠나지 않았다. 하지만 캡틴 아메리카 영화가 훌륭하게 완성되었다는 것을 깨닫고 나서는 진정할 수 있었다. "형편없는 영화에 참여한 게 아닐지 걱정했었거든요. 엉망진창인 쓰레기 영화를 만드는 계약에 10년 동안이나 얽매이고 싶지 않았어요."

에반스 역시 헴스워스처럼 매일 두 시간씩 고강도 근력 운동을 하며 몸을 만들기 위한 집중적인 노력에 착수했다. 에반스에게 이 훈련에서 가장 어려웠던 점은 높은 열량의 음식을 섭취하는 것이었다. "계속 먹기만 했어요. 얼핏 좋을 것 같지만, 껍질도 없는 밋밋한 맛의 닭고기 조각과 쌀만 먹어야 해요. 배만 잔뜩 부른 상당히 불쾌한 느낌이죠." 에반스는 이렇게 불평했지만 훈련에 전념한 끝에 인상적인 결과를 얻었다.

핀은 자신에게 슈퍼히어로가 되는 데 필요한 급격한 신체적 변화를 감당할 수 있는 배우가 누구인지 알아보는 안목이 있었던 건 아니라고 말했다. "다행히 그건 제 일이 아니었죠. 제가 할 일은 캐릭터를 실제로 구현할 배우를 찾아내는 것이었어요. 배우들의 신체적인 겉모습은 다른 사람이 맡아야 할 일이었죠. 하지만 그런 점도 캐스팅 과정에 영향을 미친다고 할 수 있어요. 배역에 요구되는 가혹한 과정도 감수할 의지가 있어야 하니까요."

그녀는 헤일리 앳웰Hayley Atwell과의 첫 만남에서 캡틴 아메리카와 점점 발전되는 관계를 맺는 슈퍼 스파이 페기 카터 역에 대해 이야기하던 때를 떠올렸다. "그녀는 이제 시대극에 질렸고, 정말 본때를 보여주는 역을 맡고 싶다며 완벽한 영국식 억양으로 말했었죠. 배우에게 그런 의지가 있다는 것을 아는 것도 좋지만, 필수는 아니에요. 그래서 저는 언제나 '이 캐릭터에 생명을 불어넣을 수 있는 사람을 찾아보자'라는 생각으로 캐스팅에 임했죠."

슈퍼히어로가 되기 위한 절차

핀은 오랜 마블 경력에서 가장 자랑스러운 순간으로 또 한 명의 크리스를 캐스팅한 것을 꼽았다. 그녀는 크리스 프랫이 우주 부적응자들의 본의 아닌 영웅담을 그린 제임스 건 감독의 〈가디언즈 오브 갤럭시〉(2014)의 주인공 스타로드 역에 딱 어울리는 배우라고 생각했다. 프랫은 NBC 시트콤 〈팍스 앤 레크리에이션〉의 멍청한 얼간이 앤디 드와이어 역으로 유명했지만, 핀은 몇 년 전 캡틴 아메리카 오디션에서 보여준 그의 번뜩이는 연기력을 기억하고 있었다. "그런데 감독이 '크리스 프랫은 절대 안 돼요'라고 말하더라고요."

핀은 나머지 가디언즈 구성원을 캐스팅하면서, 남몰래 프랫을 스타로드의 최종 후보 명단에 올려두었다. 그녀는 드랙스 역에 채드윅 보즈먼Chadwick Boseman, 가모라 역에 루피타 농오Lupita Nyong'o를 생각했지만, 두 역할은 각각 데이브 바티스타Dave Bautista와 조 샐다나Zoe Saldaña에게 돌아갔다. 하지만 깊은 인상을 남긴 두 배우는 몇 년 뒤 〈블랙 팬서〉에서 주연을 맡았다. 더딘 성과를 낸 캐스팅의 또 다른 예로는 〈캡틴 아메리카: 윈터 솔져Captain America: The Winter Soldier〉에서 페기 카터의 조카로 나오는 비밀요원 샤론 카터 역 오디션에 참여한 스코틀랜드 출신 배우 카렌 길런Karen Gillan이 있었다. 샤론 역은 에밀리 반캠프Emily VanCamp에게 돌아갔지만, 핀은 길런이 위협하는 상황에서도 천진난만한 표정을 짓는 걸 보고 가모라의 여동생 네뷸라 역에 딱 맞는 배우라는 것을 알아차렸다.

스타로드 역은 여전히 캐스팅되지 않은 상태라서 핀은 최소한 프랫이 스크린 테스트라도 받게 해달라고 건을 설득했다. 그녀는 스크린 테스트 덕분에 다우니가 토니 스타크 역에 캐스팅되었다는 것을 기억하고 있었다. 프랫은 자신이 이 역할에 적합한지 회의적이긴 했지만, 흥미를 느꼈다. 그의 스크린 테스트는 캐스팅 디렉터라면 한번 꿈꾸어봄직한 순간이었다. "프랫이 방에 들어와서 오디션을 봤어요. 그건 정말 마법 같았어요. 10초도 안 됐는데 건이 나를 보더니 '저 사람이네요'라고 말했거든요."

프랫은 슈퍼히어로의 몸을 만들기 위해 앞선 두 명의 크리스보다 조금 더 노력해야 했다. 그는 〈팍스 앤 레크리에이션〉에서 맡은 매력 없는 캐릭터 역할에 충실하기 위해 일부러 살을 찌운 상태였다. 마블은 헴스워스와 함께 일했던 트레이너 더피 게이버에게 연락했다. 그는 재빨리 프랫의 최근 사진을 검색해서 본 뒤 훈련에 동의했다. "당시 프랫의 몸은 그때 맡은 역할에는 적합했다고 생각해요. 하지만 이제 변화가 필요한 시기였죠." 20분 뒤 게이버는 프랫과 통화했다. 두 사람은 다음 날 만나서 커피를 마시고, 그다음 날부터 훈련을 시작했다. 게이버는 프랫이 노력할 준비가 되어 있었다고 평했다. 핀은 운동과 식이요법에 얼마나 헌신적인지를 기준으로 배우를 평가하지 않는다고 주장했다. 하지만 게이버는 마블이 의뢰한 배우들을 보면 역할에 헌신하려는 자세를 보이지 않은 사람은 어느 시점에서든 걸러졌다는 걸 추측할 수 있었다. "마블은 배우를 수년 동안 고용해야 하기 때문에 작품에 헌신적인 사람을 원하죠. 제가 훈련 요청을 받은 사람들은 그 자리에 오기까지 이미 상당한 선별 기준을 통과했을 거예요."

마블은 프랫에게 영양사 필립 골리아Philip Goglia도 소개했다. 영양사는 프랫에게 열량 섭취를 하루 4,000칼로리로 늘리고 체중 1파운드당 물 한 잔을 마시도록 했다. 프랫은 "하루 종일 소변을 봐야 했어요. 악몽이었죠"라고 말했다. 프랫은 6개월 만에 자신의 몸을 슈퍼히어로처럼 만들었다. 〈팍스 앤 레크리에이션〉의 작가들이 시즌 7에서 프랫이 맡은 앤디 드와이어가 웃통 벗는 장면을 집필했을 정도였다. 프랫은 인스타그램에 '6개월, 맥주 금지'라는 글과 함께 상의를 벗은 셀카를 올렸다. 이 사진은 처음으로 입소문을 탄 마블 배우의 셀카였다. 전 세계는 프랫의 신체적 변화에 감탄했다.

할리우드는 과거부터 여성의 신체를 상업적으로 이용했다. 젊은 여배우들은 불가능한 이상형의 몸매를 만들기 위해 굶거나 수술로 몸을 변신시키기도 했다. 마블 스튜디오가 남성의 신체를 강조하는 영화를 최초로 만든 것은 아니다. 하지만 블록버스터 영화에서 연달아 조각 같은 체격의 슈퍼히어로를 선보이며 남성의 육체도 여성처럼 원하는 대로 바꿀 수 있고, 판타지의 대상이 되는 세상을 만들어냈다. 슈퍼 솔져 혈청을 개발한 에이브러햄 어스킨 박사처럼, 마블 스튜디오는 자체적으로 우월한 인류의 표본을 만들었고 그 결과물을 통해 이익을 얻을 수 있다고 판단했다. 초능력은 진짜가 아니기에 코믹북이나 코믹북 원작의 영화를 만드는 사람들이 원하는 대로 얼마든지 이끌어갈 수 있다. 건장한 기골과 근육에 강력한 힘이 따른다고 말하는 것은 지극히 사실에 충실한 선택이다. 하지만 마블 스튜디오가 이러한 장르적 관습에 너무 기대다 보니 근육질 체격이 아닌 배우들은 덩치를 키울 필요를 느꼈다.

세바스찬 스탠은 〈캡틴 아메리카: 시빌 워Captain America: Civil War〉 촬영 장에 도착했을 때를 이렇게 회상했다. "덩치 큰 남자 배우들 주변에 있다 보니 자신감이 떨어져서 무거운 중량을 들어 올리는 운동도 하고 고열량 음식도 먹기 시작했어요. 〈윈터 솔져〉 때보다 몸집이 약간 더 커져서 촬영장에 갔던 기억이 나요. 가짜 의수 팔이 꽉 끼는 바람에 피가 잘 통하지 않을 정도였어요." 화면에서 로버트 다우니 주니어의 상반신은 맞춤 재단한 정장이나 CGI 아머로 가려졌지만, 슈퍼히어로 영화에 출연하다 보니 그 역시 몸을 만들어야겠다는 생각을 하게 되었다. 그는 이미 요가와 무술, 근력 운동을 하고 있었지만 근육도 불리기 시작했다. "내게 남은 기간은 5년에서 7년 정도인 것 같아요. 그때가 지나면 영상 장비와 CGI가 더 발전해서 배우들을 더 멋져 보이게 해줄 거라고 믿어요." 〈블랙 팬서〉의 채드윅 보즈먼도 마블을 위한 운동을 멈추지 않는다고 말했다. "다른 역할을 위해 몸집을 줄였다가도, 마블에서 맡은 역할을 위해 다시 몸을 키워야 해서 운동을 계속해야 했어요." 프랫처럼 코믹 배우로 유명한 폴 러드Paul Rudd도 앤트맨을 연기하기 위해 몸을 만들었다. 러드는 자신의 마블 체력 단련법에 대해 음식을 먹고 운동하는 방식을 완전히 바꿨다고 말했다. "체력 단련과 식이 조절이 제 생활의 중심에 자리하게 됐죠." 러드는 영화배우로서의 생존과 자신의 건강 양쪽 모두를 유지하기 위해 규칙적인 단련을 계속하기로 마음먹었다. 마블 캐스팅을 계기로 가장 깜짝 놀랄만한 변신을 한 배우는 아마도 코미디언 쿠마일 난지아니Kumail Nanjiani일 것이다. 그는 수년간 통통한 괴짜 역할을 연기하다가 2019년에 〈이터널스Eternals〉를 촬영하면서 준비된 근육을 드러냈다.

약물에 의존하지 않는 액션 영웅

몸집을 키우는 방법 중에는 근력 운동과 식이요법의 수준을 넘어서는 것도 있다. 스포츠 리그에서는 금지하고 있지만, 완전히 합법적인 스테로이드 요법도 많았다. USC 생근운동학 및 물리치료학부의 임상 운동 연구센터 소장이자 임상 물리치료 부교수인 토드 슈뢰더 박사 Dr. Todd Schroeder는 마블의 배우들 절반 이상이 원하는 체격을 만들기 위해 어떤 형태로든 경기력 향상 약물(PED)을 사용했을 거라 추정했다. "단기적으로는 50~75퍼센트가 그런 약물을 복용한다고 말씀드릴 수 있어요." 《할리우드 리포터》는 2013년 업계에서 가장 인기 있는 경기력 향상 약물인 성장호르몬(HGH)에 대한 심층 조사를 위해 에이전트와 매니저 여러 명과 인터뷰했다. 이들은 입을 모아 할리우드에서 PED는 보톡스와 레스틸렌만큼이나 공공연하게 사용된다고 말했다. 슈뢰더 박사는 "요즘에는 의사의 관리를 받으면서 약물을 이용하는 것이 어느 정도 용인되고 있어요. 많은 배우들이 공개적으로 이야기하지는 않지만, 의사와 영양사, 트레이너가 함께 팀을 이뤄서 그렇게 해요. 배우 혼자서 하는 것은 현명하지 않죠. 스테로이드나 테스토스테론, 다양한 안드로겐, 성장호르몬을 단기간만 복용하면 신체에 지속적인 영향을 남기지 않을 수 있어요. 중독되는 건 아니죠"라고 말했다. 슈뢰더 박사는 배우가 자신의 새로운 몸매와 그에 대한 사람들의 반응을 좋아한다면, 그런 몸을 계속 유지해야 한다는 압박을 느낄 수 있다고 지적했다. 하지만 절정에 오른 마블 배우들의 체격은 영원히 유지할 수 있는 것이 아니다. 슈뢰더 박사는 "특히 나이가 든 로버트 다우니 주니어라면, 모든 아이언맨 영화에서 계속 훌륭한 몸 상태를 꾸준히 유지하는 게 어렵거든요. 세상은 정말 가혹해요. 사람들이 기대하는 모습과 사람들에게 보여야 하는 모습을 유지하려고 노력해야 하죠. 저는 배우들이 안쓰러워요. 특히 마블 영화에서 배역을 맡은 배우들은 여러 편에 계속 출연해야 하니

더 안타깝죠"라고 말했다.

마블에서 활동하는 동안에도 다른 배역을 맡으려면 지나치게 멋지게 보이지 않아야 한다는 부담감도 있다. 할리우드 최고의 트레이너 중 한 명인 에런 윌리엄슨Aaron Williamson은 〈판타스틱 4〉, 〈지.아이.조 2G.I. Joe Retaliation〉, 〈터미네이터 제니시스Terminator Genisys〉, 〈나쁜 이웃들Neighbors〉 등의 영화에서 트레이너이자 컨설턴트로 일했다. "배우들은 카메라 앞에 서서 모든 사람을 놀라게 해요. 모두 초인처럼 보이기 위해 할 수 있는 모든 것을 다하면서 최대한 능력을 발휘하죠. 누군가는 '평범한' 사람처럼 보여야 하는 영화를 찍었다가 다음 작품에서는 말도 안 되게 멋진 슈퍼히어로처럼 변신해야 할 수도 있어요. 누군가의 도움을 받지 않고는 단시간에 양극단을 오갈 수는 없죠."

슈뢰더 박사는 이렇게 말한다. "건강에 대한 장기적인 우려는 있지만, 사실상 단기적인 문제는 없어요. 만약 여러분이 어떤 배역을 준비하고 있고, 그 배역을 위해 특정한 모습이 되는 데 천만 달러를 받는다면 의사의 관리를 받으며 하지 않을 이유가 있을까요? 자연스러운 방법은 아니더라도, 그들이 원하는 모습으로 몸을 바꿔 인정받을 수 있도록 어떤 방법이든 선택하지 않을까요?"

슈뢰더 박사는 자신의 전문 지식과 의견을 바탕으로 말한 것일 뿐, 마블 배우들을 직접 관리하지 않았다는 점을 강조했다. 그는 크리스 헴스워스에 대해서도 이런 견해를 밝혔다. "그는 항상 좋은 상태를 유지하고 있어요. 그는 조금만 운동하면 정말 좋은 몸이 될 수 있는 유전적 특성을 갖고 있는 걸로 보여요. 그래서 한층 높은 수준으로 끌어올릴 수 있었던 거죠. 많은 사람이 헴스워스는 스테로이드를 하는 게 틀림없다고 말하지만 저는 그렇지 않다고 생각해요."

마블 스튜디오는 굳이 유명 영화배우를 섭외하거나 체격이 좋은 사람을 특별히 캐스팅할 필요가 없었다. 대신 완구를 만드는 회사답게 자체적으로 액션 영웅을 만들었다.

Chapter 12: The Runaways
런어웨이즈

"
Anybody on our side hiding any shocking and fantastic abilities they'd like to disclose?

"

<Captain America: Civil War>

마블의 작가 프로그램

마블 작가 프로그램의 주니어 작가들은 할리우드 최고의 초콜릿 공장에 가는 황금 티켓을 갖고 있었다. 마블 영화 촬영장에 언제든 방문할 수 있었고, 촬영이 없을 때는 크리스 에반스와 엘리베이터를 같이 타거나 복도에서 폴 러드와 마주칠 수 있었다. 그들은 마블 시네마틱 유니버스가 만들어지는 과정을 매일 목격했다. 비록 MCU의 많은 수수께끼는 스스로 풀어야 했지만 말이다.

작가 크리스토퍼 요스트Christopher Yost는 영화 촬영장을 구경하다 깜짝 놀랐던 기억을 떠올렸다. "작가 몇 명이 촬영장에 서 있는데, 온몸에 모션캡처용 마커가 붙어 있는 말 한 마리가 지나갔어요. 그 말이 거기서 뭘 하고 있었는지는 지금까지도 몰라요."

촬영장의 그 말처럼, 마블 작가 프로그램의 구성원들은 자신들이 어떻게 그 자리까지 오게 되었는지 확실히 알지 못했다. 마블 작가 프로그램은 마블 스튜디오의 시각화 개발팀의 성공에서 비롯되었다. 한 영화가 제작에 들어가면 시각화 개발팀은 감독이 영화 계약에 서명하기도 전에 팀원을 다음 영화에 재배치해 이미지 라이브러리를 구축했다. 이런 작업 흐름은 영화 배경이 어디든 상관없이 MCU 전체에 시각적인 일관성을 확립하는 데 도움을 주었고, 이런 효율성 덕분에 스튜디오는 한 해에 여러 편의 영화를 공개할 수 있었다.

2009년, 프로듀서 스티븐 브루사드는 시나리오 작가들로 이루어진 또 다른 제작 공정을 만들라는 임무를 받았다. 많은 할리우드 영화사와 TV 방송사는 젊은 작가들을 위한 협력 프로그램을 운영하고 있다. 영화사와 방송사는 이를 통해 유망하고 재능 있는 신인을 공급받는 경로를 확보하고, 작가들은 6개월 또는 12개월 동안 스튜디오에서 지내며 업계의 실무를 익힐 수 있다는 장점이 있다. 얼마 지나지 않아, 브루사드의 책상 위에는 읽어야 할 샘플 대본이 수북이 쌓였다.

마블의 작가 프로그램에 선발된 사람들은 마블과 1년 계약을 맺었고, 이 기간에는 긴급한 대본 수정 작업을 위해 늘 대기해야 했다. 마블 스튜디오는 이들이 영화에 등장한 적 없는 슈퍼히어로에 대한 아이디어를 마블 코믹북에서 찾아서 제안해주기를 바랐다. 작가들이 이 프로그램에 참여하려면 기밀 유지 협약과 함께 마블의 지원으로 작업한 모든 작품은 스튜디오의 소유라는 조항이 포함된, 협상이 불가능한 70쪽 분량의 계약서에 서명해야 했다.

에드워드 리코트Edward Ricourt는 외계인 침공 12년 뒤의 지구를 배경으로 한 스펙 대본[15] 〈12년Year 12〉에 힘입어 마블과의 미팅에 참가할 수 있었다. 이 작품은 기대가 크지만 제작되지 않은 유명한 대본들 중 하나였다. 그는 브루사드와 프로듀서 제레미 랫챔을 만났다. 랫챔은 탁자에 루크 케이지가 등장하는 만화책 세 권을 올려놓았다. 루크 케이지는 블랙스플로이테이션[16]에서 영감을 받은 파워맨이라 불리는 슈퍼히어로로, 뚫을 수 없는 피부를 가졌다. 리코트는 흑인인 자신에게 흑인 히어로가 주인공인 프로젝트를 구경만 하라는 건지 궁금했다. "그런데 그들이 '이 작품을 만들고 싶어요. 진심입니다'라고 했어요." 리코트는 자신이 몇 가지 아이디어를 낼 수 있다고 맞장구쳤다.

작가 프로그램에 합류한 리코트는 니콜 펄먼Nicole Perlman과 가까운 사무실을 배정받았다. 펄먼은 마블 경영진과 나눈 첫 대화를 떠올렸다. "그들은 제 대본이 정말 마음에 든다고 했어요. 그런데 '당신은 슈퍼히어로 영화처럼 시시한 작품은 절대 하고 싶지 않겠죠'라고 하더군요." 영리하고 냉소적이었던 펄먼은 마블 코믹북을 많이 읽지는 않았지만, SF와 대중적인 엔터테인먼트를 좋아한다고 말하며 그들을 안심시켰다. 마블은 그만 하면 충분하다고 생각해 그녀와 계약했다. "산더미처럼 쌓인 각본들을 볼 수 있다는 이야기를 들었어요. 그중 하나를 골라서 바로 작업을 시작할 수 있었죠. 필요에 따라 제작 중인 프로젝트에서 대본을 고쳐 쓰거나 윤색하기 위해 우리를 참여시키기도 했어요."

크리스토퍼 요스트는 몇 달 뒤 작가 프로그램에 합류했지만, 마블과의 첫 인연은 10년 전으로 거슬러 올라간다. USC 영화학과 대학원생이던 2001년, 그는 마블의 인턴십에 참여해 '웨어울프 바이 나이트'처럼 반쯤 잊힌 캐릭터에 대한 자료를 준비하는 업무를 맡았다. 요스트는 졸업과 동시에 프로듀서 크레이그 카일의 연락을 받았고, TV 애니메이션 시리즈 〈엑스맨: 에볼루션〉에 기용되었다. 이 작품에서 두 사람은 울버린의 클론인 젊은 여성 X-23을 만들었다. 이 캐릭터가 큰 인기를 끌면서 TV 시리즈에서 코믹북으로 진출했고, 영화 〈로건Logan〉(2017)의 주요 배역으로도 등장했다. 2010년 마블 스튜디오에서 일하던 카일은 요스트에게 작가 프로그램에 지원하라고 권유했다. 면접에서 요스트는 케빈 파이기가 먼저 제작하고 싶은 프로젝트 중 하나인 〈블랙 팬서〉에 대해 발표했다. 파이기는 마블 영화의 슈퍼히어로 진용에 대해 백인이나 유럽인들로만 구성된 것처럼 보이지 않게 하는 것이 중요하다고 말했다. 작가 프로그램은 사무실을 여러 번 옮겼다. 마블은 영화를 촬영할 때마다 새로운 사운드스테이지(촬영용 방음 스튜디오)와 인접한 곳에 프로덕션 사무실 공간을 빌렸고, 작가들도 그곳으로 이동시켜 대본 수정이 급하게 필요할 때 작업할 수 있도록 했다.

니콜 펄먼은 사랑받지 못한 작품 중에서 작업할만한 것을 찾던 중 『가디언즈 오브 갤럭시Guardians of the Galaxy』를 선택했다. 그녀는 이 만화에 대해 들어본 적이 없었지만, 산더미처럼 쌓인 원고 중에 그나마 가장 순수한 SF에 가까운 제목처럼 보였다. 그녀는 마블의 사내 사서에게 가디언즈 오브 갤럭시가 등장하는 모든 코믹북을 대출하겠다고 했고, 행성을 돌아다니는 이 무명 팀이 출연하는 에피소드가 썩 많지는 않을 거라 예상했다. 하지만 사서는 1969년부터 시작된 『가디언즈』 만화책이 잔뜩 쌓인 수레와 함께 나타났다. 그 건물에 있는 누구도 이 캐릭터들에 관심을 두지 않아서 펄먼은 팀의 다양한 구성원 중 원하는 것을 마음대로 고를 수 있었다. 결국 펄먼은 재치 있는 라쿤 '로켓'과 지각이 있는 나무 '그루트'가 등장하는 댄 애브넷Dan Abnett과 앤디 래닝Andy Lanning이 집필한 2008년 코믹북의 구성원을 선택했다.

첫 번째 작가팀은 9시부터 5시까지 근무했지만, 그들을 관리하던 브루사드는 〈퍼스트 어벤져〉 제작에 투입되었다. 스튜디오를 지휘하던 파이기와 루이스 데스포지토, 빅토리아 알론소는 제작 중인 영화로 너무 바빠서 작가 프로그램을 살필 겨를이 없었다. 스스로 알아서 일하도록 남겨진 작가들은 둘러앉아서 영화에 관해 이야기하거나 오래된 만화책을 찾아 읽으며 시간을 보낼 때도 있었다. 그들은 닥터 스트레인지에 관한 쓸 만한 이야기가 있는지 계속 찾아봐야 한다는 사실을 알고 있었다. 파이기가 가장 좋아하는 캐릭터 중 하나가 닥터 스트레인지였기 때문이다. 어떤 날은 길 건너 서점에 가서 기분 전환을 하기도 했다. 몇 년 뒤 마블이 기밀 유출을 막기 위해 보안 규칙을 강화한 다음부터는 상상도 할 수 없는 일이었다.

프로듀서와 각본가들

마블은 작가 프로그램과 개발에 수년은 걸릴 수 있는 다른 프로젝트들을 계속 관리할 프로듀서가 필요하다는 사실을 깨달았다. 〈불편한 진실An Inconvenient Truth〉, 〈연을 쫓는 아이The Kite Runner〉 같은 유명 영화의 총괄제작을 맡았던 네이트 무어Nate Moore가 이 자리에 지원했다. 남부 캘리포니아에서 성장하면서 블록버스터 영화를 꾸준히 접한 그는 이제 자신만의 영화를 만들고 싶었다. 무어가 제출한 이력서는 케빈 파이기의 관심을 끌었다. 무어가 샘 레이미의 첫 번째 스파이더맨 영화에서 제작 보조로 일할 때 그를 만난 적이 있다는 사실을 알아차렸기 때문이다. 그래서 공식적인 면접 대신 커피를 마시자며 무어를 초대했다.

무어의 친구인 조디 힐더브랜드Jodi Hilderbrand는 시드니 키멜 엔터테인먼트에서 〈내겐 너무 사랑스러운 그녀Lars and the Real Girl〉 같은 독립영화의 책임자로 일했는데, 그녀 역시 같은 자리에 지원했다. 힐더브랜드와 무어는 파이기와 각자 따로 만난 뒤에야 서로 경쟁하고 있다는 사실을 알게 되었다. 다행히 그녀가 다음 면접을 보러 왔을 때, 마블은 두 사람 모두에게 일을 맡기기로 했다.

힐더브랜드는 에드거 라이트의 〈앤트맨Ant-Man〉 영화와 새로운 프로젝트인 〈런어웨이즈Runaways〉를 개발하는 일을 맡았다. 브라이언 K. 본Brian K. Vaughn과 애드리언 알포나Adrian Alphona의 코믹북 시리즈를 각색한 〈런어웨이즈〉는 부모가 슈퍼 빌런 집단이라는 사실을 알게 된 10대들의 이야기였다. 무어는 작가 프로그램을 담당하게 되었다. "저는 글쓰기에는 재능이 없어요. 시나리오를 써보긴 했지만 별로였고, 연출을 할 만한 재능도 없었죠. 하지만 이야기꾼들과 함께 일하며 문제를 해결하는 것을 좋아했어요. 특히 영화 만드는 일은 정말 복잡한 퍼즐을 맞추는 것과 비슷해서 좋아요."

파이기는 〈블랙 팬서〉와 〈아이언 피스트Iron Fist〉, 〈닥터 스트레인지〉의 대본을 쓸 작가들을 구하려 했다. 하지만 무어는 먼저 사내 작가들에게 '블레이드' 리부트를 위한 아이디어를 브레인스토밍하도록 요청했다. 리부트된 '블레이드'는 2006년 스파이크 TV에서 방영한 스티키 핑가즈Sticky Fingaz 주연의 드라마나 웨슬리 스나입스가 뱀파이어 사냥꾼으로 출연한 세 편의 영화와 차별화되어야 했다. 무어는 이번 기회에 마블의 슈퍼히어로들이 다양해지기를 바랐다.

니콜 펄먼은 〈가디언즈 오브 갤럭시〉의 각본을 쓰고 있었지만, 마블의 최고 책임자들이 영화 제작 때문에 자주 자리를 비우면서 별다른 반응을 얻지 못하고 있었다. 무어가 피드백을 전하러 왔을 때, 펄먼은 주인공을 노바에서 피터 퀼(스타로드)로 바꿨다. 펄먼은 주인공이 한 솔로처럼 건달에 가까워야 한다는 무어의 의견에 동의했다. 펄먼은 퀼에게 스타워즈 장난감과 아타리 비디오 게임기 그리고 휴대용 카세트 플레이어 같은 1980년대의 소중한 레트로 아이템 몇 가지를 결정적으로 부여했다. 펄먼은 초안만 14번 작성한 끝에 마블 스튜디오로부터 〈가디언즈 오브 갤럭시〉 제작 승인 소식을 들었다. 이는 그녀의 승리였을 뿐만 아니라 작가 프로그램의 쓸모를 확인해주는 것이었다.

조 로버트 콜Joe Robert Cole은 〈차이나타운Chinatown〉의 계보를 잇는 냉혹한 경찰 드라마를 담은 대본 덕분에 마블의 관심을 끌 수 있었다. 마블 스튜디오는 콜에게 워 머신 캐릭터를 영화화하는 각본을 제안해줄 것을 요청했다. 파이기는 그의 의견에 깊은 인상을 받았다고 말했다. 하지만 마블은 다른 계획을 세우면서 워 머신 단독 영화와 관련된 모든 작업을 보류했다. 대신 콜에게는 작가 프로그램에 참여할 것을 제안했다. 그는 마블 코믹스 역사의 다양한 시기에 등장하는, 외딴 산악 도시와 산소가 풍부한 달의 한 구역에 살았던 초강력 휴머노이드 종족인 인휴먼에 관한 수많은 코믹스에 몰두했다.

한편 힐더브랜드는 〈런어웨이즈〉 영화를 준비하고 있었다. 〈가디언즈 오브 갤럭시〉가 주춤할 때를 대비해 마블이 내놓을, 어벤져스에 속하지 않는 프로젝트를 한 편 정도 갖춰놓으려는 것이었다. 파이기와 힐더브랜드는 〈런어웨이즈〉가 존 휴즈의 하이틴 성장 영화처럼 느껴져야 한다는 데 의견이 일치했다. 다만 런어웨이즈 팀의 부모는 실제 슈퍼 빌런이어야 했다. 영화가 끝날 무렵 10대들은 자신들의 능력을 발견하고, 예상했던 것보다 더 빨리 성장해서 더 확장된 마블 시네마틱 유니버스로 들어갈 것이었다. 힐더브랜드는 런어웨이즈와 같은 연령대의 인물들을 주축으로 한 독립영화를 여럿 만든 피터 솔레트Peter Solett가 이 영화를 감독할 준비가 되어 있다고 확신하고, 그를 감독으로 선임했다. 또한 각본을 쓸 작가를 찾기 위해 영국의 슈퍼히어로 코미디 TV 시리즈 〈노 히로익스No Heroics〉를 만든 드류 피어스Drew Pearce를 비롯한 다양한 사람들을 만났다.

〈노 히로익스〉가 한 시즌 만에 폐지되자 피어스는 2009년 LA로 자리를 옮겨 4주 동안 ABC에서 방영할 파일럿을 개발했다. 하지만 파일럿 프로그램은 촬영이 진행되지 않았고, 그는 런던으로 돌아가 영화감독 에이미 바햄Amy Barham과 결혼한 다음 곧 첫째 아이를 갖게 되었다. 피어스는 2010년 4월 다시 LA를 방문해 마블과의 면접에 참석했다. 그는 그곳 책임자들과 자신의 생각이 놀랍도록 일치한다는 사실을 알게 되었다. "면접은 최고였어요. 그들은 마블 작품 중 제가 영화로 만들 수 있는 게 있다면 무엇이 될지 물었어요. 저는 〈런어웨이즈〉라고 답했죠. 캐릭터들이 정말 영화적이거든요." 놀란 마블 책임자들은 그 의견에게 동의했고, 이미 영화화를 계획하고 있었다고 말해주었다. "가슴이 뛰었어요. 그런데 그들이 그 작품을 위해 준비된 작가가 이미 스무 명이나 있어서, 미안하다고 말하는 거예요." 피어스는 LA에 있는 동안 다른 면접에서도 채용되지 못했다. 급기야 아이슬란드의 화산이 폭발해 북대서양에 거대한 화산재 구름을 뿜어내자 유럽으로의 항공기 운항이 불가능해지는 바람에 영국으로 돌아가는 비행기가 취소되는 불운까지 겪었다. 피어스는 몇 주 동안 LA에 발이 묶이고 말았다. 친구네 소파에서 잠자리를 해결하던 피어스는 모든 영화사의 에이전트에게 보내는 이메일을 〈제리 맥과이어Jerry Maguire〉 스타일로 작성했다. '임신한 아내가 런던에 있는데 저는 지금 LA에 있네요. 제가 할 수 있는 일을 소개해줄 사람들이 정말 필요합니다. 저는 2주 정도 더 머물 예정입니다. 기회를 주세요.' 그런 노력에도 피어스는 24시간 동안 답장을 받지 못했다. 하지만 곧 마블의 조디 힐더브랜드에게서 답장을 받았다. "아직 LA에 계신다고 들었어요. 〈런어웨이즈〉 면접에 오기로 한 작가 한 명이 취소하는 바람에 한 자리가 비었어요." 그의 런어웨이즈 코믹북은 시차가 8시간이나 나는, 화산재 구름 아래에 있었다. 피어스는 서둘러 선셋 대로에 있는 멜트다운 코믹스에 가서 『런어웨이즈』의 첫 두 편을 샀다. 주말 동안 책을 다시 읽고 스토리를 분석한 다음, 자신이 구상한 〈런어웨이즈〉 영화 버전을 정리해 마블에 제시했다. 그는 작가 후보를 '20명에서 12명으로, 12명에서 5명으로, 5명에서 3명으로, 그리고 3명을 2명으로' 줄이는 과정을 모두 통과한 뒤 피터 솔레트 감독과 이야기를 시작했다. 피어스는 곧 일자리를 얻었다. 그는 마블을 위해 처음으로 돈을 받고 대본을 썼다고 말했다. 작업은 순조로웠고 그가 받은 피드백도 고무적이었다. 하지만 마블의 제작 일정은 〈어벤져스〉의 기반이 되는 영화들과 어벤져스에 출연할 개별 구성원의 이야기를 이어갈 다른 영화들로 가득 차 있었다. 피어스는 곧 힐더브랜드로부터 〈런어웨이즈〉가 진행되지 않을 거라는 말을 들었다. 피어스는 거의 제작될 뻔했던 그 영화를 추억하고 싶을 때면 맨해튼 비치의 마블 사무실 문을 찍어둔 사진을 보며 아쉬워했다. "그 문에 런어웨이즈 로고가 붙어 있었어요. 이 영화는 제작 승인 예정이었다고요."

힐더브랜드는 〈런어웨이즈〉 작업을 하지 않을 때는 무어와 파이기가 마블 작가 프로그램의 후보자를 모집하는 일을 도왔다. 힐더브랜드는 작가 자리를 구하기 위해 LA를 떠돌며 소매점에서 일하던 친구 에릭 피어슨Eric Pearson을 추천했다. 피어슨은 면접에서 1980년대 팬들의 사랑을 받았던 10대 가출 청소년 한 쌍인 클록과 대거를 주인공으로 한 영화 아이디어를 발표해달라는 요청을 받았다. 클록은 흑인 남성 캐릭터로, 말을 더듬지만 순간이동 능력이 있었고, 대거는 부유한 백인 여성으로 에너지 단검을 던질 수 있는 캐릭터였다.

피어슨은 힐더브랜드와 무어, 파이기를 위해 빈틈없는 발표를 준비했다. 너무 빈틈이 없었던 나머지 3막 중간쯤에 파이기가 끼어들더니 이 영화의 분량이 정확히 얼마나 되는지 묻기도 했다. 파이기는 세밀한 것을 놓치지 않는 피어슨에게 감탄했고, 그날 당장 작가 프로그램에 참여할 것을 제안했다. 피어슨은 곧바로 파이기가 최대한 빨리 제작에 착수하고 싶어 하는 〈루크 케이지Luke Cage〉의 대본 초안을 다듬는 일을 맡았다. 피어슨은 정처 없는 방랑 생활과 회색 카펫, 안락과 사치는 찾아볼 수 없는 스파르타식 환경 같은 마블 사무실 분위기를 빠르게 익혔다.

할리우드 역사상 가장 높은 연봉을 받는 시나리오 작가 중 한 명이자 〈리썰 웨폰〉을 비롯한 액션물로 유명한 셰인 블랙은 영화 연출과 각본에 대해 논의하기 위해 마블 사무실을 방문했을 때, 부족한 편의시설에 놀라움을 금치 못했다. 그는 아이크 펄머터가 늘 고집했던, 예산에 쩔쩔 매는 마블의 문화를 조롱했다. 드류 피어스는 블랙이 마블 구내식당에서 베이글을 가져가면서 루이스 데스포지토에게 1.25달러와 메모를 남겼던 일을 떠올렸다.

할리우드의 마법

작가 프로그램에서 개발된 아이디어 중 일부는 아무 작품에도 쓰이지 않았고, 대다수는 진행 과정에서 변형되었다. 훌루는 〈런어웨이즈〉를 TV 시리즈로 만들고 싶어 했고, 프리폼Freeform 채널로 이름이 바뀐 ABC 패밀리는 〈클록 앤 대거Cloak & Dagger〉 시리즈를 시작했다. 루크 케이지와 아이언 피스트의 캐릭터는 각각 넷플릭스에서, 인휴먼즈는 ABC에서 시리즈로 만들어졌다. 작가 프로그램은 결국 창작위원회에서 관리 감독을 강화하면서 사내에 긴장을 유발하는 원인이 되었다. 마블의 LA 경영진은 2014년 이 프로그램을 폐지했다(하지만 2016년에 부활했다).

마블 작가 프로그램의 원형은 단 2년간 유지되었지만, 재능 있는 젊은 작가들이 다양한 프로젝트에 참여할 기회를 제공했다. 일부 작가들은 그 능력을 인정받아 수년 동안 마블과 일하기도 했다. 조 로버트 콜이 준비한 '인휴먼즈'는 영화로 제작되지 않았지만, 그는 〈블랙 팬서〉와 네이트 무어가 총괄 프로듀서로 참여한 속편 〈블랙 팬서: 와칸다 포에버Black Panther: Wakanda Forever〉의 각본을 공동 집필했다. 에릭 피어슨은 이름을 올리지는 않았지만 수많은 작품의 퇴고 과정에 참여했으며, 〈블랙 위도우Black Widow〉와 〈토르: 라그나로크〉 등의 각본을 맡으며 MCU에 꾸준히 기여하고 있다.

요스트는 작가 프로그램에 합류했을 때 검토할 원고 더미에서 마음에 드는 캐릭터를 골라 각색했다. 그는 특히 썬더볼트, 파워팩, 캡틴 브리튼에 관심이 많았다. 하지만 요스트가 합류한 지 얼마 지나지 않아 작가 프로그램 전체가 MCU의 네 번째 영화 〈토르〉 제작에 투입되어 각본을 고쳐 쓰게 되었다. 요스트는 "그들이 제게 대본 몇 쪽을 던져주면 수정한 다음 케네스 브래너와 크리스 헴스워스가 있는 촬영장으로 보냈어요. 그러면 그 사람들이 영화에 나오게 될 장면을 촬영했죠. 정말 놀라운 순간이었어요"라고 말했다.

펄먼은 더욱 신이 나 있었다. "케네스 브래너를 엄청나게 좋아했거든요. 사실 고등학교 때는 팬클럽 활동도 했어요. 티셔츠도 있고 굿즈도 전부 다 가지고 있죠." 펄먼은 주인공 여성 캐릭터(〈토르〉에서는 나탈리 포트만이 연기한 제인 포터 역)를 보강하는 임무를 맡았다. "대본을 통째로 주면서 제인 포터 부분을 맡으라고 했어요. 바꾸고 싶은 장면에 대한 의견이 있으면 그것도 해보라더군요. 그래서 오딘 부분과 토르 부분을 약간 고쳤어요."

요스트는 〈토르〉 촬영 막바지 무렵이 가장 좋았다고 했다. 제레미 레너Jeremy Renner가 호크아이 역에 캐스팅되어 촬영에 참여했기 때문이다. 호크아이는 활과 화살을 쓰지만, 토르가 망치를 되찾는 것을 막아야 하는 정부의 저격수로 등장했다. 요스트는 랠프스 식료품점 뒤편 주차장에 대형 크레인을 설치하고, 비를 뿌리면서 촬영하는 현장에 있었다. 당시 이미 〈어벤져스〉의 각본을 집필하던 조스 웨던은 요스트와 마찬가지로 레너가 할 대사를 어느 정도 써두었고, 레너는 이 짧은 장면을 상상할 수 있는 모든 방법으로 연기했다. 요스트는 현장에서 새로운 대사를 작성했다. 파이기는 어벤져스 앙상블의 새로운 멤버가 처음 등장하는 것을 지켜보았다.

요스트는 "이 모든 것이 어떻게 완성되는지 보는 것만으로도 대단히 신기했어요. 식료품점 뒤편 주차장에서 일어난 할리우드의 마법이었죠"라고 말했다.

Chapter 13: Earth's Mightiest Heroes
지구 최강의 영웅들

"
What are we, a team? No, we're a chemical mixture that makes chaos. We're a time bomb.
"

<The Avengers>

마블에 꼭 필요한 사람

"영화 제작의 본질은 자신이 가고 있는 곳을 아는 거예요. 그런데 그곳에 어떻게 갈지 절대로 알 수 없다는 게 영화 제작의 묘미죠." 조스 웨던의 말이다.

1990년대 웨던은 〈토이 스토리Toy Story〉로 오스카상 후보에 오른 적이 있는 성공한 시나리오 작가였고, 〈스피드Speed〉와 〈워터월드Waterworld〉, 〈트위스터Twister〉 등에서 고액을 받은 스크립트 닥터[17] 였다. 새로 출범한 WB 네트워크 채널에서 그가 쓴 〈뱀파이어 해결사Buffy the Vampire Slayer〉의 영화 대본을 바탕으로 TV 시리즈를 제작할 때, 그는 예의상 쇼러너[18]를 맡아달라는 제안을 흔쾌히 수락해 그들을 놀라게 했다. 웨던은 이 시리즈를 특별한 작품으로 만들어 놓았다. 캘리포니아의 작은 마을에서 뱀파이어와 싸우는 10대 소녀 버피 서머즈의 이야기를 다룬 이 작품은 매주 등장하는 헬마우스의 괴물들을 사춘기의 고통에 대한 은유로 활용했다. 1997년부터 2003년까지 일곱 시즌 동안 방영된 이 드라마는 재치 있고, 엉뚱하고, 가슴 아팠으며 때로는 이 모든 것이 공존했다.

웨던은 현대 대중문화에 대한 언급이 가득하면서도 오래된 스크루볼 코미디[19]처럼 톡톡 튀는 날카로운 대사를 썼다. 형식면에서는 뮤지컬로 만든 에피소드가 있는가 하면 대사가 거의 없는 에피소드도 있을 정도로 창의적이었다. 여성 주인공을 전면에 내세운 이 드라마로 그는 페미니스트 영웅이자 괴짜 아이콘으로 환영받았으며, "조스 웨던은 나의 마스터"라는 문구가 새겨진 스타워즈 스타일의 티셔츠가 인기를 끌기도 했다.* 〈그레이 아나토미Grey's Anatomy〉와 〈스캔들Scandal〉의 제작자

---

* 수십 년 뒤 조스 웨던이 자신의 프로그램을 변덕스럽게 운영했고 지위를 이용해 여러 젊은 여성과 잠자리를 했다는 사실이 드러나자, 팬들은 이를 배신으로 받아들였다.

숀다 라임스Shonda Rhimes는 〈뱀파이어 해결사〉를 보면서 "텔레비전을 재발견했다"며 극찬했다. BBC에서 〈닥터 후Doctor Who〉를 리부트한 러셀 T. 데이비스Russel T. Davies는 "〈뱀파이어 해결사〉는 괴물과 악마, 종말에 관한 이야기로 최고의 작품을 만들 수 있다는 것을 전 세계에 알려주었다. 조스 웨던은 장르물이나 특화된 틈새 영역의 작가뿐만 아니라 우리 모두의 기준을 높였다"라고 말했다.

사실 웨던은 성공했다기보다 이 드라마에 열광한 마니아들에게 영향력을 끼친 편에 가까웠다. 〈뱀파이어 해결사〉와 그 스핀오프 〈엔젤Angel〉은 높은 시청률을 기록하지 못했고, 〈파이어플라이Firefly〉와 〈돌하우스Dollhouse〉 같은 후속 시리즈는 단명했다. 작가조합 파업이 한창이던 2008년, 웨던은 닐 패트릭 해리스Neil Patrick Harris가 주연한 뮤지컬 〈호러블 박사의 싱얼롱 블로그Dr. Horrible's Sing-Along Blog〉의 동영상을 인터넷에 판매하고 있었고, 자신의 열성적인 팬들을 만족시키며 작가로서의 여생을 보낼 것 같았다. 그런데 바로 그때 케빈 파이기가 조스 웨던이야말로 마블에 꼭 필요한 사람이라고 판단했다.

〈어벤져스〉의 각본

뉴욕에서 자란 조스 웨던은 코믹북 팬이었고, 특히 『언캐니 엑스맨Uncanny X-Men』과 팀의 막내 키티 프라이드를 좋아했다. 웨던은 "버피에게 키티보다 더 큰 영향을 끼친 캐릭터는 존재하지 않아요. 그녀는 자신에게 대단한 힘이 있다는 사실을 깨닫고, 거기에 대처하는 사춘기 소녀예요"라고 강조했다. 그는 2004년부터 2008년까지 코믹북 『어스토니싱 엑스맨Astonishing X-Men』의 대본을 썼고, 〈엑스맨〉(2000)의 대본 윤색 작업에 참여해 울버린이 사이클롭스에게 "넌 얼간이야"라고 말하며 자신의 정체를 증명하는 극중 최고의 대사와 스톰이 "두꺼비가 벼락을 맞으면 어떻게 되는지 알아?"라고 공격하는 최악의 대사를 모두 썼다. 웨던이 파이기와 함께 영화를 만들자는 논의를 처음 한 것은 〈엑스맨〉 촬영 때였다. 하지만 파이기는 수년 동안 마블 스튜디오를 장악하지 못했고, 웨던은 그때까지 장편영화 연출 경험이 없었다.

2010년, 〈토르〉와 〈퍼스트 어벤져〉 촬영 시작 전 파이기는 웨던에게 〈어벤져스〉의 컨설턴트로 참여할 수 있는지 물었다. 마블은 이 영화가 뉴욕에서 외계인과 벌이는 대규모 전투로 끝날 것이라는 점을 알고 있었고, 이미 그 장면의 콘셉트 아트를 제작하는 등 영화의 몇몇 중요한 순간을 결정해두었지만 이질적인 영웅들을 어떻게 하나의 팀으로 모을지에 대해서는 확신이 없었다. 슈퍼 팀을 다루는 건 웨던의 특기였다. 웨던은 TV 시리즈를 만들 때 단독 주연 곁에 항상 강력하고 다채로운 부적응자 무리를 두었다. 웨던은 "제가 쓰는 모든 대본의 인물들은 의도하지 않더라도 슈퍼히어로 팀으로 변하는 경향이 있어요. 처음에는 혼자가 되기를 바라며 시작해요. 첫째로 그게 더 간단하고, 둘째로 주인공의 고립감은 제가 이야기꾼으로서 더 공감할 수 있는 테마니까요. 하지만 그런 뒤에 무슨 일이 벌어지든 결국 팀을 만들게 되더군요"라고 말하기도 했다.

파이기는 〈토르〉와 〈퍼스트 어벤져〉를 제작하면서 하고 있었던 일이 무엇인지, 그리고 〈어벤져스〉의 뼈대는 어떻게 구상했는지 웨던에게 설명했다. 또한 파이기는 그에게 〈토르〉와 〈퍼스트 어벤져〉를 위해 제작한 콘셉트 아트도 보여주었다. 유난히 웨던의 눈길을 끈 이미지는 맨해튼의 어벤져스 타워 위로 포털이 열리고 아이언맨이 그 포털을 향해 달려가는 장면이었다.

파이기는 〈어벤져스〉의 감독으로 웨던을 고용했다. 그는 마블 스튜디오가 영화와 관련해 겪고 있는 문제를 해결할 역량을 가진 감독을 찾아 헤맨 끝에, 능력은 뛰어나지만 경력의 정점에 있지 않아 적절한 비용으로 데려 올 수 있는 감독을 찾았다. 웨던은 각본을 직접 쓰겠다고 고집했다. "대본은 있었어요. 다만 제가 촬영할만한 대본이 없었을 뿐이죠."

〈어벤져스〉의 초기 각본은 잭 펜이 집필했다. 그는 에드워드 노튼이 〈인크레더블 헐크〉에 합류했을 때와 마찬가지로 또다시 밀려나고 말았다. 펜과 웨던은 둘 다 웨슬리언 대학교 졸업생으로 오랫동안 알고 지냈던 터라 그런 푸대접이 특히 가슴 아팠다. 웨던은 펜이 각본 작업에 참여한 것에 큰 관심이 없다는 듯 행동했다. 그래서 자신이 여러 해 동안 개발한 각본에서 자신의 이름을 빼라는 이야기를 들었을 때 무척 아쉬워했다. "각본을 쓰는 동안 제 아이들이 자랐어요. 아이들이 친구들에게 제가 영화 각본을 쓰고 있다는 이야기도 했고요. 그런데 그 친구들이 '너희 아빠가 〈어벤져스〉 쓴 거 아니었어?'라고 말하면 제 기분이 어떻겠어요?" 웨던의 대답은 "반대로 생각해 보세요. 제 아이들이 이야기 절반을 당신이 썼다고 생각한다면 어떻겠어요?"였다.

펜은 마블 영화에서 또다시 하차당하는 것이 달갑지 않았다. 펜은 웨던의 태도를 비난했다. "그는 나쁜 자식이에요. 내 보너스는 엔딩 크레디트에 오르느냐, 그렇지 않느냐를 기준으로 결정돼요. 어쨌든 수백만 달러가 내 주머니에서 웨던의 주머니로 들어갔다고요."

웨던은 대본을 원점에서 다시 시작했다고 말했고, 실제로 최종 영화에는 그의 목소리와 스토리텔링 방식이 많이 반영되어 있었다.

웨던은 펜이 쓴 시나리오를 한 번 정도 읽었지만, 그 뒤로 다시 본 적이 없다고 주장했다. 당연히 영화가 개봉되기 전에 미국 작가조합의 중재가 또 한 번 있었다. 웨던은 각본에 대한 단독 크레디트를 받았고, 스토리에 대한 크레디트는 펜과 공유하게 되었다. 두 사람 모두 만족하지 못한 결과였다.

어벤져스 소집 준비

〈어벤져스〉의 중요한 액션 장면 중 일부는 이미 미술 부서에서 시각화 작업을 진행하고 있었다. 마블의 프로듀서들은 로키가 아직 '테서랙트'로 이름이 바뀌지 않은 강력한 만화 속 유물인 코스믹 큐브를 휘두르기를 원했다. 그들은 쉴드가 첨단 비행 항공모함인 헬리캐리어를 보유하길 원했고, 마지막 액션 시퀀스에서 어벤져스 멤버가 뉴욕에 모여 외계인의 침공이 시작되는 하늘을 올려다보는 장면을 연출하고 싶었다. 웨던은 이러한 요소를 하나로 엮어냈다. "수정 작업을 미친 듯이 여러 번 되풀이했어요. 영화로 만들 내용과는 전혀 상관없는 초안도 썼죠. 스칼렛 요한슨이 출연하지 않을 거라 생각했던 순간도 있었어요. 그래서 와스프가 출연하는 분량을 엄청 많이 썼는데 쓸데없는 짓이었죠. 또 히들스턴이 지구에서 가장 강력한 슈퍼히어로를 맡기에는 부족한 게 아닐까, 우리가 특권층을 응원하는 것처럼 느껴지지는 않을까 걱정했죠. 그래서 오베디아 스탠의 아들인 에제키엘 스탠이 등장하는 엄청난 초안을 썼어요. 파이기가 초안을 보더니 안 된다고 하더군요. 그런데 루이스 데스포지토는 잘못 쓰긴 했지만 훌륭한 초안이라고 했어요."

웨던은 어벤져스를 재창조하거나 재해석하지 않았다. "저는 구조와 교훈적인 면을 지나칠 정도로 따지는 구식 이야기꾼이에요. 신화를 새로 구축한다고 과거의 것들을 파괴할 필요는 없죠. 신화는 이미 세워졌어요. 제가 원하는 건 사람들이 이 캐릭터들에 관심을 가지게 만드는 것뿐이에요."

2010년 7월, 파이기는 에드워드 노튼이 헐크 역을 맡지 않는다고 공식 발표하는 보도자료를 배포했다. 불과 2주 뒤 샌디에이고 코믹콘에서 어벤져스의 전체 출연진을 소개하는 대규모 행사가 예정되어 있었기 때문에 스튜디오는 극심한 압박감에 시달렸다. 마블은 수년 전 루이 르테리에가 〈인크레더블 헐크〉에 캐스팅을 고려했던 마크 러팔로에게 브루스 배너 역을 제안했다. 러팔로는 자신이 액션영화에 어울릴지 확신하지 못하고 있었다. 그의 캐스팅에 매우 긍정적이었던 웨던은 그의 마음을 잡기 위해 대본 몇 장을 몰래 건네주었다. 러팔로는 에드워드 노튼에게 전화해서 출연을 허락받았다. 두 사람은 헐크가 우리 세대의 햄릿이라서, 연기 좀 한다는 배우들은 모두 헐크를 연기하게 될 것이라는 농담까지 나눴다.

마블 스튜디오와 러팔로의 대리인은 마지막 순간까지 계약 조건을 협상했다. 코믹콘이 열리기 전날 밤, 러팔로는 에이전트로부터 한 통의 전화를 받았다. "내일 아침 5시에 창문 밖을 내다보세요. 거기 차가 있으면 캐스팅된 거예요. 차가 없으면 그냥 다시 주무셔도 돼요."

다음 날 아침, 러팔로는 창밖에서 기다리고 있던 리무진에 올라 샌디에이고행 비행기를 타러 공항으로 향했다.

러팔로 역시 노튼과 마찬가지로 자신의 표정을 캡처하기 위해 모바 기술을 이용해야 했다. 새로운 헐크의 디자인이 실제 러팔로와 많이 닮은 덕분에 CGI 팀이 캐릭터를 표현하는 데 모바 데이터가 훨씬 더 유용하게 쓰였다. 러팔로는 "그들이 헐크를 실제 나와 닮게 만드는 과감한 결정을 내렸다"면서, 매우 만족스러운 경험이었다고 말했다. "헐크가 완전히 다른 캐릭터로 변신하는 것을 볼 때마다 좀 혼란스럽긴 해요."

애니메이션 감독 마크 추는 러팔로와 처음 모션캡처 작업을 했던 순간을 떠올렸다. "애니메이터에게 모션캡처용 복장을 입게 했고, 러팔로에게도 똑같이 입혔어요. 애니메이터는 토르를 맡았고 러팔로는 당연히 헐크를 맡았는데, 러팔로가 뛰어다니면서 애니메이터를 때리기 시작하는 거예요. 러팔로는 동물적인 헐크의 모습에 가까워지기 위해 열심히 달려들었던 거예요."

〈어벤져스〉와 관련한 아이크 펄머터의 주된 관심사는 모든 팀원이 남성이었으면 좋겠다는 것이었다. 디즈니가 마블을 소유한 뒤 펄머터는 디즈니의 최대 개인 주주 중 한 명이 되었다. 디즈니 CEO인 아이거가 약속한 대로 펄머터는 마블을 계속 운영할 수 있었다. 펄머터는 자신의 사업에 대해 잘 알고 있었고, 그에게 마블보다 더 중요한 것은 완구 사업이었다. 그는 여성 액션피겨는 잘 팔리지 않고, 여성 슈퍼히어로가 주인공인 코믹북은 남성 슈퍼히어로 코믹북과 비교했을 때 실적이 저조하며, 여성 슈퍼히어로를 소재로 한 이전 영화들이 흥행에 실패했다는 주장을 펼치기 위한, 선별된 데이터가 담긴 서류를 들이밀곤 했다. 하지만 웨던은 어벤져스에 여성이 적어도 한 명은 포함되어야 하고, 블랙 위도우가 포함되는 게 가장 이상적이라고 주장했다.

파이기도 웨던의 의견을 지지했다. 파이기는 펄머터가 여성 주연의 슈퍼히어로 영화를 불신하고 있다는 건 알지만, 그래도 성사될 수 있도록 계속 노력했다. 결국 블랙 위도우는 팀에 남았다.

당시에도 성 평등에 관한 할리우드의 기준은 지극히 낮게 설정되어 있었다. 그럼에도 웨던은 영화에 두 번째 여성을 추가하겠다고 공개적으로 발표했다. 그 캐릭터는 코비 스멀더스Cobie Smulders가 연기한 쉴드 요원 마리아 힐이었다. 마블에서 〈어벤져스〉 완구를 출시했을 때, 팀원별로 다양한 크기와 유형의 액션피겨를 내놓았는데 블랙 위도우는 4인치 크기 피겨 단 한 종류만 있었고, 마리아 힐의 액션피겨는 아예 없었다.

웨던은 출연진을 만족시키기 위해 제작 초기부터 배우들과 연락하며 그들의 의견을 수렴했다. 웨던을 신뢰한 크리스 에반스는 필요하면 무엇이든 하겠다고 말했다. 스칼렛 요한슨은 웨던이 블랙 위도우의 과거 이야기를 할 때 어린 나타샤 로마노프가 자신의 의지에 반해 강제로 훈련받는 장면에서 눈가가 촉촉해졌었다고 말했다. 하지만 로버트 다우니 주니어는 토니 스타크가 영화의 중심이 되어야 한다고 주장했다. 웨던은 다우니도 자신처럼 자기중심적이었다고 웃으며 말했다. 웨던은 모든 출연자의 앙상블이 어우러진다면 영화가 더 강렬해질 거라며 다우니를 설득했다. 촬영장에서 그들은 편안한 작업 방식을 찾았다. 다우니가 어떤 대사를 마음에 들어 하지 않으면 웨던은 카메라 스태프가 새로 찍을 장면을 준비하는 동안 세 쪽 분량의 대체할 대사를 생각해내기도 했다. 다우니는 웨던이 짧은 시간에 새로운 대사를 쓰는 것을 알고는, "감독님이 다 써놓으면 저는 그중에서 고르기만 할게요"라고 말했다. 웨던은 "제가 다우니에게 대사를 전하면 그는 대부분 그대로 따랐어요"라고 건조하게 말했다.

웨던은 도입부에서 각 캐릭터를 소개한 뒤 이들을 한데 모았다가 뿔뿔이 흩어지게 한 다음, 마지막 전투에서 다시 어벤져스로 뭉치게 하는 구조로 영화를 만들었다. 웨던은 한동안 영화 제목을 '어벤져스: 섬 어셈블리 리콰이어드Avengers: Some Assembly Required'라고 짓고 싶어 했다. 이 제목을 떠올리게 만든, 클락 그레그Clark Gregg가 연기한 쉴드 요원 필 콜슨은 〈어벤져스〉에서 슈퍼히어로를 한데 모으려고 애쓰다가 로키에게 살해당한다. 어벤져스를 하나로 모으는 계기가 된 이 사건이야말로 웨던이 떠올린 가장 훌륭한 아이디어였다.

웨던은 영화에 기존 마블 캐릭터를 너무 많이 등장시키지 않으려고 했다. 그들 모두에게는 이미 오래된 배경 이야기와 수십 년간 이어져 온 연관성이 있었기 때문이다. 예를 들어, 뉴욕을 침공할 외계 종족을 고를 때 그는 마블 코믹북에서 가장 유명한 두 외계 종족인 푸른 피부의 크리족이나 형태가 변하는 스크럴족을 원하지 않았다. 스튜디오는 두 종족 모두 다음 프로젝트를 위해 기꺼이 남겨두었다. 웨던은 그 대신 『얼티밋Ultimate』 코믹스에 나오는 치타우리 종족을 선택했다. 그들은 배경 역사가 거의 없어서 최대한 자유롭게 창작할 수 있었기 때문이다.

마블은 어벤져스를 하나로 불러모으는 위협적인 존재로 로키나 헐크를 활용하는 방안을 고려했다. 마블은 톰 히들스턴에게 혹시 모르니 촬영에 참여할 수 있게 준비하라고 말했다. 히들스턴은 2011년 2월 웨던이 시나리오를 완성할 때까지 자신이 어벤져스의 적대자 역할로 출연한다는 사실을 알지 못했다.

4월 말, 어벤져스 출연 배우들은 뉴멕시코 주 앨버커키에 모였다.

세금 혜택을 받기 위해 〈토르〉도 뉴멕시코에서 촬영을 진행했다. 에반스와 요한슨은 고등학생들이 SAT 시험의 사전 인쇄본을 훔친다는 내용의 2004년 영화 〈퍼펙트 스코어The Perfect Score〉에 함께 출연하면서 친해졌다. 두 사람은 촬영장에서 게임보이를 하거나 가끔 저녁에 춤추러 나가기도 했다. 에반스는 카메라 밖에서 팀의 리더가 되었다. 그는 배우들을 동네 술집으로 불러 모을 때 "어벤져스 어셈블!"이라는 단체 문자를 보냈다. 러팔로와 사무엘 L. 잭슨은 하루 일찍 앨버커키에 나타났다. 당시 62세였던 잭슨은 영화 속에서 달리는 장면은 찍고 싶지 않다고 요청했었다. 나중에 웨던의 대본을 본 잭슨은 제작진에게 불만을 제기했다. 그는 퓨리가 로켓 발사기를 들고 헬리캐리어 갑판으로 달려간다는 지문을 가리키며 물었다. "여기 뭐라고 쓰여 있죠? 달려간다?"

"딱 한 번이에요. 한 번만 뛰면 돼요." 웨던은 잭슨을 안심시키려고 했지만, 잭슨은 웨던에게 "머더퍼커!"라고 답했다. 잭슨과 딱 어울리는 그 대사는 마치 〈어벤져스〉를 위한 축복의 기도처럼 들렸다.

〈어벤져스〉의 대성공 그리고 유니버스 전성시대

당시 여름 블록버스터들은 관람료를 더 비싸게 책정할 수 있는 3D 버전을 동시 개봉하고 있었다. 〈토르〉와 〈퍼스트 어벤져〉 모두 3D 버전으로 개봉했고, 〈어벤져스〉도 3D 버전으로 제작할 계획이었다. 3D 연출 경험이 없었던 웨던은 테스트용으로 3D 카메라 장비를 사용해 톰 히들스턴과 스텔란 스카스가드Stellan Skarsgård가 등장하는 〈토르〉의 쿠키 영상을 촬영했다. 카메라 작동에만 몇 시간이 걸리는 걸 확인한 웨던은 〈어벤져스〉를 이렇게 느린 속도로 촬영할 수 없다고 판단했다. 그래서 후반작업에서 영화를 3D로 변환해야 했다.

웨던은 3D 변환 작업을 쉽게 하기 위해 액션이 없는 장면은 카메라의 움직임보다 심도를 중시하는 방식으로 촬영했다. 이로 인해 〈어벤져스〉의 프로듀서들은 이번 작품이 마블의 전작들과 같은 시각적 스펙터클을 제공하지 못할까 봐 염려했다. 마블 스튜디오 경영진은 뉴멕시코 촬영장에 프로듀서들을 꾸준히 보내 웨던의 작업을 감시했고, 웨던은 이를 짜증스럽게 여겼다. 그는 자신에 대한 믿음이 부족하기 때문에 감시가 계속된다고 받아들였고, 그 생각은 틀리지 않았다. 경영진은 웨던의 스토리텔링 감각과 대사에 대한 재능은 신뢰했지만, 장편영화 경험이 부족한 그가 만들 영상의 완성도에 대해서는 확신을 갖지 못했던 것이다. 하지만 감독과 스튜디오는 액션 장면 촬영을 최대한 세심하게 계획하고 촬영하기로 합의하면서 화해에 이르렀다.

프로듀서들은 웨던과 촬영감독 시머스 맥가비Seamus McGarvey가 세밀한 애니매틱스(애니메이션으로 제작된 스토리보드) 없이 작업할 때마다 한층 더 철저하게 검토했다. 영화에 등장하는 거의 모든 장면은 세심하게 구성되었고, 특히 디지털 치타우리가 등장하는 액션 장면에서는 더 세심한 준비가 필수였다.

뉴멕시코에서 뉴욕 전투 장면을 촬영할 때는 제작의 어려움이 극에 달했다. 웨던은 맨해튼의 미드타운을 재현한 거대한 실내 세트에서 액션 시퀀스를 찍는 동안 여러 부서가 몇 시간 동안 완벽한 조화를 이루도록 지휘해야 했다. 3D로 변환하고, 다양한 CGI 특수효과를 적용하는 데 필요한 조건을 맞추려면 단순한 장면도 복잡해졌기 때문이다. "촬영 중 가장 힘들었던 시기였어요. 제가 하려는 일에 대한 프로듀서들의 신뢰가 매우 낮았던 시점이라는 게 큰 문제였죠. 그들은 제 작업이 역동적인 장면을 충분히 담아내지 못하는 것 아닐까 걱정했어요. 촬영이 한창 진행 중일 때는 모든 것이 화염과 유황으로 뒤덮여 있었어요. 지옥이 따로 없었죠."

회색 모션캡처 복장을 입고 CGI 치타우리 연기를 한 대역들과 모든 배우들은 여러 번의 어려운 촬영을 견뎌냈고, 그 와중에 종종 폭발로 인해 발생한 먼지와 파편에 맞기도 했다. 이로 인해 어벤져스가 착용한 의상은 전쟁을 치르기라도 한 것처럼 훼손되었고, 지친 배우들은 참전 병사들이 겪는 신경증을 경험하기도 했다.

웨던은 마블 코믹스에 대한 해박한 지식을 바탕으로 영화의 쿠키 영상에 대한 아이디어를 떠올렸다. 그는 짤막한 장면에서 로키의 치타우리 군대를 마블 우주에서 가장 무시무시한 빌런 중 하나인 타노스에게 빌려온 것으로 설정했다. 타노스는 주름진 턱을 가진 거대한 보라색 외계인으로 죽음에 심각하게 집착한다. 웨던이 처음부터 의도적으로 타노스를 어벤져스의 다음 적으로 설정하려 했던 것은 아니었다. 그보다는 로키의 군대가 어디에서 왔는지 설명하면서 약간의 팬 서비스를 곁들인 것뿐이었다. 마블 스튜디오는 〈어벤져스〉를 성공적으로 완성하는 데 치중하느라 타노스의 등장이 앞으로 미칠 영향에 대한 별다른 고민 없이 그의 선택을 승인했다.

촬영은 제때 마무리되었고, 웨던은 〈세레니티〉와 〈캐빈 인 더 우즈〉를 편집한 리사 라섹Lisa Lassek과 마블의 편집자인 제프리 포드Jeffrey Ford와 함께 편집 작업에 들어갔다. 대사가 많은 장면은 웨던의 의도대로 순조롭게 진행됐지만, 뉴욕 전투 장면은 고통스러운 과정을 거쳐 서서히 완성되었다. 모든 어벤져스가 동시에 능력을 사용하는 한 장면은 특히 완성하기가 힘들었다. 후반작업 막바지가 되자 웨던은 이 장면을 포기하고 싶었다. 하지만 마블의 운영진은 코믹북 영화는 기본적으로 시각적인 면을 강조해야 하며, 슈퍼히어로 팀이 등장하는 영화에서는 그들이 팀을 이뤄 싸우는 장면이 반드시 들어가야 한다는 점을 상기시켰다. 웨던도 "뉴욕 전투는 우리 모두가 모인 이유였죠. 관객이 이 영화를 보러 오는 이유이자, 제가 여기 참여한 이유이기도 했고요"라고 말하며 동의했다. 하지만 그는 어벤져스 멤버가 각기 서로 연결되거나 단절되는 순간을 발견하는 장면에서 가장 큰 기쁨을 느꼈다. "그들의 내밀한 속내를 해결하는 장면을 찍을 때가 더 즐거웠어요. 사실 영화 촬영 내내 너무 힘들어서 재미를 느낄 틈이 없었거든요."

그 모든 고통은 보상받았다. 2012년 5월, 〈어벤져스〉는 개봉과 동시에 각종 흥행 기록을 갈아치우며 마블 스튜디오의 첫 10억 달러 영화로 등극했다. 실제로 역대 어떤 영화보다 빠르게 10억 달러의 수익을 올렸으며, 전 세계 총 흥행 수익 15억 달러를 달성하며, 당시 역대 3번째라는 높은 수익을 올린 영화로 기록되었다.

아이크 펄머터에게 〈어벤져스〉는 지난 20년 동안 그가 마블에 걸었던 모든 도박이 옳은 선택이었음을 입증하는 영화였다. 디즈니와 밥 아이거에게는 그들이 가장 약했던 계층과 만날 수 있었던 실사 영화였다. 로버트 다우니 주니어에게는 수익 배분 계약으로 약 5,000만 달러를 챙긴 엄청난 횡재였다. 케빈 파이기와 마블 스튜디오 운영진에게 이 영화는 훌륭한 작품인 동시에 마블 영화를 장기적인 시리즈로 이어갈 수 있는 가능성을 상징하는 영화였다. 이는 당분간 모든 마블 영화가 관객이 고정된 속편처럼 상영될 것이며, 한 영화에서 다음 영화로 흥행을 이어갈 수 있음을 의미했다.

할리우드는 마블의 성공을 유심히 지켜보았다. 이전에도 〈에이리언 vs. 프레데터Alien vs. Predator〉 같은 영화적인 크로스오버가 있었지만 마블 시네마틱 유니버스처럼 재정적으로 커다란 성공을 거둔 사례는 없었다. 다른 스튜디오들도 '공유 세계관' 영화의 잠재력을 뒤쫓기 시작했지만, 마블이 쉽게 해낸 것처럼 보였던 것과 달리 만만한 일이 아니라는 것도 알게 되었다.

소니는 스파이더맨 악당들이 '시니스터 식스'로 힘을 합쳐 등장하는 영화 시리즈를 제작하기 위해 수년 동안 고군분투했다. 유니버설은 호러 캐릭터가 등장하는 '다크 유니버스'를 출범시키려 했지만, 단 한 편의 영화와 어색한 화보 촬영을 끝으로 보류했다. 워너브라더스는 DC 슈퍼히어로들을 저스티스 리그로 모으기 위해 엄청난 노력을 기울였지만, 몇 번이나 큰 손해를 봤다. 업계를 뒤흔든 〈어벤져스〉 개봉 이후, 디즈니는 애니메이션 영화에 등장한 다양한 빌런들의 자녀들을 한데 모은 〈디센던트Descendents〉라는 실사 영화 프랜차이즈 작업을 시작했고, 디즈니 채널에 맡겨 크지 않은 성공을 거뒀다. 뜻밖에 성공을 거둔 공유 세계관 영화도 있었다. 괴수들이 대결을 펼치는 〈고질라 vs. 콩Godzilla vs. Kong〉(2021)을 비롯한 레전더리 엔터테인먼트의 '몬스터버스'가 바로 그것이었다.

파이기는 경쟁 영화들의 실패를 돌아보며 몇 가지 현명한 조언을 건넸다. "세계관에 대해 미리 걱정하지 말고 영화 한 편에 대해서만 걱정하세요. 마블 스튜디오의 모든 구성원은 각각의 영화 한 편이 전체 그림을 구상하는 것보다 더 중요하다는 것을 알고 있어요. 한 영화에 씨앗을 심어놓고 나중에 만들어질 세 편의 영화에서 그 결실을 맺으려 하지만, 첫 번째 씨앗이 제대로 자라지 않으면 시작도 하기 전에 끝나는 거죠. 일단 첫 영화부터 잘 만들어야 해요."

조스 웨던에게 〈어벤져스〉는 영화 제작자로서의 비전과 능력을 입증한 놀라운 작품이었다. 그는 영화 개봉 후에도 마블을 떠나고 싶지 않았다. 존 파브로, 케네스 브래너, 조 존스턴 등 다른 감독들은 마블에서 재능을 빠르게 소진했지만, 웨던은 〈어벤져스〉 속편 준비뿐만 아니라 전체 MCU의 완성을 돕기 위해 기꺼이 다시 뛰어들기로 마음먹었다. 마블 스튜디오 역시 그와 함께 일하고 싶어 했다. 마블은 웨던에게 다음 어벤져스 영화로 이어지는 모든 각본을 검토하는 일을 맡겼고, 사실상 그는 MCU 페이즈 2의 핵심 크리에이티브 디렉터가 되었다. 웨던은 자신이 틈새를 공략하는 예술가가 아니라 화려한 외양과 깊이 있는 작품성을 모두 갖춘 흥행작을 만들 수 있는 엔터테이너라고 믿었다. 이제 웨던은 이를 증명하는 흥행 성적표를 받았다.

Phase

2

2013~

2015

Chapter 14: House of M
시각효과의 힘

"

This is monsters and magic and nothing we ever trained for.

"

<Avengers: Age of Ultron>

시각화 개발팀

피터 잭슨이 1999~2000년에 '반지의 제왕' 세 편을 동시에 촬영할 때 본 촬영은 14개월 동안 계속되었다. 당시 촬영팀은 뉴질랜드 전역에 흩어져 있는 사운드스테이지와 로케이션에서 작업했다. 어떤 날은 잭슨이 웰링턴 본사에서 원격으로 여러 세트장을 감독하며 영화 제작자, 마법사, 항공 교통 관제사 역할을 동시에 수행하기도 했다. 이 3부작을 제작하기 위해 수천 명이 노력했지만, 그중에서도 잭슨의 제작사인 웨타Weta의 디자인팀보다 더 중요한 역할을 한 그룹은 없었다. 웨타의 장인들은 이질적인 작업물들을 매끄럽게 통합하고 세 영화가 모두 같은 버전의 중간계에서 벌어지는 것처럼 보이도록 했다. 이는 영화 제작 역사상 유례없는 업적이었다.

그런데 마블은 이를 따라잡았을 뿐만 아니라 뛰어넘었다. 마블의 시각화 개발팀은 수십 편의 영화와 TV 에피소드를 통해 코믹북의 세계에 생명을 불어넣는 데 그치지 않았다. 그들은 먼 행성의 검투사 경기장부터 샌프란시스코의 개인 보관 창고 등 수많은 배경을 아우르는 마블 시네마틱 유니버스에 강력한 시각적 연속성을 부여했다.

마블 스튜디오의 다른 많은 부서처럼, 시각화 개발팀도 〈아이언맨〉을 제작하는 동안 즉흥적으로 내린 결정에 그 뿌리를 두고 있다. 존 파브로가 감독을 맡았을 때, 이미 수많은 아티스트가 아이언맨과 헐크의 영화적 이미지를 만들고 있었고, 각 캐릭터는 코믹스에 등장했던 모습에서 다양한 변형을 시도하고 있었다. 파브로는 2005년 〈화성의 공주〉 영화 제작을 위해 함께 일했던 필 손더스Phil Saunders와 라이언 마이너딩을 아이언맨 콘셉트 아트팀에 합류시켰다. 두 사람 모두 마블의 슈퍼히어로 영화를 작업할 수 있다는 사실에 흥분했다. 마이너딩은 어렸을 때 어머니가 사주신 스파이더맨 비치 타월을 지금도 보관할 정도로 팬이었다. 그들은 북적북적한 베벌리힐스 마블 사무실에서 파브로와 만나, 프로듀서와 영화배우들에게 자신들의 작품을 선보일 수 있었다. 손더스는 아이언맨의 대표적인 모습이 될 마크 III 아머에 집중했다. 그는 코믹북 『아이언맨: 익스트리미스Extremis』에서 아디 그라노프가 특별히 세련되게 고안한 아이언맨 슈트를 기반으로 작업했고, 마블 스튜디오는 그라노프도 고용했다. 그라노프는 "실제 사람이 안에 있는 것처럼 보이는 사실적이고 입체적인 아머를 만들고 싶었어요. 만화책에서는 현실적인 면을 고려해 디자인을 단순화해야 하지만, 영화에서는 코믹스에서 하고 싶었던 모든 것을 할 수 있었죠"라고 말했다. 마이너딩은 토니 스타크가 남은 부품으로 만든 투박한 첫 번째 슈트인 마크 Ⅰ 아머를 작업했다. 손더스는 하워드 휴즈Howard Hughes의 반짝이는 알루미늄박 비행기에서 영감을 얻어 은색 마크 II 아머의 제작을 이끌었다.

레거시 이펙트의 전신인 스탠 윈스턴 스튜디오가 아이언맨의 실물 슈트를 제작할 때, 장인들은 수많은 버전의 슈트를 제작해온 디자이너들의 의견을 원했다. 손더스는 "첫 번째 슈트를 제작하면서 배우가 실제로 입었을 때 어떻게 움직일지 감을 잡을 수 있었어요"라고 말했다.

마블 스튜디오는 다시 한번 연속성의 가치를 강조했다. 많은 스튜디오에서 콘셉트 아티스트는 초기 아이디어 발표나 제작 준비 기간에만 참여했다가 촬영 시작 후 해고되는 경우가 많다. 하지만 마블은 〈아이언맨〉 작업이 끝나도 디자이너들을 계속 고용했다. 다음 영화인 〈아이언맨 2〉, 〈토르〉, 〈퍼스트 어벤져〉를 최대한 빨리 시작해야 했기 때문이다. 따라서 마블이 〈아이언맨〉의 후반작업에서 CGI로 실사 특수효과를 보강하기 위해 아머의 디지털 모델을 제작할 때 마이너딩과 손더스도 참여할 수 있었다. 이들은 각 슈트의 모든 돌출부와 틈새까지 속속들이 잘 알고 있어서 CGI의 비율을 바로잡거나 눈속임하는 데 도움을 줄 수 있었다. 마이너딩의 옆자리에서 일했던 비주얼 아티스트 수전 웩슬러Susan Wexler는 "마이너딩이 얼마나 뛰어난지 말로는 다 표현할 수 없어요"라고 말했다. 조스 웨던도 "마이너딩은 알렉스 로스Alex Ross[20]를 뛰어넘을 만큼, 내가 한 번도 보지 못한 방식으로 코믹북에 생명을 불어넣는 방법을 갖고 있어요"라고 극찬했다.

영화 세 편을 연이어 제작하기 위해 마블 스튜디오는 베벌리힐스에서 맨해튼 비치의 더 넓은 롤리 스튜디오로 이전했다. 이는 루이스 데 스포지토가 제작 준비와 제작, 후반작업을 모두 한 공간에서 진행하는 것이 얼마나 유익한지 역설한 덕분이었다.

마이너딩은 마블이 세 편의 영화를 동시에 개발하려면 더 많은 아티스트가 필요하다는 것을 알고 있었다. 그는 자신의 작업 부담이 줄어들기를 바랐지만, 그 계획은 실패로 돌아갔다. 〈아이언맨 2〉를 제작하는 동안 파브로가 마이너딩에게 너무 의존한 나머지, 그가 맡은 시각화 개발 과제는 10여 개에 달했다. 한동안 그는 귀가하지 못하고 책상 밑에서 쪽잠을 자며 일했다. 마이너딩은 케빈 파이기와 크레이그 카일을 찾아가 게임 업계에서 일할 때부터 알고 지낸 디자이너 찰리 웬Charlie Wen을 추천했고, 파이기는 곧바로 웬을 채용했다. "파이기는 저에게 오랜 사전 준비 기간을 두면서 〈어벤져스〉의 초기 개발 작업을 진행할 수 있다고 이야기했어요. 그런데 제가 합류했을 때 첫 번째로 맡은 일은 〈토르〉의 망치인 묠니르를 디자인하는 것이었어요." 시각화 개발 아티스트는 보통 주인공 캐릭터부터 작업에 착수하지만, 마블은 망치가 토르 캐릭터를 가장 상징적으로 드러내는 소품이라고 생각했다. 웬은 수십 가지 버전의 묠니르를 그렸다. 일부는 코믹북 디자인을 그대로 가져온 단순한 직사각형 모양이었지만, 뭉툭한 도끼나 양옆을 납작하게 만든 구체처럼 정교한 모양도 있었다. 웬은 최대한 많은 선택지를 주고 싶었지만, 혹시 장식이 화려한 디자인이 채택되어 영화 전체를 망치게 될까 봐 걱정했다. 묠니르를 기준으로 영화의 다른 모든 디자인이 결정될 것이기 때문이었다. 웬은 "케빈 파이기와 케네스 브래너가 너무 튀지 않는 단순한 버전의 망치를 선호해서 다행이었어요"라고 말했다.

한편, 웬과 콘셉트 아티스트 E. J. 크리소르E. J. Krisor는 영화 마지막에 토르와 싸우는 '디스트로이어'의 중세 갑옷풍 아머도 디자인했다. 디스트로이어는 컴퓨터 그래픽으로 화면에 등장할 예정이었지만, 레거시 이펙트는 CGI 팀에 조명에 참고할 자료를 제공하는 동시에 배우들이 상대역에 대한 감을 잡을 수 있도록 실물 크기의 모형도 제작했다.

마이너딩은 〈퍼스트 어벤져〉 작업을 시작하면서 원작 코믹북의 의상과 1940년대의 사실적 배경 사이에서 우스꽝스러워 보이지 않는 중간 지점을 찾으려 했다. 그러다 1991년에 연재된 캡틴 아메리카의 초창기 모험을 다룬 『어드벤쳐 오브 캡틴 아메리카The Advenutres of Captain America』에서 영감을 얻어 제2차 세계대전 무렵의 캡틴의 흑백 초상화를 처음 스케치했다. 그는 이미 슈퍼 솔져 혈청을 주입받았지만 아직 민간인 복장을 한 스티브 로저스를 아티스트 케빈 맥과이어Kevin Maguire가 표현한 방식이 특히 마음에 들었다. "첫 번째 버전은 검은색 가죽 재킷에 헬멧을 쓴 모습에 기반해서 스케치했어요."

〈퍼스트 어벤져〉의 조 존스턴 감독은 〈스타워즈〉에서 콘셉트 아티스트 및 효과 전문가로 일하면서 할리우드에 진출했고, 보바 펫21)의 외양을 디자인한 바 있다. 그런 탓인지 그는 어려운 의사결정에서 벗어나, 미술 부서에 있을 때가 가장 행복해 보였다고 한다. 제작진은 존스턴의 요청에 따라 세트 디자이너 자리 뒤편에 숨겨진 비밀의 방을 만들어 주었다. 영화의 미술 감독 앤디 니컬슨Andy Nicholson은 "존스턴이 숨어서 그림만 그리고 싶을 때는 온종일 그곳에 들어가 있어서 아무도 찾지 못했어요. 프로듀서들이 지나가면서 감독은 어디 있냐고 묻곤 했죠. 그는 사무실에 앉아서 그림 작업하는 것을 좋아했기 때문에 비밀의 방에서 멋진 그림을 20장씩 들고 나오곤 했어요"라고 말했다.

마블의 기업문화 훈련

2010년 말, 마블 스튜디오는 찰리 웬과 라이언 마이너딩을 시각화 개발팀의 새로운 책임자로 공식 임명했고, 앤디 박Andy Park, 로드니 푸엔테벨라Rodney Fuentebella, 잭슨 스즈Jackson Sze도 합류했다. 스튜디오는 필요에 따라 프리랜서를 고용했지만, 주요 히어로의 디자인은 마블에서 일한 경험이 있는 아티스트들이 맡았다. 마블 스튜디오의 책임자들은 아티스트들이 만든 스플래시 페이지 이미지를 중심으로 영화를 제작하기 시작했다. 이는 시나리오 완성 후 비주얼 아티스트를 고용해 홍보 이미지를 제작하는 일반적인 할리우드 방식을 거꾸로 뒤집은 이례적인 시도였다.

앤디 박은 "우리는 할리우드에는 없는 시각화 개발팀을 만들었어요. 대개 6~7명으로 구성된 정규 아티스트팀이 캐릭터와 의상을 디자인했죠. 타노스나 헐크 같은 CGI 캐릭터가 아닌 경우는 배우들에게 맞춰야 해서 따로 제작했어요. 우리는 만화 캐릭터를 현실로 옮기는 작업을 하기 위해 결국 의상 디자이너와 협업해야 했죠"라고 말했다.

〈토르〉의 의상 디자이너인 알렉산드라 번Alexandra Byrne은 토르의 날개 달린 헬멧이나 망토처럼 시각화 개발팀에서 구상한 이미지에 생명을 불어넣는 임무를 맡았다. 그 첫 번째가 MCU 캐릭터 최초의 망토였다. 그녀는 시각화 개발 과정 중에 그린 치렁치렁한 망토에서 영감을 받아 다양한 진홍색 벽지 원단으로 시제품을 만들었다. 〈어벤져스〉에서 "어머니는 네가 커튼 두른 걸 아시니?"라고 비아냥거린 아이언맨이 정확하게 맞힌 셈이었다. 번은 크리스 헴스워스의 어깨 위로 아치형을 이루도록 지지대가 있는 의상을 제작했고, 움직이는 동안에도 모양이 유지되도록 아래쪽에 추를 달았다. 그녀는 시각화 개발팀의 스케치를 바탕으로 작업했지만, 실물을 만드는 것은 생각보다 복잡했다. 번은 이 과정에서 수많은 시행착오를 거쳐야 했다.

"우리는 본질적으로 영화의 외양과 느낌을 디자인하고 있어요"라고 앤디 박이 말했다. 그가 보기에 마블 스튜디오의 문화는 전통적인 영화사라기보다는 IT 스타트업 회사에 더 가까웠다. 할리우드의 표준을 잘 따르지 않았기 때문이다. 그는 채용이 확정된 뒤 곧바로 〈어벤져스〉 작업에 착수했다. 사무실 공간이 부족해서 환한 조명이 달린 배우 전용 분장실에서 일해야 했다.

각 영화의 시각화 개발 회의는 웹과 마이너딩이 마블의 모든 크리에이티브 프로듀서에게 팀의 작업 진행 상황을 발표하는 자리가 되었다. 제작 준비 중인 영화는 감독과 제작 및 의상팀까지 참석했다. 모든 회의는 히어로와 빌런, 무기, 환경의 렌더링을 보여주는 슬라이드 쇼 중심으로 진행되었다. 이 회의에서 반응을 얻지 못한 디자인은 조용히 제외되었다. 몇 가지 디자인이 결정된 뒤 시각화 개발팀에서는 영화의 특정한 분위기를 보여주기 위한 '키프레임'을 만들었다. 마이너딩이 가장 좋아하는 단계이기도 했다. 〈어벤져스〉의 경우, 아디 그라노프가 테스트를 감독하는 중요한 임무를 맡았다. 배경과 콘셉트가 완전히 다른 영웅들이 나란히 선 모습을 현실성 있어 보이게 그리는 작업이었다. 그라노프는 캡틴 아메리카, 토르, 아이언맨, 호크아이, 블랙 위도우, 헐크가 모두 어깨를 나란히 하고 원을 그리며 서 있는 이미지를 통해 이 영화가 성공할 거라는 확신을 심어주었다. 미술팀이 만든 이 장면은 카메라가 영웅들을 돌아가며 한 명씩 극적으로 비추는 촬영을 통해 살아났고, 이 장면은 조스 웨던 영화의 상징적인 순간 중 하나가 되었다.

로드니 푸엔테벨라는 마블 스튜디오에서 〈퍼스트 어벤져〉와 〈어벤져스〉의 키프레임 작업으로 경력을 시작했다. 그는 방패를 들고 전투에 뛰어드는 캡틴과 스타크 타워에서 떨어진 토니 스타크가 공중에서 슈트를 입고 아이언맨이 되는 장면을 그렸다. 헐크가 부서진 헬리콥터 창문을 뚫고 퀸젯을 향해 뛰어오르는 장면처럼 웨던이 각본에서 새로운 액션 시나리오를 구상할 때마다 푸엔테벨라는 이를 시각화하는 작업을 맡았다. "로키가 캡틴 아메리카를 만나는 장면의 키프레임 일러스트레이션을 작업할 때는 수많은 사람이 로키에게 절하는 장면을 그리기 위해 아내와 함께 다양한 각도에서 참고 사진을 많이 찍었어요. 각양각색의 사람들이 등장하는 다채로운 장면을 연출하기 위해 즐겁게 일했죠. 캡틴 아메리카의 포즈는 제가 슈퍼히어로라면 어떻게 보일지 상상하면서 찍어야 했어요. 저는 그다지 '슈퍼히어로'다운 체격이 아니라서 제가 캡틴처럼 포즈 취하는 것을 상상하다 보니 웃음이 나더군요."

푸엔테벨라가 캡틴 아메리카의 포즈를 취할 때 마이너딩은 로키 역을 맡았고, 나머지 시각화 개발팀은 북유럽의 신 앞에서 겁에 질려 무릎 꿇은 구경꾼 무리를 연기하며 도움을 주었다. 마이너딩은 스탠드 조명을 가져와 로키의 지팡이 대신 사용했다. 촬영 도중 케빈 파이기와 루이스 데스포지토가 촬영 현장을 지나다가 마블 시각화 개발 팀원들이 마이너딩 앞에 무릎을 꿇고 있는 모습을 보았다. 무슨 일인지 궁금해하는 두 사람에게 마이너딩은 "마블의 기업문화를 가르치는 중"이라고 답했다.

사전 시각화 공정

마블 코믹북은 다양한 예술적 스타일을 아우르는 반면, 마블 스튜디오의 시각화 개발팀은 포토리얼리즘에 기반을 두었다. 시각화 개발팀의 아티스트는 수십 년간 축적된 다양한 버전의 슈퍼히어로들의 복장을 검토한 다음, 화면에서 어떻게 보일지를 염두에 두고 작업했다. 복장의 세부 구성은 촬영용으로 제작하거나 후반작업에서 디지털로 추가하기 훨씬 전에 결정해야 했다. 〈어벤져스〉를 준비하면서 각 아티스트는 일주일 동안 주요 어벤져스 중 한 명의 시각화 발표 자료를 정리했고, 마이너딩과 웬, 박은 이 과정을 감독했다. 최종 결과물은 주간회의 평가에 따라 결정됐다.

관련 기술의 발전에 따라 마블의 제작 공정도 진화했다. 〈어벤져스: 인피니티 워Avengers: Infinity War〉(2018)와 〈어벤져스: 엔드게임〉(2019)이 개봉할 무렵, 시각화 개발팀은 완전한 3D 렌더링을 할 수 있게 되었다. 부서장들은 캐릭터를 모든 각도에서 살펴볼 수 있었고, 디자인이 승인되면 결정된 모델을 시각화 개발팀에서 제작 부서로 바로 전달할 수 있었다.

마블 스튜디오가 스토리보드와 애니메틱스 같은 사전 제작 절차에 더 많이 의존하면서 시각화 개발 업무 진행에도 변화가 생겼다. 1933년 월트 디즈니가 이 과정을 개척한 이래 모든 장르의 영화 제작자들이 스토리보드를 사용하고 있다. 픽사는 먼저 영화 한 편 전체를 스토리보드로 제작하고, 필요에 따라 수정한다. 애니메틱스는 스토리보드를 애니메이션으로 만든 것으로, 마블의 애니메틱스 편집자 제임스 로스웰James Rothwell에 따르면 "장편영화를 만들기 전에 TV 만화 버전으로 만드는 것"이었다. 애니메틱스는 실제 촬영 장면이 화면에서 어떻게 구현될지 감독이 감을 잡을 수 있게 도와준다. 로스웰은 이를 "감독이 프로듀서에게 원하는 것을 일찍 얻을 수 있도록 도와주는 도구"라고 말했다. 일부 장면에는 수백 가지의 VFX 요소가 포함되어 있어 마블 영화가 사실 애니메이션 영화가 아닌가 의문이 일 때도 있다.

애니메틱스는 영화의 액션을 3D로 렌더링한 다음 가상 카메라의 움직임을 적용하는 사전 시각화 공정으로 발전시켰다. 처음에는 어려운 장면을 가끔 테스트할 때만 사용했지만, 2014년 〈캡틴 아메리카: 윈터 솔져〉에서는 스티브 로저스의 퀸젯 전투, 닉 퓨리의 자동차 추격전, 쉴드 헬리캐리어 추락 장면 같은 영화에서 가장 비중 있는 시퀀스의 청사진을 제공하는 데 이 기술을 사용했다. 영화의 거의 3분의 2가 촬영 전에 사전 시각화 공정으로 제작되어 실제 제작 과정에서 발생할 수 있는 섣부른 추측이나 즉흥성을 배제할 수 있었다. 촬영 방식과 속도도 대부분 미리 결정되었다. 이제 마블은 결코 예전 방식으로 돌아가지 않는다.

〈윈터 솔져〉 이후 마블의 모든 영화는 〈스타워즈 에피소드 3: 시스의 복수Star Wars: Episode III - Revenge of the Sith〉에서 함께 작업했던 시각효과 아티스트들이 2004년에 설립한 3D 사전 시각화 회사인 서드 플로어The Third Floor와 협업해 만든 초안을 받았다. 사전 시각화는 효과 없는 아이디어를 걸러내는 도구가 되었다. 〈윈터 솔져〉에 등장하는 퓨리의 자동차 추격전에서는 원래 퓨리의 자동차가 하늘을 나는 장면이 있었지만, 파이기가 마블 유니버스에는 날아다니는 자동차가 없다고 말하면서 삭제되었다.

마블은 사전 시각화를 활용해 액션 시퀀스를 더욱 정교하게 만들면서 영화 제작 절차를 간소화할 수 있었다. 하지만 영화 촬영장에서 일어날 수 있는 마법의 순간을 없애 공장의 조립 공정처럼 영화를 만든다는 비판도 생겼다. 마블 초창기에 파브로와 웨던, 브래너는 모두 개인적 비전에 따라 영화를 만들었지만, 이제는 누가 감독을 맡는지 중요하지 않은 것 같다는 반응도 있었다.

웨던은 사전 시각화로만 촬영했다는 걸 알 수 있는 영화들도 있다면서, 사전 시각화 작업에 얼마나 재능 있는 사람들이 참여했는지에 따라 영화가 극단적으로 좋아지기도 하고 나빠지기도 했다는 견해를 밝혔다. 마블의 사전 시각화 공정 탓에 일부 MCU 감독들은 자신이 감독한 영화의 가장 중요한 시퀀스를 직접 연출했다고 말하며 자신의 역량을 애써 강조하기에 이르렀다. 〈이터널스〉를 연출한 클로이 자오Chloé Zhao는 "1년 반 동안 일주일에 세 번, 하루에 두어 시간씩 대형 스크린 앞에 앉아 시각효과가 현실 세계에서 어떻게 보일지 모든 세부 사항을 결정했어요"라고 밝혔다.

'가디언즈 오브 갤럭시' 시리즈를 감독한 제임스 건은 마블의 몇

몇 감독은 사전 시각화로 액션 시퀀스를 디자인하지만, 자신은 그걸 액션 시퀀스를 디자인하는 도구로 사용한다고 말했다.

빅토리아 알론소는 사전 시각화 공정에 대한 비판에 대해 "창작 과정은 변하지 않았고 오히려 탄탄해졌다"고 주장했다. MCU가 확장되면서 더 많은 외부 VFX 업체를 고용하게 되자, 그 모든 업체들을 협력해 일할 수 있게 만드는 것이 알론소의 새로운 도전 과제였다.

외주 특수효과 제작 업체를 운영하는 아티스트와 경영진은 수년 동안 알론소와 수없이 많은 회의를 진행하면서, 그녀를 가장 든든한 지원군으로 꼽곤 했다. 하지만 마블이 영화를 마무리할 때마다 VFX 수정 작업을 요청받아서 작업해야 했던 말단 계약직 직원들은 알론소를 견디기 힘든 양의 업무를 맡기는 사람으로 생각했다.

시각화 개발팀은 마블 스튜디오 사무실에서 한 가족처럼 일했다. 책상 밑에서 쪽잠을 자며 일하던 마이너딩은 이제 마블 스튜디오의 가장 영향력 있는 크리에이티브 인재 중 한 명이 되었다. "영화를 위한 예술 작업을 진심으로 존중하고 높이 평가하는 케빈 파이기 같은 사람이 회사 최고위층에 있다는 것은 정말 행운이죠. 할리우드의 다른 곳에서는 우리 같은 사람들이 먹이사슬 맨 밑에 있거든요."

Chapter 15: The Forbidden City
금단의 도시

"

You're in a relationship with me. Nothing will ever be okay.

"

<Iron Man 3>

중국 영화 시장의 위력

중국의 전체 영화관 수익은 2007년 2억 5,500만 달러에서 2013년 36억 달러 이상으로 어마어마하게 성장했다. 중국은 더 많은 영화관을 건설했고, IMAX나 3D처럼 수익성 좋은 영화도 상영하기 시작했다. 이러한 노력으로 중국은 세계 2위 규모의 영화 시장을 가지게 되었고, 곧 1위를 차지할 것이 분명해 보였다. 미국의 영화사들은 수억 명에 달하는 중국의 영화 관객들에게 다가가고 싶었지만, 중국 극장에서 영화를 개봉하는 것은 쉽지 않았다. 중국 정부는 엄격히 내용을 단속했고, 중국 검열관을 불쾌하게 만드는 영화는 상영을 금지시켰다. 그런 이유로 21세기 할리우드 영화에서는 중국인 빌런을 거의 찾아볼 수 없다. 또한 중국 정부는 급성장하는 자국의 영화 산업을 보호하고 장려하기 위해 최선을 다했다.

미국 영화는 첫 공개 후 중국 상영에 이르기까지 몇 주 혹은 몇 달이 걸리는 탓에 암시장에서 불법 DVD가 판매되어도 속수무책이었다. 또한 외국 기업은 중국 내 매표 수입에서 극장 몫을 제한 뒤 단 15퍼센트만 가져가도록 제한되어 있다. 그러나 중국 이외 국가의 영화를 배급하는 중국 기업은 수입의 45퍼센트를 가져갈 수 있었다. 〈아이언맨〉이 중국에서 얻은 총수입은 1,520만 달러에 그쳤지만, 〈어벤져스〉의 중국 수입은 8,630만 달러에 달할 정도로 중국에서 MCU의 인기는 차츰 높아지고 있었다. 그렇지만 〈어벤져스〉 수익에서 마블 몫은 수입의 15퍼센트인 1,290만 달러에 불과했다.

디즈니는 마블을 인수하기 수년 전부터 중국 시장에서 세심하게 입지를 넓혀왔다. 2005년에는 홍콩에 디즈니랜드를 개장하기도 했다. 하지만 디즈니는 대규모 진출을 원했다. 중국 본토에 테마파크 건설 허가를 받지 못한 디즈니는 상하이 디즈니랜드를 운영하기 위해 새로 설립된 중국 기업인 상하이 셴디 그룹과 제휴를 맺었다. 37억 5,000만 달러 규모의 이 테마파크에서 중국 기업이 최대 지분을 갖게 되자, 곧바로 승인을 받은 상하이 디즈니랜드는 2011년에 공사가 시작되었다.

중국 영화 시장에 막대한 자금이 걸려 있는 만큼, 할리우드 영화사들이 중국 관료들을 상대하도록 도와주겠다며 나서는 이들이 등장했다. 미국인 프로듀서 댄 민츠Dan Mintz가 중국인 빙 우Bing Wu, 피터 샤오Peter Xiao와 동업해 설립한 DMG 엔터테인먼트가 바로 이런 중개업자 중하나였다. DMG는 미국 브랜드의 중국 TV 광고를 제작했고, 〈트와일라잇Twilight〉 같은 영화도 배급했다. 이 회사는 매표 수입의 45퍼센트를가져갈 수 있는 중국계 기업이었다.

라이언 존슨Rian Johnson 감독과 함께 SF 영화 〈루퍼Looper〉를 만든 엔드게임 엔터테인먼트는 2011년 DMG와 제휴를 맺었다. 영화 장면 대부분은 루이지애나에서 촬영했고, 조셉 고든-레빗Joseph Gordon-Levitt이 맡은 주인공 조와 그의 아내가 등장하는 회상 장면은 파리에서 2주간 촬영할 예정이었다. 하지만 DMG와의 제휴 이후 파리는 상하이로 바뀌었고, 중국 배우 쉬 칭Summer Qing이 조의 아내 역으로 정해졌다. 영화가 중국 공동제작 작품으로 인정받으려면 출연진의 3분의 1이 중국인이거나상영시간의 3분의 1을 중국에서 촬영해야 했다. 〈루퍼〉 제작진은 이 조건에 못 미치지만 공동제작 작품으로 인정받기 위해 지원했다. 중국 정부는 공동제작물 지위를 승인하지 않았지만, 그에 버금가는 '지원 제작물'로 지정해주었다. 상영 대기 기간이 없고 제작자가 매표 수입의 100퍼센트를 가져갈 수 있다는 뜻이었다. 〈루퍼〉는 세계적으로 1억 7,650만 달러의 수익을 올리며 흥행에 성공했다. 같은 해 개봉해 전 세계에서15억 달러를 벌어들인 〈어벤져스〉의 규모에는 미치지 못했지만, 중국에서 지원 제작물 혜택을 받은 덕분에 2,020만 달러를 벌어들이며 〈어벤져스〉의 1,290만 달러보다 훨씬 더 높은 수익을 올렸다.

DMG는 마블에 〈루퍼〉의 성공 사례를 설명하면서 우리가 마블의 브랜드를 구축해서 세계적인 브랜드로 만들겠다고 장담했다. 아이크 펄머터는 이 구상이 마음에 들었지만, 캘리포니아의 마블 스튜디오 운영진은 중국 시장에 신경 쓸 겨를이 없었다.

〈아이언맨 3〉와 만다린

존 파브로는 〈아이언맨 3〉를 감독하고 싶은 마음이 없었다. 〈아이언맨〉과 〈아이언맨 2〉를 연이어 촬영한 뒤 녹초가 된 그는, 마블이 영화 간 크로스오버와 어벤져스 팀 메이킹에 주력하는 것을 반기지 않았다. 2010년 파브로는 "〈아이언맨 3〉는 아마도 〈토르〉, 〈헐크〉, 〈퍼스트 어벤져〉, 〈어벤져스〉의 속편 또는 그 연장선에 있는 작품이 될 것"이라며 자신의 생각을 밝혔다. 그에게 마블 시네마틱 유니버스라는 개념은 그다지 매력적이지 않았다.

결국 파브로는 〈아이언맨 3〉 감독직을 고사했다. 로버트 다우니 주니어는 자신에게 재기의 발판이 되었던 영화 〈키스 키스 뱅 뱅Kiss Kiss Bang Bang〉을 연출한 셰인 블랙을 새 감독으로 추천했다. 블랙은 감독이 되기 전 〈리썰 웨폰〉 각본으로 이름을 알린 뒤, 할리우드에서 가장 고액을 받는 각본가 중 한 사람이 되었다.

블랙은 다우니와 좋은 관계를 맺고 있었다. 다우니는 자신이 블랙이 내는 모든 의견에 동의했었다고 표현했다. 마블 경영진은 조스 웨던이 〈어벤져스〉로 성공을 거둔 다음 작가 겸 감독을 한 명 더 영입하기로 결정했다. 감독이 스토리와 캐릭터와 연기를 담당한다면, 나머지는 시각화 개발팀에서 알아서 해결할 수 있다고 판단한 것이다. 블랙은 케빈 파이기, 스티븐 브루사드와 함께 〈아이언맨 3〉에 대해 논의하기 위해 마블의 맨해튼 비치 사무실로 향했다.

블랙은 "마블 스튜디오 사람들은 누가 빌런이 될지 아직 결정을 못 내리고 있었어요. 만다린이 빌런이 되면 좋겠지만, 아니어도 좋다고 생각했어요. 마블은 〈아이언맨 3〉가 토니 스타크를 파괴시키는 이야기가 되기를 원했죠. 스타크의 저택이 테러로 파괴되면서 그의 통제를 벗어나는 장면이 기억나는 군요"라고 말했다.

작가 드류 피어스도 나름대로 다음 아이언맨 영화에 대해 구상하고 있었다. 2010년 마블이 〈런어웨이즈〉를 갑자기 취소한 뒤로 피어스의 첫 아이 노아가 태어났다. 피어스는 각본 초안 집필 고료로 생계를 유지하며 런던에서 살고 있었다. 매일 한 손으로는 갓난아이를 안고 다른 한 손으로는 키보드를 치며 아이언맨 시리즈의 아이디어를 짜냈다. 피어스 자신도 전업 시나리오 작가가 보수도 받지 않고 누군가의 캐릭터에 관해 집필하는 것이 이상하다는 느낌이 들었다. 실제로 마블의 프로듀서 조디 힐더브랜드에게 연락했을 때 자신의 행위가 진짜 이상한 일이었다는 걸 확인할 수 있었다. 마블에서 피어스의 각본을 받아보는 것조차 법적으로 문제가 될 수 있었다.* 하지만 피어스는 마블의 요청이 없었더라도 스스로 안전할 거라 생각하며 원고를 투고했다. 피어스의 논리가 타당했다고 보기는 어렵지만, 그의 전략은 통했다. 2011년 1월, 피어스는 파이기가 〈토르〉의 음악 녹음을 점검하기 위해 런던에 있다는 마블의 연락을 받았다. 피어스는 〈런어웨이즈〉 취소 전 파이기와 마지막으로 이야기를 나눴을 때, 마블의 대작 영화들 사이에 나올 소규모의 이야기를 다루는 마블 원샷[22]에 대해 논의했었다. 피어스는 파이기가 그 이야기를 할 거라 짐작했다.

피어스는 애비로드 근처 스타벅스에서 야구 모자를 쓰고 앉아 있는 파이기를 금방 알아보았다. 그는 파이기가 아이패드에 자신이 쓴 아이언맨 원고를 띄워놓았다는 사실을 깨달았다. "처음에는 당황했어요. 제가 썼던 원고가 하나도 기억나지 않을 정도였죠. 애를 키우느라 수면 부족 상태에서 제정신이 아닌 채로 쓴 거였으니까요."

---

* 할리우드의 영화사들은 나중에 비슷한 아이디어를 독자적으로 내놓았다가 소송당할 경우를 대비해 자신들이 관리하는 IP의 의뢰하지 않은 트리트먼트는 보지 않도록 철저히 주의한다.

파이기는 피어스가 쓴 원고는 폐기할 거라면서도 두 시간 넘게 아이언맨 캐릭터에 대해 이야기했다. 몇 주 뒤 피어스는 〈아이언맨 3〉의 공식 각본가로 채용되었다. 그런데 그 이틀 뒤, 셰인 블랙이 이 영화의 감독으로 기용됐다는 소식을 들은 그는 자신이 곧 해고될 거라 생각했다. 브루사드는 두 사람이 함께 일하기를 원한다고 주장했지만, 피어스는 회의적이었다. "저는 하찮은 무명작가에 불과하지만, 그는 엄청 유명한 각본가예요. 저희가 어울린다고 생각하세요?"

파이기와 브루사드는 블랙과 피어스를 조 존스턴 감독이 〈퍼스트 어벤져〉의 몇 장면을 재촬영하고 있는 시미밸리로 초대했다. 제작진은 캡틴이 방패를 던져 히드라 요원들을 처리하는 장면을 촬영하고 있었다. 회의는 피어스가 걱정했던 그대로 시작되었다. 블랙은 자신이 감독을 맡을 때 피어스가 이 프로젝트에 각본을 쓴다는 사실을 몰랐다고 반발했다. 사실 블랙은 함께 각본을 쓰고 싶은 사람이 따로 있었다. 마블은 일주일만 피어스와 함께 일해보고 최종 결정을 내리자고 그를 설득했다. 그 일주일 동안 피어스는 매일 아침 세븐일레븐 커피와 쿠키를 들고 블랙의 집을 찾아갔다. 결국 그들은 로이 샤이더Roy Scheider가 부패한 경찰로 출연한 액션영화 〈세븐업 수사대The Seven-Ups〉(1973)를 좋아한다는 공통점을 토대로 유대감을 키웠다. 일주일 뒤, 블랙과 피어스는 파이기와 브루사드에게 보고하기 위해 마블 사무실로 향했다. 마블 간부들은 두 사람의 진척 상황에 만족한 듯 보였다. 하지만 자신이 얼마나 막연한 처지인지 깨달은 피어스는 자리에서 일어나 회의실에 있는 모든 사람에게 이야기했다. "블랙과 함께한 일주일은 정말 성공적이고 생산적인 시간이었습니다. 저는 블랙과 함께 〈아이언맨 3〉를 집필할 수 있기를 바랍니다. 그렇게 된다면 정말 영광스러울 겁니다. 저는 그가 만들고자 하는 영화의 가장 훌륭한 각본을 그에게 주고 싶습니다."

침묵이 흘렀다. 할리우드에서는 이런 일이 이례적이지 않았다. 이 업계는 서로 웃는 얼굴로 열정을 표현하다가도, 거절은 중개자를 통해 전달하는 방식으로 운영되었다.

그런데 잠시 후 자리에서 일어난 블랙이 일주일 내내 피어스와 함께 일하면서 그가 신사이며 의리 있는 사람이라는 것을 알게 되었다고 고백했다. 그러면서 피어스와 함께 〈아이언맨 3〉를 만들고 싶다고 말했다. 그때부터 2년 반 뒤 영화가 개봉될 때까지 블랙과 피어스 외에는 〈아이언맨 3〉 대본 집필에 참여한 사람은 아무도 없었다. 이 작품은 마블 영화로는 유일하게 미국 작가조합의 중재를 받지 않았다. 두 사람이 대본을 장악한 것은 마블에서 흔치 않은 일이었고, 스튜디오도 둘이 구상한 이야기에 만족했다.

〈어벤져스〉의 사건들 이후 후유증에 시달리는 토니 스타크는 테네시 주에 숨어 지내면서 세상 사람들이 자신이 죽었다고 믿도록 둔다. 그는 익스트리미스라는 강력하고 위험한 기술을 조사하면서 그 동네에 사는 소년 할리 키너를 조수로 받아들이고, 〈어벤져스〉에서 지구를 지키다 죽을 뻔한 자신의 삶의 가치에 대해 다시 생각한다. 이 각본에는 반드시 있어야 하는 잘 짜인 액션 장면도 빠지지 않았다. 사람들은 악당들이 비행 중인 에어 포스 원을 폭파할 때 등장하는 아이언맨의 대담한 공중 구조 장면에 주목했다. 피어스에 따르면, 사람보다 개를 더 좋아하는 블랙이 사람 스무 명이 아니라 개 스무 마리가 점보제트기 밖으로 날아가는 이미지를 상상한 덕분에 그런 장면을 쓸 수 있었다고 했다.

각본을 본 창작위원회의 반응은 호의적이지 않았다. "'80년대 버디 캅 영화'를 만들고 있는 게 아니냐고 할 정도의 엄청난 반발이었어요. 그래서 저는 '그런 영화를 원한다면 그렇게 해주지' 하고 생각했죠." 피어스의 말이다.

가장 큰 문제는 빌런이었다. 마블 팬들은 만다린이 빌런으로 나올 거라 예상했다. 아이언맨 시리즈의 전작을 감독했던 존 파브로가 〈아이언맨 3〉에는 아이언맨의 최대 숙적 만다린이 등장할 거라고 인터뷰한 적이 있었기 때문이다. 하지만 만다린은 코믹북에서 묘사된 아시아인에 대한 인종차별적인 고정관념에 기반한 캐릭터인 탓에 다루기가 쉽지 않았다. 1910년대 펄프픽션의 주인공인 푸 만추를 얄팍하게 재구성한 만다린은 가장 악명 높고 파괴적인 캐릭터였다. 마블이 중국 시장에 진출할 수 있도록 돕던 DMG 엔터테인먼트의 크리스 펜튼Chris Fenton도 마블의 임원 팀 코너스Tim Connors에게 품위 없는 중국인 남성의 전형적인 외모와 행동을 보이는 만다린의 위험성에 대해 경고했었다.

블랙과 피어스는 만다린을 영화에서 들어내지 않고 문제를 최소화하려고 했다. 영화의 만다린은 이름 외에는 코믹북과 전혀 공통점이 없고, 인종도 모호한 테러리스트로 설정되었다. 영화 중반에 이르러서 스타크는 만다린이 익스트리미스 실험을 은폐하기 위해 싱크탱크에서 고용한 영국인 배우라는 사실을 알게 된다. 진짜 빌런은 싱크탱크의 수장이었다. 블랙과 피어스는 이 빌런을 여성 캐릭터로 설정했다. 블랙은 빌런 마야 핸슨 역으로 염두에 두었던 제시카 차스테인Jessica Chastain이 출연을 고사하자 영국 배우 레베카 홀Rebecca Hall에게 맡기기로 했다. 그런데 여성 캐릭터는 완구 판매가 저조하기 때문에 캐스팅을 허락할 수 없다는 마블 고위층의 연락이 왔다. 이 같은 갈등 중간에 끼인 레베카 홀은 자신의 역할이 차츰 줄어드는 것을 깨달았다. "그녀는 완전한 빌런은 아니었어요. 이렇게 되기까지 여러 단계를 거쳤는데, 결국 제가 맡기로 했던 역할과 매우 다른 캐릭터를 연기하게 됐죠." 영화 촬영이 중반에 이르렀을 때 그녀는 자신의 캐릭터가 영화 끝까지 살아남지 못하고 죽을지도 모른다는 생각에 아이언맨과 함께 나오는 장면을 한 장면만 더 찍어달라고 부탁했다. 그렇게 중간에 마야 핸슨이 죽고 벤 킹슬리 경Ben Kingsley이 연기한 만다린이 가짜로 밝혀지면서 최후의 악역은 조연 출연진 중 가이 피어스Guy Pearce가 연기한 천재 과학자 알드리치 킬리언이 되었다.

4분짜리 추가 영상

〈아이언맨 3〉 촬영 시작 전 DMG 엔터테인먼트의 펜튼과 민츠는 공동제작 규정을 유리하게 활용할 방안을 마블 스튜디오에 꾸준히 제안했다. 하지만 그들의 제안은 거절당했다. 펄머터는 마블이 상하이 디즈니랜드 프로젝트에 방해가 될지 모를 어떤 일도 하지 않기를 바라는 디즈니 때문에 중국 시장에 미온적이었다. 하지만 DMG는 세계 초강대국 사이에 가교를 놓는 것이 문화적으로도 경제적으로도 큰 가치가 있는 일이라는 점을 내세우며 끈질기게 설득했다.

토니 스타크와 친하게 지내는 할리 키너를 중국인 교환학생으로 설정하자는 아이디어도 있었다. 중국의 지도자 시진핑이 1985년 아이오와 주에서 교환학생처럼 생활한 적이 있었기 때문이다. 파이기는 토니 스타크의 목숨을 위태롭게 한 파편을 가슴에서 제거할 중국인 의사 우 박사를 대안으로 제시했다.

마블은 디즈니를 곤란하게 할 위험을 무릅쓰고 DMG를 공동 제작사로 받아들였다. 하지만 영화에서 중국 관련 분량을 최소화했고, 중국 관객을 겨냥한 작업도 가능한 한 줄였다. 심지어 블랙은 2012년 샌디에이고 코믹콘에 모인 많은 팬 앞에서 "영화의 일부 배경이 중국이지만, 제1 제작진은 중국에서 촬영하지 않을 거예요"라고 말하기도 했다. 펜튼은 영화 마지막에 토니 스타크가 아크 원자로를 바다에 던지는 장면에서 그의 옆에 우 박사가 서 있게 하겠다는 이야기를 파이기로부터 들었다고 주장했지만, 결국 그런 일은 일어나지 않았다.

〈아이언맨 3〉는 대부분 노스캐롤라이나 주 월밍턴에서 촬영되었다. 할리 키너 역은 촬영이 시작될 당시 열한 살이었던 타이 심킨스 Ty Simpkins가 연기했다. 그가 출연한 장면에 거의 빠짐없이 상대역으로 등장한 다우니는 촬영장에 도착하자마자 이 어린 배우를 세심히 보살펴 주었으며, 심킨스도 다우니의 말에 잘 따랐다.

안타깝게도 〈아이언맨 3〉 촬영이 중반에 이르렀을 때 다우니는 석유 굴착 장치를 배경으로 한 마지막 액션 장면을 촬영하다가 발목이 부러지는 사고를 당했다. 가이 피어스는 이렇게 기억했다. "그는 한 굴착 플랫폼에서 다른 플랫폼으로 뛰어내리는 연기를 해야 했어요. 제작진은 리허설을 하고 찍자고 했는데, 다우니가 '리허설은 필요 없다'고 했죠." 다우니는 케이블을 잡고 있던 스태프가 미처 준비하기 전에 뛰어내리는 바람에 다소 거칠게 착지했고, 그로 인한 부상 때문에 촬영이 5~6주 동안 중단되었다.

그 후 촬영이 재개되었지만, 다우니는 여전히 다리를 절었다. 블랙은 다우니의 상반신 위주로 촬영을 진행했고, 필요한 경우에는 CGI를 활용했다. 이 부상으로 다우니가 상하이에서 촬영할 가능성은 사라졌다. 대신 마블 스튜디오는 우 박사 역을 맡은 중국 배우 왕쉐치Wang Xue Qi와 박사의 조수 역을 맡은 판빙빙Fan Bingbing이 중국에서 촬영한 추가 영상을 끼워 넣었다. 중국 상영본에는 우 박사가 우유를 마시며 스타크의 인공지능인 자비스에게 만다린에 맞서 돕겠다고 약속하는 전화 장면이 추가되었다.

〈아이언맨 3〉에 4분가량 추가된 이 장면은 중국 외에는 어디서도 볼 수 없었다. 많은 중국 팬들은 이에 관해 마블에 항의했다. 하지만 마블은 이 추가 영상으로 인해 중국에서 곧바로 〈아이언맨 3〉를 개봉할 수 있었고, 중국 매표 수입도 온전히 가져갈 수 있었다. 이 영화는 2013년 5월 개봉 이후 1억 2,100만 달러의 수익을 올리며 중국에서 이전에 개봉한 모든 MCU 영화보다 좋은 성적을 거뒀다. 이 작품 이후 마블은 DMG나 다른 중국 기업과 제휴하지 않았지만, 마블의 영화는 중국에서 계속 큰 성공을 거두었다.

마블은 중국 시장이 폭발적으로 성장하는 시점과 중국 관객이 받아들일만한 작품을 꾸준히 내놓는 시기가 완벽하게 맞아떨어진 덕을 보았다. 중국 영화 프로듀서인 스카이 시Sky Shi는 "사람들이 마블을 좋아하는 이유는 중국의 콘텐츠와 매우 다르기 때문이다"라고 했다. 그 후 7년간 중국에서 마블의 매표 수입은 계속 상승했고, 2019년 〈어벤져스: 엔드게임〉의 중국 수익은 6억 2,910만 달러를 기록했다.

하지만 이러한 대성공을 거둔 얼마 뒤부터 마블 영화는 만리장성을 넘는 데 계속 실패했다. 마블은 중국영화국으로부터 상영 금지 조치에 대한 공식 설명을 듣지 못하는 경우가 많았지만, 그 이유를 짐작할 수는 있었다. 중국을 배경으로 한 〈샹치와 텐 링즈의 전설〉은 분량이 길고 중국 신화와 관련된 내용이 많았다. 하지만 주연배우인 시무 리우Simu Liu가 2017년 중국을 "제3세계" 국가라고 부른 적이 있다는 소문이 돌자 중국에서 상영 금지되었다. 〈이터널스〉를 연출한 중국 태생의 클로이 자오 감독이 2013년 인터뷰에서 중국을 일컬어 "도처에 거짓말이 있는 곳"이라고 한 사실이 밝혀지면서, 이 영화 역시 중국 극장에서 상영되지 못했다.

그 무렵 중국영화국은 MCU가 아무리 큰 인기를 끌더라도 중국에 필요한 영화는 아니라는 점을 강조하는 것처럼 행동했다. 〈닥터 스트레인지: 대혼돈의 멀티버스〉 역시 상영이 금지되었는데, 뉴욕 거리에서 중국 공산당에 반대하는 파룬궁 운동과 관련 있는 《에포크 타임즈》가 담긴 신문 가판대가 얼핏 보인다는 이유로 추측되었다. 〈토르: 러브 앤 썬더Thor: Love and Thunder〉도 상영되지 못했다. 아마도 조연인 발키리와 코르그가 이성애자가 아님을 암시하는 언급이 스치듯 나오기 때문이었을 것이다.

중국에서 마블 영화가 개봉되지 않은 지 거의 4년 만인 2023년 초, 〈블랙 팬서: 와칸다 포에버〉가 두어 달 늦게 상영되었고, 〈앤트맨과 와스프: 퀀텀매니아〉도 연이어 소개되면서 상영 금지가 풀렸다.

어려운 시기를 맞은 마블 스튜디오는 전 세계 흥행 수익을 늘리기 위해 무엇이든 할 태세였다. 마블은 중국을 비롯한 다른 보수적인 국가들을 달래기 위해 영화에서 잠깐씩 스치는 동성애에 대한 언급을 삭제하기 시작했다. 〈와칸다 포에버〉에서는 눈 깜짝할 사이에 놓칠 수 있는 관계에 대한 장면을 잘라냈고, 〈퀀텀매니아〉에서는 샌프란시스코 도시 배경에 나오는 성소수자 친화적인 표지와 깃발을 제거했다. 〈퀀텀매니아〉의 경우 시각효과팀의 디지털 수정 작업이 필요했다. 그런데 성소수자 여성으로서 이를 불만스럽게 여긴 빅토리아 알론소는 편집을 거부했고, 그녀의 팀원들도 이에 동조했다. 그러자 데스포지토는 외부 업체에 이 작업을 맡겼다. 이 일은 마블 스튜디오 지도부에 균열을 일으킨 사건인 동시에, 골치 아픈 공개적 분열로 이끄는 시발점 중 하나가 되었다.

마블은 다시 중국으로 돌아왔지만, 중국은 MCU의 복귀에 대해 따로 언급하지 않았다. 하지만 평자들은 2022년 중국의 영화 총수입이 전년 대비 36% 감소하면서 북미 시장에 뒤처지고 있다는 점을 지적했다. 중국은 전쟁 영화인 〈장진호〉와 SF 블록버스터인 〈유랑지구〉와 같은 자국의 흥행작을 만드는 데 성공했지만, 중국 극장에서는 여전히 좌석을 채워줄 할리우드 대작을 원했다. 중국은 마블이 필요했고, 마블도 중국이 필요했다. 양측의 거의 모든 사람이 이를 성사시키기 위해 기꺼이 원칙을 굽히고 있었다.

Chapter 16: Remote Control
마블 텔레비전

"

Challenge incites conflict and conflict breeds catastrophe.

"

<Captain America: Civil War>

MCU를 TV로 가져오는 가장 좋은 방법

〈아이언맨 3〉가 전 세계 개봉을 앞둔 2013년 4월, 마블 스튜디오는 다시 사무실을 이전했다. '백설 공주Snow White'의 일곱 난쟁이 석상으로 유명한 월트 디즈니의 버뱅크 본사였다. 새로운 사무실 공간은 예전 스튜디오보다는 나았지만, 제각각인 낡은 가구들은 여전했다. 버뱅크에는 마블 텔레비전팀도 일하고 있었다. 인상적인 점은 마블 스튜디오와 마블 텔레비전은 건물 양쪽 끝에 자리했다는 것이다. 두 사업부는 공통의 목적을 공유하는 것으로 알려졌지만, 물리적으로는 최대한 멀리 떨어져 있었다.

마블 엔터테인먼트는 〈아이언맨 2〉가 개봉한 2010년에 마블 텔레비전을 설립했다. 아이크 펄머터와 그의 오른팔인 앨런 파인은 출판인 댄 버클리에게 인쇄, 애니메이션, 디지털 부문 사장이라는 새 직함을 주면서 텔레비전 사업부를 출범시키는 임무를 맡겼다. 뉴욕의 마블 경영진은 마블 텔레비전을 마블 스튜디오의 자회사가 아닌, 창작위원회의 지시를 받는 독립 부서로 구상했다. 마블 엔터테인먼트는 '아이언맨' 영화 시리즈가 놀라운 수익을 창출한 뒤 텔레비전에서도 수익을 창출할 기회를 발견하기 위해 이 사업을 시작했다.

버클리는 제프 로브를 마블 텔레비전의 수석 부사장이자 텔레비전 책임자로 기용했다. 케빈 파이기가 중학생일 때부터 영화를 만들었던 로브는 영화 제작자이자 코믹스의 열성팬이었다. 뉴욕과 보스턴 교외에서 자란 로브는 1979년 컬럼비아 대학교에서 영화학 석사 학위를 받았다. 졸업 후 로브는 작가 매튜 와이즈먼Matthew Weisman과 함께 LA로 이주했다. 두 사람은 아무런 인맥이 없던 탓에 원고를 쓰는 동안 와이즈먼은 오락실에서, 로브는 T.G.I프라이데이스에서 일하며 집세를 냈다. 하지만 두 사람은 첫 시나리오인 〈코만도Commando〉를 팔았고, 이 영화는 1985년 아놀드 슈왈제네거가 주연한 흥행작이 되었다. 뒤이어 판매한 마이클 J. 폭스Michael J. Fox 주연의 〈틴 울프Teen Wolf〉는 더 큰 성공을 거두었다.

1991년, 로브는 워너브라더스에 플래시를 주인공으로 한 영화 아이디어를 제안했다. 영화가 제작되지는 못했지만, 그는 이 제안을 계기로 90년대 내내 DC와 마블에서 배트맨과 슈퍼맨, 헐크를 비롯한 유명 캐릭터가 등장하는 코믹북을 집필할 수 있었다. 2002년 어린 시절의 슈퍼맨에 관한 드라마 〈스몰빌Smallville〉로 할리우드에 돌아온 로브는 〈로스트Lost〉와 〈히어로즈Heroes〉를 집필하고 제작했다. 농담을 즐겼던 로브의 작품은 2005년에 10대 아들 샘을 골육종으로 잃은 후 슬픈 색채가 깃들게 되었다.

마블은 디즈니에 인수된 뒤 ABC 방송사와 일할 수 있는 길이 열렸다. 기예르모 델 토로 감독은 헐크 시리즈 제작에 관심을 보였지만, 영화 〈퍼시픽 림Pacific Rim〉에 시간을 쏟기로 했다. 작가 멜리사 로젠버그Melissa Rosenberg는 브라이언 마이클 벤디스의 글과 마이클 게이도스Michael Gaydos의 그림으로 탄생한 초능력 탐정 제시카 존스를 주인공으로 시리즈를 개발했지만, ABC가 제시카 존스의 친구이자 미래의 캡틴 마블인 캐럴 댄버스에 초점을 맞춰 드라마를 뜯어고치길 원하면서 계약이 무산되었다.

로브와 마블 텔레비전은 ABC 패밀리 채널을 위해 드라마 〈클록 앤 대거〉와 〈모킹버드Mockingbird〉를 만들었지만, 두 시리즈 모두 개발 단계에서 유보되었다.* 폭스에서 방송할 〈퍼니셔〉 시리즈도 제작했지만 거절당했다. 마블 텔레비전이 방송에 내보낼 수 있는 프로그램은 〈슈퍼 히어로 스쿼드 쇼The Super Hero Squad Show〉 같은 애니메이션 시리즈밖에 없었다. 하지만 〈어벤져스〉의 성공은 모든 것을 바꿔놓았다. 10억 달러 넘는 수익을 올린 이 영화가 극장에서 상영 중일 때, ABC와 마블 텔레비전

---

* 〈클록 앤 대거〉는 개발이 시작된 지 7년만인 2018년, 프리폼 채널에서 첫선을 보였고 두 시즌 동안 방영되었다.

은 마블 시네마틱 유니버스를 TV로 가져오는 가장 좋은 방법이 무엇일지 논의했다. 이 대화에서 마블 스튜디오는 빠져 있었다. 왜냐하면 마블 스튜디오는 자신들의 영화가 TV 드라마 몇 화를 큰 화면에 옮겨놓은 것이 아니라 특별한 사건이 벌어지는 블록버스터로 만들기를 원했기 때문이다. 마블 스튜디오는 ABC와 마블 텔레비전이 TV 스핀오프를 제작하라고 강요하는 것이라 생각했다.

마블 텔레비전은 조스 웨던에게 닉 퓨리가 이끄는 기관의 모험담을 그린 〈에이전트 오브 쉴드Agent of S.H.I.E.L.D〉 시리즈를 제안했다. 이 드라마는 정교한 특수효과가 비교적 적은 편이라서, 드라마 예산으로도 MCU의 인기를 활용할 수 있었다. 웨던은 이미 〈어벤져스〉 속편의 작가 겸 감독으로 복귀하면서, 계속 이어질 페이즈 2 영화에 자문으로 참여하는 3년 계약을 협상 중이었다. 2012년 8월, 웨던은 이 프로젝트들과 〈에이전트 오브 쉴드〉가 포함된 계약으로 1억 달러에 가까운 거액을 받았다고 알려졌다.

마블 스튜디오는 몇 편의 영화를 통해 쉴드가 배신자들로 가득 차 있다는 사실을 밝힐 계획이었다. 그렇다고 마블 텔레비전의 편의를 위해 자신들의 계획을 바꿀 생각은 없었다. 케빈 파이기는 웨던에게 마블 텔레비전에서 '쉴드 요원들에 관한 프로그램'을 고려 중이라는 얘기를 꺼냈다. 그러자 웨던은 자신이 맡을 지도 모른다고 대답했다. 파이기는 잘되길 바란다면서도, 〈윈터 솔져〉에서 쉴드를 파괴한다는 사실을 잊지 말라면서 뭐든 하고 싶은 대로 해도 되지만, MCU의 계획을 염두에 두는 게 좋을 거라고 했다.

어쨌든 조스 웨던은 동생 제드 웨던Jed Whedon과 제드의 아내 모리사 탠처론Maurissa Tancharoen과 함께 파일럿을 집필하며 제작을 진행했다. 이들은 〈어벤져스〉에서 로키의 칼에 심장을 찔린 콜슨 요원(클락 그레그)을 드라마의 중심에 놓았다. 콜슨 요원은 영화에서는 죽었지만, 불가사의하게도 텔레비전에서는 살아 있었다. 조스 웨던이 감독한 파일럿 제작 이후, 2013년 5월 ABC는 이 드라마의 시리즈 제작을 주문했다. 웨던은 훗날 마블 스튜디오에서는 자신이 드라마에 참여하는 것을 원하지 않았다고 인정했다.

창작위원회는 〈에이전트 오브 쉴드〉를 띄우기 위해 MCU 영화의 전개와 연계되는 것처럼 보이게 만들라고 요구했다. 마블 텔레비전은 2013년 11월에 개봉한 〈토르: 다크 월드Thor: The Dark World〉에 아스가르드인과 관련된 이야기를 넣길 원했다. 마블 스튜디오는 일부 세트와 소품을 사용할 수 있게 했지만, MCU 캐릭터를 드라마에 출연시키는 건 꺼렸다. 대신 드라마에는 영화의 마지막 전투 이후 쉴드가 런던에서 청소를 돕다가 연고가 없는 아스가르드 유물과 피터 맥니콜Peter MacNicol이 특별 출연한 아스가르드 전사를 접하게 되는 에피소드를 넣었다.

2014년 4월, MCU 영화와 크로스오버하는 작업은 훨씬 더 어려운 도전이었다. 〈캡틴 아메리카: 윈터 솔져〉에서는 사악한 유사 나치 조직인 히드라가 쉴드에 침투했다는 사실을 스티브 로저스가 알게 되면서 쉴드 조직 전체가 붕괴된다. 〈에이전트 오브 쉴드〉 출연진 대부분은 이 영화를 보고 나서야 줄거리의 핵심적인 반전에 대해 알 수 있었다.* 이 드라마는 첫 시즌 마지막 화에서 시리즈의 전제를 다시 만들어야 했다. 마블 스튜디오는 마지못해 사무엘 L. 잭슨이 닉 퓨리 역으로 카메오 출연하는 것을 승인했다. 드라마에서 퓨리는 콜슨을 쉴드의 새 국장으로 임명하면서, 그에게 쉴드를 밑바닥부터 철저히 재건해야 한다고 말한다.

조스 웨던은 창작 파트에서는 파이기보다 더 유명한 MCU의 얼굴이 되었다. 그는 〈어벤져스〉 속편을 개발했고, 마블의 페이즈 2 영화를 위한 대본을 윤색했으며, 〈에이전트 오브 쉴드〉가 MCU와 연결되기

---

* 〈어벤져스〉 이후 MCU에 등장하지 않았던 콜슨 요원이 TV 드라마에서 살아 있는 모습으로 등장하는 것을 쉴드가 중심이 된 영화에서 지나가는 말로도 언급하지 않은 것은 마블 스튜디오가 마블 텔레비전을 고려하지 않았음을 분명히 보여준다.

를 바라는 창작위원회의 요구를 감당해냈다. "상황이 복잡해졌을 때도 있었어요. 이 프로그램과 관련 없는 많은 사람들이 저에게 어떤 배우를 특별 출연시켜서 문제를 해결해야 한다고 말하더군요. 그런 말을 들을 때마다 머리가 빙빙 돌았어요. 〈아이언맨 4〉에서 린다 헌트Linda Hunt가 휴 먼 스파이더 역을 맡을 예정이라는 말을 듣는 것만으로도 충분히 힘들 거든요. 그러면 저는 그 부분을 넣어야겠다고만 대답했죠"라고 말했다. 〈에이전트 오브 쉴드〉의 첫 번째 시즌이 끝난 뒤, 웨던은 드라마 전반에 대한 책임을 함께 일하던 동생 부부에게 맡기고 물러났다. 이 시리즈는 2020년까지 7시즌 동안 묵묵히 이어졌다. 하지만 마블 텔레비전은 첫 해 이후 몇 차례의 특별 출연을 제외하고는 MCU 영화와 통합하는 것을 거의 포기했다.

넷플릭스의 실험

마블 텔레비전 설립이 마블 스튜디오가 자체적으로 더 짧은 프로 그램을 제작하는 것을 막지는 못했다. 스튜디오의 공동 대표인 루이스 데스포지토는 한때 품었던 감독의 꿈을 이루기 위해 카메라 뒤에 앉아 마블 원샷 시리즈의 단편을 촬영했다. 보통 DVD와 블루레이에 보너스 프로그램으로 수록되는 원샷은 장편영화에서 미처 다루지 못한 순간 이나 캐릭터를 다뤘다. 〈아이언맨 3〉 디스크에 수록된 〈에이전트 카터 Marvel's Agent Carter〉에는 헤일리 앳웰이 〈퍼스트 어벤져〉에서 맡았던 1940 년대의 비밀요원 역할로 다시 등장한다. 이 15분짜리 단편에 대한 긍정 적인 반응을 바탕으로 ABC는 〈퍼스트 어벤져〉의 시나리오 작가인 크 리스토퍼 마커스Christopher Markus와 스티븐 맥필리Steven McFeely가 만든 〈에이 전트 카터〉 시리즈 전편을 의뢰했다.

〈에이전트 카터〉 제작진은 〈에이전트 오브 쉴드〉에 비해 마블 스튜디오와의 마찰이 적었다. 아마도 데스포지토가 시작한 드라마였고, MCU의 주된 활동보다 70년 앞선 시대를 배경으로 했기 때문이었을 것이다. 그 후 헤일리 앳웰은 〈캡틴 아메리카: 윈터 솔져〉에 카메오로 돌아와 나이 든 페기 카터를 연기했다. 그녀는 자신의 드라마가 세월의 흐름 속에서 페기의 삶을 따라가며 새로운 시즌마다 10년씩 진행되는 것에 관해 열정적으로 이야기했다. 하지만 비평가들의 좋은 평가를 받은 두 시즌이 지난 뒤에는 낮은 시청률로 종영되었다.

2012년과 2013년, 아비 아라드가 마블에서 일하는 동안 맺은 라이선스 계약 중 일부가 그가 떠난 지 몇 년이 지나 마침내 종료되었다. 그 결과 슈퍼히어로 한 무리가 마블로 귀환했다. 뉴 라인이 〈블레이드〉 속편을 제작하지 않기로 하면서 마블은 뱀파이어 사냥꾼에 대한 권리를 되찾았다. 폭스 역시 데어데블과 엘렉트라를 주인공으로 한 영화로 실패를 맛본 뒤 10년이 지나자 이들 캐릭터에 대한 권리를 포기했다.

소니도 상처 입지 않는 피부를 가진 흑인 슈퍼히어로로 영화를 만들어 보지도 못한 채 루크 케이지에 대한 옵션 계약이 만료되었다. 니콜라스 케이지는 〈고스트 라이더〉(2007)와 〈고스트 라이더 3D: 복수의 화신Ghost Rider: Spirit of Vengeance〉(2011)에서 아라드가 가장 좋아하는 조니 블레이즈 역으로 출연한 적이 있다. 첫 영화는 뜻밖의 성공을 거두었지만, 속편은 혹평을 받은 끝에 전편의 절반에 불과한 1억 달러의 수익을 올리는 데 그쳤다. 2013년 케이지가 이 역을 맡지 않겠다고 발표하자, 곧바로 마블에게 권리가 넘어갔다.

케빈 파이기는 마블 스튜디오의 창고에 보관되어 있던 이 모든 캐릭터에 대한 자료를 바탕으로 이들을 마블 시네마틱 유니버스로 통합하는 구상을 시작했다. 하지만 창작위원회는 파이기가 곧 개봉할 〈가디언즈 오브 갤럭시〉는 물론, 어벤져스 캐릭터들을 감당하기에도 바쁘다고 판단했다. 그래서 마블 스튜디오의 반발을 무시한 채 애매한 캐릭터 모두를 마블 텔레비전에 맡겼다. 조니 블레이즈 역을 새로 맡은 고스트

라이더가 〈에이전트 오브 쉴드〉에 특별 출연했다. 로브는 남은 캐릭터들을 위한 더 큰 계획을 세우고 있었다.

마블 텔레비전과 마블 엔터테인먼트는 〈어벤져스〉처럼 여러 캐릭터가 하나의 올스타 팀으로 모이는 TV 시리즈를 제작하겠다는 목표를 세웠다. 〈에이전트 오브 쉴드〉의 시청률이 좋았던 덕분에 마블은 스트리밍 플랫폼에 장기 계약을 요청할 수 있었고, 비밀리에 의견을 주고받은 끝에 2013년 11월 넷플릭스와 계약을 발표했다.

넷플릭스는 당시 마블 드라마 제작에 안성맞춤이었다. 이 스트리밍 서비스 회사는 2013년 2월 케빈 스페이시Kevin Spacey와 로빈 라이트Robin Wright 주연의 〈하우스 오브 카드House of Cards〉를 처음 선보이며 자체 콘텐츠를 확장하기 위한 진지한 노력을 시작했다. 디즈니와 넷플릭스는 한 해 전에 마블 영화를 포함한 디즈니 영화를 극장 개봉 후 넷플릭스에서 가장 먼저 스트리밍하는 계약을 체결했다.

넷플릭스의 최고 콘텐츠 책임자 테드 사란도스Ted Sarandos는 "마블은 유명하고 사랑받는 브랜드"라고 말했다. 넷플릭스는 〈마블 데어데블Marvel's Daredevil〉, 〈마블 제시카 존스Marvel's Jessica Jones〉, 〈마블 루크 케이지Marvel's Luke Cage〉, 〈마블 아이언 피스트Marvel's Iron Fist〉 전 시즌을 60편의 드라마로 제작하기로 약속했고, 이들은 〈마블 디펜더스Marvel's The Defenders〉에서 팀을 이루는 것으로 추진되었다. 뉴욕 시가 마블 텔레비전에 막대한 제작비를 지원한 덕분에 뉴욕에서 촬영할 계획이었다.

로브는 값비싼 특수효과 촬영이 필요 없는 이야기에 출연할 수 있는 '스트리트 히어로'들의 가치를 알아보았다. 마블 텔레비전은 문제를 해결하는 영웅들의 이야기를 담은 프로그램 제작을 시작했다.

〈어벤져스〉 속편 제작에 몰두하기 시작하면서 조스 웨던은 이제 TV 작업을 할 수 없었다. 마블 텔레비전은 웨던 대신 데어데블 캐릭터를 리부트하기 위해 〈캐빈 인 더 우즈〉를 감독하고 〈클로버필드Cloverfield〉를 집필한 드류 고다드를 기용했다. 고다드는 데어데블이 스크린보다는 넷플릭스에 더 맞는 캐릭터라고 주장했다. 캐릭터의 활동 범위가 저예산에 맞을 뿐만 아니라 TV 시리즈에서는 맷 머독의 캐릭터를 더 깊이 있게 탐구할 수 있고, 연령 제한 등급 수준까지도 묘사할 수 있었기 때문이다. "맷 머독은 세계를 구하지 않아요. 그저 자기가 사는 귀퉁이를 청소하는 거죠. 그래서 도시 한복판에 우주선 추락 장면이 나오면 이상해요. 그렇기 때문에 마블은 그가 주인공으로 나오는 2,500만 달러짜리 영화를 만들지 않는 거예요. 마블 영화는 더 대규모로 제작해야죠. 우리는 작은 화면에서 더 자유롭고 더 어른스러운 작품을 만들 수 있어요."

2013년 12월 〈마블 데어데블〉의 쇼러너로 소개된 고다드는 시리즈의 첫 2화를 집필했지만, 불과 넉 달 만에 그만뒀다. 그는 소니 픽처스 엔터테인먼트의 공동의장인 에이미 파스칼과 함께 시니스터 식스 영화 제작에 참여하면서 '스파이더맨' 시리즈를 독자적인 세계관으로 확장하는 계획을 맡기로 했다. 고다드는 다양한 스파이더맨 빌런이 등장하는 영화에서 당시 앤드류 가필드Andrew Garfield가 연기한 스파이더맨을 조연으로 등장시키는 시나리오를 썼다. 소니는 이 작품이 2016년 〈어메이징 스파이더맨 2The Amazing Spider-Man 2〉에 뒤이어 개봉되기를 바랐고, 고다드에게 감독직을 제안했다. 고다드는 인생 최고의 커리어가 될 것이 분명한 이 일을 기꺼이 수락했다. 그는 두 편의 각본으로 〈마블 데어데블〉에 대한 의무를 다했다고 믿었다. 마블도 이미 새로운 쇼러너로 웨던의 또 다른 동료인 스티븐 S. 드나이트Steven S. DeKnight를 정해두었다.

하지만 고다드가 소니로 서둘러 떠나자 마블은 몹시 흥분했다. 2013년 3월, 고다드는 파스칼에게 이메일을 보냈다. "하루 종일 마블과 회의 중이에요. 그들은 슬픔의 7단계를 천천히 거쳐 가고 있어요." 고다드와 마블은 이후 두어 달 동안 고다드의 퇴사 조건을 협상했다. 협상 내용은 평범했다. 이례적인 것은 마블 텔레비전의 제프 로브뿐만 아니라 마블 엔터테인먼트의 앨런 파인, 심지어 마블 CEO인 아이크 펄머터까지 이 협상에 참여했다는 사실이다.

파스칼은 고다드와의 협상 기간에 컬럼비아 픽처스의 더그 벨그라드Doug Belgrad 사장에게 보낸 이메일에서 "그를 도우려고 애썼어요. 원하지 않는데, 펄머터가 계속 전화했거든요. 모두에게 겁을 주려고 그러는 것 같아요. 하지만 그의 말에는 근거가 없었어요"라고 썼다.

드나이트는 〈마블 데어데블〉의 쇼러너를 맡았다. 본능적이고 실존적인 느와르에 가톨릭의 죄의식을 담은 이 시리즈는 성공을 거두었다. 마블 시네마틱 유니버스에서는 피를 흘리지 않는 싸움이 일상적으로 벌어지지만, 〈마블 데어데블〉에서는 등장인물들이 총알을 사용하기 때문에 더 격렬한 폭력이 벌어졌다. 맷 머독과 그의 분신 데어데블을 연기한 찰리 콕스Charlie Cox는 멍이 들고 꿰맨 상처가 있는 채로 화면에 등장하곤 했다. 일명 킹핀으로 알려진 범죄의 제왕 윌슨 피스크로 분해 단연 돋보이는 연기를 펼친 빈센트 도노프리오Vincent D'Onofrio는 부하의 머리를 자동차 문에 반복적으로 쳐서 박살을 내버리기도 했다.

넷플릭스는 지체하지 않고 〈마블 데어데블〉의 두 번째 시즌 제작을 의뢰했다. 시니스터 식스가 무기한 연기되자 고다드는 고문으로 시리즈에 복귀하기로 했다. 한편, 마블 텔레비전은 멜리사 로젠버그가 몇 년 전 ABC를 위해 개발했던 시리즈인 〈마블 제시카 존스〉(일명 〈A.K.A. 제시카 존스〉)를 부활시켰다. 알코올 의존 성향이 있는 초능력 사설탐정 제시카 존스 역은 크리스틴 리터Krysten Ritter가 맡았다. 이 드라마는 성폭행과 강간이라는 참혹한 주제를 세심한 줄거리에 담았다.

마블 텔레비전의 프로그램들은 어벤져스와 같은 세계에 존재한다는 것을 은근슬쩍 언급했다. 예를 들어 등장인물들은 토르를 "망치 든 남자"로 헐크는 "커다란 녹색 사내"로 불렀다. 하지만 마블 스튜디오는 캐릭터나 배우가 드라마에 출연하는 것을 완강히 거부했다. 경쟁 관계에 있던 두 부문의 수장들은 공개석상에서 갈등을 불러일으킬 만한 어떤 발언도 하지 않도록 조심했다. 로브는 영화가 MCU의 타임라인을 설정하면, 마블 텔레비전은 그 세계 안에서 이야기를 이어간다고 말했다. 반면 파이기는 "언젠가 크로스오버가 되지 않을까요?"라며 모호하게 말을 흐렸다.

영화와의 협업이 부족하다는 점이 마블 텔레비전의 큰 단점이긴 했지만, 소규모 프로젝트에 따르는 장점도 있었다. 넷플릭스는 시청률 자료를 공개하지 않기 때문에 사람들이 마블 프로그램도 〈하우스 오브 카드〉나 〈오렌지 이즈 더 뉴 블랙Orange Is the New Black〉과 얼추 비슷한 성적을 낸다고 믿거나, 적어도 비슷한 수준의 화제를 불러일으키고 있다고 생각했다. 마블 프로그램은 성공한 것처럼 보였지만, TV 프로그램이 완구 판매를 촉진시킬 거라 기대되지는 않았다. 2015년 공개된 〈마블 제시카 존스〉와 이듬해 공개된 마이크 콜터Mike Colter 주연의 〈마블 루크 케이지〉가 완구 판매 실적이 좋지 않다고 평가되는 여성과 흑인 캐릭터가 주인공인 최초의 마블 프로젝트였다는 것만 봐도 알 수 있다. 파이기는 여성과 비백인 캐릭터가 주인공으로 등장하는 영화를 만들기 위해 수년간 싸웠지만 펄머터와 창작위원회의 훼방으로 계속 좌절을 맛봐야 했다. 하지만 로브의 TV 프로그램은 마블 경영진의 방해를 받지 않고 만들어질 수 있었다.

'Black Lives Matter(흑인의 생명도 소중하다)'[23]의 시대에 활약한 모든 코믹북 히어로 중 억울하게 투옥되어 끔찍한 실험을 당한 뒤 능력을 얻게 된 루크 케이지만큼 그 시대에 잘 맞는 캐릭터는 없었다. 21세기에 경찰이 수많은 무고한 흑인의 목숨을 빼앗은 뒤로, 루크 케이지가 마블 코믹스에 다시 등장했고 무적의 흑인 남성이라는 개념이 널리 퍼졌다. 2016년 샌디에이고 코믹콘에서 〈마블 루크 케이지〉의 쇼러너 체오 호다리 코커Cheo Hodari Coker는 "세상은 총알도 뚫지 못하는 흑인 남자를 맞을 준비가 되어 있습니다"라고 말해 열렬한 박수를 받았다. 코커는 자신의 말이 밈으로 널리 퍼질 것을 전혀 예상하지 못했다고 말했다. "사람들이 'Black Lives Matter'와 비교하면서 루크 케이지에 대해 이야기할 때, 저는 흑인임을 자각하고 만들어지는 모든 예술이 흑인의 경험에 인간성을 부여한다고 생각해요. 이건 해시태그를 넘어서는 거예요."

에드워드 리코트의 루크 케이지 각본은 작가 프로그램 단계를 벗어나지 못했다. 하지만 리코트는 코커의 시리즈가 개발되는 동안 〈마블 제시카 존스〉에 합류해 캐릭터 자문 역할을 했다. 〈존스〉와 〈케이지〉의 첫 시즌은 시청자와 비평가 모두에게 호평받았다.

하지만 '디펜더스' 계획은 네 번째 히어로인 아이언 피스트가 낡은 아시아 신비주의로 둘러싸인 백인 남성(주인공 대니 랜드는 마법의 도시 쿤룬에서 쿵푸 능력을 얻었다)으로 등장하면서 박살나고 말았다. 일부 팬들은 이 시리즈의 주인공이 아시아인이 되기를 바랐지만, 마블 텔레비전은 〈왕좌의 게임A Game of Thrones〉으로 잘 알려진 두 영국 배우, 백인 핀 존스Finn Jones와 싱가포르 출신 중국계 제시카 헨윅Jessica Henwick을 캐스팅했다. 존스는 드라마 촬영 시작 전 3주 동안 강도 높은 근력 훈련과 무술 강습을 받았지만, 막상 촬영이 시작되자 액션 장면을 제대로 준비할 시간이 충분하지 않았다고 말했다. 〈워리어Warrior〉와 〈마르코 폴로Marco Polo〉를 맡은 바 있는 스턴트 코디네이터 브렛 챈Brett Chan은 2021년 인터뷰에서 〈아이언 피스트〉에 관한 이야기가 나오자 하루에 20시간이 넘도록 촬영하면서 잘 만들어 보려고 했지만, 배우들이 액션을 익힐 시간이 부족했다고 말했다. "그래도 제시카 헨윅이 나오는 장면이 가장 좋았을 거예요. 그녀는 하루에 네 시간씩 훈련했거든요."

〈마블 아이언 피스트〉는 평범한 액션과 시대에 뒤떨어진 인종적 시각으로 좋은 반응을 얻지 못했다. NPR의 문화 평론가 에릭 데건스Eric Deggans는 "〈마블 아이언 피스트〉에서 가장 거슬리는 점 중 하나는 대니 랜드가 전형적인 백인 구세주라는 점이다. 보통 남성인 이런 백인 캐릭터는 부적응자로서 유색인종이 가득한 환경에서 그들을 이끌면서 자신의 진정한 소명을 찾는다. 〈마블 아이언 피스트〉에서 랜드는 숨겨진 도시에서 불교 승려들과 함께 훈련을 받고 최고의 전사가 된다. 그가 아시아 문화에서 탄생한 격투 방식으로 문제를 해결하는 사이 아시아 계 배우들은 멘토나 애인, 조력자, 빌런을 연기한다"라고 평했다.

로브는 2018년 코믹콘에 가라테 복장과 머리띠를 두른 채 등장 해 〈베스트 키드The Karate Kid〉의 멘토 캐릭터인 미야기 씨에게 아이언 피 스트의 비밀을 배웠다고 말하면서 더욱 문제를 키웠다.

〈마블 아이언 피스트〉 직후에 촬영된 〈마블 디펜더스〉는 모든 넷 플릭스의 마블 캐릭터들이 모여 맨해튼 헬스키친 지역의 운명을 걸고 싸우는 이야기다. 이전 작들이 예상치 못한 성공을 거두자 마블 텔레 비전은 빌런 알렉산드라 역을 맡기기 위해 시고니 위버Sigourney Weaver를 설득했다. 더글러스 페트리Douglas Petrie와 함께 드라마를 책임지게 된 마 르코 라미레즈Marco Ramirez는 이렇게 증언했다. "'알렉산드라는 시고니 위 버 스타일'이라고 넉 달 동안이나 미친 듯이 이야기했는데, 마블 텔레비 전의 제프 로브가 '시고니 위버와 통화 중이야'라고 말하는 거예요. 깜 짝 놀랐죠."

〈마블 제시카 존스〉, 〈마블 루크 케이지〉, 〈마블 아이언 피스트〉 는 모두 두 번째 시즌까지 제작되었고, 〈마블 데어데블〉은 세 번째 시 즌을 제작했다. 심지어 〈마블 데어데블〉에서 조연으로 소개된 자경단 퍼니셔도 두 시즌짜리 넷플릭스 시리즈로 만들어졌다. 하지만 〈마블 디 펜더스〉의 성적이 신통치 않자 넷플릭스의 실험은 사실상 끝났다. 넷 플릭스는 항상 새로운 가입자를 데려올 수 있는 프로그램을 원했지만, 〈마블 디펜더스〉에 대한 평은 끔찍했다.

엑스맨을 대체한 인휴먼즈

떠났던 캐릭터가 모두 마블로 돌아오지는 않았다. 폭스는 조시

트랭크Josh Trank 감독의 〈판타스틱 4〉 제작을 승인했지만, 문제가 많아지자 감독을 손 떼게 하고 새로운 장면을 촬영해 재편집하는 바람에 완전 엉망이 되어버렸다. 이렇게 기워 붙인 영화는 2015년, 마블의 넷플릭스 시리즈 방영과 거의 같은 시기에 개봉했다. 하지만 폭스는 '엑스맨' 시리즈의 스핀오프와 프리퀄, 크로스오버를 개봉해, 〈엑스맨: 데이즈 오브 퓨처 패스트X-Men: Days of Future Past〉, 〈데드풀Deadpool〉과 같은 흥행작을 내며 더 나은 성적을 거뒀다.

마블 엔터테인먼트, 즉 펄머터와 파인은 폭스가 이들 캐릭터에 대한 권리를 보유하고 있다는 사실이 못마땅했다. 마블 코믹스의 시작을 알린 『판타스틱 4』는 1962년부터 마블의 대표작이었지만, 2014년이 되자 폭스 영화를 무료로 홍보해주느니 차라리 출판을 중단하는 길을 택했다. 마찬가지로 『엑스맨』 코믹스는 오랫동안 마블에서 가장 인기 있는 책 중 하나였지만, 마블은 뮤턴트 캐릭터의 비중을 줄이고 비슷한 능력을 가진 인휴먼으로 대체하기 위해 안간힘을 썼다. 인간 세상 바깥에 사는 초능력 종족의 왕가인 인휴먼은 1965년부터 마블 코믹스의 조연으로 등장했지만, 2013년에 발표된 이야기에서 평범한 인간을 뜻하지 않게 '테리젠 미스트'에 노출시켜 인휴먼으로 만들면서 캐릭터의 중요성이 부각되었다.

오랫동안 『엑스맨』을 집필한 크리스 클레어몬트는 2016년 뉴욕 코믹콘에서 "그건 폭스에서 엑스맨의 영화 판권을 갖고 있다는 것과 관련이 있어요. 마블 코믹스는 '같은 에너지와 열정을 우리 캐릭터를 위해 집중해도 모자랄 판에 왜 굳이 경쟁사의 영화에 도움이 되는 책을 홍보하겠느냐'는 입장이었죠. 그래서 뮤턴트와 비슷한 새로운 인휴먼이 등장한 거예요"라고 언급했다.

마블 스튜디오는 수년간 인휴먼즈 영화를 개발했지만 파이기는 각본에 만족하지 않았고 펄머터를 대신해 폭스와 싸우고 싶은 열정도 없었다(그에게는 창작위원회의 꼭두각시인 마블 텔레비전을 상대로 펼친 대리전으로도 충분했다). 2016년 4월, 파이기가 영화 제작 리스트에서 인휴먼즈를 제외하자 마블 엔터테인먼트는 로브에게 인휴먼즈 콘텐츠를 TV에서 빠르게 방영할 것을 지시했다. 불과 두 달 뒤, 인휴먼즈는 〈에이전트 오브 쉴드〉에 등장했다.

마블 텔레비전은 곧장 인휴먼즈 TV 시리즈 제작에 돌입했고, 2016년 11월 ABC는 IMAX를 제작 협력사로 한 8부작 시즌을 방영하기로 약속했다. 이에 따라 〈인휴먼즈〉의 첫 두 에피소드는 IMAX 포맷으로 촬영되어 2017년 9월에 IMAX 스크린에서 상영되었다. 평가는 당혹스러웠고, 매표 수입도 우울했다. 극장들은 재빠르게 〈인휴먼즈〉를 내리고 IMAX 버전의 〈그것It〉으로 대체했다.

이 작품은 TV에서도 더 나은 성과를 얻지 못했다. 예산 제약으로 인해 많은 인휴먼이 빠르게 능력을 잃어갔다. 인휴먼의 여왕 메두사는 CGI로 구현하는 데 비용이 많이 든다는 이유로 자유자재로 움직이는 붉은 머리카락을 삭발했다. 순간 이동하는 개 록조는 액션 장면 대부분을 하와이 오아후 섬 한 곳에서 촬영하기 위해 심각한 부상을 입어야만 했다. 결국 이 시리즈는 얼마 안 가 취소되었다.

마블 텔레비전과의 연관성을 줄이려는 마블 스튜디오의 의지는 얼마나 단호했을까? 잘 알려지지 않은 또 다른 슈퍼 팀인 이터널스가 출연하는 영화를 개발하면서 제작자들은 하와이에서는 한 장면도 촬영할 수 없다는 지시를 받았다. 마블 스튜디오는 관객들에게 인휴먼즈를 떠올릴만한 빌미는 조금이라도 주지 않으려고 했다.

2017년, 마블 영화에서 팔콘을 연기한 앤서니 매키Anthony Mackie는 마블 영화와 TV 부문 사이에 더 광범위한 통합이 일어날 가능성에 관한 질문을 받았다. 마블 텔레비전이 설립된 지 7년이나 지났지만, 〈에이전트 오브 쉴드〉에 사무엘 L. 잭슨이 카메오로 두 번 출연한 것 외에는 가시적인 시너지 효과랄 만한 것이 보이지 않았기 때문이다.

매키는 4년 뒤 마블 스튜디오의 첫 TV 프로그램 중 하나에 출연했지만, 당시에는 팬들이 가까운 시일 내에 크로스오버를 기대해서는 안 된다고 단도직입적으로 말했었다. "영화와 TV는 서로 다른 우주의 다른 세계를 그리고 있어요. 회사도 다르고, 디자인도 다르죠. 케빈 파이기는 마블 유니버스가 영화에서 어떻게 보이길 바라는지에 대한 생각이 매우 명확해요. 그래서 크로스오버는 어려울 거예요."

Chapter 17: On Your Left
왼쪽이야

"Air conditioning is fully operational."

<Captain America: The Winter Soldier>

흑인 슈퍼히어로

"우리는 어떤 상황에서든 솔직해지려고 노력해요." 시나리오 작가 스티븐 맥필리는 공동 집필 작가인 크리스토퍼 마커스와 자신의 신념에 대해 이렇게 말했다. "저는 암으로 임종을 앞둔 할아버지의 병상을 지키다가도 복도에 나가면 농담을 할 거예요. 자판기까지 갈 방법은 그것밖에 없거든요." 두 사람은 작품이든 삶에서든 빛과 어둠을 조화시키기 위해 노력한다는 뜻이었다.

이러한 접근 방식은 영웅주의의 기저에 항상 비극이 깔려 있던 '캡틴 아메리카' 시리즈에 반드시 필요한 자세였다. 스티브 로저스는 몇 번이고 세상을 구할 수 있었지만, 그가 사랑했던 사람들은 거의 모두 오래전에 세상을 떠났기 때문이다. 맥필리와 마커스가 집필한 〈퍼스트 어벤져〉(2011)가 개봉하기도 전에 마블 스튜디오는 속편 제작을 위해 두 사람을 다시 기용했다.

속편이 당시 제작 중이던 〈어벤져스〉에서 일어나는 사건들을 직접적으로 따라갈 필요는 없었지만, 배경은 1940년대가 아닌 21세기가 되어야 했다.* 마블 스튜디오는 버키 반즈 역으로 세바스찬 스탠을 다시 데려오고자 했다. 더 정확하게는 버키의 악랄한 화신인, 소련에 의해 세뇌당해 수십 년 동안 냉동 상태로 유지된 윈터 솔져를 원했다. 마커스와 맥필리는 윈터 솔져를 탄생시킨 작가 에드 브루베이커와 아티스트 스티브 엡팅Steve Epting의 코믹북들을 다시 읽은 뒤 케빈 파이기에게 여러 아이디어를 제안했다. 파이기는 두 사람에게 정치 스릴러 형식의 영화 구상에 초점을 맞추도록 제안했다. 어떤 면에서 MCU는 캐릭터들을 진지하게 다루면서도, 관객이 영웅주의와 우스꽝스러운 유머 모두

---

* 조스 웨던의 〈어벤져스〉 각본에는 냉동에서 깨어난 캡틴이 "그 비유 이해했어요"라고 자랑스럽게 말할 때처럼 현대 세계에 익숙하지 않은 캡틴의 모습을 재미있게 표현하는 훌륭한 장면들이 있다.

를 즐길 수 있는 가벼운 분위기의 슈퍼히어로 이야기라는 독자적인 장르를 구축했다. 하지만 MCU는 왕성한 식욕으로 다른 장르들을 통째로 집어삼켰다. 〈토르: 천둥의 신〉은 셰익스피어풍 연극으로 방향을 틀었고, 〈아이언맨 3〉는 버디 캅 영화 양식을 빌려왔다. 관객의 예상을 깨고 싶었던 파이기는 한발 더 나아갈 작정이었다.

존 파브로는 슈퍼히어로 영화가 시장을 지배하게 된 현실을 20세기 중반의 서부극 영화 전성기에 비유했다. "사람들이 슈퍼히어로 영화를 보러 올 거라는 걸 알았기 때문에 영화 흥행이 무척 어려운 시기였지만 어느 정도 안심이 됐어요." 그는 그 덕분에 감독들에게 장르의 경계를 넓힐 가능성이 주어졌다고 말했다. "존 포드John Ford의 서부극은 〈역마차Stagecoach〉와 〈수색자The Searchers〉를 거치며 초창기와는 상당히 달라졌죠."

마커스와 맥필리는 여덟 번째 MCU 영화에 대한 영감을 〈암살단The Parallax View〉, 〈마라톤 맨Marathon Man〉, 〈콘돌Three days of the Condor〉 같은 고전 스릴러 영화에서 얻었다. 두 작가는 캡틴 아메리카가 영화에서 비밀 세력에 쫓기며 달아나다가 결국 세상이 자신의 생각과 다르다는 걸 깨달아야 한다고 생각했다. 1970년대 스릴러였다면 세상은 돌이킬 수 없을 정도로 타락했고, 주인공이 그에 대해 더 잘 안다고 해도 아무것도 바뀌지 않는다는 것을 암시하는 모호한 분위기로 끝났을 것이다. 하지만 MCU에서는 캡틴 아메리카가 거대한 음모에 맞서 싸워 승리해야 했다. 맥필리와 마커스는 이를 실현할 방법을 고민하며 2011년 봄과 여름을 보내다가 마침내 파이기와 회의를 가졌다. 이 자리에서 파이기는 "쉴드를 무너뜨릴 준비가 된 것 같다"라고 말했다. 맥필리는 그것으로 영화 전체가 풀리기 시작했다고 고백했다. "솔직하게 말하면 그때 우리는 중요한 3막을 생각해내느라 고전 중이었거든요."

두 사람에게는 〈어벤져스〉 이후 페이즈 2에서 단독 주연 영화를 찍지 않을 마블 캐릭터를 자유롭게 등장시킬 재량이 주어졌다. 영화가 배신자들로 벌집이 된 쉴드에 관한 이야기라는 점이 명확해지자 그들은 쉴드의 가장 주요한 인물인 닉 퓨리, 블랙 위도우, 호크아이를 발탁했다. 그 과정에서 〈아메리칸 허슬American Hustle〉과 〈킬 더 메신저Kill the Messenger〉 촬영으로 일정을 소화하기 어려웠던 제레미 레너의 호크아이 장면은 블랙 위도우에게 맡겨졌다. 호크아이의 하차로 캡틴 아메리카와 블랙 위도우 사이의 대립이 뚜렷해지면서, 캡틴의 구시대적 윤리와 블랙 위도우의 보다 모호하고 현대적인 도덕성이 맞서게 되었다.

네이트 무어는 마블 작가 프로그램을 운영하면서 마블의 프로듀서급으로 급부상했고, 2012년 〈어벤져스〉 개봉 이후에는 파이기, 루이스 데스포지토, 제레미 랫챔, 스티븐 브루사드, 크레이그 카일과 함께 창작 워크숍에도 참석했다. 그곳에서 무어는 니콜 펄먼이 개발 중이던 스페이스 오페라 장르의 가디언즈 오브 갤럭시를 지지했지만, 선배 랫챔에게 밀려 프로듀서를 맡지는 못했다. 대신 무어는 다음 캡틴 아메리카 영화에 배정되었다. 무어는 마커스, 맥필리와 함께 등장인물에 대해 논의하면서 어린 시절 가장 좋아했던 흑인 슈퍼히어로이자 코믹북에서 캡틴 아메리카의 오랜 파트너로 나오는 팔콘을 등장시키자고 주장했다. "팔콘을 넣어야 해요. 제가 어린 시절 가장 좋아했던 캐릭터거든요."

그들은 회의적이었다. 날개 달린 캐릭터가 우스꽝스러워 보인다고 생각했던 두 사람은 무어에게 물었다. "날개 달린 남자요? 사람들이 팔콘을 좋아하긴 하나요?" 무어는 단호하게 대답했다. "사람들은 팔콘을 사랑하죠."

〈블랙 팬서〉 1편과 속편 모두에서 무어와 긴밀하게 협력하게 될 라이언 쿠글러Ryan Coogler 감독은 "무어는 흑인이자 코믹북 팬이에요. 마블에서 일하고 있으니 팔콘과 팬서라는 특정 캐릭터를 MCU에 뿌리내리게 만들어야 한다는 책임감을 느꼈던 것 같아요"라고 말했다.

결국 무어가 승리했다. 1969년에 소개되어 팔콘으로 알려진 샘 윌슨은 마블 코믹스 최초의 아프리카계 미국인 슈퍼히어로였다. 샘 윌슨은 1971년부터 1978년까지 88호에 걸쳐 연재된 『캡틴 아메리카와 팔콘Captain America and the Falcon』에서 스티브 로저스와 함께 활약했다.

마블은 〈하프 넬슨Half Nelson〉과 〈허트 로커The Hurt Locker〉에 출연했던 앤서니 매키에게 역할을 맡기려고 했다. 카우보이도 되고 싶고, 슈퍼히어로도 되고 싶어서 배우의 길을 택했던 매키는 이 역할을 간절히 원했다. 그는 이 캐릭터에 얼마나 많은 문화적 중요성이 담겨 있는지 잘 알고 있었다. "배역을 맡게 되었다는 소식을 듣고 눈물이 났어요. 2년 뒤 핼러윈에는 가무잡잡한 소년이 팔콘 복장으로 집 앞에 나타날 거라는 사실을 깨달았거든요. 제가 어렸을 때는 생각도 못했던 일이예요."

파이기는 〈퍼스트 어벤져〉에 만족했지만, 속편 감독으로는 조 존스턴보다 마블 스튜디오 프로듀서들과 소통하기 쉬운 사람을 원했다. MCU의 페이즈 2를 위해서도 시각화 개발팀과 밀접한 협업이 필요한 마블의 새로운 방식이 불편하지 않을 감독을 찾고 있었다. 파이기는 특정 프로젝트에 대해 논의하기 전에 제한 없는 미팅을 통해 감독의 성향을 파악하고 싶어 했다. 그는 캡틴 아메리카 속편의 감독 후보군을 〈컨트롤러The Adjustment Bureau〉의 작가 겸 감독인 조지 놀피George Nolfi, 뮤직비디오 감독 출신으로 〈프라이데이Friday〉, 〈네고시에이터The Negotiator〉, 〈이탈리안 잡The Italian Job〉 등의 장편영화를 연출한 F. 게리 그레이F. Gary Gray 그리고 조 루소Joe Russo와 앤서니 루소Anthony Russo 형제, 이렇게 셋으로 좁혔다.

하지만 루소 형제라면?

1970년생인 앤서니와 1971년생인 조 형제는 오하이오 주 클리블랜드에서 자랐다. 어릴 때 '바워리 보이즈'[24]가 등장하는 영화부터 프랑수아 트뤼포Francois Truffaut 감독의 작품에 이르는 다양한 영화를 두루두

루 좋아하고 직접 영화 제작을 꿈꿨던 두 사람은 나이가 들면서 불가능한 일도 함께하면 가능해진다는 것을 깨달았다. 루소 형제는 케이스웨스턴리저브 대학교 대학원생 시절에 독립 코미디 영화 〈피시스Pieces〉를 만들어 1997년 슬램댄스 영화제에 출품했다.

이 작품은 개봉되지는 않았지만 스티븐 소더버그Steven Soderbergh 감독의 눈길을 끌었다. 소더버그는 결국 조지 클루니와 함께 루소 형제의 다음 작품인 하이스트 무비[25] 〈웰컴 투 콜린우드Welcome to Collinwood〉(2002)의 제작을 맡았다. 앤서니 루소는 웃으면서 이렇게 말했다. "이 업계에 발을 들였을 때 우리는 자기 과신에 빠진 예술영화 감독이었어요. 솔직히 말하면 소더버그 감독님이 저희에게 상업영화 만드는 방법을 가르쳐 준거나 다름없어요."

그들은 처음에는 시트콤을 만들었다. 형제는 2003년, 자기중심적인 블루스 가족 이야기를 다룬 획기적인 단일 카메라[26] 시트콤 〈못말리는 패밀리Arrested Development〉의 파일럿 연출로 에미상을 수상했다. 그들은 이후 이 시리즈의 총괄 프로듀서로 13화를 더 연출했다. 2009년에는 장르를 넘나드는 단일 카메라 시트콤이자 커뮤니티 칼리지의 스터디 모임에 관한 이야기인 〈커뮤니티Community〉 파일럿을 연출했으며, 시리즈의 총괄 프로듀서로 34편을 더 만들었다. 두 프로그램 모두 출연자가 정말 많았지만, 형제는 어느 한 명의 배우도 소외되지 않게 하는 역량을 보여주었다.

앤서니 루소는 형제가 공유하는 미학을 이렇게 설명했다. "우리는 여러 명이 주연으로 등장하는 앙상블 스토리텔링이나 한 작품에 여러 세계관이나 프랜차이즈를 담는 방식을 잘 이해하고 있어요. 포부가 있고, 최첨단을 좋아하죠. 불쾌할 수 있는 용어라 잘 사용하지는 않지만, 사실 우리는 포퓰리스트예요." 앤서니는 즉흥적으로 말하는 성향이 강했고 조는 다소 신중한 편이었다. 하지만 촬영 현장에서 함께 일할 때 두 사람은 혼연일체가 되었다. 이야기하지 않아도 이미 필요한 것에 대한 의견이 일치되어 있었던 덕분에 두 사람 중 어느 쪽이 출연진이나 제작진에게 지시를 내리든 상관없었다.

루소 형제는 〈커뮤니티〉의 크리에이터 댄 하먼Dan Harmon에게 그의 시트콤을 다른 영화나 TV 장르를 패러디하는 수단으로 활용하도록 권했다. 이 프로그램에서 가장 훌륭하다고 꼽히는 몇몇 화는 역사 다큐멘터리와 명절 특집 클레이 애니메이션을 완벽하게 패러디한 것이었다. 맨 처음 눈에 띄는 화는 대학 페인트 볼 대회를 배경으로 액션영화를 패러디해 만든 2010년의 '21세기 전쟁'[27]이다. 이 에피소드는 이미 '분노의 질주Fast and the Furious' 시리즈로 잘 알려진 저스틴 린Justin Lin이 연출했지만, 루소 형제는 다음 해에 서부극을 패러디한 '무기여 잘 있거라 1부'와 액션 시리즈를 모방한 '무기여 잘 있거라 2부', 두 편의 후속 화를 연출했다. 이 회차들은 재미도 있었지만 풍자하는 영화들에 대한 깊이 있는 이해가 돋보였다. TV 코미디의 열성팬이었던 케빈 파이기는 이 두 에피소드를 몹시 마음에 들어 했고, 루소 형제와 회의 일정을 잡기에 이르렀다. "파이기는 열렬한 코미디 팬이에요. 정말 다양한 코미디를 좋아하죠." 파이기가 코미디언 그레그 터킹턴Gregg Turkington이 만든 캐릭터인 닐 햄버거를 안다는 사실에 깊은 인상을 받은 폴 러드가 말했다.

파이기와 루소 형제는 유난히 열정적인 사람들이 많이 모이는 영화계에서도 눈에 띄게 강박적인 성향을 공유하면서 금세 친해졌다. 무기여 잘 있거라 에피소드를 연출한 뒤 루소 형제는 진짜 액션영화를 만들고 싶어졌다. 다른 영화사 대표라면 비웃었을지 몰라도 파이기는 그들이 준비가 되었다는 데 동의했다. 마침 F. 게리 그레이가 전설적인 힙합 그룹 N.W.A의 전기 영화 〈스트레이트 아웃 오브 컴턴Straight Outta Compton〉을 맡기로 하면서 파이기의 결정은 더욱 쉬워졌다. 2012년 6월 마블은 루소 형제가 〈캡틴 아메리카: 윈터 솔져〉의 감독을 맡는다고 발표했다. 파이기는 샌디에이고 코믹콘에 모인 관객들에게 아직 루소 형제를 모른다면 이제 곧 알게 될 거라고 말했다.

댄 하먼은 〈커뮤니티〉의 쇼러너로 일하는 동안 NBC와 끊임없는 갈등에 휘말렸고, 방송사는 그가 만든 프로그램에서 그를 해고했다. 하지만 팬과 출연진은 한 시즌 만에 그의 복귀를 요구했다.* 그는 루소 형제가 외교적 감각을 갖춘 덕분에 협업이 활발한 마블 스튜디오에서 잘 적응한다는 사실을 깨달았다. 하먼은 "이 물살을 헤쳐 나가려면 어느 정도 정치적이 되어야 해요. 과대망상증에 빠지면 안 되죠. 오손 웰즈 Orson Welles도 마블에서는 어려워할 겁니다"라고 말했다. 하지만 루소 형제라면? "그들은 늘 협력하려고 했어요."

마블 스튜디오의 공공연한 비밀은 케빈 파이기가 모든 마블 영화의 그림자 감독이었다는 점이다. MCU의 모든 작품을 계획하고 정교하게 다듬는 데 적극적으로 관여하는 그의 방식은 일반적인 영화사 경영진의 수준을 훨씬 능가했고, 심지어 프로듀서들의 창작 참여도를 넘어서는 정도였다. 그가 기용한 감독이 협조적이고, 그가 관심을 두는 프로젝트가 많지 않을 때는 이런 시스템이 잘 돌아갔다.

직설적이고 노골적인 사실주의

루소 형제는 감독을 맡은 즉시 각본을 쓴 에드 브루베이커를 만나 윈터 솔져에 대해 논의했다. 조 루소는 어린 시절 캡틴 아메리카가 항상 보이스카우트 같다고 생각했다면서, 그 캐릭터에 개성을 부여할 수 있는 배우 스티브 맥퀸Steve McQueen을 상상했었다고 말했다. 조는 브루베이커의 각본이 정말 탁월했다고 극찬했다. "그는 신화를 완전히 해체하고, 캡틴 아메리카를 매우 의미 있는 캐릭터로 만들었어요. 게다가 첩보 장르에 집어넣었죠. 캐릭터를 돋보이게 하면서 더 흥미롭게 만들 수

---

* 〈커뮤니티〉 이후 그는 어덜트 스윔의 애니메이션 〈릭 앤 모티Rick and Morty〉를 만들었다.

있는 장르와 결합한 거예요. 그런 각본이 있다니 우리가 정말 운이 좋았던 거죠."

그 후 형제는 마커스와 맥필리, 마블 최고의 프로듀서들인 파이기와 데스포지토, 무어, 알론소, 그리고 마블의 비주얼 아티스트들이 진행하고 있었던 개발 과정에 뛰어들었다. 초기 시나리오는 제2차 세계대전을 회상하는 장면으로 시작하지만, 곧 납치된 군용 보트를 급습하는 현대 장면으로 바뀌었다. 캡틴 아메리카가 낙하산도 없이 비행기에서 뛰어내려 코믹북에서 배트록 더 리퍼로 알려진 빌런과 싸우는 장면이었다. 배트록은 오랫동안 어리석은 허풍쟁이 프랑스인 캐릭터였지만, 이 영화에서는 확실히 위협적인 존재로 재탄생되었다.

루소 형제는 함께 일하는 사람들이 살펴볼 수 있도록 모든 액션 장면에 대한 시각적 참고 자료를 담은 포트폴리오를 가져왔다. 보트 장면을 위해서도 제이슨 본의 격투 장면부터 종합격투기 시합에 이르는, 정신없이 진행되는 액션 부분을 준비했다. 앤서니 루소는 종합격투기 선수들의 빠른 타격에 매료되었는데, 경기를 보다가 퀘벡 출신의 UFC 챔피언 조르주 생 피에르Georges St Pierre를 발견하고 배트록 역에 캐스팅했다.

마블 코믹스 사무실에서는 오래전부터 모든 신인 작가가 쉴드의 헬리캐리어가 추락하는 이야기를 쓰고 싶어 했다. 거대한 전쟁 무기가 하늘에서 곤두박질치는 장면은 거부할 수 없는 매력이 있었기 때문이다. 이제 루소 형제가 그 장면을 화면에서 실현시킬 참이었다. 토니 스타크가 설계하고 쉴드가 제조한 함선 헬리캐리어는 유사 나치 조직인 히드라에게 탈취당해 지구의 어느 곳이든 표적으로 삼아 치명적인 공격을 가할 수 있게 되었다.

루소 형제는 영화 도입부에 등장하는 배트록 장면 촬영 장소로 캘리포니아 롱비치에 정박한 '시 론치 커맨더Sea Launch Commander'를 섭외했다. 형제는 이곳을 방문했을 때 헬리캐리어에 대한 영감을 얻었다. 이 배가 우주로 위성을 쏘아 올리는 발사대이며, 규모가 어마어마하다는 사실을 알게 된 형제는 정부의 감시와 드론 공격을 영화 구성의 중심에 두기로 결정했다. 영화 제작이 한참 진행된 시점인 2013년에는 내부 고발자 에드워드 스노든Edward Snowden이 미국국가안전보장국(NSA)의 기밀문서 수천 건을 유출하는 일이 벌어지면서 이와 관련된 뉴스가 1면을 장식했고, 결국 현실은 이미 진행 중인 영화에 영향을 주었다.

앤서니 루소는 "시사와 관련되지 않은 정치 영화를 만들기는 어려워요. 정치 스릴러가 단순한 스릴러와 다른 점이 바로 그런 거죠. 등장인물들의 망상증이 관객들의 경험을 더 증폭시켜주기도 하잖아요. 하지만 우리는 화제성을 좋아하기 때문에 스노든이 NSA의 기밀문서를 폭로했을 때 현실이 된 장면들을 빼지 않기로 했어요. 그런 장면에는 시대정신이 반영되어 있었거든요. 우리 모두 드론 공격과 시민적 자유에 대해 의문을 제기하는 기사들을 읽고 있었어요. 버락 오바마Barack Obama는 누구를 죽일지 이야기하고 있었고요. 우리는 이 모든 것을 영화에 담고 싶었어요. 캡틴 아메리카의 가장 위대한 세대[28]가 가진 사고방식과 대조를 이룰 테니까요"라고 말했다.

루소 형제는 마블 제작진과 긴밀히 협력했지만, 어떤 면에서는 마블 스튜디오의 일반적인 방식과 어긋나기도 했다. 예를 들어, 루소 형제는 최종 장면들이 디지털로 보완되더라도 가능한 한 실제 현장 촬영과 물리적 특수효과를 많이 넣는 걸 고집했다. 앤서니 매키는 그들의 접근 방식을 칭찬했다. "루소 형제는 사라져가는 실사 촬영을 고수하려 했다는 점에서 정말 훌륭했어요. 그들은 실제로 만들 수 있는 건 전부 다 만들었고 CGI는 최소한으로 쓰려고 했어요. 그래서 영화가 그렇게 근사해 보이는 거예요." 아이러니하게도 영화에서 CGI에 가장 많이 의존하게 된 캐릭터는 팔콘이었다. 〈캡틴 아메리카: 윈터 솔져〉에서 팔콘이 날개를 펼칠 때마다 사실은 매키를 디지털로 구현한 대역이 등장했다.

〈아이언맨 2〉가 개봉하자 사무엘 L. 잭슨은 "우리는 아직 닉 퓨리를 거친 녀석으로 만들지 못했어요. 그는 여전히 말 많은 사람일 뿐이죠"라고 말했다. 〈캡틴 아메리카: 윈터 솔져〉에서는 마침내 퓨리에게 액션 장면이 주어질 만한 충분한 이유가 생겼다. 쉴드의 미래를 둘러싼 전투를 그리는 영화였고, 쉴드의 지도자가 물리적으로 개입하면서 위험이 극적으로 상승하기 때문이었다. 본 촬영을 시작하던 시기 65세였던 잭슨이 여전히 달리는 걸 원하지 않았다는 점에서 루소 형제는 〈어벤져스〉의 웨던과 똑같은 제약 속에서 촬영을 진행해야 했다. 하지만 적어도 〈윈터 솔져〉에서 잭슨은 달릴 필요가 없었다. 그를 쫓는 암살자들이 워싱턴 DC 거리를 누비는 동안 그는 최첨단 자동차의 운전석에 앉아 있었기 때문이다.

마커스와 맥필리가 쓴 초기 각본에도 자동차 추격전이 있긴 했지만, 루소 형제가 합류한 뒤에는 이 장면이 대대적으로 확장되었다. 이 장대한 장면을 위한 비주얼 포트폴리오에는 자동차 추격전으로 유명한 고전 영화 〈프렌치 커넥션The French Connection〉, 현대적인 추격 장면으로 잘 알려진 제이슨 본 시리즈, 실제 자동차 추격 장면 등이 포함되었다. 루소 형제는 마블의 콘셉트 아티스트와 애니메틱[29] 편집자들에게 닉 퓨리가 처한 상황이 점점 더 심각해지면서 관객의 예상보다 더 오래 '긴장이 지속되는' 장면을 구성하라고 지시했다. 루소 형제는 마커스와 맥필리가 쓴 각본에서 엘리베이터 격투 장면을 또 하나의 '긴장된' 순간으로 강조하고자 했다. 조직이 타락했다는 사실을 알게 된 스티브 로저스가 쉴드 본부를 빠져나오면서 히드라를 따르는 무리를 물리치는 장면이었다. 루소 형제와 마블의 시각화 개발 담당자들은 영화에 등장하는 육탄전을 위해 대량의 스토리보드와 몽타주를 개발해 전체적인 윤곽과 핵심 장면을 결정했지만, 실제 전투의 연출은 세바스찬 스탠의 대역이기도 한 제임스 영James Young이 담당했다.

영은 각각의 격투 장면에 대한 루소 형제의 포트폴리오를 연구한 다음 자신의 스턴트팀과 함께 일반 카메라와 휴대전화로 촬영하며 움직임을 구성했다. 루소 형제는 이렇게 촬영한 영상을 본 다음 특히 마음에 드는 공격이나 다음 단계에서 변경하고 싶은 장면을 지적했다. 최종적으로 루소 형제가 승인하면, 영과 그의 팀은 배우들에게 그에 맞는 격투를 가르쳤다. 엘리베이터 격투의 경우 좁은 공간이라 스턴트 대역으로 교체하는 것이 어려워서 에반스가 대부분의 액션을 직접 연기해야 했다.

앤서니 루소는 자신과 동생은 캡틴 아메리카의 캐릭터를 강조한 액션 장면을 좋아한다고 말했다. 캡틴은 근육뿐만 아니라 도덕성까지 갖춘 인간으로서 초인적 존재들과 같은 세계에 있다. "본질적으로 그는 한 명의 남자예요. 단지 더 남자다울 뿐이죠. 하늘을 날거나 다른 무언가로 변신하는 게 아니거든요. 그래서 우리는 슈퍼히어로 영화가 액션 차원에서 할 수 있는 가장 직설적이고 노골적인 사실주의 접근법을 생각해냈죠."

스토리보드, 콘셉트 아트, 코스튬 디자인 같은 크리에이티브 역량이 투여되자 루소 형제는 마음에 드는 요소를 골라 애니메틱에 반영했다. 이렇게 하면 효과적인 것과 그렇지 않은 것을 확인하고 필요에 따라 수정할 수 있었다. 〈윈터 솔져〉의 사전 시각화 작업을 맡은 몬티 그라니토Monty Granito는 루소 형제가 영화의 마지막 액션 장면을 위한 애니메틱 제작을 거듭 요청했다고 말했다. 스티브 로저스가 버키 반즈와 마지막 대결을 펼치고, 팔콘이 워싱턴 DC 상공에서 헬리캐리어 여러 대를 공격하는 장면이었다. "그들은 한두 장면을 고른 뒤 '이 한두 컷은 좋아요, 이 한두 컷을 중심으로 전체 장면을 다시 만들어 보세요'라고 말했어요. 그런 다음 제가 장면 전체를 다시 만들어 가면 '이 네 컷은 좋아요, 이 네 컷을 중심으로 전체 장면을 다시 만들어 보세요'라고 했어요." 이러한 사전 시각화 작업은 후반작업에 드는 노력을 많이 줄일 수 있었다. 만약 마지막 순간까지 영화를 계속 수정하는 마블 스튜디오의 방식만 아니었다면 그랬을 것이다.

루소 형제가 감독으로 쌓은 경험만큼이나 총괄 프로듀서로 일한 경험도 중요했다. 마블의 영화 제작방식은 독창적인 감독이 아닌 강력한 관리자를 선호했기 때문이다. 형제는 영화를 만들기 전 스티븐 스필버그로부터 얻은 조언에 충실히 따랐다. 앤서니 루소는 이렇게 회상했다. "스필버그는 '개인 트레이너를 구해서 체력을 단련하라'고 했어요. 감독은 지구력을 시험하는 일이니까요." 그들은 제작 사무실에 운동기구를 설치했고, 촬영장에서는 건강 음료를 마셨다. 파이기는 조와 앤서니가 권투선수처럼 쉬지 않고 몸을 움직일 수 있는 체력과 자세를 갖추고 작업에 임했다고 전했다.

촬영이 진행되는 동안 '프리저 번(동결 변색)'이라는 암호가 붙었던 〈캡틴 아메리카: 윈터 솔져〉의 본 촬영은 2013년 봄부터 3개월 동안 워싱턴 DC와 LA, 그리고 루소 형제의 고향인 클리블랜드에서 이루어졌다. 출연진 중에는 쉴드의 부정직한 고위직 알렉산더 피어스 역을 맡은 로버트 레드포드Robert Redford도 있었다. 레드포드가 선택된 것은 그가 영화계의 어른일 뿐만 아니라 〈콘돌〉과 〈모두가 대통령의 사람들All the President's Men〉에 출연했던 배우로 1970년대 정치 스릴러와 이어지는 살아있는 연결고리였기 때문이다.

사무엘 L. 잭슨은 레드포드와 함께 연기한 적은 없었지만, 두 사람이 맡은 역할은 오랜 친구이자 동료 사이로 설정됐다. 첫 장면을 찍던 날 아침, 잭슨이 선배 배우를 찾아갔다. "우리는 골프 이야기를 했어요. 인생 이야기도 하고 영화 이야기도 했죠. 그래서 촬영장에 들어갔을 때는 마치 오래 시간을 보낸 사이처럼 보였어요."

촬영은 순조롭게 진행되었고, 루소 형제가 페인트 볼 대신 실탄을 쓸 준비가 되어 있다는 파이기의 믿음을 확인시켜주었다. "조와 앤서니는 '마블 영화 최고의 자동차 추격전, 어쩌면 역대 최고의 자동차 추격전을 찍고 싶어요'라고 말할 정도로 포부가 정말 컸어요. 저도 한번 해보자고 답했어요." 파이기는 미소 지었다. "그걸 해내지 못했다면 망했겠죠."

파이기는 마블 시네마틱 유니버스와의 연관성을 작품에 더 광범위하게 넣으려는 형제의 열의에도 만족했다. 존 파브로는 이런 요청에 언제나 신경을 곤두세우곤 했었다. 예를 들어 루소 형제가 감독한 영화 〈캡틴 아메리카: 시빌 워〉에서 버키 반즈가 토니 스타크의 아버지를 죽였다는 사실이 밝혀지는데, 이와 관련된 배경 정보가 〈윈터 솔져〉에 먼저 등장한다. 조 루소는 이에 대한 자신의 생각을 이렇게 밝혔다. "코믹북의 열성팬이라면 이런 부분에 열광하죠. 이런 장면은 유니버스를 창조하기 위해 작가와 감독이 함께 직조하는 기묘한 종류의 태피스트리 같은 거예요."

〈캡틴 아메리카: 윈터 솔져〉는 빨간색, 흰색, 파란색이 들어간 옷을 입은 남자가 잿빛으로 물든 세상과 맞서 싸우는 긴장감 넘치는 액션 스릴러로, 단연코 MCU 최고의 영화 중 하나다. 전 세계적으로 거둬들인 7억 1,400만 달러의 수익은 〈퍼스트 어벤져〉의 두 배 가까운 규모였다. 당시 마블 스튜디오는 기대를 뛰어넘는 속편을 여러 편 개봉하며 장기간에 걸친 시리즈물 흥행 기록에 대한 할리우드의 역사를 다시 썼다. 루소 형제가 〈윈터 솔져〉 작업을 마치자마자 파이기는 세 번째 캡틴 아메리카 영화의 감독으로 그들과 다시 계약했고, 스티브 로저스와 버키 반즈의 이야기를 마무리하며 3부작을 완성하는 각본을 쓰기 위해 마커스와 맥필리를 기용했다. 당시까지 계획은 그랬다. 하지만 어느 날 파이기는 마커스와 맥필리가 함께 쓰는 마블 스튜디오 사무실에 들러 결정적인 단어 하나를 던졌다. "Civil War."

Chapter 18: We Are Groot
위 아 그루트

"

We're all standing up now. Bunch of jackasses, standing in a circle.

"

<Guardians of the Galaxy>

MCU의 또 다른 문

몇 년 뒤, 어벤져스 영화에 출연한 스타들은 마블 스튜디오의 역사적 터닝포인트가 된 작품이 무엇이냐는 질문을 받았다. 케빈 파이기의 슈퍼히어로 영화 제작 실험이 의미 있는 성공을 넘어 거대한 엔터테인먼트 기업으로 변모한 계기를 찾아달라는 요청이었다. 그 어떤 흥행 기록을 깬 작품이라고 해도 자신이 출연한 영화를 거론한 사람은 아무도 없었다. 그들은 하나같이 유전적으로 변형된 라쿤과 말하는 나무가 등장하는 대담한 어드벤처 스토리를 꼽았다.

마크 러팔로는 〈가디언즈 오브 갤럭시〉가 마블 유니버스의 무대를 우주로 확장시킨 독창적인 작품이라고 평했다. "우주로 가기도 하고, 웃기기도 한 정말 다채로운 작품이었어요. 기존의 마블 유니버스와는 완전히 동떨어진 스타일이었죠." 로버트 다우니 주니어도 "〈가디언즈〉는 역대 최고의 마블 영화"라는 극찬을 남겼다. 파이기는 이 영화에 대해 "관객이 우리와 함께 어디까지 가줄 수 있는지 보여주는 가장 좋은 사례였죠. 그냥 나무와 라쿤, 그리고 비유를 이해하지 못하는 남자가 등장하는 우스꽝스러운 영화였어요. 우리가 그런 걸 하겠다는 발상 자체가 정말 마음에 들었어요"라고 말했다.

〈가디언즈 오브 갤럭시〉를 제작할 때 마블에서 일했던 한 내부 관계자는 "성공하고 나면 그런 영화를 만든다는 게 간단하고 쉬워 보이죠. 하지만 말하는 나무와 라쿤이 나오는 영화를 만들겠다는 건 지금까지 들어본 적 없는 황당하고 멍청한 이야기였다는 사실을 잊으면 안돼요. 솔직히 아무도 마시지 않는 독주를 마신 게 아닐까 두려웠어요. 그러다가도 '정말 재밌을 것 같은데 사람들도 우리 의견에 동의해줄까?'라고 생각했었죠"라고 말했다.

2011년에 2년의 활동 기간을 마치고 마블 작가 프로그램을 떠난 시나리오 작가 니콜 펄먼은 곧바로 다시 고용되어 〈가디언즈 오브 갤럭시〉의 대본 수정을 맡았다. 그녀는 마블에서 자신의 정신 나간 SF 대본을 정말로 제작하기로 했다는 사실이 믿기지 않았다. 사실 스튜디오 운영진은 이 작품에 열의를 보였지만, 마블의 뉴욕 경영진은 훨씬 더 회의적이었다. 특히 인지도가 거의 없다시피 한 캐릭터들이 단체로 등장한다는 점을 염려했다. 하지만 LA의 시각화 개발팀 담당자들이 스타로드로 불리는 건방진 주인공 '피터 퀼'과 성격 급한 라쿤 '로켓', 녹색 피부의 암살자 '가모라', 고지식한 파괴자 '드랙스', 지각 있는 나무 '그루트'의 디지털 렌더링을 만드느라 분주했던 덕분에 그녀는 스튜디오 전체 분위기가 진지해 보였었다고 기억했다. "몇 년 동안 부모님께 '라쿤과 말하는 나무가 나오는 영화를 작업하고 있어요'라고 말씀드렸거든요. 부모님께서는 '저런, 딱하구나. 혹시 실패하더라도 너를 진심으로 응원할게'라고 하실 정도였어요."

한 마블 임원이 로켓은 자칫하면 스타워즈의 자자 빙크스처럼 대실패로 끝날 수 있다며 빼야 한다는 의견을 내자 파이기는 펄먼의 각본을 지지하며, 로켓은 꼭 있어야 한다고 주장했다.

피터 퀼이 오브를 훔치는 도입부 장면을 구성하기 위해 파이기는 펄먼에게 영화에서 그려진 적 없는 외계 행성을 만들어 달라고 요청했다. 이 행성은 나중에 '모라그'로 불리게 된다. 그녀는 어린 시절 디즈니랜드에 놀러갔다가 운영이 일시 중지되어 '해저 2만 리' 잠수함을 타지 못했던 때를 떠올렸다. "합판 가림막 틈에 난 작은 구멍에 눈을 대고 안쪽을 살펴보니 난파선이 보였어요. 그런데 바닥에는 물이 전혀 없었어요. 파이기가 특별한 외계 행성을 요구했을 때 그때 기억이 떠올라서 '바다가 모두 사라진 세상은 어떨까? 달이 없어져서 바닷물이 모두 빠져나갔을지도 몰라' 하고 상상해서 그렇게 만든 거예요."

니콜 펄먼은 자신이 각본의 최종 작가는 아닐 거라 짐작했다. "스튜디오에서 작가 겸 감독을 데려올 거라고 진작부터 생각하고 있었어요. 이 작품은 희극적인 프로젝트에 맞는 사람이 마무리해야 했어요.

처음부터 불손하고 장난스러운 영화였거든요."

파이기는 미국 감독조합 회원 명단을 놓고 우주 최고의 부적응자들이 모인 팀을 다룰 수 있는 재능과 엉뚱한 유머를 구사할 수 있는 사람을 찾았다. 그가 뽑은 최종 후보에는 〈브링 잇 온Bring It On〉의 페이튼 리드Peyton Reed, 〈하프 넬슨〉의 애너 보든Anna Boden과 라이언 플렉Ryan Fleck, 그리고 제임스 건James Gunn이 있었다.

제임스 건과 트로마 영화

미주리 주 세인트루이스와 그 근교에서 자란 제임스 건은 어린 시절 〈살아있는 시체들의 밤〉, 〈13일의 금요일Friday the 13th〉 같은 저예산 공포 영화에 푹 빠져 지냈다. 12살 무렵에는 자신의 네 형제를 등장시켜 좀비에게 잡아먹히는 내용의 8mm 영화를 만들기도 했다.* 건은 "습자지와 물엿, 붉은 식용 색소를 사용해서 피를 만들곤 했죠"라고 말했다. 건은 수년 동안 펑크록 밴드의 리드 싱어이자, 『장난감 수집가The Toy Collector』를 출간한 소설가로 활동했다. 그는 컬럼비아 대학교에서 소설 전공으로 문학 석사 학위를 받았지만, 스토리텔링에 관해 더 많이 배운 것은 1998년 할리우드로 건너가 〈톡식 어벤저The Toxic Avenger〉와 같은 저예산 공포 영화를 만드는 트로마 엔터테인먼트에서 주급 400달러를 받고 일할 때였다고 말했다. 트로마에서 건은 촬영지 섭외부터 포스터 디자인 같은 여러 업무를 담당하며 열정적으로 일을 배웠다. 그는 셰익스피어풍 블랙 코미디 〈트로미오와 줄리엣Tromeo and Juliet〉과 슈퍼히어로 풍자극 〈더 스페셜스The Specials〉를 집필한 이후, 2002년 실사 영화 〈스쿠비두Scooby-Doo〉와 2004년 리부트된 〈새벽의 저주Dawn of the Dead〉의 각본을 집

---

* 그 형제들은 모두 엔터테인먼트 업계에 진출했고, 그중 한 명인 숀 건Sean Gunn은 〈길모어 걸스Gilmore Girls〉에 부정기적으로 출연하는 배역을 맡기도 했다.

필하며 대형 영화사와도 일했다. 또한 2004년에는 당시 그의 아내였고, 훗날 〈더 오피스〉의 팸 역으로 유명해진 제나 피셔Jenna Fischer와 함께 모큐멘터리 〈롤리러브Lollilove〉에 출연했다. 두 사람은 2008년 이혼했지만 좋은 관계를 유지하고 있다.

건은 자신이 집필한 〈슬리더Slither〉(2006)와 〈슈퍼Super〉(2010)를 직접 연출했다. 〈슬리더〉는 외계 기생충에 관한 공포물이었고, 〈슈퍼〉는 자경단이 된 즉석요리 전문 요리사의 이야기였지만 기본적으로는 둘 다 피가 낭자한 블랙 코미디였다. 펑크록과 스플래터 호러 정신으로 무장한 건은 관객을 즐겁게 하는 방법을 잘 알고 있었고, 그에 못지않게 관객을 역겹게 만드는 데서도 즐거움을 느꼈다.

건은 어느 모로 보나 마블 시네마틱 유니버스와 어울릴 것 같지 않은 인물이었다. 건은 〈아이언맨〉 개봉 직후 파이기와 만났다. "제가 해온 일을 파이기가 마음에 들어 했다는 걸 알고 있었어요. 파이기는 제가 마블 팬이라는 것도 알았고요. 저는 〈아이언맨〉을 정말 좋아했어요. 장르를 바꿔놓은 작품이라고 생각해요. 하지만 이렇게까지 커질 줄은 전혀 몰랐죠."

2011년, 파이기는 건과 다시 만나 〈가디언즈 오브 갤럭시〉의 콘셉트 아트와 1미터가 채 안 되는 키에 점프슈트를 입은 로켓의 모습을 보여줬다. 건은 처음에는 관심이 없었지만, 회의가 끝난 뒤 계속 생각해보다가 이 프로젝트가 자신에게 엄청난 자유를 가져다줄 수 있다는 사실을 깨달았다. 그는 어린 시절을 떠올리며 마블 코믹스의 역사를 돌이켜보았다. "처음에는 평범하고 기본적인 마블 코믹북이 존재했어요. 그러다 어쩌다 한 번씩 〈데어데블〉을 그린 프랭크 밀러 같은 사람이 나타났죠. 대단히 통찰력 있고 무척 독창적인 작품이었어요. 물론 그 작품은 마블 유니버스와도 연결되어 있지만, 그 자체로도 하나의 예술 작품이었어요. 마블 영화도 어떤 작품은 기본에 충실하고, 어떤 작품에서는 더 큰 위험을 감수하려고 해요. 저는 마블 영화이면서 제임스 건다운 영화를 만들고 싶었어요."

건은 이 일을 맡고 싶었지만, 어떻게 해야 일을 맡을 수 있을지는 알지 못했다. 그래서 그는 이전부터 알고 지내던 조스 웨던에게 이메일을 보냈다. "'이봐, 이 일을 맡고 싶은데 도와줄 수 있겠어?'라고 이메일을 썼죠." 웨던은 이렇게 답장했다. "더럽게 늦게 보냈네. 벌써 모두에게 너에 대해 이야기해놨거든."

끝내주는 믹스 테이프

〈더 스페셜스〉를 역대 최고의 슈퍼히어로 영화 중 하나로 추켜세운 웨던의 도움으로 제임스 건은 2012년 9월 〈가디언즈 오브 갤럭시〉의 감독을 맡게 되었다. 그는 프로듀서 제레미 랫챔과 짝을 이루었고, 가장 최근에 나온 각본을 받았다. 니콜 펄먼의 예상대로 그녀는 이 영화의 마지막 작가가 아니었다. 여름 동안 크리스 맥코이Chris McCoy가 그녀의 초고에 활력을 불어넣었고, 감독도 즉시 자신의 감성을 반영한 각본을 다시 쓰기 시작했다. 건은 각본을 쓰는 것과 영화를 연출하는 것에는 큰 차이가 없다고 말했다. 그는 펄먼이 이 일을 시작했다는 사실은 인정했지만, 그 이상의 공로는 인정하지 않았다. "원래 콘셉트가 있었고, 영화에 나오는 것도 어느 정도 비슷해요. 하지만 실제 스토리와 캐릭터는 거의 제가 재창조한 거예요."

마블 영화는 다시 한번 미국 작가조합의 중재에 회부되었다. 공식적인 판결은 건과 펄먼 모두 작품에 상당히 기여했기 때문에 각본에 대한 크레디트를 동등하게 공유하라는 것이었다. 건은 만족하지 못했다. "펄먼의 각본과는 모든 것이 아주 달라요. 스토리도 다르고, 인물 전개도 달라요. 하지만 작가조합은 처음에 각본을 집필한 작가를 끔찍이 좋아하죠."

펄먼은 "제임스 건을 비롯해 영화를 아름답게 만들어준 모든 사람의 공로를 인정한다"라고 말하며, 공개적으로 건에게 맞서지는 않았다. 하지만 〈토르: 천둥의 신〉의 공동 집필자이자 그녀의 친구인 잭 스텐츠가 대신 이의를 제기했다. "펄먼은 〈가디언즈 오브 갤럭시〉에서 자신의 공로를 인정받기 위해 싸워야 했어요. 하지만 그녀는 지금 가장 뛰어난 액션 대작 영화를 집필한 여성 작가일 거예요. 단순한 마블 영화가 아니라, 사람들이 정말 좋아하는 마블 영화에 자신의 이름을 올린 최초의 여성이었기 때문이죠. 영화가 개봉했을 때 그녀는 '제임스 건 엿 먹어라' 파티를 열기도 했어요. 힘겨운 저작권 중재에서 이겼기 때문이죠. 제임스 건의 팬 입장에서 말하는데, 제가 여전히 화가 나는 건 그가 펄먼에게 이기기 위해 주변 친구들과 팬보이 미디어에 선택적으로 정보를 흘렸다는 점이에요. 매튜 본이 〈엑스맨: 퍼스트 클래스X-Men: First Class〉의 크레디트에 우리 이름이 올랐다며 난리를 피웠을 때, 적어도 그는 자신의 이름을 걸고 그런 말을 했다고요."

피터 퀼의 워크맨이란 장치를 생각해낸 것은 펄먼이었지만, 이를 영화의 중심에 배치한 것은 제임스 건이었다는 사실에는 모두 동의했다. 워크맨은 피터 퀼과 죽은 어머니와의 관계를 나타내는 물질적 상징이었고, 결정적으로 텐씨씨10cc의 〈난 사랑에 빠진 게 아니야I'm Not in Love〉, 블루 스위드Blue Swede의 〈어떤 느낌에 꽂혔어Hooked on a Feeling〉 같은 1970년대 팝과 록 음악의 사운드트랙을 전달하는 장치 역할을 했다. 건은 자신의 각본을 매우 구체적으로 선정한 곡들로 채웠다. "70년대의 모든 히트곡이 담긴 빌보드 차트를 보면서 작업을 시작했어요. 수백 곡을 다운로드받은 다음 영화 분위기에 딱 어울리는 120여 곡을 골라서 플레이리스트로 만들었죠. 이 곡들을 들으면서 노래에 관한 장면을 만들기도 하고, 음악이 필요한 장면이 있을 때는 여러 곡을 넣어보기도 했어요."

마블 스튜디오는 영화의 믹스 테이프를 좋아했지만, 창작위원회는 좋아하지 않았고 심지어 음악을 뺄 것을 요구하기도 했다. 파이기와 랫챔은 음악이 건의 영상이 주는 매력의 일부라고 주장하며 대신 맞서야 했다.

각본의 초기안은 만화에서 설정된 피터 퀼의 서사를 따랐다. 즉 퀼의 아버지가 스파르탁스 행성의 황제인 제이슨으로 밝혀지면서 퀼을 은하계 왕족으로 설정한 것이다. 웨던은 관객이 피터 퀼에게 감정을 이입하려면 평범한 사람이어야 한다고 주장하며, 이 설정에 강력히 반대했다. 또 웨던은 대본의 대사가 다른 MCU 프로젝트의 리듬이나 유머와 너무 유사하다고 느꼈다. 건은 이렇게 회상했다. "웨던은 다른 사람들만큼 만족하지 않았어요. 그는 대본에 제임스 건의 색깔이 더 드러났으면 좋겠다고 하더군요. 그래서 저는 '알았어, 네가 책임져'라고 했죠." 그 결과 영화의 농담들은 더욱 신랄해졌고, 디즈니 시대의 마블 영화에서 기대할 수 있는 영역의 경계를 넓혔다.

말하는 나무와 라쿤이 나오는 영화에 출연할 사람?

캐스팅 디렉터 새라 할리 핀은 스타로드 역의 크리스 프랫과 염두에 두지 않았던 후보들을 제임스 건에게 소개했다. 드랙스 역에는 제이슨 모모아Jason Momoa처럼 육체적으로 시선을 끄는 배우가 필요했다. 모모아는 당시 〈왕좌의 게임〉의 칼 드로고로 잘 알려져 있었고, 후에 〈아쿠아맨Aquaman〉으로 더욱 유명해졌다. 하지만 모모아는 이전에 이와 비슷한 캐릭터를 연기한 적이 있어서 출연을 거절했다. 그래서 핀은 연기에 도전하려는 전직 레슬링 스타 데이브 바티스타를 섭외했다. 바티스타는 대본의 몇 장면을 읽고, 인간의 비유를 이해하지 못하는 캐릭터에 완전히 당황했다. 바티스타는 "드랙스를 전혀 이해할 수 없었어요"라고 말하며 자신의 연기 코치에게 연락했다. 마침 열렬한 코믹북 팬이었던 그의 연기 코치는 바티스타가 캐릭터의 진지한 유머를 이해하도록 도와주었다. 바티스타는 런던으로 날아가 그곳에서 이미 제작 준비 작업을 진행하고 있던 건을 만나 오디션을 보았고, 결국 배역을 따냈다.

건은 로켓과 그루트를 촬영장에서 대역 배우가 연기하는 CGI 캐릭터로 만들기로 했다. 이제 핵심적인 가디언즈 다섯 명 중 가모라 역을 맡을 배우 캐스팅만 남아 있었다. 마블은 〈맘마미아!Mamma Mia!〉의 아만다 사이프리드Amanda Seyfried에게 가모라 역을 제안했지만 거절당했다. 2009년 영화 〈스타 트렉: 더 비기닝〉과 제임스 카메론 감독의 〈아바타〉에 출연했던 조 샐다나도 SF 영화의 여주인공 역할로 이미지가 고착되고 싶지 않아서 출연을 거절했다. 하지만 건은 대본을 다시 읽어보라고 그녀를 설득했다. 샐다나는 당시를 떠올리며 "가모라의 입장에서는 대본이 흥미롭지 않았어요. 가모라는 모든 장면에 등장하지만, 그 어떤 장면에서도 말을 하지 않거든요. 여섯 달 동안 일주일에 엿새를 매일 다섯 시간씩 분장을 하고도 모든 장면에서 벽에 붙은 파리처럼 가만히 있어야 한다고요"라고 말했다. 그녀는 건에게 가모라의 역할을 더 확대하겠다는 약속을 받고 난 뒤에야 출연진에 합류했다.

〈닥터 후〉 팬들에게 컴패니언 에이미 폰드로 알려진 카렌 길런은 가모라의 여동생 네뷸라 역에 캐스팅되었다. 둘은 슈퍼 빌런인 타노스에게 입양된 자매였다. 배역을 제안받기 전 길런은 삭발에 동의해야 했다. 길런은 자신의 길고 빨간 머리카락을 "〈스타워즈〉에 등장하는 괴물을 만드는 사람들"이 가발로 만들어주었다고 했다. 그 덕분에 그녀는 단기간에 종영된 ABC 시트콤 〈셀피Selfie〉에서 자신의 머리카락으로 만들어진 가발을 쓰고 촬영할 수 있었다.

건은 실제 촬영장을 고집했지만, 〈가디언즈〉에는 나중에 CGI로 채워질 빈 곳이 아주 많았다. 빌런인 집행자 로난을 연기한 리 페이스Lee Pace는 자기 캐릭터를 "완벽한 상상력의 산물"이라고 말했다. "저는 감독에게 '좋아요, 해보자고요. 무슨 생각인지 말해봐요'라고 했었죠."

건은 수백만 달러짜리 영화에서 자신이 청소년기에 만들었던 수준 낮은 기술이 들어간 좀비 영화의 자유분방한 분위기를 재현해냈다. 그는 자신의 동생인 숀에게 로켓의 대역을 맡겼다. 숀은 모션캡처 복장을 한 채로 촬영 내내 다른 배우들이 시선 방향을 적절히 맞출 수 있도록 무릎을 꿇고 기어 다녔다. 그루트는 런던 출신 폴란드 배우 크리스티안 고들레프스키Krystian Godlewski가 맡았다. 그는 자신의 머리 위에 캐릭터의 머리 흉상을 얹은 채 파란색 모션캡처 코스튬을 입어야 했다. 즉흥 연기에 친화적인 〈팍스 앤 레크리에이션〉에 출연했던 크리스 프랫은 대작 영화의 1분당 제작비가 얼마나 비싼지 알고 있었다. 그래서 처음에는 〈가디언즈〉에서 애드리브를 해도 되나 걱정했지만, 곧 배우들이 장난스러운 분위기에서 최대한 협조적으로 연기해주길 원하는 감독의 의도를 깨달았다.

제임스 건은 영화에 참여한 사람들을 위해 특별한 선물을 마련했다. "촬영장에 작은 플레이도(고무찰흙) 통을 쌓아두고 배우든 촬영 보조든 스턴트맨이든 PA(제작 조수)든 그날 특별히 활약한 사람이 있으면 한 통씩 줬어요. 촬영 기간을 통틀어 약 40통 정도를 나눠줬는데, 200명 정도 되는 제작진이 85일 동안 촬영한 일정으로는 그다지 많지 않은 양이었죠." 건의 선물은 그가 현장에 불러일으키고자 했던 놀이 정신을 일깨우는 효과를 가져왔다. "새 통을 열고 고무 냄새를 맡으면 창의성이 살아나면서 어린아이가 된 기분이 들어. 플레이도를 갖고 노는 걸 누가 좋아하지 않겠어요?"

건과의 갈등에도 불구하고 니콜 펄먼은 런던 촬영장을 방문했고, 그곳에서 현실에 펼쳐진 꿈속에 들어온 것 같은 초현실적인 경험을 했다. 그녀는 "제가 글을 쓸 때 상상했던 것보다 훨씬 더 아름다운 것들이 너무 많았어요"라고 말했다.

〈가디언즈 오브 갤럭시〉의 마지막 쿠키 영상에 등장하는 베이비 그루트가 화분에서 춤추는 장면은 건이 직접 연기했다. "베이비 그루트의 춤은 100퍼센트 제가 춘 거예요. 누가 있으면 부끄러울 것 같아서 모두 방에서 나가게 하고 카메라를 설치한 다음 제가 춤추는 모습을 촬영했어요. 그런 다음 그 위에 애니메이션을 적용하도록 했죠. 원본 영상은 유출하지 말아 달라고 간청했어요!" 건은 자신이 누군지 알아보지 못하도록 만들었다고 생각했지만, 완성된 영화를 본 친구들은 그의 춤 동작을 알아보았다.

건은 본 촬영이 끝난 뒤 로켓의 목소리 연기를 위해 〈실버라이닝 플레이북The Silver Linings Playbook〉으로 오스카상 후보에 오른 배우 브래들리 쿠퍼Bradley Cooper를 캐스팅했다. 애니메이터들은 촬영장에서 찍은 숀 건의 모습과 목소리를 녹음하면서 촬영한 쿠퍼의 영상, 그리고 실제 라쿤 오레오의 모습을 활용해 로켓의 움직임을 구현했다.

건과 파이기는 모두 〈아이언 자이언트The Iron Giant〉에서 자이언트 역으로 목소리 연기한 빈 디젤Vin Diesel의 팬이었다. 그래서 마블은 그루트의 목소리를 위해 '분노의 질주' 시리즈의 빈 디젤에게 연락했다. 디젤은 '아이 엠 그루트'라는 대사만 말해야 하는 캐릭터 연기하기를 망설였다. 하지만 자녀들에게 가디언즈 오브 갤럭시 이미지를 보여주며, 마블이 아빠에게 어떤 역할을 맡겼을지 묻자 모두 그루트를 가리키는 것을 보고 그 배역을 맡기로 했다.

마블이 〈가디언즈〉의 1차 편집본을 시사회 관객에게 보여줬을 때는 로켓과 그루트의 CGI가 완성되지 않았기 때문에 반응이 썩 좋지 않았다. 하지만 시사회 관객들은 사운드트랙과 크리스 프랫의 연기라는 두 가지 핵심요소를 좋아했기 때문에 마블은 영화를 대대적으로 손봐야 한다고는 생각하지 않았다. 추가 촬영의 가장 큰 변화는 타노스의 등장이었다. 타노스는 이전까지 서사의 그늘 속에 있어서 눈에 띄지 않았고, 그를 대신해 인피니티 스톤 하나를 찾고 있던 로난은 성스러운 전쟁의 중간관리자 같은 인상을 주었다.

웨던은 타노스를 어벤져스의 궁극적인 위협으로 설정하려 했고,

그의 승인으로 마침내 매드 타이탄 타노스가 제대로 된 출연 분량을 얻을 수 있었다. 파이기는 "가디언즈 팀의 구성에 집중하고 싶었어요. 그래서 타노스에 너무 많은 시간을 할애하지 않았지만, 배후에 숨은 인물 뒤에 또 다른 숨은 인물이 있다는 걸 보여주고 싶었죠"라고 말했다. 파이기에게 최우선 과제는 그가 영화 전체에서 가장 좋아하는 장면 중 하나인 "타노스가 왕좌에 기대어 미소 짓는 장면"을 찍는 것이었다. "타노스 코믹북 표지에는 타노스가 어김없이 이 자세로 등장하거든요."

MCU의 가장 중요한 빌런을 연기할 중후함을 지닌 배우를 찾던 핀은 최근 〈밀크Milk〉로 오스카 남우조연상 후보에 오른 조시 브롤린Josh Brolin에게 연락했다. 모션캡처 캐릭터를 연기한 경험이 없었던 브롤린은 친구인 마크 러팔로에게 조언을 구했다. "어떻게 생각해? 이거 괜찮은 거야? 재미있어?" 러팔로는 그에게 이렇게 말해주었다. "그 어떤 영화를 찍을 때보다 더 기분이 묘할 거야. 위아래가 붙은 옷을 입은 채로 얼굴에 점을 찍고 헤드캠이 달린 헬멧을 써야 하거든. 연기할 때 눈이 몰리지 않게 하는 게 제일 어려울 거야. 하지만 나중에 완성된 영화를 보면 반하게 될걸?"

브롤린은 출연을 결심했다. 그는 무지갯빛으로 반짝이는 페인트를 얼굴에 칠한 채 여러 대의 카메라에 둘러싸여 자신의 장면을 촬영했다. 브롤린은 건이 지시하는 것조차 볼 수 없었고, 촬영 과정이 너무 산만하고 당혹스러워 혹시 대사를 잊을까 봐 앉아 있는 동안 대본을 무릎 사이에 끼고 있어야 했다. 2014년 7월, 샌디에이고 코믹콘에서 타노스 역으로 소개된 브롤린은 발포 고무로 만든 인피니티 건틀릿을 휘두르며 무대에 올랐다. 불과 일주일 뒤 〈가디언즈 오브 갤럭시〉가 개봉되었다. MCU의 열 번째 영화였다. 루이스 데스포지토는 "절대 잊지 못할 거예요. 친구들이 '이 영화가 성공하지 못해도 넌 그동안 정말 잘해온 거야'라고 응원했어요. 아무도 〈가디언즈〉가 성공할 거라 예상하지 못했던 거죠. 그래서 작품이 잘됐을 때 훨씬 더 성공한 기분이 들었어요"

라고 말했다.

마블 코믹북 팬들 대부분에게도 생소한 캐릭터들이 주연으로 등장한 〈가디언즈〉는 개봉 첫 주말에 9,400만 달러를 벌어들였고, 전 세계에서는 7억 7,330만 달러의 수익을 올렸다. 창작위원회의 회의적인 의견에도 불구하고, 사운드트랙인 〈가디언즈 오브 갤럭시: 끝내주는 노래 모음집 Vol.1Guardians of the Galaxy: Awesome Mix Vol. 1〉은 175만 장이 팔리며 플래티넘을 달성했다. 〈겨울왕국〉에 이어 2014년에 두 번째로 많이 팔린 영화 사운드트랙이었다.

로버트 다우니 주니어는 이 모든 상황이 얼마나 말도 안 되는 일인지 놀라워했다. "마블은 〈아이언맨〉과 〈토르〉, 〈캡틴 아메리카〉, 〈어벤져스〉의 성공으로 잠재력을 지닌 비주류 캐릭터들을 소개할 기회를 얻었어요. 이번 성공은 그런 비주류 캐릭터들이 홈런을 친 거라고 생각하시면 돼요."

제임스 건은 어떻게든 자신이 원하는 것을 정확히 해내면서도 마블이 필요로 하는 것을 제공할 수 있는 방법을 찾아냈다. 건은 마블과 정말 좋은 관계를 유지한 덕분에, 그 일을 제대로 해낼 수 있었다고 말했다. "저는 마블 운영진의 조언과 아이디어에 진심으로 귀를 기울였어요. 하지만 어떤 캐릭터나 구성 요소를 넣으라는 지시는 한 번도 받은 적이 없어요. 마블은 신뢰하는 사람에게는 충분한 자유를 줘요. 저는 지난 몇 년 동안 그들의 신뢰를 얻었다고 생각해요. 그들을 진심으로 사랑하고 그들과 함께 일하는 게 좋아요."

Chapter 19: Where's Natasha?
여성 슈퍼히어로 영화가 필요할까?

"
The truth rarely makes sense when you omit key details.
"

<Black Widow>

여성 주인공 영화 제작의 어려움

마블 스튜디오는 마블 텔레비전과의 영역 다툼이나 창작위원회와의 끝없는 갈등 같은 내부 문제 대부분을 생텀 생토럼(닥터 스트레인지의 본거지)처럼 비밀에 부쳤다. 한 가지 예외는 여성 캐릭터를 둘러싼 대립이었다. MCU의 모든 여성 캐릭터는 수년 동안 마블 엔터테인먼트 사무실 내부에서 똑같은 지겨운 논쟁을 불러일으켰다. 즉 '여성 슈퍼히어로가 꼭 필요한가?'라는 논쟁이었다.

마블 팬들은 굳이 마블 직원의 블로그나 가십을 다룬 웹사이트를 보지 않더라도 마블이 여성 슈퍼히어로에 관심이 없다는 사실을 알아차릴 수 있었다. 멀티플렉스와 완구 진열대에서 직접 확인할 수 있었기 때문이다. 마블에서 이러한 갈등을 수면 위로 띄운 캐릭터는 블랙위도우로 알려진 나타샤 로마노프였다.

스칼렛 요한슨은 〈아이언맨 2〉에서 붉은색 가발을 쓴 나타샤 역으로 MCU에 처음 등장했다. 풍성하고 곱슬곱슬한 머리에 가슴골을 드러낸 채 몸에 딱 붙는 캣 슈트를 입은, 매력 넘치는 모습의 로마노프 요원은 해머 인더스트리의 복도에서 땀 한 방울 흘리지 않고도 경비원 십여 명을 처치할 정도로 강력했지만, 지금처럼 팬들의 사랑을 받는 캐릭터가 될 것 같지는 않았다.

요한슨은 〈어벤져스〉 전까지는 캐릭터 표현에 확신이 들지 않았다고 한다. 〈어벤져스〉를 촬영하면서 액션에 적합한 헤어스타일과 무기 등으로 블랙 위도우의 개성을 끌어올렸지만, 그녀는 캐릭터의 내면을 이해할 필요가 있다고 느꼈다. "조스 웨던과 함께 로마노프가 어떤 인물이고 어쩌다 용병이 되었는지, 그 자리에 오기까지 어떤 과정을 거쳤는지 그녀의 어두운 면에 대해 이야기하면서 캐릭터를 이해할 수 있었어요."

웨던은 요한슨에게 로마노프의 배경 이야기는 물론 동료 쉴드 요원 호크아이와의 깊은 우정과 손에 묻은 피를 씻고자 하는 동기를 제공했다. 블랙 위도우는 초능력은 없었지만, 토르, 캡틴 아메리카, 헐크와 나란히 섰을 때 한 팀에 속한 것처럼 보였다. 이는 자연스럽게 '왜 블랙 위도우는 단독 주연 영화가 없을까?'라는 의문을 떠올리게 했다.

케빈 파이기는 2011년 블랙 위도우 영화에 관한 질문을 받았을 때 아직 확정된 계획은 없다고 말했다. "하지만 요한슨과 블랙 위도우 영화를 어떻게 만들 수 있을지 이야기하기 시작했어요."

스칼렛 요한슨은 MCU 스파이 스릴러물로 만들어질 가능성을 생각했다. "개인적으로는 〈본 아이덴티티Bourne Identity〉 같은 스타일의 블랙 위도우 영화를 만들 수 있다고 생각해요."

블랙 위도우 영화화의 가장 큰 걸림돌은 여성 슈퍼히어로로 상품은 팔리지 않는다는 믿음을 고수하는 마블 엔터테인먼트의 창작위원회였다. 2013년, 웨던은 "완구 제조업자들은 여성 슈퍼히어로로 완구는 잘 팔리지 않을 거라고 말하겠죠. 영화 관계자들은 끔찍한 여성 슈퍼히어로 영화 두 편을 내세우며 '안 된다니까'라고 말할 거고요. 모두 어리석다고 생각해요"라고 말했다.

2004년에는 블랙 위도우가 영화화하기 가장 쉬운 마블 캐릭터 중 하나로 여겨졌다. 누가 보더라도 익숙한 첩보 액션 장르의 캐릭터에 속했기 때문이다. 라이언스게이트 스튜디오는 이 캐릭터의 판권을 구입한 뒤 〈엑스맨〉의 각본가 데이비드 헤이터David Hayter를 기용해 각본과 감독을 맡겼다. "안타깝게도 최종 구성안을 쓰고 있을 때쯤 〈툼 레이더Tomb Raider〉와 〈킬 빌Kill Bill〉이 나왔고 크게 성공했어요. 하지만 그 뒤로 〈블러드레인BloodRayne〉, 〈울트라바이올렛Ultraviolet〉, 〈이온 플럭스Aeon Flux〉가 연달아 나와서 실패했고요. 〈이온 플럭스〉의 성적이 특히 안 좋았는데, 개봉 사흘 만에 스튜디오에서 '지금은 이런 영화를 할 때가 아닌 것 같다'고 하더군요. 시장 상황 때문에 그들의 논리를 받아들였지만, 상당히 고통스러웠어요. 그 영화에 나름 공을 많이 들였거든요. 당시에 태어난 딸의 이름도 나타샤로 지었을 정도로요."

그로부터 10년 뒤인 2014년, 〈캡틴 아메리카: 윈터 솔져〉에서는 블랙 위도우가 비중 있는 두 번째 주연으로 등장했다. 그 무렵 요한슨은 관객의 성적 판타지를 충족시키는 것 이상의 역할을 하도록 자신의 캐릭터를 지키기 위해 대본 수정을 요구할 만큼 용감해졌다. "〈캡틴 아메리카: 윈터 솔져〉 초반에 나타샤가 근사한 차를 몰고 와서 캡틴을 태우는 장면이 있어요. 원래 대본에는 금발 가발을 쓰고 하얀 테니스복을 입은 채 도착한다고 묘사되었는데 금방 삭제되었죠. 많은 남성 작가들과 일하고 있지만, 상황이 바뀌고 있어서 저도 스스로 그 변화의 일부가 되어야 했어요."

창작위원회는 이런 변화에 동참하는 데 관심이 없었다. 아이크 펄머터는 여성 슈퍼히어로 완구는 팔리지 않는다고 믿었고, 여성 슈퍼히어로 완구를 제작하지 않는 것으로 이를 증명했다. 이는 1990년대 초부터 완구 사업을 했던 펄머터의 철학이었다. 1991년 아비 아라드가 디자인한 엑스맨 액션피겨 제품 중 여성 캐릭터는 '파워 글로우 스톰' 단 하나만 있었고, 이마저도 소량만 생산되었다.

뉴욕 본사에서 펄머터를 대리한 앨런 파인은 디즈니의 우선순위를 정확하게 평가했다. 디즈니는 소년과 남성들에게 팔릴 영화를 만들기 위해 마블을 (나중에 루카스필름까지) 인수한 것이었다. 어린 소녀들을 겨냥한 제품 시장은 이미 디즈니가 압도적으로 장악하고 있었다. 디즈니는 개입하지 않기로 약속했던 자회사에 영향을 미칠 계획도 없었다.

2014년 8월 8일, 아이크 펄머터는 소니의 책임자 마이클 린튼 Michael Lynton에게 이메일을 보내 여성 주연 슈퍼히어로 영화에 관한 대화를 이어갔다. 펄머터는 그런 영화들에 투자하는 건 부적절하다고 주장하면서, boxofficemojo.com에 나온 〈엘렉트라〉, 〈캣우먼Catwoman〉, 〈슈퍼걸Supergirl〉 세 편의 구체적인 수익을 언급하기도 했다.

펄머터가 이메일을 보내기 7일 전, 파이기는 마블에서 여성이 주인공인 영화는 언제 제작하는지에 관한 질문을 또 한 번 받았다. "사람들은 여성 히어로 영화는 보고 싶어 하지 않아'라고 말하면서 좋지 않은 영화 다섯 편을 줄줄이 대는 건 비겁하다고 생각해요. 〈헝거 게임Hunger Games〉이나 〈겨울왕국〉, 〈다이버전트Divergent〉는 절대 언급하지 않아요. 〈킬 빌〉이나 〈에이리언〉도 있죠. 이 영화 모두 여성이 주인공인 작품이잖아요." 파이기는 창작위원회나 펄머터의 이름을 거론하지는 않았지만, 그로서는 이들에게 이례적으로 직설적인 비판을 한 것이었다.

#WheresNatasha

같은 시기, 〈가디언즈 오브 갤럭시〉는 미국 내에서 흥행 1위를 기록했다. 가디언즈 액션피겨를 사러 완구점에 간 팬들은 곧 마블이 변하지 않았다는 사실을 알게 되었다. 가디언즈 4종 세트에 핵심 캐릭터인 가모라가 빠져 있었던 것이다. 영화에서 두 번째로 비중 있는 주연 역할을 맡은 조 샐다나의 연기가 큰 인기를 끌었던 까닭에 가모라 완구가 없다는 사실이 더욱 눈에 띄었다.

페미니스트 웹사이트 '제저벨Jezebel'에는 한 여성이 자신의 어린 딸이 〈가디언즈 오브 갤럭시〉를 좋아해서 샐다나 캐릭터가 그려진 티셔츠를 사려고 '칠드런스 플레이스'에 갔던 사연을 올렸다. 가모라 티셔츠가 존재하지 않는다는 사실을 알게 된 어머니는 상점에 불만사항을 접수했고, 다음과 같은 답변을 받았다. "저희는 라이선스를 보유한 업체의 권고에 따르고 있습니다. 〈가디언즈 오브 갤럭시〉 셔츠는 남아용 셔츠이므로 여성 캐릭터인 가모라가 포함되어 있지 않습니다. 저희는 다양한 상품을 만들려고 노력하지만 안타깝게도 영화 캐릭터 전부를 다 표현할 수는 없습니다." 이 사실이 보도된 이후 기업의 냉담한 메시지는 광범위한 분노를 불러일으켰다.

작가 에이미 랫클리프Amy Ratcliffe는 블로그에 이런 글을 올렸다. "2년 전 〈어벤져스〉가 개봉했을 때 관련 상품에 블랙 위도우가 빠져 있었던 것을 기억하는가? 〈가디언즈 오브 갤럭시〉 제품에서도 가모라가 빠져 있는 어처구니없는 상황을 보니 안타깝게도 마블과 디즈니 라이선스 계약업체가 실수로부터 배우지 못한 것 같다." 해시태그 "#wheresgamora(가모라는 어디에)"도 빠르게 전파되었다. 랫클리프의 게시글은 〈가디언즈 오브 갤럭시〉 관련 상품에서 영화 속 여성 주인공이 배제된 수많은 사례를 다뤘다.

〈가디언즈 오브 갤럭시〉 관련 상품에서 가모라가 빠진 사건 이후, 2015년 5월에 〈어벤져스: 에이지 오브 울트론Avengers: Age of Ultron〉이 개봉했을 때 팬들은 블랙 위도우 관련 상품을 샅샅이 찾아보았다. 마블 엔터테인먼트가 가모라와 관련된 소비자의 불만을 경청했다면, 〈어벤져스: 에이지 오브 울트론〉에서는 블랙 위도우의 비중을 늘렸을 거라 생각했기 때문이다. 물론 그 일에 대처하려고 했다 해도 완구를 디자인하고 제조 출시하는 데는 보통 9개월 이상이 걸리기 때문에 시간이 부족했을 가능성이 크다. 하지만 마블에서 이 문제를 처리하는 데 어떤 관심이라도 보였다는 증거는 없었다.

〈에이지 오브 울트론〉 상품 중 블랙 위도우의 액션피겨는 대형 레고 세트에 포함되어 판매된 것이 유일했다. 블랙 위도우가 그려진 의류도 남성용 티셔츠가 유일했다. 그녀는 오직 토트백에만 등장했다. 곧 소셜 미디어에서 #WheresNatasha(나타샤는 어디에)가 최신 트렌드 키워드로 올랐고, 〈어벤져스〉 파생 상품 중에 블랙 위도우만 빠져 있는 완구 진열대 사진이 함께 올라오기 시작했다. 〈에이지 오브 울트론〉 개봉 나흘 전, 마크 러팔로는 트위터에 "@Marvel 나의 딸과 조카들을 위해 더 많은 #블랙위도우 상품이 필요합니다. 제발 부탁이에요"라고 올리면서 이 운동에 동참했다.

주로 소셜 미디어에서 진행된 항의 캠페인은, 1,500억 달러를 상회하는 규모의 기업에 자기 돈을 지불하려는 사람들이 주축을 이뤘다. 이는 정체성 문제에 집중하면서 남성 기성세대의 편견을 버리게 하고자 노력하는 움직임이었다. 작가이자 활동가인 패트리샤 V. 데이비스Patricia V. Davis는 어벤져스 액션피겨 세트에 블랙 위도우를 추가해 달라는 온라인 청원을 시작했다. "완구회사는 어린 소녀들에게 여성의 기여가 중요하지 않다거나 여성은 슈퍼히어로에 적합하지 않다는 메시지보다 더 나은 메시지를 주어야 합니다. 〈어벤져스〉 같은 슈퍼히어로 영화를 보는 관객 중 46%가 여성이기 때문입니다." 그녀의 주장이 맞다면, 마블은 거의 관객 절반을 무시하는 셈이었다. 실제로 그 주장은 틀리지 않았다.

〈어벤져스: 에이지 오브 울트론〉을 보고 나온 관객들은 블랙 위도우 완구가 없다는 사실이 어리둥절할 정도였다. 영화에는 블랙 위도우가 어벤져스 퀸젯에서 모터사이클을 타고 내려와 비브라늄 몸체의 살인적인 인공지능인 울트론을 쫓는 장면이 등장한다. 임신 중이었던 요한슨이 직접 참여하지는 못했지만, 웨던은 이 스턴트를 대역을 써서 실제로 촬영했다. 〈어벤져스: 에이지 오브 울트론〉 예고편의 핵심 역할을 한 이 장면에서 영감을 받아 두 가지 완구 세트가 출시되었다. 놀랍게도 하나는 블랙 위도우를 캡틴 아메리카로 대체했고, 다른 하나에는 아이언맨이 모터사이클을 타고 등장했다.

한편 〈어벤져스: 에이지 오브 울트론〉 언론 인터뷰에서 배우 제레미 레너와 크리스 에반스가 자신들이 맡은 캐릭터와 나타샤와의 관계에 관한 질문을 받았을 때, 레너와 에반스는 성적인 농담을 하며 웃어 넘기려고 했다. 이 인터뷰가 퍼져나간 후 에반스는 "일부 팬들의 분노를 사기에 마땅한 미숙하고 모욕적인" 말이었다고 인정하며 재빨리 사과했다. 뉘우치는 기색이 덜했던 레너는 코넌 오브라이언 쇼에 출연해서 농담한 것에 후회는 없다고 말했다.

실제 영화에서 나타샤의 연애 상대는 클린트 바튼도 스티브 로저스도 아닌 브루스 배너였다. 웨던은 각자의 사정으로 회한에 잠긴 스파이와 과학자 사이에 공감대를 만들어냈다. 웨던은 나타샤 로마노프가 소련의 레드 룸에서 겪은 충격적인 강제 불임 시술에 관해 브루스 배너에게 이야기하는 장면을 넣으려고 노력했다. 로마노프의 이야기는 배너가 여전히 자신만 "팀에서 유일하게 괴물"이라고 생각하는지 묻는 것으로 끝난다. 일부 관객들은 아이를 가질 수 없는 여성은 어떤 식으로든 정상에서 벗어난 것이라는 암시에 쉽게 수긍할 수 없었다. 웨던은 블랙 위도우를 더욱 강력한 캐릭터로 만드는 데 한몫했지만, 그 역시 한계가 있었던 것이다.

《데일리 비스트》의 젠 야마토 Jen Yamato 는 이렇게 썼다. "〈에이지 오브 울트론〉에서 블랙 위도우는 동료 남성의 개인적인 성장을 돕기 위해 자신의 여성적인 매력을 활용한다. 헐크는 여성적인 손길과 달콤한 보살핌으로 인해 자신의 분노를 조절할 수 있게 되었다. 그 대가로 어리숙한 브루스 배너는 오랫동안 억눌려 있던 로마노프의 여성스러운 감정 혹은 그 무언가에 불을 붙인다. 웨던은 자신이 가장 아끼는 캐릭터에 오직 남성만이 써낼 수 있는 여성적인 결함을 부여했다. 그 결과 MCU에서 가장 멋진 여성 캐릭터가 완전한 여성이 될 수 없어 슬픈 슈퍼히어로라는 외피로 축소되었다."

요한슨은 이 논란에 대해 이렇게 이야기했다. "사람들이 블랙 위도우 캐릭터에 관심을 가지는 것이 기뻐요. 시큰둥한 반응보다는 그 편이 훨씬 좋아요. 저는 블랙 위도우 역할로 제가 했던 모든 연기가 다 이해되거든요."

완구회사 시각의 한계

완구 판매를 중시하며 영화를 제작하는 마블 엔터테인먼트의 방식은 영화의 흥행이 수년 동안 완구 사업의 호황과 불황 주기에 좌우되지 않았다는 점에서 모순적이었다. 마블의 변호사 존 투릿진은 "이사회는 펄머터가 완구 사업을 그만두도록 엄청나게 압박했어요. 장난감은 기본적으로 크리스마스용 상품이잖아요. 투자와 결정은 2월이나 3월에 하고 제품은 연말에 파는 사업이죠"라고 회상했다.

2006년 당시, 데이비드 메이젤이 마블 시네마틱 유니버스를 출범시킨 메릴린치와 자금 거래 계약을 맺은 직후, 마블은 해즈브로에 완구 및 상품에 대한 광범위한 라이선스를 양도하고 '토이 비즈'라는 이름은 중국 기업에 매각했다. 마블 캐릭터가 등장하는 새로운 영화가 꾸준히 개봉한다면, 마블 엔터테인먼트는 해즈브로로부터 상당한 사용료를 보장받을 수 있었다. 해즈브로는 마블의 완구 부문을 관리하기 시작한 이후 슈퍼히어로 액션피겨 제작을 전담하는 특별팀을 만들었다. 마블 엔터테인먼트는 완구팀의 계획과 영화 제작을 조율하면서 해즈브로에 영화 일정을 알려주었을 뿐만 아니라 코스튬 디자인과 배우들의 스캔 파일을 비롯한 마블 스튜디오의 시각화 개발팀 자료에 접근할 수 있는 권한을 액션피겨 디자이너에게 주었다. 해즈브로는 간혹 마블에 완구 콘셉트를 제안하기도 했지만, 데이비드 메이젤은 해즈브로가 영화는 물론 제품화될 대상에 대해 지시한 적은 없다고 말했다. 완구 제품군이 최소 사용료 지급 기준점보다 더 많은 수익을 올리면 마블이 수익의 일정 비율을 받았고, 실패하더라도 해즈브로가 손실을 떠안았다. 하지만 마블 상품이 어마어마하게 팔려나갔기 때문에 이 계약은 해즈브로 측에서도 그만한 가치가 있었다. 실제로 해즈브로의 완구는 마블이 영화를 개봉한 분기에 8억 달러가 넘는 매출을 올려, 평소 분기별 매출인 7억 달러보다 눈에 띄게 급등했다. 마블 엔터테인먼트는 외부에 생산을 위탁했음에도 여전히 완구 판매 수익에 집중했고, 라이선스 담당 직원도 유지했다. 기본적으로 마블 엔터테인먼트는 액션피겨로 만들 캐릭터와 티셔츠를 비롯한 상품에 등장시킬 캐릭터를 결정했고, 라이선스 업체는 제작비용을 부담했다. 펄머터는 영화 수익이 완구로 벌어들이는 사용료를 앞질러도 오랫동안 수익을 내왔던 상품에만 편협하게 집중하는 방식을 유지했다.

이는 합리적이지 않았다. 하지만 마블 엔터테인먼트는 여성 캐릭터의 액션피겨는 팔리지 않을 것이고, 따라서 영화의 주인공이 될 수 없다는 믿음이 틀렸다는 것을 입증하기 불가능한 구조를 만들어냈다. 펄머터가 별안간 성평등 윤리를 깨우쳤다고 해도 여성 캐릭터 완구를 만들지는 않았을 것이다. 그를 설득하는 가장 좋은 방법은 여자아이들이라는 구매층을 무시했을 때 최대의 수익을 얻지 못할 거라는 걸 사실로 확인시켜주는 것이었다. 하지만 그는 시험해볼 마음조차 들지 않았던 것 같다.

Chapter 20: Marvel Studios vs. the Committee

마블 스튜디오 vs. 창작위원회

"

I recognize that the Council has made a decision, but given that it's a stupid-ass decision, I've elected to ignore it.

"

<The Avengers>

극도의 절약 정신

마블 스튜디오는 뉴욕의 마블 엔터테인먼트 본사에서 5,000킬로미터 정도 떨어져 있었지만, 스튜디오 운영진은 아이크 펄머터에게서 벗어날 수 없었다. 2009년 디즈니가 마블을 인수할 당시, 펄머터는 디즈니의 CEO 밥 아이거에게 디즈니가 마블 문화에 간섭하지 않겠다는 보장을 확실히 받았다. 사실 당시 마블의 문화 두 가지는 창의성을 기르기 위한 것이 아니었다. 첫 번째는 완구 판매를 달성하기 위한 부서 간의 조율이었고, 두 번째는 극도의 절약이었다.

"그들은 인색했어요. 몹시 인색했죠." 제임스 건은 이렇게 회상했다. 〈가디언즈 오브 갤럭시〉 회의로 처음 마블 스튜디오를 찾았을 때 그는 이곳이 10억 달러 규모의 영화를 만드는 스튜디오의 본사라는 사실을 믿을 수 없었다. "골판지를 기워 만든 것 같은 사무실에 모두 앉아 있었어요." 마블 엔터테인먼트는 마블 스튜디오의 모든 사무실에서 나오는 청구서들을 세부적으로 검토하며 비용 절감에 나섰다. 그로 인해 마블의 근무 환경은 어느 각본가가 말한 것처럼 "거지소굴에 가까운" 상태였다.

배급업자 크리스 펜튼은 마블 사무실이 검소한 편이었다고 요령 있게 묘사했다. 펜튼은 응접실에 소파가 없어서 커다란 탁자와 짝이 맞지 않는 의자 10여 개가 놓인 회의실에서 기다려야 했다. 그가 앉은 의자가 아래로 푹 주저앉자, 안내 담당 직원은 "의자에 대해 먼저 말씀드렸어야 했는데 깜빡했네요"라고 말했을 정도였다.

스튜디오에서 영화 제작 준비를 시작하면 직원들은 촬영 사무실에서 몰래 음료와 간식을 가져오곤 했다. 마블의 찬장은 늘 비어 있었기 때문이다. 사무실 관리자는 티슈조차 주문할 수 없었고, 필요하다면 식당에서 냅킨을 가져와야 했다.

프로듀서 조디 힐더브랜드는 마블 스튜디오 사무실의 많은 기록과 사내 메모가 보라색 잉크로 작성된 것을 발견하고 의아하게 생각했다. 그러다 비품 보관장 안에 보라색 펜이 대량으로 쌓여 있는 것을 보고 놀랐다. 사실은 묶음 포장에 들어 있는 검정색과 파란색 펜을 다 쓰고도, 보라색 펜을 다 쓸 때까지는 펜을 구매하지 않았을 정도로 극도로 절약하는 마블의 규칙 때문이었다. 심지어 한 마블 고위 임원은 펄머터에게 연필을 끝까지 쓰지 않았다는 이유로 질책받기도 했다. 물론 펄머터 자신도 같은 기준을 적용했다.

펄머터는 언론 인터뷰 예산도 일상적으로 삭감했다. 한번은 기자들에게 음료를 두 개씩 제공한 것에 대해 불평하기도 했다. 〈어벤져스〉 언론 행사에서도 마블의 절약 문화가 잘 드러났다. 배고픈 기자들은 근처에서 열린 유니버설 영화사의 〈5년째 약혼 중The Five-Year Engagement〉 행사장 음식을 가져다 먹어야 했다. 당연하게도 기자들은 이와 관련한 트윗을 올렸다.

앨런 파인의 목소리

펄머터는 마블의 여러 부서에서 지출한 비용을 쉽게 파악할 수 있었다. 다루기 힘든 창의적인 인력들을 통제하는 건 까다로운 일이었지만, 마블 엔터테인먼트는 그런 시도를 멈추지 않았다.

펄머터는 〈아이언맨〉과 〈인크레더블 헐크〉 제작 당시에는 메릴린치의 돈을 쓰고 있었기 때문에 제작에 대한 통제를 하지 않았다. 그러나 이 작품들 이후에는 창작위원회를 설립해서 스튜디오에 대한 통제권을 행사했기 시작했다.

적어도 마블 스튜디오는 감시 카메라는 피할 수 있었다. 마블 엔터테인먼트의 뉴욕 사무실은 최소 20대의 감시 카메라로 직원들을 감시했다고 한다.

공식적인 창작위원회의 설립 목적은 마블의 여러 부서가 서로 같은 목표에 집중하며 일하도록 확인하는 것이었다. 특히 준비 기간이 긴 완구 제작 부문이 개발 중인 영화를 파악할 수 있도록 일정을 조율하는 일이 많았다. 실제로 창작위원회는 할리우드에서 이루어지는 대본과 편집 및 창작에 관련된 결정에 변경을 요구하면서 마블 스튜디오의 운영에 미주알고주알 간섭하기 시작했다. 마블 스튜디오가 〈어벤져스〉로 10억 달러 규모의 자산을 만들어낸 뒤부터는 문제가 더욱 커졌다. 스튜디오가 돈을 더 많이 벌수록 창작위원회가 더 많이 통제하려 들었기 때문이다.

마블 스튜디오가 페이즈 2에 들어서자 창작위원회는 모든 대본을 검토하겠다고 주장했다. 그러면서 피드백은 더 오래 지체하는 바람에 제작 지연 사태를 불러 오기도 했다. 피드백 대부분은 마블 시네마틱 유니버스가 상품 판매를 위해 존재해야 한다는 발상에서 나온 것들이었다. 위원회의 내막을 잘 아는 마블 내부자들은 토이 비즈의 전직 간부이자 현재 마블 캐릭터 주식회사의 총괄 부사장 겸 최고 마케팅 책임자인 앨런 파인에게 그 책임을 돌렸다. 사람들은 그를 펄머터의 대리인으로 생각했다.

과거에는 많은 장르의 이야기가 장난감 판매 성공 가능성 여부에 따라 추진되었다. 완구회사 마텔이 만든 캐릭터 히맨이 배틀캣이라는 초대형 호랑이를 탄 것은 마텔에 호랑이 장난감 재고가 넘쳤기 때문이었다. 마블 스튜디오 운영진은 자신들을 이야기꾼으로 여겼지만, 앨런 파인은 만화책이든 영화든 모두 상품을 팔기 위한 미끼일 뿐이고, 진짜 돈은 상품에서 나온다고 생각했다.

마블은 때로 창작위원회를 통해 성별과 인종에 대한 고집스런 태도를 드러내곤 했다. 블랙 위도우 관련 상품이 없는 것은 이러한 현실을 가장 두드러지게 보여주는 하나의 사례였다.

〈런어웨이즈〉가 취소되었을 때 작가 드류 피어스는 〈어벤져스〉가

MCU의 팀 자리를 차지했기 때문에 그런 결정이 내려진 것이라 생각했다. 하지만 프로듀서 크레이그 카일은 그 결정이 장난감 판매 예측치를 토대로 내려진 것이라고 말했다. "우리 작품의 히어로들은 20대 중반에서 30대 중반의 백인이 가장 이상적인 조합이었어요. 그래야 장난감이 팔리거든요. 그런데 〈런어웨이즈〉의 주인공은 20대가 아니라서 밀려난 거예요. 게다가 여자아이와 소수자도 섞여 있었죠. 그래서 제외된 게 분명해요."

뉴욕 본사의 주문에 따라 파워 팩 영화는 파워 남매가 너무 어려서 목록에서 빠졌고, 토르의 속편인 2013년작 〈토르: 다크 월드〉에 빌런으로 예정되어 있던 죽음의 여신 헬라도 제외되었다. 〈토르: 다크 월드〉를 제작한 크레이그 카일은 "원래는 빌런인 헬라 중심의 이야기였죠. 하지만 뉴욕 본사의 의견에 좌지우지되는 결정이 너무 많았어요. '남자아이들은 여자 액션피겨를 사지 않는다'는 이유가 대부분이었죠. 바로 그게 진짜 이유였어요. 게다가 사람들은 흑인 액션피겨를 사지 않는다는 이야기도 들었어요."

〈토르〉 속편에서 다시 제인 포스터 역을 맡는 것을 주저하던 나탈리 포트만은 슈퍼히어로 영화 제작에 관심을 보이던 〈몬스터Monster〉의 감독 패티 젠킨스Patty Jenkins를 감독으로 기용할 것을 마블 스튜디오에 권했다. 젠킨스는 "제가 슈퍼히어로 영화를 하고 싶어 한다는 소문이 퍼지자, 마블은 여성이 전혀 필요 없는 영화에 저를 기용하려고 했어요"라고 말했다.

젠킨스는 〈다크 월드〉가 지구의 제인 포스터와 아스가르드의 토르 사이에서 일어나는 비운의 로맨스에 초점을 맞추기를 원했다. 하지만 창작위원회는 슈퍼히어로들의 로맨스가 완구 판매에 도움이 될 거라 생각하지 않았다. 젠킨스는 크리스토퍼 요스트가 쓴 각본 수정안에서 액션피겨에 적합한 빌런인 다크 엘프 말레키스와 '에테르'라는 우주적 맥거핀을 위해 자신이 계획했던 러브스토리가 뒷전으로 밀리는 것을 보고 감독직을 거절했다. 젠킨스는 "그들이 계획한 각본으로는 좋은 영화를 만들 수 없을 것 같았어요. 그러다 잘못되면 제 탓을 했겠죠. '이 여자가 감독을 맡아서 모든 것을 다 망쳤군' 하고 말이에요"라고 말했다. 4년 뒤 젠킨스는 워너브라더스에서 흥행작 〈원더우먼Wonder Woman〉을 지휘하면서 대형 영화사에서 슈퍼히어로 영화를 연출한 최초의 여성 감독이 되었다.

포트만은 젠킨스가 감독을 맡는다고 해서 〈토르〉 속편에 출연하기로 결심했고, 할리우드에서 여성의 기회가 확대되는 데 이바지한 것을 뿌듯하게 생각했었다. 젠킨스가 떠나자, 포트만도 시리즈에서 하차하겠다고 선언하고 재촬영을 위한 시간조차 내지 않았다. 그래서 영화 절정 부분의 키스 장면을 촬영할 때 제작진은 크리스 헴스워스의 실제 아내 엘사 파타키Elsa Pataky를 섭외했고, 그녀는 이 장면을 위해 긴 갈색 머리 가발을 착용해야 했다.

마블 스튜디오는 골칫거리인 이 프로젝트를 맡길 감독으로 〈소프라노스The Sopranos〉, 〈왕좌의 게임〉 등의 TV 프로그램으로 잘 알려진 앨런 테일러Alan Taylor를 기용했다. 테일러에 따르면 마블 경영진은 촬영 중에는 거의 간섭하지 않지만, 후반작업 때는 상황이 변했다고 했다. 창작위원회는 로키의 분량이 충분하지 않고 그가 출연한 장면도 별로 재미가 없다고 불평했다. 해결책은 〈어벤져스〉 편집실의 조스 웨던을 런던의 〈다크 월드〉 스튜디오로 보내 모든 로키 장면을 다시 집필해 재촬영하는 것이었다. 쇠사슬에 묶인 채 로키가 처음 등장하는 장면도 다시 촬영한 것이었다. 그렇지 않았다면 이 인기 캐릭터는 상영 한 시간이 지날 때까지 등장하지 못할 뻔했다. 제임스 건이 촬영한 첫 번째 쿠키 영상은 그가 감독한 〈가디언즈 오브 갤럭시〉의 예고편이었는데, 베니시오 델 토로Benicio Del Toro가 컬렉터로 등장한다. TV와 살짝 연관된 두 번째 쿠키 영상에는 다른 세계에서 온 괴수가 지구에 남겨졌고, 이를 〈에이전트 오브 쉴드〉에 등장하는 요원들이 처리할 예정이었다. 결과적으로 이 영상은 다른 마블 프로젝트에 필요한 것을 충족시키는 데 더 치중한 것처럼 보였다.

크레이그 카일은 "파이기는 전지전능하지만, 결국 영화를 살리고 죽이는 것은 감독이에요. 잘될 때도 있고 그렇지 않을 때도 있는데, 〈다크 월드〉는 잘못된 시리즈에 잘못된 사람이 왔을 때 생기는 안타까운 측면을 잘 보여준다고 생각해요"라고 말했다.

〈가디언즈 오브 갤럭시〉는 MCU의 더 포괄적인 흐름에 연결될 요소가 타노스와 인피니티 스톤만 있을 뿐 아직까지 주된 사건에서 너무 멀리 떨어져 있었고, 또 너무 이상했다. 그래서인지 창작위원회는 1970년대 사운드트랙을 빼려고 한 것 말고는 이 영화에 거의 간섭하지 않았다. 위원회는 건이 쓴 각본에 한 차례 지적 사항들을 전달했었지만, 파이기와 데스포지토가 반발하자 제작자들과 더는 싸우지 않았다. 이 이상한 영화는 실패할 거라 예상했고, 그 실패로 인해 뉴욕 본사가 파이기를 통제할 수 있을 거라 믿었기 때문이다. 이런 순간에 위원회가 꼭 한목소리를 낸 것은 아니었다. 하지만 모든 위원 중에 앨런 파인의 목소리가 가장 컸다.

건은 "첫 영화에서 겪은 모든 문제는 감독과 제작자 사이의 대화를 막는 이상한 존재가 원인이었어요. 저는 파이기가 나서준 것을 정말 감사하게 생각해요. 그는 영화를 사랑하거든요. 우리는 훌륭한 대중영화를 만들려고 함께 노력할 따름이죠"라고 말했다. 건은 창작위원회에 대한 생각도 밝혔다. "그들은 코믹북 작가와 완구업계 사람들이었어요. 파이기와 저는 뇌수술 전문 의사인데, 무좀 전문 의사 모임에 둘러싸여 있었던 거죠."

파이기의 영향력

마블 스튜디오의 크리에이터들은 창작위원회를 좋은 영화를 만드는 데 방해가 되는 걸림돌로 여겼다. 스튜디오 운영진은 LA 사무실의 스피커폰 앞에 모일 때마다 뉴욕에서 새롭게 지시하는 터무니없는 의견에 말 그대로 눈알을 굴리곤 했다. 하지만 창작위원회가 들볶더라도 대개는 마블 스튜디오의 제작 속도를 늦추는 데 그칠 뿐이었다. 스튜디오의 프로듀서들은 창작위원회의 요구를 막아내는 일을 결국 자신들이 만들고자 하는 영화를 제작하는 과정에서 겪는 불쾌한 절차 정도로 여겼다.

하지만 〈가디언즈〉 이후 창작위원회는 자신들의 지시를 무시하지 말고 실행해야 한다는 점을 분명히 밝혔다. 조스 웨던은 〈어벤져스: 에이지 오브 울트론〉의 제작에 들어갔다. 사실상 수익성이 보장된 작품이었지만, 출연진 전원이 스타급으로 부상한 바람에 출연료가 대폭 인상된 상황이었다. 뉴욕의 창작위원회에서는 늘어난 예산을 고려해 지난번 작품이 올린 10억 달러를 훨씬 뛰어넘는 매출을 기대하고 있었다. 웨던이 한국과 영국, 이탈리아를 비롯한 해외에서 촬영하는 동안 마블 스튜디오 운영진은 그 뒤를 이을 페이즈 3 영화들을 바쁘게 준비했다.

로버트 다우니 주니어는 없어서는 안 될 배우였지만, 출연료가 비쌌다. 그는 〈어벤져스〉에서 5,000만 달러, 〈아이언맨 3〉에서 7,000만 달러를 받았다. 마블은 계속 이런 출연료를 지불하면서 네 번째 아이언맨을 만들고 싶은 생각이 없었다. 다우니는 다른 MCU 영화에 조연으로 출연할 때는 적은 출연료를 흔쾌히 받아들일 생각이었다. 파이기는 다우니가 〈캡틴 아메리카: 시빌 워〉로 불리게 될 세 번째 캡틴 아메리카 영화에 출연하기를 바랐다. 마블의 코믹북 『시빌 워』에서는 캡틴 아메리카와 아이언맨 간의 대립이 핵심 내용이었기 때문이다. 〈캡틴 아메리카〉의 각본을 맡은 크리스토퍼 마커스와 스티븐 맥필리는 조 루소, 안 소니 루소 감독과 다시 손을 잡고 각 히어로가 캡틴 아메리카와 아이언 맨 중 어느 쪽과 협력할지, 그리고 영화에 등장시킬 슈퍼히어로는 누가 있을지 찾아내는 일을 맡았다. 가장 강력한 두 어벤져인 토르와 헐크는 조직 내부 갈등에 적합해 보이지 않았기 때문에 웨던은 해당 시점에 두 캐릭터가 아예 지구를 떠나 있는 것으로 설정했다. 다우니는 루소 형제에게 아이언맨이 이 영화의 빌런 역할이 아니라는 점을 확실히 보장받았다. 그는 캡틴 아메리카 영화에 사실상 공동 주연으로 출연한다는 점에서 〈시빌 워〉의 구상을 마음에 들어 했다. 창작위원회는 영화 예산이 〈어벤져스〉 규모로 치솟을 것을 걱정하면서 달가워하지 않았고, 영화를 저예산으로 만들 수 있는 각본을 요구했다. 구체적으로 아이언맨을 제외시켜 비용을 절감하도록 했다. 하지만 마커스와 맥필리가 써놓은 각본에는 버키가 토니 스타크의 부모를 죽인 사건이 아이언맨과 캡틴 아메리카 사이를 갈라놓았다는 전제가 중심이었다. 스타크를 영화에서 빼면 처음부터 다시 시작해야 했기 때문에 그들은 강경하게 반대했다.

당시 파이기는 창작위원회의 다양한 지시에 대응해야 했다. 앞으로 나올 영화를 개발하는 일로도 싸웠고, 당장 만들고 있는 영화 문제로도 싸웠다. 창작위원회는 '스토리를 개선하는 데 고려해볼 몇 가지 사항이 있다'고 말했지만 실질적으로는 부정적인 의사를 전하고 있었다.

케빈 파이기는 자기주장을 고집할 수 있었지만, 어쨌든 아이크 펄머터에게 충성하는 사람들에게 보고해야 했다. 마블 내에서 펄머터보다 더 큰 권한을 가진 사람은 없었다. 단 한 사람 디즈니 CEO 밥 아이거는 예외였다. 그래서 파이기는 디즈니 스튜디오 회장인 앨런 혼과 아이거에게 여러 프로젝트가 지연되는 문제와 더불어 마블의 '문화'가 마블 스튜디오의 영화 제작을 방해하는 어려움에 관한 이야기를 꺼냈다. 아이거는 얼마 후 펄머터에게 전화해서 파이기와 그의 팀원들을 그만 방해하라고 짧게 이야기했다.

아이거는 펄머터에게 〈캡틴 아메리카: 시빌 워〉에 로버트 다우니 주니어가 비중 있는 역할로 출연하도록 설득했을 뿐만 아니라 흑인 히어로 주연의 〈블랙 팬서〉와 여성이 주인공인 〈캡틴 마블Captain Marvel〉을 만들 때가 되었다고도 이야기했다. 아이거는 디즈니가 마블을 인수할 때 간섭하지 않겠다고 약속했지만, 그 약속의 위험성을 깨달았던 것이다. 파이기는 할리우드에서 확실한 수익을 내는 사람으로 자리매김한 덕분에 불과 몇 년 만에 영향력이 급상승했다. 회사 내에서 파이기의 영향력도 곧 펄머터를 능가하게 되었다.

케빈콘

2014년 8월, 〈가디언즈 오브 갤럭시〉의 성공은 창작위원회의 비판을 무색하게 만들었다. 〈가디언즈〉의 대성공으로 승승장구하는 와중에 아이거의 지원까지 등에 업은 파이기는 디즈니 홍보팀에 MCU의 페이즈 3는 물론 마블의 새로운 시대를 소개할 프레젠테이션을 준비해 달라고 요청했다. 기자회견과 팬 이벤트의 중간 형태가 될 이 행사는 내부적으로 '케빈콘'이라 불리게 되었다.

2006년 샌디에이고 코믹콘에 참가한 파이기는 반쯤 비어 있는 방에서 첫 프레젠테이션을 진행했었다. 한 팬은 그때를 이렇게 기억했다. "아무도 케빈 파이기에게 신경 쓰지 않았어요. 다들 〈스파이더맨 3 Spider-Man 3〉 행사에 참가하려고 했었죠. 존 파브로의 〈아이언맨〉 티저 포스터 사인회도 있었는데, 포스터를 나눠주지도 못했어요." 큼지막한 버튼다운 셔츠를 입고 무대에 오른 파이기는 스튜디오 사장으로 분장한 어린아이처럼 보였을 정도였다. 8년 뒤, 파이기는 자신에게 맞는 스타일을 찾아냈다. 그는 야구 모자와 스니커즈, 마블이나 디즈니 티셔츠 위에 스포츠 재킷을 걸치고 나타났다. 마치 열정적인 소년 팬 같은 그의 모습에는 성공한 사람들에게서는 찾아볼 수 없는 솔직함과 따뜻함이 있었다.

2014년 10월의 어느 화요일 아침, 파이기는 친숙한 엘 캐피턴 시어터 무대에 올랐다. 그는 지금까지 대중의 관심을 끄는 일을 피해왔지만, 새롭게 힘을 얻고 난 뒤로 MCU의 수장이 되려면 자신이 더 유명인사가 되어야 한다는 사실을 깨달았다. 디즈니의 한 내부자는 "파이기는 그의 이야기를 전달하기 위해 왜 이 자리가 중요한지 잘 알고 있었어요"라고 말했다.

극장은 팬들과 소수의 언론인, 그리고 조스 웨던과 루소 형제를 비롯한 마블의 감독들로 가득 차 있었다. 웨던은 페이즈 2의 총감독이었을지 모르지만, MCU의 미래를 알리는 이 행사의 무대에는 오르지 않았다. 파이기는 그해 전 세계 흥행수익 1위를 차지한 〈가디언즈〉의 성공과 더불어 "10편의 영화로 70억 달러가 넘는 성과를 올렸습니다"라며 마블의 전체 흥행 기록을 자랑했다.

이윽고 그는 자신이 품고 있는 향후 5년간의 계획에 대해 〈닥터 스트레인지〉와 〈캡틴 마블〉을 포함한 8편 이상의 영화가 제작될 거라고 발표했다. 파이기의 말대로 〈인휴먼즈〉 한 편을 제외하면, 모든 프로젝트가 이후 예정대로 진행되었다.

파이기는 장대한 인피니티 스톤 사가를 마무리할 〈어벤져스〉 영화 2부작을 예고하며 탄성과 박수를 자아냈지만, 이것이 프레젠테이션의 절정은 아니었다. 그는 로버트 다우니 주니어와 크리스 에반스를 무대로 불러 MCU의 미래로 점찍어 놓은 배우를 소개하게 했다. 다우니는 "신사 숙녀 여러분, 블랙 팬서의 주인공 채드윅 보즈먼입니다"라며 요란하게 소개했다. 보즈먼이 무대에 오르자 관중은 환호성을 질렀고 다우니는 주먹을 불끈 쥐어 보였다.

블랙 팬서는 10년 전 메릴린치에서 돈을 빌리기 위해 담보로 내놓았던 10개의 캐릭터 중 하나였다. 마침내 파이기는 오래도록 고대해왔던 흑인 주연의 슈퍼히어로로 영화 〈블랙 팬서〉 제작을 발표할 수 있었다. 케빈콘에 참석한 모든 사람에게 블랙 팬서 포스터가 배포되었다.

펄머터와 파이기의 갈등

　창작위원회와 충돌했다고 해서 파이기가 마블 영화의 감독과 프로듀서들을 덮어놓고 지지한 것은 아니었다. 조스 웨던은 〈어벤져스: 에이지 오브 울트론〉에 많은 히어로를 등장시켰다. 만화에서는 퀵실버와 스칼렛 위치로 알려진 피에트로와 완다 막시모프를 비롯해, 나중에 비전의 형태로 육체를 갖게 된 인공지능 자비스 등이 추가되었다. 짧은 치마에 허벅지까지 올라오는 스타킹 차림의 완다는 트라우마에 사로잡혀 있는 에너지 넘치는 10대 소녀라는 웨던의 익숙한 전형에 잘 들어맞았다. 웨던의 작품은 전통적인 성녀와 창녀라는 이분법에 얽매이지는 않았지만, 때때로 살인 기계와 성적 환상 사이의 이분법에 기대곤 했다.

　웨던은 케빈콘에서 발표하기 훨씬 전부터 '캡틴 마블'에 대한 이야기를 들었었다. 그리고 소니의 수장인 에이미 파스칼이 '스파이더맨' 영화로 몇 차례 실망한 뒤로 파이기와 이 캐릭터를 MCU에 합류시킬 것을 논의해왔다는 사실도 알고 있었다. 그래서 웨던은 〈어벤져스: 에이지 오브 울트론〉의 마지막 장면에 캡틴 마블과 스파이더맨을 등장시켜 〈어벤져스〉 마지막에 타노스가 등장했을 때보다 더 큰 전율을 코믹스 팬들에게 선사하자고 제안했다. 그러나 파이기는 스파이더맨이 어벤져스 영화에 카메오로 등장하면서 MCU에 데뷔하는 일은 절대 없을 거라고 말했다. 그럼에도 캡틴 마블 영상은 촬영하도록 허락했다.

　영화의 마지막 장면은 뉴욕 북부에 있는 어벤져스 본부에서 캡틴 아메리카가 비전, 팔콘, 워 머신을 비롯한 신입 팀원들을 살펴보는 장면으로 진행되었다. 웨던은 캐럴 댄버스 역할은 엔딩 크레디트에 이름을 올리지 않은 단역 출연자에게 맡겨 영상을 촬영했다. 이후 마블이 댄버스 역 배우를 캐스팅하면 영화에 편집해 넣어 새로운 어벤져스에 합류시키려는 계획이었다. 파이기는 이렇게 말했다. "영화 마지막에 스칼렛 위치가 코스튬을 입고 등장한 거요? 그건 캡틴 마블을 합성한 장면이었어요. 웨던이 배우는 나중에 캐스팅하자고 했거든요. 그래서 저도 그러라고 했죠(우리는 스칼렛 위치를 거기 넣지 않을 거야)."

영화 본 촬영이 끝난 뒤 파이기는 웨던에게 다음 〈어벤져스〉 2부작을 맡을 생각이 있는지 물었지만 웨던은 거절했다. "그때 저는 지쳤다고 말했어요. 제가 그들에게 뭔가 줄 수 있다 해도 가까운 시일 내에 그렇게 하지 못할 거란 걸 그들도 알았던 것 같아요." 기진맥진한 웨던은 두 편을 더 찍기는커녕 현재 연출 중인 영화를 마무리하는 데도 어려움을 겪었다.

웨던은 〈에이지 오브 울트론〉 편집실에서 가까운 버뱅크에 집을 빌려 이사했다. 1차 편집본은 동부 해안과 서부 해안의 마블 경영진을 하나로 묶는 드문 성과를 거두었다. 그들은 모두 영화가 지루하고 엉망이라는 데 동의했다. 웨던의 구상대로 중반부에 토르와 스텔란 스카스가드가 연기한 에릭 셀빅 박사가 인피니티 스톤에 대한 정보를 더 찾아나서는 동안 나머지 어벤져스는 호크아이의 농가에서 휴식을 취하지만, 완다로 인해 각자 악몽을 꾸게 되는 장면이 등장한다. 웨던은 "경영진은 꿈 장면을 좋아하지 않았죠. 하지만 저는 꿈 장면과 농가를 지키려고 싸웠어요"라고 말했다.

마블 스튜디오는 웨던에게 〈토르: 라그나로크〉에서 앞으로 벌어질 천둥 신의 모험을 준비하는 설정으로 토르가 동굴에 있는 장면을 넣으라고 지시했다. 웨던은 동굴 장면을 싫어했지만 마블 스튜디오는 완강했다. "그들은 머리에 총이라도 겨누는 것처럼 동굴 장면을 넣지 않으면 농장을 없애버리겠다고 했죠. 저는 이 사람들을 존중해요. 모두 예술가들이죠. 하지만 그때부터는 너무 불쾌해졌어요."

할리우드에서 대규모 재촬영은 제작에 문제가 생겼다는 징후일 때가 많지만, 당시 마블 영화 제작 과정에는 몇 주간의 재촬영이 통상적인 일정에 포함되어 있었다. 덕분에 파이기는 개별 MCU 작품이 더 큰 이야기에 쉽게 맞아 들어가도록 확실하게 만들 수 있었다. 크레이그 카일은 "파이기는 대본이 몇 개든 상관없이, 촬영하는 동안 예전 대본을 계속 들여다보면서 '여기 대사가 있었나? 우리가 놓친 순간이 있었나?' 하고 검토했어요. 모든 촬영이 끝나면 그것들을 집으로 가져갔죠"라고 말했다. 카일이 말한 '집'은 LA의 마블 본사를 가리킨다. 파이기는 이곳에서 영상과 1차 편집본을 샅샅이 살펴보고 매력을 끌어올리는 마법을 찾아내곤 했다. 제작진이 만들어낸 퍼즐 조각들을 맞추는 게 파이기의 역할이었던 것이다.

추가 촬영을 해도 〈에이지 오브 울트론〉의 동굴 장면에 대한 문제는 해결되지 않았다. 결국 이 장면은 축소되어 CGI가 많이 사용된 토르의 환영으로 바뀌었다. 마블은 농가 이야기를 최대한 줄인 끝에 영화 전체에 지장을 주지 않을 만큼 짧은 장면으로 만들었다. 완성되었을 무렵 웨던은 낙담해 있었다. 그는 이미 파이기에게 MCU에서 떠나겠다는 뜻을 밝혔다. 아랫입술이 갈라져 딱지투성이가 된 채로 편집실에 나타난 퀭한 눈의 웨던은 쉰 목소리로 이렇게 말했다고 한다. "솔직히 말해서 정말 앞이 캄캄했어요. 이상하고 끔찍한 기분이 들었죠. 날마다 이런 느낌이 들었어요. 내가 부족했어, 부족했어, 부족했어. 준비가 안 됐던 거야. 이건 실패야. 실패야, 이건 타협이야, 타협이야."

지친 웨던이 언론과 이야기할수록 그가 마블 스튜디오에 불만을 품고 있다는 사실이 더욱 분명해졌다. "너무 많은 것이 걸려 있어서 분명히 마찰이 있었겠죠. 모든 것에 의문을 제기하는 것이 마블의 방식이에요. 가끔 그게 놀라울 따름이었어요."

자신도 모르는 사이에 웨던은 창작위원회의 주장에 힘을 실어준 셈이 되었다. 창작위원회는 〈에이지 오브 울트론〉의 모든 문제는 파이기가 감독의 뜻을 굽히게 하거나 웨던이 위원회의 지적을 이행하게 하라는 요구를 거부한 데서 비롯되었다고 확신했다. 웨던은 MCU 페이즈 3의 지휘자가 되지 않을 것이고, 더는 마블에서 영화를 만들지 않을 것이다. 마블 스튜디오에 대한 파이기의 가장 기본적인 원칙 중 하나는

'문제를 공개적으로 말하지 말라'는 것이었지만, 웨던은 이를 어겼다.

이와 동시에 〈캡틴 아메리카: 시빌 워〉는 아이거가 펄머터에게 전화를 건 다음에도 창작위원회가 만든 장애물과 부딪히고 있었다. 영화의 핵심은 독일 공항에서 아이언맨 팀과 캡틴 아메리카 팀이 벌이는 대혼전이었지만, 창작위원회는 히어로들이 팀을 이뤄 해동된 슈퍼 솔져들과 싸우는 다른 안을 제안했다. 카일은 "〈시빌 워〉에 대해 논의하다가 '히어로들이 히어로들과 싸우는 영화를 누가 보고 싶어 할까?'라는 의문이 들었어요. 그런데 모든 사람이 그걸 보고 싶어 했어요. 우리가 몇 년 동안 직면했던 상황이 그걸로 요약되었죠"라고 기억했다.

이미 제작 준비가 한창이었지만 루소 형제는 자신들의 계획대로 캡틴 아메리카와 아이언맨이 대결하는 〈시빌 워〉를 만들지 않으면, 영화에서 손을 떼겠다고 최후통첩을 보냈다. 파이기와 펄머터가 대립하면서 마블 스튜디오의 미래가 위태로워지자 디즈니의 CEO가 나섰다. 아이거는 회고록에 이렇게 적었다. "케빈 파이기는 업계에서 가장 재능 있는 영화 제작자 중 한 명이다. 하지만 뉴욕과의 긴장된 관계가 그의 지속적인 성공을 위협하는 것을 감지했다. 내가 개입해야 했다. 그래서 2015년 5월, 마블의 영화 제작 부서를 나머지 마블 조직에서 분리해 앨런 혼과 월트 디즈니 스튜디오 산하로 옮기기로 했다. 이제 파이기는 앨런 혼에게 직접 보고하고 그의 경험에서 혜택을 얻을 수 있을 것이다. 동시에, 뉴욕 본사와 파이기 사이에 쌓였던 긴장도 완화될 것이다."

훗날 아이거는 디즈니가 마블을 인수한 뒤에도 펄머터가 계속 마블을 경영할 수 있다고 말했지만, 영원히 그렇게 할 거라고 약속하지는 않았다고 했다.

아이거는 펄머터와 디즈니 이사회의 구성을 놓고 다투던 2023년에 이르러 그렇게 이야기했다. 펄머터는 마블 스튜디오에 대한 자신의 권한을 주장하기 위해 파이기를 해고하려 했고, 아이거는 그런 일이 일어나지 않도록 막기 위해 개입했다고 말했다.

마블 스튜디오의 새로운 시대

직원들이 이 소식을 알게 되자, 마블 스튜디오의 분위기는 환희에 넘쳤다. 카일은 그날을 이렇게 기억했다. "그날이 오기까지 정말 오랜 시간이 걸렸어요. 그런 날이 올 줄 정말 몰랐거든요."

마블의 한 직원은 이렇게 회상했다. "창작위원회가 사라지는 순간, 자유를 느꼈어요. '도비는 자유예요'[30]라고 말할 정도로 신이 났어요." 카일도 마블 직원들에게 "맙소사, 딩동, 마녀가 죽었다!"[31]라고 이메일을 보냈다고 말했다. 디즈니의 공식 발표 후, 파이기는 즉시 빅토리아 알론소를 실사 제작 총괄 부사장으로 승진시켰다. 이는 창작위원회에서 막았던 인사로 마블 스튜디오의 3대 핵심 임원 중 한 명인 그녀의 역할을 인정한 것이었다.

구조조정 이후에도 마블의 경영진은 그들의 접근 방식이 더 높은 수익으로 이어질 것이라며 계속 불평했다. 〈어벤져스: 에이지 오브 울트론〉은 2015년에 14억 달러의 수익을 올리며 전 세계 4위를 기록했지만, 앨런 파인은 자신이 맡았다면 더 좋은 성적을 거뒀을 거라고 주장했다. 카일은 트집을 잡는 경영진에 대해 말을 쏟아냈다. "파이기는 그런 일에 관해서는 바위 같은 사람이에요. 하지만 그도 한계가 있었는지, 〈어벤져스 2〉를 제작하면서 폭발한 것 같아요. 재정적으로 큰 성공을 거둔 작품이었는데, 제가 알기로 펄머터가 앨런 파인 말대로 했다면 5억 달러는 더 벌었을 거라는 말을 했다고 하더군요." 카일은 파이기의 인내심에 감탄하며 고개를 내저었다. "파이기는 정말 많은 것을 감당했어요. 큰일을 위해서라면 헛소리도 얼마든지 참아낼 수 있었죠."

〈어벤져스: 에이지 오브 울트론〉은 5월에 전 세계에서 개봉했다. 여름이 끝날 무렵 창작위원회는 해체되었다. 파이기는 승리했고, 마블 스튜디오의 새로운 시대가 시작되었다. 드디어 마블 스튜디오는 새로운 그림을 그릴 수 있게 되었다.

Chapter 21: Wright Man, Wrong Time
에드가 라이트의 '앤트맨'

"Baskin-Robbins always finds out. "

<Ant-Man>

마블 코믹스 키드

에드가 라이트는 케빈 파이기와 거의 같은 시기에 마블 영화에 발을 들였지만, 큰 성과는 없었다. 2000년, 아비 아라드는 전년도에 〈블레어 위치The Blair Witch Project〉로 놀랄만한 성공을 거둔 아티잔 엔터테인먼트를 설득해 마블과 협력 관계를 맺었다. 두 회사는 합작 자회사를 설립하고 인지도가 낮은 마블 캐릭터들의 영화 판권을 부여했다. 캡틴 아메리카, TV 프로그램으로 예정된 토르, 퍼니셔, 웨슬리 스나입스가 이미 제작과 주연으로 정해진 블랙 팬서, 버릇없는 용병 데드풀, 꾸물꾸물하는 늪지대 괴물인 맨씽, 루크 케이지, 아이언 피스트, 뱀파이어로 변신하는 빌런 모비우스, 파워 팩, 유전자 조작으로 탄생한 다른 차원에서 온 명사수 롱샷, 마블 코믹스 네 편에만 등장하는 희극적 캐릭터인 데드 틴에이저 모트, 곤충 크기로 줄어들 수 있는 슈퍼히어로로 앤트맨 등이 여기에 속했다. 당시 영국의 젊은 TV 연출자로 성공을 꿈꾸던 라이트는 LA를 방문했을 때 아티잔 측과 만나게 되었다. 마블 코믹스의 팬인지 묻는 영화사의 질문에 그는 그렇다고 답했다. "저는 언제나 마블 코믹스 키드였다고 했어요. 그랬더니 그들이 '이 중에 관심 있는 캐릭터가 있나요?'라고 묻더군요. 가장 먼저 눈에 띈 것은 앤트맨이었어요. 그 시초가 되는 존 번John Byrne의 『마블 프리미어Marvel Premiere』 47호(1979)를 갖고 있었기 때문이죠. 여기서 데이비드 미켈라이니David Michelinie가 스콧 랭을 등장시켰거든요. 그 그림을 좋아했던 터라 바로 떠올랐어요." 라이트와 그의 친구인 조 코니시Joe Cornish는 앤트맨을 주연으로 한 하이스트 무비 각본을 썼지만, 곧바로 퇴짜를 맞았다. 아티잔은 〈애들이 줄었어요Honey, I Shrunk the Kids〉와 같은 가족 친화적인 오락물을 원했기 때문이다.

2003년 라이언스게이트 엔터테인먼트가 1억 6,000만 달러에 아티잔을 인수하면서 마블과 아티잔의 제휴는 깨졌다. 아티잔은 몇몇 마블 작품을 집필할 작가들을 기용했지만, 오직 〈퍼니셔〉 한 편만 제작에 들어갔다. 그 사이 폭스의 '엑스맨' 영화들은 마블 슈퍼히어로에 대한 수요가 적지 않음을 보여주었지만, 마블이 남긴 캐릭터에 관심이 없었던 라이언스게이트는 앤트맨을 비롯한 모든 마블 캐릭터의 영화 판권을 반납했다. 오직 퍼니셔만 예외였다. 라이언스게이트는 아티잔이 제작한 〈퍼니셔〉를 2004년에 개봉했고, 몇 년 뒤인 2008년에는 〈퍼니셔 2Punisher: War Zone〉로 리부트했다.

라이트는 앤트맨 영화의 불발을 안타깝게 여기기에는 너무 바빴다. 그가 연출한 시트콤 〈스페이스드Spaced〉가 큰 인기를 끌고 있었고, 이 작품의 남자 주인공을 맡은 사이먼 페그Simon Pegg와 함께 각본도 쓰고 있었다. 이 각본은 라이트가 감독하고 〈스페이스드〉의 또 다른 출연자 닉 프로스트Nick Frost가 사이먼 페그와 함께 주연을 맡은 〈새벽의 황당한 저주Shaun of the Dead〉로 만들어져, 좀비 코미디 영화의 전설로 등극했다.

라이트는 2004년 샌디에이고 코믹콘에서 〈새벽의 황당한 저주〉 시사회를 열었다. 행사 기간 그는 당시 마블 스튜디오를 이끌던 아비 아라드와 케빈 파이기를 만났다. 라이트는 두 사람에게 "정말 이상하게 들리겠지만, 제가 여러분을 위해 3년 전에 써둔 각본이 있는데 한번 읽어보실래요?"라고 말했다. 그런 제안을 할지 전혀 모르고 있었던 아라드와 파이기는 라이트가 건네준 각본을 읽고 감탄했다. 라이트와 코니시는 앤트맨이란 이름을 쓰는 캐릭터 둘을 가져와 하나의 영화에서 멋지게 합쳐놓았다. 라이트가 구상한 영화는 최초의 앤트맨인 행크 핌 (1962년 출간된 코믹스에 처음 등장한 천재 과학자이자 어벤져스의 원년 멤버)의 회상으로 시작한다. 그런 다음 젊은 도둑 스콧 랭이 핌의 앤트맨 슈트를 훔치는 현재로 건너뛴다. 이는 라이트가 가장 좋아하는 『마블 프리미어』 47호의 이야기인 '앤트맨 훔치기!'를 느슨하게 각색한 것이었다.

파이기와 아라드는 아직 라이트가 쓴 〈앤트맨〉 각본을 승인할 수 있는 상황이 아니었다. 마블 스튜디오는 이후 몇 년에 걸쳐 데이비드 메이젤의 지휘로 영화 제작사로 변모했다. 파이기는 라이트와 코니시가 쓴 각본을 계속 가지고 있었고, 마블 스튜디오가 메릴린치로부터 장편 영화 제작비를 확보한 뒤 앤트맨도 후보군으로 고려되었다.

그 사이 라이트는 〈새벽의 황당한 저주〉가 큰 성공을 거두며 승 승장구하고 있었다. 그는 버디 캅 액션영화의 클리셰를 영국의 작은 마을에 옮겨놓은 패러디물 〈뜨거운 녀석들Hot Fuzz〉이란 후속작을 준비 중이었다. 핌과 랭 캐릭터는 헐크만큼 잘 알려지지는 않았지만, 〈아이언맨〉이 나오기 전에는 토니 스타크도 마찬가지였다. 그렇다면 라이트에게 〈앤트맨〉을 만들 기회를 주는 건 어떨까?

라이트는 기꺼이 동의했다. 그는 앤트맨 캐릭터가 비밀스러운 힘을 가진 건 아니라고 했다. "초자연적인 요소도 없고 감마선도 없어요. 그저 슈트와 가스가 있을 뿐이죠. 우리는 하이콘셉트[32]에 장르를 넘나드는 액션과 특수효과가 풍부하면서도 뭔가 색다른 재미가 있는 영화를 만들 수 있어요"라고 말했다. 〈뜨거운 녀석들〉을 통해 액션 장면 촬영에 더 익숙해진 감독은 히어로가 즉석에서 몸집을 바꾸는 격투 장면에서 가능성을 보았다. 라이트와 코니시는 〈뜨거운 녀석들〉이 끝나는 대로 자신들의 아이디어를 마블을 위한 각본으로 완성하기로 동의했다.

2006년, 라이트와 파이기는 코믹콘 참석차 다시 샌디에이고로 향했다. 라이트는 〈뜨거운 녀석들〉 패널로 참석해 기대에 찬 관중에게 사전 예고편을 선보였고, 파이기는 마블 스튜디오 무대에 올라 〈아이언맨〉과 〈인크레더블 헐크〉에 대한 기대를 고조시키려고 애썼다. 마블은 파이기와 함께 〈앤트맨〉 소식을 말하자고 라이트를 설득했고, 파이기는 이 기회를 통해 마블 시네마틱 유니버스를 넌지시 알릴 수 있었다. "작업 중이라고 밝힌 캐릭터를 모으다 보면 언젠가 어벤져스가 만들어질지도 모릅니다. 사실 그건 우연이 아니죠."

2008년 라이트와 코니시는 완성한 〈앤트맨〉 각본을 마블에 전달했다. 하지만 2년이 지나면서 마블 스튜디오에는 많은 변화가 있었다. 아라드는 마블을 떠났고 파이기가 제작 책임자가 되었다. 더 중요한 것은 〈아이언맨〉이 엄청난 성공을 거두면서 스튜디오의 전략 자체가 바뀌었다는 점이다. 마블은 다양한 캐릭터를 실험하면서 무엇이 가장 효과적인지 확인하는 대신 〈아이언맨〉 속편을 촬영하고, 어벤져스 영화로 가기 위해 캡틴 아메리카와 쉴드, 토르의 정체성을 확립하고자 했다. 여전히 에드가 라이트와 함께 〈앤트맨〉을 만들고 싶었던 마블은 각본의 재수정을 의뢰했다. 하지만 양쪽 모두 다른 우선순위가 있었다. 마블은 앤트맨이 없는 〈어벤져스〉가, 라이트는 코믹북을 영화로 각색한 〈스콧 필그림Scott Pilgrim vs. the World〉 작업이 먼저였다. 라이트는 〈스콧 필그림〉에 한동안 매달려야 했고, 코니시는 감독 데뷔작으로 〈어택 더 블록 Attack the Block〉을 연출하느라 앤트맨의 재수정 각본을 2011년에야 마무리했다. 라이트가 처음 〈앤트맨〉 초고를 작성한 지 10년이 넘었고, 그 사이 그는 점점 패기 넘치고 시각적으로 복잡성을 더해가는 장편영화 세 편을 만들었다. 라이트는 영화의 매 프레임을 통제하는 야심에 찬 젊은 개성파 감독으로 자리 잡았다.

마블 역시 통제권을 요구하는 스튜디오로 자리매김했다. 초창기에는 존 파브로와 에드워드 노튼에게 무제한의 자유를 주었지만, 이후 파이기와 루이스 데스포지토, 빅토리아 알론소는 여러 편의 슈퍼히어로 시리즈를 끊임없이 확장하는 데 적합한 시각적 문법과 작업 흐름을 구축해 나갔다. 비록 시각적인 면과 이야기의 호흡 일부가 비슷해지면서 다른 영화의 장면을 서로 바꿔 넣어도 될 정도가 되었지만, 스토리텔링의 범위를 확장하는 차원에서 마블 스튜디오는 원대한 포부가 있었다.

마블 스튜디오는 악의적인 목적에서 기술을 사용하려는 빌런으로부터 앤트맨 슈트를 지키기 위해 싸우는 핌과 랭의 이야기를 더 세련되게 다듬은 라이트와 코니시의 새로운 각본이 마음에 들었다. 마블은 라이트가 코르네토 3부작*의 세 번째 영화인 〈지구가 끝장나는 날The World's End〉도 준비 중이라는 사실을 알고 있었지만, MCU 페이즈 2에 〈앤트맨〉이 포함되기를 바랐다. 이를 위해 마블은 2012년 6월에 라이트에게 하루 동안 시험 영상을 촬영하도록 요청했다. 그는 (스턴트 대역이 연기하는) 앤트맨이 복도에서 남자 두 명과 싸우면서 몸집이 줄어들었다가 커지는 장면을 통해 마블 시각화 개발팀이 제작한 앤트맨 슈트를 처음 선보였다. 확실한 홍보 기회를 포착한 파이기는 CGI로 완성된 이 영상을 7월 샌디에이고 코믹콘에서 소개할 계획을 세웠다.

하지만 코믹콘이 열리기 전, 에릭 펠너Eric Fellner가 암 진단을 받았다. 펠너는 라이트와 함께 코르네토 3부작을 만든 워킹 타이틀의 공동 창립자이자 공동 의장이었다. 그는 라이트 감독이 〈지구가 끝장나는 날〉 각본을 내밀 때 자신의 병에 대해 고백했다. "펠너는 〈새벽의 황당한 저주〉의 제작사가 파산했을 때 이 프로젝트를 구원한 사람이었어요. 이 영화를 제대로 완성하지 못한다면 제 자신을 용서할 수 없을 것 같았어요"라고 라이트는 말했다. 라이트는 마블 경영진에게 펠너와의 의리를 지키기 위해 〈지구가 끝장나는 날〉을 먼저 만들고 싶다고 말했다. 다행히 마블 측에서 이해해준 덕분에 영화는 잘 완성되었고, 라이트의 열정 덕분인지 펠너도 암을 이겨냈다.

어쨌든 라이트는 2012년 코믹콘에 등장해 『마블 프리미어』 47호를 보란 듯이 휘두르며 마블의 프레젠테이션 무대에 올랐다. 라이트는 관객들에게 슈퍼히어로 영화도 숙성이 필요하다며 공백기에 대한 농담을 던졌다. 그러면서 2주 전에 촬영한 짧은 〈앤트맨〉 영상을 공개했다. 라이트는 "앤트맨이 작아졌을 때 어떤 모습인지 시험해보는 촬영을 했어요"라고 설명했다. 이것이 라이트가 〈앤트맨〉을 위해 촬영한 유일한 영상이었다. 〈지구가 끝장나는 날〉을 마무리한 그는 파이기와 만난 지

---

* 페그와 프로스트 주연의 코미디 영화 3편으로 영화마다 영국의 아이스크림 브랜드 코르네토 제품이 스치듯 등장하는 까닭에 이런 이름이 붙었다.

9년이 지난 2013년 앤트맨 프로젝트로 다시 돌아왔을 때, 마블 스튜디오에 더 많은 변화가 있었음을 깨달았다. 문제는 지난 10년간 MCU 타임라인이 어떻게 발전해왔는지가 아니었다. 라이트는 자신의 영화가 다른 영화와 매우 독립적으로 분리된 영화라고 말했다. "저는 〈아이언맨〉처럼 이 영화의 기상천외한 전제를 현실 세계에 적용하고 싶었습니다." 하지만 마블 스튜디오는 이제 즉흥적인 아이디어보다는 검증된 영화 제작 시스템에 안착해 있었다. 마블 스튜디오에 공식은 없었지만, 적어도 레시피는 있었다. 그리고 거기에는 수많은 관리 감독과 검토, 토론이 포함된 절차가 엄연히 존재했다. 라이트는 앤트맨을 맡게 되면 파이기는 물론 조스 웨던과 뉴욕의 창작위원회에서도 개입할 거라는 사실을 알게 되었다.

2013년 10월, 마블은 〈앤트맨〉의 개봉일을 2015년 7월로 정하고 이 영화가 MCU 페이즈 3의 시작을 알릴 것이라고 말하며 배우 캐스팅을 시작했다. 라이트와 자주 협업했던 사이먼 페그가 주연을 맡을 것이라는 소문이 돌았고, 〈소셜 네트워크The Social Network〉의 아미 해머Armie Hammer 이야기도 나왔다. 하지만 최종 결정은 폴 러드와 〈인셉션Inception〉의 조셉 고든-레빗으로 좁혀졌다. 고든-레빗은 자신이 최종 후보에 있었다는 사실을 부인했지만, 마블은 미래의 어벤져스에 젊은 피를 수혈하려는 의도에서 그에게 스콧 랭 역을 맡기려고 추진했다. 1995년 〈클루리스Clueless〉를 시작으로 많은 작품에 출연해온 러드는 고든-레빗보다 12살이 많았지만, 러드에게서 자신이 추구하는 희극적인 감각을 발견한 라이트는 그에게 역할을 맡기려고 했다. 12월 러드의 출연이 발표된 뒤 곧이어 행크 핌 역에 마이클 더글라스Michael Douglas가 결정되었고, 에반젤린 릴리Evangeline Lilly, 마이클 페냐Michael Peña, 패트릭 윌슨Patrick Wilson의 캐스팅도 확정되었다.

라이트는 2014년 5월에 시작될 본 촬영을 준비하면서 촬영감독 빌 포프Bill Pope와 프로덕션 디자이너 마커스 로랜드Marcus Rowland 등 전작을 함께했던 믿음직한 인물들을 모았다. 저마다 자기만의 작업 방식이 있는 까닭에 라이트가 모은 인력과 마블 사내 제작진 사이에 약간의 마찰이 있었지만, 극복하지 못할 수준은 아니었다.

라이트와 코니시는 이미 창작위원회로부터 끝없이 들어오는 지적 사항들을 처리하고 있었다. 라이트 감독이 제작에 들어가기 전, 뉴욕의 마블 경영진은 감독의 시각이 마음에 들고 각본도 훌륭하다는 의견을 내비쳤다. 영화의 개봉일이 정해지자 창작위원회는 앤트맨과 마블 시네마틱 유니버스를 연결할 방법을 찾고자 했다. 그래서 작가들에게 '행크 핌이 과거에 활동했다면 쉴드가 그에게 연락하지 않았을까?' '핌이 토니의 아버지인 하워드 스타크와 교류했어야 하지 않을까?' 같은 질문을 퍼부었다.

파이기는 이러한 질문이 마블의 기업 구조가 만들어낸 필요악일 뿐만 아니라 마블 시네마틱 유니버스라는 구조의 일부로 받아들였다. "우리와 함께 작업했거나 아예 새로 들어오는 제작진은 초기 제작진보다 샌드박스 공유라는 개념을 더 잘 이해해요. 전에는 샌드박스가 아예 존재하지 않았거든요." 라이트는 샌드박스가 존재하기 훨씬 전에 자신의 이야기를 구상했지만, 지금은 그 모래에 푹 파묻힌 꼴이었다.

라이트와 코니시는 마블이 원하는 이야기에 가까워지도록 각본을 수정하는 데 불만이 없었지만, 기존에 써놓은 각본의 분위기를 유지해야 한다는 점에서는 단호했다. 마블의 지적 사항을 해결했다고 생각할 때마다 그들은 더 많은 것을 요구받았다. 3월에 라이트와 창작위원회는 각본 문제를 해결하기 위해 제작을 7월로 연기하기로 합의했다. 마블 스튜디오는 사내 작가에게 대본을 넘겼고, 이 작가는 창작위원회의 모든 지적 사항을 해결했다. 5월 중순, 마블이 수정된 초안을 라이트에게 보여줬을 때, 그는 곧바로 충격에 빠졌다.

줄거리는 크게 바뀌지 않았지만, 대사 상당 부분이 대체되었고, 더 넓은 범위의 MCU에 대한 언급이 끼워 넣어져 있었기 때문이다. 라이트는 새 각본이 마음에 들지 않았고, 그런 수정본이 존재한다는 사실에 배신감을 느꼈다. 그와 코니시는 마블의 지적 사항을 해결하고 중간 지점을 찾기 위해 성실히 노력했다고 믿었기 때문이다.

라이트 감독이 영화를 빨리 제작할 수 있도록 일을 도왔던 마블 스튜디오의 노력은 엄청난 역효과를 낳았다. 5월 23일, 스튜디오와 감독은 "영화에 대한 견해 차이로 인해" 결별하기로 했다고 발표했다. 라이트가 데려온 책임자 대부분은 의리를 지키기 위해 그와 함께 떠났다. 가을에 다른 일정이 있었던 패트릭 윌슨도 하차했다.

파이기는 "그렇게 늦은 시기가 아니었다면 좋았겠죠. 놀랍도록 재능 있는 영화인들과 함께 작업하다 보면 의견 차이가 생기기도 해요. 그렇더라도 해결 방법을 찾아내서 더 나은 결과물을 만들곤 했어요. 우리 둘 다 지난 8년 동안 너무 예의만 차리고 있었다는 게 분명해진 것 같아요. 어떤 의견을 계속 주장하거나, 어떤 의견은 반영하지 않겠구나 하는 게 확실해진 거죠. 결국 우리는 함께할 수 없다고 생각하게 됐어요"라고 말했다.

당시까지만 해도 MCU의 핵심 인물 중 한 명이었던 웨던도 다른 사람들처럼 혼란스러워 보였다. "저는 이 각본이 가장 마블다운 최고의 각본이라고 생각했어요. 저는 앤트맨에 전혀 관심이 없었는 데도 말이에요. 각본을 읽자마자 '이건 정말 훌륭해!'라고 했었거든요."

라이트는 코르네토 아이스크림을 들고 슬픈 표정을 짓고 있는 버스터 키튼Buster Keaton의 이미지를 트위터에 올렸다가 삭제했다. 몇 년 뒤, 라이트는 어디서부터 잘못되었는지에 대해 정중히 설명하려고 했다. "저는 마블 영화를 만들고 싶었지만, 그들은 에드가 라이트의 영화를 만들고 싶어 하지 않았던 것 같아요. 제 다른 작품들은 모두 제가 직접 썼는데, 앤트맨은 진전시키기가 힘들었어요. 별안간 고용 감독이 되면 감정적으로 덜 몰입하게 되고 왜 거기 있는지 의문이 들기 시작하거든요."

페이즈 2의 마지막 영화

파이기는 심사숙고했다. 라이트 감독을 잃은 것은 세간의 이목을 끄는 난처한 일이었다. 하지만 그가 보기에 프로젝트는 거의 준비가 다 끝나 있었고, 마블 스튜디오가 배우들과 맺은 계약도 여전히 유효했다. 마블 스튜디오는 라이트가 하차한 뒤에도 2015년 7월에 〈앤트맨〉을 개봉하겠다는 계획을 고수하며 일정을 변경하지 않았다. 단지 움직이는 기차에 기꺼이 올라타 마블 방식을 따를 새 감독이 필요했을 뿐이었다. 폴 러드는 자신이 출연한 〈앵커맨Anchorman〉에서 감독을 맡았던 아담 맥케이Adam McKay를 추천했다.

맥케이는 "에드가 라이트가 프로젝트에서 하차했을 때 러드가 전화해서 무슨 일이 있었는지 이야기해줬어요. 저는 라이트와 친한 사이라서 조금 반신반의하는 쪽이었고, 실제 내용은 뭔지 잘 몰랐어요. 무슨 일이 있었는지 자세히 듣고, 라이트가 떠났다는 소식까지 전해 듣고 난 다음에 각본을 봤어요. '세상에, 정말 근사하잖아' 하고 생각했죠. 궁극적으로 다른 프로젝트가 너무 많은 데다 일정이 너무 빠듯해서 감독으로 참여하고 싶지는 않았어요. 하지만 '내가 이걸 다시 쓰면 할 수 있는 게 많겠는데'라는 생각은 들었죠"라고 말했다. 러드와 맥케이는 빨리 각본을 함께 수정하기로 했고, 그 사이 마블은 새로운 감독을 찾았다. 마블 스튜디오는 〈인크레더블 헐크〉의 에드워드 노튼 이후 처음으로 스타 배우에게 주연을 맡을 영화의 각본을 다시 쓰게 하면서 보수를 지급했다.

맥케이와 러드는 주기적으로 여러 호텔을 돌아다니며 각본을 다시 손봤다. 맥케이는 "6주에서 8주 정도, 대본을 완전히 갈아엎고 대대적으로 다시 썼어요. 저는 우리가 해낸 일이 정말 뿌듯했어요. 에드가 라이트가 탄탄하게 만들어둔 대본 위에 우리가 놀라운 것들을 넣었다고 생각했죠"라고 말했다.

두 사람은 에반젤린 릴리의 캐릭터인 호프 밴 다인에게 좀 더 비중을 주었다. 〈로스트〉의 주인공 중 한 명이었던 릴리는 라이트가 떠날 당시 계약이 확정되지 않은 상태였고 협상에서 상당히 유리한 위치에 있었다. 릴리는 "우리 모두 라이트와 함께 일하고 싶은 의욕이 컸던 탓에 다들 조금 불편했던 것 같아요"라고 말했다. 그녀는 영화에서 하차할 뻔했지만, 러드와 맥케이는 호프를 백병전 전문가로 만들고, 행크 핌과는 한층 복잡한 부녀 관계를 설정했다. 수정된 각본을 읽은 릴리는 계약서에 서명했다. "이 정도 규모의 영화에서, 특히 시리즈의 슈퍼스타가 아니라면 자기 목소리를 낼 수 있을 거라 기대하기가 어려워요. 그래서 제 의견을 진지하게 생각해주었다는 게 영광이었죠."

러드는 이렇게 단언했다. "아이디어와 구성, 목표, 청사진은 모두 에드가 라이트와 조 코니시가 생각한 거고, 그들의 이야기예요. 우리는 일부 장면을 변경하고, 새로운 장면을 추가하고, 몇몇 캐릭터를 고치고, 새로운 캐릭터를 추가했어요. 두 대본을 비교해 보면 다르게 보일 수 있지만, 아이디어는 모두 그들 것이었죠." 라이트와 코니시는 맥케이와 러드와 함께 최종 각본에 대한 기여를 인정받았다. 러드와 맥케이는 MCU와의 연결점을 강화하기 위해 쉴드의 페기 카터가 등장하는 회상 장면을 삽입했고, 앤서니 매키가 맡은 팔콘과 앤트맨이 〈에이지 오브 울트론〉의 새로운 어벤져스 기지에서 대결을 펼치는 장면을 만들었다.

러드는 2013년 코믹콘에 참석하기 위해 각본 작업을 잠시 중단하고 MCU의 스타들과 함께 패널로 참여했다. 2002년부터 2004년까지 방영된 〈프렌즈Friends〉의 마지막 시즌에 특별 출연했던 그는 이번 경험도 비슷한 느낌으로 받아들였다. 하지만 마블은 그가 마블의 차세대 핵심 구성원이 되기를 바라고 있었다. 러드는 당시 자신의 생각을 이렇게 밝혔다. "저는 사랑받는 사람들 주변에 있었을 뿐이죠. 이 초현실적이고 재미있는 경험을 즐기고 있었지만, 사실 〈브래디 가족The Brady Bunch〉에 투입된 사촌 올리버[33]가 된 기분이었어요."

파이기는 한창 진행되고 있는 대규모 프로덕션을 다룰 수 있는 코미디 감독을 찾아야 했다. 마블 스튜디오는 〈위 아 더 밀러스We're the Millers〉의 로슨 마샬 터버Rawson Marshall Thurber, 〈좀비랜드Zombieland〉의 루벤 플레이셔Ruben Fleischer, 〈웻 핫 아메리칸 썸머Wet Hot American Summer〉의 데이비드 웨인David Wain을 검토한 끝에 〈가디언즈 오브 갤럭시〉의 최종 후보에 오르기도 했던 〈브링 잇 온〉의 페이튼 리드를 점찍었다. 상황을 파악한 리드는 에드가 라이트 감독의 차기작인 〈베이비 드라이버Baby Driver〉에 합류하기 위해 하차한 각 부문 책임자들을 대체할 시간이 필요했다. 그래서 그는 마블이 제작 일정을 한 달만 연기해 준다면 프로젝트를 맡을 의향이 있다고 말했다.

영화 저널리스트 에릭 베스페Eric Vespe는 "에인트 잇 쿨 뉴스" 웹사이트에 에드가 라이트의 〈앤트맨〉 감독이 무산된 것은 안타깝지만, 페이튼 리드가 이 프로젝트를 어떻게 해낼지 기대된다고 썼다. 그는 이 글을 게시한 뒤 "라이트로부터 '이 영화에서 그들이 리드가 어떤 개성이나 특성을 살릴 수 있도록 놔둘지 두고 봅시다'라는 신랄한 DM을 받았다"고 말했다.

촬영에 들어가기 전 리드는 몇 가지 중요한 공을 세웠다. 그는 러드, 맥케이와 함께 작업하며 앤트맨이 양자 영역으로 들어가는 극적인 장면을 생각해냈다. 몇몇 장면에서는 피사계 심도(DOF)가 얕은 현미경을 사용해 앤트맨의 작은 키를 실제 배경에 구현하는 데 도움을 주기도 했다. 또한 그는 새라 할리 핀과 협력해 출연진을 채워 넣었다. 악역인 대런 크로스, 일명 옐로재킷 역에는 패트릭 윌슨 대신 〈하우스 오브 카드〉의 코리 스톨Corey Stoll이 캐스팅되었다.

마침내 8월에 본 촬영이 시작되었다. 마블 스튜디오는 라이트가 하차한 뒤에 생긴 좋지 않은 소문을 잠재우기 위해 촬영장에 언론을 초대했다. 리드와 러드, 파이기는 영화가 순조롭게 진행 중이며, 스튜디오 일정에 뒤늦게 추가된 것이 아니라는 마블의 입장을 강조했다. 심지어 파이기는 〈앤트맨〉이 MCU 페이즈 3의 첫 번째 영화가 아니라 페이즈 2의 마지막 영화라는 설명까지 했다.

〈앤트맨〉은 누구에게나 호감 가는 영화로 완성되었다. 특히 어린 이용 기차놀이 세트에서 앤트맨과 옐로재킷이 장난감 기차인 토마스의 위협을 받으며 싸우는 장면은 라이트와 코니시가 만들어낸 천재적인 발상이었다. 이 영화는 북미에서 1억 8,020만 달러, 전 세계적으로 5억 1,900만 달러의 수익을 올리며 눈에 확 띄는 흥행 성적을 거두었다. 〈어벤져스〉의 수익에는 훨씬 못 미쳤지만, 속편을 제작하고 〈시빌 워〉에 등장할 정도로 앤트맨의 입지를 다지기에는 충분했다.

마블 영화감독의 권한

에드가 라이트는 마블 캐릭터를 주인공으로 한 영화 제작을 꿈꾸었지만, MCU 영화를 만들고 싶지는 않았다. 라이트의 하차 사건은 마블 스튜디오가 영화에 자기 스타일을 드러내려는 감독들에게 우호적이지 않다는 평판을 안겨주었다. 저널리스트 베스페는 "스튜디오가 원하는 대로만 해줄 수 있는 감독, 솔직히 말하면 괴롭힐 수 있는 감독들을 영입하려고 했던 시기가 있었던 것 같다"고 말했다.

진실은 좀 더 미묘했다. 마블 스튜디오는 자체 제작한 블록버스터 영화들과 서사적이고 시각적인 면에서 서로 연속성이 있고, 폭넓은 관객에게 매력적인 슈퍼히어로 영화를 꾸준히 만드는 일을 하고 있었다. 이러한 상황에서 어느 정도의 통제권을 양보한 감독들은 결과물만 재미있게 만들 수 있다면 영화의 다른 측면에서는 비교적 자유롭게 작업할 수 있는 권한이 주어졌다.

제임스 건은 MCU의 주류 이야기와 너무 동떨어져 있어서 자신의 이야기를 통합하려는 시도를 크게 걱정할 필요가 없는 프로젝트를 맡는 행운을 누렸다. 조 루소와 앤서니 루소는 마블 영화를 최고 수준으로 연출할 수 있는 재능을 가진 동시에 마블 스튜디오에 잘 맞는 열정적인 사람들이었다. 그들은 스튜디오가 설정한 범위 내에서 최대한 스릴 넘치는 영화를 만들었고, 그 경계를 넘어서려는 특별한 야망도 없었다. 진짜 코믹스 팬이었던 조스 웨던은 연속성을 중시해 정교한 크로스오버와 콜백³⁴⁾ 요소로 가득한 TV 프로그램을 만들었다. 그는 MCU의 변화하는 줄거리 구성에 대해 불만을 토로할 때도 있었지만, 마블은 그에게 MCU의 연속성을 감시하는 역할을 맡겼을 만큼 그를 신뢰했다. 웨던은 다른 유명 감독들이 갖춘 시각적 감각이 부족했기 때문에 볼거리와 액션 장면은 마블의 장인들에게 맡겼다. 하지만 〈어벤져스: 에이지 오브 울트론〉의 농가 장면처럼, 그가 여름용 오락 영화에서 기대할 수 있는 것보다 더 예술적인 연출을 시도했을 때 마블과의 관계가 무너졌다.

에드가 라이트는 앤트맨 영화를 만들고 싶었지만, 더 큰 그림을 그리는 MCU의 요구가 아닌 자신의 견해를 반영하고자 했기 때문에 자신이 각본을 쓴 영화에서 물러나고 말았다. 이는 마블 스튜디오의 역사에서 중요한 '만약에…'의 순간을 남겼다. 만약 라이트가 마블 초창기에 자신의 각본으로 〈앤트맨〉을 만들었다면 자기 뜻대로 만들 수 있었을 것이고, 그만의 감성과 유머를 불어넣어 MCU의 행로를 바꿨을지도 모른다. 다만 그는 너무 오래 기다렸을 뿐이었다.

Phase

03

2016~ 2019

Chapter 22: Tangled Web
스파이더맨의 귀환

"Anyone can wear the mask."

<Spider-Man: Into the Spider-Verse>

마블의 가장 유명한 캐릭터

〈캡틴 아메리카: 시빌 워〉는 2015년 5월부터 촬영을 시작하기로 했지만, 각본을 쓰는 크리스토퍼 마커스와 스티븐 맥필리는 3월까지도 어떤 마블 히어로를 서로 맞붙게 할지 결정하지 못했다. 그들은 로버트 다우니 주니어가 토니 스타크 역으로 출연하고, 채드윅 보즈먼이 블랙 팬서 역으로 등장한다는 사실은 알고 있었다. 작가들은 앤트맨 역의 폴 러드를 포함시켜 자이언트맨의 능력을 처음 선보이기로 정했지만, 와스프 역의 에반젤린 릴리는 넣지 않기로 했다. 앞으로 나올 〈앤트맨〉 속편에서 그녀의 캐릭터가 코스튬을 입고 데뷔할 예정이었기 때문이다. MCU가 페이즈 3에 들어서면서 다양한 관계를 둘러싼 협상이 많아짐에 따라 화면 속 스토리도 복잡해졌다. 마블 코믹스의 유명 캐릭터를 둘러싼 협상이 특히 더 어려웠다.

토니 스타크의 히어로 팀에 빈자리가 생기자, 작가들은 오랫동안 MCU에서 볼 수 없었던 스파이더맨이 그 공백을 채울 수 있기를 바랐다. 케빈 파이기는 소니와 스파이더맨 출연 협상을 논의 중이었지만 성사될지 장담할 수 없었다. 마커스와 맥필리는 피터 파커가 등장하는 각본과 등장하지 않는 각본을 모두 써놓았고, 스파이더맨은 줄거리의 필수적인 부분이 아니라 보너스처럼 등장할 예정이었다. 그러던 어느 날 파이기가 나타났다. 그는 아무 말도 하지 않고, 중지와 약지를 접고 나머지 손가락을 편 채로 양손을 들어 올렸다. 전 세계 모든 사람이 알고 있는 거미줄을 쏘는 동작이었다. 마커스와 맥필리는 드디어 스파이더맨이 등장하는 각본을 사용할 수 있게 되었다는 것을 깨달았다.

마블이 메나헴 골란에게 스파이더맨 영화 판권을 라이선스한 지 31년, 제임스 카메론이 스파이더맨에 흥미를 보인 지 26년, 소니가 1,000만 달러의 계약으로 영화 판권을 확보한 지 18년 만에 스파이더맨이 마블 시네마틱 유니버스에서 데뷔하게 된 것이었다.

2007년 소니는 토마스 헤이든 처치Thomas Hayden Church가 맡은 샌드맨, 토퍼 그레이스Topher Grace가 맡은 베놈, 제임스 프랭코James Franco가 연기한 새로운 모습의 그린 고블린 같은 빌런들이 포함된 〈스파이더맨 3〉를 개봉했다. 이 영화는 비평가들의 혹평을 받았지만 전 세계적으로 8억 9,400만 달러의 수익을 올렸다. 이는 당시까지 제작된 스파이더맨 영화가 올린 흥행 수익 중 가장 많은 금액이었다. 스파이더맨의 흥행 실적이 꾸준히 증가하면서 제작비도 함께 증가했다. 샘 레이미 감독과 토비 맥과이어, 커스틴 던스트 같은 스타를 계속 기용하려면 속편이 나올 때마다 비용이 더 많이 들었기 때문이다. 그럼에도 소니 픽처스와 아비 아라드는 '스파이더맨 4'를 위한 계획을 준비했다. 아비 아라드는 2006년에 마블 스튜디오를 떠났지만, 스파이더맨 영화의 프로듀서 직책은 유지하고 있었다. 앤 해서웨이Anne Hathaway는 코믹스의 안티 히어로인 블랙 캣(펠리시아 하디) 역을 맡고, 존 말코비치John Malkovich가 벌처 역으로 시리즈에 합류하며, 안젤리나 졸리Angelina Jolie는 벌처의 딸 역할로 짧게 영화에 참여할 예정이었다.

하지만 레이미는 부담감에 짓눌렸다. 그는 다시 한번 자신을 뛰어넘어야 했고, 4억 달러에 가까운 제작비가 투입될 영화에서 수익을 내야 하는 버거운 임무에 직면했다. 2010년 1월, 어느 늦은 밤 스트레스로 지친 레이미는 소니 픽처스의 영화 부문 책임자 에이미 파스칼에게 전화를 걸어 이번 영화에서 하차하겠다고 선언했다. 2013년 인터뷰에서 레이미는 그녀에게 이렇게 말했다고 한다. "굉장한 영화를 만들지 못할 거면 이 영화를 맡지 않아야 한다고 생각해요. 계획하고 있던 리부트를 진행하세요."

레이미는 스파이더맨 영화 제작에서 빠질 수 있었지만, 소니는 그럴 수 없었다. 이대로 마무리하기에는 스파이더맨 시리즈의 인기가 너무 높았기 때문이다. 파스칼이 몇 년을 준비했다가 다음 편을 제작하는 식으로 작품이 많이 몰리는 것을 피했다면 좋았겠지만 그건 불가능했다. 소니와 마블의 계약에 따르면 소니는 스파이더맨 영화가 개봉한 뒤 3년 9개월 이내에 다음 작품의 제작을 시작하고, 5년 9개월 이내에는 극장에서 개봉해야 했다. 그렇지 않으면 영화 판권이 마블로 넘어가게 되어 있었다.

아이크 펄머터는 마블이 가장 힘들었던 1998년에 소니가 스파이더맨의 미국 영화 판권을 단돈 1,000만 달러에 사들인 것을 오랫동안 못마땅하게 생각했다. 그는 사소한 지적이나 가벼운 문제로 수시로 전화를 걸어 파스칼과 CEO 마이클 린튼을 비롯한 소니 픽처스의 고위 경영진을 괴롭혔다. 마블은 2002년 첫 번째 스파이더맨 영화가 흥행에 성공한 뒤에도 상품화 계약에 문제가 있다며 소니를 고소했고, 소니도 맞소송을 제기했다. 1998년 계약에 따르면 마블은 모든 스파이더맨 영화에 대해 일시금을 받고, 추가로 수익의 5%만 받게 되어 있었다. 소니는 영화 관련 완구 판매권을 가졌고, 마블은 클래식 스파이더맨 제품에 대한 판권을 보유했으며, 양측 모두 일정한 수익을 배분했다. 2002년 소송이 정리되면서 소니는 상품화 권리를 일부 포기했고, '영화' 완구와 '클래식' 완구의 구분을 없앴다. 그 시점부터 마블이 모든 스파이더맨 상품을 독점할 수 있게 되었다. 다만 소니는 스파이더맨 영화 개봉 직후에 관련 상품으로 발생한 마블 수익의 25%를 가져가기로 했다.

레이미가 하차 의사를 밝히고 난 며칠 뒤, 소니는 새로운 감독과 배우로 시리즈를 리부트할 계획이라고 발표했다. 스파이더맨을 마블로 복귀시키기를 바랐던 펄머터는 이에 분노했다. 소니는 그를 달래기 위해 2011년 스파이더맨 상품 수익에서 받는 소니의 지분 25%를 마블이 1억 7,500만 달러에 매입하는 것으로 계약을 다시 수정했다. 또한 소니가 스파이더맨 장편영화를 제작할 때마다 마블은 소니에게 3,500만 달러를 지원하기로 했다. 영화 덕분에 관련 상품이 엄청나게 팔리자 마블은 기꺼이 자금을 지원했다.

파스칼은 스파이더맨을 리부트하기 위해 영화에 딱 맞는 이름을 가진 마크 웹Marc Webb 감독을 기용했다. 그는 조셉 고든-레빗과 주이 디샤넬Zooey Deschanel 주연의 기발한 로맨스 영화 〈500일의 썸머(500) Days of Summer〉를 연출한 독립영화 감독이었다. 멕시코 칸쿤에서 열린 즉석 기자회견에서는 피터 파커 역에 〈소셜 네트워크The Social Network〉에 출연한 영국의 신예 배우 앤드류 가필드가 캐스팅되었다는 소식이 전해졌다. 그웬 스테이시 역에는 〈이지 A Easy A〉에 출연해 스타로 부상한 엠마 스톤 Emma Stone이 캐스팅되었다. 코믹북에서 그웬 스테이시는 메리 제인 왓슨 이전에 피터 파커와 가장 진지한 관계를 맺은 연인이었다. 소니는 '스파이더맨 4'에 기용했던 제작진을 그대로 〈어메이징 스파이더맨〉으로 불리는 영화에 다시 투입했다.

이 영화는 스파이더맨의 기원을 재조명한 뒤 리스 이판Rhys Ifans이 인간의 모습을 연기한, 대형 파충류 괴물 리저드와 스파이더맨이 맞붙는 이야기를 담았다. 웹과 각본가 제임스 밴더빌트James Vanderbilt는 원래 각본에 피터 파커가 세상을 떠난 그의 부모로 인해 '특별한' 피를 갖게 되었다는 설정을 넣었었다. 이는 방사능 거미에 물린 10대라고 해서 누구나 그처럼 놀라운 능력을 갖지는 못했을 거라는 의미였다. 이러한 '스파이더맨의 알려지지 않은 기원'은 영화 티저 포스터에서도 예고되었지만, 발표된 영화에는 들어가지 않았다. 파스칼은 물론 소니 임원 출신으로 제작업계에 발을 들인 프로듀서 매트 톨마흐Matt Tolmach와 아비 아라드도 이 영화가 스파이더맨의 정본에 더 가까워야 한다고 결정을 내렸기 때문이었다.

2012년 7월 극장에서 개봉한 〈어메이징 스파이더맨〉은 전 세계적으로 7억 5,800만 달러의 수익을 올렸다. 상당히 큰 금액이었지만 소니가 제작한 스파이더맨 영화 중 가장 적은 수익이기도 했다. 파스칼은 A급 스타 배우가 아닌 브랜드 IP에 기반한 텐트폴 영화 시리즈를 개발하려고 했지만, 기대만큼의 수익을 내지 못했다. 같은 해 소니의 〈맨 인 블랙 3Men In Black 3〉는 전 세계적으로 6억 2,400만 달러의 수익을 올렸지만, 계약상 이 중 9,000만 달러는 주연배우 윌 스미스와 제작자 스티븐 스필버그에게 재분배해야 했다. 소니는 또한 제임스 본드 영화 〈007 스카이폴Skyfall〉을 개봉해 전 세계적으로 11억 달러의 수익을 올렸지만, 스튜디오 수익은 5,700만 달러에 불과했다.* 파스칼은 2012년의 실적에 대해 "우리는 박스오피스 1위였지만 형편없는 한 해였다"고 회고했다.

파스칼은 "2년마다 스파이더맨 영화를 만들면서 점점 줄어드는 수익을 얻는 것"보다 더 나은 계획을 찾기 위해 고심했다. 2012년 마블 스튜디오가 〈어벤져스〉로 큰 성공을 거두자, 새로운 전략이 할리우드 전역에서 주목받게 되었다. 소니도 마블처럼 베놈이나 크레이븐 더 헌터와 같은 스파이더맨 캐릭터의 스핀오프를 만들어 궁극적으로 슈퍼 빌런 팀인 '시니스터 식스'를 꾸릴 수 있었다. 파스칼은 또한 블랙 캣, 실버 세이블, 실크와 같은 여성 조연 캐릭터로 구성된 올스타 팀이나 피터 파커가 태어나기 전 메이 숙모와 벤 삼촌의 모험을 다룬 영화도 고려했다. 소니는 스파이더맨 IP를 '풍성한 세계관'을 가졌다고 표현했다. 실제로 소니가 영화에 사용할 수 있는 코믹스 캐릭터를 구체적으로 명시한 계약서에는 아사이부터 미키 짐머까지 총 856개에 달하는 캐릭터가 포함되어 있었다. 파스칼조차 "저에게는 마블 세계관이 아닌 스파이더 세계관만 있어요. 그 안에는 스파이더맨의 빌런과 친척, 여자 친구만 나오죠. 슈퍼히어로 팀워크는 없어요"라고 불평했다. 마블 스튜디오는 페이즈 1을 제작할 때 가장 인기 있는 캐릭터들을 사용하지 못하고도 빠른 확장세를 보였지만 소니는 난관에 부딪혔다.

2014년에 개봉한 〈어메이징 스파이더맨 2〉에는 가필드와 스톤이 다시 출연했고, 웹 감독은 가능한 한 많은 슈퍼 빌런을 등장시키라는

---

* 본드 시리즈의 소유권은 여전히 MGM에 있었지만, 재정난에 빠진 MGM이 2010년 파산 상태를 벗어나는 과정에서 소니가 본드 영화 제작비의 50%를 부담하는 대신 수익의 25%를 돌려받는 계약을 체결한 바 있었다.

소니의 지시에 따라 일렉트로 역에 제이미 폭스Jamie Foxx, 그린 고블린(해리 오스본) 역에 데인 드한Dane DeHaan, 라이노 역에 폴 지아마티Paul Giamatti 등을 출연시켰다. 그것으로도 부족했는지 영화는 만화와 마찬가지로 그웬 스테이시가 추락하지만 스파이더맨이 그녀를 구하지 못하는 비극으로 끝났다. 이 실망스러운 결말은 〈어메이징〉 시리즈의 가장 큰 장점이었던 실제 커플 앤드류 가필드와 엠마 스톤이 화면에서 보여주었던 조화를 파괴해버렸다.

케빈 파이기는 이들 영화 개발에 참여하지 않았다. 명목상으로는 마블 스튜디오 공동 제작이었기 때문에 파스칼은 주기적으로 파이기의 피드백을 받아야 했다. 파이기는 앤드류 가필드의 연기가 산만하고 감정적으로 일관성이 없다는 점 등 영화에 대한 걱정을 담은 의견을 보냈다. 그는 특히 '특별한 피'와 관련된 줄거리가 부활한 것을 비판했다.

> 피터가 아버지의 피 때문에 스파이더맨이 되었다는 발상이 혼란을 줍니다.
> 과학자 아버지라는 특별한 배경은 퀸즈 출신의 평범한 아이였던 피터가 세계
> 최고의 슈퍼히어로로 되었다는 발상과 배치되기 때문입니다.

파스칼 자신도 영화가 지나치게 많은 것을 다루면서 매끄럽게 이어지지 않는다는 것을 알았다. 개봉 두 달 전 그녀는 소니 픽처스 사장 더그 벨그라드에게 보낸 이메일에서 문제점을 이렇게 열거했다. "영화가 전체적으로 고르지 않고 오락가락해요. 액션이 규모만 큰데다 스토리가 부족해요. 효과적으로 잘 짜인 장면도 없고 재미도 없어요. 솔직히 말하면, 감독과 캐스팅이 잘못된 것 같습니다."

파스칼의 의견은 정확하게 들어맞았다. 소니는 이 영화가 8억 6,500만 달러의 수익을 올릴 것으로 예상했다. 더 나아가 〈어벤져스〉나 〈아이언맨 3〉 같은 슈퍼히어로 영화처럼 '10억 달러 클럽'에 들기를 바랐지만, 전 세계 총 수익은 7억 900만 달러에 그쳤다. 시리즈의 관객 수

는 꾸준히 줄어들고 있었다.

마블은 소니 스튜디오는 물론 프로듀서 아비 아라드와 매트 톨마흐가 스파이더맨 캐릭터를 관리하는 방식에 실망했다. 마블 엔터테인먼트의 앨런 파인마저 〈어메이징 스파이더맨 2〉의 각본을 읽은 뒤 파이기에게 "이야기가 너무 어둡고 지나치게 우울해요. 읽고 나서 원고를 불태우고 싶었어요"라는 이메일을 보냈을 정도였다. 파이기는 파인에게 레이미 영화와 웹 영화 사이에 연관성이 없는 것에 실망했다고 이야기했다. "샘 레이미의 영화에서 거미에게 물리는 장면을 봤는데, 〈어메이징 스파이더맨〉의 거미 물리는 장면과 전혀 달랐어요. 저는 절대 아이언맨의 리부트를 지지하지 않을 거예요. 제게는 아이언맨이 제임스 본드예요. 배우가 바뀌더라도 수십 년 넘게 새로운 이야기를 계속할 수 있다고요." 파인도 이 리부트가 위험한 시도였다는 데 동의했다. "코믹북은 괜찮지만, 저라면 애니메이션에서도 리부트는 하지 않을 거예요. 아라드는 완전히 정신이 나갔어요. 자신이 무슨 일을 하고 있다는 걸 전혀 모른다는 사실을 다시 한번 확인할 수 있었어요."

소니와 마블의 협업

〈어메이징 스파이더맨 2〉가 저조한 성적을 거두자 마블은 기회를 포착했다. 소니는 스파이더맨 소유권을 포기하지 않을 테지만, 두 스튜디오가 서로 협력하면 모두에게 이익이 될 방법이 있을지도 모른다는 생각이었다. 마블은 공동 작업 아이디어를 구체화하기 위해 펄머터는 린튼에게, 파이기는 파스칼에게 접근하기로 했다.

파이기는 산타 모니카의 한 호텔에 마블의 크리에이티브 프로듀서들을 모아 극비 회의를 가졌다. 브레인스토밍 시간은 두 가지 질문을 중심으로 진행되었다. 첫째, 소니와 스파이더맨을 공유하는 계약이 가능하다면 어떤 형태가 될 수 있을까? 둘째, 마블 스튜디오의 대표 캐릭터를 손에 넣는다면 어떤 이야기를 들려주고 싶은가?

회의 직후 파이기는 소니의 파스칼을 만났다. 파스칼은 파이기가 소니의 〈어메이징 스파이더맨 3The Amazing Spider-Man 3〉 계획에 대해 조언해 줄 거라 생각했다. 하지만 파이기에게는 다른 목적이 있었다. 파스칼과 소니가 스파이더맨을 어떻게 발전시킬지 고민하고 있다는 것은 알고 있었지만, 마블 스튜디오가 이 캐릭터를 어떻게 다뤄야 하는지 더 잘 알고 있다고 믿었기 때문이다. 파이기는 그녀에게 "저는 전적으로 맡아서 하는 일만 할 줄 알아요. 그러니 우리에게 맡겨주세요. 두 개의 스튜디오라고 생각하거나 권리를 돌려준다고 생각하지 마세요. 권리를 가진 쪽도 돈을 가지는 쪽도 바뀌지 않아요. 그냥 제작에 우리를 참여시켜주시면 돼요. DC가 크리스토퍼 놀런 감독과 했던 것처럼 말이에요. 마블에게 일을 시켜서 스파이더맨 영화를 만들면 되는 거예요"라고 말했다.

파스칼은 파이기의 제안에 호의적이지 않았다. 반면 소니의 CEO 마이클 린튼은 펄머터의 제안을 더 적극적으로 경청했다. 특히 밥 아이거가 린튼을 무시하고 소니 회장인 히라이 카즈오Hirai Kazuo에게 직접 스파이더맨 계약 가능성을 언급한 후에는 더욱 그랬다. 회장은 〈어메이징 스파이더맨 2〉의 문제점을 알게 된 후 깜짝 놀랐다. 당시 소니 임원이었던 마이클 드 루카Michael De Luca는 그때의 상황을 다음과 같이 밝혔다. "린튼은 창작의 관점에서 누가 스파이더맨을 감독하는지에 대해서는 관심이 없었어요. 최고의 영화로만 만들면 된다고 생각했죠. 반면 파스칼은 팬들이 앤드류 가필드 영화를 좋아하지 않은 것에 죄책감을 느껴서, 피터 파커를 더 나은 모습으로 출연시켜야 한다고 생각한 것 같아요."

소니 경영진은 협상에 늘 열려 있었지만, 펄머터의 압박이 너무 강했다. 그는 마블이 차기 스파이더맨 영화를 제작하면 수익의 50%를 가져가야 한다고 주장하면서, 스파이더맨 캐릭터가 특별 출연하는

MCU 영화에는 5%의 지분만 제공하겠다는 의사를 밝혔다. 소니는 이 제안을 단칼에 거절했다. 소니가 보기에 이 수치는 마블이 스파이더맨 영화 수익의 5%만 가져간 1998년 계약에 대한 펄머터의 불만을 표현한 것이었다.

2014년 11월, 해커들이 20만 통이 넘는 이메일을 포함한 방대한 양의 소니 픽처스 내부 문서를 공개했다. 소니 이메일이 위키리크스에 공개되면서 발생한 수많은 문제 중 하나는 마블이 스파이더맨을 MCU에 통합할 것을 제안했지만 소니가 이를 거절했다는 사실을 영화 팬들이 알게 되었다는 점이었다. 이 이메일이 공개될 무렵에는 이미 마블과 소니의 협상이 끝난 뒤였다. 파스칼은 소니의 개봉 일정을 뒤섞어 〈어메이징 스파이더맨 3〉의 2016년 개봉일과 〈시니스터 식스〉의 2018년 개봉일을 바꾸면서 성공적인 스핀오프 작품으로 시리즈에 대한 관심을 불러일으키기 위해 노력했다. 그녀가 작가 겸 감독인 드류 고다드를 기용하면서 〈데어데블〉의 쇼러너 자리를 그만두게 하자, 아이크 펄머터는 고다드의 퇴사를 최대한 어렵게 만들었다. 단지 마블 텔레비전의 성공을 바라는 마음 때문이 아니라 소니가 자신의 스파이더맨 제안을 받아들이지 않은 것에 대해 여전히 화가 나 있었기 때문이다. 고다드는 〈시니스터 식스〉 각본 작업에 착수했고, 2014년 말에는 스파이더맨과 악당들이 새비지 랜드(마블 코믹북에서는 남극에 숨겨진 밀림지대로 고대 생물의 서식지)로 가서 스파이더맨이 티렉스를 타는 초안을 완성했다.

파스칼은 스파이더맨을 다시 마블에 맡기라는 파이기의 제안에 우호적이지 않지만 생각할수록 그럴듯한 계획인 것 같았다. 소니 유출 사건 이후 온라인에서 이 계획에 대한 긍정적인 반응도 확인할 수 있었다. 스파이더맨이 인기 영화에 출연하면 스파이더맨의 다음 단독 영화에도 관객들이 이어질 것이었다. 수년 동안 마블은 이 전략이 효과가 있다는 것을 증명해왔다. 게다가 MCU 영화가 〈시니스터 식스〉보다는 안전한 선택처럼 보였다. 파스칼이 파이기를 진심으로 존경한다는 점도 결정에 한몫했다. 그녀는 샘 레이미가 스파이더맨을 감독하던 시절, 파이기가 회의에 나타나 모두에게 커피를 돌리면서도 침묵을 지켰던 사실을 기억하고 있었다. "그런 행동이 누군가를 좋아하게 만드는 거죠. 그런 사람들이 입을 열면 그동안 대단한 생각을 하고 있었고, 정말 똑똑하다는 걸 알게 되거든요. 하지만 그들은 굳이 목소리를 내려고 하지 않아요."

파스칼은 파이기를 집으로 초대했고, 스파이더맨 캐릭터를 리부트하면 어떤 새로운 시리즈가 탄생할 수 있을지 논의했다. 그리고 피터 파커의 10대 시절을 그리는, MCU를 배경으로 한 존 휴즈 스타일의 하이틴 영화로 만들어야 한다는 데 동의했다. 파이기는 새로운 스파이더맨이 〈캡틴 아메리카: 시빌 워〉에서 데뷔하면 그의 슈트를 토니 스타크가 만들 수 있을 거라는 의견도 제안했다.

2015년 1월, 펄머터, 파이기, 린튼, 파스칼은 플로리다 팜비치에 있는 펄머터의 콘도에서 점심을 먹었다. 펄머터가 스파이더맨 영화의 수익 절반을 마블이 가져간다는 요구에서 한발 물러섰기 때문에 빠르게 합의가 이루어졌다. 기존 배우들을 교체하고, 마블이 캐스팅한 새로운 스파이더맨은 2016년 마블 스튜디오의 〈캡틴 아메리카: 시빌 워〉에서 처음 등장하는 것으로 결정되었다. 그다음으로 마블이 제작하고 소니에서 제작비와 배급을 맡아 최소한 두 편의 스파이더맨 단독 영화를 내놓기로 했다. 그 첫 번째 영화는 2017년에 개봉할 예정이었다. 수익 배분 방식은 논란의 여지가 없도록 각 스튜디오가 자사의 영화에 필요한 자금을 자체 조달하고 수익도 모두 가져가기로 했다.* 〈시빌 워〉는 온전히 마블의 영화였고, 스파이더맨 단독 영화는 전적으로 소니의 작품이었다. 스파이더맨을 MCU에 통합함으로써 얻을 수 있는 이점이 상

---

* 마블이 완구 판권으로 소니에 스파이더맨 영화 한 편당 3,500만 달러를 지급하는 조건은 유지되었지만, 해당 영화가 7억 5,000만 달러 이상의 수익을 올리면 마블은 이 사용료를 상쇄할 보너스를 받기로 했다.

당했기 때문에 마블은 이 거래를 성사시키기 위해 소니의 영화 제작에 기꺼이 참여했다.

스파이더맨의 현재 제작자였던 아비 아라드는 새로운 스파이더맨 공동 제작에 참여하지 않았지만 스파이더맨의 친구와 적을 소재로 한 소니의 콘텐츠를 계속 개발할 계획이었다. 파스칼은 이메일 해킹으로 소니가 곤혹을 치렀고, 자신이 사적으로 보낸 솔직한 메시지가 너무 많이 공개되는 바람에 대표직을 유지하기 어려울 것이라는 점을 알고 있었다. 그녀는 출구 전략으로 새로운 스파이더맨 영화를 파이기와 공동 제작하기로 했다. 이는 촬영 현장에 적극 참여한다는 뜻이었다. 파이기는 파스칼의 재능을 존중하는 의미에서 수석 프로듀서 직책을 그녀와 공동으로 맡았다. 이는 첫 번째 〈아이언맨〉과 〈인크레더블 헐크〉 이후 9년 만에 처음 있는 일이었다. 팜비치 미팅이 있은 지 일주일도 채 지나지 않아 파스칼은 소니 픽처스에서 해고당했다. 그녀는 자신의 제작사인 파스칼 픽처스를 설립했지만 스튜디오 대표 자리에 앉지 않고, 소니를 위해 스파이더맨과 고스트버스터즈 같은 프랜차이즈 영화를 제작했다.

소니는 2015년 1월에 아비 아라드와 매트 톨마흐와 함께 자체 회의를 열어 파스칼 이후의 스파이더맨에 대한 계획을 결정했다. 〈시니스터 식스〉는 무기한 보류되었지만, 스튜디오는 다른 두 편의 장편영화를 제작하기로 했다. 첫 번째는 베놈 단독 영화로 '어메이징 스파이더맨' 시리즈와 연결될 예정이었지만, 크로스오버 없이 안티 히어로만 등장하는 영화가 되었다. 다른 영화는 〈하늘에서 음식이 내린다면Cloudy with a Chance of Meatballs〉과 〈레고 무비The Lego Movie〉의 필 로드Phil Lord와 크리스토퍼 밀러Christopher Miller가 제작한 〈스파이더맨: 뉴 유니버스Spider-Man: Into the Spider-Verse〉라는 애니메이션 영화였다. 이들의 이야기는 2014년부터 작가 댄

슬롯Dan Slott이 피터 포커Peter Porker, 일명 스펙태큘러 스파이더햄*을 포함해 거의 모든 매체에 등장하는 스파이더 캐릭터를 한데 모은 스파이더맨 코믹스 『스파이더-버스Spider-Verse』에서 영감을 얻은 것이었다.

파이기와 파스칼, 캐스팅 디렉터 새라 할리 핀은 새로운 피터 파커 역을 맡을 후보를 찾기 시작했고, 곧 마음에 드는 배우를 결정했다. 2013년 영화 〈더 임파서블The Impossible〉 등 출연작은 몇 개 되지 않지만 런던 웨스트엔드에서 공연된 뮤지컬 〈빌리 엘리어트Billy Elliott〉에서 주연을 맡았던 영국 배우 톰 홀랜드Tom Holland였다. 핀은 이 10대 배우의 직업 정신에 주목했다. "저는 그가 아홉 살 때부터 하루에 8시간씩 춤을 췄다는 걸 알았어요. 이미 직업인으로서의 자세를 보여줬기에, 매일 촬영장에 성실히 나올 수 있다는 걸 믿을 수 있었죠."

마블은 스크린 테스트를 위해 두 명의 경쟁자인 홀랜드와 〈엔더스 게임Ender's Game〉의 아사 버터필드Asa Butterfield를 〈시빌 워〉 촬영이 진행 중인 애틀랜타로 데려왔다. 파스칼과 파이기는 토니 스타크와 피터 파커의 긴밀한 관계를 보여줄 계획이었기 때문에 로버트 다우니 주니어와 조화를 잘 이루는지 보는 것이 중요했다. 파스칼은 다우니가 장면을 장악하는 성향이 강하기 때문에, 다른 배우의 스크린 테스트를 보기가 어렵다고 했지만 홀랜드는 기대 이상으로 잘해냈다. 테스트를 마친 다우니는 파이기와 파스칼이 지켜보고 있는 모니터로 걸어가 엄지손가락을 치켜세웠다. 홀랜드가 새로운 스파이더맨 역에 합격한 것이었다.

피터 파커를 소개하는 〈시빌 워〉 장면은 수정 과정에서 축소되었지만, 다우니는 원래 분량대로 복원해야 한다고 주장했다(홀랜드와 스파이더맨 캐릭터를 위한 제안이라고 했지만, 결과적으로 다우니 자신의 출연 시간이 늘어났다). 〈시빌 워〉가 촬영되는 동안 마블 스튜디오는 스파이더맨 단독 영화를 페이즈 3에 포함시켜 2017년 7월에 공개하기 위해, 〈토르: 라그

---

* 원래 거미였던 피터가 방사능에 노출된 돼지 메이 포커에게 물려 변신한 코미디 캐릭터로 1980년대에 등장했다.

나로크〉를 뒤로 미루고 인휴먼즈 영화를 완전히 배제한 뒤 제작을 서둘렀다. 영화 제목은 〈스파이더맨: 홈커밍〉으로 정해졌다. 이는 마블로 캐릭터가 돌아왔음을 암시하는 제목이었다. 마블 스튜디오는 존 와츠 Jon Watts를 감독으로 기용했다. 그는 두 소년이 경찰차를 훔치는 스릴러 영화 〈칩 카 Cop Car〉에서 어린 배우들과의 작업에서도 능숙한 실력을 입증했다. 마블은 와츠에게 〈홈커밍〉을 최대한 존 휴즈의 하이틴 영화 느낌으로 만들라고 지시했다. 이로써 MCU는 다시 한번 다른 장르를 통째로 삼킬 수 있다는 것을 증명했다.

마블은 조나단 골드스타인 Jonathan Goldstein과 〈프릭스 앤 긱스 Freaks and Geeks〉 시리즈의 배우인 존 프랜시스 데일리 John Francis Daley를 함께 감독 겸 작가로 기용하려고 했었다. 두 사람은 〈휴가 대소동! National Lampoon's Vacation〉 시리즈의 2015년 작품인 〈베케이션 Vacation〉에서 함께 일한 적이 있다. 마블은 와츠를 감독으로 선택한 뒤 이들에게 각본을 맡겼다. 골드스타인은 "스파이더맨 초반 서사의 강박에서 벗어나고 싶었어요. 이미 많은 사람들이 아는 내용이고, 벤 삼촌의 죽음으로 영화를 시작하면 영화의 많은 부분을 감정을 회복하는 흐름으로 다뤄야 하는데, 그러면 당연히 재미가 없거든요"라고 말했다. 두 사람은 이전과는 다른 스파이더맨을 만들기 위해 노력했다.*

마블 스튜디오의 계획은 피터 파커를 MCU의 중심에 배치하는 것이었다. 소니의 스파이더맨은 주로 오스본이나 파커 가문과 연관이 있는 사악한 과학자들과 싸웠지만, MCU의 스파이더맨은 토니 스타크에게 원한을 품은 빌런들과 대결하며 피터 파커를 고등학교에서 어벤져스의 궤도로 끌어올릴 계획이었다. 〈홈커밍〉에서 마이클 키튼 Michael

---

* 소니와 마블은 소니가 스파이더맨의 어떤 부분을 사용할 수 있는지, 스파이더맨의 능력을 구체적으로 나열한 71쪽짜리 라이선스 계약을 맺었다. 이 계약에 따르면 스파이더맨은 남을 괴롭히거나 흡연을 하거나 16세 전에 성관계를 가질 수 없으며, 피터 파커는 이성애자 백인으로 퀸즈에서 자라야 했다.

Keaton은 〈어벤져스〉의 뉴욕 전투 이후 토니 스타크 때문에 실업자 신세로 전락하면서 밀거래를 하며 빌런 벌처로 변신하는, 에이드리언 툼스 역할을 맡았다.

마블 시각화 개발팀의 라이언 마이너딩은 스파이더맨 코스튬의 눈을 고정된 조리개 구멍이 아닌 작동하는 렌즈로 바꿔 캐릭터가 코스튬을 입고도 더 많은 감정을 표현할 수 있도록 만들었다. "과거에는 디자이너들이 눈에 두꺼운 테두리를 치는 걸 꺼렸어요. 눈에 그걸 추가하면 가면무도회 같은 느낌이 들기 때문에 당연히 시도하지 않는 방법이었죠." 하지만 스타크의 기술로 만들어진 스파이더맨 슈트의 눈 작동 방식이 역동적으로 변하자 제작진은 표정을 더 자유롭게 통제할 수 있었다. "더 잘 보려고 눈을 가늘게 뜨면 그 검은 테두리가 훨씬 더 두꺼워지는 거예요. 눈이 항상 같은 모습으로 고정되어 있을 필요가 없어졌죠."

스튜디오는 스파이더맨이 맨해튼의 스카이라인을 가로지르며 건설 크레인 사이를 오가는 장면은 피하려고 노력했다. 이전 영화들에서 이미 많이 사용되었기 때문이다. 따라서 〈홈커밍〉의 주요 액션 장면은 교외 지역과 워싱턴 기념탑, 스태튼 아일랜드 페리, 대형 화물기 위에서 펼쳐졌다.

이 영화는 2017년 7월에 개봉해 전 세계적으로 8억 8,000만 달러의 수익을 올렸다. 이는 감소세를 보이던 '어메이징 스파이더맨' 시리즈와 비교해 큰 폭으로 증가한 수치였다. 소니는 스파이더맨의 흥행이 다시 상승세를 타기 시작했다는 점에 기뻐했고, 마블은 MCU에 스파이더맨이 합류하게 된 것에 흥분했다. 스파이더맨은 이듬해 개봉한 〈어벤져스: 인피니티 워〉로 돌아왔다. 수십 명의 출연진 중 조연으로 등장했지만, 마블은 스파이더맨이 개별적인 캐릭터의 느낌을 드러내는 순간을 많이 넣도록 했다. 피터 파커는 고등학교 현장 학습에서 빠져나와 우주선에 숨어들고, 은하계를 가로지르는 위험한 여행 중에 토니 스타크가 그를 공식적인 어벤져스로 인정하자 스스로도 놀랄 만큼 감동한다. 또한 스타로드와는 대중문화와 관련된 농담을 주고받는다. 그는 자신보다 훨씬 강력한 누군가와 싸우면서도 꿋꿋하게 버티고, 스타크의 품에서 사라지기 전에 "죽기 싫어요"라고 말한다. 영화에서 가장 가슴 아픈 이 대사는 홀랜드가 즉석에서 변형시킨 말이었다.

스파이더맨 유니버스의 확장

문화 권력의 새로운 정점에 선 마블은 아비 아라드를 다시 한번 밀어냈을 뿐만 아니라, 적어도 한동안은 소니 픽처스를 자신들의 뜻에 따르게 할 수 있었다. 2019년 톰 홀랜드는 10억 달러의 수익을 올린 흥행작 두 편에 스파이더맨으로 출연했다. 한 편은 마블, 다른 한 편은 소니의 영화였다. 먼저 그는 〈어벤져스: 엔드게임〉에 잠깐 등장한 뒤 〈스파이더맨: 파 프롬 홈〉에 출연했다. 마블 스튜디오가 소니를 위해 제작한 두 번째 스파이더맨 단독 영화는 MCU 페이즈 3의 마지막 영화이기도 했다. 제이크 질렌할Jake Gyllenhaal은 토니 스타크에게 불만을 품은 전 직원 미스테리오 역을 맡았고, 사무엘 L. 잭슨은 닉 퓨리로 등장해 피터 파커와 MCU를 더욱 단단하게 묶어주는 역할을 맡았다. 이 영화는 피터 파커가 학교 친구들과 유럽 여행을 떠나면서 벌어지는 내용을 그린다. 배경을 다른 대륙으로 옮긴 것은 이전의 스파이더맨에서 보여준 모험과 비슷한 모습을 되풀이하지 않으려는 의도도 있었다. 이 영화는 전 세계적으로 11억 3,200만 달러를 벌어들이며 10억 달러 클럽에 가입했고, 오래전 아비 아라드가 추정했던 가치가 옳았음을 다시 한번 입증했다. 마블 스튜디오는 마침내 소니 역사상 가장 높은 수익을 올린 영화를 만들었다.

MCU 버전의 스파이더맨은 파이기와 파스칼이 기대했던 대로 잘 만들어지고 있었고, 아라드와 톨마흐가 이끄는 소니의 스파이더맨팀도 그 어느 때보다 좋은 성과를 거두고 있었다. 2018년, 소니는 스파이더맨 빌런의 스핀오프인 〈베놈〉을 제작했다. 기생 외계인을 버디 코미디 주인공으로 재탄생시킨 〈베놈〉은 톰 하디Tom Hardy의 상반된 두 가지 연기를 선보이며 전 세계적으로 8억 5,600만 달러의 수익을 올렸다. 쿠키 영상에서는 우디 해럴슨Woody Harrelson이 출연해 심비오트 카니지가 등장하는 속편을 예고했다. 파스칼은 이렇게 인정했다. "소니는 〈베놈〉을 환상적으로 만들어냈어요. 훌륭한 캐릭터가 있으면 훌륭한 영화를 만들 수 있거든요."

그해 말에는 니콜라스 케이지가 목소리 연기를 한 1930년대 세계관의 필름 느와르 버전과 애니메이션 세계관의 거미형 로봇을 가진 어린 일본 소녀 등 다양한 콘셉트의 스파이더맨'들'이 등장하는 〈스파이더맨: 뉴 유니버스〉가 개봉했다. 여러 스파이더맨 캐릭터 가운데 중심 역할로 등장하는 마일스 모랄레스는 『얼티밋 스파이더맨Ultimate Spider-Man』 코믹북에서 피터 파커가 죽은 뒤 그를 대신하기 위해 브라이언 마이클 벤디스와 사라 피첼리Sara Pichelli가 만든 흑인 라틴계 캐릭터이다. "많은 유색인종 어린이들이 슈퍼히어로 놀이를 할 때, 배트맨이나 슈퍼맨 역할을 할 수 없었어요. 히어로처럼 생기지 않았다고 친구들이 못하게 하니까요. 하지만 스파이더맨은 할 수 있어요. 누구든 마스크만 쓰면 되니까요." 벤디스는 흑인 라틴계 스파이더맨 캐릭터가 데뷔할 당시의 분위기를 설명했다. "지금은 흑인 슈퍼히어로가 현실이 되었어요. 많은 사람에게 큰 의미가 있었죠." 〈스파이더맨: 뉴 유니버스〉는 전 세계적으로 3억 7,500만 달러의 수익을 올리며 평범한 수준의 흥행을 거두었지만, 유머와 독창적이고 다층적인 시각적 표현으로 극찬받으며 아카데미 장편 애니메이션 작품상을 받았다(디즈니 이외의 영화가 이 상을 받은 것은 7년 만에 처음 있는 일이었다). 이 영화의 성공으로 스파이더맨 유니버스에는 슈퍼히어로 팀을 만들 만큼 소재가 충분하지 않다는 파스칼의 불평은 거짓이 되었다.

파이기와 파스칼은 소니와 마블의 스파이더맨 계약에 3부작 영화가 포함될 것을 예상했지만, 계약상으로는 두 편만 제작하기로 되어 있었다. 하지만 〈베놈〉과 〈스파이더맨: 뉴 유니버스〉의 성공 이후 소니는 자신들의 스파이더 센스(혹은 피터 팅글[35])에 자신감을 갖게 되었다. 소니는 〈파 프롬 홈〉 촬영 중반에 스파이더맨 단독 시리즈를 되찾아 오겠다고 마블 측에 알렸다. 톰 홀랜드 주연의 스파이더맨 영화를 흥행작으로 만드는 데 케빈 파이기를 제작자로 기용할 필요가 없다는 이유였다. 마블은 이 사실을 출연진과 제작진에게 비밀로 했지만, 막대한 수익을 올린 〈스파이더맨: 파 프롬 홈〉 개봉 후 유출되었다. 소니는 마블과의 계약을 갱신하지 않을 생각이었다.

Chapter 23: Long Live the King
블랙 컬처 포에버

"
Wakanda will no longer watch from the shadows.
"

<Black Panther>

블랙 팬서와 채드윅 보즈먼

채드윅 보즈먼은 왕을 연기하기 훨씬 전부터 왕처럼 처신했다. 하워드 대학교 재학 시절, 보즈먼은 감독과 극작가가 되기 위해 공부했지만, 당시 방문교수였던 필리샤 라샤드Phylicia Rashad의 격려와 덴젤 워싱턴Denzel Washington의 재정적 지원에 힘입어 연기에 전념할 수 있었다. 워싱턴은 훗날 그에게 돈을 돌려 달라고 농담하기도 했다. 그는 직업 연기자의 길에 들어섰던 초기에는 주로 연속극에 참여했지만, 인종적 고정관념에서 만들어진 틀에 박힌 역할을 맡을지도 모른다는 걱정에 프로듀서에게 인물의 가족사를 상세히 설명해 달라고 요청했다. 그는 어머니가 헤로인 중독자이고 아버지는 오래전에 가족을 버린 인물이라는 설명을 들었지만, "까다롭게" 군다는 이유로 해고당했다. 이 경험을 계기로 그는 연기를 하려면 자기 방식대로 하고, 악의적인 선입견을 부추기는 역할은 맡지 않겠다는 목표 의식을 분명히 했다.

〈42〉에서 보즈먼은 야구계에서 인종 차별의 장벽을 깨뜨린 재키 로빈슨Jackie Robinson을 연기했다. 〈제임스 브라운Get on Up〉에서는 20세기 최고의 음악 천재 중 한 명인 제임스 브라운James Brown 역을 맡았다. 보즈먼은 각 역할에서 신체적으로 완전히 다른 모습을 연기했지만, 어떤 경우에도 천박한 흉내 내기는 하지 않았다. 그는 두 역할 모두에서 눈길을 사로잡는 연기를 했다. 보즈먼은 신체와 대사를 통해 각 인물의 존엄성과 중요성, 인간성을 역설했다. 그는 허구의 인물인 블랙 팬서 티찰라(트찰라)도 같은 방식으로 접근했다.

보즈먼은 미국식이나 영국식 억양으로 연기해달라는 마블의 요청을 거절했다. 그런 억양은 티찰라가 통치하는 아프리카 국가 와칸다가 한때 식민지였음을 암시할 수 있다고 생각했기 때문이다. "저는 그것이 결정적인 문제 같았어요. '내가 지금 무척 중요한 걸 포기하면, 사람들을 편하게 하기 위해 다음에는 또 무엇을 버려야 할까?'라는 생각이

들어서 그렇게 했죠." 대신 그는 남아프리카의 토착어 중 하나인 코사어 억양을 활용했다. "남아프리카의 페이텔에서 방언 강사를 찾았어요. 우리는 티찰라가 어떤 인물인지 계속 탐구했어요. 또 마블의 방언 강사인 새라 셰퍼드Sarah Shepherd와 함께 일하면서 사람들이 사실적이고 진짜라고 느끼면서도 대부분 알아들을 수 있는 무언가를 찾아냈어요. 그게 가장 중요했죠."

〈캡틴 아메리카: 시빌 워〉에서 티찰라의 아버지인 티차카(트차카)를 암살했다는 누명을 쓰고 보즈먼과 대결했던 세바스찬 스탠은 그의 노력에 큰 감명을 받았다. "'이 친구는 모두를 깜짝 놀라게 하겠구나'라고 생각했죠. 하는 일마다 헌신적으로 노력했거든요. 격투 장면이 많았는데 정말 열심히 했어요. '보즈먼은 정말 진심으로 연기하고 있어. 나도 제대로 해야겠어'라는 생각이 들더라고요."

보즈먼은 복수심과 연민 모두에 사로잡힌 인물을 연기했고, 영화의 절정에서 다니엘 브륄Daniel Bruhl이 맡은 악당 제모 남작과 맞설 때 이러한 모순을 실감나게 드러냈다. "영화가 막바지로 향하면서 제모를 죽이지 않기로 마음을 바꾸는 장면이 가장 어려웠어요."

마블 스튜디오의 지휘부는 보즈먼이 앤트맨과 닥터 스트레인지, 캡틴 마블을 비롯한 새로운 세대의 MCU 히어로 중에서 눈에 띄는 연기자가 될 만한 카리스마와 능력을 갖췄으며, 그의 재능에 걸맞은 영화만 만들어지면 된다는 것을 알 수 있었다. 〈시빌 워〉 촬영이 끝나자마자 프로듀서 네이트 무어는 블랙 팬서 단독 영화를 기획하고자 했다. 오랫동안 MCU의 흑인 캐릭터를 주창해왔던 무어는 자연스럽게 〈블랙 팬서〉 개발 크리에이티브 프로듀서로 낙점되었다. 그는 각본가를 공개 모집하는 대신 소수에게만 선택적으로 연락했고, 마블 작가 프로그램 출신의 조 로버트 콜을 최종적으로 기용했다.

콜은 맡은 일을 단순히 다음 돈벌이 수단으로 여기지 않았다. "어렸을 때 상상 속 인물로 역할 놀이를 많이 했는데, 히어로를 모두 흑인으로 바꾸곤 했어요. 제임스 본드 대신 제임스 블랙, 배트맨 대신 블랙맨이 되었죠. 그런데 이제 그럴 필요가 없어진 거예요. 정말 대단하죠. 저는 바로 이런 영화를 동경하고 있었거든요."

2015년 5월, 〈블랙 팬서〉 각본이 완성 단계에 이르자 무어와 파이기는 감독을 찾기 시작했다. 두 사람은 1순위로 2014년 인권운동을 다룬 장편영화 〈셀마Selma〉 이후 단숨에 최고 감독 반열에 오른 에이바 듀버네이Ava DuVernay에게 공개 제안했다. 듀버네이는 이 제안에 대해 "저는 화면에서 흑인들이 생각하는 것을 무척 중시해요. 영화는 우리가 흑인으로서 자신을 보는 방식과 다른 사람들에게 보이는 방식에 영향을 미쳐요"라고 말했다. 마블 스튜디오는 그녀에게 연출의 새로운 지평을 보여주기를 기대하는 〈블랙 팬서〉와 〈캡틴 마블〉 중에서 하나를 선택할 기회를 주었다.

듀버네이는 대중문화에서 차지하는 잠재적 중요성을 알아보고 〈블랙 팬서〉에 이끌렸으나, 결과적으로는 마블의 제안을 거절했다. "어떤 이야기가 될지에 관한 생각이 서로 달랐다고만 말할게요. 마블 나름의 일하는 방식 때문이었어요. 저는 마블이 정말 대단하고, 많은 사람이 마블의 작업을 좋아한다고 생각해요. 마블이 연락해줘서 정말 좋았어요. 보즈먼과 작가들, 그리고 마블 책임자들을 만난 것도 좋았고요. 결국 스토리와 관점의 문제였어요. 서로 의견이 맞지 않았던 거죠. 나중에 창의적 관점의 차이를 들먹이는 것보다는 지금 알아차리고 결정하는 편이 나았죠."

마블은 〈윈터 솔져〉의 감독으로 고려했던 F. 게리 그레이와도 논의를 진행했다. 그리고 〈오스카 그랜트의 어떤 하루Fruitvale Station〉를 만든 라이언 쿠글러가 2015년 11월 〈크리드Creed〉를 발표한 이후 최종 후보에 올랐다. 〈록키Rocky〉의 스핀오프 작품인 이 영화는 쿠글러가 기존 IP 기반의 흥행작을 만들 수 있다는 것을 증명했다. 그레이가 '분노의 질주' 시리즈의 여덟 번째 영화인 〈분노의 질주: 더 익스트림The Fate of the Furious〉을 연출하기로 결정되자 쿠글러가 마블의 최우선 순위로 급부상했다.

무어는 쿠글러와 파이기의 만남을 이렇게 기억했다. "그가 파이기에게 물은 것 중 하나는 이런 거였어요. '흑인 출연진이 등장하는 영화가 될 거란 건 아시죠?'" 파이기는 아무렇지도 않게 대답했다. "네, 당연하죠. 그래서 하는 거예요."

쿠글러는 감독을 맡기 위해 보즈먼의 시험도 통과해야 했다. 보즈먼은 쿠글러에 대해 "그는 체계적으로 일하는 타입 같아요. 지적인데다 다른 부서와 협력할 때 직관적인 통찰을 발휘해요. 그의 독립영화 경험이 판타지에 어느 정도의 근성과 현실성을 부여했다고 생각해요"라고 말했다.

쿠글러는 2016년 1월 공식적으로 감독직을 맡았다. 그는 숨겨진 나라인 와칸다가 그럴듯하면서도 아프로퓨처리즘(아프리카 미래주의)적인 느낌이 나길 원했다. 그는 이런 균형을 맞추기 위해 마블 스튜디오의 사내 아티스트들을 거치지 않고 자신이 직접 각 부문 책임자들을 기용할 수 있도록 마블 스튜디오를 설득했다. 대표적으로 마블 스튜디오 영화 최초의 여성 촬영감독인 레이첼 모리슨Rachel Morrison, 〈문라이트Moonlight〉와 비욘세의 〈레모네이드Lemonade〉 비주얼 앨범에 참여한 프로덕션 디자이너 해나 비츨러Hannah Beachler, 1988년 〈스쿨 데이즈School Daze〉부터 스파이크 리Spike Lee와 함께 10여 편의 영화를 만들었고 리의 〈말콤 엑스Malcolm X〉와 스티븐 스필버그의 〈아미스타드Amistad〉로 오스카상 후보에 올랐던 존경받는 의상 디자이너 루스 E. 카터Ruth E. Carter 등을 들 수 있다.

제작 준비 기간에 〈블랙 팬서〉 팀은 아프리카를 여러 차례 방문했다. 카터는 중앙아프리카에서 시간을 보냈고, 음악을 담당한 루드비히 고란손Ludwig Göransson은 세네갈 출신 음악가 바바 말Baaba Maal과 함께 여행을 떠났다. 쿠글러와 각 부문 책임자들은 남아프리카 콰줄루나탈 주에서 출발해 아프리카 동부 해안을 순례했다. 그 과정에서 과학자들과 시간을 보내며 와칸다에서만 발견되는 매우 귀한 광석이자 캡틴 아메리카의 방패를 만든 재료이기도 한 가상의 금속 비브라늄의 진동 및 음파 특성에 대해 논의하고 촬영 장소를 찾아다녔으며 시각 자료도 수집했다. 비츨러는 "돌아와서 모든 것을 다시 작업했어요. 그곳에 머무르며 직접 만지고 느끼고 볼 수 있었던 경험 덕분에 많은 것을 얻을 수 있었거든요"라고 말했다.

코믹북의 와칸다 설정에서 가장 급진적인 측면은 비브라늄이 아니라 이 나라가 식민지 세력의 손길이 닿지 않은 채로 남아 있다는 것이었다. 비츨러는 "식민 지배를 받은 적도 없고 노예제를 경험한 적도 없는 나라이다 보니, 세계 어디에도 이런 나라에 해당되는 곳이 많지 않다는 점에서 무척 어려운 과제였죠"라고 말했다. 기술적 유토피아였던 와칸다는 서유럽 제국에 대한 신랄한 비판이기도 했다. 와칸다를 상상하는 것은 곧 흑인들이 사슬에 묶여 아프리카에서 다른 대륙으로 이동하지 않았다면 원래 대륙에서 무엇을 이룰 수 있었을지 묻는 것과 같았다.

보즈먼은 "와칸다는 판타지라고 말할 수도 있어요. 하지만 실제 아이디어와 실제 장소, 실제 아프리카의 콘셉트에서 뽑아낸 것을 와칸다라는 구상에 집어넣을 기회를 얻는 것은 정체성에 대한 의식을 개발할 훌륭한 기회였어요. 그런 정체성에서 분리된 상태에서는 더더욱 그랬죠"라고 말했다.

비츨러는 쿠글러와 함께 일하며 나이지리아, 케냐, 부룬디 등 사하라 이남 아프리카 국가들의 전통 디자인과 모험적인 기술을 섞어서, 현실에서 약 25년쯤 더 있어야 가능할 것으로 추측되는 자기부상 호버크라프트를 '고층 건물의 초가지붕' 옆에 배치했다. 그녀는 와칸다의 다양한 문화와 그것들이 시각적으로 어떻게 상호 작용하는지를 개괄한 515쪽 분량의 『와칸다 바이블』도 만들었다. 색상도 주제와 관련해 비중이 꽤 높았다. 자주색은 왕족과 지혜, 파란색은 식민지화, 녹색은 지구와의 연결을 뜻했다. 의상 디자이너 카터는 와칸다 의상을 디자인하면서 이러한 시각적 주제를 한층 더 발전시켰다. 그녀는 "아프로퓨처리즘 양식은 와칸다 공동체 전체를 관통하는 하나의 특징이라고 할 수 있다"고 말했다.

티찰라로 분한 보즈먼의 연기는 와칸다에 대한 묘사를 보강해주었다. 보즈먼은 "티찰라를 가장 두드러지게 하는 것은 그가 와칸다의 통치자라는 점인 것 같아요. 그의 첫 번째 관심은 무엇이든 나라에 이익이나 도움이 되는 것이었죠"라고 말했다.

창작위원회가 사라진 마블 스튜디오는 쿠글러에게 비교적 원하는 영화를 자유롭게 만들 재량을 주었다. 심지어 다른 MCU 캐릭터를 등장시켜야 한다는 부담도 주지 않았다(최종적으로 그는 쿠키 영상에 윈터 솔져 역으로 세바스찬 스탠을 출연시켰다). 쿠글러는 자주 호흡을 맞추었던 마이클 B. 조던Michael B. Jordan을 에릭 킬몽거 역에 발탁해 보즈먼과 조던의 역학 관계를 웨슬리 스나입스와 맞붙는 덴젤 워싱턴과 대비시켰다. 그는 루피타 뇽오, 안젤라 바셋Angela Basset, 포레스트 휘태커Forest Whitaker, 다니엘 칼루야Daniel Kaluuya, 레티티아 라이트Letitia Wright를 캐스팅했다. 짙은 빨강으로 색을 맞춘 여성 보안부대 도라 밀라제를 이끄는 오코예 역에는 다나이 구리라Danai Gurira가 합류했다. 〈시빌 워〉에서 보즈먼이 선택한 코사어 억양은 다른 와칸다인 역할을 맡은 배우들의 발성 기준이 되었다.

2016년, 보즈먼은 대장암 3기 진단을 받았지만 자신의 상태를 비밀로 했다. 제작 파트너 로건 콜스Logan Coles와 오랫동안 함께한 에이전트 마이클 그린Michael Greene, 개인 트레이너 애디슨 헨더슨Addison Henderson을 포함한 가까운 동료 몇 명만이 이 사실을 알고 있었다. 〈블랙 팬서〉를 제작하는 동안 쿠글러는 보즈먼의 심각한 건강 상태에 대해 알지 못했다. 보즈먼의 형 데릭은 동생은 사람들이 자신에 대해 걱정하기를 바라지 않았다고 말했다. 보즈먼은 암을 이겨낼 수 있다고 확신하는 듯 보였고, 암 진단으로 일을 중단하거나 늦추는 것도 원치 않았다. 그것은 오랫동안 주목받고 싶어 하는 사람의 허영심이 아니라 자신이 맡은 역할의 중요성을 믿는 예술가의 열정 때문이었다.

보즈먼이 암 진단을 받은 뒤에 출연한 베트남 배경의 드라마 〈Da 5 블러드Da 5 Bloods〉를 연출했던 스파이크 리는 그가 힘든 촬영에도 절대 불평하지 않았다고 말했다. "그가 암에 걸렸다는 생각은 전혀 하지 못했어요. 보즈먼이 왜 그랬는지 이해해요. 배려해주는 걸 바라지 않았기 때문일 테죠. 그런 면에서 보즈먼을 존경해요."

할리우드의 통념을 뒤엎은 영화

〈블랙 팬서〉 제작은 당시 새로운 마블 촬영의 거점이 된 조지아주의 파인우드 애틀랜타 스튜디오(나중에 트릴리스 스튜디오로 명칭이 변경되었다)에서 2016년 1월에 시작되었다. 비츨러는 폭포 격투장을 비롯한 대형 세트를 제작했다. '워리어 폴스'라고 불리는 폭포 격투장은 폭 36.6미터, 높이 12.2미터 규모로 47만 리터가 넘는 물이 순환하는 곳이었다. 워리어 폴스 야외 세트에서는 꼬박 2주 동안 촬영이 진행되었다. 영화의 주요 장면 중 15센티미터 깊이의 물에서 벌어지는 두 번의 격투 장면이 이 세트를 배경으로 촬영되었다.

안젤라 바셋은 워리어 폴스에서 보낸 뜨겁고 기나긴 날들을 다음과 같이 회상했다. "우리는 하루에 열 시간씩 촬영했어요. '프렌치 아워'라는 말도 자주 했는데, '점심은 먹을 수 있을 때 먹는다'는 뜻이었어요." 촬영 둘째 날에는 많은 출연자가 평소보다 눈을 더 많이 깜빡거리는 바람에, 혹시 물에 염소가 너무 많은 건 아닌지 걱정하기도 했다. "셋째 날 칼루야와 농오를 보니 눈이 정말 빨갛게 충혈되어 있는 거예요." 그다음 날 배우들은 눈을 뜨기도 어려워졌다. 제작진은 물을 검사해 pH 농도와 병원균을 확인했지만 모든 것이 정상이었다. 결국 물에서 반사되는 고광도의 빛이 범인이었다는 걸 알아냈다. "우리 눈이 햇볕 때문에 화상을 입은 거예요!" 그래서 배우들 모두 촬영 중간에는 선글라스를 착용하게 되었다.

　같은 시기 애틀랜타에서는 루소 형제가 〈어벤져스: 인피니티 워〉를 촬영 중이었다. 이 작품에는 와칸다에서 벌어지는 3막의 주요 전투 장면이 있었다. 〈인피니티 워〉 제작진은 〈블랙 팬서〉 제작진의 전문성에 기대어 와칸다의 모습을 제대로 표현할 수 있었고, 두 영화에 모두 출연하는 배우들은 두 가지 역할을 수행했다. 레티티아 라이트와 다나이 구리라, 윈스턴 듀크Winston Duke, 보즈먼은 〈인피니티 워〉 촬영장에서 와칸다의 특사 역할을 했다. 조 루소는 "보즈먼이 앤서니와 나를 따로 불러서 그들이 발전시키고 있던 신화에 관해 설명해줬던 기억이 나요"라고 말했다. 앤서니 루소는 "보즈먼은 다른 배우들과 일종의 와칸다 대형을 짜곤 했어요"라고 기억했다. "그는 배우들에게 구호와 발음, 발성은 물론 어떤 모습을 해야 할지, 공격 자세에서 몸은 어떻게 유지할지를 알려주곤 했죠."

　앤서니는 보즈먼이 와칸다의 지도자였다고 말했다.

　쿠글러는 〈블랙 팬서〉 이야기를 자신의 고향인 캘리포니아 주 오클랜드에서 마무리하고 싶었다. 배경 건축물을 컴퓨터그래픽으로 약간 수정하는 과정을 거친 덕분에 애틀랜타의 한 아파트 단지가 오클랜드를 대신할 수 있었다. 길 건너편에 있던 킹 센터는 마틴 루터 킹 주니어Martin Luther King Jr.의 업적을 계승하는 비폭력 사회변화 센터로 알려진 곳이었다. 마틴 루터 킹 주니어의 딸인 버니스 킹Bernice King은 촬영장을 방문해 출연진과 제작진에게 그들 공동의 노력이 얼마나 큰 반향을 미칠 수 있는지 일깨워주었다. 쿠글러는 이렇게 기억했다. "그녀는 모든 사람과 악수하며 프로젝트를 축복해줬어요. 무척 진지한 순간이었죠."

　한국의 부산 거리에서 자동차 추격전을 촬영하고, 아프리카의 우간다, 잠비아, 남아프리카공화국에서 제2 제작진이 야외 촬영 분량을 무사히 마치면서 촬영이 마무리되었다. 2017년 4월, 쿠글러는 〈오스카 그랜트의 어떤 하루〉와 〈크리드〉에서 함께 일했던 마이클 쇼버Michael

Shawver, 〈스파이더맨: 홈커밍〉을 작업한 마블의 베테랑 데비 버먼Debbie Berman과 함께 편집에 들어갔다. "우리는 각자 다른 부분을 맡았어요. 특수효과가 많은 영화에서는 각자의 몫을 나누는 것이 효율적일 수 있거든요. 그래도 서로의 장면에 대해 항상 의견을 내고 협력했어요." 이 영화에는 여성 캐릭터가 많았는데, 버먼은 자신이 이들을 잘 지키려고 애썼다고 말했다. "저는 영화 속 여성들을 무척 신경 썼어요. 그들은 제가 소중히 생각하는 여성들이었기 때문에 기꺼이 그들 편이 되었죠."

버먼은 통상적인 재촬영 중에 촬영장에 방문했다가 〈블랙 팬서〉의 다양성에 완전히 매료되었다. "추가 촬영을 위해 촬영장에 갔을 때 불현듯 깨달았어요. 쿠글러와 촬영감독 레이첼 모리슨이 함께 서서 촬영에 대해 이야기하고 있는데 문득 흑인 감독과 여성 촬영감독, 여성 편집자가 함께 2억 달러짜리 영화를 만들고 있는 걸 본 거죠."

이 영화에서 여성에 대한 표현은 이 영화를 만든 많은 사람에게 정말 중요했다. 티찰라의 여동생으로 과학기술 분야의 천재인 슈리 역을 맡은 레티티아 라이트는 "항상 문제를 해결하는 게 남자들이 아니었다는 점에서 쿠글러 감독과 각본가 콜, 그리고 마블 사람들에게 찬사를 보내고 싶어요. 여성들은 화면에서 놀라운 일들을 해내요. 제가 자랄 때는 그런 모습을 많이 보지 못했어요"라고 말했다.

보즈먼은 여성과 비백인 캐릭터를 차별한 마블의 역사를 고려할 때, 〈블랙 팬서〉에 대한 부담감이 상당했다고 말했다. "이런 유형의 영화로는 첫 번째 시도였기 때문에 반드시 잘 만들고 싶었어요. 만약 잘 안 되기라도 하면 이런 영화가 다시 만들어지기까지 오랜 시간이 걸릴 거란 두려움이 있었거든요. 그러니 나를 위해서가 아니라, 내 뒤에 나올 다른 아티스트들을 위해서 더 열심히 했던 거예요."

버뱅크에 있는 마블 스튜디오 직원들은 매일 쿠글러와 그의 팀이 올리는 편집본을 지켜보았고, 오래지 않아 흥행작을 완성했다는 것을 깨달았다. 2017년 6월, 마블 스튜디오는 NBA 결승전 4차전 시간에 〈블랙 팬서〉의 티저 예고편을 선보였다. 이 영상은 온라인에서 24시간 동안 8,900만 회 재생되며 〈스타워즈: 라스트 제다이Star Wars: The Last Jedi〉 예고편 다음으로 가장 많은 조회 수를 기록했다. 한 달 뒤, 쿠글러는 샌디에이고 코믹콘에서 부산의 자동차 추격전으로 이어지는 카지노 격투 장면을 담은 홍보 영상을 선보였다. 영상이 끝났을 때 관객들은 기립 박수를 보냈다. 배우 다니엘 칼루야는 자연스럽게 나머지 출연자들을 끌어안기 시작했다. "보즈먼이 우는 것을 봤어요. 이런 영화에 참여하다니, 정말 축복받은 기분이었고 대단히 영광스러웠어요."

마블 스튜디오는 초반 열기에 부응해 영화 홍보를 늘리면서, 최종적으로는 통상 '어벤져스' 영화에 배정되는 약 1억 5,000만 달러를 홍보에 사용했다. 〈블랙 팬서〉는 2018년 2월 16일, 흑인 역사의 달 한가운데에 개봉했고, 쿠글러의 아프로퓨처리즘적 비전이 담긴 진정한 흑인 팝아트라는 찬사를 받으며 마블 스튜디오 사상 최고의 평가를 받았다. 이 영화는 제임스 카메론의 〈아바타〉 이후 처음으로 미국에서 5주 연속 입장권 판매 1위를 차지했다. 결과적으로 2월은 장르 영화가 성공하기 어려운 시기라는 예상을 깨고, 전 세계에서 13억 4,700만 달러의 수익을 올렸다. 특히 흑인 주연 영화는 해외에서 큰 성공을 거두기 힘들다는 할리우드의 통념까지 뒤집었다는 점에서 더욱 의의가 있었다. 〈블랙 팬서〉는 흑인 감독의 영화 중 최고 수익, 단독 슈퍼히어로 영화 중 최고 수익, 그리고 역대 통산 수익에서는 아홉 번째로 높은 수익을 기록했다.

쿠글러는 〈블랙 팬서〉의 음악을 위해 〈오스카 그랜트의 어떤 하루〉와 〈크리드〉에서 함께 작업한 작곡가 고란손을 데려왔지만, 래퍼 켄드릭 라마Kendrick Lamar와도 함께 일하기를 원했다. 쿠글러는 "켄드릭 라마의 믹스테이프[36]를 처음 들었을 때부터 열렬한 팬이었다"고 말했다. 그가 라마에게 〈블랙 팬서〉의 초기 편집본을 보여주자 라마는 사운드트랙에 세 곡을 보냈고, 앨범 전체를 영화에서 받은 영감에 따라 구성하는 것으로 답했다. 앨범의 첫 곡이며, 가수 SZA와 공동작업한 '올 더 스타즈All the Stars'에서는 "선물로 매수된 사람의 마음 / 그렇게 당신이 누구를 상대하는지 알아내지"라는 가사로 랩을 했다. 마블과 힙합은 오랫동안 함께한 역사가 있었다. 하지만 이전에는 아티스트들이 만화에서 영감을 얻더라도 그에 대한 인정은 거의 받지 못했던 일방적인 대화였다. MF 둠MF DOOM과 에미넴Eminem 같은 래퍼들이 마블을 언급했지만, 마블 팬으로 가장 유명한 래퍼는 아마도 우탱 클랜Wu-Tang Clan에서 고스트페이스 킬라Ghostface Killah로 활약했던 데니스 콜스Dennis Coles일 것이다. 그는 솔로 데뷔 앨범인 〈아이언맨Ironman〉을 통해 코믹스에서 받은 영향을 드러냈으며, 심지어 스스로 '토니 스타크'라는 이름을 붙이기도 했다. 고스트페이스는 11년 뒤 〈아이언맨〉에 카메오로 출연했다. "로버트 다우니 주니어가 저를 보자마자 '어이, 토니!'라고 하더군요. 정말 운이 좋았죠." 하지만 고스트페이스의 카메오 장면은 삭제되었고, 마블 코믹스는 2015년부터 2017년 사이에 그라피티와 힙합 문화에서 영감을 받은 몇 가지 대체 표지를 내놓았지만, 래퍼들의 세계와 흑인 히어로들 사이의 유대 관계를 다루는 것은 꺼리는 듯했다. 그런 상황에도 켄드릭 라마의 믹스테이프 〈블랙 팬서: 디 앨범Black Panther: The Album〉은 이런 경향을 바꾸어 놓았다. 이 앨범은 미국 앨범 순위 1위를 차지했고, 라마를 와칸다의 공식 목소리로 만들며 흑인 문화에서의 입지를 공고히 했다.

MCU의 궤도를 바꾸다

에이바 듀버네이는 〈블랙 팬서〉의 연출을 맡지는 않았지만, 이 영화에 대해, 그리고 이 영화가 관객, 그중에서도 특히 흑인들에게 감동을 준 이유에 대해 계속 생각할 수밖에 없었다. 듀버네이는 "와칸다는 그 자체로 꿈 같은 나라예요. 우리가 사슬에 묶여 이곳에 끌려온 이래로 흑인들의 마음과 정신과 영혼에 존재했던 곳이죠"라고 말했다.

　이 영화는 2019년 3월에 열린 아카데미 시상식 13개월 전에 개봉했고, 오스카가 선호하는 작품은 아니었지만, 수상 가능성이 보이는 후보작이었다. 이 영화는 완성도가 높았고, 큰 인기를 끌었으며, 활동가 에이프릴 레인April Reign의 널리 알려진 해시태그 #OscarsSoWhite(백인 일색의 오스카)로 포착했듯이 오스카의 고질적인 인종 논란에 대한 해결책이기도 했다. "이 영화가 최우수 작품상 후보에 오를 만한 가치가 있다고 생각하냐고요? 그건 제가 대답할 말이 아니에요. 하지만 다른 사람들이 그렇게 말하는 걸 듣는 건 괜찮아요." 마이클 B. 조던은 이렇게 평했다.

　디즈니는 〈블랙 팬서〉의 오스카 캠페인을 위해 상당한 비용을 지출했다. 〈블랙 팬서〉는 슈퍼히어로 영화 최초로 아카데미 작품상 후보에 올랐고, '올 더 스타즈'로 주제가상 후보에 오르는 등 총 7개 부문 후보에 이름을 올렸다. 결과적으로 루드비히 고란손이 음악상, 루스 E. 카터가 의상상을 받았고, 흑인 최초로 프로덕션 디자인상 부문 후보에 오른 해나 비츨러가 수상에 성공하며 3개의 오스카를 가져갔다.

　마블은 스튜디오의 지시에 따르거나, 적어도 크로스오버와 복잡한 액션 장면에 관한 지휘권을 양보할 수 있는 감독을 찾았다. 마블의 방식은 일관성과 신뢰성을 확보했지만, 동시에 스튜디오가 감독에게 강압적이며 우호적이지 않다는 평판을 듣기도 했다. 그 결과 듀버네이와 같은 재능 있는 감독들은 마블 스튜디오와의 협업을 피했다. 그러나 마블 스튜디오는 페이즈 3에 들어서면서 에드가 라이트와의 공개적인 결별로 교훈을 얻었거나, 혹은 창작위원회에 대응할 필요가 없어지면서 대담해진 덕분에 독립영화계에서 더 많은 감독을 기용할 수 있었고 일부에게는 자율권도 주었다. 타이카 와이티티Taika Waititi는 〈토르〉 시리즈의 3편인 〈토르: 라그나로크〉를 뱀파이어 영화인 자신의 전작 〈뱀파이어에 관한 아주 특별한 다큐멘터리What We Do in the Shadows〉와 같은 유형의 기발한 코미디로 개조해 시리즈에 활기를 불어넣었다. 그가 액션 장면을 마블의 시각 담당 부서로 흔쾌히 맡긴 것이 도움이 되었다. 라이언 쿠글러는 자신의 영화가 아프리카의 시각적 전통에 몰입할 수 있도록 흑인 아티스트와 디자이너를 기용하기를 고집했고, 마블 스튜디오가 적절한 사람을 고용하고 방해하지 않았을 때 어떤 성과를 얻을 수 있는지 보여주었다. 〈블랙 팬서〉는 10억 달러 이상의 흥행 수익을 올렸을 뿐만 아니라, 코스튬을 입은 영웅을 소재로 한 영화가 단순한 오락 영화가 아니라 본격적인 문화적 성과가 될 수 있음을 역설하며 슈퍼히어로 장르 전체의 위상을 높였다.

비록 작품상은 수상하지 못했지만 〈블랙 팬서〉는 MCU의 궤도를 바꿔놓았다. 로버트 다우니 주니어와 크리스 에반스가 계약한 여러 편의 영화 출연이 마무리되면서, 마블 스튜디오는 이제 와칸다의 왕 티찰라 역을 맡아 환하게 빛나는 채드윅 보즈먼에게 의지할 수 있을 거라 믿었다. 〈블랙 팬서〉 속편을 연출하고, 와칸다를 배경으로 한 TV 시리즈를 개발하기 위해 곧바로 쿠글러가 기용되었다. 코로나19 대유행으로 영화 제작이 일시적으로 중단되었지만, 2021년 3월부터 속편 촬영을 시작하기로 예정되어 있었다. 그러나 2020년 8월 28일, 보즈먼은 대장암 합병증으로 세상을 떠났다. 눈을 감기 일주일 전까지만 해도 그는 자신이 병을 이겨낼 수 있다고 확신했다.

쿠글러는 공식 성명에서 이렇게 밝혔다. "저는 보즈먼이 할 말을 준비하고, 상상하고, 쓰면서 지난 1년을 보냈습니다. 우리는 그 말들을 보지 못할 운명이었습니다. 다시는 그의 얼굴을 보거나 그에게 다가가 한 번 더 찍자고 말할 수 없다는 사실이 가슴 아픕니다." 쿠글러 감독과 마블 스튜디오는 티찰라 역을 다시 캐스팅하지 않기로 했다. 다른 배우에게 보즈먼을 대신해 달라고 하는 것은 관계자 모두에게 가망 없는 일처럼 보였기 때문이다. 대신 그들은 영화를 수정했다. 영화는 와칸다의 수호자이자 왕이 죽었다는 설정을 바탕으로 이 상실의 슬픔을 극복하는 모습을 그리며, 출연진과 제작진이 현실에서 겪는 슬픔을 반영하기로 했다.

마블은 〈블랙 팬서: 와칸다 포에버〉라는 제목의 속편을 2022년 11월에 개봉하기로 했고, 이는 MCU 페이즈 4의 마지막 영화가 될 예정이었다. 와칸다의 여성 지도자들, 특히 레티티아 라이트가 연기한 슈리를 중심으로 한 이 작품에서는 MCU의 새로운 캐릭터 두 명도 소개되었다. 멕시코 출신 배우 테노치 우에르타 메히아Tenoch Huerta Mejia가 오만한 수중 군주 네이머(일명 서브마리너)를 연기했고, 미국의 흑인 여배우 도미니크 손Dominique Thorne이 토니 스타크와 비슷한 슈트를 직접 제작해 스스로 아이언하트라고 부르는 젊은 MIT 학생 리리 윌리엄스 역을 맡았다. 네이머는 한때 식민 지배로 황폐해진 잃어버린 도시의 왕이었고, 리리는 어린 천재로 아이언맨의 기술적 계승자였다. 리리와 네이머, 슈리는 모두 새롭게 활기를 띠는 마블 시네마틱 유니버스의 일부였고, 보즈먼은 자신이 그 중심에 서게 될 것이라 확신했었다. 그는 〈어벤져스: 엔드게임〉 촬영장에서 로버트 다우니 주니어가 자신을 격려했던 것에 감사했다. 보즈먼은 특히 톰 홀랜드와 〈캡틴 마블〉의 주연 브리 라슨Brie Larson 등 새로운 구성원들과 함께 시간을 보내는 것을 중요하게 생각했다. 그들은 모두 〈블랙 팬서〉의 성공이 자신들의 미래를 밝혀주는 전조가 될 거라 기대했다. 보즈먼은 2017년에 "라슨과 홀랜드와 함께 몇 시간 전부터 영화에 관해 이야기했어요. 이 영화가 특별하고 흥미진진하다고요"라고 말했었다.

보즈먼의 제작 파트너 로건 콜스는 두 사람이 나눈 마지막 대화 중 한 대목에서 보즈먼이 그들이 이룬 성취에 관해 사람들에게 계속 이야기해주기를 바랐다고 말했다. "우리가 해낸 일을 사람들에게 말해주세요. 그 이야기를 들려주게 되기까지 해낸 모든 일과 내가 겪어야 했던 일들을 사람들에게 말해줬으면 해요."

Chapter 24: Higher, Further, Faster
더 높이, 더 멀리, 더 빨리

"
What happens when I'm finally set free?
"

\<Captain Marvel\>

초능력으로 공감을 이야기하기

빅토리아 알론소는 〈캡틴 마블〉을 자신의 이력에서 가장 결정적인 순간으로 꼽았다. 그녀는 마블 스튜디오 초창기부터 스튜디오 후반 작업 조직을 감독했지만, 〈캡틴 마블〉은 자신을 증명하는 것에서 더 나아가 자신의 고유한 유산을 받아들이는 것으로 방향을 전환한 영화였다. "저는 항상 〈블랙 팬서〉와 〈캡틴 마블〉이 영화 제작이라는 저의 집을 떠받친 두 기둥이라고 말해요. 두 작품은 제가 앞으로 딸에게 물려줄 수 있는 유산이에요. 그 작품들은 남과 다르다는 것이 괜찮은 거라고 단연코 말해왔고, 여전히 그 힘을 가지고 있어요. 그것이 바로 〈블랙 팬서〉가 해낸 일이자, 사람들에게 고귀한 삶을 살아가도록 영감을 준 거라고 생각해요. 그리고 〈캡틴 마블〉과 함께하면서 실제 제 목소리를 찾도록 도와준 것도요. 사람들이 '넌 감정 과잉이야'라거나 '넌 감정이 너무 여러 가지야' 혹은 '넌 네 기분을 모르니까 원하는 게 뭔지 모르는 거야'라고 말할 때, 실은 알고 있었다는 걸 깨닫게 된 거죠. 제가 원했던 것은 다른 사람이 원하는 게 아니었다는 것을요."

브리 라슨은 수년 동안 여러 허구의 여성을 연기하면서 자신의 내면을 다른 사람이 만들어낸 것들로 채웠다. "일곱 살 때부터 연기해 온 역할들의 정체성이 제 안에 뒤얽혀 있었어요. 제 것이 아닌 많은 이야기가 내면에 존재한다는 걸 깨달은 거죠. 다양한 인물을 연기할 수 있는 건 축복이지만, 걷잡을 수 없이 혼란스럽기도 했어요."

라슨은 2016년 영화 〈룸Room〉에서 납치된 여성 역으로 오스카상을 수상한 직후 캡틴 마블(캐럴 댄버스) 역할을 고려하면서 망설였다. 결국 그녀는 자신의 예술과 정체성 사이의 모호한 경계를 최대한 활용할 완벽한 방법은 슈퍼히어로를 연기하는 것이라고 판단했다. 케빈 파이기는 2014년 10월, 엘 캐피턴 시어터에서 열린 케빈콘에서 페이즈 3 일정을 공개하면서 캡틴 마블 영화 제작도 발표했다. 하지만 스튜디오는 2015년 4월까지도 이 프로젝트의 작가를 결정하지 못했다. 그러다가 픽사의 〈인사이드 아웃〉을 집필한 작가 중 한 명인 맥 르포브Meg LeFauve와 〈가디언즈 오브 갤럭시〉의 초안 14편을 쓴 마블 작가 프로그램 출신 니콜 펄먼을 공동 작업자로 정했다. 펄먼은 "르포브와 저는 정말 죽이 잘 맞았어요. 우리는 캡틴 마블이 한 여성이 자신의 능력을 찾아내는 이야기가 아니라 힘은 감정과 인간성에서 나온다는 것을 깨닫는 이야기라는 점이 얼마나 중요한지에 대해 많은 이야기를 나눴어요"라고 말했다.

마블 스튜디오가 〈어벤져스: 인피니티 워〉와 〈어벤져스: 엔드게임〉을 빠르게 진행하면서, 페이즈 3가 어떻게 진행될지 그리고 캡틴 마블은 어떻게 시작할지에 대한 계획이 계속 수정되었다. 펄먼은 "그 과정이 1년 반 훨씬 넘게 진행되었어요. 그래서 그에 관해 논의할 때마다 어벤져스와 관련된 계획이 매번 달라졌죠. '멋진 스토리를 생각해내라'가 아니라, '이게 어떻게 보일 수 있을지 다섯 가지 다른 버전으로 생각해보라'는 식이었죠. 심지어 '여기 다섯 가지 스토리가 있는데, 각각 가장 효과적인 것이 무엇인지 이야기한 다음 다시 하자'며 이를 반복했어요"라고 말했다.

캐럴 댄버스는 1968년 마블 코믹스에서 미 공군 장교라는 조연 캐릭터로 데뷔했다. 1977년 초능력을 얻은 그녀는 미즈 마블이 되었고, 직업은 《우먼Woman》 잡지의 편집장이었다. 첫 호 표지에서 "이 여성은 반격한다!"라고 약속한 것처럼, 이 캐릭터는 '여성 해방' 운동에 대한 마블의 노력을 대변했다. 하지만 대부분 남성 작가들이 집필했고, 그들 중 몇몇은 페미니즘에 적대적이었다. 심지어 미즈 마블이 어벤져스였을 때 나머지 팀원들이 지켜보는 동안 외계인에게 겁탈과 납치를 당하는 장면이 등장하는 내용도 있었다. 캐럴 댄버스는 여러 차례 기억과 힘을 잃었고, 심지어 수년간 미즈 마블이란 이름을 버리고 바이너리와 워버드란 이름으로 활동하기도 했다.

2012년, 마블 코믹스는 이 캐릭터를 리부트해서 캡틴 마블로 이름을 바꾸었다. 사실 캡틴 마블의 이름과 관련된 복잡한 역사가 존재한다. 1940년대 포셋 코믹스의 대표 히어로는 초능력을 가진 남자, 캡틴 마블이었다. DC는 이 캐릭터가 슈퍼맨과 비슷하다는 이유로 소송을 제기했고, 장기간의 소송 끝에 1953년 포셋은 출판을 중단하는 데 동의했다. 1967년, 마블은 이 이름에 대한 권리가 소멸된 것을 알고, 마-벨Mar-Vell이란 외계 크리 종족 남성 전사를 캡틴 마블로 상표 등록하는 데 성공했다.* 마-벨은 인간 조수인 릭 존스와 함께 다양한 우주 모험을 하다가 1982년 그래픽 노블에서 암으로 죽는다. 그 후 모니카 램보를 비롯한 다양한 캐릭터가 짧은 기간 동안 캡틴 마블로 알려졌다. 이는 마블이 상표권을 잃지 않기 위해 해당 이름을 가진 캐릭터를 계속 활동시켰기 때문이다.

캐럴 댄버스를 새로운 캡틴 마블로 만들면서 마블은 그녀의 캐릭터와 외모를 재점검할 기회를 얻었다. 파이기는 코믹스에서 캐럴 댄버스가 원피스 수영복만 걸치는 경우가 많았다고 했다. 작가 켈리 수 드코닉Kelly Sue DeConnick은 아티스트 제이미 매켈비Jamie McKelvie에게 댄버스의 모습을 다시 디자인해 달라고 의뢰했고, 그 결과 새롭게 해석한 비행복이 탄생했다. 마블은 이 작품을 승인하지 않았지만, 드코닉은 마블이 하지 않으면 자신이 직접 비용을 대서 만들겠다고 매켈비에게 약속했다. 결국 마블이 생각을 바꿨다. 드코닉은 『캡틴 마블Captain Marvel』에서 캐럴 댄버스를 마블 최고의 히어로 중 하나로 내세워 '캐럴 군단'을 자처하는 팬덤이 만들어질 정도로, 단순한 책 판매량을 넘어서는 엄청난 성공을 거두었다. 마블 스튜디오에서 자신의 코믹북을 바탕으로 영화를 제작한다는 소식을 들은 드코닉은 지금이 바로 연재를 그만두기에 적기라고 판단했다. "영화 제작이 발표된 지 일주일이 지났을 때 그만뒀어요. 저는 작업 속도가 느려서

---

* 1972년 DC는 포셋의 IP를 인수해 캡틴 마블을 자체 코믹스에 통합했는데, 주로 샤잠이라는 이름을 사용했다.

처음부터 마감일 맞추는 데 어려움을 겪었죠. 3년 넘게 이 작품을 붙잡고 파고들었다면 수준이 떨어지지 않게 엄청 노력해야 했을 거예요. 하지만 지금 당장 그만둔다면 영화로 만들어지게 한 공도 인정받고 정점에서 물러나는 셈이 될 거니까요." 드코닉은 그렇게 캡틴 마블을 끝냈다고 생각했지만 마블은 그녀를 놓아줄 생각이 없었다.

마블 스튜디오는 오리건 주 포틀랜드에 있는 드코닉의 집으로 연락을 취해 그녀를 LA행 비행기에 태웠고, 파이기는 자신의 전임 조수이자 크리에이티브 프로듀서인 조너선 슈워츠, 개발 책임자 메리 리바노스Mary Livanos와 만나는 자리를 마련했다. 그들은 캐럴 댄버스에 관한 모든 것을 논의하며 순조롭게 이야기했다. 하지만 드코닉은 돌아오는 비행기에서 자신이 뭔가 충분히 설명하지 못했다는 걸 깨달았다. "저는 캐럴 댄버스의 장점은 쓰러져도 항상 다시 일어나는 점이라고 말했어요. 그랬더니 파이기가 '아니, 그건 캡틴 아메리카죠. 캡틴은 심지어 하루 종일 그럴 수 있다는 대사도 하잖아요'라고 하더군요. 하지만 저는 캐럴 댄버스의 의지에 대해 설명하고 싶었어요. 그 차이를 잘 표현하지 못해서 신경이 쓰였죠."

그러다 드코닉은 어떻게 설명해야 할지 깨달았다. "차이점은 이런 거죠. 스티브 로저스는 옳은 일이기 때문에 다시 일어나요. 캐럴 댄버스도 다시 일어나긴 하지만 그 동기는 '복수'죠. 캡틴 아메리카처럼 옳거나 정의롭기 때문이 아니라 공격적인 투지가 넘쳐나기 때문에 다시 일어나는 거예요."

집에 돌아온 드코닉은 고전적인 영화의 삼각 구도가 작동하는 방식에 대한 자신의 이론을 바탕으로 장문의 이메일을 보냈다. "커크는 스팍에 맥코이를 더한 거예요.[37] 해리 포터는 론과 헤르미온느를 더한 거죠. 루크 스카이워커는 한 솔로에 레아 공주를 더한 거고요. 그게 공식이에요. 그리고 캐럴 댄버스는 스티브 로저스에 토니 스타크를 더한 거예요. 캐럴은 토니의 패기와 허풍을 가진 데다 렌치를 돌릴 줄 알지만, 스티브처럼 군인이고 사명감이 있어요." 마블은 드코닉을 자문으로 고용해 캐릭터에 관한 논의가 필요할 때마다 그녀에게 연락할 수 있게 했다.

　마블 스튜디오는 〈캡틴 마블〉의 감독을 기용하는 데 어려움을 겪고 있었다. 아직 콘셉트가 확정되지 않았고, 곧 개봉할 두 편의 어벤져스 영화에 비하면 재능 있는 인재를 끌어들이기 어려웠던 탓이었다. 2016년 10월, 파이기는 "감독 영입 전에 스토리를 좀 더 발전시키고 있어요"라고 말했다. 〈캡틴 마블〉에 여성 감독을 기용할 거냐는 질문에 파이기는 어떤 영화든 가장 적합한 감독을 찾을 거라고 답했다. "거기에 다양성을 더하게 된다면 좋은 일이죠. 더 많은 영화 제작자들이 이런 영화에 참여한다면 업계 전반이 변화하는 모습을 보게 될 거예요. 마블의 흥미로운 점은 60년대부터 선구적으로 다양성을 추구해왔다는 거예요. 우리는 지금까지 그런 다양성을 자연스럽게 표현했지만, 〈블랙 팬서〉와 〈캡틴 마블〉에 와서는 훨씬 더 노골적이고 의도적인 방식으로 표현했다고 생각해요."

　각본을 맡은 펄먼과 르포브는 적어도 캐럴 댄버스가 인류의 절반을 대변할 방법에 대해 목적의식을 갖고 고민했다. 르포브는 "여학생들에게 코딩을 가르치려다 어려움을 겪었다거나, 여학생들이 코딩을 그만두었다는 기사를 읽고 펄먼에게 보냈던 기억이 나요. 왜 여자아이들은 실수하면 안 된다고 배우는 걸까요? 왜 여자아이들은 자신의 힘을 받아들일 수 없다고 배워야 할까요? 우리는 많은 토론 끝에 각자의 경험을 많이 활용했어요"라고 말했다.

　군인 남편을 둔 펄먼은 공군 조종사인 캐럴 댄버스의 설정에 대해 도움을 받을 수 있었다. 또한 댄버스가 기억을 회복하기 전의 모습으로 등장하는 크리족 전사 비어스의 묘사에도 영향을 미쳤다. "남편은 9.11 직후에 파병되었고, 자신이 선한 사람들을 위해 싸우고 있다고 확신했어요. 남편은 화학무기 담당 장교였는데, 이라크에는 화학무기가 없었으니까 '내가 선한 사람이 아니라면?'이란 의문이 생긴 거예요. 그런 점이 〈캡틴 마블〉에도 큰 영향을 미쳤어요. 캐럴 댄버스는 그들이 좋은 사람들이라고 들어왔고 그 말을 믿었어요. 그 믿음이 깨지면 어떻게 될까요? 그런 점이 이 작품에 포함되어야 할 중요한 요소였어요."

마블은 이 영화를 〈아이언맨〉 사건 이전의 시대물로 만들 필요가 있었다. 그렇게 해야 캡틴 마블이 쉴드나 다른 어벤져스와 어떻게 상호작용할지 정할 수 있었기 때문이다. 하지만 MCU의 연속성은 이미 한참 전의 과거로까지 확장되어 있었다. 하워드 스타크 같은 사람이 캡틴 마블에 대해 몰랐을까? 이미 날아다니는 슈퍼히어로가 존재했다면 토니 스타크가 자신이 아이언맨이라고 인정했을 때 왜 전 세계가 충격을 받았을까? 작가들은 이런 복잡한 문제를 고려해야 해서, 〈캡틴 마블〉에 맞는 시대를 정하는 데 어려움을 겪었다.

펄먼은 "처음에는 60년대로 설정하자고 논의했어요. 그런데 〈히든 피겨스Hidden Figures〉가 개봉한 거예요. 이 영화와 같은 시대로 설정하고 싶지 않았죠. 잠깐 80년대로 할까 고민하다가 90년대로 하기로 결정했어요. 그래서 Y2K가 화제이던 시대를 배경으로 초안을 만들었죠." 다음 문제는 '캡틴 마블을 어떻게 사람들 눈에 띄지 않게 만들까?' 였다. 해결책은 캐럴 댄버스에게 지구 배경의 초창기 이야기를 부여하되, 수십 년 동안 지구를 떠나 있게 하자는 것이었다. 결국 펄먼과 르포브는 〈캡틴 마블〉의 배경을 1990년대로 설정했다. 그 결과 이 영화는 닉 퓨리의 시초 이야기 역할도 하면서, 슈퍼히어로에 대한 그의 관심이 어디에서 비롯되었는지 보여주고 그가 눈을 잃게 된 연유도 함께 설명하게 되었다. 영화의 상당 부분은 브리 라슨과 컴퓨터그래픽으로 젊어진 사무엘 L. 잭슨이 함께 출연하는 버디 코미디가 차지한다. 하지만 이야기의 핵심은 캐럴 댄버스가 자신을 비어스라고 믿고, 형태 변환 능력이 있는 스크럴 종족을 쫓아 지구로 온다는 내용이다. 만화에서 스크럴 종족은 오랫동안 지구에 악의적인 존재였지만, 영화에서는 크리족의 희생양으로 밝혀진다. 펄먼은 "스크럴이 실제로는 악당이 아니라 난민이었다는 점이 정말 중요했어요"라고 말했다. 그녀는 이 결정적인 변화의 공을 라슨에게 돌렸다. "르포브와 제가 라슨을 처음 만났을 때, 우리는 그녀의 공감 능력에 완전히 빠져들었어요. 그때 공감을 초능력으로 여기고 이야기하기 시작한 것 같아요. 브리 라슨의 진심 어린 모습에 감동했거든요." 2016년 12월, 작가들은 각본의 개요를 마블 스튜디오에 제출했다. 마블 스튜디오는 감독 인선을 빨리 마무리 지어야 했다.

여성이 된다는 것의 의미

애너 보든은 〈캡틴 마블〉에 대한 자신의 생각을 털어놓았다. "이 작품을 제의받지는 않았어요. 깊이 파고든 끝에 우리가 쫓아간 작품이었죠. 물론 에이전트가 프로젝트를 제안한 적도 있지만, 우리는 작품에 전념하려면 그 캐릭터에 관심을 갖고 사랑에 빠져야 한다는 사실을 이미 알고 있었어요." 보든과 그녀의 연출 파트너 라이언 플렉은 이전에 〈하프 넬슨〉, 〈미시시피 그라인드Mississippi Grind〉, 〈슈거Sugar〉와 같이 좋은 평가를 받은 독립영화를 만든 경력이 있었다. 그들은 이런 점이 슈퍼히어로 영화감독 후보가 되기에 큰 도움이 되지 않는다는 것도 잘 알았다. 그들은 〈캡틴 마블〉 코믹북을 쌓아놓고 읽으면서 캐럴 댄버스의 파란만장한 역사에서 얻을 수 있는 모든 것을 흡수했다. 보든은 "캐릭터는 물론 브리 라슨의 구상도 마음에 들었어요. 그렇지만 우리가 표현할 우리만의 방식이 있어야 했죠"라고 말했다. 그들은 영업력에서 부족한 부분을 열정과 복잡한 캐릭터를 화면에 구현하는 재능으로 보완했다. 파이기는 훗날 "캐릭터를 잃어버리는 일은 없을 거란 믿음"을 근거로 이들을 기용했다고 설명했다. 보든과 플렉은 라슨과 각본에 대해 의논한 뒤, 〈툼 레이더〉의 각본가 제네바 로버트슨-드워렛Geneva Robertson-Dworet과 함께 각본을 다시 썼다. "브리 라슨도 한 명의 작가이자 감독이기 때문에 영화 전체에 대해 생각하고 모든 캐릭터의 여정이 하나의 일관된 이야기를 하는 걸 중시하죠. 하지만 보든과 플렉의 영화에서 놀라운 점 중 하나는 조연 캐릭터들조차 대단히 진실하고 깊이가 있다는 거예요. 모든 여성 캐릭터들을 미묘한 차이를 두면서도 강인하게 묘사하는 것이 모두에게 무척 중요했어요." 로버트슨-드워렛의 말이다.

라슨은 슈퍼히어로의 외모를 갖출 수 있는 운동 프로그램에 돌입했다. 트레이너 제이슨 월시Jason Walsh는 그녀에게 오르막에서 그의 지프차를 밀게 하기도 했다. 또한 그녀는 캐릭터의 군 경력을 연구하면서 캡틴 마블을 연기할 준비를 했다. 존 파브로의 〈아이언맨〉 이후 처음으로 마블과 미군은 다시 협력하게 되었다. 미 국방부에서 대본 승인을 해주었고, 제작진은 에드워즈 공군 기지와 F-15C 전투기를 이용할 수 있었다. 라슨은 네바다의 넬리스 공군기지를 방문해 1993년 공군 역사상 최초로 여성 전투기 조종사가 된 제57비행단장 지니 리빗Jeannie Leavitt 준장과 만났다. 라슨은 이 기회를 통해 캐럴 댄버스에 대한 이해가 깊어졌다고 말했다. "댄버스는 자신에 대해 매우 확신에 차 있고 겸손하면서도 천연덕스러운 유머 감각이 있는 정말 흥미로운 조합의 소유자였어요. 공군기지에 와보니 조종사들이 모두 그렇다는 걸 알게 됐어요. 동지애와 유머 감각을 갖춘 사람을 어디서나 볼 수 있더라고요. 댄버스가 조종사였기 때문에 그렇다는 걸 깨달았죠."

보든과 플렉은 〈캡틴 마블〉 대부분을 캘리포니아에서 촬영했다. 캘리포니아 주 안에서 영화 제작비로 최소 1억 달러를 지출한 영화사에 대해 2,000만 달러를 환급해주는 캘리포니아 영화위원회의 세금 공제 혜택 때문이었다. 감독들은 특수효과 촬영에 대한 경험이 많지 않았지만, 캘리포니아에서 촬영한 덕분에 키 프레임 개발부터 사전 시각화와 빅토리아 알론소의 후반작업 부서에 이르는 마블 스튜디오의 시각화 개발팀을 쉽게 이용할 수 있었다. 파이기는 "마블 스튜디오에서는 동료들과 어울리며 서로 의견을 나누는 걸 장려하는 문화가 있어요. 보든과 플렉은 〈캡틴 마블〉을 작업하면서 〈토르: 라그나로크〉를 막 끝낸 와이티티와 의견을 주고받았고, 한창 후반작업 중인 라이언 쿠글러와도 이야기했어요"라고 말했다.

마블은 〈어벤져스: 인피니티 워〉의 마지막 쿠키 영상에서 닉 퓨리가 검은 재로 변하기 전에 캡틴 마블 로고가 선명한 호출기를 꺼내 그녀를 부르는 장면으로 캡틴 마블의 등장을 예고했다. 〈캡틴 마블〉 예고편에서는 '그녀Her'를 '영웅A Hero'이란 단어로 변화시켰다. MCU는 오랫동안 여성과 소수자 히어로를 외면했었지만, 이제 마블 스튜디오는 그동안 소홀히 했던 잠재적인 시청자를 대상으로 적극적인 영업에 나서고 있었다. 〈캡틴 마블〉은 2년 앞선 2017년에 워너브라더스가 〈원더우먼〉을 세상에 내놓고 성공시킨 탓에 늦은 감이 있었다. 파이기는 개봉 당시 〈원더우먼〉을 칭송하면서도 〈캡틴 마블〉은 매우 다른 유형의 영화라고 강조했다.

DC 필름은 슈퍼히어로 영화의 절정기에 마블 스튜디오처럼 성공을 거두지는 못했지만, 유쾌하고 밝은 MCU 영화에 비해 잔인하고 진지하면서 대체로 쓸쓸한 분위기의 독자적인 스타일을 만들어냈다. 〈원더우먼〉을 제외하면 DC는 마블보다 항상 두 걸음 뒤처져 있는 것처럼 보였다. MCU가 출범한 뒤 파이기의 친구이자 도너 컴퍼니 시절 동료였던 제프 존스는 2010년부터 2018년까지 DC 필름의 최고 크리에이티브 책임자로서 슈퍼맨, 배트맨, 원더우먼 등의 DC 슈퍼히어로를 DCEU(또는 'DC 확장 유니버스')라는 공유된 세계에 존재하게 하는 방안을 추진했다.

라슨은 〈원더우먼〉을 보러 가서 말로 표현할 수 없는 이유로 눈물을 흘렸다고 한다. 나중에 그녀는 그것이 어렸을 적 품었지만 오랫동안 잊고 있었던 꿈을 실현했기 때문이라는 것을 깨달았다. "어렸을 때 저는 모험가가 되고 싶었어요. 수완 좋은 사람도 되고 싶었고, 궂은일도 열심히 해보고 싶었어요."

이제 그녀는 자신의 연기가 다른 사람들에게 영감을 주기를 바랐다. "이 영화의 본질은 여성이 된다는 것이 어떤 의미인지 제가 하고 싶은 이야기를 나눈다는 거예요. 여성의 강인함은 어떤 모습인지, 여성 경험의 복잡성과 여성의 대표성이 무엇인지에 대해서요. 제가 참여한 첫 대작 영화에서 이런 종류의 대화를 나눌 수 있다는 사실이 놀랍고 근사해요. 제가 까다롭게 가려가면서 일을 기다려온 이유가 바로 그것 때문이었죠."

알론소는 마블 스튜디오에서 일하며 수년간 보이지 않는 곳에서 고군분투했다. 하지만 〈캡틴 마블〉이 개봉하면서 집중적인 조명을 받게 되었다. 그녀는 기자들에게 자신의 여정에 관해 이야기했다. LA에 처음 왔을 때 구했던 세 가지 일자리 중 하나가 알래스카 항공의 기내 청소부였다는 이야기도 했다. 이 때문인지 알래스카 항공은 영화와 연계한 홍보 전략으로 제트기 두 대에 캡틴 마블의 이미지를 도색하기도 했다. 마케팅 회의에서 그 결과물을 처음 본 알론소는 눈물을 흘렸다.

알론소는 마블 영화를 좋아했지만, 개인적인 취향과는 맞지 않는다고 인정했다. "〈라라랜드La La Land〉나 〈주노Juno〉, 〈노예 12년12 Years a Slave〉, 〈문라이트〉 같은 영화가 개봉한다면 그런 영화를 보러 갈 거예요. 물론 우리 영화도 봐요. 마블 영화에는 진심 어린 메시지가 담겨 있다고 생각하니까요. 한 가지 메시지만 있는 게 아니에요. 그걸 알아보는 건 여러분에게 달려 있죠. 우리 영화를 양파처럼 한 겹씩 벗겨내다 보면 결국에는 눈물을 흘리게 되죠."

마블 스튜디오가 정기적으로 1년에 영화 세 편을 개봉한다는 점을 감안하면, 마블의 후반작업 중에는 집중 근무 기간이 늘 지속된다고 할 수 있다. 심지어 하루에 20시간까지도 일할 수 있는 근무 환경은 특히 이름 없는 CGI 아티스트들에게는 힘든 일정이었다. 알론소는 그들의 고통을 덜기 위해 피자를 여러 판 주문했고, 사무실을 돌아다니며 최선을 다해 격려했다. 그녀는 관객들을 즐겁게 하는 영화를 만드는 자신들도 일할 때는 즐거워야 한다는 사실을 모두 잊지 않도록 상기시켰다.

트린 트란Trinh Tran은 마블 스튜디오에서 10년간 근무하면서 〈아이언맨〉의 조수로 시작해 여러 직책을 거치다 마침내 상급 크리에이티브 프로듀서에 올랐고, 〈인피니티 워〉, 〈엔드게임〉, TV 시리즈 〈호크아이

Hawkeye〉의 총괄 프로듀서로 활동했다. 그녀는 그 10년 중 1년을 알론소의 조수로 일했다. "알론소는 제가 성장할 수 있게 도와준 사람이에요. 영화는 다양한 사람들의 관점에서 아이디어를 내고 의문을 제기할 때 더 강력해진다는 걸 저에게 알려줬죠."

"왜 우리는 한 가지 유형의 사람에게만 인정받고 싶어 할까요?" 알론소는 이렇게 물었다. "우리 관객은 세계 곳곳에 살고 있고 다른 의견에 포용적인 사람들이에요. 그렇기 때문에 다양하고 포용적인 방식으로 일하지 않는다면 우리는 실패할 거예요." 그녀는 마블 스튜디오가 아직 해야 할 일이 많다는 것을 잘 알고 있었다. "사실 포용성에 관해서는 더 열심히 노력해야 해요. 그 점은 다른 누구보다 제가 더 잘 알지요."

여성 혐오 세력의 공격

〈캡틴 마블〉은 2019년 3월 개봉해 전 세계적으로 11억 2,800만 달러의 수익을 올렸다. 〈블랙 팬서〉에 조금 못 미치는 수치였다. 마블 스튜디오는 사람들이 크리스라는 이름의 백인 남성이 연기하지 않는 슈퍼히어로를 보고 싶어 한다는 것을 가장 큰 규모로 입증했다. 〈캡틴 마블〉의 성공은 브리 라슨에게 더 큰 힘을 실어주었다. "이 영화는 제가 바랐던 가장 크고 좋은 기회였어요. 마치 제 캐릭터의 초능력처럼요. 이런 연기가 제 나름의 활동 방식이 될 수 있다고 생각했어요. 전 세계에서 상영되는 영화에 참여하면, 물리적으로 제가 있을 수 있는 곳보다 훨씬 더 많은 곳에 존재하게 되는 거니까요."

캐럴 댄버스의 친구 마리아 램보 역을 맡은 배우 라샤나 린치 Lashana Lynch는 〈캡틴 마블〉이 여성 영웅주의의 영역을 폭넓게 표현했다는 사실에 자부심을 느꼈다. "한 번에 백만 가지 일을 하면서도 불평하지 않는 싱글 맘이 바로 슈퍼히어로잖아요. 여성 전투기 조종사들의 실제 모습을 세상에 제대로 보여준 것도 기뻤어요. 맙소사, 그분들은 진짜 슈퍼히어로예요. 그들 모두가 한 영화에 등장하다니, 한순간처럼 느껴지지만, 사실 저는 이것이 운동의 시작이라고 생각해요." 린치는 이 영화를 본 어린 소녀들의 반응에 감격했다. "이 영화는 어린 세대가 이런 일을 평범한 눈으로 볼 수 있는 기회를 줘요. 그들은 자라면서 자신을 증명하기 위해 얼마나 열심히 노력해야 할지 생각하느라 머리를 쥐어짜지 않아도 될 거예요."

캡틴 마블의 긍정적인 영향력은 뚜렷했지만, 반발 역시 그에 못지않았다. MCU 역사상 처음으로 영화가 개봉하기 전부터 수만 명의 사용자가 "IMDb(인터넷 영화 데이터베이스)", "로튼 토마토"와 같은 웹사이트에서 최저 평점을 주면서 작품에 '리뷰 폭격'을 가하는 조직적인 캠페인을 벌였다. 이 평가 중에는 예고편에서 라슨이 잘 웃지 않았다는 여성혐오와 다름없는 비난 등이 다수를 차지했다. 많은 익명의 댓글 작성자들은 영화를 보지도 않고 이미 이 영화를 싫어하고 있었다. 젊은 백인 남성의 경험이나 관심사에 초점을 맞추지 않는 모든 영화가 '정체성 정치'라는 비난을 받았지만, 여성에 대한 익명의 분노는 눈에 띄게 더 강렬했다. 〈캡틴 마블〉은 〈블랙 팬서〉가 경험하지 않았던 방식으로 공격받았다. "로튼 토마토"에는 개봉 전 혹평이 너무 많아서 공식 개봉일까지 후기 게시판을 폐쇄하기까지 했다. 이 조치로 욕설의 폭풍은 누그러졌지만, 멈추지는 않았다.

비방은 한동안 고조되었다. 그 전해에 라슨은 10대 흑인 배우 스톰 리드Storm Reid가 멕 머리 역으로 출연한 에이바 듀버네이 감독의 〈시간의 주름A Wrinkle in Time〉을 평론가 대부분이 공감하지 못한 영화의 예로 들며 영화 평론가들의 다양성을 주창해 화제가 된 적이 있었다. 라슨은 "마흔 살 백인 남자가 〈시간의 주름〉이 마음에 들지 않았던 점까지 말해줄 필요는 없어요. 그를 위해 만들어진 영화가 아니었으니까요! 저는 이 영화가 유색인종 여성이나 혼혈 여성, 10대 유색인종 여성에게 어떤 의미였는지 알고 싶어요. 제가 백인 남자들을 싫어하냐고요? 아니요, 그렇지 않아요. 제 말은 유색인종 여성들을 위한 영화를 만들면 오히려 유색인종 여성이 영화를 보고 리뷰할 가능성이 말도 안 되게 낮아진다는 거예요"라고 말했다. 라슨이 현재 상황을 바꾸고 싶어 한다는 인터넷 폭도들의 판단은 옳았고, 더욱 단호해진 그들은 부정적인 후기와 온라인 폭력, 라슨이 MCU를 망친다고 비난하는 유튜브 영상들로 그녀의 입을 다물게 만들려고 했다.

그들은 과거 마블 스튜디오를 남성 (및 백인) 캐릭터에 집중시키려고 벌였던 기나긴 전쟁에서 패한 아이크 펄머타나 창작위원회와 같은 편에 서 있었다. 파이기와 알론소를 비롯한 다른 책임자들이 이끄는 마블 스튜디오는 MCU를 사랑하는 관객이 수억 명에 이르고, 그중 거의 절반에 가까운 수가 여성이라는 점을 2021년의 여론조사를 통해 인지하고 있었다. 이들은 2021년에 개봉한 〈이터널스〉와 〈블랙 위도우〉처럼 여성 캐릭터가 활약하는 MCU 영화를 마블의 쇠퇴와 'M-SHE-U'의 부상을 대변하는 것으로 낙인찍으며 반대 캠페인을 벌이는 목소리 큰 소수 집단이 아니었다. 마블은 여성과 유색인종 주연의 영화를 제작하는 빈도를 높이고 있으며, 2022년에 공개한 TV 시리즈 〈변호사 쉬헐크 She-Hulk: Attorney at Law〉에서는 주인공 젠 월터스가 온라인에서 남성 비평가들과 싸우는 장면을 연출하기도 했다.

라슨은 다양한 MCU를 위한 이상적인 대변인처럼 보였다. 그녀는 자신에 대한 공격에 관해 묻자 그런 것에 신경 쓸 시간이 없다고 답했다. 하지만 끊임없는 온라인 폭력은 아무리 밝은 성격의 소유자라도 지치게 만들 수 있다. 2023년 영화 〈더 마블스 The Marvels〉 이후에도 캡틴 마블로 다시 돌아오고 싶은지 질문을 받았을 때 라슨은 "글쎄요, 제가 다시 그 역을 맡길 바라는 사람이 있을까요?"라고 대답했다. 마블은 블랙 팬서, 캡틴 마블, 스파이더맨이 MCU의 새로운 천년을 이끌 스타 캐릭터 삼총사가 될 거라 기대했지만, 이제는 기댈 수 없는 미래가 되었다.

Chapter 25: Snap
스냅

"Everybody wants a happy ending, right?"

<Avengers: Endgame>

페이즈 3의 마무리

MCU에서 얻은 놀라운 교훈은 슈퍼히어로를 규정하는 특징이 사람들의 예상과는 다르다는 점이었다. 마블 스튜디오는 코스튬, 캐치 프레이즈, 캐릭터 이름 같은 특정한 슈퍼히어로를 정의하는 요소들을 배제하고 캐릭터의 정수를 표현할 다른 방법을 찾았다. 컬러 인쇄된 코믹스에서 선명해 보이는 코스튬은 영화 화면에서는 우스꽝스러워 보일 수 있다. 예컨대 호크아이는 그런 이유에서 이마에 거대한 H가 그려진 마스크를 쓰지 않았다. 코믹스 독자들은 헐크가 무언가를 파괴할 때마다 반드시 "헐크 부순다!"를 외치는 것에 열광했지만, 〈어벤져스〉에서는 그를 대표하는 대사가 캡틴 아메리카에게 주어지면서 "헐크, 부숴버려!"라는 명령으로 바뀌었다. 완다 막시모프는 다섯 편의 영화에 등장한 뒤에야 스칼렛 위치로 불렸다.

이처럼 MCU의 슈퍼히어로들은 코믹스 팬들에게 친숙한 면모나 장난감으로 만들어 팔기 좋은 측면이 아니라 캐릭터의 행동과 태도로 정의되었다. 하지만 대표적인 상징들은 여전히 세심한 팬 서비스를 통해 관객들을 열광시키는 데 활용될 수 있었다. 마블 스튜디오는 인내심을 갖고 적당한 때를 기다렸다. 비전은 힘을 뺀 코스튬으로 데뷔한 지 6년 뒤, 마침내 TV 시리즈 〈완다비전WandaVision〉의 핼러윈 에피소드에서 밝은 녹색과 노란색의 코스튬을 입고 등장했다. 『어벤져스Avengers』 만화책의 전투 장면에서는 거의 항상 "어벤져스 어셈블!"이란 구호가 등장하지만, 〈어벤져스: 에이지 오브 울트론〉에서 조스 웨던 감독은 캡틴 아메리카 역을 맡은 크리스 에반스가 이 대사를 시작하자 엔딩 크레디트를 내보내며 슬그머니 말을 끊었었다. 스물두 번째 MCU 영화인 〈어벤져스: 엔드게임〉이 나오기 전까지는 MCU의 스크린에서 누구도 이 말을 하지 않았다.

MCU의 페이즈 3는 〈블랙 팬서〉와 〈캡틴 마블〉의 문화적 의미에 방점을 두며 진행되었지만, 이 단계를 마무리하는 과제는 테마로는 더 간단했지만 논리상으로 훨씬 더 복잡했다. 〈어벤져스: 인피니티 워〉와 〈어벤져스: 엔드게임〉은 2008년 〈아이언맨〉으로 시작해 120억 달러를 벌어들인 야심 찬 영화 프로젝트를 두 부분으로 나누어 마무리하는 역할을 맡아야 했다. MCU는 두 영화 이후에도 계속되지만, 마블 스튜디오는 이야기 흐름상 가장 상징적인 히어로들이 획기적인 클라이맥스를 보여줘야 한다는 사실을 잘 알고 있었다. 마블은 이 슈퍼히어로 캐릭터들의 초창기 성과에 경의를 표하는 동시에 창작에 참여한 수천 명의 작업이 하나의 유기적인 통일체처럼 느껴지는 방식으로 마무리하고자 했다. 문제는 그 일을 어떻게 해야 할지 몰랐다는 사실이다. 케빈 파이기는 두 영화를 기획하는 데 들어간 노력을 이렇게 설명했다. "과장이 아니라 한 방에 갇혀 몇 년을 보냈어요."

세상을 구하는 고귀한 죽음

2014년, 마블 스튜디오 프로듀서들을 위한 세 번째 팜스프링스 창작 워크숍에서는 타노스의 위협과 인피니티 스톤을 비롯해 MCU에서 가장 오래 이어진 몇 가지 줄거리를 해결하는 것으로 논의가 발전했다. 그 주말에 나온 최고의 제안은 결론이 너무 방대하기 때문에 두 편의 영화로 만들어야 한다는 것이었다. 그 구상의 장점은 사실상 단점이기도 했다. 타노스의 위협을 해결하는 슈퍼히어로의 영웅담을 두 편의 영화에 담는 것은 엄청난 작업이었지만, 제대로만 된다면 서사적으로나 재정적으로나 엄청난 성과를 거둘 수 있었다. 히어로들이 여섯 명씩 두 편으로 나뉘어 싸우는 〈캡틴 아메리카: 시빌 워〉는 사실상 〈어벤져스〉 2.5편이었다. 당시 파이기는 〈어벤져스: 에이지 오브 울트론〉에서 불안했던 조스 웨던의 모습과 달리 루소 형제가 영화 제작을 순조롭게 이끄는 것을 만족스럽게 지켜보았다. 마블은 잠깐 작별을 고하는 이 영화들을 만들기 위해 2015년 5월에 루소 형제와 '캡틴 아메리카' 시리즈의 각본을 맡아 작업했던 크리스토퍼 마커스와 스티븐 맥필리를 함께 기용했다.

작가들은 마블 시네마틱 유니버스가 팬들에게 전할 수 있는 모든 것을 담은 '비현실적이지만 이상적인 구상' 파일을 만드는 것부터 시작했다. 그들은 작업 초기부터 토니 스타크가 자신을 희생해야 한다는 사실을 깨달았다. 루소 형제와 마블 스튜디오의 운영진들은 스타크 캐릭터의 서사적 흐름의 논리적 종착점이 세상을 구하는 고귀한 죽음이라는 데 동의했다. 이는 스티브 로저스가 스타크에게 "희생정신을 발휘할" 사람이 아니라고 말한 〈어벤져스〉 이후 그가 얼마나 많이 성장했는지를 보여주는 것이기도 했다.

루소 형제는 토니 스타크의 장엄한 대단원에 대한 승인을 얻기 위해 로버트 다우니 주니어를 찾아갔다. 그들은 다우니에게 스타크의 서사적 결말에 대해 설명하며 설득했다. 그가 MCU를 시작한 거나 다름없었기 때문이었다. 다우니는 자신과 너무나 친밀하게 동일시된 캐릭터를 죽이는 것에 대한 확신이 없었지만, 결국 루소 형제가 제안한 결말의 서사적 논리를 받아들였다. 다우니는 〈엔드게임〉 촬영장에서 이런 말을 하기도 했다. "영화 역사상 가장 위대한 이야기가 지난 5년 동안 마블에서 전개됐어요. 모든 것이 잘 진행되고 있어서 든든해요. 어쨌든 작업은 계속되어야 하니까요."

크리에이티브팀은 타노스를 정말 무시무시하게 만들어야 한다는 사실을 알고 있었다. 그는 〈가디언즈 오브 갤럭시〉 등의 쿠키 영상에만 잠깐 등장하며, 수년 동안 사건 뒤에 도사리고 있었다. 코믹스에서 가장 사랑받는 타노스 이야기 중 하나는 짐 스탈린Jim Starlin이 글을 쓰고 조지 페레즈George Perez와 론 림Ron Lim이 그린 미니시리즈 『인피니티 건틀릿The Infinity Gauntlet』(1991)으로 타노스가 인피니티 스톤을 모아 대량 학살을 일으키는 내용이었다. 수년 동안 이 아이디어를 만지작거리던 마블 스튜디오는 마침내 새로운 버전을 내놓기로 했다. 마커스와 맥필리는 타노스의 배경과 신념을 설정하는 몇 가지 장면을 썼다. 대부분 폐기되었지만 타노스의 딸 가모라가 어린아이로 나오는 한 장면을 영화에 넣었다. 두 작가는 곧 은하계를 돌아다니며 인피니티 스톤을 모으는 타노스가 첫 영화의 줄거리를 이끌어야 한다는 것을 깨달았다. 그들은 서사가 자연스럽게 둘로 나뉠 수 있다는 점도 발견했다. 1편에서는 타노스가 어벤져스를 물리치고 자신의 계획을 실행하는 반면, 2편에서는 영웅들이 그 계획을 뒤바꿔 승리를 거두는 것이었다. 두 편에 걸쳐 펼쳐지는 구성으로 인해 〈어벤져스: 인피니티 워〉는 MCU 최초로 비극적인 결말을 맞게 된다.

코믹스와 마찬가지로 타노스는 맬서스 주의 쿠데타로 우주에 존재하는 모든 생명체의 50퍼센트를 제거한다. 어벤져스는 구성원 절반이 먼지로 사라지는 것을 보게 된다. 타노스가 손가락을 튕기는 순간 누가 제거될지 정하기 위해 파이기는 마커스, 맥필리, 조 루소, 앤서니 루소, 트린 트란 총괄 프로듀서를 회의실로 불렀다. 그곳에는 MCU 캐릭터의 이름과 사진이 담긴 카드가 흩어져 있었다. 카드 뒷면에는 해당 캐릭터를 연기한 배우들의 출연료와 계약 상황이 적혀 있었다. 맥필리는 "각 배우가 정확히 얼마를 받았는지는 알 수 없었지만, 달러 기호가 한 개에서 다섯 개까지 표시되어 있었죠"라고 말했다. 계약 상황은 배우들이 출연 계약을 맺었는지, 아니면 새로 계약을 맺어야 하는지로 나뉘었다. 이 카드로 결정하는 것은 오직 단 하나였다. "누가 살고 누가 죽는가?"

회의실에 모인 사람들은 빠르게 결정을 내렸고, 그 선택은 대부분 유지되었다. 파이기는 카드의 금전적인 정보보다는 무엇이 "가장 가슴 아픈 일"이 될지를 토대로 결정을 내렸다고 말했다. 이러한 논리에 따라 사라질 구성원에는 관객이 가장 좋아하는 캐릭터로 새롭게 떠오른 티찰라, 스티브 로저스를 비탄에 빠뜨릴 버키 반즈, 마찬가지로 토니 스타크에게 큰 충격을 줄 피터 파커가 포함되었다. 영화 제작자들은 원래의 어벤져스 6명을 살려두어 〈엔드게임〉에서 그들의 이야기를 마무리할 수 있도록 했다. 또한 다양한 개성을 가진 어벤져스 이외의 캐릭터들도 반드시 유지하도록 했다.

그들은 또한 〈엔드게임〉이 MCU 역사상 가장 대규모 전투로 마무리되어야 한다는 것도 알고 있었다. 마블 스튜디오는 곧바로 CGI 작업을 위해 ILM을 고용하고, 사전 시각화와 (기존 장면에 새로운 요소를 추가하는) 사후 시각화 작업을 위해 서드 플로어를 고용했다. 트린 트란은 당시 파이기가 가졌던 생각에 대해 말했다. "파이기는 모든 슈퍼히어로가 마지막에 등장해 타노스와 맞서 싸우는 꿈을 품고 있었어요. 우리는 거기서부터 '앞선 영화에서 사라졌지만 다시 돌아올 수 있는 건 누구지? 누가 누구와 교감하고 있었을까?'라는 관점에서 이야기를 구축하기 시작했어요. 그들이 전투를 위해서만 등장하는 건 바라지 않았거든요."

마블 스튜디오는 코믹북의 '스플래시 페이지'와 같은 영화 이미지들을 활용해, 이 순간에 등장할 캐릭터의 수를 계속 늘렸다. 〈어벤져스〉의 뉴욕 전투에 모인 어벤져스 6명은 〈캡틴 아메리카: 시빌 워〉에서는 공항에서 서로 싸우는 12명의 슈퍼히어로로 늘어났고, 〈엔드게임〉의 폐허가 된 어벤져스 컴파운드에서는 최종적인 MCU 스플래시 페이지 속에 등장하는 수십 명의 히어로가 되었다.

마지막 전투 장면은 2016년에 사전 시각화 작업을 시작해 2019년 언론 시사회가 시작되기 2주 전까지 계속되었다. 〈인피니티 워〉와 〈엔드게임〉의 편집을 담당했던 제프리 포드는 그 과정을 이렇게 설명했다. "실은 장면 대부분을 2018년 10월부터 애틀랜타에서 세 팀이 촬영하기 시작했어요. 모션캡처로 정신없이 바쁜 한 달이었죠. 초기 제작 단계에서 촬영하지 않은 이유도 영화가 계속 발전하고 있었고 〈인피니티 워〉도 진화하고 있었기 때문이에요. 서로 영향을 주고받으며 상호작용하게 될 두 영화였지만, 같은 것을 반복하거나 비슷한 리듬에 빠지고 싶지 않았어요. 그리고 반드시 특별한 마지막 전투를 내놓고 싶었어요."

마커스와 맥필리가 다른 MCU 영화들에 대응하면서 새로운 각본을 써내자 이야기는 계속 변했다. 2016년 호주에서 촬영된 〈토르: 라그나로크〉에서 타이카 와이티티 감독과 크리스 헴스워스는 천둥의 신을 자아도취적이고 우스꽝스럽지만 여전히 인덕 있는 영웅으로 재창조했다. 헴스워스는 토르가 어벤져스에 다시 합류했을 때 새로운 분위기가 사라지지 않기를 원했기에 두 작가는 토르가 고지식한 캐릭터로 나오던 이전 대본 일부를 다시 고쳐 썼다.

〈토르: 라그나로크〉는 〈엔드게임〉의 줄거리에 몇 가지 연속성 문제를 발생시켰다. 특히 캡틴 아메리카가 토르의 망치를 드는 장면이 문제가 되었다. 〈어벤져스: 에이지 오브 울트론〉에서 장난처럼 시도한 이후 마침내 그가 묠니르를 들어 올릴 자격이 충분하다는 것을 드러내는 장면이었다. 마지막 전투의 핵심인 이 감동적인 장면은 2015년에 작가들이 제안한 초기 아이디어로 거슬러 올라간다. 크리스토퍼 마커스는 "〈토르: 라그나로크〉에서는 토르가 망치 없이도 번개를 소환할 수 있다고 설정해서 한때 논쟁이 있었어요. 그런데도 캡틴은 망치로 번개를 부르죠. 그런 아이디어를 떠올리면 '너무 멋져서 할 수밖에 없잖아!'라고 생각하게 되는 거죠"라고 말했다.

이러한 즉흥적인 접근 방식은 MCU 전체의 특징이었다. 2016년 〈닥터 스트레인지〉의 작가 C. 로버트 카길C. Robert Cargill은 "마블의 작업 방식에 대한 가장 큰 오해는 다들 나중에 생각한 것을 미리 생각했을 거라 짐작한다는 거죠. 제작 과정에서 후반에 추가되는 것들이 많지만, 제대로만 하면 원래부터 존재했던 것처럼 느껴지니까요. 그리고 영화들이 다른 영화에 반응하기도 해요. 제가 에인션트 원의 등장 장면을 썼을 때, 그녀가 미래를 내다보고 가능성을 살펴보는 것에 대해 이야기했을 때, 〈인피니티 워〉에서 이걸 활용하겠다는 생각은 없었어요. 하지만 〈닥터 스트레인지〉를 보고 나서야 '이 영화에서 에인션트 원이 표현한 힘을 활용해서 닥터 스트레인지가 타임 스톤에서 얻은 능력이 있다는 것을 보여주면 어떨까요?'라고 말할 수 있었던 거죠. 종합적으로 세워진 계획은 아니었어요. 최종본은 각 영화의 결과물과 파이기의 결정에 달려 있었어요. 천재들 여럿이 하나의 이야기를 향해 나아가는 게 아니라 조금씩 쌓아 올렸던 거죠"라고 말했다. 마블 스튜디오는 신뢰성과 일관성이라는 명목하에 시각효과 제작방식을 꾸준히 개선했지만, 그 시각효과가 생명을 불어넣어줄 이야기에 대해서는 거의 임기응변에 가까운 자유분방한 접근 방식을 취했다.

마블 스튜디오는 처음에는 〈인피니티 워〉와 〈엔드게임〉을 동시 촬영할 수 있기를 바랐다. 어벤져스 컴파운드든 가디언즈의 함선이든 특정한 장소에서 일어나는 두 영화의 모든 장면을 촬영한 뒤에 다음 촬영장으로 이동하면 더 효율적이고 비용도 많이 절감될 거라 본 것이다. 그러나 〈인피니티 워〉 촬영에 들어가기 몇 달 전이 되어서야 〈엔드게임〉의 각본이 제때 완성되지 않을 것이 확실해졌다. 두 영화는 연이어 촬영해야 했고, 예산을 다 합치면 약 7억 달러에 달했다. 예산의 상당 부분은 배우들의 출연료가 차지했다. 크리스 에반스, 크리스 헴스워스, 스칼렛 요한슨은 영화당 1,500만 달러, 다우니는 2,000만 달러에 수익 배분 계약이 더해져 최종적으로 영화당 약 7,500만 달러를 받고 있었다. 마블 스튜디오가 페이즈 3 이후 스스럼없이 몇몇 히어로들을 죽게 하고 새로운 세대의 이야기를 구상하게 된 이유는 이렇게 급등한 출연료도 한몫했다.

어벤져스 어셈블!

  2017년 1월 〈인피니티 워〉 촬영이 시작되자, 다우니와 톰 홀랜드는 크리스 프랫과 다른 가디언즈 오브 갤럭시 배우들과 함께 타이탄 장면을 찍기 위해 합류했다. 줄거리를 비밀로 유지하기 위해 전체 대본은 다우니와 에반스 두 배우에게만 주어졌다. 타노스로 돌아온 조시 브롤린은 어벤져스의 거대한 보라색 숙적이 사실상 이 케이퍼 무비의 주인공 덕분에 대본의 거의 모든 부분을 받았다. 하지만 〈인피니티 워〉에서 타노스를 매우 효과적으로 구축한 탓에 제작자들은 스스로 궁지에 몰린 셈이 되었다. 〈어벤져스: 엔드게임〉은 주름진 턱을 가진 타노스의 계속되는 모험을 들려주는 것이 아니라 어벤져스의 핵심에 집중해야 했기 때문이다. 하지만 첫 번째 영화에서 인피니티 스톤이 타노스의 손에 남겨졌기 때문에 제작진은 히어로들이 타노스를 이길 방법을 찾는 데 어려움을 겪었다. 맥필리는 전지전능한 캐릭터를 다루면서 겪었던 근본적인 고충을 이렇게 설명했다. "영화 도입부에서 그는 터무니없이 대단한 힘을 가졌어요. 그래서 3주 내내 그 정도 힘을 가진 캐릭터가 등장하는 영화 2편을 어떻게 만들어야 할지 알아내려고 애썼어요. 그러던 중에 총괄 프로듀서 트린 트란이 불만에 가득 찬 목소리로 '그냥 타노스를 죽여버릴 수 있다면 좋겠어'라고 말한 것 같아요. 우리는 그 말을 듣자마자 '그게 무슨 의미죠? 흥미로운데요'라고 반응했죠. 그건 타노스의 성격과 완전히 일치하는 주장이었어요. 우리가 '왜 타노스가 당신을 내버려뒀을까요?'라고 묻는다면, 그건 타노스가 그러고 싶었기 때문이에요. 그는 그렇게 하는 것이 맞아요. 오랫동안 각본을 쓰면서 진작 이런 생각을 하지 못한 걸 자책하게 돼요. 제가 타노스의 성격에 철저히 파고들었다면 먼저 그렇게 이야기했었겠죠."

  첫 번째 영화에서 두 번째 영화로 넘어가면서 마침내 브루스 배너가 헐크의 녹색 몸을 통제하는 '스마트 헐크'가 처음 등장했다. 〈인피니티 워〉의 초기 편집본에서는 배너와 헐크가 와칸다에서 벌어지는 전투 도중에 하나로 합쳐지는데, 이 장면에서 헐크 버스터의 슈트에서 혼합된 스마트 헐크가 튀어나온다. 하지만 루소 형제는 출연진의 절반이 재가 되기 단 몇 초 전에 배너에게 '승리'를 안겨주면 감정적으로 악영향을 유발할 수 있다고 판단했다. 새로운 영상을 촬영하기에는 너무 늦었기 때문에 제작진은 첫 번째 〈아이언맨〉의 결말을 살려냈던 해결책을 사용했다. 바로 완전히 디지털 요소로만 시퀀스를 만들어내는 것이었다. 브루스 배너는 디지털 객체인 헐크 버스터 건틀릿을 이용해 디지털 캐릭터인 컬 옵시디언을 디지털 공중으로 쏘아 올려 디지털 에너지 방어막에 부딪히게 한다.

마커스와 맥필리는 〈엔드게임〉의 각본 작업을 시작했을 때 타임머신 설정을 잠시 고려했지만, 시시한 타협이라는 생각에 폐기했다. 마커스는 "어려운 상황이 생길 때마다 가장 먼저 머릿속에 떠오르는 것이 시간여행이죠"라고 말했다. 하지만 〈엔드게임〉의 줄거리를 어떻게 풀어야 할지 막막할 때 앤트맨이 그들을 구해줬다. 작가들은 〈앤트맨과 와스프〉의 개봉일이 석 달도 채 남지 않았고, 〈인피니티 워〉의 우울한 결말이 경쾌한 이 영화에 먹구름을 드리우는 것을 원치 않았다. 그래서 일부러 앤트맨을 〈인피니티 워〉에서 제외했었다. 그러던 중 〈앤트맨과 와스프〉의 결말에 입자가 동시에 두 곳에 존재할 수 있는 아원자의 세계인 양자 영역으로 가는 내용이 포함된다는 사실을 알게 되었다.

마커스는 2015년 가을 어느 날, 몇 달 동안 갇혀 있던 회의실에서 그 돌파구를 마침내 찾았다고 기억했다. 다른 사람들이 각본 문제를 논의하는 동안 그는 노트북으로 물리학에 관해 조사하고 있었다. "구글에서 '양자 영역'을 검색했는데… 그곳에서는 시간이 달랐어요. '타임머신을 쓸 수 있겠어요! 타임머신을 쓸 핑계가 있으니까요'라고 말했던 것 같아요. 우리가 다큐멘터리를 만드는 게 아니니까 그렇게 해도 괜찮은지 확인해줄 진짜 물리학자를 찾았어요. 그리고 지금 우리가 보는 그 내용이 만들어진 거죠."

그들은 양자역학을 바탕으로 복잡한 줄거리를 구성했다. 어벤져스는 타노스에 앞서 인피니티 스톤을 모아 그의 승리를 되돌릴 수 있었을 뿐만 아니라, 〈어벤져스〉의 뉴욕 전투부터 〈가디언즈 오브 갤럭시〉의 드라이독 행성 속 〈해저 2만 리〉에 이르기까지 이전 영화들의 설정을 다시 논의할 수 있게 되었다. 또한 시간여행으로 스티브 로저스는 과거로 돌아가 페기 카터와 가정의 행복을 찾고, 토니 스타크는 1970년대로 가서 아버지와 화해하면서 영화의 두 주인공에게 잠재되어 있던 감정적 문제를 해결할 길이 열리기도 했다.

모든 각본 시안에서 타노스 군대와 벌이는 전투는 토니 스타크의 희생으로 끝이 난다. 인피니티 스톤을 손에 넣은 스타크는 손가락을 튕기며, 자신의 목숨을 대가로 타노스와 그의 군대가 사라지기를 바란다. 그는 소리 없이 승리했다. 앤서니 루소는 이렇게 회상했다. "편집실에서 우리는 '그 순간 스타크가 뭔가 말해야 해. 유머에 죽고 사는 인물이잖아'라고 생각하고 있었죠. 그래서 마지막 대사를 백만 가지 넘게 넣어봤지만 이거다 하는 게 없었어요. 타노스는 '나는 필연적인 존재다'라고 말하고 있었죠. 그런데 영화 네 편에 모두 참여한 편집자 제프 포드가 그냥 'I am Iron Man.' 하고 말하면 어떻겠냐고 했어요."

다우니가 마지막 대사 장면을 비롯한 추가 영상을 재촬영하기 두어 주 전, 그와 저녁을 먹던 조 루소는 토니 스타크가 죽는 순간을 다시 촬영하는 걸 다우니가 꺼린다는 사실을 알게 됐다. "그는 '다시 돌아가서 그 감정 상태에 빠지고 싶지 않았어요. 그렇게 하는 건… 정말 힘들거든요'라고 말했어요. 그런데 때마침 프로듀서 조엘 실버 Joel Silver가 저녁을 같이 먹고 있었어요. 그는 로버트 다우니 주니어의 오랜 친구예요. 그가 끼어들더니 이러는 거예요. '무슨 소리 하는 거야? 내가 들어본 중 가장 훌륭한 대사인데! 이 대사는 꼭 해야 해!' 실버가 그날 저녁 자리에 있었던 게 천만다행이었죠. 그 대사를 하도록 다우니를 설득하는 걸

도와줬으니까요."

토니 스타크의 마지막 대사가 담긴 이 장면은 재촬영 분량 중 마지막으로 촬영되었다. 촬영이 진행된 사운드스테이지 바로 옆에는 10년 전 다우니가 아이언맨 오디션을 보았던 스튜디오가 있었다. 그곳에서 다우니는 자전거를 타고 내리막을 내려가는 아이처럼 차츰 아이언맨으로 변해갔다. 케빈 파이기는 그 순간 이후로 자신과 다우니의 삶이 얼마나 달라졌는지 생각하며 촬영 장면을 지켜보았다.

MCU를 대표하는 캐릭터의 죽음으로 영화 역사상 가장 골치 아픈 일정을 정해야 할 일이 생겼다. 바로 토니 스타크의 장례식 장면이었다. 지난 10년 동안 마블 스튜디오는 MCU를 둘러싼 모든 암시와 소문이 인터넷을 떠들썩하게 만들 수 있다는 사실을 경험하면서 보안에 대해 극도로 진지해졌다. 안타깝게도 최악의 유출자 몇몇은 함께 일했던 배우들이었다. 특히 톰 홀랜드와 마크 러팔로는 줄거리의 반전을 무심코 말하거나 실수로 휴대전화를 통해 MCU 시사회를 생중계하기도 했다. 그래서 모든 제작 노트와 메모, 일정 문서에는 이 장례식 장면을 '결혼식'으로 표기했다.

이 장면에는 MCU의 중요한 히어로들이 거의 모두 등장할 예정이었다. 라쿤 로켓은 언제나처럼 숀 건이 바닥에 무릎을 꿇고 연기했다. 마블 스튜디오는 오스카 수상자 두 명(윌리엄 허트, 마리사 토메이)과 오스카 후보 세 명(안젤라 바셋, 사무엘 L. 잭슨, 미셸 파이퍼)을 단지 침울해 보이기 위한 이유에서 2분짜리 트래킹 샷 장면에 등장하도록 설득했다. 조 루소는 이렇게 말했다. "농담인지는 모르겠지만, 우리는 그 장면이 영화 역사상 가장 비싼 장면일 거라고 말하곤 했어요. 그 장면에 출연료가 엄청나게 들었거든요. 아마도 영화 역사상 단역 출연자 비용이 가장 많이 든 날이었을 거예요." 루소 형제는 토니 스타크의 호숫가 오두막을 대신한 조지아 주의 부케어트 농장 부지에 있는 오두막에서 이 장면을 촬영했다. 이곳은 공항에서 약 30분 거리인 덕분에 〈엔드게임〉에서 다른 분량이 없는 배우들이 최대한 빨리 왔다 갈 수 있었다. 배우들의 편의를 도모하는 동시에 '결혼식' 소식이 유출되지 않게 하기 위한 것이었다. 조 루소는 이렇게 회상했다. "배우들이 도착하자마자 그들에게 검은색 의상을 입히기 시작했어요. 다들 '정말 이상한 결혼식이네요'라고들 말했어요. 우리는 '실제로는 장례식이기 때문이에요'라고 했죠."

캐스팅 감독인 새라 할리 핀은 "모든 사람을 촬영장에 불러 모으고 각자의 일정을 모두 맞춰야 했던 프로듀서에게 아카데미상을 줘야 해요"라고 말했다. 그녀 역시 자신이 22편의 영화에 캐스팅했던 35명의 배우를 현장에서 지켜보았다. MCU에 합류하기 전부터 성공적인 경력을 가진 배우도 일부 있었지만, 지금은 그들 대부분이 세계적인 스타가 되었다.

화면에서 알아보기 쉽지 않은 얼굴 중 하나는 〈아이언맨 3〉에서 어린 조수 할리 키너를 연기했던 타이 심킨스였다. 그는 10대가 되어 멀쑥하게 자라 있었다. 야구 연습 준비를 하던 그는 루이스 데스포지토에게 전화를 받았다. 데스포지토는 〈인피니티 워〉와 〈엔드게임〉의 핵심 줄거리를 알려주었고, 영화에서 토니 스타크가 죽었다는 것도 아무렇지 않게 언급했다. 키너는 MCU의 스타들보다 스타크의 죽음에 대해 훨씬 먼저 알고 있었던 셈이다. 심킨스는 이에 대해 "시리즈의 가장 큰 비밀 중 하나를 저에게 스스럼없이 말해준 것이 믿기 어려울 정도로 놀라웠어요. 그들은 할리 키너가 스타크와 인연이 있고 지원도 받았기 때문에, 장례식에 참석해야 했다고 말해줬어요"라고 털어놓았다.

토니 스타크의 인공지능 비서 프라이데이F.R.I.D.A.Y.의 목소리를 맡았던 배우 케리 컨던Kerry Condon은 다우니가 떠난다는 소식을 어렵게 알게 되었다. 〈엔드게임〉의 목소리를 녹음하던 중 그녀는 깜짝 놀랄 만한 대사를 받았다. "생체 기능이 위태롭습니다." 그녀는 토니 스타크가 위독한 상태라 해도 살릴 수 있지 않느냐고 물었다. "그랬더니 다들 멍한 표정을 짓더라고요." 그들은 그녀에게 "지금까지 한 말 중 가장 슬프게 말해보세요"라고 지시했다. 쿤틴은 그 대사를 읽으며 '쏠쏠한 돈벌이도 이제 끝났구나'라고 생각했다. 그만큼 그녀의 대사에 담긴 슬픔은 매우 사실적이었다.

장례식 장면 외에, 크게 두 번으로 나뉘어 촬영된 최종 전투 장면에도 MCU의 스타 배우 대부분이 등장했다. 촬영은 2018년 1월에 시작되었지만, 루소 형제가 〈인피니티 워〉 후반작업에 집중할 수 있도록 한 차례 중단되었다가 2018년 9월에 재개되었고, 마지막 부분을 촬영하느라 두 달이 더 걸렸다. 조 루소는 솔직히 말해 "그 부분이 우리가 만든 모든 영화 장면 중에서 가장 힘들었어요"라고 말했다. 이 장대한 전투의 디지털 사전 시각화 버전은 2년 동안 다듬어졌기 때문에 실제 촬영은 아무것도 없는 그린 스크린 세트장에서 배우들이 이런저런 몸짓을 촬영하는 방식으로 이루어졌다.

어떤 장면을 위해서는 촬영장이 잔해와 나무 그루터기들로 장식되기도 했다. 전투는 타노스가 어벤져스 컴파운드를 파괴한 직후 그 자리에서 벌어졌다. 하지만 이런 현실적인 요소는 최종 영화에 거의 반영되지 않았다. 〈엔드게임〉의 시각효과 감독을 맡은 웨타 디지털의 매트 에이큰Matt Aitken은 이렇게 설명했다. "모두 편집해서 사전 시각화 분량과 함께 정리하니까, 촬영장을 꾸민 나무 그루터기가 예상보다 조금 더 많이 퍼져 있었어요. 폐허가 된 어벤져스 컴파운드라기보다 폐허로 변한 숲에서 싸우는 것처럼 보였거든요. 그래서 로토 작업*을 하기 위해 배경에서 대부분의 캐릭터를 떼어냈어요. CG로 만든 폭격 맞은 구멍으로 배경을 대체했죠."

충돌이 반쯤 진행되었을 때 전 세계에서 포털이 열리면서 부활한 마블의 히어로들이 다시 화면에 등장해 격렬한 전투에 투입된다. 루소 형제는 포털의 속도에 맞춰 실험을 했다. 한때는 포털이 동시에 열리는

* roto-ing, 최근 들어 사용되는 오래된 애니메이션 기법으로 '로토스코핑rotoscoping'의 줄임말이다. 다른 장면에 배치할 수 있도록 촬영된 배경에서 캐릭터를 잘라내는 것을 뜻한다.

바람에 수십 명의 캐릭터가 쏟아져 나왔지만, 루소 형제는 시각적으로 감정이 더 고조될 수 있도록 그 순간을 다시 구성했다. 맥필리는 당시 상황을 다음과 같이 떠올렸다. "처음에는 더 빨랐어요. 매우 강렬했고, '세상에, 그들이 돌아왔어!'라고 할 만큼 흥미진진했어요. 저는 그 장면이 마음에 들었지만 조와 앤서니가 재촬영하기로 한 건 정말 옳은 결정이었어요. 다들 자신이 주인공이 되는 장면을 찍지 못했거든요."

제작진은 캐릭터마다 돋보이는 순간을 주기 위해 노력했다. 하지만 블랙 팬서와 에보니 모의 대결과 앤트맨이 좋아하는 파트리지 패밀리의 노래로 인해 타노스 군대의 주의를 끄는 장면 등을 잘라내야 했다. 이 방대한 전투 장면은 편집되지 않고 20분 넘게 이어지지만, 핵심에 더욱 집중한 것은 사실이었다. 편집자 제프리 포드는 "블랙 팬서와 닥터 스트레인지, 스타로드, 이들 모두에게는 돌아올 만한 서사적 요구가 있었어요"라고 말했다. 피터 퀼이 죽었다 살아난 것처럼 보이는 다른 타임라인의 가모라를 보거나 토니 스타크가 닥터 스트레인지와 눈을 맞추며 이 모든 것을 끝낼 방법은 단 하나뿐이라는 걸 기억하는 것처럼 연결이 일어나는 순간은 스토리텔링에 필수적이었다. "스칼렛 위치가 타노스와 대결하는 건 그가 한 일 때문이었어요. 스칼렛 위치와의 싸움은 길기도 했지만, 반복적이었죠. 우리가 그 장면에서 중요하게 유지하려고 한 것은 감정이었어요."

루소 형제는 재촬영을 통해 캐릭터들의 감정을 증폭시킬 수 있었다. 중요한 순간 중 하나는 〈인피니티 워〉에서 토니 스타크의 품에 안겨 죽음을 맞았던 피터 파커가 전장에서 토니와 재회하는 장면이었다. 원래 이 장면에는 페퍼 포츠도 출연했지만, 〈인피니티 워〉에서 톰 홀랜드의 연기에 대한 반응을 본 뒤로는 두 캐릭터의 재회에서 발생하는 카타르시스를 관객들에게 선사해야 한다는 것을 깨달았다. 핀은 그 장면을 떠올리며 말했다. "생각만 해도 눈물이 날 것 같아요. 두 역할을 캐스팅하고 두 사람이 그 캐릭터가 되어가는 것을 지켜보는 과정은 저희들에게도 무척 감동적이었거든요." 슈퍼히어로 군단의 등장은 그들의 초창기 시절에 대한 절묘한 암시로 가득했다. 샘 윌슨은 "왼쪽이야"라고 말하며 자신을 소개한다. 이 말은 〈캡틴 아메리카: 윈터 솔져〉의 조깅 장면에서 스티브 로저스가 계속 그를 추월하며 반복하는 대사였다. 페퍼 포츠도 〈아이언맨〉의 콘서트홀 옥상에서 토니 스타크가 그녀에게 거의 입을 맞출 뻔했던 밤에 입었던 드레스와 비슷한 파란색 아이언맨 슈트를 입고 등장한다.

모든 어벤져스가 한자리에 모이자 캡틴 아메리카가 마침내 코믹북 팬들이 기다리던 한마디를 외쳤다. "어벤져스 어셈블!" 트린 트란은 "아마도 그것이 케빈 파이기가 만들어낸 역대 최고의 명장면 같아요. 마침내 그 두 단어를 캡틴이 실제로 말하게 한 거죠"라고 말했다. 그녀는 그린 스크린 앞에 모여 있던 배우들이 캡틴 아메리카가 토르의 망치를 들고 그 대사를 하자 잠시 뒤 모두 앞으로 돌진했던 것을 생생히 기억했다. 단일 세트장에서 스튜디오 사상 최대 인원의 제작진에 둘러싸인 마블 히어로들은 모두 함께 전투에 뛰어들었다.

파이기의 통찰력

데이비드 메이젤은 2003년에 "모든 영화의 속편을 만들 수 있는 스튜디오는 좋은 사업 모델"이라고 말했다. 2018년 〈인피니티 워〉가 전 세계적으로 20억 4,800만 달러를 벌어들이며 역대 5위 수익을 달성하고, 이듬해 〈엔드게임〉이 총수입 27억 9,800만 달러로 역대 흥행 수익 1위에 올랐을 때 이 명제는 궁극적으로 증명되었다. 마커스와 맥필리는 그들이 만든 모든 영화의 총 수익 면에서 역대 최고의 성공적인 각본가로 꼽혔고, 루소 형제는 감독 중에서 스티븐 스필버그에 이은 2위로 갑자기 올라섰다.

다른 스튜디오들도 마블 스튜디오에서 케빈 파이기가 이룬 업적을 재현할 수 있는 IP 책임자를 찾기 위해 여러 차례 시도했지만, 번번이 실패했다. 브랜드에 가장 적합한 것과 캐릭터에 가장 적합한 것 사이에서 정밀하게 균형을 잡아야 하는 이 일은 해내기 거의 불가능해 보였다. 파이기는 평생 영화에 천착했지만, 그 점은 할리우드의 다른 많은 사람도 마찬가지였다. 파이기는 MCU를 만들기 위해서는 많은 인재가 필요했다는 사실을 그 누구보다 먼저 인정했다. 하지만 사실 그에게는 창의적인 사람들이 최고의 실력을 발휘하게 만드는 탁월한 재능이 있었다. 예를 들어 〈인피니티 워〉와 〈엔드게임〉에 이어 루소 형제가 파이기와 관련 없이 만든 후속작 〈체리Cherry〉와 〈그레이 맨The Gray Man〉의 결과는 상당히 실망스러웠다.

파이기는 마블에 관한 지식을 다른 프로듀서들보다 훨씬 더 깊숙이 탐구했고, 그 과정에서 마블 코믹북의 핵심 매력이 방대하게 뻗어가는 상호 연결성이라고 확신했다. 그렇기 때문에 그는 프랜차이즈가 대세인 새로운 시대에는 끝없이 확장 가능한 마블 코믹스야말로 세계를 정복하기에 완벽하게 들어맞는 IP라는 판단을 내렸다. 그는 마블 스튜디오가 출범하기 전에도 많은 슈퍼히어로 영화가 있었다고 언급했다. "하지만 그 영화들에서는 스파이더맨이나 엑스맨이 그 세계의 유일한 히어로였어요. 데어데블이나 판타스틱 4도 마찬가지였고요. 그들은 자신이 단 하나의 특별한 존재인 세상에 살고 있었죠. 하지만 MCU에서 중요한 건 그런 게 아니었어요. MCU는 같은 세계에 살고 있는 캐릭터 모두를 다룬 최초의 시도였거든요."

파이기의 타고난 천재적인 재능은 이러한 근본적인 통찰을 넘어, 캐스팅과 스토리 라인, 개봉일 등 그 밖의 더 많은 일과 관련한 결정해야 할 문제들이 끝없이 쏟아지는 와중에도 업무를 빠르게 이해하고 처리하는 능력을 갖고 있다는 점이었다. 조 루소는 이렇게 표현했다. "파이기가 재미있는 영화를 선호한다는 점이 마블의 성공비결 아닌가요?"

〈닥터 스트레인지〉의 각본가인 C. 로버트 카길은 파이기의 통찰력을 또 다른 방식으로 설명했다. 〈어벤져스: 엔드게임〉은 파이기가 가장 좋아하는 영화 프랜차이즈 시리즈들에서 빌려온 방식으로 근사하게 마무리된다. 마지막 엔딩 크레디트에는 여섯 명의 원년 어벤져스를 등장시켜 끝맺는데, 각자 화면에 사인한 뒤 로그오프하는 것처럼 보인다. 이는 〈스타 트렉 6: 미지의 세계Star Trek VI: The Undiscovered Country〉에서 '엔터프라이즈'호의 원년 출연진에게 작별을 고한 방식을 비슷하게 모방했다. '스타 트렉' 시리즈는 파이기가 MCU를 형성하는 데 더 근본적인 영향을 주었다. 카길은 "파이기가 한 번도 들어본 적 없는 주장을 하는 바람에 뇌가 녹는 줄 알았어요. 그는 〈스타 트렉Star Trek: The Motion Picture〉(1979)보다 〈스타 트렉 5: 최후의 결전Star Trek V: The Final Frontier〉(1989)이 더 낫다고 주장했거든요"*라고 말했다. 카길은 〈스타 트렉 5〉에서 커크와 스포크, 맥코이가 캠프파이어 주변에 모여 음식을 먹는 장면을 설명하는 파이기의 논지를 이렇게 요약했다. "스타 트렉에서 캠프파이어 장면에 맞먹을 만큼 멋진 순간을 찾기는 힘들어요. 가장 인기 있는 세 캐릭터가 함께 모여 그들의 인간적인 면모를 보여주는 장면이거든요." 카길은 파이기가 "모든 마블 영화에 이 캠프파이어 장면의 DNA"를 담기 위해 애쓴다는 것을 깨달았다. "파이기는 가장 좋아하는 캐릭터들을 모아서 인간적인 면모를 보여주는 장면을 찍고 싶었던 거예요. 이 장면을 본 관객들은 한 인간으로서 그들을 사랑하게 되고, 그들에게 큰일이 일어났을 때 크게 공감하며 몰입하게 되는 거죠."**

마블의 프로듀서 크레이그 카일은 "우리는 바로 그런 일을 하려

---

* 두 영화 모두 〈스타 트렉 2: 칸의 역습Star Trek II: The Wrath of Khan〉이나 〈스타 트렉 4: 시간초월의 항해Star Trek IV: The Voyage Home〉만큼 사랑받지는 못했다. 하지만 윌리엄 샤트너William Shatner가 감독한 〈스타 트렉 5〉는 시리즈 최악의 작품으로 평가된다.
** 〈엔드게임〉에도 전투가 벌어지기 이전에 캐릭터들의 인간적인 면모를 보여주는 장면이 나온다. 스티브 로저스와 나타샤 로마노프가 샌드위치를 먹으며 상실에 대해 이야기하거나, 토니 스타크가 시간여행의 수수께끼를 푼 직후 딸과 아이스크림을 나눠 먹는 장면 같은 것들이다.

는 거예요. 어떻게 하면 사람들을 빠르게 사로잡을 수 있을까? 감정적으로 너무 몰입해 있어서 속임수를 쓰기 시작했는데도 빠져 나오지 못하게 만들려는 거죠. 마술이나 엉터리 SF에 대한 설명에만 치우친다면 결국 사람들이 외면할 게 뻔하거든요"라고 말했다.

관객들은 〈엔드게임〉의 굉장한 볼거리와 정서적 보상에 호응했다. 역대 흥행 수익 1위 영화가 되는 과정에서, 영화 역사상 개봉 첫 주말 최고의 성적도 거뒀다. 대다수 극장에서는 〈엔드게임〉만 상영했고, 전 세계 모든 관객이 이 작품을 반복해서 보는 것 같았다. 파이기와 데스포지토, 마커스, 맥필리, 루소 형제는 LA의 영화관에 몰래 들어가 웃으며 환호하는 관객들과 함께 〈엔드게임〉을 관람했다. 앤서니 루소는 "영화관에서 록 콘서트 공연장에 있는 기분이 드는 건 상상해본 적이 없었어요"라고 말했다. 조 루소도 거들었다. "온몸이 오싹했어요. 눈물도 한두 번 흘렸고요. 사람들을 하나로 묶는 영향력 있는 이야기를 만들었다는 사실을 깨달았거든요."

〈엔드게임〉은 쿠키 영상이나 티저 예고편이 없었지만, 페이즈 4를 연상시키는 마지막 암시로 끝을 맺었다. 엔딩 크레디트의 마지막에 나오는 사운드트랙은 단지 뗑그렁뗑그렁 울리는 소음이었다. 이는 아프가니스탄의 동굴에 갇힌 토니 스타크가 아이언맨 슈트를 만들면서 내는 소리였다. 또한 〈엔드게임〉과 MCU를 만들어낸 자신들의 어마어마한 노고를 드러내는 상징이기도 했다.

맥필리는 자신이 수년간 각본을 쓰고 고쳤던 이 영화의 반응을 파악하느라, 또 이 영화가 어떻게 LA의 교통 상황까지 변화시켰는지 이해하느라 개봉 첫 주말 내내 노력했다. "거리를 걸어 다니면서 생각했어요. '이번 주말에는 사람들이 다들 영화관에 있나 봐, 말도 안 돼. 슈퍼볼 시즌처럼 거리가 텅 비었어. 아니, 누가 손가락을 튕기기라도 한 것처럼.'"

Phase 4

2020~2023

Chapter 26: A Year Without Marvel
마블 없는 1년

"So... you got detention."

<Spider-Man: Homecoming>

제임스 건 스캔들

마블 스튜디오는 2020년 5월 MCU 페이즈 4의 첫 번째 영화로 〈가디언즈 오브 갤럭시: Volume 3 ^{Guardians of the Galaxy Vol. 3}〉를 개봉할 계획이었다. 당시 전 세계적인 유행병으로 인해 영화 업계가 멈춰서고 개봉 일정에도 혼란이 생겼지만, 영화가 완성되지 않은 데는 또 다른 이유가 있었다.

〈가디언즈 오브 갤럭시〉 1편의 엄청난 성공은 많은 사람의 삶을 뒤바꿔놓았다. 특히 작가 겸 감독인 제임스 건에게 영향이 컸다. "저는 성공 이후 흥분에 휩싸여 있다가 어느 순간 추락해버렸어요. 다시 현실로 돌아왔을 때 '인간으로서 나는 어떤 자리에 있는 걸까?'라는 생각이 들었죠." 그는 마침내 예술가로서의 자기 목소리를 찾았다고 생각했다. "저는 제가 할 수 있는 가장 진실한 이야기를 하기 위해 오랜 세월을 보냈어요. 충격적이거나 신랄하거나 멋지거나 아무튼 뭐가 됐든 그런 이야기를 하려다가 조금 다른 길로 샜지만, 그런 마음을 비우고 외계인이나 말하는 라쿤에 관한 것이라도 제가 할 수 있는 가장 진실한 이야기를 전하면 통한다는 걸 알게 됐어요."

〈가디언즈 오브 갤럭시 VOL. 2〉에는 베이비 그루트와 거대한 외계 문어가 등장하지만, 감정의 중심에는 두 아버지 사이에서 갈등하는 스타로드가 있었다. 마이클 루커^{Michael Rooker}가 연기한 욘두와 스타로드의 실제 생물학적 아버지인 에고 더 리빙 플래닛이 바로 그 두 아버지이다. 에고는 마블 코믹스에서 수염을 기른 인간의 얼굴을 하고, 지능이 있는 실물 크기의 행성으로 그려졌다.

건과 마블은 에고 역에 유명 배우를 캐스팅하고 싶었다. 그래서 매튜 맥커너히^{Matthew McConaughey}와 접촉했지만 거절당했다. 맥커너히는 이에 관해 이렇게 말했다. "저도 〈가디언즈 오브 갤럭시〉를 좋아해요. 하지만 제가 보기에 '영화가 성공했으니 이제 화려한 배역에 유명 배우 한 명쯤은 더 쓸 여유가 있어'라고 생각하는 것 같았어요" 배역은 1960년 대에 디즈니와 10년 계약을 맺어 큰 성공을 거둔 적이 있는 또 한 명의 스타, 커트 러셀에게 돌아갔다.

이 영화는 2016년 2월부터 6월까지 파인우드 애틀랜타 스튜디오의 사운드스테이지 열여덟 곳을 모두 사용해 촬영되었다. 건은 촬영장 분위기를 끌어올리기 위해 〈끝내주는 노래 두 번째 모음집Awesome Mix Vol. 2〉에 수록된 음악을 틀어놓았다. 카메오로 출연한 스탠 리가 전지전능한 왓처와 대화하는 우주인 역으로 등장하는 장면을 촬영할 때가 되자, 마블은 당시 93세였던 리의 이동 횟수를 줄이기 위해 다른 두 편의 영화에 들어갈 카메오 분량까지 건에게 촬영을 맡겼다. 건이 리에게 새로운 피터 파커인 톰 홀랜드를 소개하자 그는 젊은 배우를 놀리며 말했다. "다들 자네가 대단하다고 하던데! 나는 잘 모르겠네."

〈가디언즈〉 속편은 1편과 비교하면 더 혼란스러웠고 재미도 덜했지만, 8억 6,300만 달러를 벌어들이며 7억 7,200만 달러를 기록한 1편보다 훨씬 더 큰 수익을 올렸다. 건과 마블 스튜디오는 곧바로 그가 3편으로 돌아올 거라고 발표했다. 그 사이 건은 〈어벤져스: 인피니티 워〉와 〈어벤져스: 엔드게임〉의 대본에 등장하는 가디언즈의 대사도 다시 썼다. 그리고 〈인피니티 워〉에서 가디언즈의 등장을 알리는 노래로 스피너스의 1976년 히트곡 '더 러버밴드 맨'을 선정하기도 했다. 2017년 말, 건은 〈가디언즈 오브 갤럭시: Volume 3〉의 초안을 완성하고 2020년 5월 개봉을 목표로 2019년에 촬영을 시작할 계획이었다.

조스 웨던이 페이즈 2를 총지휘했던 것처럼, 건은 자신이 MCU의 한 부분을 책임질 더 큰 지휘권을 갖게 될 거라 믿었다. 그는 마블 코스믹 유니버스라고 불리는 우주 공간 저 멀리까지가 자신의 영역이라고 생각했다. 그러나 웨던을 통해 몇 가지 교훈을 얻은 파이기는 확신이 서지 않았다. 파이기는 2017년에 이런 말을 했다. "웨던은 더 독특했어요. 건이 하는 작업의 특징은 〈가디언즈〉에 등장하는 여러 훌륭한 캐릭터가 각자 잠재력을 갖고 있다는 점이었죠. 건과 함께 일하면서 그 잠재력이 어떤 방향으로 전개될 수 있을지, 어떻게 효과를 낼 수 있을지에 대해 논의하기도 했어요." 어느 쪽이든 페이즈 4에서는 은하계 사이에서 벌어질 모험담이 훨씬 더 큰 역할을 할 것이 분명해 보였다. 그래서 마블 스튜디오는 이 작업을 제임스 건에게 맡길 수 있을 거라 믿었다.

디즈니 회장 밥 아이거는 〈엔드게임〉 이후 마블의 계획에 대해 말했다. "우리는 완전히 다른 영역을 찾고 있어요. 처음에는 〈가디언즈 오브 갤럭시〉가 이를 대표했지만, 이제는 우리가 이미 찾아갔던 곳과 완전히 분리된 세계를 찾아야 해요. 공간뿐만이 아니라 시간적으로도 분리될 수 있죠."

그러던 2018년 1월, 건은 "도널드 트럼프 대통령이 공개적으로 체중계에 올라가 그의 몸무게가 108.4킬로그램임을 증명하면 대통령이 지정한 자선단체에 10만 달러를 기부하겠다"는 게시물을 트위터에 올렸다. 건은 버락 오바마 전 대통령이 미국에서 태어나지 않았다는 허위 정보를 주장하는 트럼프의 '버서birther 음모론' 캠페인을 조롱하기 위해 이런 게시물을 올린 것이었다. 이 일로 건은 우익 선동가인 마이크 서노비치Mike Cernovich의 표적이 되었다. 2018년 7월, 서노비치는 건이 2009년부터 2012년 사이에 올린 과거의 트윗 중 일부를 발굴했다. 건은 이 시기에 의도적으로 모욕적인 농담을 자주 했다. '하디 보이즈와 버니 삼촌이 주먹을 날릴 때 느끼는 기분의 미스터리'나 '강간당하기 가장 안 좋은 디즈니랜드 캐릭터가 궁금함. 내 생각에는 구피인 것 같아. 하지만 슬리피도 형편없을 거야'처럼 소아성애와 강간을 언급하는 내용도 트위터에 올렸었다.

트윗 캡처 사진이 실시간 트렌드에 오르기 시작하자 건은 케빈 파이기에게 전화했다. 건은 "이게 큰일인가요?"라고 물었고, 파이기는 "아직 잘 모르겠다"고 답했다. 건은 시간이 한참 지난 7월 19일 목요일 늦은 오후가 되어서야, 자신이 올린 예전 농담에 대한 공개 사과 글을 트위터에 게재했다. "저는 몇 년 전과 아주 많이 달라졌습니다. 이제 저는 분노보다는 사랑과 유대를 바탕으로 일하려고 합니다. 전에는 불쾌한 농담을 많이 했지만 이제는 하지 않습니다. 이 일로 과거의 자신을 탓하고 싶지 않습니다. 저는 현재의 자신을 더 좋아하고, 현재의 제가 더 완전한 인간이자 크리에이터인 것 같다고 생각합니다." 건은 자신의 사과만으로는 이 문제가 해결되지 않을 것 같다는 사실을 파이기가 알려줬다고 말했다.

그로부터 24시간이 채 지나지 않은 7월 20일 금요일, 건은 공개적으로 해고되었다. 월트 디즈니의 CEO 앨런 혼은 성명을 발표했다. "제임스 건의 트위터 게시물에서 발견된 모욕적인 발언은 변명의 여지가 없다. 우리 스튜디오의 가치와도 맞지 않기 때문에 우리는 그와의 업무적 관계를 단절하기로 결정했다." 혼은 파이기나 마블 스튜디오의 다른 누군가가 나서기 전에 결정을 내렸다. 디즈니는 미국에서 가장 가족 친화적인 브랜드로서의 위상을 소중히 여겼기에 소아성애에 관한 농담을 변호하는 위치에 서는 걸 바라지 않았던 것이다. 건은 갑작스러운 해고 통보에 충격을 받았지만, 디즈니가 사업상 필요한 결정을 내린 것이라고 받아들이며, 디즈니를 공개적으로 비난하지 않았다. 하지만 감독의 친동생인 숀 건을 비롯한 〈가디언즈〉 시리즈의 출연진은 디즈니에게 건의 성품을 보증하는 동시에, 그를 3편 감독으로 복귀시킬 것을 탄원하는 공개 서한을 발표했다. "우리는 미국인들이 정치적 입장을 초월해 인신공격을 자제하고 군중심리를 무기로 삼는 것을 멈추기를 바란다." 출연진 중 건을 가장 강력하게 지지한 데이브 바티스타는 건을 대신할 다른 감독이 임명되면 작품에서 하차하겠다고 위협했다.

뜻밖의 스캔들에 별안간 뛰어든 워너브라더스는 건에게 DC 슈퍼히어로 프로젝트 중 무엇이든 원하는 것을 맡기겠다고 제안했다. 건은 얼떨결에 미국 정부를 위한 임무를 수행하게 된 슈퍼 악당들의 이야기를 다룬 〈수어사이드 스쿼드Suicide Squad〉(2016)의 속편을 골랐다. 그는

〈더 수어사이드 스쿼드The Suicide Squad〉(2021)를 자유롭게 만들 수 있는 재량을 부여받았다. 2021년 개봉된 이 작품은 호평을 받았지만, 코로나19의 영향 때문인지 흥행 성적은 다소 부진했다. 그리고 건은 존 시나John Cena 주연의 스핀오프 TV 시리즈인 〈피스메이커Peacemaker〉도 맡았다.

제임스 건이 이런 프로젝트를 진행하는 동안 디즈니는 결정을 재고할 시간을 가졌다. 혼은 조용히 감독과 만났다. 건이 부당한 표적이 되었다고 판단했든 아니면 〈가디언즈〉 출연진의 탄원에 굴복했든 간에 해고한 지 여덟 달만인 2019년 3월, 건이 〈더 수어사이드 스쿼드〉와 TV 스핀오프 작업을 마친 다음 〈가디언즈 오브 갤럭시: Volume 3〉를 연출할 거라고 발표했다. 영화는 2023년 5월로 개봉 일정이 변경되었다. 건은 단발성 TV 프로그램인 〈가디언즈 오브 갤럭시 홀리데이 스페셜The Guardians of the Galaxy Holiday Special〉을 촬영하는 데도 동의했다. 건은 두 작품을 마무리한 뒤 곧바로 DC로 복귀할 의사를 분명히 밝히면서, 워너브라더스에 대한 신의를 지켰다. 마블 스튜디오는 〈엔드게임〉 이후 함께하리라 기대했던 핵심적인 인재를 잃었을 뿐만 아니라 〈가디언즈〉 팀의 중심축도 잃었다. 건과 함께했던 몇몇 배우들은 MCU와 작별을 고할 준비를 했다.

건은 그 경험으로 잘못을 깨닫고 반성했다. 그리고 동료들의 지지에 힘을 얻었다. 2022년, 건과 그의 전 매니저였던 프로듀서 피터 사프란Peter Safran은 이미지를 쇄신한 DC 스튜디오에서 DC의 영화, TV 프로그램, 애니메이션 프로젝트를 관리하는 공동 CEO로 임명되었다. 사프란은 사업 문제를 담당했고, 건은 DC의 새로운 크리에이티브 책임자로서 기대를 모았다. 워너브라더스는 마침내 자신들의 케빈 파이기를 찾았다고 생각했다.

2023년 1월, 건과 사프란이 흥미진진한 새 DC 영화 및 프로그램 계획을 발표했을 때, 그들은 크로스오버로 성공한 MCU의 청사진을 그대로 가져오려는 게 아니라는 점이 확실해졌다. 건은 파이기에게 배운 더욱 중요한 교훈에 주의를 기울였다. 그것은 "세계관에 대해 미리 걱정하지 말고 영화 한 편에 대해 걱정하라"는 것이었다.

마블이 불가피한 이유로 잘 알려지지 않은 히어로들을 기반으로 초기 영화를 제작했던 것처럼, 건과 사프란도 부스터 골드나 다이애나 같은 소수에게만 알려진 캐릭터를 등장시키기로 했다. 건은 "우리의 전략 중 하나는 배트맨, 슈퍼맨, 원더우먼과 같은 다이아몬드 캐릭터를 사람들이 잘 모르는 다른 캐릭터들을 지원하는 데 활용하는 거예요"라고 말했다. 사프란은 "잘 알려지지 않은 캐릭터를 미래의 다이아몬드 캐릭터로 만들 계획"이라고 덧붙였다.

건은 또한 위험 부담이 적은 가디언즈 오브 갤럭시의 공개 방식에서도 교훈을 얻었다. 지구의 어벤져스와 멀리 떨어진 곳에서 데뷔하면 시리즈가 실패하더라도 나머지 MCU에 손상을 주지 않고 이야기를 마무리 지을 수 있다는 걸 알아차린 것이다. 그래서 건과 사프란은 매트 리브스Matt Reeves의 〈더 배트맨The Batman〉(2022)이나 토드 필립스Todd Phillips의 〈조커Joker〉를 잇는 속편과 같은 특정 스토리에 'DC 엘스월드DC Elseworlds'라는 이름을 붙였다. 이는 DC 코믹북에서 빌려온 꼬리표로, 독자들에게 주된 서사의 연속성 밖에서 일어난 모험임을 알리는 역할이었다.

잭 스나이더 감독이 딸의 죽음으로 하차한 뒤, 문제가 많았던 〈저스티스 리그〉를 2017년에 마무리한 웨던의 경우보다 건이 마블에서 DC로 옮긴 결과가 더 좋았다. 웨던은 대본을 다시 쓰고 추가 촬영분을 감독했지만, 그의 퉁명스러운 어조는 스나이더의 엄숙하고 거창한 영상미와 잘 어우러지지 않았다. 웨던의 영화는 결과적으로 영화에 출연한 배우들과 스나이더의 열렬한 팬들은 물론 원래 감독을 맡았던 스나이더까지 화나게 했다.

코로나19와 스트리밍 전쟁

케빈 파이기가 제임스 건과 관련된 결정으로 무력감을 느꼈더라도, 그는 그 어느 때보다 더 많은 통제권을 갖게 될 예정이었다. 2019년 10월, 〈엔드게임〉의 성공 직후 파이기는 마블 스튜디오의 책임자에서 마블 엔터테인먼트의 최고 크리에이티브 책임자로 승진한다. TV와 출판 부문을 포함한 마블의 전 부문을 지휘하게 된 것이다. 이제 파이기는 모든 마블 스토리텔링의 배후에서 설계자 역할을 맡아 분열된 마블 영화와 TV의 서사를 하나의 일관된 이야기로 통합할 수 있게 되었다. 하지만 이는 또한 1년에 몇 편 안 되는 영화 제작을 이끌던 그가 이제 슈퍼히어로 생태계 전체를 책임지게 되었다는 의미이기도 했다. 게다가 디즈니는 파이기가 초능력에 가까운 제작 능력을 루카스필름의 새로운 프로젝트에 적용해 갈팡질팡하는 스튜디오를 개선해줄 거라 믿었다. 마침내 파이기는 자신이 어린 시절 '집착'하던 것 중 하나로 꼽았던 스타워즈의 세계에서도 활약할 수 있게 되었다.

디즈니가 스트리밍 전쟁에 뛰어들면서 파이기는 도움이 절실한 상황이 되었다. 설상가상으로 그는 디즈니에서 가장 강력한 동맹마저 잃게 되었다. 2020년 2월 25일, 밥 아이거는 스트리밍 동영상 서비스인 디즈니 플러스 출시를 위해 퇴임을 미뤘던 월트 디즈니 컴퍼니 CEO직에서 물러난다고 발표했다. 디즈니는 첫 5년 동안 6,000만에서 9,000만 명 사이의 가입자를 확보하는 것을 목표로 삼았다. 또한 다른 스트리밍 업체에 디즈니 콘텐츠를 사용하게 해주면서 얻는 단기 이익은 기꺼이 희생하기로 했다. 디즈니 플러스 출범 전에 디즈니는 넷플릭스에서 MCU 영화를 철수했고, 〈데어데블〉 같은 넷플릭스 프로그램도 중단했다. 디즈니 파크와 체험 및 제품 부문 회장으로 있던 밥 체이펙^{Bob} _{Chapek}이 오랜 기간 디즈니의 실적을 책임져온 경력을 바탕으로 승진해 아이거의 후임이 되었다. 아이거는 인재를 가까이하고 창의성을 중시하면서 50년간 디즈니에서 IP 제국을 구축한 업적으로 업계 전체에서 널리 존경받았지만 마땅한 후계자를 지명하지 못했다는 비판을 받기도 했다. 체이펙을 선택한 것은 업계는 물론, 디즈니 내부에서도 놀랄만한 사건이었다. 내부자들은 아이거의 빈자리를 채울 사람이 과연 어디에 있을지 궁금해했다.

같은 날, 질병통제센터의 국립 면역호흡기질환 센터 책임자 낸시 메소니에_{Nancy Messonnier} 박사는 신종 코로나19 바이러스가 팬데믹의 세 가지 기준 중 '지속적인 사람 간 전염'과 '사망으로 이어질 수 있는 질병'이라는 두 가지 조건을 충족한다고 경고했다. 세 번째 기준은 '전 세계적인 확산'이었다. 3주 후, 세계보건기구는 코로나19 팬데믹을 선언했다. 3월 15일, 월트 디즈니 컴퍼니는 캘리포니아의 디즈니랜드와 플로리다의 디즈니월드, 파리의 디즈니랜드를 폐쇄했고, 상하이, 홍콩, 도쿄의 놀이공원은 이미 문을 닫은 상태였다. 그달에는 폐쇄된 영화관이 너무 많아서 주요 영화 스튜디오에서 주간 매출 수치 보고를 중단했다. 마블 스튜디오의 사무실과 프로덕션도 2020년 3월 문을 닫았다. 3월 12일에는 〈샹치와 텐 링즈의 전설〉의 촬영을 중단했고, 다음 날 월트 디즈니는 대부분의 영화 촬영을 멈췄다.

〈가디언즈〉 3편이 연기된 뒤 페이즈 4를 시작하는 영화로 앞당겨진 마블의 다음 개봉작은 오랫동안 예정되어 있었던 〈블랙 위도우〉였다. 스칼렛 요한슨의 블랙 위도우는 이미 〈어벤져스: 엔드게임〉에서 소울 스톤을 위해 자신을 희생했기 때문에, 이 영화는 그녀가 아직 살아 있는 시기를 배경으로 해야 했다. 그 결과 〈캡틴 아메리카: 시빌 워〉의 사건 직후를 배경으로 한 일종의 시대극이 탄생했다. 게다가 이 영화는 타노스의 핑거 스냅으로 인한 영향과도 씨름할 필요가 없었다.

〈블랙 위도우〉는 2020년 5월 1일 개봉 예정이었으나 날짜를 지키지 못했다. 팬데믹의 확산으로 디즈니와 마블은 영화 개봉 수익을 낼 수 있을 만큼 극장에 많은 관객이 모일 수 있는 시기를 예측하느라 개봉일을 계속 변경했다. 처음에는 개봉 예정 영화를 한 자리씩 뒤로 미뤘다. 〈블랙 위도우〉는 2020년 11월로, 〈이터널스〉는 2021년 5월로, 차례로 세 번째 스파이더맨 영화와 닥터 스트레인지 속편도 밀리는 식이었다. 코로나바이러스의 끈질긴 변이로 인해 희망했던 계획이 무산되자, 마블은 각 영화의 개봉을 한 차례 더 미뤘고, 〈블랙 위도우〉는 2021년 5월로 개봉 일정을 변경했다. 2009년 이후 처음으로, 파이기가 꿈꾸던 폭넓은 다양성과 대담한 창의성을 담은 MCU를 마침내 실현하려던 시점에 1년 동안 단 한 편의 영화도 내놓지 못한 것이다. 2020년에 가장 눈에 띄는 신규 MCU 콘텐츠는 마블 캐릭터들이 등장하는 비디오 게임 〈포트나이트Fortnite〉였다.

영화 산업뿐만 아니라 놀이공원과 크루즈와 같은 디즈니의 더 큰 수익 사업까지 뒤흔든 코로나19 팬데믹으로 투자자들은 불안에 떨었다. 디즈니는 이들의 두려움을 달래기 위해 2020년 12월에 '디즈니 투자자의 날' 행사를 개최한다고 발표했다. 이 행사는 밥 아이거가 지난 수년 동안 투자자들과 기자들에게 디즈니의 현재 재무 상태를 보고하면서 미래의 꿈을 팔았던 자리였다. 이번에는 밥 체이펙의 지휘 아래 분기별 실적 발표와 코믹콘이나 D23 같은 화려한 팬 서비스를 결합해 실시간 스트리밍으로 진행되었다.

디즈니 투자자의 날은 '새로운 디즈니 시대의 대변자인 밥 체이펙의 첫 등장'이라고 광고되었다. 하지만 결과적으로 투자자와 팬 모두를 만족시키지 못했다. 디즈니의 CFO 크리스틴 매카시Christine McCarthy는 스트리밍 시장에서 넷플릭스의 아성을 무너뜨리겠다고 목소리를 높였다. 곧 케빈 파이기와 루카스필름의 회장 캐슬린 케네디Kathleen Kennedy가 화면에 등장해 디즈니 플러스에서 출시될 수많은 신규 프로젝트를 발표했다. 사실 두 사람은 아직 준비되지 않은 프로젝트를 발표하라는 압박을 받았다. 결국 패티 젠킨스의 〈로그 스쿼드론Star Wars: Rogue Squadron〉 영화나 '레인저스 오브 더 뉴 리퍼블릭Rangers of the New Republic' 시리즈와 같은 일부 작품은 나중에 취소되었고, TV 시리즈 〈아머 워즈Armor Wars〉와 〈판타스 틱 4The Fantastic Four: First Steps〉 영화는 대대적인 점검을 거치며 연기되었다.

이 행사로 마블은 곤경에 처하게 되었다. 스튜디오는 프레젠테이션에서 약속한 사항을 이행하는 데 어려움을 겪었다. 게다가 인피니티 사가의 결말에서 설정한 거대한 서사의 복잡성까지 고려해야 했다.

타노스가 손가락을 튕겨 전 세계 인구의 절반을 사라지게 한 5년 동안의 시간은 MCU에서 획기적인 사건이었다. 파이기는 "〈어벤져스〉 의 3막을 이루는 뉴욕 전투처럼 계속 언급될까 봐 조심했어요"라고 말 했다. 그는 MCU 캐릭터의 절반을 일시적으로 지우는 것이 극적인 면 에서는 흥미롭다는 걸 알고 있었지만, 시간이 지날수록 관객들이 그 사 건으로 인해 널리 퍼진 슬픔에 감정적으로 공감할 수 없게 될까 봐 걱 정했다. 하지만 팬데믹이 계속되면서 마블은 사라진 5년이 당시의 시대 분위기를 정확하게 포착했다는 사실을 알게 되었다. "지구상 모든 사람 에게 영향을 미친 팬데믹 경험은 MCU에 사는 사람들에게 닥친 사건 과 현실 세계를 사는 우리 모두에게 닥친 사건 사이에서 직접적인 유사 점으로 작용했던 겁니다."

마블 스튜디오는 다른 할리우드 스튜디오와 마찬가지로 제작 재 개를 위한 검사 및 마스크 착용 프로토콜을 마련했다. 세트장에는 코 로나19 안전 담당자를 배치했고 노출을 최소화하도록 설계된 '구역'으 로 나눠 배우들이 카메라가 돌아갈 때만 마스크를 벗을 수 있게 했다. 모든 스튜디오는 언제 관객이 영화관으로 돌아올지 고민했다. 어떤 스 튜디오도 수억 달러 규모의 예산이 투입된 영화가 보류되는 것을 원치 않았지만, 열악한 상황에서 개봉해 귀중한 자산을 낭비하고 싶어 하지 도 않았다. 크리스토퍼 놀란 감독은 극장 사업의 부흥을 위해 2020년 9월 워너브라더스가 〈테넷Tenet〉을 개봉해야 한다고 주장했고, 그 결과 는 꽤 괜찮았지만 양측의 주장이 엇갈리며 논란의 여지를 남겼다.

그 후 워너브라더스는 2021년 영화 예정작 전부를 극장과 HBO

맥스 서비스를 통해 동시 공개할 것이라고 발표했다. 일부 영화 제작자들은 이 결정에 강하게 반발했다. 대형 스크린 상영을 전제로 만든 영화의 관람 경험이 손상되는 것을 원치 않았기 때문이다. 또한 스트리밍 횟수가 아닌 극장 매출 수익으로 받는 보너스가 사라진 것에도 분노했다. 워너브라더스는 2020년 크리스마스에 극장과 HBO 맥스에서 개봉한 속편 〈원더우먼 1984 Wonder Woman 1984〉로 이 계획을 실행에 옮겼다. 스튜디오는 패티 젠킨스 감독과 스타 갤 가돗 Gal Gadot에게 보너스 손실 보상금 1,000만 달러를 각각 추가 지급했다. 워너브라더스는 곧바로 스트리밍으로 공개되는 영화의 감독과 주요 배우들에게 총 2억 달러에 달하는 보상금을 지급했다고 알려졌다.

디즈니는 픽사의 〈소울 Soul〉과 〈뮬란 Mulan〉의 실사 리메이크작을 포함한 영화에서 자신들만의 '동시 개봉' 방식을 도입했다. 이 영화들을 집에서 디즈니 플러스로 보려면 추가로 30달러를 내는 '프리미어 액세스' 등급에 가입해야 했다. 체이펙은 창의적인 결정보다 수익을 우선시하는 사람이라는 평판에 걸맞게 이 방식이 어려운 상황에서 벗어날 우아한 해결책이라 생각했다. 그는 이 방식이 새로운 수입원을 제공하는 동시에 더 많은 구독자를 디즈니 플러스로 유도할 수 있기를 바랐다. 파이기는 〈블랙 위도우〉를 이러한 하이브리드 방식으로 동시 공개하는 것에 반대했다. 그럼에도 체이펙은 파이기를 무시하고 요한슨에게 연락도 취하지 않은 채 자신의 계획을 진행했다.

〈블랙 위도우〉는 2021년 7월 9일 극장과 디즈니 플러스에서 동시에 공개되었다. 〈아이언맨 2〉로 처음 등장한 뒤 12년을 기다린 끝에 마블 영화의 첫 단독 주연을 맡은 스칼렛 요한슨은 스트리밍 전쟁의 이차적인 피해자가 되었다. 디즈니가 프리미어 액세스를 통해 첫 주 6,000만 달러의 수익을 올렸다고 발표하자 투자자들은 기뻐했지만, 배우에게는 적대감을 불러일으켰다. 요한슨의 변호사는 디즈니가 영화를 극장 전용으로 개봉하겠다는 약정을 위반했다며 5,000만 달러의 손해

배상 청구 소송을 제기했다. "디즈니가 극장 시장이 '약세'라는 걸 알면 서도 시장이 회복될 때까지 기다리지 않고, 왜 수억 달러의 흥행 수입을 포기하면서까지 그 시기에 영화를 개봉했을까요? 제 생각으로는 디즈니가 이 영화와 요한슨을 디즈니 플러스를 홍보할 기회로 이용하려는 의도가 어느 정도 작용했기 때문에 그런 것 같습니다." 요한슨의 대리인은 합의를 위해 디즈니 측에 연락을 취했지만 무시당했다.

파이기는 디즈니에 연락해 요한슨과의 갈등을 바로잡기를 촉구했다. 아이거가 있던 시절에는 쉽게 처리되었던 요청이었다. 하지만 체이펙 시대에는 정반대였다. 디즈니는 이 상황을 개인적인 문제로 만들기 위해 요한슨이 이미 영화 출연료로 2,000만 달러를 받았다고 밝히면서, 추가 보상을 원하는 그녀를 탐욕스러운 사람으로 몰고 갔다. 또한 "이 소송은 코로나19 팬데믹이 전 세계에 끼치는 처참하고 장기적인 영향력을 냉혹하게 무시했다는 점에서 특히 안타깝고 유감스럽다"는 평도 덧붙였다. 디즈니의 내부 갈등을 외부에 알리지 않으려는 아이거의 엄격한 정책에 익숙한 내부자들에게 이러한 공개 저격은 체이펙의 지휘 아래에서 어떤 일이 벌어질지 알려주는 경고이자 그가 아이거가 기대했던 후계자가 아닐 수도 있다는 암시처럼 보였다.

홍보 전쟁에서 패한 디즈니는 두 달 뒤 요한슨과 합의했다. 마블 스튜디오와 요한슨은 각각 화해의 보도자료를 발표하고, 조만간 놀이기구인 '타워 오브 테러Tower of Terror'를 영화화한 작품에서 협력할 것을 약속했다. 홍보 측면에서 이 사건들의 가장 큰 패자는 케빈 파이기였다. 그는 제임스 건을 해고하거나 다시 고용하는 결정을 내리지 않았다. 또한 〈블랙 위도우〉 논란은 파이기가 MCU에 대한 무제한적인 통제권을 가지게 되었지만, 디즈니의 새로운 수장은 그를 언제든 무시할 수 있고, 무시할 거라는 사실을 모두에게 일깨워주었다.

Chapter 27: Department of Yes
완벽한 후반작업

"
If we can't accept limitations, then we're no better than the bad guys.
"

<Captain America: Civil War>

CGI 외주 업체의 어려움

　2007년, 존 파브로와 케빈 파이기는 본 촬영을 마친 뒤 〈아이언맨〉의 마지막 전투를 서둘러 다시 만들면서, 뜻하지 않게 마블 스튜디오의 세 가지 기본 원칙을 확정했다. 하나는 오랫동안 계획했던 요소라도 언제든 개봉 전에 더 나은 해결책이 나타나면 주저 없이 폐기한다는 것이고, 또 하나는 특수효과는 단순한 구경거리가 아니라 캐릭터를 표현하는 것일 때 가장 효과적이라는 것이었다. 마지막 세 번째는 마감일이 닥친 상황에서 심각한 문제를 해결하는 데는 CGI 활용이 최선책이라는 것이었다. 종합해보면 이런 원칙들은 빠르게 성장하는 MCU를 점점 더 많이 책임지게 된 시각효과 담당 업체들과 이를 감독하고 있던 빅토리아 알론소에게 압박을 더하는 셈이 되었다. 특히 시각효과 비중이 큰 우주 시대로 접어들면서 압박은 더욱 심해졌다. ILM에서 5편의 MCU 프로젝트에 참여하고, 메소드 스튜디오에서 2편을 더 작업한 시각효과 프로듀서 마크 추는 "늘 개봉 2주 전에만 끝낼 수 있다면 상당히 잘하고 있다고 생각했어요. 스트레스를 좀 받긴 했죠"라고 말했다.

　파이기가 엑스맨 영화의 주니어 프로듀서로 일을 시작했을 때 컴퓨터 그래픽은 특별한 순간을 위해 따로 남겨두는 것이었다. 그는 돌이켜보면 그것이 은밀한 장점이었다고 생각했다. "예산이 상대적으로 제한되어 있어서 오늘날 우리가 하는 모든 것을 다 할 수는 없었어요. 그래서 캐릭터를 속속들이 파고들어야 했죠. 마블 코믹스는 캐릭터의 깊이가 놀라울 정도로 깊어서 파고들 수 있는 게 많다는 게 장점이었어요."

　〈아이언맨〉 이후 15년 동안 마블과 다른 영화사들은 CGI에 점점 더 많이 의지하게 되었다. 〈아이언맨〉에는 대략 900개의 시각효과 장면이 사용되었지만 〈어벤져스: 엔드게임〉에는 그 세 배 가까운 시각효과가 쓰였다. 〈엔드게임〉의 시각효과 감독인 댄 들루^{Dan DeLeeuw}는 편집

과정에서 주말마다 팀원들과 현재 편집본에서 남은 작업을 확인하고, 시각효과가 없는 장면이 나올 때마다 짧은 축하를 나눴다. "우리는 80번 정도 환호성을 질렀어요. 그러니까… 영화에서 시각효과가 나오는 장면이 2,623번이었던 거죠."

한때 텐트폴 액션영화는 소수의 시각효과 업체 혹은 단 한 곳의 업체와 함께 제작하는 것이 일반적이었지만, 21세기에는 제작자가 영화마다 10여 곳 이상의 업체를 기용해야 할 정도로 CGI가 많이 사용되고 있다. 〈아이언맨〉 이후 마블 스튜디오가 급격히 확장하면서 빅토리아 알론소는 끊임없이 변화하는 공급업체들을 통합적으로 관리해야 하는 책임까지 떠맡게 되었다. 대부분의 할리우드 스튜디오와 달리 마블은 라이언 마이너딩의 시각화 개발팀을 포함해 시각효과와 관련되지 않은 디자이너와 실무자 수십 명을 정규직으로 고용했다. 그러나 컴퓨터 그래픽 전문가를 수백 명이나 고용할 생각은 없었기에, 시각효과 작업은 주로 외부 계약업체에 의존했다.

마블 스튜디오와 협력하는 시각효과 업체 중 디즈니의 자회사는 없었고, 모두 3퍼센트에서 5퍼센트의 예상 수익에 따라 성패가 좌우되는 독립 사업체들이 대부분이었다. 업체들은 변경할 수 없는 개봉일 직전에 완전히 새로운 장면을 납품해야 할 수도 있는 잠재적 위험 부담을 책임지는 비용이 고려되지 않은, 매우 적은 수익을 올렸다. 그러나 대부분의 시각효과 업체는 재정적 파산을 두려워하지 않고 덤벼들었고, 업계는 어느 정도의 이탈에 익숙해졌다. 예를 들어 리듬 앤 휴즈는 2008년 마블의 〈인크레더블 헐크〉에서 핵심적인 CGI 공급사였지만, 2012년 〈스노우 화이트 앤 더 헌츠맨Snow White and the Huntsman〉과 아카데미 수상작인 이안 감독의 〈라이프 오브 파이Life of Pi〉, 두 편의 영화로 인해 파산에 이르고 말았다. 〈라이프 오브 파이〉의 주요 무대는 10대 소년과 벵골 호랑이를 태운 구명보트였는데, 완전히 디지털로만 제작된 호랑이를 리듬 앤 휴즈가 담당했다. 이 업체는 작업을 시작하기 전에 가격을 확정하는 고정가 입찰 방식으로 이 작업을 수주했다. 제작 일정이 지연되는 와중에 감독이 후반작업에서 호랑이의 디자인을 변경해 달라고 요청했고, 리듬 앤 휴즈는 그 초과 비용을 감수해야 했다. 리듬 앤 휴즈의 창업자 제임스 휴즈James Houghes는 "매달 120만 달러에서 160만 달러씩 20개월이 지연되면 추가 비용이 2,400만에서 3,000만 달러로 늘어나는 거예요"라고 말했다. 2013년 초 아카데미 시상식에서 〈라이프 오브 파이〉로 상을 받은 시각효과팀이 이 영화로 인해 리듬 앤 휴즈가 파산할 거라고 수상 소감에서 밝히자, 무대에서 빨리 내려오도록 〈죠스Jaws〉의 주제곡이 연주되었다. 결국 이 회사는 2020년에 완전히 문을 닫고 말았다.

북미의 시각효과 업체는 저렴한 인건비와 더 넉넉한 세금 공제 혜택을 누리는 외국 기업들과 경쟁하기 위해 고정가 입찰을 채택했다. 그러나 영화 제작자와 영화사가 개봉을 앞둔 마지막 순간까지 변경하는 것을 당연시하는 분위기에서는 고정가 작업 관행이 옹호될 수 없었다. 이런 관행은 서사적 필요성이나 실험 정신, 혹은 순수한 변덕이나 어떤 이유에서든 마음을 바꾼 감독을 위해 시각효과 업체가 금전과 인력 면에서 비용을 부담하는 것이었다. 휴즈는 "어떤 이상향이 있고 그것을 향해 움직이고 있다는 것은 이해해요. 하지만 어떤 이상을 향해 6개월 동안 잘 가다가, 갑자기 방향을 돌려 완전히 다른 방향으로 가는 걸 더 자주 봤어요!"라고 비판했다.

디지털 성형 수술

마블이 고용한 일부 회사는 스튜디오의 시각효과 공정 내에 전문 분야를 개발해 청구할 비용을 높이는 효과를 거두었다. 서드 플로어는 모든 마블 프로젝트의 사전 시각화 작업을 담당했는데, 한 발 더 나아가 제작 준비 과정의 3D 렌더링을 '기술 시각화tech-viz'라 일컫는 작업으로 확장했다. 이는 카메라 장치에 들어갈 데이터를 포착하는 기술이다. 촬영장에서 실제 카메라는 제작을 준비하며 구축한 가상 카메라의 움직임을 그대로 따라 움직이게 된다.

2004년에 설립된 롤라 비주얼 이펙트LoLa Visual Effects는 분장의 문제점을 수정하는 것부터 배우의 배가 나오게 하거나 근육을 더 뚜렷하게 만드는 '디지털 성형 수술'에 이르는 모든 과정을 아우르는 디지털 '미용 보완' 전문 업체였다. 이곳은 2006년 개봉작 〈엑스맨: 최후의 전쟁〉(이하 〈X3〉)에서 패트릭 스튜어트Patrick Stewart와 이안 맥켈런Ian McKellen의 20년 전 과거 회상 장면을 위해 나이를 거꾸로 되돌리는 새로운 작업을 요청받았다. 브렛 래트너 감독은 두 사람과 닮은꼴의 젊은 배우들을 캐스팅하는 것은 원하지 않는다고 끈질기게 주장했다. 대신 그는 두 주인공의 1980년대 모습을 보여주길 원했다. 〈X3〉의 프로듀서들은 보형물부터 디지털 대역에 이르기까지 다양한 방법에 대한 의견을 구했고, 롤라에서 제안한 해결책에서 좋은 인상을 받았다. 이 업체는 촬영에 전혀 영향을 주지 않으면서도 배우들의 나이를 되돌릴 수 있다고 말했다. 이 방법에는 트래킹 도트나 모션캡처, 모바 시스템도 필요하지 않았다.

이 일을 맡은 롤라는 젊은 스튜어트와 맥켈런의 이미지를 다양한 각도에서 최대한 많이 모으는 방대한 자료 수집 작업부터 시작했다. 다행히 두 배우가 젊은 시절 왕성한 활동을 펼친 덕분에 풍부한 영상을 확보할 수 있었다. 롤라의 기술자들은 주름을 매끈하게 펴고 피부를 팽팽하게 당기기 위해 '디지털 피부 이식' 기술을 사용했다. 배우들의 수십 년 전 모습을 본뜬 디지털 표피 조각을 얼굴에 가상으로 부착해 표정에 따라 움직이게 한 것이다. 이식된 피부는 프레임마다 모양을 바꾸거나 밝기를 조정할 수 있어서 원래 연기가 펼쳐진 상황의 조명과 음영에 맞출 수 있었다. 롤라의 기술자들은 또한 할리우드의 성형외과 의사들에게 컴퓨터의 도움 없이 남성을 젊어 보이게 할 방법에 대한 조언을 구했다. 의사들은 성형 수술로 크게 달라질 수 없는 두 가지 부분이 코와 귀라는 사실을 알려주었다. 코와 귀의 연골은 중력의 영향으로 평생 커지기 때문이었다. 그래서 롤라는 스튜어트와 맥켈런의 영상에서 코와 귀를 삭제하고 90퍼센트로 축소한 다음, 다시 붙였다.

2006년 〈엑스맨: 최후의 전쟁〉이 개봉했을 때 이 회상 장면은 많은 관객들로부터 가짜 같다는 비난을 받았다. 하지만 제작사가 비용을 치를 의향만 있다면 아무리 나이 많은 배우라도 젊은 시절의 자신을 연기할 수 있다는 사실이 확인되었다. 이는 하나의 장벽을 무너뜨리는 역할을 했다. 이상적인 시각효과 작업은 그 장면을 만든 장인의 기술을 과시하기보다 눈에 띄지 않게 관객을 영화 속으로 끌어들이는 역할을 한다. 그럼에도 롤라는 〈X3〉에서 상당한 주목을 받았고 디에이징 de-aging 효과가 필요할 때마다 첫 번째로 선택받는 업체가 되었다. 2009년 〈엑스맨 탄생: 울버린X-Men Origins: Wolverine〉에서 롤라가 패트릭 스튜어트를 다시 젊어지게 만들었을 때는 완전히 자연스러워 보이지는 않았지만, 전보다 눈에 띄게 개선되었다는 평가를 받았다.

마블 스튜디오는 〈아이언맨〉의 급박한 후반작업 일정이 문제가 되었던 초창기부터 롤라를 고용했다. 롤라의 시각효과 감독인 트렌트 클로스Trent Claus는 "우리는 〈아이언맨〉 후반작업에 문제가 생긴 뒤에 합류했어요. 이미 다른 업체가 맡았다가 잘 풀리지 않아서 짧은 시간 내에 더 나은 결과물을 낼 수 있을지 보려고 우리에게 맡긴 거였어요. 제 기억에 우리가 받은 기간은 2주였어요. 이전 업체가 몇 달을 허비하는 바람에 응급 상황에 빠진 거였죠"라고 말했다.

롤라는 작업 품질과 속도 양쪽에서 마블을 만족시켰고, 〈인크레더블 헐크〉와 〈아이언맨 2〉에서 미키 루크의 '로키' 문신 제거와 같은 미용 작업 위주로 더 많은 일을 맡았다. 〈퍼스트 어벤져〉를 감독한 조 존스턴은 ILM에서 수년간 일한 시각효과 전문가이기도 했다. 그는 롤라와 함께 근육질의 크리스 에반스를 '깡마른 스티브'로 만들었다. 스티브 로저스가 슈퍼 솔져가 되기 전에는 44.5킬로그램의 약골로 보여야 했기 때문이다. 파이기는 "깡마른 스티브를 납득시키지 못하면 영화가 성공할 수 없다는 것을 알고 있었어요. 우리는 초반부 전체를 깡마른 스티브 로저스와 보내거든요. 스티브 로저스가 프로그램에 선발되어 캡틴 아메리카로 변신하는 과정을 거치기 전까지요"라고 말했다. 파이기는 주인공이 초인의 근육을 얻기 전부터 순수한 마음을 가진 사람이었다는 걸 보여주는 데 수백만 달러를 쓸 가치가 있다고 생각했다. 영화가 깡마른 스티브의 모습을 잘못 담아내면 관객의 신뢰를 잃을 수 있었다. 에반스의 날씬한 대역인 리앤더 디니Leander Deeny는 에반스의 움직임을 따라 했고, 에반스의 얼굴은 나중에 그의 몸 위에 컴퓨터 그래픽으로 합쳐졌다. 다른 장면에서는 45킬로그램 미만의 실제 남성들 사진을 해부학적으로 참조하면서 에반스의 신체를 디지털 방식을 이용해 프레임 단위로 재구성했다. 클로스는 "사람들은 에반스가 촬영할 때 몸에 셔츠가 어떻게 붙는지 생각하지 못하죠. 그는 근육질의 덩치 큰 남자니까 옷감이 늘어날 거고, 그 늘어난 자국이 보이거든요. 다른 부위도 팽팽하게 당겨져요. 그를 왜소하게 보이게 하려면 그런 것들이 전혀 맞지 않기 때문에 셔츠와 옷감을 부분적으로 교체한 다음 수작업으로 몸에서 헐렁하게 떨어져 내리는 것처럼 살려줘야 해요"라고 말했다.

〈캡틴 아메리카: 윈터 솔져〉에서 롤라는 배우 헤일리 앳웰에게 노화 효과를 적용해 그녀가 맡은 페기 카터를 90대 여성처럼 보이게 만들었다. 스티브 로저스와 그녀의 재회 장면은 앳웰이 실제로 연기한 덕분에 더욱 가슴 아픈 장면으로 남았다. 이 감성적인 장면은 로저스에게 인간적인 면모를 부여했다. 특히 후반부의 대규모 전투에서 거대한 감시용 비행선들을 추락시키는 캡틴 아메리카의 모습을 고려할 때 더욱 중요한 의미가 있었다.

〈어벤져스: 에이지 오브 울트론〉은 더 큰 도전과제를 주었다. 롤라는 비전을 적갈색 분장을 한 배우가 아닌 안드로이드처럼 보이게 만들어야 했다. 클로스는 "폴 베타니Paul Bettany의 얼굴과 몸만 남겼어요. 머리에서 귀와 목 같은 모든 부분을 프레임 단위로 완전히 제거하고 둥둥 떠다니는 얼굴만 남긴 거죠. 그 주변에 CG로 머리를 만들고 얼굴에 있는 인공두뇌의 세밀한 요소들을 전부 새로 만들었어요. 결국 그의 머리는 얼굴을 제외한 모든 부분이 컴퓨터 그래픽으로 합성된 거예요. 실사 베타니와 CG 요소가 반 정도씩 섞여 있는 독특한 모습이죠. 제가 알기로 이런 과정을 거친 캐릭터는 없었어요"라고 말했다.

〈앤트맨〉에서 마블은 회상 장면을 위해 마이클 더글라스를 〈월스트리트Wall Street〉(1987)에 출연했을 때처럼 보이게 되돌리는 또 다른 디에이징 작업을 롤라에 요청했다. "우리는 그 장면에서 30년을 덜어냈어요. 디에이징을 그 정도로 한 것은 그때가 처음이었죠." 페이튼 리드 감독은 회상 장면의 더글라스를 촬영할 때 각 카메라 설정마다 빠짐없이 더글라스 대역을 맡은 젊은 배우가 그의 움직임을 그대로 따라 하는 장면을 추가로 촬영했다. "그렇게 하면 해당 조명과 환경에서 젊은 사람의 피부는 어떻게 보이는지 비교할 수 있었어요. 덕분에 추측할 부분이 많이 줄어들었죠."

MCU의 회상 장면을 위한 디에이징은 롤라가 자주 맡는 작업이었다. 〈캡틴 아메리카: 시빌 워〉의 로버트 다우니 주니어, 〈가디언즈 오브 갤럭시 VOL. 2〉의 커트 러셀, 〈앤트맨과 와스프〉의 미셸 파이퍼는 모두 디지털 방식을 통해 젊어졌다. 맥켈런과 스튜어트처럼 이들에게도 각각 수십 년 분량의 참고 영상이 있었다. 러셀은 자신의 젊은 외모는 머리 모양과 분장으로 만들어졌다고 주장했지만, 사실 그의 얼굴은 전체가 디지털로 변형된 것이었다.

이들 영화의 결과물에 만족한 마블은 롤라에 더 어려운 작업을 요청했다. 바로 〈캡틴 마블〉의 공동 주연인 사무엘 L. 잭슨이 출연하는 약 1시간 분량 전체에 대한 디에이징 작업을 맡긴 것이다. 〈앤트맨〉과 〈캡틴 마블〉 사이의 4년 동안 기술이 많이 발전했지만, 클로스는 결국 소프트웨어가 아닌 아티스트에 의존했다고 말했다. "기술 발전이 그렇게 중요하지는 않아요. 대부분 우리가 오랫동안 사용하던 도구를 그대로 사용하거든요. 소프트웨어는 늘 업데이트되지만 작업의 많은 부분은 아티스트가 담당해요. 해마다 발전하는 것은 바로 아티스트의 실력이죠. 우리는 프로젝트를 진행할 때마다 조금씩 더 배우고 경험을 쌓아요. 다른 시각효과 회사와 달리 우리 회사의 디에이징 아티스트는 대부분 8년에서 12년 동안 함께 일했기 때문에 이 일에 정말 능숙했어요." 실제로 젊은 시절의 닉 퓨리는 잭슨이 가장 싫어한, 카메라 앞에서 달리는 연기를 해야 했던 순간을 제외하면 정말 그럴듯해 보였다.

헐크와 같은 CGI 캐릭터의 기반이 된 모션캡처 작업은 오랫동안 배우가 그린스크린을 배경으로 연기하면 여러 대의 카메라가 배우에게 붙여 놓은 기준점을 포착하는 방식으로 촬영되었다. 하지만 〈혹성탈출: 진화의 시작Rise of the Planet of the Apes〉(2011)에서 피터 잭슨 감독이 설립한 웨타 디지털Weta Digital은 모션캡처의 혁신적인 발전을 이루어냈다. 새로운 기술은 실내와 실외의 평범한 세트에서 연기하는 모습을 포착할 수 있어서 CGI 캐릭터를 연기하는 배우들이 디지털 캐릭터가 아닌 동료 배우들과 똑같은 환경에서 연기하는 것이 가능해졌다. ILM은 곧 웨타 디지털의 모션캡처 기술을 적용했고, 〈어벤져스〉에서 마크 러팔로는 치타우리 전사 역할을 맡은 배우들과 함께 회색 모션캡처 슈트를 입고 헐크를 연기할 수 있었다. ILM 연구 개발 부문의 수석 엔지니어 케빈 울리Kevin Wooley는 "최신 슈트에는 이 삼각형 무늬가 그려져 있어요. 특허를 받은 새로운 기술은 모든 삼각형의 모서리 부분을 추적하는 시스템이 함께 작동해요. 그래서 모션캡처 슈트를 입은 배우들이 보이면, 일반 촬영 현장에서도 쉽게 캡처가 가능하도록 했어요"라고 설명했다.

ILM은 〈어벤져스: 엔드게임〉부터 〈어벤져스: 인피니티 워〉까지 헐크의 시각효과 촬영을 담당했다. 캐릭터의 겉모습은 등장할 때마다 조금씩 진화했지만 ILM은 언제나 관객에게 거대한 녹색 괴물이 아닌 마크 러팔로의 모습을 보여주기 위해 노력했다. 마블은 러팔로와 계속 일하는 것을 중시한 만큼 ILM과 함께하는 작업의 연속성도 중요하게 생각했다. ILM의 마크 추에 따르면 시각효과 업체들은 함께 일하는 팀을 유지하기 위해 노력한다고 한다. "한 작품이 끝나고 다른 작품에 들어갈 때 사람들이 팀으로 같이 움직이는 걸 볼 수 있을 거예요. 서로를 잘 이해하고 있기 때문에, 저는 함께 일했던 경험이 있는 애니메이터를 선호해요. 그 사람이 어떤 작업을 잘할 수 있다는 걸 알면, 설명을 많이 할 필요가 없잖아요. 그리고 저는 사람들이 의견을 받으면 스스로 그 의견을 발전시키기를 원해요. 더 좋은 생각이 있으면 저에게 제안도 하고요. 마블의 모든 크리에이티브 담당자들에게서도 같은 느낌을 받았어요."

마블 스튜디오가 영화 제작 편수를 1년에 세 편으로 늘리면서 CGI에 대한 수요도 급격히 증가했다. 〈캡틴 아메리카: 시빌 워〉의 공항 전투는 광범위한 예술적 기술이 필요한 디지털 기법을 다수 선보였지만, 관객 대부분은 이를 알아차리지 못했다. 촬영 중 로버트 다우니 주니어와 돈 치들은 추적용 마커를 붙인, 얼굴을 가리지 않는 헬멧을 착용하고 연기했다. 슈트는 나중에 추가될 것이기 때문이었다. 팔콘의 날개는 디지털로 만들어졌고, 호크아이의 화살도 마찬가지였다. 완다 막시모프는 CGI의 도움으로 물건을 허공에 뜨게 했고, 비전은 시각효과로 만들어진 얼굴 분장과 폴 베타니의 얼굴을 합성했다. 블랙 위도우와 윈터 솔져의 스턴트 대역이 맡은 전투 장면은 얼굴을 교체하는 작업을 거쳤다. 블랙 팬서와 스파이더맨의 스턴트 대역은 얼굴을 가리는 코스튬을 입고 등장했지만, 그들의 복장은 디지털로 다시 수정되었다.

블랙 팬서를 연기한 채드윅 보스만의 스턴트 대역인 기 다실바-그린Gui DaSilva-Greene은 "영화에서 슈트 위에 CG를 입힌 걸 보고 마음이 조금 아팠어요. 제가 실제로 연기했던 장면들이 제가 하지 않은 것처럼 보여서요. 추격전 장면이나 캡틴 아메리카의 방패에 3단 차기하는 장면은 다 제가 연기한 거니까요"라고 말했다.

마블 스튜디오는 영화에 출연하는 배우들의 신체를 정기적으로 스캔해서 체격과 생김새를 자세히 측정했다. 다우니에 따르면 이 기술은 MCU 영화를 제작할 때마다 정확도가 높아졌다고 한다. "처음에는 영화 한 편을 찍을 때 한 번씩만 스캔했을 거예요. 지금은 일주일에 세 번 정도 스캔해요. 시간도 얼마 안 걸리고요."

마블은 이 스캔본을 이용해 무시무시할 정도로 정확도가 높은 완구와 관련 상품을 만들 수 있었다. 또한 스튜디오에서 전성기 시절 스타를 디지털로 표현하고자 할 때를 대비해 훗날을 위한 자료로도 보관해 두었다.

다실바-그린은 〈시빌 워〉 촬영 당시 스캔 작업에만 약 2시간이 걸렸다고 말했다. "마치 SF 영화 같았어요. 어두운 방에 들어가면 카메라가 잔뜩 있어요. 기술자는 저에게 'X 표시 위에 서세요. 그대로 있어요. 똑바로 보세요. 턱은 살짝 내리고요. 팔을 충분히 벌리지 않았네요'라고 말했어요." 기술자는 필요한 데이터를 얻은 다음, 그에게 오른쪽으로 15도 돌라고 지시했다. "작은 판 위에 올려놓고 그 사람들이 직접 돌리기도 했어요. '15도'를 알아들을 거라고 믿지 못했기 때문이었죠."

〈어벤져스: 인피니티 워〉와 〈어벤져스: 엔드게임〉을 제작할 무렵, 마블 스튜디오는 배너와 헐크가 통합된 마크 러팔로의 '스마트 헐크'와 조시 브롤린의 타노스를 비롯해 10년 전에는 불가능했을 디지털 캐릭터를 완벽하게 구현해 선보일 수 있었다. 배우 얼굴의 미묘한 차이까지 포착하는 머신 러닝 소프트웨어의 도입은 상전벽해와 같은 변화였다. 디지털 도메인에서 개발한 마스커레이드Masquerade라는 AI 소프트웨어는 익숙한 흰색 추적용 마커가 표시된 브롤린의 얼굴에서 캡처한 저해상도 데이터를 가져온 다음, 인공지능을 활용해 배우의 여러 스캔 자료를 샅샅이 검토하면서 완벽한 조화를 이룬 최고의 모습을 최종적으로 선택했다. 브롤린은 새로운 시스템을 테스트하는 날까지 타노스가 화면에 어떻게 나타날지 걱정했다. 시각효과 감독인 댄 들루도 마찬가지였다. 들루는 당시 상황을 다음과 같이 설명했다. "우리는 대사를 두세 줄 정도 하는 것만 촬영해서 기술을 적용하려고 했어요. 브롤린이 모션캡처 복장과 헬멧 캠을 착용하고 루소 형제와 작업한 것은 그때가 처음이었거든요."

처음에 브롤린은 캐릭터와 자신의 디지털 간극을 넘어설 유일한 방법으로 빌런의 대사를 큰 목소리로 외쳤다. 하지만 그 뒤에는 대본을 들고 앉아 타노스의 감정적 울림에 관해 생각하면서 관객을 의식하지 않은 채 자연스럽게 가라앉은 목소리로 대사를 읽어 내려갔다. 들루는 "브롤린이 캐릭터를 연구하는 동안 모션캡처를 계속 작동시켰어요. 첫 번째 테스트에서 한 대사는 그가 캐릭터를 파악하는 부분이었기 때문에 성찰하는 모습의 연기 데이터를 얻을 수 있었어요"라고 말했다. 이 테스트는 캐릭터의 디자인을 다듬는 데도 도움이 되었다. "타노스의 형상에 브롤린의 특징을 더 많이 담을수록 결과도 더 좋아질 것을 알고 있었어요. 입이 지나치게 거대하지만, 그 입에 세부적인 특징을 더 많이 넣을수록 브롤린의 연기를 더 잘 표현할 수 있었죠." 결과물을 본 브롤린은 이 역할을 조용하고 신중한 모습으로 표현할 수 있겠다는 확신을 얻었다.

다우니는 "우리가 숨겨놓은 비장의 무기는 브롤린이었어요. 그는 타노스란 캐릭터를 무시무시하게 만든 장본인이니까요"라고 말했다. 브롤린이 없을 때는 조 루소 감독이 그를 대신해 네뷸라 역을 맡은 카렌 길런과 타노스 장면을 촬영했다. 그녀는 감독과 함께하는 촬영에 매력적인 힘이 있다고 생각했지만, 브롤린의 연기를 더 좋아했다. "과격한 악당을 연기하는 건 정말 쉬워 보여요. 하지만 브롤린은 부드럽게 말하면서 연기했기 때문에 훨씬 더 오싹했어요."

시각효과 업체 위스키트리Whiskeytree의 조너선 하브Jonathan Harb는 〈인피니티 워〉에 참여하지 않았지만, 타노스가 마블 스튜디오 VFX의 정점이라고 믿었다. "마블 스튜디오는 시각효과를 통해 누구도 가능할 거라 생각하지 못했던 것들을 볼 수 있게 해주었어요. 업계뿐만 아니라 영화를 본 사람이라면 누구나 동의할 겁니다. 조시 브롤린의 타노스 연기를 보면 이 거대한 보라색 존재가 말하는 모습에 감동하게 되잖아요."

시각효과 감독 댄 들루 역시 "우리는 브롤린이 이 영화를 이끌어가야 한다는 걸 알았어요. 그는 어벤져스보다 출연 분량이 더 많기 때문에 관객은 그를 믿고 공감할 수밖에 없어요. 그러다 마지막에 끔찍한 짓을 저질러서 모든 히어로들을 사라지게 했을 때 우리는 영원히 그를 미워하게 되는 거죠"라고 말했다.

금기를 어긴 알론소

〈어벤져스: 인피니티 워〉가 개봉할 무렵에는 디즈니 플러스에서 스트리밍할 마블 스튜디오 프로그램의 개발이 이미 시작되었다. VFX 업계에서 활동하는 가장 큰 기업 중 하나인 마블은 매년 영화 3편을 공개하는 일정에 더해 3~5편의 시리즈를 계획했다. 그에 따라 필요한 시각효과 장면도 대략 두 배로 늘어나면서 업계의 가혹한 추세를 더욱 가속화하고 있었다. MCU가 페이즈 4와 5에서 우주로 영역을 확장하면서 〈닥터 스트레인지: 대혼돈의 멀티버스〉, 〈토르: 러브 앤 썬더〉, 〈앤트맨과 와스프: 퀀텀매니아〉 같은 영화는 갈수록 디지털 캐릭터와 야외 촬영에 더 많이 의존하게 되었다.

마블 스튜디오는 프로젝트별로 필요한 시각효과 장면을 정리한 목록을 배포했고, 시각효과 업체는 각 장면에 대한 공급업체로 입찰할 수 있었다. 헐크나 디에이징 공정처럼 복잡한 작업은 대형 시각효과 공급업체나 관련 전문성을 갖춘 업체에 먼저 제안이 들어갔다. 하지만 소규모 업체에 돌아갈 일도 충분히 남아 있었다. 평범한 작업에 입찰한 업체는 두 히어로가 촉수를 가진 로봇과 싸우는 장면이나 우주선이 쓰레기 행성에 불시착하는 장면을 만드는 데 얼마나 많은 시간과 노동력이 필요한지 계산해봐야 했다. 마블은 틀림없이 최저 입찰가를 써낸 업체를 선정할 테니 계속 일하려는 업체는 이익을 얼마나 줄일 수 있을지 결정해야 했다. 머지않아 마블은 비슷한 가격에 또 다른 프로젝트와 입찰 기회를 들고 돌아올 것이었다. 이전 프로젝트의 시각효과 업체 직원들이 회사가 파산하지 않도록 주말도 없이 장시간 일해야 했더라도 말이다.

디즈니 플러스 프로그램에 필요한 시각효과도 장편영화와 다를 바 없는 고해상도 작업의 연속이었다. 영화 못지않게 분량이 많았지만 예산은 더 적었다. 〈변호사 쉬헐크〉의 경우 주인공이 곧 걸어 다니는 시각효과였다. 코로나19 팬데믹이 발생하자 대부분의 시각효과 업계가 원격 근무로 전환하면서 마블 스튜디오와 시각효과 업체, 수백 명의 시각효과 담당 아티스트가 촬영 장면과 편집 장면을 서로 주고받으면서 긴밀하게 협조해야 했다. 집에서 일하는 아티스트들이 작업물을 사무실로 보내면, 페타바이트(1,000테라바이트) 단위의 처리 능력을 갖춘 고성능 컴퓨터가 마블의 승인을 받기 위한 최종 장면을 생산해냈다. 마블 스튜디오는 시각효과 업체에 원격 근무는 허용하지만, 내용이 절대 유출되지 않도록 재택 근무지의 보안을 유지해야 한다고 말했다.

마블 스튜디오의 사내 미술 담당 부서는 서드 플로어와 같은 사전 시각화 업체와 협력하며 공급업체의 제작 공정 효율을 높이는 데 도움을 주었지만, 제작 후반부에 영화의 많은 부분을 변경하는 스튜디오의 관행을 막기에는 역부족이었다. 빅토리아 알론소는 자신과 후반작업 담당자들이 "이 작업 할 수 있을까요?"라는 질문을 받을 때마다 단호하게 "우리는 '예스' 부서예요. '예, 할 수 있습니다'가 우리의 답이죠"라고 말했다.

개선 가능성에 대해 예스라고 말해야만 하는 원칙은 마블 스튜디오의 제작 품질을 끌어올렸지만, 그 결과물로 가장 큰 타격을 받는 시각효과 업체와 아티스트들의 부담은 갈수록 커졌다. 한 시각효과 아티스트는 "영화 일정표를 보고 있으면 이런 관행이 절대 멈추지 않겠다는 생각이 들어요. 일은 넘쳐나고, 마블에서는 인력이 아주 많이 필요하니까요. 아티스트도 일자리가 필요하고요. 이 업계에 다른 선택지가 있을까요?"라고 말했다. 하지만 마블에 대한 불만을 공개적으로 털어놓는 사람은 드물었다. 마블 스튜디오는 프리랜서에 의존하는 대신 다른 많은 작업을 회사 내부에서 감당했고, 적극적인 기밀 유지 계약을 맺었다. 하지만 익명으로 제기된 불만마저도 마블 방식에 일부 균열이 나고 있다는 걸 지적하고 있었다.

〈앤트맨과 와스프: 퀀텀매니아〉 작업에 참여한 마블의 어느 시각효과 담당자는 조잡한 디지털 효과로 비평가와 팬층 양쪽에서 혹평을 받은 뒤 자신의 생각을 솔직히 밝혔다. "쉽게 빨리 가는 길을 선택했다는 것이 눈에 띄어요. 어떤 부분은 불완전한 작업을 가리기 위해 이용되었고, 어떤 부분은 액션과 특수효과가 더 많이 필요했는데 충분히 보여주지 않으려고 편집했어요. 이 모든 건 시간이 절대적으로 부족했기 때문일 가능성이 크죠. 어떤 장면을 잘라냈거나 달라진 건 비용이나 시간을 절약하거나 완성하지 못한 것을 가리기 위해서였을 거예요. 영화가 그런 평가를 받는 건 마블이 최대한 품질을 낮추는 방향으로 밀어붙이고 있기 때문이에요. 그들은 돌에서 피를 짜내고 있어요. 우리는 벌써 피가 다 빠졌고요."

마블 스튜디오는 특히 규모가 크고 문제 많은 고객이었다. 하지만 시각효과 업체들이 직면한 고질적인 문제와 전 세계 수많은 디지털 아티스트를 착취하는 부당한 작업 환경에 대한 책임이 전적으로 마블 스튜디오에만 있는 것은 아니었다. 그렇다면 영화 업계의 망가진 부분을 개선할 가장 좋은 방법은 무엇일까?

한 가지 답은 고정가 입찰제를 없애고 시각효과 업체들이 초과이익공유에 참여할 수 있도록 하는 것이다. 그러나 할리우드의 회계 부서들이 수십 년 동안 수익을 숨기는 기술을 완벽하게 습득했기 때문에 이를 위해서는 스튜디오의 사업 관행을 전면적으로 정비해야 한다. 또 다른 해결책은 시각효과 아티스트 노조를 결성해서 아티스트의 임금 기준과 초과 근무 수당을 협상하는 것이다. 마블이 고려 중이라는 소문이 돌았던 또 다른 선택지는 사내에 대규모 시각효과 부서를 설립하거나, 기존 시각효과 업체를 인수해서 스튜디오의 보호망 안으로 끌어들이는 것이다.

〈변호사 쉬헐크〉의 주인공인 타티아나 마슬라니Tatiana Maslany는 자신의 거대한 녹색 분신을 만든 디지털 아티스트들의 입장에서는 좋은 상황이 아니라는 점을 인정했다. "저는 이 아티스트들이 얼마나 재능 있고, 얼마나 빠르게 작업하는지, 그들의 노력에 무한한 경의를 표해요. 작업 환경이 최적의 조건이 아니라는 점에서 그들에게 특별한 관심을 기울여야 한다고 생각해요."

이 시리즈를 만든 제시카 가오Jessica Gao는 더욱 신랄하게 말했다. "주인공이 CG인 프로그램을 이 정도 규모로 제작하는 것은 엄청난 프로젝트예요. 굉장히 벅차고 어마어마한 작업인데, 많은 아티스트들이 시간에 쫓기면서 작업량이 너무 많다고 느끼는 것은 괴로운 일이죠. 여기 참석한 모든 사람이 노동자의 편에 서 있고, 노동자가 좋은 근무 조건에서 일할 수 있게 만드는 걸 강력히 지지한다고 생각해요."

TV 사업을 시작한 지 몇 년 만에, 마블 스튜디오는 속도가 빠르고 예산이 적은 TV 제작 환경이 시각효과 비중이 큰 이야기와는 잘 맞지 않는다는 사실을 인정했다. 2022년, 텔레비전용으로 예정되어 있던 프로젝트인 〈아머 워즈〉를 영화로 제작하기로 변경한 것은 시각효과에 대한 우려가 주원인이었다. 세계에서 가장 큰 블록버스터 영화와 화제의 중심이 되는 TV 프로그램에는 특별히 꼼꼼한 감시가 따라왔다. 마블 스튜디오는 디지털 효과 업체의 위태로운 위상을 비롯한 업계 전반에 걸친 문제를 상징하는 존재가 되었다.

한편 알론소는 닥쳐오는 시각효과의 위기에 대해서는 침묵했지만, 다른 곳에서는 거침없이 발언했다. 2022년 4월, 알론소는 〈이터널스〉로 성 소수자 미디어 감시 단체인 글래드GLAAD가 주는 상을 받으면서 일명 '게이 언급 금지법'으로 불리는 플로리다의 '부모의 교육 권리' 법안에 맞서 더 강경한 태도를 보이지 않은 디즈니 CEO 밥 체이펙을 비난했다. 알론소는 파이기의 기본 원칙 중 하나인 회사에 대해 공개적으로 비판하지 말라는 금기를 어겼다. 가까운 소식통에 따르면 그해 말 파이기는 알론소에게 그녀가 너무 커버린 탓에 마블에서 맡은 역할을 벗어난 것 같다는 의견을 비쳤다고 한다. 파이기는 알론소에게 "자중하면서 맡은 일을 하라"고 경고한 것으로 알려졌다.

2023년 초, 알론소는 해외 시장을 겨냥해 〈퀀텀매니아〉에서 성 소수자의 긍지를 나타내는 상징을 삭제해 달라는 마블 스튜디오의 요청을 거부했다. "예"라고만 답해야 하는 부서에서 "아니오"라는 대답이 나온 것이다. 결국 데스포지토는 시각효과 작업을 외부 업체에 맡겼고, 알론소는 이를 배신으로 생각했다. 결국 2023년 3월 17일, 디즈니는 빅토리아 알론소를 해고하는 뜻밖의 행보를 보였다. 이 소식이 유출되자 디즈니는 알론소가 오스카 국제 장편영화상 후보에 오른 아마존 스튜디오의 〈아르헨티나, 1985ARGENTINA, 1985〉를 제작하고 홍보하면서 계약을 위반했다고 주장했다. 엄밀히 말하면 그녀가 계약을 위반한 것은 사실이었다. 하지만 마블에서는 그 누구도 그녀를 옹호하기 위해 나서지 않았고, 한 달 뒤 디즈니와 알론소는 합의에 이르렀다. 합의금은 수백만 달러 규모인 것으로 알려졌다. 10년 넘게 마블을 성공적으로 이끌었던 알론소, 데스포지토, 파이기 삼총사가 공개적으로 지저분하게 결별한 것은 더 많은 흥행작을 만들어야 한다는 압박이 회사의 기반을 흔들어 놓고 있음을 보여주는 분명한 신호였다.

Chapter 28: K.E.V.I.N.
케빈 파이기

"
He's a friend from work!
"

<Thor: Ragnarok>

최고의 아이디어가 승리한다

케빈 파이기가 여느 10대들과는 달랐다는 또 다른 증거를 들어보자. "제 취미 중 하나는 영화 속편을 보고 실망했을 때 머릿속으로 다음 편을 상상해 만들어보는 거였어요."

수많은 아이들처럼 파이기도 스타워즈 피겨를 이용해 자신만의 이야기를 만들었지만, 그가 다른 아이들과 달랐던 점은 자라면서 자신만의 스토리텔링을 구체화하기 위해 더 집중했다는 사실이다. "〈로보캅 2Robocop 2〉를 보고 나서는 '내가 더 나은 〈로보캅 3Robocop 3〉를 만들 수 있어'라고 생각했죠. 〈슈퍼맨 4: 최강의 적Superman IV: The Quest For Peace〉을 본 뒤에도, 〈스타 트렉 5〉를 본 뒤에도 마찬가지였어요." 파이기는 이 모든 작품에 대한 더 좋은 아이디어가 있었지만, 주변에서는 아무 관심이 없었다. 파이기의 '내가 더 나은 작품을 만들 수 있어'란 태도는 파이기가 영화를 제작하는 철학적인 기준으로 자리 잡았고, 그는 이 기준에 따라 행동했다. 결국 그는 방치된 IP의 잊힌 캐릭터를 되살리는 데 전력을 다하며 세계적인 영화 제국을 건설해냈다.

밥 아이거는 "마블의 가장 큰 장점 중 하나는 수천 개의 캐릭터를 보유하고 있다는 점입니다. 실제로 회사 인수 때 실사를 하면서 마블이란 이름뿐만이 아니라 7,000개의 캐릭터도 함께 인수한다는 사실을 알게 되었죠"라고 말했다.

파이기는 〈캡틴 아메리카: 시빌 워〉에서 문제가 되었던 부분을 발견하고 처음으로 '내가 더 나은 작품을 만들 수 있어' 정신을 적용했다. 그는 8년 전 〈인크레더블 헐크〉 이후 등장하지 않았던 태디어스 로스 장군 역의 윌리엄 허트를 다시 불러왔다. "처음 로스를 연기했을 때 정말 좋았어요. 그가 쫓는 괴물만큼이나 거대한 자아를 연기할 수 있었거든요. 이번에는 캐릭터가 더 새로워졌어요. 그 점이 마음에 꼭 들었죠. 캐릭터를 이해할 시간이 많지는 않았지만, 최선을 다했어요." 〈인크레더블 헐크〉는 〈어벤져스〉에서 마크 러팔로가 브루스 배너로 등장한 이후 별로 중요하게 다뤄지지 않았다. 하지만 파이기는 이 작품이 뒤늦게라도 중요한 작품으로 인정받게 만들거나, 적어도 작품 속에 묻혀 있던 쓸 만한 요소들은 모두 발굴해내려고 했다.

그보다 더 중요한 것은 토르에게 다시 활력을 불어넣는 일이었다. 토르는 단독 영화 두 편과 어벤져스 영화 두 편을 포함해 총 네 편의 흥행작에 출연했는데도, 근육질 몸매와 진지한 영웅심 외에는 별로 내세울 것 없이 거들먹거리기만 하는 천둥의 신으로 전락해가는 것처럼 보였다. 두 번째 단독 영화인 〈토르: 다크 월드〉는 엉망진창이었고, 〈어벤져스: 에이지 오브 울트론〉에서는 인피니티 스톤을 찾아가는 원정대 중한 명으로 강등되었으며, 〈캡틴 아메리카: 시빌 워〉에서는 초대조차 받지 못했다. 토르 역의 크리스 헴스워스는 이 문제를 누구보다 더 잘 알고 있었다. 헴스워스는 코믹북 마니아이자 작가 겸 감독인 케빈 스미스가 팟캐스트에서 '토르' 시리즈를 맹비난하는 것을 듣고, 자신의 영화가 열성 팬을 잃고 있다는 사실을 깨달았다. 그는 파이기에게 연락해 간절히 호소했다. "저는 여기서 죽어가고 있어요. 토르는 분위기를 완전히 새롭게 바꿔야 해요. 더 재미있어져야 하고, 예측할 수 없어야 해요." 그는 토르의 트레이드마크인 머리카락과 망치를 없애는 것부터 시작해야 한다고 주장했다. 파이기는 이미 〈토르: 라그나로크〉로 제목이 정해진 세 번째 토르 영화에서 헴스워스의 제안을 받아들이기로 했다. 그는 헴스워스가 이미 MCU에서 오랜 시간을 보낸 점을 고려했을 때 관객들의 친숙함에 기대어 토르를 재창조할 수도 있다는 사실을 깨달았다. "헴스워스가 처음 토르 연기를 시작했을 때는 금발에 망치를 들고 망토를 두르고 있었어요. 이제 헴스워스는 토르 캐릭터로 너무 많이 등장해서 사람들은 그 자체를 토르로 인식해요. 머리를 자르고 망치를 없애도 그는 여전히 토르죠." 토르의 또 다른 특징인 근엄한 표정은 쉽게 없애기 어려웠지만 고정된 이미지를 반전시킬 수는 있었다. 파이기는 이러한 재창조를 위해 타이카 와이티티를 기용했다. 그는 기발한 코미디에 가슴 아픈 이야기, 부모 이야기, 흡혈귀 이야기를 각각 결합한 세 편의 영화 〈보이Boy〉, 〈내 인생 특별한 숲속 여행Hunt for the Wilderpeople〉, 〈뱀파이어에 관한 아주 특별한 다큐멘터리〉로 뉴질랜드에서 대스타가 된 감독이었다. 〈토르: 라그나로크〉의 예산은 와이티티의 독립영화 작품들보다 70배나 더 큰 규모였다. 하지만 그는 두려워하지 않고 기회에 다가갔다. 와이티티는 마블과의 면접이 "모든 것에 동의하겠다"고 답하는 과정이었다고 묘사하며, 그걸 어떻게 실행할지는 그다음에 고민했다고 설명했다. 와이티티가 세 번째 토르 영화의 감독을 맡게 된 것은 그가 만든 '토르' 소개 영상 덕분이었다. 파이기는 "영화 만드는 사람들은 다른 영화 영상을 언급하면서 '내가 생각하는 장면이 이런 겁니다'라고 말할 때가 있어요. 대부분은 무난한 편이죠. 그런데 와이티티가 레드 제플린 노래에 맞춰 만든 영상은 정말 대단했어요.* 와이티티가 이 작품을 어떻게 만들려고 하는지 이 노래로 정의한 느낌이었죠. 첫 미팅과 그가 이 영화에 대해 느낀 직감 중 하나를 바탕으로 선곡한 이 노래를 예고편과 영화에도 넣기로 했다는 점에서 매우 인상적이었어요"라고 말했다.

와이티티를 감독으로 기용한 뒤 그와 파이기, 프로듀서 브래드 윈더바움은 세 번째 토르 영화의 각본을 수정할 작가들과 면접을 진행했다. 시리즈 전문가인 크리스토퍼 요스트와 크레이그 카일이 쓴 기존 초안에는 그들이 원하는 색채는 부족했지만, 여성이라는 이유만으로 창작위원회에서 거부당했던 죽음의 여신 헬라가 마침내 등장한다. 작가 스테파니 폴섬Stephany Folsom은 토르의 거들먹거리는 태도를 조금 누그러뜨리자는 아이디어를 냈다. "그냥 토르를 제자리에 놓자는 생각이었어요. 그들은 그 아이디어를 정말 좋아했고, 와이티티와 저는 죽이 잘

---

* 레드 제플린의 '이미그런트 송The Immigrant Song'을 선곡한 것은 토르에게 딱 맞는 영리한 선택이었다. 이 노래의 가사는 호전적인 북유럽인 관점에서 쓰였고, 심지어 가사에 '신들의 망치'도 언급된다.

맞았거든요. 실제로 그 자리에서 채용되었어요. 파이기가 '다 좋은 것 같으니까 당신과 일하겠다'고 했죠."

폴섬은 와이티티와 프로듀서들과 함께 새 각본을 개발했지만, 최종 각본의 크레디트는 미국 작가조합의 중재 끝에 각본의 최종 단계를 담당한 에릭 피어슨에게 돌아갔다.

헬라가 등장해 묠니르와 아스가르드를 파괴하는 이 영화에서 토르는 어느 행성으로 보내져 검투사 결투에 투입되고, 이때 헐크를 상대로 기억에 남을 전투를 펼치기도 한다. 상대가 헐크라는 것을 알아본 토르가 "우린 아는 사이야! 우린 직장 동료라구!"라고 말하는 대사는 작가가 쓴 것도, 배우들이 즉흥적으로 만든 대사도 아니었다. "최고의 아이디어가 승리한다"는 마블의 철학을 보여주는 궁극적인 사례로 꼽힐 이 영화 최고의 대사는 메이크어위시 재단 후원으로 촬영장을 견학한 뇌성마비 장애 어린이가 제안한 것이었다.

〈라그나로크〉의 검투사 행성 사카르는 그렉 팍이 글을 쓰고 카를로 파굴라얀Carlo Pagulayan과 아론 로프레스티Aaron Lopresti가 그림을 그린 코믹스 『플래닛 헐크』에서 가져온 것이었다. 마블은 마침내 헐크의 중요한 특징을 파악했다. 헐크는 다른 슈퍼히어로와 함께 어울릴 때 가장 효과적인 캐릭터라는 사실이었다. 러팔로는 헐크의 그런 특성을 이렇게 설명했다. "이 캐릭터를 단독 영화로 다루기는 어려워요. 관객들은 어서 빨리 헐크로 변신하기를 바라지만, 그걸 두 시간 동안 거부하는 주인공을 지켜봐야 하니까요."

〈토르: 라그나로크〉는 헴스워스를 예상치 못한 익살꾼으로 등장시켜 세계적으로 8억 5,390만 달러를 벌어들이는 놀라운 성공을 거뒀다. 흥행과 비평적 측면에서 가장 취약했던 시리즈가 이제 가장 강력한 시리즈 중 하나로 탈바꿈했다. 파이기는 몇 년 전에 내렸던 자신의 선택을 뒤집음으로써 시리즈의 운명을 역전시켰다. 러팔로는 이를 두고 "영화마다 하나의 색채를 강요할 필요는 없어요. 다만 전작과 어느 정도의 유사성을 염두에 두고 캐릭터를 앞으로 나아가게 하는 것이 우리가 할 일이죠"라고 말했다. 폴섬도 그 엉뚱함이 통했다고 생각하며 자신의 의견을 밝혔다. "완전히 정신 나간 방향으로 갔지만 와이티티는 감정선을 잃지 않았어요."

더 나은 세계에 디딘 발

파이기의 교정 프로젝트는 계속되었다. 예를 들어 〈어벤져스: 인피니티 워〉에서는 코믹북에서 캡틴 아메리카의 영원한 적으로 등장하는 레드 스컬의 자리를 찾아냈다. 레드 스컬은 〈퍼스트 어벤져〉에서 테서랙트에 의해 소멸되어 거의 잊힌 존재였다. 전작에서 이미 사라졌음에도 이번 영화에서 소울 스톤의 수호자로 다시 등장한 레드 스컬이 전작의 배우 휴고 위빙Hugo Weaving이 아니라 로스 마퀀드Ross Marquand가 목소리를 연기한 CGI 캐릭터라는 사실을 눈치채는 사람은 거의 없었다.

이 모두는 〈어벤져스: 엔드게임〉을 만들기 위한 준비 작업이었다. 파이기는 22편의 영화를 마무리하는 과정에서, MCU에서 가장 사랑받지 못했던 부분까지 포용하면서 그 모두를 필수 요소로 느껴지도록 만들었다. 조스 웨던이 격렬히 싸워서 지켜낸 〈에이지 오브 울트론〉의 농가 장면에 등장했던 호크아이의 가족은 타노스가 손가락을 튕겨 일으킨 파괴 장면에 감정적인 무게를 실어주었다. 제임스 다시James D'Arcy는 집사 에드윈 자비스 역으로 등장해, 단명했던 드라마 〈에이전트 카터〉에서 맡았던 역할을 재현했다. "저는 TV 드라마에서 영화로 넘어온 유일한 캐릭터였어요."*

〈엔드게임〉에서 파이기가 기획한 가장 놀라운 소환은 MCU 시리

---

* 파이기가 마블의 영화 및 TV 사업부를 관리하면서부터 찰리 콕스와 앤슨 마운트Anson Mount를 비롯한 더 많은 배우들이 다시가 독점했던 자리에 합류했다.

즈 중에서도 가장 기억에 남지 않는 〈토르: 다크 월드〉의 액션 장면을 되살린 것이었다. 이 영화에서 나탈리 포트만은 제인 포스터에게 리얼리티 스톤(일명 에테르)이 스며드는 혼란스러운 상황을 겪었다. 〈다크 월드〉 제작 과정에서 마블이 패티 젠킨스를 대하는 태도에 실망해 마블 영화 출연을 그만뒀던 포트만은 MCU 복귀를 주저했다. 그녀는 짧게 목소리 연기를 하긴 했지만, 화면에 나온 장면은 〈다크 월드〉에서 삭제된 장면을 마블이 재가공한 것이었다. 파이기는 이처럼 이전에 버려졌던 캐릭터와 줄거리, 영상을 동시에 재활용했다.

〈다크 월드〉 각본 작가 중 한 명인 크리스토퍼 요스트는 이 영화에 대한 평판을 아주 잘 알고 있었다. 하지만 그는 이 영화에서 토르에게 중요한 일이 일어나기 때문에 의미는 있다고 생각했다. "평가가 낮은 걸 무시하지 말고 널리 알리면서 의미 있게 만들어야죠. 저는 〈엔드게임〉에 이 작품이 들어간 것에 정말 감사했고, 그 방식이 정말 천재적이라고 생각했어요."

2006년, 마블 스튜디오는 첫 번째 영화 촬영을 시작하기도 전에 만다린이 악당으로 등장할 것이라고 팬들에게 약속했다. 샌디에이고 코믹콘에서 존 파브로가 그 약속을 한 지 15년 뒤, 파이기는 마침내 그 약속을 지켰다. 〈샹치와 텐 링즈의 전설〉에서 양조위는 샹치의 아버지 웬우 역할을 맡았다. 〈아이언맨 3〉에서 가이 피어스가 맡은 알드리치 킬리안은 웬우를 사칭하면서 벤 킹슬리가 연기한 불운한 배우 트레버 슬래터리에게 '만다린' 행세를 하게 한다. 만다린은 인종 차별적인 고정관념에 뿌리를 둔 캐릭터지만, 적어도 코믹스에서 샹치의 아버지 푸만추가 표현하는 백인을 위협하는 역할은 아니었다. 양조위는 백인이 어떻게 강한 아시아인의 이름을 도용했는지 조롱하는 짧은 독백을 하는데, 이는 전작의 가짜 만다린이 책임 회피이자 타협의 결과였다는 걸 마블이 인정하는 것처럼 들렸다. 양조위는 자신이 이 영화에 참여한 동기를 "39년간 연기를 하다 보니, 다른 캐릭터를 연기하고 싶었어요. 악당 역을 맡고 싶었던 거죠"라고 밝혔다.

〈샹치〉에서 마블은 2008년 〈인크레더블 헐크〉의 팀 로스가 연기한 괴물 어보미네이션을 예기치 않게 부활시켰다. 파이기는 〈인크레더블 헐크〉의 전 출연진을 기용하기로 마음먹은 듯했다. 팀 블레이크 넬슨Tim Blake Nelson과 리브 타일러 모두 2024년 개봉 예정인 〈캡틴 아메리카: 뉴 월드 오더Captain America: New World Order〉[38]에서 자신들의 캐릭터를 되살리는 데 동의했다. 해리슨 포드Harrison Ford는 작고한 윌리엄 허트가 맡았던 썬더볼트 로스 장군 역으로 합류하기로 했다. 팀 로스는 "아이들이 즐겁게 볼 수 있는 영화에 출연하고 싶었어요. 아빠가 괴물로 등장한다는 사실에 웃음을 터뜨릴 거라고 생각했죠. 그런데 몇 년 뒤에 〈샹치〉의 목소리를 연기해줄 수 있는지 묻더라고요"라고 당시를 떠올리며 말했다.

마블 스튜디오는 어보미네이션이 마카오의 지하 격투장에 잠깐 등장하는 것 이상의 역할을 하길 바랐다. 또한 파이기는 로스가 TV 시리즈 〈변호사 쉬헐크〉에서 비중 있는 역할로 특별 출연해주기를 원했다. 로스는 "파이기가 왜 저를 캐스팅했는지 말해줬어요. 아마도 제 내면의 혼란을 자극했던 것 같아요. 저는 제 이력이 무질서해지는 게 좋거든요"라고 말했다.

파이기의 '내가 더 나은 작품을 만들 수 있어' 정신은 2019년 11월 디즈니 플러스가 출범했을 때 가장 큰 시험대에 올랐다. 파이기는 스트리밍 서비스를 위한 프로그램을 계획하면서 코믹북과 영화 양쪽 모두에서 마블의 역사를 활용해야 했고, 과거에 잘못 다루어졌다는 이유로 캐릭터를 남겨 둘 만한 여유가 없었다. 다행히 디즈니의 새로운 인수가 마블의 곳간을 다시 채워주었다. 루퍼트 머독Rupert Murdoch은 폭스 엔터테인먼트가 스트리밍 이행 환경에서 살아남지 못할 것이라 판단하고, 2018년에 스튜디오 및 영화 라이브러리 자산을 매각했다. 디즈니는 유선방송 업체인 컴캐스트Comcast와의 입찰 전쟁 끝에 20세기폭스를

710억 달러에 인수했다. 이는 디즈니 플러스를 출범시키기 직전 채널의 콘텐츠를 강화하는 중요한 인수였다. 폭스가 인수되면서 엑스맨과 판타스틱 4에 대한 권리가 따라왔다. 마침내 마블 스튜디오로 돌아온 두 팀은 파이기에게 두 자산을 리부트할 기회를 주었다.

폭스는 엑스맨을 거대한 영화 시리즈로 만들어 놓았다. 휴 잭맨 주연의 울버린 단독 영화 3편, 새로운 캐스팅의 프리퀄 영화 4편, 라이언 레이놀즈Ryan Reynolds가 데드풀 역으로 출연한 R등급 액션 코미디 2편을 포함해 총 13편의 영화가 제작되었다. 엑스맨은 20년에 걸쳐 흥망성쇠를 거듭했다. 폭스에서 마지막으로 제작해 완성한 엑스맨 영화는 디즈니 합병 이후 개봉한 〈뉴 뮤턴트The New Mutants〉(2020)였지만 흥행에 성공하지는 못했다.

파이기는 2019 코믹콘에서 페이즈 4를 공개했지만, 그 밖에도 〈이터널스〉, 〈닥터 스트레인지: 대혼돈의 멀티버스〉, 판타스틱 4 영화, 블레이드 영화, 〈토르 : 러브 앤 썬더〉 등 발표할 프로젝트가 많았다. 특히 〈토르: 러브 앤 썬더〉에서는 헴스워스와 와이티티가 재결합하고, 포트만이 제인 포스터로 돌아와 직접 토르가 되어 망치 묠니르를 휘두르는 중요한 역할을 맡을 예정이었다. 그래서 파이기는 관객들에게 엑스맨 영화는 조금 더 기다려야 한다고 말하기도 했다.

엑스맨을 몇 년 동안 휴면기로 두어 기대감을 조성시키는 동시에, 관객에게 캐릭터가 끊임없이 리부트되는 느낌을 주지 않으면서 MCU 버전을 쉽게 소개할 수 있도록 하려는 계획이었다. 팬들의 아쉬움을 달래줄 엑스맨 프로그램이 있긴 했지만, 팬들이 기대하는 형태는 아니었다. 휴 잭맨은 슈퍼히어로 영화를 가장한 존 포드 스타일의 애수 어린 서부극 〈로건〉(2017)에서 울버린 이야기를 마쳤지만, 라이언 레이놀즈는 〈데드풀과 울버린Deadpool & Wolverine〉에서 그가 다시 울버린을 연기하도록 설득했다. 디즈니 플러스에서는 과거 인기 프로그램이었던 〈엑스맨 : 애니메이티드 시리즈X-Men: The Animated Series〉를 이어갈 엑스맨 애니메이션

이 등장할 예정이었다. 디즈니의 프로그램은 시리즈 중단 지점에서 다시 시작될 것이며, 원작 성우진 대부분이 합류하고, 90년대에 시리즈를 맡았던 총괄 프로듀서 에릭 르왈드Eric Lewald가 제작 자문을 담당할 예정이었다. 르왈드는 파이기가 원작 주제곡이 이 시리즈의 핵심이라는 사실을 잘 알고 있었다고 말했다. "음악에 대한 권리는 대리인에게 있었기 때문에 협상이 필요했을 거예요. 당연히 그 노래 없이는 새 프로그램을 만들 수 없죠." 이 주제곡은 〈닥터 스트레인지: 대혼돈의 멀티버스〉에서 찰스 자비에 교수의 도착을 예고하며 등장했다. 자비에 교수는 패트릭 스튜어트가 연기했지만, 만화에서는 노란색 호버 의자에 앉아 있는 모습으로 등장한다. 스튜어트 역시 잭맨과 마찬가지로 2017년에 프로페서 X 역을 끝냈다고 했었지만, 마음을 바꿨다. 스튜어트는 이에 대해 "처음에는 현명한 일인지 확신이 서지 않았어요. 〈로건〉이 워낙 강력한 영화였고, 우리는 그가 휴 잭맨의 품에서 죽는 장면을 봤으니까요"라고 말했다. 스튜어트는 마블 캐릭터의 변종 조직인 일루미나티 중 한 명으로 등장했다. 헤일리 앳웰은 캡틴 페기 카터 역으로, 라샤나 린치는 대체 우주의 캡틴 마블 역으로, 치웨텔 에지오포Chiwetel Ejiofor는 〈닥터 스트레인지〉 1편에 나왔던 대체 우주의 모르도 역으로, 팬들의 영향으로 캐스팅된 존 크래신스키는 판타스틱 4 멤버 중 리더인 미스터 판타스틱(리드 리처즈) 역으로 출연했다. 이 버전의 미스터 판타스틱은 다른 일루미나티와 마찬가지로 완다 막시모프와의 대결에서 살아남지 못했지만, 그럼에도 MCU에서 판타스틱 4의 복귀를 알리며 등장한 첫 캐릭터였다. 가장 예상 못했던 인물은 ABC의 〈인휴먼즈〉 시리즈에 출연한 블랙 볼트 역의 앤슨 마운트였다. 블랙 볼트는 엄청난 파괴력을 가진 목소리 때문에 말을 하지 않아서 대사는 없었지만, TV 시리즈에서는 부적절하다고 여겼던 만화책 속의 전통적인 코스튬이 복원되었다. '인휴먼즈'가 복귀한다면, MCU 역사의 모든 인물이 파이기의 연락처 명단에 올라 있다는 것을 의미한다. 다만 MCU 최초의 브루스 배너인 에드워드 노튼과 조스 웨던은 예외였다. 조스 웨던이 연출한 〈에이전트 오브 쉴드〉의 캐릭터들은 여전히 불확실한 상태로 남아 있었다.

시사회가 끝난 뒤 패트릭 스튜어트는 이런 말을 했다. "관객이 배우의 캐릭터가 무얼 이야기하는지 정확히 알고 있다는 걸 확인할 수 있었어요. 어떤 배우가 대사를 중얼거리면 관객이 웃음을 터뜨리더군요. 그 대사의 맥락을 알고 있고 그 표현의 역사를 알고 있기 때문이겠죠. 관객이 영화 경험의 일부가 되는 순간을 발견해서 정말 기분이 좋았어요."

샘 레이미 감독은 크래신스키를 가리키며 "재미있게도 팬들이 완벽한 리드 리처즈가 누구일지 생각하고 있었던 덕분에 파이기가 크래신스키를 캐스팅한 거죠. 이 영화는 다른 유니버스니까 파이기가 '그 꿈을 실현해볼까?'라고 생각했던 것 같아요"라고 말했다. 디즈니 플러스 시대에 따르는 요구가 점점 많아지자 파이기는 점점 더 많은 시간을 대체 우주에서 보냈다. 그는 사람들이 이미 영화에서 보았던 세계에 한 발을 딛고, 다른 한 발은 자신이 항상 상상했던 더 나은 세계에 딛고 있었다.

Chapter 29: The Clone Saga
클론 사가

"I don't know how to work as a team."

재능 있는 사람들

마블 스튜디오는 댄 하먼의 프로그램 스태프 중에서 재능 있는 사람들을 계속 데려왔다. 케빈 파이기가 〈커뮤니티〉와 〈릭 앤 모티〉의 팬이었기 때문일 수도 있고, 아니면 SF와 페이소스와 엉뚱한 코미디를 섞는 데 명수인 하먼과 일한 경력이 MCU의 수습 기간으로 보기에 충분했기 때문일 수도 있다. 마블로 떠난 사람 중 가장 유명한 사람은 루소 형제였지만, 마블 스튜디오는 제시카 가오와 제프 러브니스Jeff Loveness와 같은 작가들도 기용했고, 이름이 언급되지는 않았지만 심지어 하먼에게도 〈닥터 스트레인지〉의 각본을 다시 쓰는 일을 맡겼다.* 댄 하먼은 함께 일한 사람들이 마블의 관심을 받고 계속 채용되자 마블 문화에 대한 전문가가 되었다.

하먼은 마블의 방식에 대해 이렇게 표현했다. "마블에는 강력한 팀워크 문화가 있어요. 스파이더맨 속편에 대해 회의할 때, 복도에서 일하던 청소부가 '내가 왜 스파이더맨을 좋아하는지 알아요?'라고 자기 의견을 말해도 진지하게 받아들일 정도죠. 만약 그런 일을 감당할 수 있고, 자아가 굳건하면서도 동시에 유연해서 그런 좁은 기준을 통과할 수 있다면 적절한 보상도 챙기면서 마블에서 오랫동안 일할 수 있을 거예요. 마블에는 모두를 위한 하나와 프랜차이즈를 중시하는 태도에 대한 요구가 어마어마하죠. 마블의 수장 케빈 파이기는 그런 면에서 솔선수범하는 사람이에요. 그는 '스파이더맨을 위해서라면 소니와 협력하더라도 상관없어. 마블을 위해서라면 무엇이든 할 수 있지'라는 태도로 일하죠."

파이기는 그런 자세 덕분에 인피니티 사가가 끝날 무렵에는 가장 성공한 영화 프로듀서의 반열에 올랐다. 그는 12년 동안 23편의 영화

---

* 짐 래시Jim Rash, 이벳 니콜 브라운Yvette Nicole Brown, 도널드 글로버Donald Glover 등 〈커뮤니티〉 출연진이 카메오로 등장한 것은 말할 것도 없다.

를 만들었고, 만드는 영화마다 성공을 거뒀다. 2019년 최고 수익을 올린 영화 다섯 편 중 세 편인 〈캡틴 마블〉, 〈어벤져스: 엔드게임〉, 〈스파이더맨: 파 프롬 홈〉이 그가 제작한 작품이었다. 소니와 마블의 계약에 따라 〈파 프롬 홈〉의 수익은 소니에게 돌아갔고, 마블은 스파이더맨 상품을 판매하며 간접적인 이익을 얻었다. 재무 분석가들은 스파이더맨 영화가 2022년 말까지 80억 달러 이상의 수익을 창출했을 것이라 추정한다.

톰 홀랜드 주연의 스파이더맨 시리즈에 참여한 사람들은 모두 마블과 소니의 협력이 이례적이고 취약하다는 점을 인정했다. 에이미 파스칼이 강조했듯이, 피터 파커가 MCU에 합류하면서 그렇지 않았다면 불가능했을 더 많은 이야기를 할 수 있게 되었다. "다른 방법으로는 절대 할 수 없었던 일이었죠. 각 회사 입장에서는 욕심을 버려야 했지만 매우 영리한 선택이었어요."

소니는 MCU 밖에서도 스파이더맨 IP로 좋은 성적을 거두고 있었다. 〈베놈〉이 전 세계적으로 8억 5,600만 달러의 수익을 올리고, 〈스파이더맨: 뉴 유니버스〉가 오스카 장편 애니메이션상을 받자 이 두 영화의 속편 제작을 시작했다. 한편 자레드 레토Jared Leto 주연의 또 다른 빌런 스핀오프인 〈모비우스〉 제작도 승인했다. 또한 스파이더맨의 또 다른 빌런인 크레이븐 더 헌터를 주인공으로 한 영화 제작을 추진했으며, 드류 고다드가 집필한 '시니스터 식스' 영화 프로젝트도 되살렸다. 당연하게도 소니와 마블은 스파이더맨의 공동 관리자로서 자신들이 잘 해내고 있다고 믿었다.

하지만 디즈니는 스파이더맨 수익의 더 큰 몫을 얻고 싶어 했다. 2018년에 〈스파이더맨: 파 프롬 홈〉 제작이 시작되자 디즈니는 소니 영화의 예산 절반을 부담하는 방식으로 공동 투자하고, 그 대가로 수익의 절반을 가져가겠다고 제안했다. 소니 픽처스의 최고 경영진 톰 로스먼Tom Rothman과 토니 빈시퀘라Tony Vinciquerra는 이 제안에 흥미를 보이지 않았다. 영화에 들어갈 자금은 이미 충분히 확보한 데다, 할리우드에서 가장 확실하게 보장된 수익을 포기하고 싶지 않았기 때문이다. 소니는 여러 차례 수정 제안을 내놓았지만, 디즈니는 거절했다.* 하지만 곧 소니는 스파이더맨 시리즈 수익의 절반을 포기하느니 차라리 MCU에서 스파이더맨을 빼오는 편이 낫다는 입장을 분명히 했다.

2019년 8월 협상이 결렬되었고, 〈파 프롬 홈〉의 완성과 함께 기존 계약은 만료되었다. 마블은 스파이더맨을 잃고 소니는 파이기를 잃는 듯했다. 두 회사의 결별이 임박했다는 소식이 언론에 유출된 뒤 양측은 다소 수동적인 공격성을 보였지만, 예의를 갖추었다.

소니 대변인은 이와 관련해 다음과 같은 입장을 밝혔다. "실망스럽지만 우리는 다음 실사 스파이더맨 영화를 책임질 프로듀서 역할을 케빈 파이기에게 맡기지 않기로 한 디즈니의 결정을 존중합니다. 우리는 이 상황이 바뀌기를 기대하지만, 그가 디즈니에서 새롭게 책임져야 할 수많은 일들로 인해 디즈니가 소유하지 않은 IP까지 작업할 시간이 없다는 점을 이해합니다." 그러자 파이기는 다음과 같이 대응했다. "소니와의 계약은 영원히 지속될 수 있는 것이 아니었어요. 우리는 그 시간이 한정되어 있다는 것을 알았고, 우리가 하고 싶은 이야기를 했어요. 이에 대해 늘 감사한 마음을 가질 거예요."

소니의 경영진 토니 빈시퀘라는 공개 발표에서 좀 더 직설적으로 말했다. "우리는 마블 사람들이 해낸 성과를 존중합니다. 다만 우리에게도 유능한 인재들이 있습니다. 파이기가 그 모든 일을 다 해낸 것은 아닙니다. 우리도 그 일을 충분히 해낼 수 있습니다."

스파이더맨 팬에게 이 시기가 불안한 시간이었다면, 스파이더맨을 연기하는 배우에게는 더욱 혼란스러운 상황이었다. 에이미 파스칼과 소니의 제작 경영진은 톰 홀랜드에게 MCU에 등장하지 않을 스파이

---

* 그중에는 케빈 파이기가 스파이더맨 영화뿐만 아니라 다른 스파이더맨 캐릭터를 기반으로 한 영화도 추가로 제작하는 안도 있었다고 알려졌다.

더맨 시리즈에 대한 계획을 설명했다. 홀랜드도 이번만큼은 공개적으로 입장을 표명했다. "마블이 제 인생을 바꾸고 꿈을 이룰 수 있게 해준 것에 감사합니다. 또한 제가 꿈꾸는 삶을 계속 살아갈 수 있게 해준 소니에게도 감사를 표합니다."

같은 날 홀랜드는 디즈니 CEO 밥 아이거의 이메일 주소를 입수해 마블 스튜디오가 자신에게 준 기회에 감사하는 메시지를 보냈다. 아이거는 답장 대신 영국에서 가족과 휴가를 보내고 있던 홀랜드에게 전화를 걸었다. 홀랜드는 당시를 이렇게 기억했다. "가족과 함께 동네 펍에서 석 잔 정도 마신 것 같아요. 모르는 번호로 전화가 왔는데, 뭔가 느낌이 오는 거예요. '밥 아이거인 것 같아… 하지만 취했는데'라는 생각이 들더군요. 아버지가 '그냥 받아, 괜찮을 거야!'라고 하셨어요." 아이거와의 대화는 예기치 않게 홀랜드의 감정을 자극했다. 그는 소니에 악의는 없다고 하면서도, 아이거에게 MCU를 떠나게 된 것이 얼마나 슬픈 일인지 이야기했다. 밥 아이거는 인재들에게 우호적이고, 큰 그림을 생각한 결정으로 업적을 쌓아온 사람답게 홀랜드에게 그의 MCU 출연이 끝나야 하는 건 아니라고 말했다. "우리가 이 일을 성사시킬 수 있는 세상이 있어요."

여론은 스파이더맨을 두고 디즈니와 소니가 벌인 협상의 흐름을 다시 한번 바꿔 놓았다. 몇 년 전에는 스파이더맨을 MCU에서 보기를 갈망했던 팬들이 소니가 계약을 체결하도록 유도했다면, 이번에는 디즈니에 압박이 가해지면서 50 대 50으로 수익을 나누겠다는 강경한 입장을 재검토하게 만들었다. 이는 할리우드 역사상 유례없는 양육권 분쟁이었다. 〈에이리언 vs. 프레데터〉, 〈프레디 vs. 제이슨Freddy vs. Jason〉과 같은 크로스오버 이벤트는 일반적으로 한 스튜디오가 두 시리즈의 판권을 모두 관리할 때만 일어났다. 심지어 1988년 디즈니 영화 〈누가 로져 래빗을 모함했나Who Framed Roger Rabbit〉에 등장하는 루니 툰 캐릭터 같은 카메오조차 두 곳 이상의 스튜디오가 관여하면 상황이 복잡해졌다. 하지만 2019년 9월 26일, 두 거대 기업은 마침내 합의에 이르렀다. 이는 밥 체이펙이 디즈니를 맡기 전, 아이거 체제에서 마지막으로 성사시킨 중요한 거래 중 하나였다. 홀랜드는 파이기가 제작하는 스파이더맨 단독 영화와 다른 MCU 영화에 각각 한 번씩 더 출연하기로 했다. 스파이더맨 단독 영화의 경우 마블이 제작비의 25퍼센트를 투자하고 매표 수익의 25%를 받기로 했다. 에이미 파스칼은 이제 소니 소속이 아니었지만, 자신의 회사인 파스칼 픽처스를 통해 스파이더맨 영화를 제작하기로 했다. 그녀는 애초에 자신이 애써 이뤘던 제휴 관계를 지속시키는 이번 계약에 환영의 뜻을 표했다.

세 번째 톰 홀랜드 영화의 각본을 위해 소니는 이미 〈파 프롬 홈〉에서 호흡을 맞춘 에릭 서머스Erik Sommers와 〈커뮤니티〉 출신으로 역시 같은 팀에서 일한 크리스 매케나Chris McKenna를 다시 작가로 기용했다. 두 사람은 크레이븐을 악역으로 제안했지만, 소니 측에서는 크레이븐 단독 영화를 제작하기 전에는 캐릭터를 등장시킬 수 없다고 통보했다. 작가들은 J. 조나 제임슨이 피터 파커가 스파이더맨이라는 사실을 공개적으로 밝히는 〈파 프롬 홈〉의 마지막 부분으로 관심을 돌렸다. 매케나는 "그 부분이 우리를 이야기의 다른 갈래로 이끌었어요"라고 말했다. 그들은 〈멋진 인생It's a Wonderful Life〉(1946)을 새롭게 재해석해 피터 파커와 닥터 스트레인지가 스파이더맨의 정체가 세상에 알려졌다는 사실을 되돌리기 위해 노력하는 이야기를 담았다. 이 서사는 피터 파커와 메리 제인 왓슨의 20년간의 결혼 생활을 두 사람의 기억에서도 지워버려 코믹스 팬들 사이에서 논란이 되었던 2007년의 코믹북 『어메이징 스파이더맨: 원 모어 데이One More Day』를 참고했다. 케빈 파이기는 영화의 쿠키 영상에 소니가 제작 예정인 '시니스터 식스' 프로젝트의 여러 빌런을 등장시키는 게 어떠냐고 제안했다. 매케나는 파이기의 그 제안이 모든 것을 바꾸어 놓았다고 생각했다.

스파이더맨 영화는 〈닥터 스트레인지: 대혼돈의 멀티버스〉의 뒤를 이어 개봉할 계획이어서, 작가들은 앞선 영화에서 설정된 멀티버스를 활용하는 동시에 과거 소니의 스파이더맨 영화에 등장한 주요 캐릭터를 가져올 명분을 얻을 수 있었다. 소니는 의도치 않게 〈스파이더맨: 뉴 유니버스〉로 마블에 호의를 베푼 셈이 됐다. 이 작품은 멀티버스라는 개념, 즉 우리가 살고 있는 세계와 평행하지만 몇 가지 핵심적인 세부 사항이 다른 대체 세계가 무수히 많다는 발상에 대한 재미있는 입문서 노릇을 톡톡히 했다. 덕분에 코믹북의 형이상학적인 지식을 자세히 들여다보지 않았던 영화 팬들이 이 개념을 이해하는 데 큰 도움을 주었다.

과거의 스파이더맨들을 홀랜드 시대로 데려오는 것은 매력적이지만 부담스러운 일이었다. 작가들은 줄거리를 이루는 많은 요소를 효율적으로 다뤄야 했고, 제작자들은 많은 스타를 설득해야 했기 때문이다. 핵심적인 빌런은 윌렘 대포가 맡은 그린 고블린과 알프리드 몰리나Alfred Molina가 연기한 닥터 옥토퍼스였다. 더 중요한 역할은 이전에 피터 파커를 연기했던 두 배우 토비 맥과이어와 앤드류 가필드였다. 서머스와 매케나는 엠마 스톤의 그웬 스테이시, 커스틴 던스트의 메리 제인 왓슨, 샐리 필드Sally Field의 메이 이모가 등장하는 이야기를 여러 버전으로 몇 차례 집필했지만, 최종적으로는 이야기가 너무 복잡해진다고 판단해 여성 인물들은 모두 삭제했다. 여성 인물로 상당한 출연 분량이 있는 역할은 마리사 토메이의 메이 이모와 젠데이아Zendaya의 MJ만 남게 되었다. 각본이 계속 변한 탓에 아무도 확정된 대본을 볼 수 없었지만, 배우들은 파이기와 파스칼, 존 와츠 감독에 대한 신뢰를 바탕으로 작품에 참여했다.

윌렘 대포는 "카메오는 정말 하고 싶지 않았어요. 단순한 인사치레가 아니라 실질적으로 도움이 되는 무언가를 하고 싶었거든요"라고 말했다. 파스칼은 대포와 다른 배우들에게 함께했던 역사를 상기시키며 돈만 노리는 카메오로 만들지 않겠다고 약속하며 출연을 설득했다.

몰리나는 "이건 영화사가 배우에게 행사한 옵션 중 가장 기간이 길었던 경우"라고 농담했다. 영화에는 결국 톰 하디의 베놈과 폴 지아마티의 라이노 등을 제외한 다섯 명의 악당을 등장시켰다. 이는 의도적으로 '시니스터 식스'보다 한 명 부족하게 만들어 향후 소니 영화를 위한 가능성을 남겨둔 것이었다(대포와 달리 하디는 카메오 출연을 마다하지 않아 영화의 쿠키 영상에 출연했다).

〈스파이더맨: 노 웨이 홈〉은 2020년 6월부터 촬영을 시작할 예정이었지만, 코로나19가 마블의 〈엔드게임〉이후 계획에 지장을 주면서 10월 말로 미뤄졌다. 소니 역시 개봉일을 2021년 7월에서 11월로, 그리고 다시 12월로 연기했다. 마블도 자체 개봉 일정을 더 미루면서 〈노 웨이 홈〉은 〈닥터 스트레인지: 대혼돈의 멀티버스〉이후가 아닌 이전에 공개될 거라 예고했다. 소니는 MCU의 계획이 뒤죽박죽되더라도 자사의 블록버스터 개봉을 연기하고 싶은 마음이 없었다. 하지만 이러한 결정에 따르기 위해서는 추가적인 수정이 필요했고, 촬영은 완성된 대본 없이 시작됐다. 촬영 내내 새롭게 합류하는 배우들이 늘어나면서 서머스와 매케나는 계속 새로운 대본을 써야 했다.

10월 25일, 톰 홀랜드는 또 다른 소니 영화인 〈언차티드Uncharted〉 촬영을 마치고 곧바로 애틀랜타의 〈스파이더맨: 노 웨이 홈〉제작 현장으로 이동해 〈사인필드Seinfeld〉에서 따온 〈세레니티 나우Serenity Now(진정해야 한다)〉라는 가제로 촬영을 진행했다. 베네딕트 컴버배치는 11월에 자신의 분량을 촬영한 뒤 〈닥터 스트레인지: 대혼돈의 멀티버스〉의 본 촬영을 위해 런던으로 떠났다. 서머스와 매케나는 정신없이 진행된 〈아이언맨〉의 대본 작업보다 훨씬 더 복잡한 시나리오를 맹렬히 수정해 나갔다. 디즈니 플러스와 MCU 영화, 소니의 공동 제작물을 통합하면서 확장과 동시에 서로 연결된 마블의 거미줄은 점점 더 엉켜서 한 줄만 잘못 잡아당겨도 기획 전체를 흐트러지게 만들 수 있었다.

소치틀 고메즈Xochitl Gomez가 연기한 아메리카 차베즈는 차원 이동

능력이 있는 인물이었지만, 〈닥터 스트레인지: 대혼돈의 멀티버스〉에 처음 등장하는 캐릭터였기 때문에 〈노 웨이 홈〉 대본에서는 제외되었다. 따라서 그녀에게 주어졌던 역할은 이전까지는 능력이 없었던 피터 파커의 친구 네드 리즈가 맡았다. 닥터 옥토퍼스는 알프리드 몰리나가 계약에 서명하면서 추가되었다. 결정적으로 맥과이어와 가필드는 촬영 시작 두 달 뒤인 2020년 12월에야 출연이 확정되었다. 서머스와 매케 나는 스파이더맨 세 명 모두가 팀을 이루는 장면을 휴일에 써야 했다.

영화에 대한 입소문이 퍼지자, 제작진은 출연자의 정체를 비밀로 하기 위해 안간힘을 썼다. 배우들은 파파라치의 망원 렌즈를 피하려고 촬영장으로 이동할 때마다 커다란 모자가 달린 긴 옷으로 몸을 가렸다. 조지아에서는 마스크를 쓴 커스틴 던스트처럼 보이는 사람이 목격되기도 했다(던스트가 아니었다). 첩보 영화처럼 이뤄진 촬영은 애틀랜타의 한 음식 배달 기사가 앤드류 가필드에게 저녁 식사를 배달한 일을 레딧에 자랑하면서 위태로워졌다. 맥과이어와 '함께' 애틀랜타 거리에 있는 장면이 카메라에 포착되자 가필드는 절망했다. 그는 제작진에게 이런 규모의 촬영 현장에서 비밀을 유지하는 건 불가능하다고 말했다. "애틀랜타에서 촬영하고 있다는 사실을 숨기려고 무척 노력했는데, 이런 사진이 유출돼서 기운이 빠졌어요."

제이미 폭스는 일렉트로 역에 다시 출연하기 위해 애틀랜타로 갔지만, 샌드맨 역을 맡은 토마스 헤이든 처치는 목소리 연기만 했고, 리자드 역의 리스 이판 역시 마찬가지였다. 그들의 캐릭터는 모두 CGI로 구현되었다. 알프리드 몰리나는 2004년 개봉한 〈스파이더맨 2〉에서 닥터 옥토퍼스를 연기할 때 사용했던 기계 팔이 더는 필요 없다는 사실을 알게 되었다. 이번에는 그를 공중에 띄워주는 장치에 묶인 채 연기했고, 닥터 옥토퍼스의 팔은 후반작업에서 CGI 아티스트가 추가했다.

홀랜드는 "우리 모두는 각자의 역할에 대한 믿음이 너무 커서 에너지의 110퍼센트를 바칠 정도로 노력했어요. 고블린과 싸우는 장면에서 저는 손을 다치기도 했었죠. 주먹이 피투성이가 되도록 정말 최선을 다해 모든 것을 쏟아부었어요. 격투 장면 촬영 마지막 날, 존 와츠가 컷을 외쳤을 때 두 사람 다 바닥에 쓰러졌던 기억이 나요. 너무 기진맥진했을 정도로 모든 것을 다 쏟아냈었거든요"라고 말했다.

2021년 2월 무렵에는 이미 사람들이 홀랜드에게 맥과이어와 가필드가 영화에 출연한다는 소문에 관해 물어보고 있었다. 홀랜드는 〈더 투나잇 쇼The Tonight Show〉에 줌 화상 인터뷰로 출연해 지미 팰런Jimmy Fallon에게 "그들이 제게 그런 사실을 숨겼다면 기적인데요."라고 말한 것을 시작으로 오랫동안 그 사실을 부인하고 회피했다. 반쯤 은퇴한 맥과이어는 언론의 시선을 대부분 피할 수 있었지만, 앤드류 가필드는 2021년 개봉한 〈틱, 틱… 붐!Tick, Tick... Boom!〉의 캠페인 기간 동안 끝없이 이어진 인터뷰에서 거짓말을 할 수밖에 없었다.

트루 빌리버

캐스팅에 대한 비밀이 끊임없이 유출되는 와중에도 2021년 12월 15일에 〈노 웨이 홈〉이 개봉했을 때 관객들은 이 영화에서 정확히 무엇을 보게 될지 알지 못했다. 그런데 이전 영화에 등장했던 세 명의 스파이더맨과 다섯 명의 악당이 출연하자 관객들은 매우 즐거워했다. 다른 캐릭터보다 더 많은 사랑을 받은 캐릭터들이 있었지만, 파이기는 여러 스튜디오를 넘나드는 '더 나은 작품 만들기' 작업을 통해 그들 모두에게 마블 시네마틱 유니버스의 광채를 새롭게 부여했다. 가장 감동적인 등장은 가필드의 몫이었다. 그는 스파이더맨 역할을 맡아 연기하는 것을 좋아했지만, 엠마 스톤이 맡은 그웬 스테이시의 비극적인 죽음을 끝으로 시리즈의 아쉬운 종결을 맞이했었다. 새 영화는 가필드와 그가 연기한 피터 파커 모두에게 제대로 끝맺음할 기회를 주었다.

서머스와 맥케나는 수많은 등장인물을 솜씨 좋게 다뤘을 뿐만 아니라 마블 스튜디오와 소니 픽처스 어느 쪽이든 함께할 수 있도록 스파이더맨의 미래를 설정하는 결말을 생각해냈다. 멀티버스를 구할 방법은 단 하나뿐이라고 믿는 피터 파커는 닥터 스트레인지에게 자신이 스파이더맨이라는 사실을 모든 사람의 기억에서 지워달라고 부탁한다. 그는 맨해튼에서 빈털터리가 되고, 친구들과 동료 어벤져스도 그의 정체를 전혀 알지 못한 채 영화는 끝난다. 이로써 마블이 톰 홀랜드 주연의 스파이더맨 영화를 만들지 않는다면, 소니 픽처스는 MCU와의 연속성 문제와 상관없이 피터 파커의 새로운 삶을 이어갈 수 있게 되었다.

팬들은 코로나19 변이 사태에도 굴하지 않고, 〈노 웨이 홈〉을 거듭해서 관람했다. 이 영화는 흥행 수익 19억 달러를 벌어들여 역대 소니 영화 중 가장 높은 수익을 올렸으며, MCU에서는 〈어벤져스: 엔드게임〉에 이어 두 번째로 높은 수익을 올렸다. 이러한 흥행 실적으로 소니와 디즈니가 또 다른 협상을 체결할 것이 거의 확실시되었다. 또한 이는 양측 모두에게 피터 파커를 마블 시네마틱 유니버스에 남게 할 강력한 유인으로 작용했다. 속편인 〈베놈 2: 렛 데어 비 카니지Venom: Let There Be Carnage〉는 헛발질로 취급되었고, 〈모비우스〉도 많은 사람에게 조롱받은 실패작이었지만, 소니는 〈크레이븐 더 헌터Kraven the Hunter〉, 〈엘 무에르토El Muerto〉, 〈마담 웹Madame Web〉 같은 자체 스파이더맨 유니버스 영화 제작을 계속 추진했다. 파스칼은 MCU의 스파이더맨 영화가 더 있을 거라고 주장했지만, "제작자 입장에서는 모든 것이 성사되리라 믿는다"고 회피하며 곧바로 그 전망을 번복해야 했다.

파이기는 마블 관객에게 지키지 못할 약속은 하지 않아야 한다는 것을 잘 아는 프로듀서답게 안정적인 관리자 역할을 했다. 그는 다음과 같은 내용을 공개적으로 발표했다. "우리는 다음 이야기를 적극적으로 개발하기 시작했습니다. 팬들이 〈파 프롬 홈〉 이후에 일어났던 것과 같은 이별의 트라우마를 겪지 않기를 바라는 마음에서 솔직히 이야기하는 겁니다. 이번에는 그런 일이 일어나지 않을 겁니다." 피터 파커는 미래에도 MCU에 등장할 것처럼 보였지만, 파이기가 그를 중심으로 〈엔드게임〉 이후의 전략을 세울 수 있을 만큼 확실한 것은 아니었다.

아비 아라드는 〈노 웨이 홈〉의 총괄 프로듀서였지만, 그의 역할은 공식적인 차원에 머물렀다. 그는 여전히 〈베놈〉, 〈모비우스〉와 같은 소니의 스파이더 프로젝트와 톰 홀랜드 주연의 영화 〈언차티드〉의 프로듀서로 활동했다. 만약 스파이더맨이 MCU를 떠났다면 아라드가 소니에서 제작하는 톰 홀랜드 주연의 스파이더맨 영화에 핵심 크리에이티브 프로듀서로 참여했을 공산이 크다. 이로써 마블 스튜디오는 다시 한번 아라드를 밀어낸 셈이 됐다. 그러나 마블 스튜디오는 한때 할리우드에서 마블의 존재를 분명히 드러냈던 아라드에게 아량을 베풀 여유가 있었다. 〈노 웨이 홈〉의 엔딩 크레디트에는 다음과 같은 문장이 대문자로 삽입되었다. "영화 제작진은 이 캐릭터들을 화면에 옮길 수 있도록 길을 열어준 '트루 빌리버' 아비 아라드에게 감사의 뜻을 전합니다."

이 엔딩 크레디트는 마블의 이야기가 시작되었을 때부터 지켜보았던 일부 팬들을 당황하게 했다. 트루 빌리버라는 명칭은 스탠 리가 자신의 팬들에게 붙인 별명이었기 때문이다. 스탠 리는 2018년 사망했을 때 〈스파이더맨: 뉴 유니버스〉의 엔딩 크레디트에 "그저 해야 할 일이라서, 옳은 일이라서 타인을 돕는 사람은 의심할 여지없이 진정한 슈퍼히어로다"라는 그가 남긴 발언과 그의 상징과도 같은 안경 이미지가 등장하는 기억에 남을만한 감동적인 헌사를 받았다.

아라드가 받은 헌사는 그의 자리를 빼앗은 경쟁자 데이비드 메이젤이 〈어벤져스: 에이지 오브 울트론〉의 엔딩 크레디트에서 받은 "마블 스튜디오의 창립 회장님께 특별한 감사를 드립니다"라는 겸손한 헌사를 능가하는 것이었다. 그러나 디즈니 플러스의 〈호크아이〉를 시작으로 MCU의 작품에 '케빈 파이기 프로덕션'이라는 새로운 자막이 들어가면서 이제 마블의 지휘자가 누구인지 의심할 필요가 없어졌다.

Chapter 30: Into the Multiverse
멀티버스 속으로

"
Well, it's a big mess and thematically inconsistent, to be honest.
"

<She-Hulk: Attorney at Law>

마블 의회와 디즈니 플러스

TV 시리즈 〈완다비전〉의 스타들은 촬영 중에 닥친 많은 어려움에 적응해야 했다. 그중에서도 공중에서 연기를 펼치기 위해 하네스를 착용하는 것이 가장 힘들었을 것이다. 이 시리즈에 출연한 캐서린 한 Kathryn Hahn은 "하늘을 날 때는 어떤 모습일까요?"라고 물으며 이렇게 말했다. "카메라 밖에서 정신없는 일들이 너무 많이 일어나서 무슨 일이 일어났는지 상상도 못했어요. 전에는 엘리자베스 올슨과 폴 베타니에 대한 존경심이 충분하지 않았었나 봐요."

"우리 둘 다 부부 싸움을 다룬 시트콤에 슈퍼히어로로 등장시켜서 현실적으로 표현한다는 발상이 마음에 들었어요. 하네스에 묶여 있는 시간이 정말 많았죠. 그걸 착용하고 있으면 시간이 정말 천천히 가요. 올슨과 저는 다른 점이 많아요. 하필 저는 남자라서 하네스가 조금 더 불편했죠." 베타니가 껄껄 웃으며 말했다.

〈아이언맨〉에서 토니 스타크의 인공지능 비서 자비스의 목소리 역할을 맡아 일하며 시작했던 배역이 그에게 15년 동안의 일자리가 되었다. 이제 베타니는 다양한 감정적 진실성과 복고풍의 희극, 그리고 불편한 장비를 착용하고도 연기하는 단계에까지 이르렀다. 예측 불가능하게 끝없이 확장되는 2020년의 MCU에서 삶이란 이런 것이었다.

마블은 수년 동안 자신들이 보유한 캐릭터들이 등장하는 TV 시리즈를 제작해왔다. 〈데어데블〉과 〈리전 Legiⓧn〉처럼 높은 평가를 받은 유명한 작품도 있었고, 〈인휴먼즈〉나 〈아이언 피스트〉처럼 낮은 평가를 받은 사실이 유명해진 경우도 있었다. 하지만 ABC나 폭스, FX, 넷플릭스에서 이 프로그램이 방영될 때마다 케빈 파이기는 다른 의견이 있더라도 조용히 견딜 수밖에 없었다. 마블 스튜디오가 그 결과물을 통제할 수 없었기 때문이다. 하지만 2019년에 파이기가 마블 엔터테인먼트의 최고 크리에이티브 책임자로 승진하면서 그의 역할이 공식화된 덕분에 상황이 달라졌다. 애니메이션과 텔레비전, 코믹북 출판 등 모든 부문이 파이기의 통제 아래로 들어간 것이다.

디즈니의 CEO 밥 아이거와 그의 후임자 밥 체이펙은 파이기의 권한을 확대하는 데 기꺼이 동의했다. 하지만 그들은 그 대가로 파이기가 디즈니 플러스에 꾸준히 콘텐츠를 공급하며 생산량을 크게 늘려주기를 기대했다. 디즈니 플러스는 경쟁력을 유지하기 위해 마블 프로그램을 다량으로 빠르게 얻고자 했다. 파이기는 물량만 채울 수 있다면 사실상 TV 프로그램에 대한 자유로운 재량권이 있었다.

프로듀서 네이트 무어는 디즈니 플러스 프로그램 제작의 장점이 이걸 꼭 해야 하거나, 하면 안 된다는 간섭이 없는 거라고 했다. "우리가 프로그램을 제안하면 디즈니는 '여러분이 좋다면 그 프로그램을 만들어 봅시다'라고 말했어요."

반면 좋지 않은 측면은 파이기가 결과물을 끊임없이 내놓았지만, 그에게도 한계가 있었다는 점이다. 1년에 세 편의 영화를 제작하기에도 벅찬 상황에서 마블의 여러 부문과 디즈니 플러스 프로그램의 전체 관리까지 책임져야 하는 것은 그에게도 무리였다. 데스포지토도 이런 상황을 인정했다. "앞으로 우리가 추진해야 할 일의 양은 버거울 수 있어요. 모두가 성공을 기대하니까요." 스튜디오의 최고 경영진은 오전에는 개발과 제작 준비, 오후에는 후반작업에 집중하는 것으로 일정을 조율했다. 파이기는 업무량을 분산시키기 위해 '마블 의회'라고 불리는 모임을 소집했다. 스티븐 브루사드, 에릭 캐럴Eric Carroll, 네이트 무어, 조너선 슈워츠, 트린 트란, 브래드 윈더바움 등 오랫동안 함께 일하며 신뢰를 쌓은 사내 크리에이티브 프로듀서들로 구성된 모임이었다. 마블 의회는 많은 논란 끝에 해체된 창작위원회를 부활시킨 것이었지만, 이번에는 마블 스튜디오 내부에서 완구 판매 촉진이 아닌 MCU가 잘 진행되는 것을 목적으로 한다는 점에서 중요한 차이가 있었다.

마블 의회는 방대한 MCU의 캐릭터 중에서 텔레비전에서 통할 캐릭터를 결정해야 했다. 슈워츠는 이 일에 대해 "디즈니 플러스의 장점은 우리가 영화에서 다룰 수 있는 이야기의 기준에서 벗어난 이야기를 할 기회를 준다는 데 있어요. 다른 배경이 필요하거나, 다른 구조가 필요하거나, 조금 더 이상하거나 좀 더 대담한 이야기들 말이에요"라고 설명했다. 무어는 "텔레비전에서는 줄거리보다 캐릭터가 훨씬 더 중요하거든요"라고 표현했다.

사랑이 계속되지 않는다면 슬픔이 있을까요?

"최고의 아이디어가 승리한다"는 마블 철학의 전통에 따라, 최초의 TV 프로그램에 대한 아이디어 중 하나는 2016년 〈캡틴 아메리카: 시빌 워〉의 기자회견에서 비롯되었다. 한 기자가 "팔콘과 버키의 로드무비는 언제 볼 수 있을까요?"라고 질문하자, 파이기의 얼굴이 환해졌다. "좋은 생각이네요!" 팔콘으로 불리는 샘 윌슨 역을 맡은 앤서니 매키와 윈터 솔져로 알려진 버키, 제임스 뷰캐넌 반즈 역을 맡은 세바스찬 스탠은 언론 인터뷰에 함께 나갈 때마다 서로 불꽃 튀게 대립하는 에너지를 보여줬다. 프로듀서 네이트 무어는 "매키와 스탠은 서로에게서 예상하지 못했던 상이한 색채를 끌어냈어요. 그래서 우리는 그 관계에 뭔가 특별한 것이 존재한다는 걸 알게 됐죠"라고 언급했다.

올슨과 베타니는 〈캡틴 아메리카: 시빌 워〉와 〈어벤져스: 인피니티 워〉에서 아주 짧은 시간 함께 연기했지만, 두 사람 역시 자연스러운 조화를 이뤘다. 베타니가 맡은 비전은 타노스의 손에 죽었지만, 슈퍼히어로의 죽음이 부활을 위한 기회가 아니라면 무엇이겠는가?

마찬가지로 여러 차례 죽음을 맞았던 로키를 연기한 톰 히들스턴은 친화력이 좋아 거의 모든 사람들과 유대감을 형성했다. 무어도 "톰 히들스턴이 참석한 코믹콘에 가본 적이 있다면 그것이 어떤 것이었는지

실감했을 거예요"라고 말했다. 스트리밍 콘텐츠에 목말라 있던 디즈니는 TV 프로그램을 위한 마블의 첫 세 가지 구상을 흔쾌히 승인했다. 디즈니 플러스의 첫 번째 MCU 프로그램 세 가지는 〈팔콘과 윈터 솔져〉, 〈완다비전〉, 〈로키Loki〉로 정해졌다.

스트리밍과 몰아보기 문화의 등장으로 TV와 영화 사이의 경계가 모호해졌다. 드라마 한 시즌을 10시간짜리 영화에 비유하기도 하지만 꼭 그런 것만은 아니다. 평생 영화를 연구하며 제작해온 파이기는 이제 코믹북의 스토리텔링을 TV에서 어떻게 구성할 수 있을지 고려해야 했다. "짧은 방영 시간과 여러 회차로 이루어져 있다는 특성 때문에 TV는 만화책의 개별 호처럼 볼 수 있어요. TV의 흥미로운 점이 바로 그거죠. 30분마다 시작과 끝이 있는데, 이는 영화 제작 리듬에서 영감받은 거예요. 코믹북의 리듬을 따라가는 것이기도 하죠."

'쇼러너'는 비교적 최근에 등장한 용어지만, 쇼러너가 하는 일 자체는 그렇지 않다. 오랫동안 거의 모든 미국의 TV 시리즈는 수석 작가이자 프로듀서 역할을 맡은 한 사람이 관리해왔다. 하지만 회사 외부인 한 사람에게 통제권을 완전히 넘기는 것은 마블의 방식이 아니었다. 파이기와 마블 의회는 영화를 준비할 때와 같은 방식으로 첫 TV 프로젝트로 결정된 세 작품에 착수했다. 콘셉트가 정해지면 마블은 면접을 통해 각 프로그램을 맡을 수석 작가를 기용했다. 수석 작가는 전통적인 쇼러너 역할보다는 영화의 시나리오 작가와 같은 역할을 했다. 그들이 쓴 극본은 계속 고쳐 쓰는 과정을 거치며, 촬영장 의자에 앉더라도 촬영이 시작되면 감독이 책임을 맡았다. 이런 점이 감독은 고용된 전문가이고, 최종 결정권은 수석 작가가 갖는 대부분의 TV 프로그램과 마블 TV 프로그램의 다른 점이었다.

파이기는 〈인피니티 워〉와 〈엔드게임〉을 팽팽한 긴장감 속에서 제작하던 중에 〈완다비전〉에 대한 초기 구상을 떠올렸다고 말했다. "애틀랜타에서 두 영화를 촬영하는 동안 제가 묵고 있던 호텔의 케이블 채널에서 매일 아침마다 〈비버는 해결사Leave It to Beaver〉와 〈나의 세 아들My Three Sons〉이 방영되었어요. 아침에 뉴스를 보는 대신 그 채널을 틀어놓았는데, 그 옛날 시트콤들이 큰 위안이 되더군요. 문제가 터졌을 때 사람들이 그걸 해결해 나가는 방식을 보면 정말 마음이 편안해지더라고요. 제작 과정에 어떤 문제가 생기든 '오늘은 다 괜찮을 거야'라고 생각하게 됐죠. 그리고 아이들에게도 〈브래디 번치The Brady Bunch〉를 보여주기 시작했어요. 그래서 우리가 마블에서 해왔던 것을 전복하는 동시에 그런 프로그램들의 정체성도 전복하는 방식으로 그 장르를 활용할 수 있다는 구상에 매력을 느끼기 시작했죠." 파이기는 디즈니가 마블에서 스트리밍 TV 프로그램을 제작하고 싶어 한다는 사실을 알게 됐을 때 "머릿속에서만 맴돌던 아이디어를 실현할 기회가 생겼구나. 실제 이걸로 무언가를 만들 수 있겠어"라고 생각했다고 한다.

마블 스튜디오는 〈완다비전〉의 수석 작가 잭 셰이퍼Jac Schaeffer에게 현대적인 공포를 기저에 깔고, 80년 역사의 가족 시트콤에서 사용된 수사법과 시각적 언어를 돌아보는 방식으로 비전을 잃은 완다 막시모프의 슬픔을 다루는 드라마를 제안해 달라고 요청했다. 셰이퍼는 이에 대해 다음과 같이 반응했다. "그들 내부적으로 이리저리 시도해보던 구상에 제가 구조를 만들어준 것 같네요." 완다와 비전은 관객의 웃음소리 효과음이 들리는 가운데 어린 두 자녀와 행복하게 살고 있지만, 점차 삶에 균열이 드러나면서(비전의 죽음을 포함한) 현실이 침입하기 시작한다. 셰이퍼는 이 드라마를 제작하면서 제작진과 배우들이 슬픔과 상실에 대해 진지한 대화를 나눴다고 말했다. 이러한 토론 과정을 거쳐 "사랑이 계속되지 않는다면 슬픔이 있을까요?"라는 이 드라마의 가장 유명한 대사가 탄생했다.

코믹북 작가의 처우

〈완다비전〉의 배후에는 파이기와 셰이퍼 외에도 중요한 인재들이 존재했다. 슬픔 때문에 현실과 단절되는 완다는 작가 브라이언 마이클 벤디스와 아티스트 올리비에 크와펠Olivier Coipel이 집필한 코믹북 시리즈 『하우스 오브 엠House of M』(2005)에서 중요한 영감을 얻었다. 한편, 불안감을 조성하는 도시 교외 지역 한가운데서 벌어지는 악몽 같은 상황은 톰 킹Tom King의 글과 가브리엘 에르난데스 왈타Gabreil Hernandez Walta의 그림으로 아이즈너상을 수상한 『비전The Vision』(2015~2016)에서 유래한 것이다. 마지막 엔딩 크레디트에서는 벤디스와 크와펠, 킹, 왈타와 더불어 완다와 비전을 MCU에 소개한 조스 웨던, 화이트 비전 캐릭터를 개발한 존 번, 1982년 작품 『비전과 스칼렛 위치Vision and the Scarlet Witch』의 작가 빌 맨틀로Bill Mantlo 등 마블의 다른 유명 인사들이 '특별한 감사 인사'를 받았다.

어떤 작가가 창작한 캐릭터가 마블의 광범위한 서사에 편입된다면 이와 연관된 권리 대부분은 회사가 소유하게 된다. 그런데 이 캐릭터를 계속 사용하는 대가로 창작자가 받는 보상은 얼마나 될까? 수십 년 동안 마블 코믹스는 이 질문에 "아무것도 받을 수 없다"라고 답하며 추가 보상을 원하는 창작자들과 격렬히 싸워왔다. 하지만 2000년대 후반부터 체결된 마블의 출판 계약에는 '특별 캐릭터 조항'을 통해 영화나 TV에 등장하는 원본 캐릭터에 대한 보너스를 지급하도록 바뀌었다. 그러나 여기에는 복잡한 허점들이 곳곳에 있었다. 예를 들어, 캐릭터 등장 분량이 상영 시간의 15퍼센트에 못 미칠 때는 카메오로 취급되어 보너스가 현저하게 줄어들었다. 가령, 이러한 기준에 따르면 〈캡틴 아메리카: 시빌 워〉에서 세바스찬 스탠이 맡은 윈터 솔져는 카메오에 포함된다. 영화의 핵심 인물임에도 상영 시간인 2시간 28분의 15퍼센트에 조금 모자란 22분 동안 등장하기 때문이다. 〈어벤져스: 인피니티 워〉에서 8분 조금 못 미치게 출연한 캡틴 아메리카 역의 크리스 에반스도 마찬가지였다.

타노스와 가디언즈 오브 갤럭시 중 일부를 만들어낸 짐 스탈린과 같은 코믹북의 전설들은 마블의 보잘것없는 보수에 분개하며 괴로워했다. 스탈린은 배트맨의 적으로 매우 비중이 적은 KG비스트라는 캐릭터를 예로 들어 그가 받은 보수에 대해 페이스북에 이렇게 적었다. "〈배트맨 대 슈퍼맨: 저스티스의 시작Batman v Superman: Dawn of Justice〉에 참여한 대가로 DC 엔터테인먼트에서 정말 큰돈을 받았다. 타노스와 가모라, 드랙스가 등장한 마블 영화에서 받은 돈을 합친 것보다 훨씬 더 큰 금액이다."

스탈린은 특히 타노스와 관련된 협상 조건을 불만스러워 했었는데, 디즈니가 재협상에 나서면서 "상당히 공정한 결과"를 얻어냈다. 버키반즈가 2014년 〈캡틴 아메리카: 윈터 솔져〉에서 금속 팔을 달고 돌아온 이후 〈윈터 솔져〉의 중심 줄거리를 만들어낸 아티스트 스티브 엡팅과 작가 에드 브루베이커는 엔딩 크레디트에서 '특별한 감사 인사'를 받는 것보다 조금 더 얻는 것에 만족해야 했다.

브루베이커는 버키가 디즈니 플러스 프로그램에 주연으로 등장한다는 소식을 접하고 자신의 뉴스레터에 이렇게 썼다. "내가 만난 마블 스튜디오의 모든 사람(케빈 파이기도 포함)은 친절하기만 했다. …내가 작가로서 멋진 삶을 살 수 있게 된 것은 캡틴 아메리카와 윈터 솔져가 독자들을 나의 다른 작품들로 이끌어준 덕이 크다. 하지만 디즈니 플러스에 대한 반응을 원하는 사람들의 이메일이 편지함에 가득 차면 속이 쓰릴 때가 있다는 사실도 부인할 수 없다."

후에 브루베이커는 케빈 스미스의 팟캐스트 '팻맨 비욘드'에 출연해서 자신의 입장을 더 분명히 밝혔다. "마블 측에서 윈터 솔져가 그들의 모든 작품에서 얼마나 많이 활용되었는지 파악한 다음에 나와 스티브 엡팅에게 연락해서 '여러분이 만족할 수 있을 만큼 기준을 조정해 볼게요'라고 말할 수도 있잖아요. 그렇게 하지 못할 이유가 없다니까요."

엡팅과 브루베이커는 〈팔콘과 윈터 솔져〉의 엔딩 크레디트에서 다시 한 번 '특별한 감사 인사'를 받았다. 자극적인 코믹스인 『트루스: 레드, 화이트 앤드 블랙Truth: Red, White and Black』(2003)을 만든 로버트 모랄레스Robert Morales와 카일 베이커Kyle Baker 역시 이들과 함께 '특별한 감사 인사'를 받았다. 〈팔콘과 윈터 솔져〉의 수석 작가 맬컴 스펠먼Malcom Spellman은 이 시리즈에서 영감을 얻어 캡틴 아메리카의 방패 뒤에 자리한 인종차별적 기반에 관해 이야기하기 위해 모랄레스, 베이커, 편집자 액슬 알론소Axel Alonso가 만든 캐릭터인 흑인 슈퍼 솔져 아이제이아 브래들리를 등장시키기도 했다. 스펠먼은 "흑인 슈퍼히어로가 조카에게 미치는 직접적인 영향을 보고 나니, 뇌리에 곧바로 각인이 되더라고요"라고 말했다.

마블 영화는 코믹북의 줄거리를 느슨하게 각색한 경우가 많았다. 하지만 마블 스튜디오가 TV 사업에 뛰어들면서 특정한 이슈나 그래픽 노블의 내용과 더 유사한 작품을 만들게 됐고, 이로 인해 원작 코믹북의 창작자를 외면하기가 더 어려워졌다. 마블은 오랫동안 동부의 코믹북 출판사와 서부의 마블 스튜디오 사이에서 제정 분리 원칙을 고수했지만, 이제 파이기가 두 부문을 모두 관리하게 되면서 그 경계가 더 모호해진 듯했다. 나중에 나온 디즈니 시리즈인 〈호크아이〉는 작가 맷 프랙션Matt Fraction과 아티스트 다비드 아하David Aja가 2012년부터 2015년까지 연재한 아이즈너 수상작 코믹스에서 많은 부분을 가져왔다. 어쨌든 프랙션은 이 시리즈의 컨설팅 프로듀서로 인정받아 더 많은 수입을 얻을 수 있었다.

세 시리즈의 성공

마블 스튜디오의 책임자들은 수십 년 동안 축적된 인기 슈퍼히어로의 이야기를 활용할 능력이 있었지만, 영화 제작자에서 TV 업계의 실력자로 급격히 변신하며 현장에서 많은 교훈을 얻고 있었다. 〈팔콘과 윈터솔져〉의 개발을 도운 마블의 프로듀서 네이트 무어는 자신의 역할이 영화 촬영장에서 하는 일과 "상당히 유사했다"고 설명했다. 그는 〈엠파이어〉 제작 경험이 있었던 스펠먼 덕분에 TV라는 매체에 적응하는 데 많은 도움을 받았다고 밝혔다.

파이기는 〈로키〉의 수석 작가를 찾기 위해 댄 하먼의 프로그램에서 인력을 데려오는 검증된 방법을 사용했다. 마이클 월드론Michael Waldron은 하먼의 SF 만화 〈릭 앤 모티〉의 전속 작가로, 회사의 의뢰 없이 집필했던 시간 여행 소재의 액션 코믹 로맨스 극본으로 파이기에게 좋은 인상을 주었다. 하먼은 파이기가 〈릭 앤 모티〉의 인력을 자꾸 데려가는 것이 신경 쓰이는지 묻자 이렇게 답했다. "사람들이 저를 떠날 때는 마블로 가기 위해서라고 인정받은 셈이니, 어쨌거나 영광으로 생각해요."

월드론은 이미 시간 여행과 다중우주에 몰입해 있었던 덕분에 로키가 멀티버스의 다양한 타임라인을 관리하는 시간 변동 관리국(TVA)의 활동에 협력하거나 방해하는 드라마를 맡기에 적임자였다. 월드론과 작가들은 MCU의 연속성 문제에 대한 부담을 거의 느끼지 않았다. 로키는 시간과 공간을 모두 초월한 인물이었기 때문이다.

마블 스튜디오는 각 프로그램을 MCU 영화에서 프로덕션 매니저로 활동했던 하급 임원에게 배정했다. 〈블랙 팬서〉에 참여했던 조이 네이글하우트Zoie Nagelhout는 무어를 대신해 〈팔콘과 윈터 솔져〉를, 〈가디언즈 오브 갤럭시 VOL. 2〉로 출발했던 메리 리바노스는 〈완다비전〉을, 〈닥터 스트레인지〉의 케빈 라이트Kevin Wright는 〈로키〉를 맡았다. 신진 프로듀서들이 합류하면서 셰이퍼와 스펠먼, 월드론은 제작과 관련된 결정을 내릴 때마다 케빈 파이기와 마블 의회를 성가시게 하지 않아도 됐다. 하지만 이렇게 되자 마블의 제작방식에서 가장 핵심적인 단계였던 파이기의 검토 과정이 사라져버렸다.

TV의 수석 작가들은 마블 스튜디오의 미래를 규정하는 데 일조하면서도, MCU의 더 큰 그림이 무엇인지, 또 그 그림에 자신의 프로그램이 어떻게 맞춰질지는 거의 알지 못했다. 하지만 등장인물을 선정할 때만큼은 방대한 마블 캐릭터 중에서 마음대로 고를 수 있었다. 파이기는 〈완다비전〉진행 과정을 다음과 같이 설명했다. "과학자나 연방 요원이 필요하다면, 수십 년 동안 비슷한 역할을 맡은 출연자가 많았으니까 그중에 앤트맨에 등장한 지미 우가 될 수도 있었어요. 그런데 랜달 박이 다시 돌아와서 맡아줄까요?" 파이기는 '토르' 시리즈에서 팬들의 사랑을 한 몸에 받은 달시 루이스 역의 캣 데닝스Kat Dennings도 과학자 역할에 잘 맞을만한 인물로 꼽았다. "그들이 계속 우리와 함께하기로 결정해준 것은 영광스러운 일이죠."

하지만 필요한 캐릭터는 늘 달라졌다. 스펠먼은 그런 상황을 다음과 같이 설명했다. "그들은 관심 있는 캐릭터들이 있는 메뉴판을 주지만, 그중 어떤 것을 선택하라고 강요하지는 않아요. 그런데 메뉴판을 들고 고민하다 보면 어떤 캐릭터들은 사라져버려요. 새로운 캐릭터가 궁금해서 물어보면 '그 캐릭터는 쓸 수 없어요'라고 했다가도 다시 가능해지기도 해요. 그들은 우리가 뭔가 더 거대한 일에 동참하고 있다는 사실을 숨기지 않았어요." 스펠먼은 〈앤트맨〉대본을 열심히 방어하던 에드가 라이트와는 태도가 매우 달랐다. 〈앤트맨〉사건 이후 작가들은 마블의 제약 아래서 일하는 법을 배웠고, 스튜디오도 기대하는 바를 명확히 하는 법을 배웠다.

셰이퍼와 스펠먼, 월드론과 그들의 작가진은 프로그램의 초기 형태를 결정할 수 있었지만, 나중에는 각 시리즈에 지정된 감독에게 프로젝트 통제권이 넘어갔다. 〈완다비전〉은 〈필라델피아는 언제나 맑음 It's Always Sunny in Philadelphia〉과 〈왕좌의 게임〉으로 시트콤과 대작 모두를 경험한 맷 샤크먼Matt Shakman이 맡았다. 영화와 TV에서 수십 년간 경력을 쌓은 카리 스코글랜드Kari Skogland는 〈팔콘과 윈터 솔져〉에 합류했다. 〈로키〉는 〈오티스의 비밀 상담소Sex Education〉의 젊은 영국인 감독 케이트 헤론^{Kate Herron}이 연출했다. 공동 작업의 정도는 제각각이었고, 일부 캐릭터와 콘셉트는 전면적으로 정비되었다. 예를 들어 완성된 〈팔콘과 윈터 솔져〉 시리즈에서는 인종 문제가 다뤄지긴 했지만, 스펠먼이 쓴 각본에서처럼 중심적인 주제는 아니었다.

코로나19 유행이 닥치자 촬영 진행 중이던 세 시리즈는 모두 중단됐다. 촬영이 가장 많이 진행된 〈완다비전〉은 야외 촬영과 특수효과 촬영이 남아 있었다. 〈팔콘과 윈터 솔져〉는 2020년 1월 푸에르토리코 대지진 발생 이후 이미 현지 촬영이 취소된 상황이었다. 감염병 대유행으로 프라하 촬영이 중단됐을 뿐만 아니라, 빠르게 번지는 질병을 막기 위해 동분서주하는 히어로들의 활약상으로 계획되어 있던 줄거리가 현실과 너무 가까워졌다.*

코로나19 휴지기에 헤론은 〈로키〉의 여러 에피소드를 완전히 다시 작업했다. "월드론이 작가실을 꾸려 작업을 시작했고, 저는 그다음에 프로젝트에 합류했어요. 우리가 운영한 건 미니 작업실 정도라고 할 수 있었어요." 마블에서 〈로키〉를 전담한 케빈 라이트가 포함된 특별 수정팀은 시리즈의 색다른 아이디어를 화면에서 구현할 방법에 대한 실질적인 문제에 집중했다.

세 시리즈 모두 2020년의 어려운 상황 속에서 촬영과 후반작업을 마쳤다. 각 시리즈의 공동 작업은 갑작스럽게 여러 개의 개별 작업으로 해체됐다. 폴 베타니는 감염병 예방 지침에 따른 촬영에 대해 "내 장면이 끝나면 완전히 밀폐된 공간으로 사라져야 했어요"라고 말했다. 원래 예정된 공개 순서는 아니었지만, 2021년 초 마블은 〈완다비전〉으로 디즈니 플러스에서 첫발을 뗐다. 더는 바랄 수 없을 만큼 최고의 데뷔였다. TV의 역사와 베타니와 올슨의 활기찬 농담이 넘쳐나는 이 프로그램은 열성적인 MCU 팬을 훌쩍 뛰어넘는 시청자들에게까지 큰 인기

---

* 스펠먼은 코로나바이러스 때문이 아니라고 했지만, 시리즈의 부차적인 이야기였던 해당 내용을 삭제했다고 인정했다.

를 끌었다. 비평적으로도 호평받은 이 작품은 에미상 23개 부문 후보에 올라 의상과 프로덕션 디자인 부문에서 수상했으며, 작곡가 크리스틴 앤더슨-로페즈Kristen Anderson Lopez와 로버트 로페즈Robert Lopez가 아이튠즈 차트 1위를 차지한 〈전부 애거사 짓이야Agatha All Along〉로 수상하면서 총 3개 부문에서 상을 거머쥐었다.

〈팔콘과 윈터 솔져〉는 팬이나 비평가들에게 〈완다비전〉만큼의 반응을 이끌어내지는 못했다. 이는 대규모 클라이맥스가 에피소드가 진행되는 내내 고르지 않게 배치된 것에서도 알 수 있듯이 형식적인 면에서 TV와 영화 사이에 어중간하게 낀 것처럼 보였던 탓도 있다. 또한 '핑거 스냅'의 여파를 자세히 묘사해야 하는 부담을 안고 있었던 이 프로그램은 인구의 절반이 사라진다면 세상은 어떤 모습일지에 대한 사회정치적 사고 실험에 발목 잡히고 말았다. 향후 MCU의 에피소드는 대체로 이러한 서사적 함정을 피하는 방향을 선택하게 되었다.

하지만 이런 엇갈린 반응도 샘 윌슨 역을 맡은 앤서니 매키에 대한 마블의 열렬한 애정을 꺾지는 못했다. 시리즈 막바지에 전직 팔콘은 캡틴 아메리카라는 중요한 책임을 맡았고, 단독 영화 〈캡틴 아메리카: 뉴 월드 오더〉 소식이 곧바로 발표되면서 스펠먼이 각본을 맡는 것으로 정해졌다. 또한 세 시리즈 중 팬들이 가장 좋아한 〈로키〉가 가장 먼저 두 번째 시즌 제작을 승인받았다.

대혼돈의 멀티버스

기존 캐릭터를 디즈니 플러스로 이식하는 데 성공하며 대담해진 마블 스튜디오는 파이기의 캐비닛에 오랫동안 묻혀 있던 코믹스의 히어로들을 스트리밍 서비스를 이용해 데뷔시키면서 미즈 마블과 문나이트, 쉬헐크 등을 MCU에 소개했고, 그 결과는 저마다 달랐다. 업계에서 오랫동안 확립된 TV 제작방식을 교란한 마블의 실험은 해결한 문제보다는 새로 일으킨 문제가 더 많았다. 한 명의 감독이 촬영한 TV 시리즈는 한 편의 영화적 경험을 제멋대로 쪼개놓은 듯한 느낌을 줄 수 있었고, 시각효과 비중이 큰 캐릭터는 스트리밍 프로그램의 한정된 예산을 급증시켰다. 마블 스튜디오는 새로운 시리즈를 만들면서 좀 더 전통적인 모델을 도입했다. 각 시리즈에 번갈아 일할 감독들을 기용하고, 마블이 지정한 관리자와 협력할 수석 작가를 선정해 전형적인 쇼러너에 가까운 역할을 맡기는 방식이었다.

에피소드 수는 조정 가능했으며, 마블이 전달해야 할 이야기의 양에 따라 확장하거나 축소할 수 있었다. 마블 의회의 트린 트란은 "〈호크아이〉를 장편영화에서 디즈니 플러스 쪽으로 옮기기로 했습니다. 우리에게는 아직 배경 이야기를 다룰 시간이 없었던 캐릭터가 있었어요. 또 새로운 캐릭터(헤일리 스타인펠드Hailee Steinfeld가 맡은 케이트 비숍)를 소개해야 했고, 이들이 유대감을 형성하고 코믹스에서 매력적으로 느꼈던 특별한 역동성을 만들어낼 시간도 충분히 줘야 했죠. 영화에서 TV로 옮기면서 세 배나 되는 6시간을 확보할 수 있었고, 덕분에 이야기를 전달하는 데 필요한 창의적인 유연성을 발휘할 수 있었어요"라고 설명했다.

마블 스튜디오는 새로운 세대의 캐릭터도 선보였다. 이들 상당수가 원년 어벤져스에 직접적으로 대응되는 캐릭터였다. 캡틴 아메리카가 된 샘 윌슨 외에도 코믹북에서 호크아이로 알려진 궁사 케이트 비숍, 나타샤 로마노프처럼 블랙 위도우 프로그램을 졸업한 옐레나 벨로바 역의 플로렌스 퓨Florece Pugh, 아이언맨을 잇는 아이언하트, 헐크를 대신할 쉬헐크가 등장했다. 이들의 존재는 영 어벤져스라는 코믹북의 인기 팀을 MCU 버전으로 만들 가능성을 열었다. 〈런어웨이즈〉와 〈파워팩Power Pack〉이 취소된 뒤 등장인물에 10대 히어로들을 추가한 것은 오랫동안 미뤄진 끝에 파이기가 얻은 승리였다.

스튜디오가 영화를 다듬는 데 필요한 재촬영 기간을 처음부터 정해두는 것도 TV에서는 누릴 수 없는 사치였다. 파이기가 영화감독을 애틀랜타나 호주로 보내 '조각들'을 집으로 가져오게 하면, 그가 나서서 그 조각들을 조합해 신중하게 서사의 공백을 메우는 도움을 줄 수 있었던 시대는 지났다. 투자자들을 만족시키기 위해 체이펙이 요구한 속도에 맞추려면 그런 일정으로는 TV 프로덕션을 진행할 수 없었다. 게다가 마블 유니버스의 규모가 점점 더 커지면서 파이기는 점점 더 많은 영화와 TV 프로그램을 감당해야 했다. 파이기는 대체로 간섭하지 않는 경영진이었지만, 새로운 시대에는 가끔 촬영장에 나타나 불만을 달래거나 '창의적 견해 차이'로 인한 다툼을 조정해야 했다.

그 결과 대부분의 마블 프로그램은 초반에는 탄탄했지만 후반으로 갈수록 빈약해졌다. 한편 만족스러운 결말을 구축하기 위한 작가들의 노력에는 제동이 걸렸다. 스튜디오가 특정 캐릭터에 대한 향후 계획을 갑자기 변경할 수도 있으니, 모든 이야기의 마지막에는 교묘히 처리할 수 있는 여지를 남겨야 했기 때문이다. 〈완다비전〉의 셰이퍼는 그런 상황을 다음과 같이 설명했다. "마지막 부분은 그냥 계속 진행되는 질문이었어요. 그건 마블 프로젝트에서는 일반적인 일이었죠. 마블 영화의 클라이맥스는 최후의 순간까지 수정을 거듭하거든요."

그렇지만 캐릭터가 이쪽저쪽을 오가면서 영화와 TV 사이의 장벽은 그 어느 때보다 침투할 수 있는 여지가 많아졌다. 월드론은 "모든 것이 서로 얽혀 있지만, 그 모든 것이 독립적으로 분리되어 있었죠"라고 말했다.

파이기는 〈완다비전〉 이전에 이 프로그램의 사건들이 〈닥터 스트레인지〉의 속편인 〈닥터 스트레인지: 대혼돈의 멀티버스〉로 '직접적으로' 이어질 것이라고 예고했었다. 하지만 스콧 데릭슨Scott Derrickson 감독이 〈닥터 스트레인지〉의 시나리오 작가인 C. 로버트 카길과 공동 집필한 〈블랙폰The Black Phone〉을 연출하기 위해 갑자기 MCU를 떠나면서 계획이 무산되었다. 데릭슨은 자신의 정신 건강을 지키기 위해 떠난다고 언급했다. 카길은 이에 대해 "데릭슨이 만들고 싶은 영화와 마블이 만들고 싶은 영화가 달랐어요. 그래서 카길과 쓴 훌륭한 각본을 영화로 만들기 위해 떠난 거죠"라고 설명했다.

파이기는 샘 레이미를 불러와 이 문제를 해결했다. '이블 데드Evil Dead' 시리즈와 첫 '스파이더맨' 3부작을 연출한 샘 레이미는 공포가 가미된 슈퍼히어로물을 연출하기에 과분할 정도로 자격이 있는 감독이었다. 파이기는 오래 전부터 레이미가 만든 스파이더맨 영화들에서 영화 제작에 대해 많은 것을 배웠다고 인정했었다. 파이기는 이번에도 과거로 돌아가 문제를 해결할 수 있었다.

이 프로젝트는 여전히 전면적인 정비가 필요했다. 마이클 월드론이 〈로키〉에서 보여준 실력에 만족한 파이기는 그를 〈로키〉 제작에서 빼내 〈닥터 스트레인지: 대혼돈의 멀티버스〉에 투입했다. 월드론이 만든 〈로키〉 시즌은 시간과 차원을 넘나들며 모든 현실에서 멀티버스가 열리며 절정에 달한다. 월드론은 이 거대한 사건의 결과에 대해 "그건 다음 작가에게 맡길게요"라고 말했다. "하지만 〈로키〉에서 그렇게 한 다음에 〈닥터 스트레인지〉를 쓰면서 내가 만든 난장판을 스스로 정리해야 했죠."

현실 세계에서 MCU에 발생하는 제작 과정의 어려움들은 영화에서는 멀티버스로 변형되었다. 1961년 이후로 멀티버스는 서사의 편의성만큼이나 압도적인 잠재력 때문에 코믹북의 주요 주제로 떠올랐다. 멀티버스가 처음 등장한 것은 수십 년 간격으로 출간된 두 가지 버전의 플래시를 통합한 DC 코믹북이었다. 마블 스튜디오 입장에서 멀티버스는 스파이더맨의 빌런처럼 MCU 소속은 아니지만 매우 가까운 캐릭터들을 쉽게 편입시킬 수 있는 방법이었다.

마블 코믹북에는 각 대체 현실에 고유한 숫자가 있다. 지구-2192는 레드 스컬이 지배했고, 지구-82432는 코르박이라는 범우주적 악당에게 전멸되었으며, 지구-616은 슈퍼히어로들이 모험을 펼치는 주요 타임라인이다. 코믹북에서 마블 시네마틱 유니버스는 공식적으로 지구-199999로 지정됐지만, 〈대혼돈의 멀티버스〉에서는 혼란스럽게도 지구-616으로도 불렸다. 일부 마블 팬들은 이에 이의를 제기했다. 그중 한 명은 MCU TV 프로그램 〈미즈 마블Ms. Marvel〉에서 미즈 마블 역을 맡은 이만 벨라니Iman Vellani였다. 그녀는 〈미즈 마블〉 시사회에서 취재진에게 "저는 MCU가 지구-616이라고 믿지 않아요. 케빈 파이기가 그렇게 생각하도록 만들 수 있다고 믿지도 않고요"라고 말했다. 나중에 그녀는 마블의 열성 팬으로서 자신의 불만을 토로한 뒤 파이기와 눈이 마주쳤었다고 썼다. "그는 멀리서 나를 빤히 쳐다보더니 손가락으로 6, 1, 6을 만들어 보이고는 걸어가버렸어요."

월드론이 작업한 〈릭 앤 모티〉는 MCU에 멀티버스를 구축하기 위한 청사진이 되었다. 애니메이션 〈릭 앤 모티〉에는 여러 타임라인에 걸쳐 릭과 모티가 무한히 존재한다. 팬들은 매주 같은 타임라인의 캐릭터를 보고 있는지조차 미심쩍어 했다. 〈로키〉는 첫 시즌에서 MCU의 단일한 타임라인을 파괴했을 뿐만 아니라 로키의 정체성 자체를 가변적으로 유연하게 만들었다. 키드 로키, 악어 로키에서 알 수 있듯이 이 캐릭터는 성별이나 나이, 심지어 종족으로도 규정되지 않았다. 특히 톰 히들스턴의 로키와 매우 복잡한 관계에 있는 여성 버전의 로키인(소피아 디 마티노Sophia Di Martino가 연기한) 실비는 이를 잘 보여주었다.

이 멀티버스는 또한 애니메이션 앤솔로지 〈왓 이프…?What If…?〉의 토대가 되었다. 이 작품에서 제프리 라이트Jeffrey Wright가 목소리를 맡은 전지적 존재 왓처는 MCU의 중요한 시점에서 분기된 우주들을 관찰한다. 복수심에 불타는 행크 핌이 어벤져스를 죽이는 세계가 있는가 하면, 양자 영역에서 좀비 바이러스가 생성되는 세계도 있다. 마블 스튜디오는 주요 역할을 연기했던 많은 배우에게 이 시리즈의 목소리 연기를 맡겼다. 그중 채드윅 보즈먼은 티찰라가 스타로드가 되는 에피소드를 포함해 총 4편의 에피소드에 참여하면서 마지막으로 MCU에 출연했다.

간단히 말하면 월드론은 〈닥터 스트레인지〉 속편에서 다룰 만한 내용이 지나치게 많았다. 그는 엘리자베스 올슨의 출연이 확정되고, 마블이 영화 마지막에 완다 막시모프를 빌런으로 변모시킬 가능성을 고려하고 있다는 사실을 알고 있었다.

월드론과 〈완다비전〉의 수석 작가 잭 셰이퍼는 복도를 사이에 두고 각자의 디즈니 플러스 시리즈를 작업하면서 친해졌다. 두 사람은 각 프로젝트를 분리하라는 마블의 원칙을 어기고 완다를 셰이퍼의 프로그램에서 월드론의 영화로 넘기는 가장 좋은 방법을 논의했다. 월드론은 이에 대해 다음과 같이 설명했다. "저는 셰이퍼를 정말 존경했어요. 그래서 제가 끼어들어서 일을 망치고 싶지 않았죠. 그저 친구를 실망시키지 않아야겠다는 생각뿐이었어요." 안타깝게도 엘리자베스 올슨이 텔레비전 드라마에서 오랜 시간을 들여 섬세한 연기로 완다를 묘사한 뒤로 〈대혼돈의 멀티버스〉에 악당으로 등장하는 그녀의 모습에 실망한 팬들이 많았다. 그녀는 〈완다비전〉에서의 비탄에 빠진 이야기를 단지 더 빠르고 소란스럽게 반복하는 것처럼 보였다.

그러나 멀티버스는 스토리텔링의 새로운 가능성과 팬 서비스를 위한 새로운 길을 열었다. 〈대혼돈의 멀티버스〉에는 존 크래신스키와 패트릭 스튜어트 등 팬들의 사랑을 받은 배우와 캐릭터가 일루미나티로 출연했을 뿐만 아니라, 베네딕트 컴버배치가 네 가지 버전의 닥터 스트레인지로 등장했다. 마블 스튜디오는 관객들이 코믹북 형식의 설명글 없이도 복잡하게 얽힌 타임라인을 이해할 수 있다고 믿었고, 그 신뢰를 함부로 이용하지 않으려고 노력했다.

파이기는 멀티버스에 대한 생각을 다음과 같이 밝혔다. "계속 머릿속으로 생각하면서 우리에게 전달해주는 일만 전담하는 사람들이 있어요. 그리고 상황이 어떻게 성장하고 발전할지에 관해 협의하는 회의도 자주 진행했고요. 멀티버스는 우리가 푹 빠져 있는 분야예요." 파이기에 따르면, 마블 스튜디오에서는 "전체 마블 스튜디오팀이 멀티버스와 멀티버스의 규칙에 대해 살펴보는" 회의를 열었다고 한다.

마블 스튜디오의 종말?

MCU의 페이즈 1, 2, 3가 '인피니티 사가'로 알려졌다면, 페이즈 4, 5, 6은 '멀티버스 사가'로 불렸다. 이 사가의 악역은 〈로키〉에서 '남아 있는 자'로 소개된 뒤 영화 〈앤트맨과 와스프: 퀀텀매니아〉에서 시간을 여행하는 캉으로 등장한 캐릭터였다. 이 캐릭터는 마블 코믹북에 너무나 다양한 버전이 있고 반복적으로 등장한 탓에 작가와 팬들이 한참 전부터 모든 버전을 제대로 정리하는 것을 포기한 상태였다. 한 마블 소식통에 따르면, 캉은 원래 멀티버스 사가의 가장 중요한 빌런이 될 계획이 아니었다. 하지만 배우 조너선 메이저스Johathan Majors가 이 역할로 만들어낸 긍정적인 반응을 바탕으로 타노스 수준의 위협적인 존재로 승격하는 결정이 내려졌다고 한다. 디즈니는 캉의 영화 데뷔를 위해 마케팅 역량을 과시하면서 메이저스의 연기에 최대한 시선을 집중시켰다. TV(〈로키〉)와 영화(다른 모든 작품) 양쪽에서 그의 역할을 홍보하는 두 가지 쿠키 영상을 통해 캉을 대대적으로 알리고자 했다. 영화의 마지막 순간에는 수많은 버전의 캉이 경기장을 가득 메웠는데, 모두 조너선 메이저스의 얼굴을 하고 있었다. 로버트 다우니 주니어 이후로 마블 스튜디오가 한 배우에게 이렇게 큰 기대를 건 적은 없었다.

그러나 〈퀀텀매니아〉는 변변치 못한 평가를 받았다. 개봉 두 번째 주말 매표 수익이 69퍼센트 하락하며 마블 스튜디오에 침울한 신기록을 안겨주었지만, 메이저스는 비판의 영향에서 벗어난 듯 보였다. 그의 연기는 영화의 하이라이트이자 사실상 MCU의 미래라는 찬사를 받았다. 하지만 2023년 3월 22일, 그는 영화가 개봉한 지 두 달도 채 되지 않아 전 여자 친구의 목을 졸랐다는 주장이 제기되면서, 폭행과 학대 혐의로 체포되었다. 마블의 미래를 위한 가장 안전한 투자가 별안간 새로운 딜레마로 변하고 말았다.

한편 케빈 파이기는 스트리밍 서비스의 과잉이라는 문제와 법적 다툼으로 인한 어려움을 피할 수 없었다. 그렇지만 그에게는 MCU 관객을 계속 사로잡기 위한 기본 계획이 있었다. "코믹스가 오랫동안 사랑받는 이유는 캐릭터를 이용하는 거예요. 관객에게 애착을 가질만한 캐릭터를 제시하면, 그것이 설령 라쿤이라 할지라도 함께 이 모든 정신 나간 사건들을 헤쳐 나갈 수 있어요. 믿고 의지할만한 캐릭터로 베네딕트 컴버배치를 앞세운다면 우리는 그 영화에서 매지컬 미스터리 투어 장면이라고 부르는 과정을 여러분과 함께 통과할 수 있을 거예요."

마블을 대표하는 아이콘들의 미래는 불투명했다. 로버트 다우니 주니어, 크리스 에반스, 스칼렛 요한슨과 같은 시리즈의 버팀목들이 떠나면서 이미 마블에 큰 타격을 주었다. 게다가 채드윅 보즈먼의 충격적인 죽음에 뒤이어 MCU의 다른 충실한 일꾼들도 퇴장을 앞두고 있었다. 〈가디언즈 오브 갤럭시〉 출연진은 작별 여행을 떠났고, 브리 라슨은 환멸을 느끼고 있었으며, 마블은 톰 홀랜드에 대한 권리 분쟁으로 소니와 맞붙고 있는 상황이었다. 그리고 마지막 남은 원년 어벤져스 중 한 명인 크리스 헴스워스는 2022년에 유전자 검사 결과 알츠하이머병에 대한 유전적 소인이 있다는 놀라운 소식을 듣고 토르 역할을 그만둬야 할지 고민에 빠졌다. "다시 토르 역을 맡는다면 아마 마무리를 하게 될 것 같아요."

마블 스튜디오는 원대한 계획을 발표하며 유명 배우가 연기하는 흥미로운 새 캐릭터에 대한 호기심을 계속 불러일으키려 했지만, 그 성과는 갈수록 초라해지는 듯 보였다. 한때 MCU의 쿠키 영상은 관객들에게 곧 나오게 될 신중하게 고안된 계획에 대한 약속처럼 여겨졌지만,

팬들은 팝스타 해리 스타일스Harry Styles가 정말로 에로스라는 이름의 이 터널로 등장할지, 혹은 〈테드 래소Ted Lasso〉의 브렛 골드스타인Brett Goldstein 이 헤라클레스 역할로 단순한 카메오 역할 이상의 연기를 보여줄지 점점 회의적인 입장이 되었다.

MCU의 멀티버스 사가는 또 한 쌍의 어벤져스 영화인 〈어벤져스: 캉 다이너스티Avengers: The Kang Dynasty〉와 〈어벤져스: 시크릿 워즈Avengers: Secret Wars〉로 2025년 5월과 2026년 5월에 차례로 마무리될 예정이었다.[39] 조나단 힉맨Jonathan Hickman이 글을 쓰고 에사드 리비치Esad Ribic가 그림을 그린 코믹북 시리즈 『시크릿 워즈Secret Wars』(2015)는 마블의 멀티버스가 붕괴되어 다시 하나의 우주로 돌아가면서 끝나는 대서사시였다. 파이기는 이 계획에 대해 "『시크릿 워즈』는 근사하고 장대한 크로스오버죠. 우리가 각색할 수 있는 근사하고 장대한 크로스오버는 많아요. 모두 주체할 수 없이 풍요로운 마블의 자산이죠"라고 말했다. 스튜디오는 MCU의 〈릭 앤 모티〉화에 더욱 치중하며 하먼 문하의 동창생인 제프 러브니스와 마이클 월드론을 기용해 각각 〈캉 다이너스티〉와 〈시크릿 워즈〉의 각본을 쓰게 했다. 또한 파이기는 루카스필름을 위한 자신의 스타워즈 프로젝트에도 월드론을 기용했지만, 이 영화는 2023년에 제작이 중단됐다. 한편 〈퀀텀매니아〉의 반응이 좋지 않자 작가인 러브니스가 더는 MCU에 참여하지 않을 것이라는 소문이 돌았다.

멀티버스에는 무한한 가능성이 있었지만, 마블은 〈엔드게임〉 이후 거대한 시험대에 직면했다. 할리우드에서는 슈퍼히어로 영화의 양산으로 인해 영화 산업에 다른 이야기가 설 자리가 사라졌다고 생각한 지식인층을 중심으로 마블 스튜디오의 종말을 적극적으로 지지하는 사람들이 생겨났다. 코로나19 시대에도 마블 영화의 수익성은 좋았지만, 질적으로 천차만별인 마블 드라마와 영화가 쏟아지면서 브랜드 가치는 상처를 입었다.

디즈니 플러스의 들쑥날쑥한 실적은 차치하더라도, 페이즈 4와 5

에서 내놓은 영화들의 성적은 각양각색이었다. 마침내 파이기는 자신이 원하던 것, 즉 슈퍼히어로의 기존 정의를 깨뜨릴 수 있는 거의 완벽한 통제권을 갖게 되었다. 〈블랙 위도우〉, 〈이터널스〉, 〈샹치와 텐 링즈의 전설〉, 〈닥터 스트레인지: 대혼돈의 멀티버스〉, 〈토르: 러브 앤 썬더〉, 〈블랙 팬서: 와칸다 포에버〉는 이전까지 마블에서 선보였던 것보다 더 다양한 성별과 나이 및 인종을 자랑하는 작품들이었다. 하지만 안타깝게도 〈엔드게임〉의 성공 직후, 파이기가 어렵게 얻은 창작의 자유는 예상치 못한 여러 장애물에 부딪혔다. 팬데믹 상황과 더 많은 콘텐츠를 요구하는 디즈니의 새로운 수장으로 인해 파이기는 통제권은 가졌을지언정 품질까지 통제하지는 못했다. 페이즈 4에서 가장 성공적인 작품인 〈블랙 팬서: 와칸다 포에버〉에서는 채드윅 보즈먼의 죽음을 의미 있게 다루려고 고심했고, 이는 영화의 정서적인 근간이 되었다. 라몬다 역의 안젤라 바셋은 슬픔과 상실감에서 비롯된 연기로 마블 스튜디오 최초로 아카데미 여우조연상 후보에 올랐다. 하지만 아무리 이 영화를 열렬히 지지한다고 해도, 디즈니 플러스 드라마인 〈아이언하트Ironheart〉와 제목이 정해지지 않은 와칸다 시리즈 등 쿠글러가 계약한 두 스핀오프 프로젝트를 위해 추가된 캐릭터와 줄거리들이 이 영화에 지나치게 부담을 주었다는 사실은 인정할 수밖에 없다.

마블 스튜디오는 디즈니가 요구하는 방식으로 확장할 수 있게 만들어지지 않았기 때문에, 가장 큰 강점은 순식간에 약점으로 변했다. 몇 년 전, 다른 스튜디오들은 왜 마블의 실적을 따라잡지 못하느냐는 질문에 조 루소는 이렇게 답했었다. "간단해요. 그들에겐 케빈 파이기가 없잖아요." 그러나 디즈니 플러스 시대에 들어서면서, 케빈 파이기가 마블의 모든 것을 다 책임지기에는 역부족이었다.

아이거의 복귀

〈인크레더블 헐크〉와 〈토르: 다크 월드〉는 한때 MCU 영화 중에서 가장 취약한 작품으로 알려졌다. 하지만 "로튼 토마토"에 따르면 페이즈 4의 〈이터널스〉와 페이즈 5의 〈앤트맨과 와스프: 퀀텀매니아〉가 그 자리를 대체하면서 '썩은rotten' 평가를 받은 예외적인 두 편의 영화가 되었다. 페이즈 4의 〈토르: 러브 앤 썬더〉 역시 순위가 낮았는데, 〈토르: 라그나로크〉로 큰 인기를 얻은 타이카 와이티티 감독으로서는 급격한 하락이었다. 이는 분명 파이기에게 상처가 되었을 것이다. 2017년, MCU가 아직 '신선한fresh' 평가로 흠잡을 데 없는 기록을 만끽하고 있을 때, 파이기는 "우리는 항상 로튼 토마토의 '신선도 보증' 명패를 매우 자랑스럽게 생각합니다"라고 말했었다.

간단히 말해 마블은 10년 동안 세계 영화 업계에서 필적할 데가 없는 성공을 거뒀지만, 이제 마블 로고는 파이기가 그토록 애써 쌓아온 질적 수준을 보장하지 못하고 있었다. 이는 그의 오랜 협력자였던 밥 아이거의 정신에 어긋나는 일이었다. 2017년, 마블이 여전히 세계 최고였을 때 아이거는 어떻게 이 시리즈가 코믹북을 본 적도 없는 관객을 그렇게 많이 끌어들일 수 있었느냐는 질문을 받자 다음과 같이 답했었다. "바로 그 지점에서 브랜드가 중요해지는 거예요. 우리가 만드는 영화는 픽사, 디즈니, 마블, 스타워즈 같은 거죠. 우리는 그 외의 다른 영화는 만들지 않아요. 우리가 그런 영화를 계속 만들면 혹시 관객이 잘 알지 못하는 내용이라 하더라도 독특한 이야기를 전하거나 독특한 캐릭터를 소개할 수 있는 자유를 조금 더 얻을 수 있다고 생각하거든요. 이제 마블에도 브랜드 가치가 쌓였어요. 스토리텔링과 캐릭터의 특성이 많은 사람들에게 알려졌고, 그 덕분에 우리는 경쟁에서 유리해진 거죠." 아이거는 마블의 이러한 브랜드 파워는 초창기 작품들에도 해당한다고 인정했다. "〈아이언맨〉이 개봉했을 때 아이언맨은 마블의 가장 유명한 캐릭터가 아니었어요. 헐크나 스파이더맨은 누구나 알고 있었지만, 아이언맨은 그 정도는 아니었죠. 영화가 아이언맨의 가치를 격상시킨 거예요. 우리가 마블을 인수했을 때 하고 싶었던 일 중 하나는 마블의 브랜드를 돋보이게 하고, 그 브랜드를 이용해 전 세계 소비자들을 공략하는 거였어요. 그 목표는 이룬 것 같네요."

그러나 아이거는 은퇴 후 얼마 지나지 않아 자신의 업적이 무너지는 것을 보게 되었다. 그가 그토록 애정을 쏟으며 갈고 닦은 브랜드의 최신 영화를 집에서 간단히 스트리밍으로 볼 수 있게 되자 모든 게 평범하게 느껴졌다. 2022년 디즈니의 주가는 40퍼센트나 곤두박질쳤다.

그 책임을 전적으로 체이펙에게 돌릴 수는 없었다. 팬데믹은 글로벌 경제의 모든 부문에 영향을 미쳤고, 손실을 내고 있던 디즈니 플러스는 아이거에게 물려받은 프로젝트였기 때문이다. 하지만 체이펙은 불안해하는 주주들을 이야기로 설득할 능력이 없었다. 그런 재능은 아이거의 것이었다. 그래서 2022년 11월, 디즈니 이사회는 계약을 막 갱신했음에도 불구하고 체이펙을 해고했다. 아이거는 디즈니가 진로를 바로잡는 것을 돕기 위해 최소 2년 동안 복귀하기로 했다.

아이거 복귀 발표 다음 날 디즈니 주가는 10% 반등했다. 디즈니의 제작 분야 직원들 역시 가장 막강한 지원군이 돌아왔다는 사실을 무척 기뻐했다. 디즈니 이사회를 장악하기 위해 아이거와 경쟁했던 아이크 펄머터는 낙관할 수만은 없었다. 펄머터가 패배한 뒤 아이거는 2023년 3월 29일에 펄머터의 마블 엔터테인먼트 지배권을 없애고, 디즈니의 조직도에서 그를 삭제했다.

아이거의 복귀에 이어 마블은 일 년에 걸친 쇄신을 진행했다. 2023년에는 〈캡틴 마블〉의 후속작인 〈더 마블스〉의 개봉을 7월에서 11월로 미루면서 재촬영과 세부 수정을 할 수 있는 4개월의 추가 시간을 확보했다. 마블 스튜디오는 2년 동안 디즈니 플러스를 위해 TV 시리즈 8편과 특집극 2편을 연달아 쏟아낸 뒤, 잠정적으로 〈시크릿 인베이전Secret Invasion〉, 〈에코Echo〉, 〈로키〉 시즌 2까지 최대 3편의 스트리밍 프로그램을 책임지게 되었다.

2023년 초 디즈니 플러스의 가입자가 400만 명 감소한 뒤, 디즈니는 스트리밍 서비스를 최대한 빨리 확장하려는 전략에서 실제 수익을 내는 전략으로 전환했다. 그해 봄, 디즈니는 수천 명의 직원을 해고하기도 했다.

수완 좋은 파이기는 이 새로운 절제의 시대를 긍정적인 방향으로 설명했다. "마블 스튜디오에서 일하면서 영향력을 느끼게 되는 측면 중 하나는 이러한 영화와 드라마들이 시대정신을 반영하게 된다는 점입니다. 상품이 너무 많이 나와 있으면 시대정신에 닿기가 더 어려워져요. 제가 싫어하는 말로, 소위 '콘텐츠'가 너무 많아지면 말이에요. 하지만 우리는 마블 스튜디오와 MCU 프로젝트가 더욱 돋보이고 탁월하기를 바라고 있어요. 페이즈 5와 6가 진행될수록 사람들도 알게 될 거예요. 각 작품들이 빛날 기회를 주기 위해 디즈니 플러스 프로그램의 공개 속도에도 변화를 줄 거예요."

즉 준비를 모두 마치기 전에는 새로운 마블 프로그램이나 영화를 공개하지 않겠다는 뜻이었다. 스튜디오는 그동안 서사의 빈틈을 점검하고 허점을 메울 수 있을 것이다. 마블 스튜디오는 그 어느 때보다 민첩해야 했다. 디즈니가 허리띠를 졸라매고 있을 뿐만 아니라 2023년 5월에 시작된 미국 작가조합의 파업으로 〈블레이드Blade〉와 〈썬더볼트Thunderbolts〉와 같은 영화 제작이 지연되면서 서로 연계된 MCU의 일정 전체가 혼돈에 빠졌기 때문이다.

가장 중요한 협력자 중 한 명인 빅토리아 알론소와 가장 강력한 걸림돌 중 하나였던 아이크 펄머터가 갑작스럽게 떠나면서 모든 시선은 다시 한번 이 상황을 고쳐놓을 케빈 파이기에게로 향하고 있었다.

Epilogue: How Much We Have Left

소개할 슈퍼히어로가 아직도 많아

"
Are you quoting a comic book right now?
"

<She-Hulk: Attorney at Law>

2022년 〈변호사 쉬헐크〉의 시즌 마지막 회에서 주인공인 쉬헐크는 드라마의 진행 방향에 불만스러워하며 MCU에서 빠져나와 캘리포니아 버뱅크의 마블 스튜디오 본사로 간다. 그곳에서 그녀는 마블 스튜디오를 운영하는 인공지능 로봇인 케빈K.E.V.I.N.(Knowledge Enhanced Visual Interactivity Nexus 지식 강화 비주얼 상호 연결 집합체)과 마주한다. 파이기는 이 작품의 작가인 제시카 가오가 자신을 AI로 표현하는 데 불만이 없었다. 단지 그녀가 로봇에 야구 모자를 씌우겠다고 했을 때만 반대했다.

실제로 마블 스튜디오에 방문하면 맷 윌키Matt Wilkie가 실명으로 연기한 안내직원과 방문객이 서명해야 하는 기밀 유지 계약서에 이르기까지 쉬헐크가 거친 것과 놀랍도록 비슷한 여정을 경험할 수 있다. 마블의 사무실은 과거의 모습에 비하면 상당히 발전했다. 프랭크 G. 웰스 빌딩 2층의 엘리베이터에서 내리면 거대한 벽면 그림과 세심하게 관리된 스튜디오의 소품과 코스튬 전시를 볼 수 있다.

케빈 파이기의 사무실은 빼곡하게 들어찬 칸막이 구획과 다른 사무실들 한가운데에 있다. 시각화 개발팀을 이끄는 라이언 마이너딩과 앤디 박은 극비사항인 캐릭터 디자인 작업을 하느라 문이 닫힌 곳에서 일하지만, 대부분의 사무실은 개방형이다. 해가 잘 드는 파이기의 널찍한 사무실은 인피니티 건틀릿 복제품을 비롯한 마블 기념품으로 번갈아 전시되어 꾸며진다. 파이기의 책상 뒤에는 다른 수집품이 진열된 선반이 있다. 파이기는 엑스맨 영화에 참여했을 때 로렌 슐러 도너가 프로듀서로서 자질을 갖추는 데 영향을 주었던 경험을 떠올렸다. "저는 엑스맨을 철저히 공부했어요. 내용은 이미 알고 있었지만, '대본에 이런 문제가 있네. 코믹스에서 이 문제를 해결할 수 있는지 찾아보자'는 생각을 했었죠. 실제로 그렇게 했더니 문제가 모두 풀렸어요."

마블 스튜디오의 수장 파이기는 오랫동안 원작의 탁월함을 강조했다. "지난 오륙십 년 동안 한 달에 한 번씩, 새로운 이야기를 만들어내는 재능 있는 창작자들이 엄청나게 존재했어요." 그는 코믹북의 캐릭터 묘사가 영화 제작자들이 생각하는 것보다 훨씬 깊이 있다는 것을 알고 있었고, 이 장르의 핵심 매력 요소는 슈퍼히어로 팀을 이뤄 협력하는 것과 카메오라는 사실을 일치감치 깨달았다. MCU가 지금의 자리까지 온 것은 MCU의 지휘자가 MCU는 이미 존재했었다는 것을 이해한 덕분이다. 파이기는 MCU가 스트리밍 프로그램과 멀티버스 사가로 뻗어가면서 코믹스에서 다른 교훈을 얻어야 했다. 그는 슈퍼히어로는 어떻게 주기적으로 리부트되어야 하는지, 변형이나 스핀오프가 통제 불능이 되는 사태는 어떻게 막을 수 있는지, 매년 일어나는 초대형 크로스오버 사건으로 캐릭터들의 이질적인 방향을 어떻게 통합할 수 있는지 모두 코믹스에서 배웠다.

파이기가 갑자기 일어서더니 보여줄 게 있다고 했다. 마블의 복도를 열심히 걸어가던 파이기는 초창기 마블 스튜디오에 전시했던 포스터 액자 쪽으로 향했다. "마블 유니버스MARVEL UNIVERSE"라고 선명히 새겨진 이 포스터는 1988년에 제작된 판촉물로 에드 해니건Ed Hannigan과 조 루빈스타인Joe Rubinstein이 수백 명의 마블 캐릭터를 그린 것이었다. 파이기는 사무실에서 시간을 죽이던 주니어 프로듀서 시절, 몇 시간씩 이 포스터를 들여다보며 수많은 히어로들에 대해 생각하면서 그들에 관한 이야기를 사람들에게 어떻게 들려줄 수 있을지 고민했었다고 했다. 그는 아직 화면에 옮기지 않은 캐릭터들도 많다고 털어놓았다.

파이기는 무리에서 거의 구별해내기 어려울 정도로 모호하게 그려진 캐릭터를 가리키며 말했다. "거의 모든 캐릭터를 영화로 만들어 성공시켰지만, 아마 우드갓은 어려울 거예요." 그리고 잠시 생각하더니 능청스레 미소를 지었다. "우드갓에 대해 다시 찾아봐야겠네요."

미주

1) bootstrap, 외부 자본의 투자를 받지 않고 제한된 자체 자본을 최대한 효율적으로 활용해 자력 생존하는 방식.

2) Heroes Con, 1982년부터 매년 6월 노스캐롤라이나의 샬럿에서 열리는 미국에서 가장 오래되고 규모가 큰 독립 코믹스 컨벤션 중 하나.

3) Hanna-Barbera, 〈개구쟁이 스머프〉로 유명한 미국의 애니메이션 제작 회사.

4) Cerebro, 뮤턴트 탐지 장치.

5) 18,262회 방송된 연속극으로, 세계에서 가장 오래 방송한 드라마로 유명하다.

6) 진실에 가까워서 그럴듯함.

7) 조지 W. 부시의 주지사 당선과 대통령 당선에 큰 공을 세운 선거 전략가로 승리를 위해 중상모략을 서슴지 않았다고 알려져 있다.

8) tentpole movie, 영화 스튜디오에서 흥행 성공을 보장해줄 유명 감독과 배우를 기용해 만든 대작 영화.

9) 주로 미국 독립영화에서 자본을 조달하기 위해 활용하는 방법이다. 보증사는 일정한 보험료를 받고 영화 완성을 보증하고, 제작사는 이 보험을 근거로 대출이나 투자를 받는다.

10) 마블 코믹스와 마블 시네마틱 유니버스에 등장하는 세계안전보장이사회 휘하의 국제안보기관.

11) Animatronics, 애니메이션과 일렉트로닉스를 합친 말로 실물을 본떠 만든 모형과 로봇 장치를 결합하여 원격 조정할 수 있게 만드는 특수 효과 기술이다.

12) backdoor pilots, 스핀오프 시리즈를 제작하기 전에 기존 시리즈에 속하는 회차로 방영해 시청자의 반응을 살피는 파일럿 에피소드를 말한다.

13) Shaft beard, 〈샤프트〉(2000)에서 사무엘 L. 잭슨은 뉴욕 경찰청 소속의 형사 존 샤프트 역할을 맡아 수염을 짧게 기른 얼굴로 출연했다.

14) 일에 헌신해야 한다는 의미.

15) spec screenplay, 의뢰받지 않고 판매를 기대하며 자발적으로 쓴 대본.

16) blaxploitation, black과 exploitation을 합친 말로 1970년대에 흑인 관객을 겨냥해 흑인 영웅을 등장시킨 영화 장르를 이른다.

17) script doctor, 제작사에서 기존 각본을 고치거나 특정한 부분을 보강하기 위해 고용하는 각본가.

18) showrunner, 프로그램을 책임지고 총괄하는 작가로 집필은 물론 제작 과정에도 참여해 방향을 설정하는 역할을 한다.

19) screwball comedy, 1930년대에 인기를 끈 영화 장르로 현대의 로맨틱 코미디와 유사하게 조건이 다른 남녀가 입씨름을 벌이며 갈등이 증폭되다가 어려움을 극복하고 결합하는 이야기가 주를 이룬다.

20) 극사실주의 화풍으로 유명한 미국의 만화가.

21) Boba Fett, 〈스타워즈〉에 등장하는 현상금 사냥꾼 캐릭터.

22) Marvel One-Shot, 마블 스튜디오 영화의 블루레이에 수록된 3~10여 분 정도 분량의 짧은 에피소드.

23) '흑인의 생명도 소중하다'라는 뜻으로 2012년 방범대원에 의해 무고하게 죽은 흑인 소년의 가해자가 무죄로 풀려나자 공권력의 과도한 폭력에 항의하기 위해 시작된 흑인 민권 운동의 구호다.

24) Bowery Boys, 19세기 초반 뉴욕 맨해튼 바워리 지역을 근거지로 활동한 범죄 조직.

25) heist film, 여러 등장인물이 범죄를 모의하고 실행하는 과정을 그리는 범죄영화의 하위 장르.

26) single-camera, 카메라 한 대로 제작하는 방식.

27) Modern Warfare, 시즌 1의 23화.

28) greatest-generation, 1901년에서 1927년 사이에 태어나 대공황과 2차 세계대전을 겪은 세대.

29) animatic, 준비 단계에서 사운드트랙과 함께 순서대로 배열한 일련의 장면, 이미지, 스케치들.

30) 해리 포터에 등장하는 집요정 도비가 자유를 얻고 했던 말로 회사를 그만두면서 외치는 밈처럼 사용된다.

31) '딩동, 마녀가 죽었다Holy hell, ding dong, the witch is dead.'는 뮤지컬 영화 〈오즈의 마법사〉의 수록곡이다.

32) high-concept, 흥행을 위해 폭넓은 관객에게 쉽게 전달될 수 있는 내용으로 기획하는 영화.

33) 미국의 인기 시트콤 〈브래디 번치〉는 시즌이 진행되면서 출연진인 브래디 가족의 아이들이 성장하자, 극에 활력을 주기 위해 새로운 아역으로 사촌 올리버를 등장시켰다. 하지만 의도와는 달리 시청자들의 호응을 얻지 못했고 시리즈도 종영을 맞게 되었다.

34) callback, 다른 참고자료를 떠올리게 하는 코미디 기법.

35) 국내에는 영화 개봉 당시 '피터 찌리릿'으로 번역되었다.

36) mixtape, 힙합 문화의 하나로 기존 곡을 리믹스한 카세트테이프를 의미했으나 최근에는 사전 홍보를 위해 무료로 온라인에 공개하는 음원을 의미한다.

37) 모두 〈스타 트렉〉에 등장하는 인물들이다.

38) 2023년 6월 6일 〈캡틴 아메리카: 브레이브 뉴 월드Captain America: Brave New World)로 제목이 바뀌었고, 개봉도 2025년으로 연기되었다.

39) 〈어벤져스: 킹 다이너스티〉는 2024년 7월 28일 샌디에이고 코믹콘에서 〈어벤져스: 둠스데이Avengers: Doomsday)라는 제목으로 바뀐다고 발표되었다. 동시에 어벤져스 두 작품의 개봉일도 2026년 5월과 2027년 5월로 각각 연기되었다.

40) Chippendales, 남성 스트립쇼.

옮긴이 서나연

숙명여자대학교 독문과를 졸업하고 연세대학교에서 비교문학으로 석사학위를 받았다. 현재 번역 에이전시 엔터스코리아에서 번역가로 활동하고 있다. 옮긴 책으로 『WARRIORS 전사들: 예언의 시작 편』 시리즈, 『디즈니 미키 마우스 90주년 기념 아트북: THE ART OF 미키 마우스』, 『예술가로 살아남기』, 『보이는 기호학』, 『이사도라 덩컨의 영혼의 몸짓: 진정한 자유는 내 안에 있다』, 『미니언즈 무비 스토리북』, 『나를 다 안다는 착각: 무의식은 어떻게 나를 뒤흔드는가』, 『원작 영화를 바탕으로 한 해리포터 종이접기』, 『하우 투 스케이트보드』 등이 있다.

마블 인사이드
MCU: The Reign of Marvel Studios

1판 1쇄 발행 2025년 2월 20일

지은이   조애너 로빈슨, 데이브 곤잘레스, 개빈 에드워즈
옮긴이   서나연

발행인   추기숙
경영총괄   박현철, 최 진
홍보·마케팅 성지은, 김지현
책임편집   박상락, 박정웅, 장기영
편집진행   양승주, 김성수
표지디자인   이동훈
디자인 1팀 이찬범, 정성희
디자인 2팀 김봉재, 유지연
교정·교열   이새별, 홍유정, 김태연
제작   사재웅
경영지원   김정매

발행처   ㈜다니기획 | 다니비앤비(DANI B&B)
            출판신고등록 2000년 5월 4일 제2000-000105호
            주소 (06115) 서울시 강남구 학동로26길 78
            전화번호 02-545-0623 | 팩스 02-545-0604
            홈페이지 www.dani.co.kr | 이메일 danibnb@dani.co.kr

ISBN 979-11-6212-182-5 (03840)

다니비앤비(DANI B&B)는 ㈜다니기획의 경제경영 단행본 임프린트입니다.
블로그 blog.naver.com/daniversary | X(구 트위터) @daniversary
인스타그램 @daniversary | 페이스북 @daniversary1